Charles

Montgomery

Bóg Rekin

Wyprawa do źródeł magii

Charles Montgomery (1968) – kanadyjski pisarz, fotoreporter i urbanista. Absolwent University of Victoria. Publikował m.in. w pismach „Outside Magazine", „Canadian Geographic", „National Post" i „The Globe and Mail". Za swoje artykuły czterokrotnie otrzymał Western Canada Magazine Award. Książka *Bóg Rekin* (2004) zdobyła prestiżowe nagrody: Hubert Evans Non-Fiction Prize oraz Charles Taylor Prize w kategorii literatury faktu. Była również nominowana do nagrody Hilary Weston Writers' Trust Prize for Non-Fiction. W 2013 r. ukazała się druga książka Montgomery'ego *Miasto szczęśliwe. Jak zmienić nasze życie, zmieniając nasze miasta* (wyd. pol. 2015).

 ▶ TERRA INCOGNITA

Charles
Montgomery
Bóg Rekin

Wyprawa do źródeł magii

przełożyła Dorota Kozińska

Tytuł oryginału: *The Shark God*
Copyright © Charles Montgomery 2006
Copyright © for the Polish edition by Grupa Wydawnicza Foksal, MMXVI
Copyright © for the Polish translation by Dorota Kozińska, MMXVI
Wydanie II
Warszawa MMXVI

*Ci, którzy odeszli –
czegóż tak naprawdę im nie zawdzięczamy?
Oni nie umarli. Tysiące z nich żyją dla nas i będą do nas
przemawiać z głębi stuleci, z pomroki dziejów,
póki nie dojdziemy do kresu naszej historii.
Są niejako wśród nas.*

Henry Montgomery, *Life's Journey*

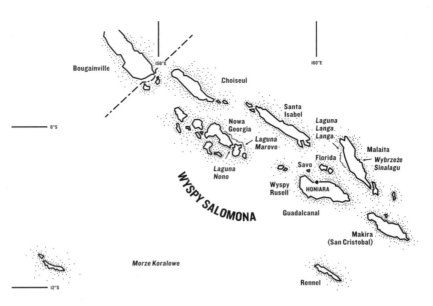
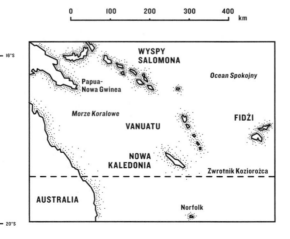

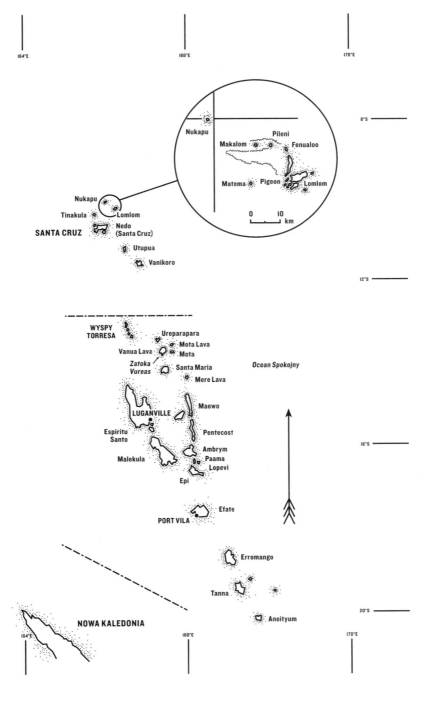

I
Zawiniątko z piaskiem

*Wszyscy płynęli tym szlakiem: poszukiwacze złota lub sławy,
w jednej dłoni dzierżąc miecz, a w drugiej często pochodnię,
wysłannicy władzy lądowej, doręczyciele iskier ze świętego ogniska.
Ileż wspaniałości dźwigał na sobie prąd tej rzeki
ku tajemnicom nieznanych ziem!*

Joseph Conrad, *Jądro ciemności* (przeł. Ireneusz Socha)

Moja opowieść powinna się zacząć w Oksfordzie.

Oksford w bladym słońcu przedwiośnia, nieopodal sterczących jak igły z igielnika wież Bodleian Library, za długim murem z piaskowca i łanem wiosennych narcyzów, przez korytarz marmurowej rotundy i w górę, po skrzypiących schodach na poddasze. Tam właśnie znalazłem kopertę, która skłoniła mnie do wyruszenia w podróż.

Pamiętam przysięgę – nie sposób wejść na poddasze Rhodes House ani do żadnej innej części Bodleian Library, jeśli się najpierw nie złoży przysięgi obejmującej między innymi zapewnienie, że nie zaprószy się ognia w księgozbiorze. Rzecz jasna, nie wolno dotykać starych rękopisów gołymi rękami: pokrywający naskórek tłuszcz działa na pomarszczony pergamin jak kwas. Uniosłem dłoń i złożyłem przysięgę.

Zwykła koperta. Znalazłem ją w kartonowym pudle z napisem „c/nz/mel2", pełnym zetlałych listów, wycinków prasowych i artykułów z czasopism. Wewnątrz była kartka pocztowa z Egiptu, ofrankowana w Port Saidzie, z datą 30 stycznia 1884 roku. Na awersie nie widniał żaden obrazek, tylko adres niejakiego Planta, wielebnego prebendarza i wikariusza parafii w Weston-on-Trent. W kopercie był też arkusik kremowego papieru złożony wielokrotnie i zapieczętowany czerwonym woskiem. Pieczęć ktoś złamał.

Obwarowałem się książkami i albumami, żeby ujść spojrzeniom bibliotekarzy, po czym ostrożnie rozwinąłem papier. W środku znalazłem kolejny arkusik poskładany do rozmiarów pudełka zapałek. Też był kiedyś zapieczętowany i tę pieczęć również ktoś złamał. Rozłożyłem kartkę i rzuciłem okiem na jej zawartość.

Zaledwie łyżeczka piasku wymieszanego z wiórami – jakby ktoś wybrał się na plażę, zeskrobał brud z podeszwy i zawinął go w papier. Roztarłem grudkę między palcami. Wióry były tak suche, że rozsypały się w proch. Zajrzałem na drugą stronę. Na odwrocie ktoś napisał: „Piasek i drewno z miejsca, w którym umarł biskup Patteson".

Oto jego historia: Johna Coleridge'a Pattesona, pierwszego biskupa Melanezji, powitano na brzegach maleńkiego atolu Nukapu pewnego słonecznego popołudnia 1871 roku. Zaprowadzono go do chaty krytej palmową strzechą i kazano spocząć na macie splecionej z trawy. Biskup zamknął oczy, jakby gotując się na cios, który roztrzaska mu czaszkę; jakby czekając na śmierć i zmartwychwstanie jako męczennik zachodnich wysp Południowego Pacyfiku. Cios spadł. Co do tego nikt nie ma wątpliwości. Odtąd historia biskupa krążyła w dziesiątkach wersji i wywołała w Anglii poruszenie, które można porównać jedynie ze spekulacjami na temat męczeństwa Livingstone'a w Afryce. Uwaga kapłanów, polityków oraz uczonych zwróciła się w stronę wysp Południowego Pacyfiku. Słano petycje do królowej Wiktorii, żeby położyła kres tym „okropnościom". Wyekspediowano okręt, żeby ostrzelał Nukapu i zrównał wioskę z ziemią. Na drugi koniec świata popłynął kolejny statek z misjonarzami, popłynęły pieniądze, pożeglowali rekruci. Męczeństwo Pattesona kuto w marmurze i uwieczniano na witrażach. Mimo to okoliczności mordu na biskupie wciąż spowija mgła tajemnicy.

Nabrałem szczyptę piasku i zacząłem przesuwać ziarenka między palcami. Nukapu. Wyobraziłem sobie rafę, wyspę i morderstwo, które okazało się przełomem w dziejach Południowego Pacyfiku, złączyło w jedność marzenia o starożytnej cywilizacji, zbrodnie pokolenia łotrów oraz ambicje setek poszukiwaczy doznań duchowych, mojego pradziadka nie wyłączając.

Miałem dziesięć lat, kiedy dotarł do mnie pierwszy strzęp tej historii. Mój ojciec, który spędził większość życia na morzu, znalazł ostatnią przystań na zachodnim wybrzeżu Kanady. Namówił matkę do kupna pastwisk i lasu na wyspie Vancouver. Wyciął stare jodły, obsiał pola koniczyną, zbudował oborę dla swoich herefordów i umarł. Kilka tygodni po pogrzebie matka odkryła ojcowskie szpargały w kącie poddasza. Przytaszczyła czarną cynową skrzynię do jadalni, ustawiła na stole i zaczęła przetrząsać. Pamiętam jej zatroskany wyraz twarzy. Teraz już wiem, że z przerażeniem obserwowała, jak ojciec powoli gasł, dryfując po morzu wspomnień. Chciała, żebyśmy z bratem przejęli coś po ojcu – coś, co nam przypomni, że jesteśmy częścią historii, która nie skończyła się z jego śmiercią, historii, która powiąże nas z nim, a przynajmniej z jego nazwiskiem.

Zawartość skrzyni nie była imponująca. Mój ojciec wypłynął na morze po raz pierwszy, kiedy miał piętnaście lat. Podczas drugiej wojny światowej służył na okrętach wojennych na Atlantyku i Oceanie Indyjskim, uciekał przed niemieckimi łodziami podwodnymi na Morzu Śródziemnym. Karmił rekiny resztkami z obiadu u wybrzeży Sycylii. W jednym z listów, nadanym w Kapsztadzie, opisał starcie z bawołem w Mozambiku. Co jeszcze? Miał kiedyś dziewczynę w Atenach. Kupił kamerę Super 8 w Tokio. Spędził na morzu dziesiątki lat, ale szpargały odnalezione w skrzyni nie pomogły nam wypełnić białych plam w jego życiu. Jakby nie chciał, żeby ktokolwiek poznał jego historię.

W skrzyni były też jednak inne opowieści. Dzienniki. Skrawki papieru. Wycinki prasowe z czasów wiktoriańskich. Zdjęcia rezydencji z kamienia w Irlandii i Indiach. Żołnierzy w czołgach. Popołudniowych herbatek na rozległych trawnikach. Wózków ciągnionych przez wielbłądy. Były książki o Bogu: niezliczone tomy rozważań teologicznych i ojcowskich porad dla chrześcijan, kieszonkowych książeczek o tytułach w rodzaju *Widzenia* lub *Podróż życia* oraz przewodników dla młodych misjonarzy w odległych koloniach. Na kilku okładkach przedstawiono tę samą scenkę marynistyczną: okręt żaglowy dopływa do wyspy zasiedlonej przez przysadzistych tubylców. Morze jest spienione, ale słonko uśmiecha się z góry do pasażera na dziobie wymachującego w stronę brzegu otwartą Biblią.

To były pisma pradziadka. W przeciwieństwie do mojego ojca przewielebny Henry Hutchinson Montgomery dołożył wszelkich starań, aby potomni zachowali go w łaskawej pamięci. Mimo że spoczął w mogile w 1932 roku, w istocie zawsze był głową naszej rodziny. Spoglądał na nas z portretu nad stołem w jadalni, żeglując po purpurowych falach, oddanych zamaszystymi pociągnięciami pędzla. Z ramion zwisał mu błękitny płaszcz marynarki królewskiej, oblamowany pysznymi kwietnymi ornamentami. Pierś pradziadka zdobiły medal wielkości naleśnika oraz złoty krzyż. Twarz wysmagana wiatrami, policzki zapadnięte ze starości, posturę znamionowała jednak jakaś wzniosła, a zarazem władcza godność. Siwa broda była starannie przystrzyżona i ufryzowana. Nie patrzył wprost – jego długi nos tkwił w jakiejś książce, być może modlitewniku. Biskup miał na głowie złotą, spiczastą mitrę. Nigdy nie przeklinaliśmy w jego obecności.

Pod tym właśnie portretem myszkowałem w czarnej skrzyni, żeby natrafić na opowieść, przez którą wszelkie tajemnice ojca poszły w niepamięć. Z zewnątrz wyglądała niepozornie: kieszonkowy tomik oprawny w niebieskie płótno, odrobinę postrzępiony na brzegach. W okładce wciśniętej między inne zapomniane woluminy i przez to trochę wyświeconej odbijał się blask lampy. W poprzek biegł tytuł tłoczony złotymi literami, lśniącymi jak nowe:

The Light of Melanesia (Światłość Melanezji).

Papier kruszył się w rękach i miał lekko przydymiony odcień. Na niektórych stronach widniały motywy kwiatowe, ornamenty naśladujące bluszcz i wizerunki syren. Druk zdążył wyblaknąć. Zdjęcia były jednak fascynujące. Spłowiałe fotografie przedstawiały muskularnych czarnoskórych mężczyzn ściskających w rękach włócznie lub drzemiących w tradycyjnych smukłych czółnach z bocznymi pływakami. Mężczyźni byli nadzy, nie licząc piór zatkniętych w kędzierzawych włosach na podobieństwo pawiego ogona, ozdób z muszli albo kości zwisających z płatków uszu i nosów oraz sterczących z lędźwi zdumiewających osłon na fallusy. Kobiety z obnażonymi piersiami wyłaniały się ze spokojnych lagun jak cienie. Grupka rosłych, barczystych mężczyzn niosła długi pal ozdobiony spiralnie nawiniętymi płacidłami z ptasich piór. I wreszcie statek, trójmasztowiec zakotwiczony nieopodal chat plecionych z trawy, na tle bujnej dżungli.

Tekst był trudny. Nie przeczytałem go w całości, tyle tylko, żeby się zorientować, że mam przed sobą opis podróży sprzed ponad stu lat, z czasów, kiedy świat był miejscem dzikim i zdradliwym, kiedy biali ludzie w cylindrach i krawatach stawali twarzą w twarz z okrutnymi tubylcami na skalistych brzegach dalekich wysp, kiedy w krainie ciemności wciąż władały potężne duchy i czarna magia – wtedy właśnie biskup poszedł w ślady umęczonego Pattesona i dotarł w najodleglejszy zakątek Południowego Pacyfiku. Na tę wyprawę wysłał go sam Pan Bóg. Oto co zdołałem sklecić z tej historii na podstawie przeczytanych urywków:

W 1889 roku imperium brytyjskie sięgnęło szczytu swej potęgi. Miało władzę nad jedną piątą świata, większość tego obszaru była jednak poza zasięgiem duchowego przewodnictwa Kościoła anglikańskiego. Arcybiskup Canterbury wyświęcił czterdziestodwuletniego Henry'ego Montgomery'ego na biskupa Tasmanii i wysłał go na rubieże imperium. Biskup czuł się wspaniale na antypodach, które przypominały mu Kornwalię rzuconą nieopodal wybrzeży Australii. Miał do dyspozycji wygodną posiadłość i wielką katedrę z kamienia. Żona powiła mu czworo dzieci. Po trzech latach rzucił jednak wszystko. Zamustrował się na parowiec płynący na Nową Zelandię, skąd ruszył w stronę zwrotnika Koziorożca na pokładzie szkunera misyjnego "Southern Cross". Cel: głosić chwałę Boga Jedynego niewiernym z archipelagu Melanezji, setek wysp pogrążonych w strachu, przemocy oraz – co w równym stopniu szokowało wiktoriańskich misjonarzy – w goliźnie, wielożeństwie i nieróbstwie.

Biskup wyliczył po kolei wszystkie okropieństwa tej najniebezpieczniejszej misji na świecie. Na brzegach wysp rozproszonych w promieniu tysiąca dwustu mil pomiędzy Fidżi i Nową Gwineą zgładzono już dziesiątki kupców i głosicieli Ewangelii. Niektórych, wśród nich Pattesona, zatłuczono kijami. Innych dosięgły strzały wyposażone w groty z ludzkich kości. Jeszcze innych trzymano pod wodą, dopóki nie przestali się rzucać. Najwięksi pechowcy zostali ugotowani i zjedzeni. Tubylcy nie mieli litości także dla siebie nawzajem. Plaga łowców głów ruszyła z Nowej Gwinei na wschód i dosięgła Wysp Salomona. Całe wsie znikały z powierzchni ziemi. Kolekcjonerzy czaszek z Nowej Georgii spustoszyli setki kilometrów wybrzeża. Stare kobiety mordowały własne wnuki.

Biskup nie miał wątpliwości, że Szatan pojawił się na wyspach na długo przed przybyciem misjonarzy. O jego obecności świadczyły nie tylko wojna i przemoc: Zły wyposażył swoje sługi w najposępniejszą władzę. Czarna magia pleniła się jak chwast. Czarownik potrafił zabić przez rzucenie w człowieka garści pajęczyn. Ludzie czcili rekiny, kamienie, niewidzialne duchy i umarłych, którzy wciąż domagali się krwawych ofiar. Dżungle Melanezji rozbrzmiewały śpiewem wyznawców.

W mojej chłopięcej wyobraźni Melanezja jawiła się jako miejsce złowieszcze i magiczne. Na wyspach Południowego Pacyfiku istotnie doszło do starcia Dobra ze Złem, a w 1892 roku Dobro potrzebowało nowego bohatera: od mordu na biskupie Pattesonie minęło już dwadzieścia lat. Jego następcę zmogły choroby tropikalne, zmuszając do powrotu do Anglii. Archipelag na gwałt potrzebował biskupa. Biali kapłani, których „Southern Cross" wyrzucił na brzeg tylu niegościnnych wysp, rozpaczliwie szukali wsparcia. Trzeba było przekonać tubylców, że ich więź z Wszechmocnym wciąż trwa. Misję należało pociągnąć dalej w głąb archipelagu krwawych rytuałów i bulgoczących wulkanów, żeby męczeństwo Pattesona i innych chrześcijan nie poszło na marne. Mój pradziad nie miał wyboru: musiał ruszyć w daleką podróż śladami swoich bohaterów.

Henry Montgomery napisał do swoich dzieci z pokładu „Southern Cross". „Pamiętajcie – napomniał bliskich – że wasz ojciec nawiedził wszystkie wyspy, że jego serce wyszło naprzeciw mieszkańcom tych pustkowi, modląc się o przywrócenie ich wierze w Boga Ojca i Syna Bożego, Jezusa Chrystusa". Uświadomił dzieciom, że są wyjątkowe. „Nauczyłem was, że musimy być czyści, cnotliwi i prawi, jesteśmy bowiem uczniami Chrystusa; nie ma jednak lepszej zachęty do godziwego żywota niż wspaniała tradycja rodzinna. Wywodzicie się z rodu dżentelmenów; macie świadomość, że to słowo oznacza nie tylko zewnętrzną ogładę: świadczy o zacnym i pełnym ogłady umyśle, który brzydzi się i gardzi wszystkim, co niegodne, podłe i grzeszne".

Matce zależało, żebym przyswoił tę część rodzinnej historii. Przez lata trzymałem się ściśle wskazówek biskupa. Czasem, po godzinach spędzonych na roztrząsaniu gnoju od naszych herefordów, zrzucałem w progu gumiaki i szedłem na palcach do jadalni, żeby popatrzeć na starca i utwierdzić się w przekonaniu o mojej łączności ze wspaniałym i godnym światem duchowym, tak bardzo odległym od przyziemnej, brudnej i obmierzłej rzeczywistości naszego gospodarstwa.

Nie myślałem zbyt wiele o sprawach religii ani o tym, że podróż biskupa nie zawsze była naznaczona heroizmem. Nie przyszło mi do głowy, że w jego historii jest także miejsce na spór, na interpretację, na mit. Wyobrażałem sobie po prostu szkuner płynący pod pełnymi żaglami po bezkresnym, kuszącym oceanie oraz setki tysięcy czających się w cieniu palm kanibali, czarowników i duchów. Pozwoliłem historii biskupa wzbierać i przewalać się falą w moich marzeniach, zostawić w nich ślad równie żywy i trwały, jak *Księga dżungli*, *Wyspa skarbów* i *Gwiezdne wojny*. Tak było przez dwadzieścia lat, jeszcze długo po tym, jak odrzuciłem nauki Kościoła, długo po tym, jak odesłałem mojego rodzinnego boga do panteonu wyimaginowanych bohaterów.

Czasem jednak historia powraca i domaga się naszej uwagi – trzeba wówczas podjąć decyzję, czy utrzymać ją przy życiu, czy pozwolić jej zgasnąć. W wieku trzydziestu dwóch lat odkryłem ponownie *Światłość Melanezji*. Tym razem przeczytałem ją uważnie i w całości. Biskup i jego bracia w duchowych przygodach przestali uchodzić w moich oczach za bohaterów. Ich przekonania wydały mi się dziecinne, ich Boga uznałem za mrzonkę, ich krucjatę, której celem było kupczenie swoją wiarą na drugim końcu świata, za przejaw skrajnego rasizmu. Upływ lat oraz mój postkolonialny sceptycyzm zniszczyły mit pradziadka i rzuciły go na pastwę ognia. Melanezja z chłopięcych snów znalazła się na krawędzi zagłady. Wyspy stały się moją obsesją. Szukałem specjalistów od Oceanii, teologów, historyków misji, wszystkich, którzy odsłoniliby przede mną kawałek prawdziwej historii: nie tylko mojego pradziada i jego wiktoriańskiego bractwa, lecz także wysp, na których ci postanowili wprowadzić zmiany. Żeby wyjaśnić zagadkę, poleciałem do Anglii. Sądziłem, że dokończę historię, po czym odłożę ją do lamusa na dobre.

Zacząłem w Lambeth Palace, ceglanej fortecy arcybiskupa Canterbury położonej na południowym brzegu Tamizy. Przestudiowałem w tamtejszej bibliotece setki arkuszy korespondencji kościelnej; przekonałem się, że wiktoriańscy biskupi co do jednego nie potrafili pisać czytelnie. Wsiadłem w pociąg do Oksfordu. Złożyłem przysięgę w Bodleian Library. Doczekałem się nagrody, myszkując na poddaszu Rhodes House. Przeszukałem setki pudeł pełnych notatek i sprawozdań z misji w Melanezji, dzienników pokładowych z „Southern

Cross" oraz niezliczonych doniesień o mordzie na Pattesonie. Znalazłem rysunki w pudełku po butach: wyblakłe szkice włóczni, czółen i rzeźbionych wioseł. Były też dzienniki z opisami mglistych poranków i rzezi na plażach pokrytych żółtawym piaskiem. Gorzkie świadectwa grzechów, jakich dopuszczali się niektórzy misjonarze: jeden z duchownych ubolewał nad „pokusami na bezludnej wyspie". Przekopywanie się przez ten kram przypominało myszkowanie w najgłębszych zakamarkach mojej pamięci. Wszystkie zdjęcia, wszystkie opowieści zdawały się dziwnie znajome, jakby wywiedzione z historii, którą powtarzałem sobie od lat – tyle że w nieco odmiennym kształcie.

Zaczęło się od trzech bohaterów *Światłości Melanezji*: George'a Augustusa Selwyna, groźnego wizjonera, który wysnuł plan wydobycia Melanezji z mroku; Johna Coleridge'a Pattesona, który zapłacił życiem za swą miłość do wyspiarzy; oraz Roberta Henry'ego Codringtona, którego ciekawość zamiast zniszczyć duchy – ożywiła je na dobre. Podobnie jak mój pradziad, byli ludźmi uprzywilejowanymi, wykształconymi w angielskich szkołach publicznych, przekonanymi, że chwała imperium będzie trwać dopóty, dopóki w asortymencie towarów eksportowych da się uwzględnić Boga.

Ich przywódcą był Selwyn. Ten wychowanek Eton i Cambridge miał zaledwie trzydzieści dwa lata, kiedy został biskupem Nowej Zelandii. Był zwolennikiem tradycyjnego Kościoła Wysokiego i żarliwym wyznawcą idei sukcesji apostolskiej. Miał poczucie, że biskupi Kościoła anglikańskiego – podobnie jak biskupi w hierarchii Kościoła rzymskokatolickiego – są prawowitymi namiestnikami Boga, a tym samym spadkobiercami apostołów Chrystusa. Snuł marzenia, że „Kościół anglikański zapanuje wkrótce na całej Ziemi".

To może tłumaczyć jego reakcję na błąd urzędniczy w patencie, w którym desygnowano go na nową diecezję. Terytorium podległe Selwynowi powinno było sięgać tuż za Wyspę Północną Nowej Zelandii – około 34 stopni na południe od równika. Ktoś jednak nabazgrał

„34 stopnie szerokości północnej" zamiast „południowej". W ten sposób pociągnął terytorium tysiące mil morskich na północ, przez całą Melanezję, przez równik i zwrotnik Koziorożca, daleko poza Hawaje. Był to ewidentny błąd, Selwyn okazał się jednak równie ambitny jak skłonny do samowoli. Podczas podróży z Anglii na południe do Nowej Zelandii studiował nawigację i gramatykę języka polinezyjskiego. Przez sześć lat od chwili przybycia na misję uczestniczył w wypadach Królewskiej Marynarki Wojennej w głąb Melanezji. Zyskał wielu przyjaciół wśród tamtejszych wodzów, mamiąc ich darami w postaci haczyków na ryby, siekier i perkalu; przekonywał ich, by oddali pod jego pieczę najbardziej obiecujących młodzieńców i pozwolili ich zabrać do jego chrześcijańskiej szkoły w Nowej Zelandii. (Większość kandydatów pozyskał za jeszcze hojniejsze dostawy siekier i haczyków. Wyspiarze tak mocno skojarzyli ów handel z osobą biskupa, że pomylili jego tytuł z wyrazem *fishhook*. Nazywali go *bishhooka*. Z najsilniejszych chłopców, którzy nie padli ofiarą grypy lub czerwonki i nie umarli z tęsknoty za domem, stworzył armię ciemnoskórych apostołów, po czym odesłał ich z Nowej Zelandii na wyspy, gdzie głoszenie Ewangelii spotykało się najczęściej z ostracyzmem; czasem nawet groziło śmiercią.

Selwyn robił z początku niewielkie postępy, a musiał się śpieszyć. Misjonarze Kościołów katolickiego i prezbiteriańskiego napływali na wyspy Pacyfiku z Tahiti i Tonga i z zapałem podkradali mu kandydatów. Potrzebował pomocy. W 1855 roku wrócił do Anglii, żeby nawoływać do wsparcia swojej misji. Jego kazania natchnęły pewnego młodzieńca o nieposzlakowanej opinii. John Coleridge Patteson, syn sędziego, niegdyś kapitan słynnej drużyny krykieta w Eton, był też wikarym i językoznawcą. To ostatnie mogło się okazać przydatne: potencjalni neofici Selwyna mówili w ponad stu rozmaitych językach. Patteson nie miał nawet trzydziestu lat, kiedy popłynął z Selwynem do Nowej Zelandii, potem zaś ku nieznanym wyspom na pokładzie statku misyjnego „Southern Cross". W 1861 roku Selwyn przekazał Pattesonowi misję i wyświęcił go na pierwszego biskupa Melanezji. Uczeń okazał się ambitniejszy od mistrza. Rok w rok zapuszczał się coraz dalej w głąb archipelagu. Podpływał do każdej nowej wyspy w spuszczanej ze statku szalupie, z upchniętym w kapelusz notesem pełnym niezbędnych słówek i sznurem prezentów na szyi. Wyuczył się kilkudziesięciu miejscowych języków i próbował objaśnić wyspiarzom, że mają mylne poglądy na naturę wszechrzeczy. Opowiadał, że jeśli podporządkują się władzy jego bóstwa, będą żyć po śmierci; w przeciwnym razie czekają ich wieczny ból i cierpienie. Potem zabierał ze sobą ich dzieci.

W Nowej Zelandii, później zaś w nowej siedzibie misji, sześćset mil na północ, na wyspie Norfolk chłopcy poznawali czcigodne rytuały Kościoła anglikańskiego, nie wspominając już o towarzyskiej ogładzie wpajanej im przez wychowanków Eton. Uczyli się zapinać guziki i wiązać sznurowadła, posługiwać nożem i widelcem, czytać, modlić, śpiewać hymny i grać w krykieta, ale też szeptali o świecie, który zostawili za sobą. Robert Henry Codrington, trzeci bohater *Światłości Melanezji* i dyrektor szkoły misyjnej, przysłuchiwał się ich opowieściom. Codrington był uczonym, profesorem Oksfordu, prawdziwym erudytą, a zarazem człowiekiem niespotykanie skromnym. Uczniowie mieli do niego zaufanie, on zaś zbierał ich sekrety z łapczywością skazanego na zesłanie akademika. Część tych sekretów przekazał mojemu pradziadkowi. Resztę przelał na papier – sporo jego notatek i szkiców spoczęło w zapomnieniu na poddaszu Rhodes House. Znalazłem je: przeniosły mnie w ekscytujący świat sił nadprzyrodzonych, gdzie duchy szły ramię w ramię z żywymi ludźmi, a cuda zdarzały się bezustannie.

Chłopcy opowiedzieli Codringtonowi o *mana*, niewidzialnej mocy, która przenika istotę życia, wszystkie przedmioty, ludzi oraz ich działania. Pojawia się znienacka. Pomaga przemówić duchom przodków.

Ma zdolność skupiania się pod postacią dobra lub zła. Każdy ma w sobie trochę *mana*. Mieszkańcy Nowej Georgii byli przekonani, że siedliskiem *mana* jest głowa. Dlatego właśnie odcinali głowy swoim wrogom i zabierali je z sobą do domu. Jeśli się nad tym dobrze zastanowić, postępowali całkiem rozsądnie: głowa pełna *mana* to przecież najcenniejszy skarb.

Melanezyjczycy nie znali pojęcia istoty wyższej, wyspy roiły się jednak od duchów związanych z pojedynczym kamieniem, miejscem, zwierzęciem, a nawet słowem. Czasem można było usłyszeć ich wycie i skowyt w mrokach nocy. Bywało, że w przepastnej, splątanej gęstwie figowców duchy zdradzały swe tajemnice członkom tajnych bractw, którzy zwracali się do nich o radę. Chłopcy opowiadali Codringtonowi o Qacie, duchu przodków czczonym na dziesiątkach wysp, który zawsze był gotów pośpieszyć z pomocą morskim wędrowcom. „Qacie! – wołali mężczyźni ze swych czółen. – Niech tak będzie! Niech moja i twoja łódź zmieni się w wieloryba, w latającą rybę, w orła; niech skacze po falach, niech płynie naprzód, niech dotrze do mojej krainy". I Qat uspokajał morze, prowadząc wędrowców do domu.

Duchy innych przodków zamieszkiwały ciała rekinów, krokodyli, ośmiornic, węży i ptaków. Dzięki wiedzy tajemnej człowiek mógł wkraść się w łaski przodka-rekina i go przywołać, żeby zagonił w sieć całą ławicę ryb. Albo pożarł nieprzyjaciół. Przodkowie odpłacali się swoim czcicielom równie gorliwie jak Bóg ze Starego Testamentu. Bóg starł na proch wrogów Mojżesza, a duchy przodków pomagały Melanezyjczykom zatapiać czółna nieprzyjaciół.

W Melanezji były tysiące duchów świętych, nie jeden. Duchowość Melanezyjczyków miała charakter egalitarny. Każdy, kto miał odpowiednie umiejętności, mógł odwrócić klątwę, znaleźć magiczne lekarstwo i przebłagać pomocnego ducha. Każdy mógł zebrać *mana* i nadać jej właściwy kierunek. Królestwo duszy nie znajdowało się w niebie. Było wszędzie dokoła. Było w tobie.

A jednak duchy – jakkolwiek liczne i potężne – rozpoczęły odwrót niemal natychmiast po ukazaniu się najważniejszego dzieła Codringtona, rozprawy antropologicznej *Melanezyjczycy*, która upowszechniła imiona tamtejszych bóstw wśród uczonych na całym świecie. Nawróceni mieszkańcy Melanezji wstydzili się coraz bardziej swoich tańców, tajnych bractw i duchów. Posługując się angielską odmianą pidżynu, utworzoną na podstawie języka kupców, zaczęli nazywać przodków imieniem wywiedzionym z języka białego człowieka: *devil-devils*. Po powrocie do domu bogatsi o nowe nauki uczniowie niszczyli ołtarze, bezcześcili święte miejsca i wrzucali diabelskie kamienie do morza.

Wyspy Melanezji stopniowo dostawały się pod władzę konkurujących ze sobą stowarzyszeń misyjnych. Bywało, że anglikanie targowali się o nowe Królestwo Boże z prezbiterianami i katolikami. Z czasem jednak zerwano wszelkie porozumienia, wyspy przechodziły z rąk do rąk, a na ich brzegach jak grzyby po deszczu wyrastały kryte palmowymi liśćmi katedry – na obszarze półtora miliona mil kwadratowych oceanu między Nową Zelandią a Nową Gwineą. Krótko przed tym, jak Henry Montgomery sforsował rafę u wybrzeży Nukapu, by złożyć hołd duszy Pattesona, w miejscu ostatniego postoju męczennika wzniesiono potężny krzyż z żelaza. Pradziad uznał, że mordercy Pattesona się nawrócili. Być może dlatego opuścił Melanezję po zaledwie trzymiesięcznej podróży przez archipelag – no cóż, mrożąca krew w żyłach przygoda, o której roiłem w dzieciństwie, nie przypadła mu w udziale. Mój pradziad był przede wszystkim gawędziarzem. Wrócił do domu, żeby pisać, żeby wysławiać bohaterów swej misji. Tymczasem duchy zaklęte w rekiny oraz przodkowie, którzy przez tysiące lat sprawowali pieczę nad Melanezyjczykami, znaleźli się w cieniu nowego bóstwa, a prastara wiedza wyspiarzy legła ugorem w akademickich notatkach Codringtona.

Mimo to jakiś skrawek Melanezji towarzyszył misjonarzom w drodze powrotnej na dżdżystą Północ. Dostrzegłem to w portrecie pradziadka, w jego wzroku, którym próbował przeniknąć cienie w poszukiwaniu niewidzialnego światła. Dostrzegłem to w jego pismach, które po jego krótkiej podróży do krainy magii nie były już takie jak przedtem. Pradziad zawsze twierdził, że Apokalipsa, czyli Objawienie świętego Jana, będzie się rozgrywać w każdej epoce ludzkości. Kiedyś być może traktował to jako metaforę. Do czasu. W Melanezji doszedł do wniosku, że siły nadprzyrodzone istnieją naprawdę i zwykle są udziałem Szatana. Zaklęcia czarowników mające sprowadzić na kogoś śmierć lub chorobę były przejawem woli Złego. Pradziad napisał: „Nie mam żadnych powodów, by w to wątpić, co więcej, wydaje mi się całkiem logiczne, że Szatan, z którym tych pogan łączy ścisła więź, sprawuje nad częścią z nich swą zgubną władzę".

Henry Montgomery był dumny z racjonalistycznej tradycji swego Kościoła, powrócił jednak na Tasmanię, a później do Anglii jako mistyk, wiedziony rozpaczliwym pragnieniem ujrzenia Boga. Był przekonany, że chłodny klimat Anglii utrudnia jej mieszkańcom zjednoczenie ze światem nadprzyrodzonym. Ubolewał, że „im bliżej równika, tym łatwiej ludzkości dostrzec niewidzialne: im dalej od równika, tym trudniej to uczynić".

Musiał czekać lata, zanim Bóg mu się objawił. Ale wreszcie się doczekał, gdy już stary schronił się w rodzinnej posiadłości Donegal w Irlandii, po udzieleniu setek komunii, odśpiewaniu tysięcy hymnów, odprawieniu tysięcy modłów. Henry przechadzał się po swoim ogrodzie z widokiem na wzburzone fale zatoki Lough Foyle skąpane w pierwszym blasku świtu. Był gotów.

Najpierw, spomiędzy krzewów róż, wyłoniły się po kolei duchy przodków. Henry nie miał się czego bać. Przemawiały do niego z szacunkiem. Spojrzały na jego dzieło i uznały, że było dobre. Ogród spowił się mglistym całunem. Żonkile i przebiśniegi zaczęły się kołysać, jakby szepcząc ze sobą w tajemnym języku kwiatów. Przodkowie unieśli wzrok i dłonie w stronę niewidzialnego ducha i polecili Henry'emu udać się czym prędzej do kamiennego kościoła, który zbudowali niegdyś wśród dębów. Pradziad stanął u wrót świątyni, pchnął wysłużone, sękate drzwi i wśliznął się do środka. Wtedy właśnie poczuł na sobie wzrok Boga. Padł na kamienną posadzkę i zamknął oczy. Bóg spytał Henry'ego, jak niegdyś Abrahama: „Miłujesz mnie?". Henry nie odezwał się ani słowem. Nie był w stanie poruszyć ustami. Zdołał tylko zapłakać ze wstydu i trwogi, pewny, że Bóg uzna to za odpowiedź. Ocknął się w świetle wielkanocnego poranka, czując przypływ nowych sił, gotów do pielgrzymki, którą niegdyś odbył do Melanezji i której szlakiem chciał teraz podążyć w niebiosa.

Opowieści o widzeniach są jak mgła i plotki. Nie dają żadnego punktu zaczepienia. W Oksfordzie znalazłem coś konkretniejszego. Zawiniątko z piaskiem. Nazwę mojej wyspy. Nukapu było ostatnim przyczółkiem dawnej Melanezji, siedzibą ducha, który poprowadził mojego pradziadka przez morze i z pewnością istniał. Skoro na Nukapu skrzyżowały się drogi mitów, niewykluczone, że można je tam zmierzyć właściwą miarą. Złożyłem zawiniątko i wsunąłem do koperty.

Opuściłem Oksford w niedzielę. Nad wzgórzami przetaczała się burza. Wiatr przygiął do ziemi pierwsze tej wiosny krokusy. Dzwony katedry wzywały wiernych do spożycia ciała i krwi Chrystusa, żeby oczyścić dusze i przygotować je na przyjęcie Pana. Dzwoniły i dzwoniły, ale nikt nie przychodził. Pomaszerowałem na dworzec kolejowy, myśląc o kanibalach, tańcach rytualnych, przodkach, którzy zamiast zniknąć po śmierci, postanowili zamieszkać w skałach, rekinach, świętych gajach i gwałtownych burzach.

Co się stało z wyspami, których oblicze chciała odmienić dżentelmeńska kompania mojego pradziada? Kto teraz jest górą w batalii o dusze, skoro święty ogień przygasł w samym sercu imperium? Choć miałem świadomość, że ulegam romantycznej wizji powrotu do korzeni – i to w najgorszym z możliwych wydań – choć byłem pewny, że mity ludów Melanezji są równie zwodnicze jak wierzenia hołubione przez moich przodków, puściłem wodze fantazji i wyobraziłem sobie wyspę, gdzie imperium i Ewangelia nie wygrały nigdy, gdzie dudnienie bębnów, malowidła na skórze i rytuał piętnowania świadczą o żywotności kultury, którą misjonarze próbowali zniszczyć. Wyobraziłem sobie bosonogich mistyków ujawniających tajemną światłość swojej magii. Snułem wizje jeszcze potężniejsze niż widzenie pradziada. Serce waliło mi jak młotem: dałem się ponieść gwałtownym rojeniom o sekretach ukrytych wśród fal, uporczywej myśli, że *Światłość Melanezji* nie jest niczym więcej jak zalążkiem pewnej historii. Wsiadłem w ekspres na dworzec Paddington. Pociąg wyrwał się do przodu. Krople deszczu spływały po szybie, mącąc widok wież Oksfordu, zasnutego chmurami nieba i leniwie płynącej Tamizy. Słyszałem tylko miarowy stukot kół i podszepty wyobraźni. Nukapu. Jechałem na południe.

2
W Port Vila robi się interesy na Bogu

Do widzenia. Uciekam od cywilizacji,
w nadziei, że powrócę mądrzejszy.

Henry Montgomery, list z 1892 roku

Mój plan był prosty – wszystkie przygody zaczynają się prosto, co nie znaczy, że tak samo się kończą. Miałem zamiar podążyć szlakiem mojego pradziada opisanym w *Światłości Melanezji*, trasą, którą zarówno on, jak i jego poprzednicy przebyli na pokładzie „Southern Cross". Ma się rozumieć, wybrałem podróż statkiem, może jakąś mniejszą łodzią, czółnem i na piechotę. Postanowiłem odnaleźć potomków tych, którzy zabili misjonarzy. Postanowiłem odnaleźć własnych pogan. Postanowiłem pokonać rafy i przebrnąć ostatni odcinek drogi do brzegów Nukapu w wodzie po kolana, żeby stanąć pod krzyżem Pattesona, gdzie ktoś sędziwy i mądry objaśni mi wreszcie więź mitu z historią.

Dokąd jechałem naprawdę? Termin „Melanezja" nie odnosi się do kraju ani konkretnego archipelagu – to kartograficzne odzwierciedlenie pewnej teorii rasistowskiej. Francuski odkrywca Dumont d'Urville ukuł nazwę „Mélanésie" na określenie pasma wysp w zachodniej części Południowego Pacyfiku zasiedlonych przez ciemnoskórą ludność. Greckie słowa *melas* i *nesos* oznaczają odpowiednio „czarny" i „wyspa". W przeciwieństwie do Polinezyjczyków (zamieszkujących wiele – *poly* – wysp na wschodzie) tubylcy napotkani przez d'Urville'a między Nową Gwineą a Fidżi mieli tak ciemną karnację, że Francuz uznał ich za przybyszów z Afryki. Mylił się, nazwa jednak pozostała.

W *Światłości Melanezji* jest mapa, na którą naniesiono dziesiątki wysp i ani jednego kontynentu. Skali nie podano, ale wyblakła strzałka, wzdłuż której biegnie napis "DO SYDNEY: 1500 mil", wskazuje poza lewy dolny róg. Pozwala to umiejscowić wyspy w samym sercu Mélanésie d'Urville'a. Druk jest tak drobny i spłowiały, że nie sposób go odczytać bez szkła powiększającego. Pod lupą odkryłem, że skupisko konturów w prawym dolnym rogu to Nowe Hebrydy, a rozsypane nad nimi kółeczka to Wyspy Banksa, ojczyzna ducha przodków Qata. Kształty podobne do ślimaków bez skorup, pełznące w kierunku postrzępionego lewego górnego rogu okazały się Wyspami Salomona. I w samym środku nicości, niczym pył na papierze, grupa wysp Santa Cruz. Gdyby wytężyć wyobraźnię, można by dostrzec obok najmniejszej rozmazany napis "Nukapu".

Zanim wyruszymy na poszukiwania, próbujemy snuć fantazje na temat nieznanych miejsc. Z Melanezją zawsze tak było. Pierwszych odkrywców, którzy podobno przybyli na wyspy z Azji dwadzieścia tysięcy lat temu, musiała prowadzić wiara. Mogli tylko wiosłować na wschód, dopóki Papua-Nowa Gwinea nie skryła się za horyzontem. Umieli czytać z fal i gwiazd, ale to wyobraźnia podpowiedziała argonautom Pacyfiku, że za krańcem znanego im świata są jeszcze jakieś wyspy.

Teraz wyobraźnia nie ma już takiego pola do popisu. Kierujemy się internetem i systemami nawigacji satelitarnej. Dowiedziałem się z sieci, że Nowe Hebrydy to obecnie Vanuatu, państwo, które reklamuje się jako "największy raj podatkowy Południowego Pacyfiku". Osiemdziesiąt wysp, cztery pola golfowe i banki gwarantujące absolutną dyskrecję. Archipelag Santa Cruz połączył się z Wyspami Salomona, które przybrały szumną nazwę Wysp Szczęśliwych. Na dość paskudnej stronie oficjalnej państewko pyszni się 992 wyspami szczęśliwymi oraz jedną, za to ogromną anteną satelitarną, z której mieszkańcy Wysp Salomona są bardzo dumni. Nowsze doniesienia skupiają się raczej na skłonności wyspiarzy do puszczania wiosek z dymem i urządzania strzelanin z broni maszynowej. W jednym z nagłówków przeczytałem „Śmierć na ołtarzu". Postanowiłem zacząć w Vanuatu i ułatwić sobie podróż w głąb chaosu.

Oto jak pracują twórcy literatury podróżniczej: nawiązują kontakt z miejscowym biurem turystycznym, obiecują pogodne opowiastki o grze w golfa, zimnym piwie i ludziach, którym uśmiech nie schodzi z twarzy, po czym proszą o darmowe przeloty, noclegi, posiłki i gorzałę. Zwłaszcza gorzałę. Następnie spędzają tygodnie na wylegiwaniu się w świeżo wykrochmalonej pościeli, oglądaniu wiadomości na BBC World i piciu ponczu z guawy. To się nazywa świadczenie usług wzajemnych.

Nie zależy mi na świeżo wykrochmalonej pościeli, ale nie mam nic przeciwko lataniu za darmo, napisałem więc do Ośrodka Informacji Turystycznej Vanuatu, składając w liście obietnice i prosząc o pomoc. Poleciałem boeingiem 747 z Los Angeles na Fidżi – za darmo – po czym złapałem cotygodniowy kurs do Port Vila, stolicy Vanuatu na wyspie Efate. Lot – również darmowy – trwał dwie godziny. Za korzystanie z gratisów trzeba jednak słono zapłacić. Niełatwo się wyrwać ze szponów masowej turystyki.

Było ciemno i mokro, kiedy wysiadłem z samolotu w Port Vila. Pracownica biura turystycznego odebrała mnie ze stanowiska odprawy celnej, wepchnęła do samochodu i wywiozła z dala od świateł lotniska przez las i wzgórza, prosto do ośrodka Le Meridien połączonego z kasynem. Powitała mnie para rozchichotanych nastolatków w hawajskich koszulach, serwując szampana i zakąski. Dostałem bungalow z widokiem na lagunę. Kabina prysznicowa była większa niż samochód i wyposażona w sześć dysz do hydromasażu. Ległem w królewskich pierzynach, otworzyłem tom studiów antropologicznych Roberta Henry'ego Codringtona *The Melanesians* (Melanezyjczycy) i utkwiłem wzrok w rysunkach pogańskich tancerzy. W maskach i przepaskach z liści wyglądali jak potwory z obrazków Maurice'a Sendaka. Poszedłem spać bez kolacji.

O świcie postanowiłem pobiegać dokoła pola golfowego, wzdłuż wysokiego żywopłotu, który oddzielał motłoch od królestwa wykrochmalonej pościeli. Wpadłem do bufetu śniadaniowego i znalazłem miejsce wśród rodzin australijskich bankierów. Bankierzy byli tłuści i wyczerpani, ich żony zatrważająco chude. Ojcowie faszerowali dzieci kiełbaskami, matki sączyły wodę mineralną. Po plecach łaziły im muchy. Jedliśmy suszone śliwki i rogaliki z czekoladą. Przez liście palm sączyły się dźwięki *Traviaty*.

Po pewnym czasie zadzwoniła pani z biura turystycznego i przedstawiła mi plan zajęć. Najpierw partyjka golfa. Później rejs wokół portu. Zakupy. Gdyby mogła w czymś pomóc, jest do dyspozycji. Proszę się nie krępować. Oblałem się potem.

– Poganie – oznajmiłem. – Szukam pogan.

– Ach tak, mamy trochę zdjęć w ośrodku kultury – odpowiedziała.

– Żywych pogan – uściśliłem.

– Niech się pan nie wygłupia – odparła. – To chrześcijańska wyspa.

Odłożyłem słuchawkę i wymknąłem się z pokoju, zapomniawszy wyłączyć klimatyzację. Minąłem pokojówkę, pracowników obsługi pola golfowego i strażników ośrodka. Wypadłem za bramę i puściłem się biegiem do miasta.

Port Vila jest chaotyczną, beztroską zbieraniną postkolonialnych blokowisk, sklepów wolnocłowych i francuskich supermarketów. Chciałoby wyglądać jak Tahiti albo Waikiki. W porcie wypełnionym turkusową wodą napatrzyłem się na jachty i różowe paralotnie. W rozproszonych tu i ówdzie tycich cukierenkach tycie, ubrane na różowo księżniczki z tycimi białymi torebkami całowały się w oba policzki. W samym sercu targowiska spotkałem jednak zwaliste melanezyjskie matrony ubrane w stylu zaprowadzonym przed stu laty przez misjonarzy: w luźne kretonowe sukienki à la Mother Hubbard, wzdymające się na wietrze nad bosymi stopami, spływające z obfitych piersi jak draperie. Kobiety miały skórę w odcieniu miedzi lub mocno palonej kawy. Ich afro dorównywały objętością okazałym dyniom.

Na ulicach roiło się od młodzieńców o dzikim wyglądzie, włóczących się po chodnikach albo wrzeszczących do siebie z odsłoniętych pak półciężarówek. Mężczyźni mieli włosy skręcone w luźne dredy, brody zaś posplatane w wymyślne warkoczyki. Groźnie marszczyli brwi w słońcu. Byli żylaści i muskularni. W notesie zapisałem: „wyglądają dziko". Potem jednak ujrzałem ich twarze rozpływające się w szczerym uśmiechu. Trzymali się ukradkiem za ręce. Chichotali jak sztubaki albo hobbici. Z szyi zwisały im małe rzeźbione krzyże.

Zakupy i chichoty były jedynie przykrywką dla prawdziwego biznesu w Port Vila, czyli religii. Miasto pękało w szwach od amerykańskich i australijskich misjonarzy. Spotkałem mormonów w białych, wyprasowanych koszulach i krawatach, srogich Adwentystów Dnia Siódmego, pochłaniających jednego hamburgera za drugim członków Zgromadzeń Bożych, przemawiających językami zielonoświątkowców i charyzmatycznych działaczy ruchu uświęceniowego w służbowych garniturach. Głosili Dobrą Nowinę dosłownie na każdym rogu.

Kiedy stałem pośrodku Kumul Highway, głównej ulicy miasta, i próbowałem się zorientować, gdzie jestem, sznur mikrobusów rozstąpił się przed pryszczatym, białym dwudziestokilkulatkiem. Cudzoziemiec miał na sobie długie buty i powłóczystą szatę; w ręku dzierżył chorągiew ze znakiem krzyża. Jego aryjskie rysy i groźna postura podsunęły mi skojarzenia z przywódcą procesji Ku-Klux-Klanu, był wszakże jeden szkopuł: za człowiekiem w białym kapturze ciągnęła setka ciemnoskórych dzieciaków. Wymachiwały kartkami z wizerunkiem ubranego po ludzku jeża. „Wybaczam ci" – głosił dymek nad głową zwierzątka. Dzieci śpiewały: *Jesus hem i numbawam. Hem i luvim yumi* – Jezus to Numer Jeden. Kocha Ciebie i mnie.

Widok tej scenki rozczuliłby pierwszych misjonarzy, którzy w XIX wieku nie spotkali się z równie przychylnym przyjęciem. John Williams, pierwszy głosiciel Ewangelii na wyspach Melanezji, ujrzał Nowe Hebrydy w 1839 roku. Reprezentowane przezeń Londyńskie Towarzystwo Misyjne wyznań ewangelickich zdążyło już nawrócić większość Polinezji. Williams sądził, że z Melanezją pójdzie mu równie łatwo. Jego optymizm nie był uzasadniony. Misjonarz powiosłował w towarzystwie pomocnika ku brzegom wyspy Erromango, dzień żeglugi na południe od Efate. Tubylcy wpędzili mężczyzn na mieliznę i ich zatłukli. Widząc, że walka duchowa będzie się toczyć do ostatniego żołnierza, Londyńskie Towarzystwo Misyjne wyekspediowało w roli mięsa armatniego nauczycieli z Polinezji. Dziesiątki Samoańczyków padło na Erromango ofiarą chorób i zdrady, zanim tubylcy dali wreszcie za wygraną i ulegli dwojgu wyznawców Kościoła prezbiteriańskiego Nowej Szkocji. George i Ellen Gordonowie wylądowali na wyspie w 1851 roku. Przez dziesięć lat zdołali nawrócić garstkę miejscowych, popełnili jednak fatalny błąd. Kiedy wybuchła epidemia odry, która zabiła setki mieszkańców Erromango, Gordonowie ogłosili, że Jahwe chciał w ten sposób ukarać wyspiarzy za trwanie w pogaństwie. Małżeństwo zostało oskarżone o wywołanie epidemii, zarąbane toporami i zjedzone.

Wrogość tubylców była w pełni uzasadniona. Drogę na wyspy utorowały misjonarzom istne szumowiny cywilizacji europejskiej. Najpierw przybyli kupcy żądni drewna sandałowego, w które obfitował archipelag. Popyt na aromatyczny surowiec był w Chinach tak wielki, że handlarze próbowali go zdobyć za wszelką cenę. Za to, czego nie zdołali ukraść, płacili toporami i muszkietami. Kiedy zasoby drewna sandałowego były już mocno przetrzebione, Europejczycy zaczęli je pozyskiwać bardziej pomysłowymi metodami. W 1848 roku załoga statku „Terror" porwała mężczyzn z Erromango i sprzedała ich w niewolę odwiecznym wrogom z pobliskiej wyspy Tanna. Inni kupcy doszli do wniosku, że handel można uprościć dzięki eliminacji pośredników. Na jednym ze statków zamknięto w ładowni tubylca z Tanny z marynarzami chorymi na odrę, po czym odesłano z powrotem na wyspę, gdzie ofiarą zarazy padły tysiące jego pobratymców.

Później biali kupcy zaczęli eksploatować samych Melanezyjczyków – uświadomili sobie, że można użyć wyspiarzy do ciężkich robót na plantacjach trzciny cukrowej w stanie Queensland i na Fidżi. Jeśli młodzi ludzie nie chcieli opuścić rodzinnej wyspy dobrowolnie, odławiano ich z czółen na lasso jak dzikie konie, wleczono na statki do transportu robotników i zamykano pod pokładem. Niektórzy *blackbirders*, czyli „łowcy czarnych ptaszków" – jak nazywano osoby trudniące się tym ponurym rzemiosłem – po prostu zabijali wieśniaków odmawiających współpracy. Czasem przebierali się za misjonarzy, żeby pozyskać zaufanie tubylców. Epidemie i handel żywym towarem zbierały wielkie żniwo wśród rdzennych mieszkańców Nowych Hebrydów.

Wyludnienie ułatwiło ekspansję kupcom i plantatorom z Europy, którzy za kilka bel perkalu albo parę butelek dżinu otrzymywali nieraz tytuł własności do tysięcy akrów gruntu. Wkrótce Europejczycy zaczęli walczyć o ziemię między sobą. Kiedy francuscy plantatorzy zwrócili się do swojego rządu z prośbą o aneksję wysp, misjonarze Kościoła prezbiteriańskiego, rozjuszeni perspektywą przejęcia władzy przez Francuzów (czyli katolików), wystąpili z analogiczną petycją do rządu brytyjskiego. Żadne z państw nie miało ani ochoty, ani pieniędzy na takie przedsięwzięcie, nie zamierzało jednak zrzec się terytorium na korzyść drugiego. Mocarstwa postanowiły więc podzielić się wyspami, decydując się na dziwaczny eksperyment współpracy kolonialnej.

W 1906 roku utworzono kondominium Nowe Hebrydy. Archipelag otrzymał dwie głowy państwa, dwie biurokracje, dwie policje, dwa odrębne systemy prawne, dwa oddzielne sądy państwowe oraz sąd najwyższy, na którego czele stanął Hiszpan niemówiący płynnie ani po angielsku, ani po francusku. Zapanował chaos i ustrój wkrótce zyskał szyderczą nazwę pandemonium. Przyczynił się jednak do powstania Port Vila, gdzie komisarz brytyjski i konsul francuski wywiesili swoje flagi po przeciwległych stronach portu, urządzali przyjęcia i ze wszystkich sił próbowali zachować pozory dobrego smaku. Zakazali urządzania wyścigów konnych w centrum miasta i zabronili Melanezyjczykom opuszczania domów po zmroku – chyba że plantatorzy potrzebowali asysty swoich czarnych robotników w rozgrywkach karcianych. Kondominium dotrwało do roku 1980, kiedy wyspiarze odzyskali niepodległość i zaczęli się nazywać Ni-Vanuatu – ludźmi z własnego kraju.

Pozostałości schizofrenicznej epoki kondominium nie dały się łatwo usunąć. Z jednej strony Port Vila było miastem melanezyjskim: premier i przedstawiciele biurokracji wywodzili się z Ni-Vanuatu. Wystarczyło spojrzeć na ciemne twarze mieszkańców, na ich dredy, wejść do którejś ze spelunek, gdzie po nocach serwuje się *kava-kava* – odurzający napój z kłącza miejscowego krzewu zwanego pieprzem metystynowym. Z drugiej strony miasto mogło uchodzić za francuskie. Quiche sprzedawano w każdym sklepie, podobnie jak orzechy kokosowe i pataty. A może Port Vila było angielskie? Bywalcy pubów oglądali transmisje meczów futbolu australijskiego komentowane przez anglojęzycznych spikerów – mimo że barmani porozumiewali się między sobą w pidżynie, lingua franca północno-zachodniego skrawka Melanezji. W Ciné Hickson wyświetlano filmy amerykańskie z francuskim dubbingiem. Właściciele plantacji wpadali z hukiem do miasta, żeby ogołocić supermarket Au Bon Marché z zapasów pasztetu z gęsich wątróbek, po czym ładowali zakupy na półciężarówki pełne umorusanych, ciemnoskórych autostopowiczów.

Byli też trybaliści: z bezlitośnie przekłutymi brwiami, z nosami wysmarowanymi na biało maścią cynkową, z włosami ufarbowanymi w zwariowane blond pasemka, z ciernistymi tatuażami na ramionach. Australijczycy. Przypuścili szturm w samo południe, wysypali się tłumnie ze statku wycieczkowego. Ruszyli na podbój Port Vila z gwałtownością sił ANZAC na półwyspie Gallipoli i niewzruszonym poczuciem misji typowym dla mieszkańców przedmieść, którzy postanowili wybrać się na safari. Obserwowałem ich, stojąc w cieniu pod Domem Kanibali, gdzie przybysze płacili po dziesięć dolarów za możliwość sfotografowania swoich dzieci zanurzonych po pas w olbrzymim kotle w towarzystwie dzierżących włócznie „wojowników" w przepaskach biodrowych. Wojownicy stroili głupawe miny, poszturchując australijskich klientów i pokrzykując figlarnie: „Mmm, tłuściutkie i pyszne!".

W gruncie rzeczy to upokarzające. I nawet bym się poczuł zażenowany, gdyby nie nastawienie Ni-Vanuatu, którzy z zapałem podtrzymywali mit kanibalizmu. Dla nich był to doskonały interes. Albert, pilot łodzi pochodzący z pobliskiej wyspy Lelepa, pochwalił się w pierwszych minutach naszej znajomości, że jego lud stawiał zacięty opór wszelkim próbom nawrócenia. „Mój pradziad urodził się w czasach ciemnoty, przed nadejściem chrześcijan – oznajmił z dumą. – Pierwsi misjonarze, mąż i żona, przypłynęli na wyspę z Anglii. Przywieźli ze sobą dwunastoletniego syna. Moi przodkowie zabili misjonarzy, a potem ich zjedli. Ha, ha! Chłopca oszczędzili. Chcieli go adoptować, ale on wciąż płakał. To było straszne! Nie mogli tego znieść. No to uwiązali mu kamień u szyi, wypłynęli na środek zatoki i wyrzucili go za burtę". Teraz Albert urządza wycieczki do miejsca, w którym utopiono chłopca. Turyści z upodobaniem słuchają jego opowieści o kanibalach, zwłaszcza jeśli ich ofiarą padli misjonarze.

Pogańską przeszłość Port Vila sprowadzono najwyraźniej do groteskowych przedstawień i handlu pamiątkami. Misjonarze wygrali. Wszyscy mają na szyjach krzyże. Skoro jednak miejscowi są chrześcijanami, dlaczego misjonarze wciąż ciągną do Vanuatu? Dlaczego co tydzień organizują na stadionie krucjaty na rzecz światowego przebudzenia? Dlaczego na lotnisku kłębią się mormoni z Utah, w czarnych krawatach i z plakietkami wysłanników Kościoła Jezusa Chrystusa Świętych w Dniach Ostatnich? Skąd poczucie misji ewangelizacyjnej na zadbanych twarzach klientów w kolejce po hamburgery w American Way Café, skąd procesje wyśpiewujące alleluja na Kumul Highway?

„Bo ludziom wciąż chodzą po głowie złe myśli! Chcemy im ofiarować to, czego najbardziej potrzebują: czystsze, mocniejsze przesłanie ewangelizacyjne" – powiedziała moja pierwsza znajoma z Port Vila. Kay Rudd mieszkała wraz z mężem Jackiem w wymuskanym, usytuowanym na wzgórzu ośrodku Joy Bible College. Nosiła wiejskie sukienki z nadrukiem w kwiatki. Miała pełne, różowe policzki. Jack ubierał się w luźne garnitury w odcieniu khaki. Byli ciepli, ale zarazem surowi, jak dziadkowie wobec wnuków. Ruddowie byli misjonarzami. Kiedy im oznajmiłem, że szukam pogan, zaprosili mnie do bungalowu na lody.

– Vanuatu uważa się za prawdziwe państwo chrześcijańskie. Ludzie twierdzą, że są chrześcijanami – rzekła Kay – ale to wudu, czarna magia i duchy... tutaj się tego boją jak ognia. Wiesz przecież, kochany, że prawdziwy chrześcijanin nie ma powodów do strachu.

– Bo duchy i magia nie istnieją – wtrąciłem. – Pomagacie ludziom zwalczać przesądy.

Kay westchnęła i posłała mi spojrzenie, z którego wywnioskowałem, że jej cierpliwość się wyczerpuje.

– Tego nie powiedziałam. Zło istnieje naprawdę. Chrześcijanie mają jednak siłę, żeby przełamać jego urok. Jeśli damy ludziom do ręki Biblię w ich własnym języku, odkryją w sobie moc zwalczania czarnej magii.

– Ale wszyscy, których dotąd poznałem w Vila, są już chrześcijanami – odparłem.

– Kotku, wciąż walczymy o dusze wyspiarzy.

Słońce pogrążyło się w koronach figowców. Wśród drzew rozbrzmiewały cykady. W oddali migotały światła domów. Kay odsunęła pucharek z lodami i opowiedziała Podnoszącą na Duchu Historię o wyspie Tanna na południowym krańcu Vanuatu.

W latach czterdziestych xx wieku wydarzyło się tam Coś Bardzo Złego. Kiedy już wszyscy myśleli, że mieszkańcy Tanny porzucili swoje duchy i inne demony, kiedy misjonarze nabrali przekonania, że oddali wyspę pod władzę Chrystusa, pojawił się fałszywy prorok. Facet nazywał się John Frum i ogłosił się kimś w rodzaju mesjasza. Obiecał wyspiarzom, że pewnego dnia powróci na wielkim białym statku wypełnionym po brzegi amerykańskimi dobrami – jeśli porzucą swój Kościół i wrócą do praktyk pogańskich. Tubylcy kupili historię na pniu. Zabili wrota świątyń deskami i przegonili duchownych z wiosek. Nie licząc kilku oddanych kongregacji, Tannę ogarnęła gorączka Johna Fruma. Chrześcijaństwo straciło swój przyczółek na przeszło pół wieku.

Ale w 1996 roku pojawił się wreszcie ów biały statek z Ameryki. Na pokładzie był przyjaciel Jacka i Kay. Nazywał się John Rush. Udręczeni pastorzy z Tanny postanowili go uznać za wyczekiwanego zbawiciela. W końcu był Amerykaninem, przybył na wielkim białym statku i co najlepsze – miał na imię John. Okoliczności zanadto się pokrywały z mitem Fruma, żeby ich nie wykorzystać.

– Złapałeś, w czym rzecz? – spytał Jack, zacierając ręce. – John z Ameryki: John-Frum-America! Kiedy statek zacumował w porcie, proroctwo jakby się wypełniło i pastorzy zdali sobie z tego sprawę. Postanowili, że nasz John pójdzie do przywódców ruchu Johna Fruma i powie im, że już nie ma na co czekać. Że Ameryka nie ma zamiaru rozwiązać wszystkich problemów wyspiarzy.

– Nie chciał tego zrobić. Naprawdę nie chciał, żeby go wzięli za Johna Fruma – przerwała mężowi Kay – ale pastorzy go ubłagali. Pojechał więc do Sulphur Bay, ośrodka kultu, i wyobraź sobie, że ludzie Johna Fruma na niego czekali! Rozwinęli przed nim czerwony dywan. Wysypali drogę kwiatami i urządzili wielkie przyjęcie na jego cześć.

– Wizyta Johna okazała się początkiem końca Johna Fruma – powiedział Jack. – Nie ma już śladu po tym kulcie. Prezbiterianie odbudowali kościół w Sulphur Bay. Bóg wrócił. Frum odszedł. Ale nasz John nie domaga się wdzięczności za swój dobry uczynek. Twierdzi, że wszystko jest zasługą mądrego wodza, który wpuścił do wioski chrześcijan.

– Chodzi o wodza Raz. Isaac One, Isaac Raz – rzekła Kay.

– Nazwali go tak, bo nigdy się nie powtarza. Wódz Raz. Prawda, że to urocze?

Isaac One. Zapisałem nazwisko w notesie i westchnąłem ukradkiem. Jeszcze jeden kult z głowy. Ruddowie odznaczali się jednak tak nieodpartym, swojskim urokiem, że nie sposób ich było nie lubić. Od Kay aż biła łuna – po części za sprawą matczynej troskliwości, po części dlatego, że była spocona. Dałem się uściskać na pożegnanie i ruszyłem w stronę portu.

Przechadzałem się wzdłuż spowitego mrokiem nabrzeża, gdzie cienie błąkały się pośród cieni, szepcząc coś niezrozumiale i wybuchając śmiechem. Gdzieś trzeszczał i syczał głośnik, z którego dobiegało smutne zawodzenie chińskich skrzypiec. Światła z jachtów, czółen i odległych wiosek odbijały się w gładkim lustrze wody, jakby port był na krawędzi wszechświata, za którą toczy się straszliwy bój między dobrem a złem, białą i czarną magią – bitwa niewidzialna i bezkształtna, rozbrzmiewająca jednak ustawicznym szczękiem oręża tuż za horyzontem, wypalająca do cna wszelkie życie. Może i tak, a może za krawędzią nie ma nic – w każdym razie tę pustkę można wypełnić jedynie mocą wyobraźni.

3
Tanna: konflikt przekonań

> *Tubylcy, pozbawieni dostępu do prawdziwego Boga,*
> *nie ustają w poszukiwaniach, pełni nadziei, że kiedyś Go odnajdą.*
> *Jako że go nie znajdują, a zarazem nie umieją żyć bez jakiegoś bóstwa,*
> *upatrują idoli niemal we wszystkim; w drzewach i gajach, skałach*
> *i kamieniach, źródłach i strumieniach, owadach i innych zwierzętach,*
> *ludziach i duchach przodków, w rozmaitych resztkach, na przykład*
> *włosach i paznokciach, w ciałach niebieskich i wulkanach...*
> John G. Paton, *Missionary to the New Hebrides: An Autobiography*

Podczas czytania relacji wiktoriańskich poszukiwaczy przygód łatwo ulec złudzeniu, że życie na morzu jest beztroskie i romantyczne. Otwarta przestrzeń, słona bryza, dreszcz ryzyka i wezbrany ocean możliwości. Cóż może być lepszym źródłem inspiracji?

Mój pradziad pisał z uniesieniem o trzech miesiącach podróży po diecezji melanezyjskiej na pokładzie statku misyjnego „Southern Cross". Szkuner o ładowności trzystu ton, drugi statek ochrzczony tym imieniem od czasu śmierci Pattesona, opuścił stocznię w 1891 roku. Wyposażono go w silnik pomocniczy, główną siłą napędową były jednak stawiane na trzech masztach żagle, w większości rejowe. Statek leniwie ciął fale, halsując od wyspy do wyspy. Kajuty dla duchownych ulokowano na pokładzie; Melanezyjczycy jedli i spali w ładowni, dlatego z upodobaniem spędzali każdą wolną chwilę, przesiadując na takielunku lub przysypiając na rozpórce watersztagu. Żegluga po wzburzonym, otwartym oceanie wystawiała biskupa na ciężką próbę, postanowił więc zapamiętać chwile modlitwy, śpiewanie kantyczek i hymnów, codzienną pieśń wieczorną oraz cudowną metamorfozę tubylców: „Chłopcy weszli na pokład obwieszeni kolczykami w uszach i w nosach, lecz stopniowo rezygnowali z tych dziwacznych ozdób. Zanim dotarliśmy do wyspy Norfolk, mieli już na sobie koszule i spodnie, dziewczętom zaś rozdaliśmy schludne sukienki skrojone na angielską modłę".

Biskup najbardziej kochał wieczory, kiedy „Southern Cross" kotwiczył w cichej zatoce, a misjonarzy ogarniał błogi spokój. „Wówczas – pisał pradziad – można było nawet rozsiąść się na pokładzie w tym lekkim i niezbyt eleganckim ubiorze, który ludzie nazywają «strojem nocnym» i bardzo go sobie chwalą w tropikach". Z wiosek ukrytych wśród palmowych liści dobiegały dźwięki dzwonków, konch i bębnów – biskup wiedział, że wzywają nawróconych pogan do modlitwy, i czuł się prawdziwie wzruszony.

W tych sielankowych opisach krył się jednak pewien fałsz. Wiem już jaki: ocean wcale nie jest romantyczny. Przynajmniej nie wtedy, kiedy statek wypłynie z zacisznego portu na wzburzone fale i zacznie ci się zbierać na wymioty. Ocean nie jest troskliwą matką ani rączym rumakiem, nie jest też godnym przeciwnikiem w walce. Ocean to wielki, przegniły koc, w którym wciąż się coś rusza. To rezerwuar zwarzonego mleka. Bulgocząca latryna. Coś, co trzeba znieść. O tym się przekonałem podczas pierwszej podróży morskiej.

Statek motorowy „Havanna" pokonywał dystans trzystu mil morskich z Port Vila na południowy zachód do wyspiarskiego państwa Nowej Kaledonii – z postojem na Tannie – w ciągu trzech miesięcy i uchodził za najlepszą jednostkę pasażerską na archipelagu. Wzbudzał sensację, gdziekolwiek się pojawił. Miał miejsca siedzące, o czym poinformował mnie wyraźnie podekscytowany agent sprzedaży biletów. „Havanna" okazała się jednak nie tyle promem, ile pływającym magazynem. Prócz głównego pokładu, gotowego przyjąć kilkadziesiąt kontenerów, statek miał kabinę pasażerską dobudowaną na szczycie jednostki, jakby wcześniej ktoś o niej zapomniał. Luk dziobowy otwierał się na nabrzeże niczym złamana szczęka.

Członkowie szkockiego Kościoła prezbiteriańskiego uznali wyspę Tanna za swoją własność na długo przed misją pradziada Montgomery'ego. Biskup ominął ją szerokim łukiem. Mówiąc krótko, Tanna nie leżała na szlaku mojej podróży. Zafascynowała mnie jednak opowieść Ruddów o tajemniczym Johnie Frumie. Chciałem się dowiedzieć, dlaczego wyspiarze odrzucili swojego proroka. Kiedy załoga „Havanny" uporała się z załadunkiem, wszedłem na trap wraz z dwustoma innymi pasażerami i zagłębiłem się w przepastną gardziel statku.

Wypłynęliśmy o zmierzchu. Od momentu wyjścia z portu nie było nic do oglądania. Żadnych szkwałów. Żadnych błyskawic. Rozbryzgi wody wznosiły się jednak jak duchy, ilekroć „Havanna" zanurzyła swój tępy nos w mrocznej otchłani fali posztormowej z południowego wschodu. Statkiem rzucało w górę i na boki – noc rozbrzmiewała głuchym łoskotem fal uderzających w dziób, jękiem kadłuba pod naporem wody i zgrzytem sześciometrowych kontenerów ślizgających się po stalowej podłodze ładowni. Porzuciliśmy miękkie fotele. Przywarliśmy do parkietu jak kochankowie, rzygając do plastikowych torebek, plecaków albo prosto w dłonie.

Z pierwszym blaskiem świtu wyczołgałem się na pokład.

Stłoczeni przy relingu pasażerowie wychylali się za burtę. Wiatr chwytał zwieszające się z ust strużki śliny i rzucał je w morze. Jakaś kobieta rasy mieszanej skinęła na mnie i podała mi gąbczastą białą kulkę, którą z początku wziąłem za ciastko. Kulka okazała się włóknistym jądrem przejrzałego orzecha kokosowego.

„*Mais* this will take that orrible taste *long* mouth *blong you*" – powiedziała kobieta. Było w tym trochę francuskiego i odrobina angielszczyzny. W końcu jednak użyła bislama, de facto języka urzędowego Vanuatu. Miała na myśli: „Ale w ten sposób pozbędziesz się okropnego posmaku w ustach".

Bislama jest językiem pidżynowym, co oznacza, że powstał w drodze przemieszania, uproszczenia i zubożenia rozmaitych języków używanych przez wyspiarzy. Mój pradziad gardził pidżynem. Chciał, żeby Melanezyjczycy opanowali poprawną angielszczyznę albo przynajmniej pozostali przy mowie rodzimej, zamiast posługiwać się czymś, co nazywał „najpodlejszą miksturą, jaka kiedykolwiek skaziła czystość języka".

Im lepiej jednak poznawałem bislama, tym dobitniej zdawałem sobie sprawę, że mam do czynienia ze wspaniałym osiągnięciem kultury Vanuatu. Nazwa wywodzi się od rzeczownika *bêche-de-mer*, którym Francuzi określali ślimaki morskie, skupowane od wyspiarzy i odsprzedawane w Hongkongu. Początki bislama sięgają pierwszej połowy XIX wieku, kiedy mieszkańcy wysp znajdujących się na morzach południowych pracowali na statkach wielorybniczych i porozumiewali się z Europejczykami uproszczonym żargonem. W bislama jest mnóstwo nawiązań do terminologii żeglarskiej i slangu marynarzy. Kiedy słońce zachodzi, wyspiarze mówią: *Sun i hem i draon* – jakby topiło się w morzu. Kiedy coś się zepsuje, mówią: *Hem i bagarup*. Po angielsku brzmiałoby to: „Him, he's buggered up" – ten tam, on to zepsuł.

Żargon rozwijał się dynamicznie w latach 1863–1911, kiedy wysłano ponad pięćdziesiąt tysięcy Ni-Vanuatu do pracy na plantacjach w Australii, na Fidżi i Samoa. Robotników mówiących tym samym językiem izolowano od siebie, żeby nie spiskowali przeciwko swoim pracodawcom. Rozdzielenie *wantoks* („one-talks", czyli ludzi używających wspólnej mowy) nie było trudne: mieszkańcy samych tylko Nowych Hebrydów mówili w przeszło stu językach. Robotnikom nie pozostało nic innego, jak porozumiewać się za pomocą powszechnie znanych słów – angielskich i francuskich – zgodnie z melanezyjską gramatyką. Wracając do domu, zabierali ze sobą nowy język.

Bislama mógł przyprawiać o mdłości specjalistów, dał jednak Ni--Vanuatu niezbędne narzędzie w walce o niepodległość. Jeśli nawet językiem pism urzędowych pozostał angielski lub francuski, debaty parlamentarne toczyły się w bislama.

Wszystko jest *fala* (od angielskiego „fellow", kompan): drzewo, rekin albo dziewczyna. Zakochany w pewnej dziewczynie chłopak powiedział mi: *Hem i wan gudfala gel. Mi likem hem tumas.* Dopiero później zrozumiałem, że *tumas* nie znaczy „too much" (za bardzo), tylko „jak nie wiem co". Rzeczy określa się na podstawie wzajemnych relacji. Słowo *blong* (od „belong", należeć) jest wszechobecne – ale wyraz *long* pełni funkcję przyimka, nie przymiotnika. Jeśli więc spytać Ni-Vanuatu, kiedy skończyły się rządy kolonialne, odpowie: *Kantri blong mifala, hem i winim independens long 1980.* W tym właśnie roku przetłumaczono Nowy Testament na bislama i ludzie zaczęli czytać *gud nius blong Jisas Krais.* Kiedy spytasz kobietę, dokąd się wybiera, może odpowiedzieć: *Mi go nao blong swim long sanbij*, z czego powinieneś wywnioskować, że idzie na plażę się umyć (*swim* znaczy „myć").

Żeby ułatwić sobie naukę bislama, wystarczy przyjąć do wiadomości, że język powstał z komend bełkotanych przez pijanego marynarza do robotnika z Melanezji. Weźmy na przykład niezrozumiałe z pozoru wyrażenie: *Sarem olgeta doa*. Teraz cofnijmy się o stulecie i wyobraźmy sobie marynarza, który warknął do tubylca „shut them doors" (zamknij drzwi). Być może w pośpiechu lub wskutek upojenia alkoholowego słowa zlały się w coś, co brzmiało jak *sarem doa*. W językach melanezyjskich liczba mnoga wymaga użycia dodatkowego znacznika, roztropny wyspiarz wypełnił więc rozkaz, zamykając tylko jedne drzwi. Marynarz – o ile nie pofatygował się zamknąć pozostałych własnoręcznie – mógł podkreślić liczbę mnogą wyrażeniem: „Shut them, a l t o - g e t h e r!" (zamknij w s z y s t k i e drzwi). Zniekształćmy wymowę i załóżmy, że „altogether" zostało uznane za znacznik mnogości, a otrzymamy polecenie *sarem olgeta doa* we współczesnym języku bislama.

Pidżyn bywa poetycki w swej dosłowności. *Pijin blong solwata* oznacza ptaka, którego wszyscy kojarzą ze słoną wodą: mewę. Teleskop to *glos blong looklook big*. Prezerwatywa – *rubba blong fakfak*.

41

Język wchłonął też słowa francuskie. Czasownik „wiedzieć" brzmi *savve* (od „savoir" w trzeciej osobie liczby pojedynczej w czasie przeszłym, czyli „save"). Trafiają się również wyrazy polinezyjskie: jedzenie to *kai-kai*. Dzieci to *pikinini* (aczkolwiek niektórzy twierdzą, że słowo wywodzi się z angielskiego określenia ciemnoskórych dzieci albo z hiszpańskiego „pequeño"). Ludy używające języków pidżynowych wymieniają się słownictwem. Ni-Vanuatu zapożyczyli od mieszkańców Papui-Nowej Gwinei zwrot pożegnalny *lookim yu bakagen*. Najpotężniejsze słowo ma zasięg panoceaniczny. Jeśli jakakolwiek rzecz lub miejsce jest *tabu*, jest zakazane. Trzeba się trzymać od tego z daleka.

Gwiazdy zblakły i na horyzoncie, niczym kleks, pojawiła się Tanna. Z niewyraźnego kształtu wyłonił się wkrótce łańcuch pofałdowanych wzgórz. Nad krytymi strzechą chatami kłębił się niebieskawy dym. Fale obrębiały brzeg jak frędzle, od czasu do czasu roztrzaskując się w fontannę białych rozbryzgów. Światło słoneczne prześwitywało spoza grzbietów gór obwiedzionych postrzępionym konturem palmowych zarośli. Wykonaliśmy zwrot przez rufę i dobiliśmy na jałowym biegu do nabrzeża z betonu, wysuniętego w morze z jęzora rafy koralowej w Lenakel, jedynym mieście na wyspie Tanna.

Cisnąłem bagaż na trawę i czekałem na umówione spotkanie. Wysłałem wiadomość do Port Resolution, wsi położonej w kuszącym sąsiedztwie Sulphur Bay, osławionej twierdzy Johna Fruma. Wieśniacy znali kogoś z ciężarówką. Mieli przyjechać i odebrać mnie z portu.

– Port Resolution? Na pewno po ciebie nie przyjadą. To same łachudry – oznajmił tubylec o groźnym wyglądzie.

Rozłożył się obok na trawie. Miał na imię Kelsen. Przyszedł odebrać nowe taczki z „Havanny". Lśniły jak złoto. Kelsen miał splątaną brodę, w której wciąż gmerał palcami, oraz krzaczaste brwi, które mylnie uznałem za oznakę mądrości. Przysiadł się i postanowił poczekać razem ze mną. Powiedziałem mu, że szukam niegdysiejszych wyznawców kultu Johna Fruma.

– Wszyscy od Johna Fruma idą do piekła, możesz być tego pewien – odrzekł Kelsen.

Znów nabrałem otuchy.

– Czyli są tu jeszcze ludzie, którzy wierzą w Johna Fruma?

– Owszem, głupcy wierzą. Ale *nogud yu stap long* ludzie Johna Fruma. Same brudasy. Nie mają nic do jedzenia. Tłuką się między sobą.

Kelsen oświadczył, że mieszka u podnóża wulkanu Yasur. Obiecał, że opowie mi magiczną historię o wulkanie i że nigdy jej nie zapomnę. Nikt inny nie zna tej historii. Tylko Kelsen. Historia jest własnością jego rodziny. Przechodzi z pokolenia na pokolenie. Miał zamiar ją spisać i sprzedać.

– Mogę ci ją opowiedzieć – powiedział.

– Słucham – odparłem.

Kelsen zmrużył oczy. Miał lepszy plan. Najlepiej będzie, jak opowie ją u siebie w domu. Skoro chcę posłuchać, powinienem zapomnieć o grzesznikach z Port Resolution i Sulphur Bay i zatrzymać się u niego. Zbudował hotel u podnóża wulkanu za własne pieniądze.

Czas płynął. Nie miałem wyboru. Kelsen wrzucił mój bagaż na nowe taczki i poprowadził mnie wzdłuż magazynów krytych blachą cynkową. Po obu stronach drogi stały betonowe słupy. Elektryczność doprowadzono do Lenakel trzy miesiące przed moim przyjazdem – akurat na mistrzostwa świata w piłce nożnej, mówił Kelsen. Na skrzyżowaniu rozłożyliśmy się w trawie. Po godzinie przyjechała półciężarówka. Kelsen machnął ręką na kierowcę. Wdrapaliśmy się na pakę i ruszyliśmy z hukiem na wschód pylistą drogą pnącą się w górę wśród gajów palmowych.

Tanna tętniła życiem, wyglądała jak karykatura raju: z wulkanicznego czarnoziemu strzelały w niebo bananowce, krzewy taro i manioku, kwitnące poinsecje, sady pomarańczowe i paprocie drzewiaste. Papaje wielkości melonów zwisały z pędów roślin wysokich jak domy. Figowce rzucały cienie rozmiarów boiska baseballowego:

korony drzew balansowały ponad setkami korzeni powietrznych poskręcanych jak sznurki w makramach.

Gdy półciężarówka mijała kolejne plamy światła i cienia, Kelsen objaśniał, że nie tylko wyznawcy Johna Fruma idą do piekła. Podobny los czeka większość mieszkańców Tanny, nie wyłączając chrześcijan. „Ci ludzie co dzień sprzeniewierzają się Biblii – mamrotał – łamią prawa spisane przez Mojżesza w Księdze Kapłańskiej. Jedzą nieczyste pokarmy: świnie, nietoperze, rekiny, kraby. Palą. Piją *kava-kava*. Wszystko zakazane! Co gorsza, chodzą do kościoła w niedzielę, tymczasem wiadomo, że szabat święci się w sobotę. Prędzej czy później spotka ich za to kara".

Kelsen znał reguły, ponieważ jego przodkowie zostali nawróceni przez Adwentystów Dnia Siódmego w 1922 roku. Żaden z nich nie uwierzył w przesłanie Johna Fruma ani w inne fałszywe nauki, zapewnił z dumą.

Las we wschodniej części wyspy był oblepiony szarym pyłem upodabniającym drzewa do kamiennych posągów. Za zakrętem wjechaliśmy w strefę zniszczenia. Zupełnie jakby dżunglę strawił pożar, a roślinność pokryła się warstwą ziemi. Tu i ówdzie na spopielałej równinie sterczały krągłe głazy rozmiarów wiadra, przywodzące na myśl gigantyczne, rozsypane przypadkiem kulki do gry. Przed nami wznosił się wulkan, niczym olbrzymia wydma na Saharze – idealnie foremna, dziewicza hałda piachu o niespecjalnie groźnym wyglądzie. To właśnie był Yasur, wulkan wyrzucający snopy iskier, które w 1774 roku doprowadziły Jamesa Cooka do Port Resolution – wioski nazwanej tak jak statek kapitana. Yasur był wówczas święty. Ilekroć Cook próbował się wspiąć na wierzchołek góry, tutejsi przewodnicy sprowadzali go zakosami z powrotem nad morze.

Nie podziwialiśmy widoków, bo kierowca nie zwolnił. Pędził przez grzbiet wulkanu w stronę leśnej polany na przeciwległym krańcu równiny. Byliśmy już w połowie drogi, kiedy popołudniową ciszę rozdarł ogłuszający grzmot. Kierowca przez chwilę chciał zawrócić, ale się rozmyślił i pojechał dalej, mimo że ze szczytu leciał grad kamieni – jakby miotał nimi olbrzym. Przywarłem do podłogi. Kelsen wybuchnął śmiechem. Góra wypluła z siebie podobną do grzyba chmurę czarnego dymu, po czym umilkła.

Znów wjechaliśmy w las, mknęliśmy wyboistym szlakiem w stronę przecinki i krytych strzechą chat na palach. Miałem przed sobą luksusowy hotel Kelsena. Był prymitywny i piękny. Wokół pełno kwitnących drzew i roślin w doniczkach. Kury gdakały. Dzieci biegały w tę i we w tę. Gdzieś z głębi lasu dobiegały dźwięki pieśni kościelnej *Amazing Grace*, granej na fletni Pana. Wyglądało to jak postapokaliptyczna idylla z broszur rozdawanych na ulicach przez świadków Jehowy. Pomyślałem, że nic złego mnie tu nie spotka. I wtedy w dolinie rozległ się straszliwy świst – jakby tsunami przetoczyło się po kamienistej plaży. Potem kolejny przeraźliwy grzmot i fala drgań – nie spod ziemi, tylko w powietrzu – która zatrzęsła chatami i przykleiła mi koszulę do grzbietu. Nad wierzchołkami drzew pojawiło się jeszcze więcej dymu. Zwróciłem uwagę, że w wiosce Kelsena nie ma trawy: ziemię pokrywała gruba warstwa popiołu. Ogród, chaty, drzewa – zanim nadejdzie wieczór, wszystko może spłonąć i lec pod zwałami pyłu.

Żona Kelsena była zbyt nieśmiała, żeby na mnie spojrzeć, ale przyniosła mi porcję *laplap*, pieczonej papki z korzeni roślin serwowanej na liściach pandana. Potrawa była zimna i gumowata. Kobieta przyrządziła ją w piątek. Dziś jest sobota, czyli szabat, i nie wolno pracować.

Kelsen nie opowiedział mi historii o wulkanie: ani tamtego dnia, ani nazajutrz. Urządził mi za to kilka wycieczek. Przedzieraliśmy się przez dżunglę, chodząc wąskimi ścieżkami od wioski do wioski. W leśnym poszyciu było mnóstwo paskudnych wyrw i jeszcze więcej łupin kokosowych: robota dzikich świń. W jednej z osad usłyszałem dźwięki uderzanych o siebie skorup kokosów i dobiegający z maleńkiego szałasu śpiew. W środku siedziała staruszka otoczona wianuszkiem dzieci.

– O czym oni śpiewają? – spytałem.

– Babcia ma swoją religię. Uczy jej małe dzieci – odpowiedział Kelsen.

– Możemy z nią porozmawiać?

– Nie, oczywiście, że nie. Ona jest kobietą.

– Przecież widzę. Pogadajmy z nią.

– Nie! – uciął Kelsen. – *Kastom*.

– *Kastom?* Co to...

Ale Kelsen zdążył już zniknąć w lesie. Ruszył przed siebie z zagadkowym pośpiechem.

Na skraju sąsiedniej wioski zaprowadził mnie do przecinki, gdzie pod figowcem stał samotny mężczyzna. Miał na sobie *lavalava*, cieniutką zasłonę owiniętą wokół bioder. Na mój widok ją zrzucił. Zawstydziłem się w imieniu wszystkich, dopóki się nie zorientowałem, że zrobił to specjalnie. Kelsen przywołał go do nas zachęcającym tonem. Kiedy mężczyzna podszedł bliżej, przekonałem się, że nie jest zupełnie nagi. Jego członek był owinięty w coś, co wyglądało na setki splecionych źdźbeł lub skrawków kory, których końce zwisały szykownie nad obnażonymi jądrami. Konstrukcja utrzymywała penis w pionie dzięki mocowaniu do przepaski z trawy. Uświadomiłem sobie, że mam przed sobą *namba*, jedyny przyodziewek, jaki większość mężczyzn w tym regionie nosi od stuleci. (Pierwsi Europejczycy byli zbulwersowani do cna widokiem *namba*. Jeden z pionierów, E. Vigors, ukrył swoje wzburzenie pod maską łacińskich sformułowań, oznajmiwszy, że tubylcy „nie noszą żadnych ubrań *si excepias penem quem decorant modo dissimilis indigenes Tannae ubi membrum virile semper erectum tenent, sub singulo ligatum*").

Człowiek w *namba* uśmiechnął się do mnie szeroko. Kelsen warknął do niego w niezrozumiałym dla mnie języku, na co mężczyzna wykonał coś w rodzaju leniwego piruetu, jakby chciał mi udowodnić, że owszem, tyłek ma jak najbardziej goły. Porozmawiali jeszcze chwilę, po czym mężczyzna wycofał się do lasu.

Odwiedziliśmy jeszcze dwie wioski. Kelsen coraz hojniej szafował rozkazami, wskazując na mnie z rosnącą irytacją i naleganiem. Już zacząłem tracić do niego sympatię, kiedy wkroczyliśmy na polanę wspanialszą niż poprzednie i oflankowaną z dwóch stron przez figowce tak rozłożyste, że poczułem się jak w teatrze. Kelsen posadził mnie na ławeczce.

– Chcesz zobaczyć, jak poganie tańczą? – spytał.

– Może – odparłem zaskoczony.

– Oczywiście im zapłacisz.

Po kilku minutach usłyszałem w mroku gorączkowe rozmowy, a potem śpiew. Znajome twarze jedna po drugiej wyłaniały się z czeluści między korzeniami najokazalszego figowca: starzec z postrzępioną brodą, jego muskularna młodsza kopia, kolejny facet z szykownymi dredami, trzech rozchichotanych nastolatków i wreszcie nasz znajomy z poprzedniej wioski. Wszyscy zrzucili miejskie ubrania i byli zupełnie nadzy, jeśli nie liczyć *namba*. Ustawili się w krąg i zaczęli tańczyć. Klaskali w dłonie i tupali w ziemię, popatrując przez ramię, czy aby na pewno robię im zdjęcia. Oczywiście robiłem, choć raczej przez grzeczność, bo ich występ okazał się równie mało frapujący, jak tańce urządzane w porze obiadowej dla posiadaczy pakietów turystycznych w hotelu Le Meridien w Port Vila. Kelsen, zajadły wróg pogaństwa, zdołał przekształcić tradycję w źródło utrzymania. Tancerze w *namba* zaczęli się nudzić. Wierciłem się na ławce jak w potrzasku, z każdą minutą coraz bardziej gardząc Kelsenem. Postanowiłem jednak zachować pozory uprzejmości, żeby przynajmniej potem porozmawiać ze starcem.

– Jesteście chrześcijanami jak Kelsen – zagadnąłem wodza, kiedy pył opadł.

Potrząsnął głową.

– Ha, ha! Nie, nie wierzymy w Kościół – powiedział w bislama. – Wierzymy w *kava-kava* i świnie.

– Ale mieliście do czynienia z misjonarzami, którzy chcieli odmienić wasze życie?

– Tak, misjonarze przynieśli im Dobrą Nowinę – wtrącił Kelsen po angielsku – ale oni nie chcieli ich słuchać. Pójdą do piekła.

– Misjonarze przyszli – powiedział wódz – i zabronili nam robić *kastom* (znów to słowo), ale my urodziliśmy się z *kastom* i nie mamy zamiaru o tym zapomnieć. Mój dziad i pradziad przestrzegali *kastom*. I ja też będę. Moje życie jest proste. Jemy, śpimy i pijemy *kava-kava* za darmo. Chrześcijanie muszą tak ciężko pracować. Muszą za wszystko płacić – podkreślił, spoglądając spode łba na Kelsena.

Kastom. Wkrótce się przekonałem, że to słowo ma wiele znaczeń dla Melanezyjczyków. Tłumacząc je jako „kultura", oddalibyśmy zaledwie część jego potęgi. *Kastom* oznacza historię, religię, rytuał i magię Melanezji, odnosi się też do tradycyjnych systemów gospodarczych, organizacji społecznej, polityki i medycyny. Mówiąc, że coś jest *kastom*, łączymy to z tradycją przodków. Uświęcamy to. Czasem jednak używa się tego słowa, żeby zniechęcić rozmówcę do wnikania w sedno tutejszych praktyk. (Dlaczego kobietom nie wolno pić *kava-kava*? *Kastom*. Dlaczego kobiety nie mogą być pastorami? *Kastom*. Dlaczego nie myje się czarek do *kava-kava* między jedną a drugą kolejką? *Hem i kastom blong mifala nomo*).

– Rozwiązujemy wszelkie problemy za pomocą *pik-pik* i *kava-kava* – powiedział wódz. – Na przykład, kiedy walczymy z mieszkańcami sąsiedniej wioski, możemy zabić *pik-pik*, żeby nam się lepiej powiodło. Jeśli mamy inne kłopoty, pijemy *kava-kava* i prosimy o pomoc duchy. Duch może siedzieć w dziupli figowca. Może być też gdzieś indziej, ale jak go poprosimy, to przyjdzie.

Kelsen przytaknął skwapliwie, ale wymamrotał po angielsku „bałwochwalstwo".

– Przyjacielu, pozwól, że cię o coś spytam – ciągnął wódz. – Przypuśćmy, że Kelsen pójdzie do kościoła i poprosi swojego Jezusa o deszcz. Zacznie padać? Nie. Ha! Jak ja chcę, żeby padało, to idę do figowca, piję *kava-kava* i modlę się do taty albo mamy. Oni nie żyją, ale jeśli potrzebuję deszczu, to mi go sprowadzą. Jeśli zgubię *pik-pik* w lesie, to też mi ją sprowadzą.

– Głupi poganie – orzekł Kelsen. – Jezus potrafi zesłać jeszcze większy deszcz.

Rozmowa z wodzem o religii nie mogła się obyć bez pełnych zgorszenia komentarzy Kelsena. Zmieniłem temat.

– Wasze *namba*. To boli?

– Nie, wcale – odparł wódz. – Jesteśmy obrzezani. Nasze członki są bardzo mocne.

Kelsen znów się wtrącił z wyjaśnieniem, że wszyscy chłopcy na wyspie Tanna muszą się poddać obrzezaniu, zanim dorosną. Swoich synów też obrzeza i wyprawi z tej okazji wielką uroczystość.

– Ale dlaczego to zrobisz, Kelsen? – spytałem.

– Bo to *kastom*.

– Kelsen, przecież jesteś chrześcijaninem!

Jego postawa wydała mi się rażąco niespójna. Odniosłem wrażenie, że najzagorzalszy na wyspie adwentysta dnia siódmego nie potrafi do końca zerwać z tradycją przodków.

– *Kastom* nie przeczy naukom Chrystusa – odparł szorstko Kelsen, ale zanim zdążył powiedzieć coś więcej, wódz szturchnął mnie w ramię, żeby zwrócić na siebie uwagę. Zwinął dłoń w pięść i zrobił nią wymowny gest.

– Nasze członki są bardzo, ale to bardzo mocne! Każdy starzec z wyspy Tanna może robić dzieci. Przyjacielu, załóżmy, że po powrocie na swoją wyspę będziesz miał kłopot z robieniem dzieci – wystarczy do nas wrócić i nasz *kastom* doktor da ci lekarstwo na członek.

Podziękowałem i spytałem o Johna Fruma.

– Nie zawracaj sobie głowy Johnem Frumem – powiedział Kelsen. – John Frum jest dla wariatów. John Frum nie ma żadnej władzy...

– Musisz pojechać do Sulphur Bay – przerwał mu wódz. – W piątek urządzają tańce ku czci Johna Fruma.

Tego już było za wiele dla Kelsena. „Czas na nas" – oznajmił i poprosił mnie o pięćset vatu, żeby zapłacić wodzowi.

Znów zagłębiliśmy się w las. Czułem się jak turysta, mając pełną świadomość, że wódz i jego chłopcy przebiorą się za chwilę w codzienne ubrania.

– Pięćset vatu: bardzo dobry interes – wyjaśnił Kelsen. – Tyle samo każą płacić turystom w wiosce Yakel. A tamtejsi poganie nie mają *namba*, tylko spódniczki z trawy. Czasem nawet widać im slipki spod spódniczek. Im bardziej goły poganin, tym drożej, prawda?

Kelsen postanowił zmienić temat.

– Widzisz – powiedział – znam pogan. Jestem najlepszym przewodnikiem. Miałeś szczęście, że na mnie trafiłeś.

Kelsen był postacią tragiczną. Naigrawał się z pogańskiego *kastom*, tymczasem sam wyraźnie bez niego cierpiał. Między innymi dlatego kłócił się z bratem o pieniądze płacone przez gości za pobyt w ich wiosce. Nie mogą zażegnać sporu, urządzając zgodną z *kastom* ceremonię ubicia świni, bo wieprzowina jest dla adwentystów *tabu*. Nie mogą polegać na własnych przodkach ani mitologii wyspiarzy. Rozstaną się jak Kain z Ablem, powiedział Kelsen – z tym że to on zatrzyma pieniądze. Aż się trząsł z obsesyjnej chciwości. Wtedy po raz pierwszy poczułem dezorientację duchową, która stała się niegdyś zaczątkiem okrutnej wojny domowej na Wyspach Salomona.

Kelsen błagał, żebym nie jechał do Sulphur Bay. Twierdził, że nie ma się tam gdzie zatrzymać. Wyznawcy Johna Fruma porzucili ostoję swej wiary i uciekli na wzgórza, gdzie nigdy ich nie odnajdę. Obiecał, że opowie mi historię o wulkanie, jeśli zostanę u niego jeszcze jedną noc. Tylko że zapewniał mnie o tym już od trzech dni.

Ruszyłem z powrotem drogą do Yasur, tym razem na piechotę. W południe dotarłem do okrytej popiołem równiny, gdzie spotkałem trójkę mormońskich misjonarzy. Ich białe koszule lśniły w promieniach słońca. Krawaty łopotały na wietrze. Wymieniliśmy uścisk dłoni. Napomknąłem, że zasługują na ogromny szacunek za to, że dbają o czystość koszul w tak trudnych warunkach misyjnych. Odparli, żebym przestał stroić sobie żarty, zwłaszcza jeśli się wybieram do Sulphur Bay.

– Na tym krańcu wyspy żyje fałszywy prorok – stwierdził ponuro jeden z mormonów. – Setki ludzi zwiódł na manowce.

– John Frum – podpowiedziałem.

– Nie. Fałszywy prorok ma na imię Fred. Jest bardzo niebezpieczny. Wrzuca niemowlęta do wulkanu.

Mimo to wskazali mi drogę do Sulphur Bay. Przeszedłem spopielałą równinę, zafascynowany widokiem grzybów z czarnego dymu wyrzucanych co pewien czas z wierzchołka Yasur. W pyle dostrzegłem pojedyncze ślady stóp wiodące zakosami na szczyt krateru.

Niemowlęta do wulkanu. Dobre sobie.

Ale Fred... chyba już gdzieś słyszałem to imię. W końcu sobie przypomniałem. W Port Vila poznałem pewnego Kanadyjczyka, który właśnie przepracował pół roku jako jedyny lekarz na wyspie Tanna. Nazywał się Fockler. Wyznał, że wyspa go intryguje, a zarazem przeraża. Było tak na przykład, kiedy policja wezwała go do Sulphur Bay, żeby zbadał człowieka, który założył nową wioskę na zboczu wulkanu.

– Chodziły pogłoski, że facetowi odbiła szajba – powiedział lekarz. – Miał różne widzenia i oskarżano go o najrozmaitsze przestępstwa: rozumie pan, znęcanie się nad dziećmi w celach rytualnych czy coś w tym rodzaju. A, mówili też, że jest trędowaty.

Fockler, jak zwykle odpowiedzialny, przejechał całą wyspę ciężarówką, wioząc komplet rękawiczek chirurgicznych i torbę pełną leków psychotropowych. Ledwie zaczął się wspinać na zbocze, stanął twarzą w twarz z osławionym Fredem – zwalistym mężczyzną o rozczochranych włosach. Wyszło na jaw, że Fred naprawdę cierpiał na trąd. Miał odrobinę zniekształcone łuki brwiowe i dłonie. Doktor był jednak pewien, że ma do czynienia z niezaraźliwą postacią tej choroby. Udając, że chce zbadać skórę proroka, postanowił uzyskać szybką diagnozę jego stanu psychicznego.

– Spytałem go, czy ma widzenia, wie pan, czy słyszy jakieś głosy, na co odparł: „Nie mogę powiedzieć, bo to źródło mojej mocy". Czyli jesteśmy w domu. Ale za groźnego psychotyka bym go nie uznał.

Fockler zdał sobie sprawę, że policjanci szukają pretekstu, żeby aresztować Freda, i postanowił nie wyręczać ich w tej paskudnej robocie. Oznajmił wyznawcom Freda – a były ich setki – że mogą sobie zatrzymać swojego proroka. Bardzo się ucieszyli. Lekarz wrócił do szpitala w Lenakel, Fred został ze swymi widzeniami w górach.

Poszedłem drogą przez las i w dół korytem strumienia. Zbocza po obu stronach były wymyte do gołej skały. To mnie zdumiało: potoczek, który ciurkał w dolinie, nie mógł się przyczynić do takich zniszczeń. Obszar dotknięty erozją ciągnął się kilkaset metrów w stronę morza. Dalej szlak odchodził od strumienia i kończył się na rozległym polu otoczonym chatami. Miałem przed sobą Sulphur Bay, ale w wiosce nie było żywego ducha. Świnie zryły pole do szczętu: z dna przepastnych kraterów popatrywały na mnie dwa wieprze. Pośrodku stał stary zbiornik na cement. Z kranu dobywał się tylko pył.

Usłyszałem głosy dobiegające znad strumienia. Poszedłem sprawdzić i zobaczyłem kilkadziesiąt kobiet kąpiących się, śpiewających i tłukących kijankami pranie, z którego w popołudniowym skwarze buchała gęsta para. Niektóre były obnażone od pasa w górę, co odrobinę kłóciło się z naukami prezbiterian, pionierów ewangelizacji wyspy. Poszedłem porozmawiać z ich mężami, którzy kąpali się w górnym biegu potoku.

Ledwie wspomniałem o Isaacu Raz, kiedy przypadł do mnie jakiś młody człowiek, uścisnął mi dłoń i wyciągnął mnie ze strumienia.

– Nie tu – stwierdził kategorycznie – nie Sulphur Bay.

Zdjął mi plecak, założył go na siebie i ruszył dziarsko w górę potoku. Nie pozostało mi nic innego, jak pójść w jego ślady. Po kilku minutach dotarliśmy do polany przypominającej do złudzenia te napotkane wcześniej podczas wycieczek z Kelsenem: owalny szmat ziemi wydeptanej gołymi stopami, ocieniony tym razem przez drzewa chlebowe. Kolczaste owoce zwisały z gałęzi jak zielone lampiony. Na polanie kłębił się istny tłum: starcy w wyświechtanych *lavalava* i kurtkach narciarskich, młodzi ludzie w kwiecistych szortach. Chłopcy i warujące u ich stóp, popatrujące spode łba kundle. Mężczyźni doglądali małych ognisk i krzątali się wokół wielkich, ubabranych w błocie kłębowisk kłączy. Odwrócili się i popatrzyli na mnie w milczeniu.

– Isaac One – powiedziałem.

Wystąpił starzec.

Wyciągnąłem z plecaka torebkę ryżu i trzy puszki tuńczyka, zamierzając je wręczyć wodzowi, zmieniłem jednak zdanie, kiedy skrzywił się z niesmakiem i odwrócił na pięcie. Położyłem wszystko na macie z trawy. Wódz wzgardził darami. Wymamrotał coś do mojego przewodnika, który zabrał plecak i zniknął w lesie. Zacząłem się denerwować. Niebo nad wulkanem zrobiło się fioletowe. Zmierzch zapadł nad *nakamal* – tam właśnie mnie zaprowadzono: w miejsce, gdzie pije się napój z *kava-kava*, które można znaleźć w każdej wiosce na wyspie Tanna.

– Wódz jest bardzo pijany – oznajmił mój przewodnik. – *Kava-kava*.

Isag Wan (poznałem wreszcie prawidłową pisownię jego nazwiska) zrobił na mnie wrażenie. Był smukły i wiotki jak tląca się gałązka, którą dzierżył w dłoni na wypadek, gdyby zgasł mu nieodłączny papieros. Przekrwione oczy świadczyły o uzależnieniu od *kava-kava*. Mimo to popatrywał bystro. Jego brodę przyprószyła siwizna; był ubrany w kurtkę khaki z napisem „us Army" na piersi. Rozdawał kopniaki włóczącym się po *nakamal* kundlom.

Próbowałem się przedstawić, wyjaśnić mu, po co przyszedłem, ale wódz machnięciem kościstą ręką nakazał mi milczenie. Potem zajął się skwapliwie matą z trawy, którą rozłożył w pyle specjalnie dla mnie. – *Long moning yu kam long ofis blong mi* – powiedział i znów się odwrócił.

Przyjść rano do biura? Do biura, tutaj? Przez cały tydzień nie widziałem bodaj jednego budynku krytego blachą.

Wieczorny obrzęd picia *kava-kava* właśnie się rozpoczął i wódz nie życzył sobie, żeby mu przeszkadzano. Sceneria była znajoma – czytałem już opisy tego rytuału pióra pierwszych misjonarzy Kościoła prezbiteriańskiego, którzy zwrócili uwagę, że mieszkańcy wyspy Tanna po każdym łyku napoju wypowiadają inwokację do ducha lub modlitwę, która ma obudzić moc uśpioną w magicznym kamieniu. Misjonarzom wcale się to nie podobało. Zakazali tubylcom spożywania *kava-kava* kilkadziesiąt lat przed przybyciem Johna Fruma, który zaczął im bruździć.

Kobiety nie mają prawa wstępu do *nakamal*. Obserwowałem, jak mężczyźni sprawiają kłącza *kava-kava*. Jakby od niechcenia zeskrobywali z nich brud i korę – wyglądały jak korzenie imbiru, tylko bardziej dorodne. Następnie cięli kłącza na porcje i rozdawali je nastolatkom, którzy czekali na nie jak psy na odpadki ze stołu. Chłopcy żuli *kava--kava*, a mężczyźni podsuwali im kolejne kąski, dopóki policzki wyrostków nie wydęły się jak u rechoczących żab. Potem jeden z chłopców wypluł to, co miał w jamie ustnej, do czegoś, co przypominało chustkę do nosa (dość celne porównanie, jeśli wziąć pod uwagę, że zrobiwszy swoje, chłopak się wysmarkał i głośno charknął). Porcja przeżutych kłączy wyglądała jak krowi placek. Isag Wan rozpostarł szmatkę nad naczyniem z orzecha kokosowego. Ktoś polał włóknistą masę wodą, wódz złożył brzegi szmatki do wewnątrz, skręcił ją i odcisnął płyn do naczynia. Polewanie i odciskanie powtarzano dopóty, dopóki czarka nie wypełniła się szarą, błotnistą mazią.

Wódz opróżnił swoją czarkę trzema szybkimi haustami. Potem się odwrócił i splunął siarczyście w stronę lasu. Wydał przy tym z siebie coś pośredniego między jękiem a ziewaniem.

– Wódz mówi swoje *tamahava*: modli się – szepnął młody człowiek, który usiadł przy mnie. Nazywał się Stanley. Miał dredy zebrane w pojedynczy węzeł z tyłu głowy. Był ubrany w podkoszulek z myszką z jakiejś kreskówki. Myszka piła tequilę. – Teraz twoja kolej – oznajmił Stanley z zachęcającym uśmiechem.

Wszyscy zebrani w *nakamal* zwrócili wzrok na mnie. Wstałem i poczekałem, aż podejdzie chłopiec z twarzą wysmarowaną czerwoną farbą. Wyglądał jak rozbitek z *Władcy much*. Z nosa zwisał mu lśniący, żółtozielony glut. Wciągnął i przełknął smarki, następnie podał mi coś, co uznałem za łupinę wyjątkowo dorodnego orzecha kokosowego, wypełnioną po brzegi błotnistą miksturą.

– Zrób tak jak wódz – objaśnił Stanley. – Wypij duszkiem, a potem powiedz swoje *tamahava*.

Napój z *kava-kava* wyglądał jak woda po myciu naczyń, smakował błotem i czosnkiem, a działał jak środek znieczulający. Język mi zdrętwiał, zanim skończyłem pić. Splunąłem w las, warknąłem „Boże, dopomóż" i spojrzałem w ciemność. Po dwóch kolejnych czarkach odrętwienie ogarnęło żołądek i głowę. Wszystko było, jak trzeba. Świat mruczał cichutko, ja zaś próbowałem ustalić źródło niespodziewanego poczucia transcendencji.

Uczeni badają właściwości farmakologiczne krzewu *Piper methysticum* od przeszło stu lat. W latach osiemdziesiątych XX wieku naukowcy odkryli, że kłącze pieprzu metystynowego zawiera składniki o działaniu przeciwdrgawkowym, rozluźniającym mięśnie i miejscowo znieczulającym. Być może są w nim też substancje psychoaktywne, badacze nie mogą jednak dojść do porozumienia, czy *kava-kava* jest w nie dostatecznie bogata, by zapewnić konsumentom narkotykowy odlot w pełnym tego słowa znaczeniu.

Kava-kava jest spożywana przez członków niewielkich społeczności w całym regionie Południowego Pacyfiku. Wieść jednak głosi, że nigdzie nie jest tak mocna jak na wyspie Tanna. Być może dlatego, że tylko tutaj przyrządza się ją z kłączy przeżutych, a nie ze zmiażdżonych lub posiekanych. Badacze sugerują, że zawarte w korzeniu substancje aktywne – czymkolwiek by one były – słabo rozpuszczają się w wodzie. Zawarte w ślinie enzymy pomagają je rozpuścić. Innymi słowy, nie można wykluczyć, że całe to żucie przez zasmarkanych prawiczków uwalnia prawdziwą moc z *kava-kava*.

Nocne powietrze spowiło mnie jak muślin. Siadłem na macie z trawy i zwierzyłem się ze swego dobrostanu Stanleyowi. Uświadomiłem sobie, że jest moim najdroższym przyjacielem.

– Wszystko jest fioletowe. Jak pragnę zdrowia, życie jest fioletowe – oświadczyłem. – Zgodzisz się ze mną?

Stanley potoczył wzrokiem po polanie i wstrząsnął głową z dezaprobatą.

– Cicho, uspokój się. Mów do mnie szeptem.

Upomniał mnie, że *nakamal* to nie bar, w którym można przekrzykiwać się z kumplami.

Spytałem więc szeptem:

– Wierzysz w Johna Fruma?

– Wierzę – odpowiedział Stanley.

Strzał w dziesiątkę.

– Ale kim on jest? Czym on jest? Bogiem? Skąd przybył?

– Ciiii – skarcił mnie Stanley, po czym wymamrotał odpowiedź w ścielący się przed nami pył. – Jest tylko jeden Bóg, ale wielu mesjaszów. Twoim mesjaszem jest Jezus. Naszym John Frum. To nasz najlepszy przodek.

Głos Stanleya zaczął odpływać. Delikatnie poklepałem sąsiada po kolanie. Zupełnie jakbym budził do życia zepsutą szafę grającą.

– W czasach ciemnoty mieliśmy tylko *kastom* na wyspie Tanna – powiedział. – Nasi dziadowie pili *kava-kava* i urządzali tańce. Mieli magiczne kamienie, które pomagały im wzburzyć lub uspokoić ocean. Potrafili też sprowadzić słońce i deszcz. Ale potem przyszli misjonarze i powiedzieli naszym dziadom: „Macie iść do kościoła. Bóg da wam wszystko". I zaprowadzili prawo, które zabroniło nam korzystać z magicznych kamieni. Uznali, że całe *kastom* jest złe – nawet *kava--kava*. I wtedy przybył do nas John Frum pod postacią ducha. Powiedział naszym dziadom: „Biały człowiek ma światło, światło swojego Kościoła, ale chce go użyć do zniszczenia waszego *kastom*. Powróćcie do *kastom* i bądźcie mu wierni, albowiem Bóg stworzył *kastom*, żebyśmy z nim żyli".

Potem Stanley wlepił wzrok w ogień, przestał reagować na moje szturchańce i zamilkł na dłuższy czas.

Chciałem więcej, ale zacząłem już składać strzępy historii Johna Fruma na podstawie relacji Europejczyków, które znalazłem w bibliotece w Port Vila. Wynikało z nich, że prorok John Frum jest produktem ubocznym chrześcijańskiego zapału misyjnego. Członkowie Kościoła prezbiteriańskiego przed proklamowaniem na archipelagu rządów francusko-angielskich zaprowadzili na wyspie Tanna rodzaj teokracji. Kościół podporządkował wyspiarzy doktrynie prezbiteriańskiej, wdrażanej przez lotne brygady miejscowych strażników moralności. Każdy, kogo podejrzewano o picie *kava-kava* bądź kultywowanie śpiewów i tańców rytualnych, mógł się spodziewać aresztowania i procesu przed sądem kościelnym.

Wszystko zaczęło się zmieniać w 1940 roku. Wtedy właśnie James Nicol, namiestnik okręgu zarządzanego przez Brytyjczyków, usłyszał o zagadkowym przybyszu, który zwołuje tajne zebrania miejscowych wodzów. Cudzoziemiec nosił kapelusz z szerokim rondem i białą sportową marynarkę ze srebrnymi guzikami. Ukrywał twarz, miał jednak wysoki głos, z czego wyciągnięto wniosek, że musi być biały. Buntował tubylców przeciwko prawom innych białych ludzi. Nazywał się John Frum – aczkolwiek niektórzy utrzymywali, że to John With a Broom (John z Miotłą, którą wymiatał smutki). Tak czy inaczej, tubylcom spodobało się jego przesłanie. Oznajmił mianowicie, że mieszkańcy wyspy Tanna powinni odwrócić się od misjonarzy Kościoła prezbiteriańskiego, zabraniających im wszystkiego, co stanowiło o ich jedności. Trzeba wrócić do *kastom*, o którym opowiadał mi Stanley: do dziwacznych tańców, magicznych zaklęć sprowadzających deszcz, ceremonii obrzezania i poligamii. Powinni utopić europejskie pieniądze w morzu i odnaleźć utraconą więź z przodkami. Jeśli to zrobią, funkcjonariusze policji kolonialnej i surowi misjonarze Kościoła prezbiteriańskiego znikną jak za dotknięciem czarodziejskiej różdżki. A wtedy prorok powróci na wielkim białym statku wyładowanym po brzegi amerykańskimi bogactwami. Lodówki, sprzęt kuchenny i mielonka w puszkach staną się dostępne jak orzechy kokosowe.

Niektórzy wyspiarze twierdzili, że John Frum jest królem Ameryki, a może i synem Bożym: tak jak Jezus, tylko starszym. Inni utrzymywali, że tysiące jego żołnierzy czeka w wulkanie, by w stosownej chwili wyjść i przepędzić Brytyjczyków i Francuzów. Kilku wodzów ogłosiło się Johnem Frumem.

Wyznawcy proroka ruszyli do akcji w 1941 roku. Wyrzynali bydło i świnie. Szastali na lewo i prawo europejskimi pieniędzmi, przygotowując się do nadejścia Frumowskiego złotego wieku. Setki mieszkańców południowego krańca wyspy upajało się *kava-kava* i urządzało tańce do białego rana. Pewnej majowej niedzieli prezbiteriańscy pastorzy zastali swoje kościoły zupełnie puste – po raz pierwszy od dziesięcioleci.

Nicol miał dość. Poprosił o posiłki z Port Vila i aresztował kilkudziesięciu najzagorzalszych wyznawców Fruma.

Być może ruch by zaginął, ale proroctwa Fruma się wypełniły. W grudniu 1941 roku Japończycy zbombardowali Pearl Harbor.

W marcu następnego roku flota amerykańska stanęła u wybrzeży Nowych Hebrydów. Podczas wojny przez archipelag przewinęło się ponad pół miliona żołnierzy. Amerykanie okazali się wyjątkowo hojni, rozdawali tubylcom garnki, patelnie, papierosy i mięso w puszkach. Chodziły słuchy, że pewien czarnoskóry sierżant, dowiedziawszy się o konflikcie na wyspie Tanna, ofiarował jej mieszkańcom flagę (niektórzy twierdzą, że czerwoną, inni – że gwiaździsty sztandar). Powiedział zwolennikom Fruma, że Ameryka będzie ich zawsze bronić przed kolonistami. Wyspiarze z Tanny utwierdzili się tylko w przekonaniu o związkach swojego proroka z Ameryką. I tak 15 lutego 1957 roku zatknęli flagę w Sulphur Bay. Wznieśli krzyż i pomalowali go na czerwono – wzorem krzyży, jakie zobaczyli na ambulansach armii amerykańskiej. Wystrugali sobie drewniane „strzelby" i skrzętnie zgromadzili amerykańskie nadwyżki mundurowe. Żeby uczcić dzień odkupienia, co rok 15 lutego wyznawcy Fruma wkładali wyświechtane mundury, zabierali swoje strzelby i urządzali defiladę na placu w Sulphur Bay.

Tanna nie jest jednak wyjątkiem w branży mesjanistycznej. W ubiegłym stuleciu w Melanezji powstały dziesiątki kultów cargo. Pokolenie mesjaszów obiecywało przybycie statków i samolotów wypełnionych niewysłowionymi bogactwami – ale tylko tym, którzy podporządkują się ich rozporządzeniom. Kulty rozwijały się niezależnie na co najmniej kilkunastu wyspach i w każdym przypadku zakładały manipulowanie siłami nadprzyrodzonymi, aby przyśpieszyć nadejście ery wolności i dobrobytu. Większość proroków wzywała do porzucenia dóbr i obyczajów przejętych z zagranicy, przyrzekając zarazem samoistny napływ towarów. Ludzie budowali kołowroty, magazyny, a nawet pasy startowe, żeby ułatwić magiczną dostawę cargo. Istotą kultów powstałych przed wybuchem drugiej wojny światowej był powrót przodków niosących bogactwo. Po wojnie sytuacja się zmieniła: magiczna dostawa miała nadejść z Ameryki. Kiedy amerykańscy żołnierze opuścili wyspę Espiritu Santo, położoną w odległości trzystu mil morskich na północ od Tanny, przywódcy tak zwanego kultu nagości kazali wieśniakom zrzucić odzienie i uprawiać stosunki seksualne na oczach wszystkich, „jak psy i kury". W ten sposób mieli sprowadzić Amerykanów z powrotem, po czym korzystać z dobrodziejstw złotego wieku i żywota wiecznego.

W Melanezji uprawiano tyle kultów, że duchowieństwo opracowało specjalne wskazówki dla misjonarzy, jak je zwalczać. Broszura wydana w 1971 roku doradzała pastorom cierpliwość. Nie powinni się oburzać, że wieśniacy używają chrześcijańskich krzyży do odprawiania pogańskich rytuałów, za to winni ich od tych spraw odciągać, organizując pokazy filmów i zawody sportowe.

Zdaniem kilku antropologów fenomen kultów cargo odzwierciedla stosunek kultur prymitywnych do pozornie nadprzyrodzonych w swej obfitości dóbr materialnych Europejczyków i Amerykanów. Zgodnie z tą teorią używane przez białych ludzi wytwory przemysłu były tak szokująco odmienne, że wyspiarze uznali je za przedmioty z królestwa duchów. Działa, dżipy i jedzenie w puszkach także poczytano za dowód wyższości białego człowieka nad Melanezyjczykami. Posiadanie tych rzeczy na własność otworzyłoby tubylcom drogę do swoistej emancypacji, zarówno w sferze materialnej, jak i duchowej. Tu kryła się tajemnica powodzenia białych ludzi. Wystarczy odkryć ten sekret i przywłaszczyć sobie magiczne dostawy, a dni niewolnictwa pójdą w niepamięć.

Dlaczego tak normalny facet jak Stanley dał się uwieść tej zwariowanej mitologii? Z pewnością przyczyniła się do tego więź z grupą społeczną. Stanley mieszkał w Port Resolution, nie wzdragał się jednak przed pieszą wędrówką przez góry, żeby z Wodzem Raz uczestniczyć w jutrzejszym szabacie ku czci Johna Fruma. Ale czy naprawdę tak mu zależało na mielonce w puszkach? Skoro Sulphur Bay była ośrodkiem ruchu wyznawców Fruma, dlaczego nie zastałem w wiosce żywego ducha? Dręczyło mnie wiele wątpliwości, ale wódz wmusił w nas dwie kolejne czarki *kava-kava*, po których wymiękliśmy. Chyba zdołałem wyartykułować tylko ostatnie pytanie. W każdym razie do Stanleya nic więcej nie dotarło.

– Sulphur Bay wymarło przez Freda – powiedział. Chodziło o trędowatego proroka. – Widziałeś, co Fred zrobił pod wulkanem? Na tej równinie pełnej popiołu było kiedyś *wan bigfala* jezioro. Fred użył czarów, żeby je osuszyć. Urządził potop. Zniszczył rzekę i zabił kilka rodzin w Sulphur Bay. Fred powiedział wszystkim, że to dzieło Boga, ale my wiemy, że posłużył się *kastom* magia. Isag Wan musiał obronić ludzi przed Fredem. Dlatego przeprowadziliśmy się z Sulphur Bay do tej wsi, do Namakary.

– Tak, Fred to zły człowiek – przytaknąłem, pragnąc usilnie, żeby słowa Stanleya dostosowały się do rytmu jego warg, które zdawały się poruszać w zwolnionym tempie. Jego głos był jak błoto. Rozlewał się w niezrozumiały bełkot. Stanley siedział tuż obok, a mimo to słowa dobiegały gdzieś z oddali, zza krawędzi polany, mieszając się z brzęczeniem cykad i pomrukami innych leśnych stworzeń. Gwiazdy miałem jednak przed sobą na wyciągnięcie dłoni. Tak samo ogniska, które świeciły niczym klejnoty w pyle, rozżarzone końcówki papierosów, przypominające rój świetlików, oraz połyskujące wśród cieni oczy świń i psów. Spokój otulił moje myśli jak mgła. Stykaliśmy się ze Stanleyem kolanami. Było ciepło i dobrze.

Jakiś chłopiec wziął mnie za rękę i odprowadził przez las do pogrążonej w mroku wioski. W jednej z chat paliło się ciepłe światło. Chłopiec odchylił zasłonę plecioną z trawy – wszedłem do środka, gdzie znalazłem swój plecak, lampkę oliwną i talerz parującej strawy. Był to ryż z tuńczykiem, które ofiarowałem wodzowi. Zjadłem i pogrążyłem się w głębokim śnie.

Obudziłem się grubo po świcie, z wciąż zalegającą w głowie gąbczastą masą *kava-kava* i kotłującą się w jelitach zapowiedzią biegunki.

Podekscytowany Isag Wan przykucnął w pyle przed chatą. Dwa prosiaki u jego stóp walczyły o skórkę banana. Wódz miał zegarek, na który zerknął trzykrotnie, zanim stracił cierpliwość i wywołał mnie ze środka. Poszliśmy na ubłocony plac w centrum wioski, gdzie obydwaj zamarliśmy w czujnym oczekiwaniu. Po ciągnącej się w nieskończoność minucie wódz znów spojrzał na zegarek i głośno zakasłał. Minęła ósma. Kobiety przestały zamiatać. Świnie przestały ryć w ziemi. W wiosce zapadła cisza. Wydawało się, że na kilka uroczystych chwil nawet wulkan przestał bulgotać. Potem rozległ się gwizdek: tuż przed nami, na bambusowym maszcie sterczącym na niewielkim wzgórku załopotał gwiaździsty sztandar. Kult Johna Fruma żył i miał się dobrze.

Wódz zaprowadził mnie do swojego „biura", czyli dużej chaty wyłożonej matami z trawy i pełnej najrozmaitszych rupieci. Były tam drewniane kije i plecione kosze, plakat z baraszkującymi kotami i lwami wykonany w technice aerografii, wizerunek białego Jezusa oraz kalendarz ze zdjęciami francuskiego wybrzeża. Na stole stał rzeźbiony w drewnie orzeł. Największe wrażenie robił jednak bohomaz przedstawiający wulkan Yasur z wypisanymi na zboczach sentencjami w bislama z domieszką angielskiego. Zapamiętałem jedną z nich:

MANI HEM GUD LAIF

BUT MANI I MEKEM MAN I STAP

RAPEM BROTHA MO SISTA BLONG HEM

„Pieniądze to dobrobyt, ale przez nie człowiek żyje tylko po to, żeby gwałcić swoich braci i siostry". Nie brzmiało to jak modlitwa o dostawę cargo. Isag Wan charknął, cisnął swojego papierosa siedzącemu na podłodze chłopcu i opowiedział swoją wersję historii o wyspie Tanna, posługując się chłopcem jako tłumaczem. Pokrywała się ona z relacją, którą czytałem w Port Vila, aczkolwiek w wersji Isaga Wana pierwszym krzewicielem idei proroka i obrońcą *kastom* był osobisty dziadek wodza, co uczyniło zeń spadkobiercę dynastii duchowej.

– No więc jak: John Frum wrócił czy wciąż czekacie, aż przybędzie z Ameryki na statku pełnym towarów? – spytałem.

– John Frum często ze mną rozmawia.

– Czyli w r ó c i ł – skonstatowałem, przypomniawszy sobie podwieczorek z lodami w Joy Bible College w Port Vila. Misjonarze utrzymywali, że ich przyjaciel John Rush nawrócił wodza. – John Frum. John Rush. John Frum to John Rush! – powiedziałem. – Prawda?

– Nie! Pamiętam Johna Rusha. Przyszedł i powiedział, że John Frum w nim zamieszkał, ale ja nigdy w to nie uwierzyłem. John Rush to tylko *wan man blong* Kościół. Nie potrzebujemy Kościoła. Musimy trzymać się razem i naśladować Johna Fruma.

– W takim razie gdzie jest John Frum?

– Daleko.

– No to jak możesz z nim rozmawiać?

– Wysyła innych, żeby do mnie mówili. Ludzi ducha. Przychodzą z wulkanu. Pod ogniem jest droga, którą można dotrzeć aż do Meryki.

Weszliśmy w krainę ułudy. Nie chciałem burzyć nastroju chwili, kwestionując fizyczne podstawy rozumowania wodza. Zachęciłem go więc:

– A byłeś przypadkiem w Ameryce...?

– Owszem, byłem!

– Jak się tam dostałeś? Przez wulkan? John Frum cię zabrał?

Isag Wan łypnął na mnie spode łba i zmrużył oczy, wyraźnie poirytowany. Oczywiście, że nie. Poleciał samolotem – zapłacił za niego jeden z turystów. Jak? No przecież jasne, że kartą Visa.

– Widziałem Atlantę, Dallas i Waszyngton – powiedział wódz. – Poszedłem do Białego Domu i rozmawiałem z sekretarzem generalnym prezydenta Clintona. Był bardzo zadowolony z naszego spotkania, bo wie, że flaga Stanów Zjednoczonych od wielu lat powiewa nad wyspą Tanna. Ale w Meryce było mi bardzo smutno. Za dużo ciężarówek, za dużo biedaków. Wiesz, że niektórzy w ogóle nie mają ziemi? Widziałem ich na drodze. Dałem im wszystkie pieniądze, jakie miałem przy sobie.

Historia brzmiała zbyt banalnie, żeby w nią wątpić, chciałem więc, żeby wódz wrócił do opowieści o cudach.

– Sądziłem, że John Frum obiecał uczynić was bogatymi jak Amerykanie.

– Nie będziemy naśladować Meryki. To Meryka powinna nas naśladować. Popatrz – powiedział Isag Wan, gmerając laską w piachu. – Meryka się pogubiła. Myślą, że pieniądze to Jezus. Meryka musi pamiętać o obietnicy Johna. Musi wiedzieć, którędy droga.

Wziąłem głęboki oddech i zamknąłem oczy. Czułem, jak w skroniach pulsują mi resztki wczorajszej *kava-kava*.

– Droga...?
– Jak żyć. Nie słuchać rządu. Nie słuchać Kościoła. Nie słuchać pieniędzy. Czynić *kastom* i pokój. Tak mówią Jezus i John Frum.

– Ale tu nie ma pokoju. Porzuciliście Sulphur Bay. Walczycie z dawnymi sąsiadami. Stanley mi powiedział, że walczycie z tym człowiekiem, to znaczy z prorokiem Fredem.

– Fred nie jest prorokiem. To zły człowiek. Gada ludziom, że ma duszę Johna Fruma, ale to kłamstwo. Wiem, skąd się bierze moc Freda. Korzysta z potęgi czarnego węża morskiego, żeby nas przechytrzyć.

Cała afera z Fredem zaczęła się dwa lata wcześniej, powiedział Isag Wan.

– Fred mówił złe rzeczy. Kazał starcom z Sulphur Bay zabić dziewiętnaście świń i wypić dziewiętnaście czarek *kava-kava*, żeby oczyścić się z grzechu. No i zobacz, co się stało: zepsuł jezioro i zalał pół wioski. Fred obiecał wszystkim starym ludziom z Sulphur Bay, że przemieni ich z powrotem w dzieci. A starzy ludzie są dalej starzy! Fred obiecał wieśniakom, że jeśli pójdą z nim na szczyt góry, przyjdzie po nich Jezus i zabierze ich do nieba. Jezus nie przyszedł! Powiedział, że nie pozwoli słońcu zachodzić, a tymczasem spójrz: noc wciąż zapada. Fred kłamie!

Wódz przerwał na chwilę, żeby zamachnąć się laską na psa, który wsadził łeb przez uchylone drzwi „gabinetu". Z metalowej końcówki posypały się iskry.

– Co gorsza, Fred kazał ludziom zniszczyć ostatni *kastom* kamień, a teraz chce, żeby wszyscy wrócili do Kościoła. Dlatego musieliśmy opuścić Sulphur Bay. Wieś znów należy do Kościoła. Nowym domem Johna Fruma jest Namakara.

– Czyli w Sulphur Bay mieszka Fred.

– Nie! Zabrał ludzi, żeby zamieszkać z nimi na wulkanie. Powiedział im, że jest mesjaszem i zabierze ich do nieba, jeśli będą mu towarzyszyć. Ale jakoś nie poszli do nieba. Kłamstwa!

Spędziłem całe popołudnie, wylegując się w ciepłych wodach strumienia jak w wannie i próbując się pozbyć kaca po *kava-kava*. O zmierzchu dobiegły mnie dźwięki bębnów, wróciłem więc na plac w środku wioski. Zaczynał się szabat wyznawców Johna Fruma. Chłopcy grzebali patykiem w ognisku. Pielgrzymi z Port Resolution brnęli w milczeniu przez błoto, niosąc cztery gitary, banjo domowej roboty i parę bongosów. Był z nimi Stanley, wciąż w podkoszulku z reklamą tequili. Ludzie rozsiedli się na palmowych matach. Kobiety ustawiły się w krąg za mężczyznami. Muzykanci zaczęli grać, z początku cichutko; po chwili dołączyły do nich kobiety – śpiewały pieśń podszytą jesiennym smutkiem, która wzbudziła we mnie tęsknotę za domem. Noc zapadała nieubłaganie; zespół Stanleya ustąpił miejsca trzem następnym. Muzyka nabierała tempa, aż w końcu chór zaniósł się triumfalną wokalizą, przywodzącą na myśl czas kwiatów i miłości, uśmiechów i kłębiastych obłoków ozłoconych blaskiem zachodu słońca. „Namakara! Namakara! Namakara!" Ludzie wyśpiewywali nazwę wioski w gwiazdy.

Potem z cienia wyłoniły się sylwetki ponad stu mężczyzn, kobiet i dzieci, grupując się wokół orkiestry. Kobiety miały lśniący makijaż wokół oczu i spódniczki z trawy we wszystkich kolorach tęczy. Niektórzy mężczyźni narzucili spódniczki na podwinięte do kolan spodnie. Osłonięte wiązkami trawy pośladki zaczęły podrygiwać w takt coraz głośniejszej muzyki. Chłopcy podskakiwali i kręcili piruety. Powietrze rozbrzmiewało radosnymi okrzykami, rytmicznym ćwierkaniem i poświstywaniem. Uśmiechnięty od ucha do ucha Stanley wił się tuż obok w tanecznych wygibasach, co chwila szturchając mnie w łokieć: „Chodź! No chodź! Sssst! Sssst!".

Wypatrzyłem w tłumie Isaga Wana w spódniczce z trawy i w koszulce moro, z papierosem w kąciku ust. Chudzielec giął się w podrygach, przewracając oczyma w ekstazie. Nagle do mnie dotarło, że w Namakarze nie dzieje się nic szczególnego. Ruch Johna Fruma bez względu na genezę nie wyróżniał się oryginalnością na tle praktyk innych Kościołów. Kult włączył się w nurt życia społecznego Vanuatu. Wyznawcy Fruma mają swoich przedstawicieli w parlamencie państwowym, ministrowie uczestniczą w dorocznych marszach ku czci proroka w Sulphur Bay. Jak mi powiedział Ralph Regenvanu, dyrektor Państwowego Ośrodka Kultury Vanuatu, John Frum nie był duchem ani cudzoziemcem, ani tym bardziej wariatem. Doskonale wiedział, co robi, podobnie jak wodzowie, którzy wzywali jego imię i tworzyli jego historię przez sześćdziesiąt lat. Obietnice dostawy cargo były tylko przykrywką dla rozmyślnych działań mających na celu powstrzymanie dezintegracji duchowej, zapoczątkowanej ich zdaniem przez chrześcijaństwo.

Teraz przestało mnie dziwić, dlaczego Isag Wan opowiada o regularnych przesłaniach z ognistego krateru wulkanu. Wódz nie modlił się o zagładę bogactwa białego człowieka. Nie domagał się żadnych radykalnych posunięć od swoich poddanych. Wyczekiwanym przez niego towarem były bogactwa duchowe, którymi świat mógłby się podzielić, gdyby Kościoły i rządy zaprzestały walk między sobą. Tak to można z grubsza ująć. Pomyślałem, że taki jest los wszystkich kultów, które z czasem okrzepną. Stają się religią.

Isag Wan nie rościł sobie pretensji do miana proroka. Nie był wybrańcem. W przeciwieństwie do tajemniczego Freda, który w relacjach osób trzecich jawił się albo bezpośrednim przekazicielem woli Bożej, albo straszliwym królem czarnej magii.

Ponad chatami i masztami Namakary, za pogrążonym w mroku kłębowiskiem gałęzi strzępy magmy wystrzeliwały w nocne niebo snopami żółtawych fajerwerków. Ich blask rozświetlał górskie zbocza – przez chwilę odniosłem wrażenie, że na odległym stoku widzę snujący się z ogniska dym.

4
Prorok wznosi ręce ku niebu

Góra się obudziła, dając znać o sobie
Błyskiem, grzmotem i gradem płonących kamieni –
Siedziba duchów przodków, którzy w szczęścia dobie
Tańczą w ogniu. Dreszcz grozy chwyta jądro ziemi,
Serca ludzi przenika. Stoją oniemiali,
Patrzą, jak we wróżbitów wieszczy głos z oddali
Wnika jak obce ciało, miota jak w chorobie.

James McAuley, *Captain Quiros*

Z górskim obozem Freda najbliżej sąsiadowała wioska Port Resolution na południowym zboczu wulkanu. Poszedłem tam ze Stanleyem i znalazłem wodza w chacie – leżał na brudnej podłodze i trzymał się za brzuch. Wyglądał jak siedem nieszczęść. Wokół oczu zapadniętych w głąb czaszki latały muchy. Skóra zwisała mu z twarzy jak mokry papier. Lekarz powiedział wodzowi, że jego wątroba po prostu nie daje sobie rady z przetworzeniem takich ilości *kava-kava*, ale Isag Wan i wszyscy mieszkańcy Port Resolution wiedzieli, że problem tkwi gdzie indziej.

– To przez Freda – oznajmił Stanley, kiedy wyszliśmy z chaty. – Zatruł wodza swoją magią.

Port Resolution wyglądało jak kropla farby w kolorze akwamaryny, uformowana na długiej połaci czarnego piasku. Nad plażą leniwie zwieszały się palmy. Mężczyźni wyciągali sieci z czółen wyposażonych w pływaki. Z pobocznych kraterów na zalesionych zboczach Yasur unosiły się kłęby pary. Zatoka była niegdyś bazą pierwszych prezbiterian na wyspie Tanna – teraz dwustu wieśniaków ma do dyspozycji aż cztery kościoły: prezbiteriański, Adwentystów Dnia Siódmego,

Zgromadzenia Bożego oraz placówkę misyjną Służebników Neila Thomasa, ruchu ewangelizacyjnego z Australii. Mieszkańcy fruwają od jednej wiary do drugiej jak motyle z kwiatka na kwiatek. Jest tu szkoła prowadzona przez Adwentystów Dnia Siódmego, co oznacza, że dzieci urodzone w rodzinach pogańskich uczą się Biblii od małego, po czym wracają do *kastom*, świń i *kava-kava*, kiedy osiągają dojrzałość. Dzwony kościelne rozbrzmiewają każdego ranka, ale prowadzona przez Stanleya orkiestra wyznawców Johna Fruma po południu gra w piłkę nożną, a po meczu idzie do *nakamal*, żeby odpocząć przy *kava-kava*. Jeśli któryś chłopiec jest adwentystą, nie może pić *kava-kava*, wiara nie zwalnia go jednak z obowiązku przeżucia porcji kłącza, z której ojciec przyrządzi sobie wieczorny napitek. Wódz Port Resolution był poganinem, ale jego syn Wari należał do Kościoła adwentystów. Przysparzało to pewnych kłopotów, bo Wari odpowiadał za wioskowy kamień rekina – magiczną skałę, której używano do ujarzmiania rekinów i makreli. Wari mi jej wprawdzie nie pokazał, ale zapewniał, że działa.

– Jeśli chcesz przywabić ryby – powiedział – musisz zebrać trochę *kastom* liści, potrzeć nimi kamień i odłożyć go w specjalne miejsce *tabu*.

– Ale przecież jesteś adwentystą. Nie wolno ci spożywać ryb bez łusek. Nie możesz jeść rekina.

– Zgoda, ale strażnikom kamienia i tak nie wolno jeść rekina. Mam na niego *tabu*. Muszę go traktować jak bóstwo. Poza tym przodkowie nie używali tego kamienia do łapania ryb. Korzystali z jego mocy, żeby rekin pożarł naszych nieprzyjaciół.

W ten sposób Wari rozwiązał konflikt ideologiczny.

Na klifie wznoszącym się nad plażą wieśniacy zbudowali kuchnię i kilka prymitywnych bungalowów, przy których umieścili tabliczkę z napisem „Jachtklub Port Resolution". Nie było tam wprawdzie doku portowego, był za to komandor, który dokładał wszelkich starań, żeby zapewnić ochronę cumującym jachtom: kiedy na przykład w radiu zapowiadano cyklon, musiał wrzucić do oceanu specjalne liście, żeby uśmierzyć wiatr i fale.

Nikt nie chciał mi pomóc w poszukiwaniach Freda. Nic dziwnego. Ludzie się go bali. Prorok usunął Johna Fruma w cień, stając się bohaterem plotek i innych niestworzonych historii przekazywanych z ust do ust na całej wyspie. Każdy miał coś do powiedzenia o Fredzie. Niektórzy twierdzili, że zsyła na ludzi przekleństwa. Inni mówili, że jest zboczeńcem: podobno lubił przesiadywać w jamie, nad którą przerzucano dwie deski. Kobiety musiały stawać na deskach okrakiem, żeby Fred mógł im zaglądać pod spódniczki. Rzecz jasna, krążyła także plotka o wrzucaniu niemowląt do wulkanu.

Były też inne pogłoski. Najbardziej zaniepokoił mnie wpływ proroka na geografię społeczno-ekonomiczną. Mieszkańcy wyspy Tanna całymi rodzinami porzucali swoje ogrody, żeby dołączyć do Freda na wulkanie. Pola leżały odłogiem. Świnie pouciekały. Wszystko popadało w ruinę. W oczekiwaniu na podróż do nieba wyznawcy podkradali żywność z ogrodów we wsiach u podnóża góry. Chodziły słuchy, że w obozie Freda zanotowano już przypadki zgonów dzieci i starców.

Poszczęściło mi się drugiego wieczoru w Port Resolution.

Siedzieliśmy skuleni na kłodzie w *nakamal*, już po kilku kolejkach *kava-kava*. Spytałem Stanleya, czy ma dziewczynę.

– Nie – odpowiedział. – Czekam na dziewczynę o jasnych włosach, takich jak twoje.

Obydwaj patrzyliśmy w ogień, stykając się kolanami. Nagle coś mi przyszło do głowy.

– Stanley, skoro naprawdę jesteś moim przyjacielem, zabierz mnie do Freda.

Uśmiechnął się szeroko, tak jak lubiłem najbardziej, po czym się zgodził. A w każdym razie myślałem, że się zgodził. Nazajutrz rano ruszyliśmy plażą w stronę gór. Stanley wciąż się ociągał, drapał po głowie i szarpał za dredy. Chciał usiąść nad wodą i pofilozofować na temat Johna Fruma.

Doszedł do wniosku, że prorokowany powrót Johna Fruma zza wielkiej wody jest swoistą metaforą, aczkolwiek nie użył tego słowa.

– John Frum powiedział, że wróci oceanem na statku. Tylko że dla nas morze oznacza bogactwo. Kiedy mówisz *solwota*, masz na myśli bogactwo.

– Symbol?

– Tak! Teraz, kiedy dzieją się dobre rzeczy, kiedy przyjeżdżają do nas cudzoziemcy z pieniędzmi, wiemy, że powraca do nas John Frum.

Innymi słowy, obiecany przez Fruma złoty wiek już nadszedł – pod postacią turystów i pomocy międzynarodowej.

– Weź na przykład telefon solarny w naszej wsi – powiedział Stanley. – Przybył zza wielkiej wody, tak jak obiecał John Frum.

Argument brzmiał całkiem rozsądnie i świadczył o otwartości umysłu Stanleya. Spodobał mi się ten tok rozumowania, aczkolwiek system telefonii solarnej nie przybył z Ameryki – wyspa otrzymała go w darze od rządu australijskiego. Stanley okazał się postmodernistą! Był zarazem pełen sprzeczności. Kiedy doszliśmy do końca plaży i wstąpiliśmy na wąską ścieżkę, zaczął dosłownie powłóczyć nogami. Zatrzymał się na skraju ostatniego gaju palm kokosowych.

– Nie pójdę dalej – oświadczył.

– Dlaczego? Przecież jestem z tobą. Nic ci się nie stanie.

– Chcę ci pomóc, ale nie mogę. Jak zobaczę Freda, jak tylko rzucę na niego okiem, na pewno zachoruję.

Na tym skończyły się metafory. Łatwiej nadać współczesne znaczenie starym mitom, niż zmierzyć się z rzekomą okropnością nowych. Stanley nakreślił mi mapę w pyle drogi i dalej poszedłem sam, klucząc splątanymi ścieżkami. Minąłem dwie opuszczone wioski. Las zmienił wygląd. Łaskawa dżungla z okolic Port Resolution ustąpiła miejsca przygnębiająco smutnym kikutom drzew, połamanym palmom kokosowym i nieprzebytym kolczastym chaszczom. Z lasu dobiegały jakieś wrzaski i pohukiwania. Kiedy wspiąłem się wysoko nad plażę, zacząłem spotykać ludzi. Dzieci z maczetami ścinały gałęzie z drzew chlebowych. Na mój widok krzyknęły: *Waet man!* Przerzucały się zwrotami w bislama, z czego wywnioskowałem, że nie mogą się dogadać w swojej własnej mowie. No jasne: wyznawcy Freda zeszli się z całej wyspy Tanna, gdzie mieszkańcy posługują się co najmniej sześcioma różnymi językami. Zobaczyłem też dorosłych schodzących w dół zbocza z pustymi koszami i zbiornikami na wodę. Jakiś starszy mężczyzna chwycił mnie za rękaw i przyciągnął do siebie. „Idź – zasyczał mi do ucha – on czeka na ciebie".

Ścieżka prowadziła mnie przez kłębowisko pnączy i korzeni figowców, brzegiem urwisk pod górę, w stronę wypiętrzonego grzbietu usianego mnóstwem bocznych kraterów, które buchały parą i pluły rdzawym błotem. Za lasem i plantacjami kokosowymi roztaczał się widok na Pacyfik. Nadciągał sztorm. Po oceanie ścigały się cienie. Potem nawałnica przetoczyła się przez góry i dopadła mnie, gdy wchodziłem do wioski, która wydała się przez to jeszcze nędzniejsza. Setki chat krytych trawą walczyły o przestrzeń życiową na maleńkim płaskowyżu, wylewając spod siebie istne lawiny błota. Sądząc po soczystej zieleni strzech, chaty były nowe, różniły się jednak od urokliwych bungalowów, które widziałem dotąd na wyspie Tanna. Sklecone naprędce szałasy grzeszyły brakiem jakichkolwiek proporcji. Wszystkie były zbyt niskie, żeby się w nich wyprostować. Rozwrzeszczane dzieci tarzały się w odpadkach. Miały poobijane kostki i liszaje na głowach. W środku tego kramu wydzielono plac do odprawiania uroczystości, z wbitym pośrodku kijem bambusowym. Powiewała na nim smętnie flaga Stanów Zjednoczonych.

Podszedł do mnie jakiś mężczyzna.

– Fred? – spytałem.

– Nie, mam na imię Alfred. Chodź ze mną.

Poszliśmy w stronę dużej wiaty. Za nami podążył ktoś, kogo uznałem za miejscowego głupka: cichy jak trusia facet o nienormalnie wielkiej i lekko zniekształconej głowie. Działał mi na nerwy. Szedł na tyle blisko, że dostrzegłem przezierające spomiędzy dredów placki łysiny i łzy kapiące ciurkiem z lewego oka. Mężczyzna miał potarganą brodę i niemiłosiernie brudną kurtkę narciarską, pierwotnie zielono-różową. Nie mogłem jednak oderwać wzroku od jego głowy. Wyglądała jak odlana z gumy, a następnie spłaszczona lub stopiona w okolicach skroni, skutkiem czego kość czołowa dosłownie opadała na oczy. Nie miał łuków brwiowych. No jasne. Trąd. Miałem przed sobą proroka Freda.

Usiedliśmy na ławce pod wiatą. Deszcz przeciekał przez strzechę. Oznajmiłem, że chcę szerzyć przesłanie Freda na całym świecie. Fred paplał jak dziecko w swoim własnym języku i wciąż przecierał załzawione oko parą wyświechtanych majtek od kostiumu bikini. Alfred tłumaczył. Oto prawdziwa jego zdaniem historia proroka:

Fred urodził się w Sulphur Bay, ale przepracował dziesięć lat na pokładzie tajwańskiego kutra. W ostatnim roku na morzu zaczął mieć widzenia. Nawiedzały go pod postacią świateł z nieba podobnych do gwiazd, tyle że skierowanych prosto w niego. Fred nie bał się tych światełek. Po prostu zamykał oczy i szedł spać. Wtedy mógł usłyszeć głos, który dodawał mu otuchy. Podpowiadał, co trzeba zrobić w przyszłości. Fred wiedział, że to Bóg do niego przemawia. Pewnego dnia głos kazał mu wrócić na rodzinną wyspę i zjednoczyć ludzi w pokoju. Fred zawinął więc z powrotem do Sulphur Bay i dopuścił sąsiadów do swych przepowiedni.

W jednym z widzeń Fred ujrzał jezioro Siwi u podnóża wulkanu. Zobaczył, że woda w jeziorze nie jest dobra. Wulkan zanieczyścił ją popiołem. Głos polecił Fredowi się modlić, żeby woda wypłynęła z jeziora. Pomodlił się. I poskutkowało. Fred oznajmił za pośrednictwem

Alfreda, że woda w strumieniu nieopodal Sulphur Bay jest teraz znacznie smaczniejsza. Fred okazał się wiarygodny, przynajmniej w oczach ludzi, którym powódź nie zniszczyła domów.

Potem Fred przepowiedział zamach na nowojorskie World Trade Center. Kiedy proroctwo się wypełniło, wyznawcy urządzili w Port Vila defiladę na znak poparcia dla Meryki. Jakiś Amerykanin dał Fredowi flagę, która teraz powiewa nad wioską.

– Więcej cudów sobie nie przypominacie? – spytałem.

Odpowiedź Freda była długa i bełkotliwa. Wersja Alfreda nadawała się do natychmiastowego zamieszczenia w „Reader's Digest":

– Zanim Fred wrócił, wulkan często wybuchał i zabił wielu ludzi. Fred poprosił Boga, żeby powstrzymał górę. I się udało. Aha, jeszcze huragany. Od pięciu lat nie było na wyspie żadnego huraganu.

Spytałem grzecznie o ciemne strony życiorysu Freda.

– Niektórzy mówią, że uprawiasz tutaj czarną magię, żeby zwieść ludzi i wpędzić ich w choroby.

Fred przewrócił oczami, po czym utkwił wzrok we mnie.

– *Hem i no tru. Hem i rubbish toktok* – powiedział. – *Disfala power, hem i power blong God.*

Czarna magia i proroctwa nie figurują w przepisach prawa karnego Vanuatu. Pewnie dlatego policjanci próbowali wykorzystać kanadyjskiego lekarza, żeby pozbyć się Freda. Powtórzyłem Fredowi opinię doktora, że nie jest wariatem. Odwdzięczył się skinieniem głowy.

– Ale co w takim razie robisz na tej górze? – spytałem.

Fred znów zaczął mamrotać.

– Bóg kazał Fredowi zgromadzić ludzi w Jedności – przetłumaczył Alfred. – Wszystkie Kościoły, wyznawcy Johna Fruma i ludzie *kastom* muszą się zejść i podążyć tą samą drogą. Jeden lud w Jedności. Dlatego co środę śpiewamy pod flagą pieśni Johna Fruma. A w niedzielę idziemy do kościoła. Jedność! Rozumiesz?

Być może rozumiem, ale prawda jest taka, że w pozostałe dni głodni wyznawcy Freda kradną żywność z okolicznych wiosek. Zachowałem to jednak dla siebie.

– Jak długo tu zostaniecie?

– Fred miał widzenie także w tej sprawie – powiedział Alfred. – Zobaczył, że trzeba obrzezać dwunastu niewinnych chłopców. Dopiero wtedy Bóg nam powie, co dalej.

– Myślałem, że wszyscy chłopcy na wyspie Tanna są i tak obrzezani.

– Tak, ale ci chłopcy powinni być obrzezani przez Boga. – Alfred zrobił pauzę dla wzmocnienia efektu. – I cud już się rozpoczął. Pierwszy chłopiec został obrzezany w ubiegłym tygodniu. Nikt go nie tknął. Po prostu rodzice odkryli nad ranem, że już po wszystkim.

– Mogę zobaczyć?

– Chłopca?

– W zasadzie tak, ale tak naprawdę zależy mi na widoku jego cudownego członka.

– Nie. Ale jutro masz tu wrócić. Przyniesiemy Johna Fruma razem z Jezusem.

Nie byłem pewien, co miał dokładnie na myśli, zabrzmiało to jednak jak zapowiedź widowiska, na które czekałem cały długi tydzień. Alfred poklepał mnie zachęcająco po ramieniu. Fred podał mi rękę, która okazała się miękka i zimna jak ostryga. Potem się oddalił, żeby popatrzeć w chmury. Jeśli nawet nie był wariatem, utrzymywał na tyle luźny kontakt z rzeczywistością, że nie podejrzewałem go o zdolność zorganizowania jakiejkolwiek uroczystości. Kto tu w takim razie dowodził? Kto powodował Fredem? Zanim opuściłem wioskę, Alfred wymógł na mnie obietnicę powrotu nazajutrz z aparatem fotograficznym, żeby świat zyskał dowód istnienia religii Freda: Jedności.

Popędziłem w dół do Port Resolution i przetrząsnąłem wioskę w poszukiwaniu Stanleya, żeby mu donieść, że uszedłem cało. Wypatrzyłem go po drugiej stronie boiska do piłki nożnej i pomachałem ręką. Nie odwzajemnił gestu. Odwrócił się plecami i uciekł do lasu. Nigdy więcej go nie zobaczyłem. Prawdę mówiąc, żaden z mieszkańców Port Resolution nie chciał ze mną rozmawiać po wizycie u Freda.

Następnego ranka Fred wygłosił kazanie na górze przed rozgorączkowanym tłumem czterystu wyznawców. Nie zrozumiałem z tego nic poza wykrzykiwanymi co rusz słowami „Nowe Jeruzalem". Zachęcony przez Alfreda, wspiąłem się na szczyt przez kolczaste zarośla na skraju polany, żeby robić zdjęcia. Tam się przekonałem, że w Nowym Jeruzalem nie ma toalet.

Większość członków kongregacji miała na sobie łachmany, wypatrzyłem jednak dwóch mężczyzn w białych koszulach i pod krawatem. Siedli na ławce obok Freda, kiwali głowami i rozpromieniali twarze w uśmiechu na znak aprobaty dla jego słów. Młodszy pomachał do mnie, kiedy próbowałem zeskrobać gówno z sandałów. Domyśliłem się z jego gestykulacji, że zaprasza mnie na ławkę dla VIP-ów.

– Musisz zrobić dużo zdjęć – rzekł, poprawiając krawat. – Fred to bardzo ważna osobistość. Zrób dużo zdjęć i prześlij mi odbitki. Chcę je pokazać podczas Kongresu Kościoła Prezbiteriańskiego na Makirze, żeby udokumentować wyniki naszej pracy na wyspie.

Mężczyzna był pastorem i nazywał się Maliwan Taruei. Był wnukiem duchownego prezbiteriańskiego, który toczył boje z wyznawcami Johna Fruma już w latach czterdziestych XX wieku. Dziadek Isaga Wana wypędził dziadka Tarueia z Sulphur Bay, po czym zburzył jego kościół. Maliwan Taruei odbudował świątynię. Rodzinna wendeta trwała.

– Isag Wan niszczy tę wyspę przez swoje bałwochwalstwo – szepnął do mnie pastor w trakcie kazania Freda.

– Wolne żarty. Isag Wan to uroczy starszy pan – zaoponowałem.

– Tak czy inaczej, Fred jest o niebo lepszy. Spójrz tylko, wygląda jak Mojżesz. Poprowadził cztery tysiące ludzi, z czego czterystu sześćdziesięciu sześciu zamieszkało na tej górze, zupełnie jak Mojżesz, który wyprowadził Izraelitów z Egiptu do ziemi obiecanej. A co najlepsze, Fred zaprosił tu członków Kościoła prezbiteriańskiego.

Wyraziłem swoje zdziwienie, że Kościół wspiera człowieka, który jednocześnie czci Boga i uprawia magię *kastom*. Nie pasowało to do żadnej znanej mi odmiany chrześcijaństwa.

– Aha, nie rozumiesz tej wyspy, prawda? Nasze *kastom* historie są jak opowieści biblijne. Znasz prawdziwą nazwę wulkanu? To nie Yasur. To Jahwe, jak hebrajskie imię Boga. Biblia mówi, że pewnego dnia świat stanie się rajem. Ale *kastom* mówi, że pewnego dnia Tanna stanie się rajem, nowym Jeruzalem. Ludzie z Tanny mają dwa wyjścia. Modlimy się na dwa sposoby.

– To kto jest waszym zbawicielem: Jezus czy John Frum?

– Przyjacielu, Bóg da nam odpowiedź: na pewno któryś z nich. Tak czy inaczej, zapewniam, że Kościół wrócił do Sulphur Bay i wszyscy ci ludzie będą w niedzielę na mszy.

Taruei miał ten sam dylemat, co pierwsi misjonarze na wyspie Tanna. Co jest ważniejsze: zaufanie ludzi czy kształt wiary? Zdaniem Tarueia lepiej było zapełnić ławki w kościele, niż zachować czystość doktryny prezbiteriańskiej.

Tłum się rozproszył. Ludzie wracali setkami na zabłocony plac. Pozbyli się łachmanów. Mężczyźni szli przodem, z głowami obwiązanymi liśćmi bananowca i z nagimi, połyskującymi w słońcu torsami. Za nimi kobiety o twarzach pomalowanych żółtą i pomarańczową farbą, co upodabniało je do roju szerszeni. Miały pióra we włosach, spódniczki z trawy ufarbowane w tęczową kratkę i szyje obwieszone girlandami chrześcijańskich medalików. Tańce w niczym nie przypominały podrygów znudzonych kumpli Kelsena w *namba*, różniły się też od radosnej rumby przy ognisku, w której uczestniczyłem w Namakarze. Kojarzyły się z tańcem wojennym. Mężczyźni tupali, chrząkając i wydychając powietrze z zatrważającym świstem. Kobiety zataczały wokół nich coraz szersze kręgi, pojękując i wymachując gałązkami przed gwiaździstym sztandarem. Tancerze ruszyli w stronę flagi, podskoczyli raz jeszcze i zaczęli biegać w kółko, aż plac zmienił się w jedno wielkie kłębowisko pyłu i wirujących ciał. Pomyślałem, że uczestnicy Kongresu Kościoła Prezbiteriańskiego padną z wrażenia. Pastorzy wiercili się nerwowo na matach z trawy. Starszy poprawił okulary. Wyglądał jak niewinne dziecię w pokoju pełnym dymu z marihuany. Taruei wyciągnął do mnie rękę, ale nie mogłem usiedzieć w miejscu. Drżąc z podniecenia, puściłem się biegiem przez polanę, wlazłem na dach chaty i wyciągnąłem aparat. Fred siedział skulony na stołku, łypiąc jednym okiem na plac, a drugim na mnie. Kiedy wycelowałem w niego obiektyw, skinął przyzwalająco głową. Taruei krzyknął do tancerzy, żeby przyśpieszyli kroku. Uniosłem aparat – w wizjerze zobaczyłem pył, migające kolory i lśniącą skórę. Tłum rozproszył się po całym placu i nie mieścił się w kadrze. Wstałem, podszedłem do krawędzi ściany szczytowej i wzniosłem ramiona nad głowę niczym Jezus podczas Kazania na Górze. Bliżej. Podejdźcie bliżej. Tłum zareagował.

– Bliżej! – wrzasnąłem, kiedy taniec się skończył. Tłum zbliżył się jeszcze bardziej. W żyłach zaszumiała mi adrenalina. – Wznieście ręce ku niebu! Nie Fred, tylko wszyscy!

Zrobili, jak im kazałem: zlani potem mężczyźni, oblepione pyłem kobiety, nagie dzieci, cały tłum w sile czterystu luda; nawet pastorzy prezbiteriańscy wyciągnęli ramiona w górę. Byłem zachwycony, że ich sobie podporządkowałem. Wszyscy tancerze patrzyli na mnie, pewni, że zrobili to, co trzeba, świadomi, że jako pierwsi głoszą przesłanie pokoju i jedności, które niechybnie rozszerzy się na całą wyspę Tanna, a z moją pomocą na cały świat.

Spojrzałem w dół na Freda, który stał w milczeniu pośród swoich wyznawców. Łatwo tu być mesjaszem. Masz swoje widzenia. Głosisz swoje proroctwa. Prowadzisz ludzi na górę. Opowiadasz im nową historię. Jeśli ci się poszczęści, giniesz śmiercią męczeńską jak Jezus albo znikasz jak John Frum. Jeśli masz pecha, żyjesz dalej i patrzysz, jak twoja charyzma przygasa i stajesz się znów zwykłym człowiekiem. Kluczem do sukcesu jest jednak twoja wiara. Musi być twarda jak skała. Innymi słowy, albo masz moc nadprzyrodzoną, albo jesteś frajer. Pośrodku nie ma nic.

Po pierwsze trzeba uwierzyć w siebie. Ale skąd w takim razie bierze się wiara innych ludzi? Odniosłem wrażenie, że mieszkańcy Tanny są skłonni zaakceptować każdego proroka i każdy mit. Powiedzieć, że są tolerancyjni, to za mało. Zamiast dusz mają gąbki. Ludzie przywiązani do tradycji *kastom* poświęcili się duchom i czekali na Johna Fruma. Wyznawcy Johna Fruma czekali na Jezusa i Johna. Chrześcijanie usiedli okrakiem na barykadzie. Nikt nie zaprzątał sobie głowy sprzecznościami.

Zawsze interesowałem się związkami wiary z otoczeniem. Po odejściu od Kościoła moich przodków przekonałem się, że wszechświat przemawia do mnie najdobitniej w majestacie gór, bezkresie morza, gwałtownych porywach burzy, w zgiełku zjawisk fizycznych... Wtedy właśnie świat dobywał z siebie głos i tchnienie, które jak *mana* aż się prosiły, by nadać im kształt oraz imię, ująć w wyjaśniający wszystko mit. Tanna była punktem węzłowym takich właśnie sygnałów. Pejzaż wyspy był tak dobitny, tak gęsty, tak dojmująco schizofreniczny, jak tutejszy konflikt wiar. Wszelkie pierwotne sygnały zlały się w jedno. Tętniąca życiem dżungla. Pylisty spokój równiny okrytej popiołem. Ulewne deszcze. Ognie Yasur. Tak właśnie, wulkanu, który od chwili mojego przyjazdu nie przestawał bulgotać, głosząc swą potęgę, domagając się uwagi.

Ześliznąłem się ze strzechy, wymieniłem dwieście uścisków dłoni i pobiegłem do Port Resolution. Załapałem się po drodze na podwózkę land cruiserem, który jechał do Lenakel, ale postanowiłem wyskoczyć w dolinie popiołów.

Przez godzinę stałem u podnóża wulkanu. Góra zamilkła. W ostatnich kilku latach turyści przybywali tłumnie z Port Vila na wyspę Tanna, ciągnąc do wybuchów Yasur jak ćmy do wielkiego ognia. Kilku poniosło śmierć pod gradem wyrzucanych z krateru kamieni. Dwa tygodnie przede mną była tu pewna kobieta, którą odłamek ugodził w nogę i wypalił dziurę na wylot. Kelsen uprzedził, że pociski z wulkanu zawsze lecą na północ. A może na wschód?

Starając się nie myśleć, ruszyłem przez popiół: najpierw powoli, wlepiając wzrok w każdy stożek wulkanicznego pyłu, zanim się odważyłem postawić w nim stopę. Tonąłem w żwirze po kostki, po dwóch krokach naprzód zsuwałem się krok wstecz. Piasek wciskał mi się między palce u nóg. Kląłem w duchu, że mam tylko sandały. Przeskakiwałem nad dołami głębokości wiadra i kraterami metrowej średnicy. Wszystkie hołubiły wewnątrz kamienie: niektóre delikatne i lekkie jak pumeks, inne podobne do strzępów mięsa wyrwanych z nadpalonych zwłok. Jedne całe w bąblach i pęcherzach, jakby wrząca woda ni stąd, ni zowąd zamarzła. Drugie wielkie jak wanna. Część zapadła się w ziemię – być może wulkan wyrzucił je kilkadziesiąt lat temu. Inne były świeże: bijący od nich żar stopił piasek i uformował go w białe jak szron kręgi, wciąż nietknięte przez deszcz. Ale zaraz: przecież dziś rano padało.

Byłem w trzech czwartych drogi na szczyt, kiedy góra wydała z siebie przeraźliwy odgłos. Mógłbym napisać, że usłyszałem wielkie „bum", ale to za mało. Ryknęła? Za mało. Zagrzmiała? Lepiej. Był to dźwięk, który utwierdza człowieka w przekonaniu, że jest idiotą, a jeśli zginie, wszyscy potwierdzą, że był idiotą. Idiota, kretyn – pomyślałem, kiedy ziemia zadrżała i piasek osunął mi się spod stóp. Przypomniałem sobie, co powiedział Kelsen. Nie uciekaj, kiedy góra wybuchnie. Nie odwracaj się do niej plecami. Staw jej czoło, żeby ujść przed gradem pocisków, które polecą w twoją stronę. Absurd. Góra zatrzęsła się znowu, grzmiąc wielkim głosem, żebym zawrócił. Ani myślałem wracać. Bywają takie chwile, kiedy podróżnik przestaje kierować się logiką.

Ruszyłem dalej, brnąłem w piachu i popiele, ścierałem kolana na żwirze. Stopy krwawiły pod paskami sandałów. Nie chciałem błagać o litość, ale płaczliwe słowa cisnęły mi się na usta z każdym oddechem. „Nie zabijaj mnie, proszę. Jeśli mnie oszczędzisz, obiecuję nie celować obiektywu w twój krater". Nic więcej nie przyszło mi do głowy. Wiem, że przemawianie do góry to czysty idiotyzm. Góry nie mają uszu. Ale na moim miejscu zrobilibyście to samo, nawet mając świadomość, że bezmyślnych zasad grawitacji oraz innych prawideł fizyki i geologii nie należy uczłowieczać.

Dotarłem do postrzępionej krawędzi półki skalnej i zerknąłem w głąb krateru wielkości boiska do piłki nożnej. Wewnątrz ujrzałem trzy zagłębienia. Jedno żarzyło się jasnopomarańczowym blaskiem. Drugie dymiło jak podpalona sterta mokrych liści, od czasu do czasu wyrzucając w popołudniowe niebo kłąb pary i świszcząc jak parowóz. Trzecie było bezdenne. Gapiłem się w krater, ale nie zdołałem wypatrzyć ani wojsk Johna Fruma, ani ognistego ducha, ani potęgi Boga Najwyższego. Wiedziałem, że cały ten rumor, wybuchy i przewalające się masy lawy pochodzą z wnętrza Ziemi. Góry nie mają uczuć. Nie odpowiedzą na moje modlitwy ani nie podporządkują się rozkazom Freda. Tego byłem pewien. Dlaczego w takim razie schowałem aparat? Dlaczego sięgnąłem do kieszeni, wyciągnąłem z niej banknot o nominale pięciuset vatu i wsunąłem go pod kamień? Wtedy nie zadawałem sobie żadnych pytań. Nie dopuszczałem do siebie myśli, że zachowuję się jak kretyn, wywiązując się z obietnicy wobec wulkanu.

Słońce chyliło się ku zachodowi. Czołgałem się wzdłuż południowej krawędzi krateru, dopóki nie natrafiłem na płot z bambusowych żerdzi. Ktoś zbudował prowizoryczny punkt widokowy na skraju przepaści, rujnujący dziewiczą urodę wulkanu. Płot doprowadził mnie do miejsca, skąd mogłem podziwiać panoramę odległej o kilkaset metrów równiny. Ktoś do mnie machał z zaparkowanej na dole półciężarówki. Kiedy odwzajemniłem gest, góra huknęła jak armata, po czym zagrzmiała powtórnie tuż za moimi plecami. Odwróciłem się i zamarłem. W zasnute fioletem niebo wystrzeliła magma: ogromne strzępy czerwonoczarnej galarety skręcały się w spirale, wirowały w powietrzu i rozrywały się na mniejsze kawałki, dopóki nie zadziałały prawa fizyki i magma – wytraciwszy impet – nie spadła na ziemię. Na zbocze, które przed chwilą pokonałem, lunął ognisty deszcz.

Rzuciłem się na oślep w stronę półciężarówki. Podróżowało nią czterech mężczyzn – wulkanologów, którzy przybyli z Vila na nocny pokaz fajerwerków. Na moje powitanie uczeni wznieśli toast filiżankami kawy rozpuszczalnej. Podobno spędzili całe popołudnie, biegając do krawędzi krateru i z powrotem. Jeden z nich przyznał ze śmiechem, że trzymają się na nogach tylko dzięki kawie. Nagle jak grom z jasnego nieba pojawił się brodaty facet z krzaczastymi brwiami, żeby napełnić puste filiżanki. Powinienem był się domyślić. Kelsen. Skoro prawdziwą świątynią na wyspie Tanna był Yasur, Kelsen był z pewnością jednym z przekupniów. Przytargał czajnik z wioski i rozpalił niewielkie ognisko na skraju równiny. Filiżanka kawy kosztowała sto vatu.

– Jeśli wrócicie i zatrzymacie się w moim hotelu – powiedział Kelsen – opowiem wam legendę o wulkanie.

5
Dziewięćdziesiąt godzin na statku motorowym „Brisk"

Życie religijne zaczyna się więc od apelu,
żeby śpiący Bóg się obudził.

Northrop Frye, *Notebooks and Lectures*
on the Bibie and Other Religious Texts

Nie sposób stwierdzić, dlaczego Tanna przeistoczyła się w ten psychoduchowy Disneyland, istną wylęgarnię proroków i tyleż ufnej, co pełnej sprzeczności wiary. Być może u źródła tkwi antagonizm *kastom* i starotestamentowego absolutyzmu zawleczonego na wyspę przez prezbiterian.

Weźmy na przykład wielebnego Johna G. Patona, agitatora, który w 1858 roku wylądował wraz z żoną w Port Resolution. Paton lubował się w konfliktach, opowieściach o zemście i nagłych zwrotach akcji. Jego autobiografię czyta się jak scenopis filmu o Melanezji z moich chłopięcych snów. Autor wspomina swoje pojedynki z pogańskimi wojownikami i czarownikami; opisuje, jak spalili mu dom do fundamentów i rozkradli cały majątek; pisze o swojej żonie, dziecku i przyjacielu, którzy zmarli przed upływem trzech lat od przybycia na wyspę; zwierza się, jak przez dziesięć dni strzegł grobu małżonki ze strzelbą w garści, żeby tubylcy nie zbezcześcili gnijących szczątków. Twierdził, że poganie są żarłocznymi kanibalami, którzy „mają upodobanie w rozlewie krwi" i uwielbiają smak ludzkiego mięsa. Po jednym z plemiennych starć Paton donosił, że trupy kilku mężczyzn ugotowano w gorącym źródle nieopodal zatoki. Przysporzyło mu to dość niecodziennych kłopotów: „Przyrządzili w źródle ciała zabitych

i teraz ucztują – oznajmił rzekomo kucharz Patona. – Krew spłukali w strumieniu; kąpali się w nim tak długo, aż woda zrobiła się całkiem czerwona. Nie mam skąd wziąć wody na Pańską herbatę. Co robić?".
Paton uciekł na statku, który przepływał obok wyspy w 1862 roku. Jego historii słuchano później z zapartym tchem: zdołał wydębić aż pięć tysięcy funtów od uczestników prelekcji, które organizował w australijskich kościołach. Minęło wiele czasu, zanim ktokolwiek się zorientował, że najbarwniejsze epizody opowieści Patona zostały przezeń sfabrykowane. (Przesadził na przykład z doniesieniami o wszechobecnym kanibalizmie. Co dociekliwsi antropolodzy odkryli, że nieprzyjaciół zjadano nie ze względu na ich smak, lecz po to, by przejąć ich *mana* i zadowolić w ten sposób własnych przodków. Trupa przekazywano czasem z wioski do wioski, żeby umocnić sojusz. Praktyki kanibalistyczne podlegały regułom *kastom* i więzów krwi. Na wyspie Tanna mieszkało najwyżej dwadzieścia osiem rodzin, których członkowie mieli prawo jeść ludzkie mięso). Mimo to Paton sankcjonował przemoc w imię swojego Boga. Cztery lata później wrócił do Port Resolution na okręcie wojennym Jej Królewskiej Mości „Curaçoa". Okręt ostrzeliwał kolejne wioski w zatoce, a załoga podpływała w szalupach, niszczyła czółna, paliła domy i puszczała z dymem zasiewy. Paton twierdził, że atak – w którym zginęło stosunkowo niewielu mieszkańców wyspy Tanna – przyczynił się niezmiernie do sukcesu misji Kościoła prezbiteriańskiego. Jego następcy rządzili tubylcami jak gromadką dzieci.

Henry Montgomery miał podobne jak Paton poczucie misji i podzielał niektóre z jego uprzedzeń rasowych. Był przekonany o wyższości Anglosasów. Ale duma z dziedzictwa łączyła się z odpowiedzialnością: „Anglicy nie powinni zapominać, że swą wyborną władzę nad światem zawdzięczają w dużej mierze istnieniu ras niższych". Często podkreślał, że opieka nad maluczkimi – którzy nie dorośli do samodzielnych rządów – jest powinnością ofiarowaną Anglii przez Boga.

„Wygląda na to, że niektóre dziecinne rasy są od wieków niezdolne do samookreślenia – napisał wiele lat po powrocie z podróży. – Nie wolno pochopnie przekazywać władzy w ręce, które nie udźwigną takiego przywileju".

W przeciwieństwie do Patona Montgomery uwielbiał Melanezyjczyków, nie widział w nich bowiem dzikusów, lecz bezbronne dzieci. Wyspiarze są jak dziewczynki i chłopcy – trzeba wpoić im dobre maniery, ukształtować charakter i nauczyć ich religii. Mój pradziad odkrył ze wzruszeniem, że jego bohaterowie – Selwyn, Patteson i Codrington – zapamiętali lekcje z Eton: „Mądrzy założyciele tej misji pojęli, że edukacja ich podopiecznych polega nie tyle na nauce czytania i pisania, ile na wyrwaniu tubylców z lenistwa i brudu, przyzwyczajeniu ich do życia w czystości, ćwiczeniu w skrupulatności i przestrzeganiu porządku. (...) Skrupulatność i ład idą w parze ze znajomością Boga Najwyższego".

Wszyscy byli zgodni, że Melanezyjczycy potrzebują przewodnika. Toczyli jednak zacięte boje, kto ma się podjąć owego przywództwa: anglikanie, prezbiterianie czy katolicy. Kiedy wielebny John Geddie, duchowny Kościoła prezbiteriańskiego, wypatrzył w 1848 roku białych ludzi w obmierzłych sukniach katolickich księży (na wyspie Aneityum, nieopodal Tanny), uderzył w prawdziwy lament: „Od razu rozpoznaliśmy w tym znak Szatana".

Anglikanie z Misji Melanezyjskiej Selwyna byli równie przywiązani do blichtru i eklezjalnych rytuałów jak katolicy – prawdę mówiąc, uważali swój Kościół za czystszą i wierniejszą tradycji odmianę katolicyzmu – popatrywali jednak spode łba na misjonarzy francuskich, którzy ciągnęli na ich wyspy jak nieproszeni goście. Henry Montgomery ostrzegał, że za działalnością katolickich misjonarzy prawie zawsze stoi rząd Francji, „któremu zależy na osłabieniu wpływów angielskich". Misja zorganizowana z tak niskich pobudek nie może odnieść trwałych i poszanowania godnych sukcesów. Dlatego misja anglikańska musiała dołożyć wszelkich starań, żeby „obronić miejscowych chrześcijan przed okrutnymi, pozbawionymi wszelkich skrupułów (katolickimi) propagandystami".

Równie zajadła rywalizacja toczyła się w łonie angielskich Kościołów. Selwyn, Patteson i Codrington byli wychowankami najbardziej prestiżowych szkół publicznych i uniwersytetów brytyjskich. Należeli do innej klasy niż członkowie pospolitych stowarzyszeń misyjnych, z czego obydwie strony doskonale zdawały sobie sprawę. Anglikanie mieli poczucie, że ich protestanckim rywalom – ciemniakom w rodzaju Patona, którzy ograniczali się do wymachiwania Biblią i miotania gróźb o wieczystym potępieniu – nie dostaje intelektu ani dyscypliny, by wywiązać się z powierzonego zadania.

„Pełni dobrych intencji Anglicy, o ciasnych horyzontach myślowych, niezdolni do formułowania własnych opinii, na siłę dopatrują się sensu w błahostkach – z niepowetowaną szkodą dla wielkiej sprawy" – twierdził mój pradziad, wychowanek Harrow i Cambridge.

Anglikanie do tego stopnia odżegnywali się od protestanckich kolegów po fachu, że pewien historyk misji nazwał ich „Bożymi Dżentelmenami". Czynili, co tylko w ich mocy, żeby zachować uprzejmość i niezachwiany rozsądek w starciu z niepokornymi poganami, ale zajęli dość niejasne stanowisko obrońców *kastom*. Tańce, palenie, picie *kava-kava*, wnoszenie opłat za narzeczoną – żaden z obyczajów zakazanych przez prezbiterian na wyspie Tanna nie wydawał im się przeszkodą na drodze do chrześcijańskiego zbawienia. Biskup Patteson powiedział nawróconym, żeby postępowali w tym względzie wedle własnego uznania. Skoro wyspiarze dochowują wierności Bogu Jedynemu Prawdziwemu, skoro ich *kastom* nie godzi w dziesięcioro przykazań, nie można ich uznać za przeciwników chrześcijaństwa, nawet jeśli nie są w pełni jego zwolennikami. Anglikanie uwielbiali tradycyjne tańce i stroje. Niektórzy zasmakowali w *kava-kava*. Szczycili się swoją tolerancją i oburzali się na prezbiterian, którzy mieli zwyczaj wyjmować spod prawa wszystko, co choćby odrobinę kojarzyło się im z pogaństwem.

Misjonarze angielscy na całym świecie od lat uznawali doktrynę „chrześcijaństwa niosącego cywilizację" za aksjomat. Ewangelizacja była tylko jednym z elementów ich działalności, która obejmowała też „ulepszenia" natury estetycznej, na przykład wprowadzenie gospodarki rynkowej oraz obyczaju noszenia odzieży i urządzania domów z oddzielną sypialnią. Tutaj jednak, na morzach południowych, anglikanie doszli do wniosku – przynajmniej na papierze – że niektóre tradycje społeczne i kulturalne Melanezji mogą się okazać kamieniem węgielnym mocnego Kościoła.

Codrington, który jako jeden z pierwszych anglikanów zaczął spisywać opowieści melanezyjskie, był najbardziej przychylny *kastom*. Po latach zarządzania szkołą Pattesona poważył się na wniosek, że dzięki *kastom* Melanezyjczycy potrafią odróżniać dobro od zła, wierzą w życie pośmiertne i rozwinęli swoistą koncepcję duszy. Innymi słowy, światłość pojawiła się w Melanezji na długo przed przybyciem misjonarzy. *Kastom* dało poganom podstawę do przyjęcia nauki chrześcijańskiej.

Pod koniec stulecia wielu anglikanów odeszło od przekonania, że „cywilizacja" jest nieodłącznym warunkiem chrześcijaństwa. Misjonarze zniechęcali wyspiarzy do noszenia ciężkich ubrań i „naśladowania Europejczyków". Podczas gdy prezbiterianie posyłali do więzień grupy taneczne z Tanna, anglikanie flirtowali z *kastom*.

Anglikanie chcieli za wszelką cenę uniknąć niezbyt dżentelmeńskich swarów, w jakie wdały się rozmaite towarzystwa misyjne na Nowych Hebrydach. Jak to ujął Henry Montgomery: „Uprawiamy zdrową rywalizację; zamiast rugować innych, pragniemy godnie i sprawiedliwie służyć wielkiej sprawie". Po kilku latach nieprzystojnych targów zgodzili się przekazać Wyspy Lojalności nieopodal Nowej Kaledonii w ręce Londyńskiego Towarzystwa Misyjnego, zostawiając prezbiterianom i katolikom spór o południowe wyspy Nowych Hebrydów – w tym Tannę i Efate. Selwyn i Patteson obiecali skupić swoją działalność w północnej części Espiritu Santo, na samym krańcu archipelagu.

Spędziwszy dziesięć dni na wyspie Tanna, poleciałem z powrotem do Port Vila – poleciałem, nie inaczej: VanAir oferował codzienne połączenia ze stolicą obsługiwane samolotami z klimatyzacją – gdzie postanowiłem zaczekać na rejs w kierunku Espiritu Santo, wrót anglikańskiej Melanezji. Sądziłem, że anglikańskie wyspy będą wyglądać inaczej. Prezbiterianie z Tanny nie uznawali żadnych półśrodków, nie chcieli żadnego kompromisu między *kastom* a chrześcijaństwem. Konflikt obydwu systemów pogrzebał duszę wyspy pod lawiną sprzecznych światopoglądów. Skoro do chaosu duchowego na Tannie przyczyniła się bezwzględność prezbiterian, anglikanie z pewnością wspierali u siebie stabilniejszą i bardziej rozsądną kosmologię. Boży Dżentelmeni odciągali nawróconych od duchów i uprawiania magii, a mimo to z niezmienną galanterią przyklaskiwali ich urokliwym tańcom. Cząstka mojej osobowości spodziewała się odnaleźć sielski wiktoriański raj. Zmęczona cząstka. Reszta domagała się jeszcze więcej podniet, więcej plotek, więcej magii. Uchyliłem rąbka tajemnicy. Chciałem się w niej zanurzyć.

Znalazłem statek motorowy „Brisk" o zachodzie słońca, zadokowany do remontu – a raczej załatania naprędce dziur, jakby chodziło o transportowiec z drugiej wojny światowej – w trawiastej przystani nad zatoką Vila. „Havanna" wyglądała przy nim jak tytułowy statek miłości z amerykańskiego serialu telewizyjnego. „Brisk" przypominał raczej barkę – wąską i równie elegancką w surowych proporcjach jak koryto do pławienia owiec. Nie mieściło mi się w głowie, że można tym sterować wśród potężnych bałwanów, jakie z pewnością napotkamy podczas czterodniowej podróży na północ w stronę wyspy Espiritu Santo. W każdym razie przestałem się już bać morza. Zaopatrzyłem się w zapas tabletek przeciwko chorobie lokomocyjnej.

Ruszyliśmy w rejs po zmierzchu. Kilkudziesięciu pasażerów zgromadziło na otwartym pokładzie towarowym sterty palet i bagaży i stłoczyło się jak pingwiny na górze lodowej. Kiedy wypłynęliśmy z zacisznego portu, zrozumiałem dlaczego. „Brisk" pruł morską toń bez większych wstrząsów, ale fale i tak przelewały się przez dziób. Pokład stopniowo nabierał wody i wkrótce napełnił się do wysokości przeciętnego basenu ogrodowego. Wdrapałem się na prowizoryczny, sklecony z blachy falistej dach sterówki. Na niebie rozpościerała się cienka warstwa chmur, niczym welon chroniący księżyc przed rozgiskrzonym blaskiem morza. Owionęła mnie ciepła bryza. Zapadłem w drzemkę, ukołysany szeptami załogi, warkotem maszyn, szumem fal i rytmicznym trzaskaniem drzwi sterówki, które z każdym przechyłem statku otwierały się i zamykały na przemian.

Z początku miałem spokojne sny. Potem jednak opuściłem pokład „Brisk" – wyrósł przede mną las, a kołatanie drzwi przeistoczyło się w stukot miotanych wiatrem gałęzi. Zerknąłem między drzewa, między cienie kładące się na oświetlonej księżycową poświatą ziemi, i dojrzałem Freda, który siedział ze skrzyżowanymi nogami, mamrocząc coś niezrozumiale i tuląc owinięte w muślin niemowlę. Tkanina była splamiona krwią. Domyśliłem się, że Fred dokonał kolejnego samoistnego obrzezania. Prorok uniósł głowę i popatrzył na mnie spode łba. I tak wiedział, że go zdradzę. Plama krwi sczerniała i rozpadła się w tysiące maleńkich, skrzydlatych stworzeń rojących się koło mnie, wwiercających się w uszy, tańczących tuż przed oczami, obsiadających mi kark. Komary kłuły, dźgały, zapuszczały w skórę swoje niewidzialne aparaty gębowe, po czym jeden po drugim sączyły we mnie swoją truciznę.

Sny są odzwierciedleniem podświadomych lęków i złudzeń. Tego nauczył nas Freud. Zawsze wracałem do tej starej śpiewki, próbując interpretować swoje sny jako stertę szpargałów na zagraconym poddaszu umysłu, rupieciarnię, którą rzecz jasna trzeba przejrzeć, ale potem powkładać w opatrzone etykietkami pudła i odłożyć na bok, żeby nad ranem obudzić się z czystą głową.

Ten majak przedarł się jednak przez zasłonę snu. Nie rozwiał się z pierwszym blaskiem świtu. Skóra zaczęła mnie swędzieć, zanim zdążyłem się obudzić. Plamy po ukąszeniach pokryły moje ramiona i tors jak drobne, czerwone ślady pocałunków.

Drzemałem na dachu przez trzy dni, podczas gdy „Brisk" krążył od wyspy do wyspy, łącząc niewidzialną nicią wioski, stacje misyjne i plantacje palm kokosowych, zawijając do dziesiątków piaszczystych plaż, zrzucając na brzeg betoniarki, ryż i pręty zbrojeniowe, ładując na pokład kolejne worki yamu, taro i patatów. Płynęliśmy na północ, sunęliśmy po zawietrznej stronie Efate i nizinnej wyspy Epi. Kiedy okrążyliśmy północny cypel Epi, w burtę statku uderzyła fala posztormowa z południa. „Brisk" nie ciął fal tak gładko jak „Havanna". Wyskakiwał w górę, dawał się nieść wzburzonym bałwanom, po czym wpadał w przepastne doliny między grzywaczami. Fale były nienaturalnie błękitne, w kolorze oleju silnikowego. Przewalały się jedna za drugą. Nie były gwałtowne. Prowadziły jednak za sobą mniejsze, które załamywały się, uderzając w burtę, i rozpryskiwały tuż nad dziobem – w końcu woda na pokładzie towarowym zaczęła się pienić i burzyć jak wezbrana powodzią rzeka. Minęliśmy stożek wulkanu wznoszący się stromo w chmury. To był Lopevi. Urządziliśmy trzy postoje w jego cieniu, przy podobnej do płetwy rekina, porośniętej dżunglą czarnej skale.

Moja skóra pałała. Plamy ze snu rozmnożyły się i zlały w jedną całość, utworzyły na ramieniu wściekle zaogniony wrzód. Chciałem zanurzyć się w oceanie.

– Nie możesz tu pływać – powiedział mi mechanik pokładowy, nieokrzesany gbur o złośliwych oczkach i karku pokrytym liszajami. Miał na imię Edwin. – Rekin cię pożre.

– Są tu rekiny?

– Tylko jeden. *Kastom* rekin. Nazywamy go *nakaimo*. To duch zmarłego: lubi białe mięso. Pięćdziesiąt lat temu zjadł pierwszego białego człowieka. Ja tu mogę pływać, a ty nie. Ha!

Ruszyliśmy z Paama na wyspę Ambrym, której pejzaż – jak wywnioskowałem z mapy – zdominowała kaldera o średnicy trzydziestu kilku kilometrów, pokryta czarnym popiołem i mnóstwem parujących kraterów bocznych. Pochodzenie wulkaniczne przyczyniło się do złej reputacji tego miejsca. Jak się dowiedziałem w Port Vila, Ambrym jest wyspą ognistej magii. Wszyscy panicznie się bali czarowników z Ambrym, okrytych najgorszą sławą w związku z obyczajem zaskakiwania wrogów podczas snu, rozcinania im brzuchów, wyciągania wnętrzności, po czym zastępowania ich zeschłymi liśćmi i patykami. Cięcie nie pozostawiało żadnych śladów, ale tuż przed śmiercią – która następowała zwykle przed upływem kilku dni – ofiary odkasływały mnóstwo zeschłych liści. W 1997 roku premier Fidel Soksok stwierdził w wywiadzie dla „Vanuatu Trading Post", że czarna magia i trucicielstwo stanowią największe przeszkody w rozwoju gospodarczym kraju. Wszyscy wiedzieli, że ma na myśli wpływowych czarowników z Ambrym, którzy organicznie nie znoszą konkurencji.

Krawędź kaldery nikła w potężnym grzybie czarnego dymu. Wśliznęliśmy się przez szczelinę w rafie u zachodniego wybrzeża wyspy i urządziliśmy postój nieopodal stacji misji katolickiej, żeby wziąć na pokład kilku mężczyzn o przekrwionych oczach. Pasażerowie cofnęli się – a raczej rozstąpili – żeby zrobić przejście złowieszczo chichoczącym i gruchającym ludziom z Ambrym.

Kolejna noc. „Brisk" ruszył z hukiem naprzód, kierując się w stronę migających na horyzoncie światełek, które z czasem okazały się rozpalonymi na brzegu ogniskami. Drogę wśród niewidzialnych raf oświetlały płomienie podsycane przez ludzi, którzy spodziewali się otrzymać lub nadać ładunek. Nie wolno było czytać ani spać. Otaczała mnie chmara mężczyzn, którzy podjadali moje ciastka i oddawali się ulubionemu zajęciu Melanezyjczyków – *storian*, czyli pogaduszkom. Mechanik Edwin był w tym najlepszy. Spytał mnie, czy lubię tutejsze kociaki. Zweksłowałem na inny temat, wyjeżdżając z pytaniem, które większość Melanezyjczyków zadaje cudzoziemcom: „Do jakiego Kościoła należysz?". Okazał się adwentystą dnia siódmego. Czyli *kava-kava*, alkohol, panienki i bluzgi nie wchodzą w rachubę? Edwin przyznał, że łamie wszystkie zakazy. Był *wanfala backslider*.

Na pokładzie znajdował się jeszcze jeden przeniewierca: Graeme. Przystojny, schludnie odziany mężczyzna, który tulił w ramionach jakiegoś chłopca. Uścisnął mi dłoń i spytał, co tu robię. Odpowiedziałem, że wędruję śladami pradziada, próbując odtworzyć szlak jego podróży na statku „Southern Cross". Graeme zmrużył oczy.

– Czyli twój pradziadek ukradł mojego pradziadka, mam rację? – spytał po angielsku.

– No... w pewnym sensie tak.

– Owszem, właśnie to zrobił. Znam tę historię. Zabrali naszych pradziadków na Nową Zelandię i nauczyli ich *kastom* opowieści Izraela. Potem pradziadkowie wrócili na naszą wyspę i przekonali wszystkich, żeby przystąpili do Kościoła. Poszło im łatwo, bo mieli noże, siekiery i tytoń, wszystkie dobre rzeczy od cudzoziemców.

Tłum zaśmiał się jowialnie, ale Graeme ciągnął swój monolog zawzięcie, nie robiąc nawet pauz dla zaczerpnięcia tchu. W jego oczach odbijał się blask migoczących na brzegu ognisk.

– Większość zapomniała, że mieliśmy kiedyś własnego boga na wyspie Pentecost. Nazywał się Taka. Pomagał nam czynić magię sprowadzającą deszcz i jedzenie. Teraz zaledwie kilka osób umie uprawiać magię, ale i tak postanowiłem się jej nauczyć. Chodzę do starych wodzów *kastom*. Piję z nimi *kava-kava*. Urządzamy sobie *storian*. Uczę się od nich.

– Czego się uczysz? Magii? Pokaż mi – powiedziałem, pewien, że nie spełni mojej prośby.

– Dopiero się uczę. Ale wiem, jak zrobić słodkie usta.

– Pokaż mi magię słodkich ust. Chcę to zobaczyć!

Tłum pokładał się ze śmiechu.

– Słodkie usta to magia miłosna – objaśnił Graeme. – Trzeba potrzeć specjalny kamień piórem z kurczaka, a potem cztery razy powtórzyć imię dziewczyny. Po czterech dniach do ciebie przyjdzie. Będzie za tobą łaziła jak pies.

Graeme mieszkał na wyspie Pentecost, którą znam wyłącznie z dogasających na plaży ognisk i czosnkowego smaku tamtejszej *kava--kava*. „Brisk" dobił do pokrytej drobnym piaskiem przystani. Zszedłem na ląd w towarzystwie Graeme'a; w świetle okrętowych szperaczy tragarze dźwigali worki z koprą. Na brzegu stała budka z *kava-kava*, ale mieliśmy czas tylko na jedną kolejkę.

– A jak u ciebie z lataniem? – spytałem Graeme'a, zlizując z warg resztki *kava-kava*. – Potrafisz się zmienić w sowę albo nietoperza?

To wcale nie było takie głupie pytanie. Pierwszy anglikanin, jakiego poznałem na Vanuatu, kierownik sprzedaży w hotelu Le Meridien, wprowadził mnie już kilka dni wcześniej w to fantastyczne zagadnienie. Za materiał poglądowy posłużyła mu pewna nowoczesna kobieta. Miała wizytówkę, adres e-mailowy i dyplom jednej z nowozelandzkich szkół biznesu. Spotkaliśmy się, żeby porozmawiać o tutejszym polu golfowym. Ale po dwóch kieliszkach chilijskiego merlota na koszt firmy kobieta oznajmiła, że jej wuj jest ni mniej, ni więcej, tylko czarownikiem. Kiedy była mała, wujek podróżował przez ocean, żeby odwiedzić ją w wiosce na wyspie Pentecost. Nie, nie przypływał do niej czółnem. Zmieniał się w sowę i frunął nad wodą. Musiał uważać, żeby nie pojawić się w tej postaci nad kościołem – każda świątynia wytwarza słup energii, swoisty promień światła, wystrzelający z dachu w niebo. Gdyby wujek przeleciał przez taki promień, spadłby na ziemię. Latał więc ostrożnie, ale za to często. Dotarłszy do Pentecost, miał zwyczaj siadywać na drzewie chlebowym przy oknie dziewczynki i dotrzymywać jej towarzystwa wieczorami.

Graeme nie był więc zaskoczony, kiedy go spytałem, czy umie latać.

– Nie. Jeszcze nie umiem – odpowiedział. – Ale się nauczę. Nauczę się też pływać w oceanie jak ryba.

– Graeme, ty chyba nie jesteś chrześcijaninem – orzekłem.

– Oczywiście, że jestem. Wszyscy w mojej rodzinie są anglikanami. Jeśli nauczyłem się czegokolwiek w szkółce przygotowującej mnie do konfirmacji w Kościele anglikańskim, to chyba tylko tego, że trzeba dokonać wyboru. Albo jesteś chrześcijaninem, albo czcicielem przodków – nie można łączyć jednego z drugim. Bóg jest zazdrosny.

Melanż kosmologii w wydaniu Graeme'a wprawił mnie więc w zakłopotanie, aczkolwiek zdawałem sobie sprawę, że wśród melanezyjskich neofitów jest to zjawisko dość powszechne.

W przymykaniu oka na uporczywe pogańskie nawyki celował zwłaszcza Kościół katolicki. Misjonarze katoliccy w dolinie Konga już w XVII wieku przestali zaprzątać sobie głowę tym, że nawróceni przez nich tubylcy składają ofiary przodkom, najchętniej w dzień Wszystkich Świętych.

W drugiej połowie XX wieku pokolenie proroków z dżungli dokonało fuzji chrześcijaństwa z rytuałami afrykańskimi i obyczajem picia ziół o silnych właściwościach psychoaktywnych, dając początek co najmniej trzem Kościołom protochrześcijańskim w Brazylii. Zioła, znane w tym kraju pod nazwą hoasca, gdzie indziej zaś jako ayahuasca, przyrządzano między innymi z kory pewnej liany powszechnej w lasach deszczowych. Niegdyś były potężnym narzędziem w rękach przedchrześcijańskich szamanów, obecnie zastępują wino przy udzielaniu sakramentów wiernym. Zdaniem przywódców nowo utworzonych Kościołów, zioła umożliwiają bezpośredni kontakt z istotą boską, aczkolwiek niemal zawsze okupiony wymiotami i straszliwą biegunką.

Podobna odmiana synkretyzmu wspomaganego użyciem narkotyków występuje w południowo-zachodniej części Stanów Zjednoczonych, gdzie Kościół Amerykański (niestowarzyszony z żadnym uznanym odłamem chrześcijaństwa) wyniósł do rangi sakramentu zażywanie pejotlu małego, pozbawionego kolców kaktusa, również wykorzystywanego w obrzędach przedchrześcijańskich. Ugrupowanie wciąż łączy ów halucynogenny pogański rytuał z naukami biblijnymi i może się poszczycić dużymi sukcesami w zwalczaniu plagi alkoholizmu w społecznościach rdzennych Amerykanów.

Synkretyzm religijny siłą rzeczy spędza sen z powiek chrześcijańskim fundamentalistom. Jeśli to oni są wyznawcami jedynej prawdziwej religii, wszelkie próby jej rozwodnienia i zniekształcenia należy uznać za bluźnierstwo. Rzecz jasna, niektórzy z twardogłowych teologów są zarazem najgorliwszymi głosicielami tej odmiany chrześcijaństwa, która stworzyła obraz Jezusa wysokiego, bladego i pozbawionego jakichkolwiek odniesień żydowskich.

Współcześni teolodzy Kościoła anglikańskiego zajęli bardziej elastyczne stanowisko. Fergus King, urzędnik Zjednoczonego Towarzystwa Szerzenia Ewangelii (nowego wcielenia towarzystwa misyjnego, w którym mój pradziad pełnił funkcję sekretarza), powiedział mi, że nawet święty Jan, autor Objawienia, uprawiał coś w rodzaju „inkulturacji". Głosząc kazania w Azji Mniejszej, nie omieszkał przejąć symboli z miejscowej tradycji pogańskiej, żeby wyrazić boskość Jezusa. Złe oko, magiczne naczynia oraz podwójny tron Zeusa i Hekate wzmocniły tylko ewangeliczne przesłanie Apokalipsy świętego Jana.

Zdaje się, że Wspólnota Anglikańska poszła za przykładem świętego Jana. Czarnoskóry Chrystus? Nie ma problemu. Współczesne aranżacje pogańskich tańców i spódniczki z trawy w kościołach? Proszę bardzo. Kult przodków? No cóż... w zasadzie czemu nie? Podczas zbierania materiałów w szkole misyjnej przy Selly Oak Colleges w Birmingham poznałem pewnego Nigeryjczyka, pastora anglikańskiego i studenta teologii, który mi powiedział, że jego parafianie wciąż czczą przodków.

– Ale to wbrew regułom – zaoponowałem.

– Regułom? – zachichotał. – Słuchaj, kiedy w Afryce pojawili się pierwsi misjonarze, zobaczyli, jak czcimy naszych protoplastów, i nazwali to bałwochwalstwem. Potępili nas za to. Wkrótce jednak zdaliśmy sobie sprawę, że Jezus jest przodkiem wszystkich ludzi. Takie jest przecież przesłanie chrześcijaństwa, prawda? Jezus był człowiekiem, ale miał też naturę boską. Dlaczego więc nie uprawiać w kościele kultu przodków, nie wyłączając Jezusa? Mam nadzieję, że to docenisz. Przecież podążyłeś za duchem swego przodka do Anglii. Twój pradziad przemówił, a ty poszedłeś w jego ślady. I dobrze. Słuchaj go.

Mój pradziad uważał się za człowieka otwartego, przestrzegał jednak chrześcijan przed zgubnymi wpływami obcych kultur. W zbiorze porad dla duchowieństwa potępił ideę, jakoby „każdy mógł wykształcić własną koncepcję Boga, równouprawnioną na tle wszystkich pozostałych; zapominamy, że Bóg dał nam się poznać przez swoje Objawienie". Sądzę, że zmartwiłby się na wieść o decyzji pewnego wykładowcy Uniwersytetu Południowego Pacyfiku na Fidżi, który powiedział mi, że odroczył jednemu ze swoich studentów termin złożenia pracy końcowej o kilka miesięcy, żeby chłopak mógł wrócić na Vanuatu i rozgonić bandę czarowników w swoim rodzinnym mieście. Włosy stanęłyby mu dęba na głowie, gdyby się dowiedział o Melanezyjczyku, który zaoferował Australijce pomoc w rozwiązaniu jej kłopotów osobistych: wystarczy, że jego brat zmieni się w krokodyla i pożre niechcianego partnera dziewczyny. Przecież wszyscy ci ludzie są rzekomo chrześcijanami.

Mnie to chyba też przerosło. Z mojego punktu widzenia wiara w jednego boga była już wystarczająco irracjonalna, tymczasem tutaj miałem do czynienia z ludźmi wykształconymi, pozornie rozsądnymi, którzy flirtowali jednocześnie z kilkoma wykluczającymi się mitologiami. Któraś z nich musiała wieść na manowce. Czy ci ludzie byli idiotami? Marzycielami? Kłamcami? Antropolog Ben Burt wyznał mi podczas naszego spotkania w Londynie, że największe wrażenie robi na nim zdolność Melanezyjczyków do łączenia w całość tylu sprzecznych systemów religijnych. Nie świadczy to o niedostatkach intelektualnych wyspiarzy, podkreślił Burt. Trzeba naprawdę tęgiego umysłu, żeby sprostać tej akrobacji duchowej. Przynajmniej zyskałem jasność, która z religii ma tutaj przewagę. To nie chrześcijaństwo uchodziło za sprawcę codziennych cudów. Fantastyczne deklaracje mojego nowego znajomego w równym stopniu zbiły mnie z tropu, jak zauroczyły. Kiedy ogniska z wyspy Pentecost znikły za rufą „Brisk", ogarnął mnie niewysłowiony żal. Powinienem był zostać na brzegu, odprowadzić Graeme'a do domu w wiosce, ubłagać go, żeby mi udowodnił skuteczność swojej magii. Nie przybyłem tu po to, żeby zmieniać Graeme'a. Nie ja go ewangelizowałem, to on mnie tumanił swoimi niestworzonymi opowieściami. Gdybym poddał jego magię próbie, wyszłoby na jaw, że cała ta gadanina bierze się tylko ze snów na jawie – znów można by ostro zarysować granicę między prawdą a zmyśleniem.

Kiedy jednak zamknąłem oczy i osunąłem się z powrotem w drzemkę, gwiazdy wypaliły mi dziury w powiekach i usłyszałem inny głos, którym przemówiła moja osobowość ze snu, szepcząc, modląc się do nieba, prosząc o uznanie istnienia *mana*, która niegdyś krążyła nad tymi wyspami i pewnie czyni to po dziś dzień, przenika tutejsze lasy, przelewa się między palcami tutejszych czarowników, pozyskuje wyznawców zarówno wśród Melanezyjczyków, jak i irlandzkich biskupów. Gwiazdozbiory krążyły nade mną po bezchmurnym niebie, po czym się rozpadały. Gwiazdy leciały w dół, sprowadzając na mnie deszcz gorących iskier. Kiedy wzeszło słońce, przekonałem się, że sny wżarły mi się w skórę tak samo jak poprzedniego ranka, tyle że w większej liczbie: tysiące czerwonych gwiazdek upstrzyło mi bark, ramię, plecy i brzuch. Łamało mnie w kościach, w uszach rozbrzmiewało brzęczenie niewidzialnych komarów – oślepiający blask świtu nie okazał się dla mnie zapowiedzią nowego dnia. Odebrałem go jako zbielałą kontynuację nocy niosącej niepewność.

6
Księga Espiritu Santo

Zielona, mętna woda liże go po stopie,
Skórę pokrywa cienką, połyskliwą błoną;
Rój przejrzystych komarów zwija się w ukropie,
Niosąc w darze Delirium i Śmierć przesądzoną.

Laurence Hope, *Malaria*, w: *Indian's Love Lyrics*

O świcie czwartego ranka statek motorowy „Brisk" zarzucił kotwicę w Luganville, na południowym krańcu Espiritu Santo. Rejs dobiegł końca. Luganville jest najważniejszym portem Vanuatu i punktem wypadowym na Wyspy Banksa i Torresa, najdalej wysunięte na północ przyczółki anglikanów. Stamtąd czekała mnie jeszcze kilkudniowa podróż do mojego Świętego Graala, Nukapu.

Postanowiłem więc, że postój będzie krótki. Kiedy jednak „Brisk" zawinął do portu na skraju miasta, wysypka ograniczona z początku do ramienia i tworząca wymyślny wzór z gwiazdek zdążyła się rozszerzyć na całe ciało. Gwiazdki straciły kształt i zlały się w całość. Wyglądałem jak ofiara chłosty. Dygotałem w gorączce. Mózg mi pękał. Miałem zawroty głowy. Niebo rozsypało się w chmarę fluoryzujących pikseli. Słońce przypadło do ziemi i porosło kolcami. Potrzebowałem pomocy.

W czasie drugiej wojny światowej przez Luganville przewinęły się setki tysięcy amerykańskich żołnierzy. Spodziewałem się ujrzeć kipiący życiem ośrodek handlu, miasto wielkich możliwości. Tymczasem Luganville pogrążyło się w letargu. Zobaczyłem setkę zaniedbanych żywopłotów, setkę opustoszałych parceli, setkę zarośniętych trawą, pordzewiałych baraków z blachy falistej. Zabite deskami kino. Pusty park z pustą estradą, gdzie z ryczących głośników nadawano muzykę gospel – nie bardzo wiadomo, dla kogo. Gdyby nie fale przypływu uderzające z hukiem w porzucone wraki wojskowego sprzętu, w porcie panowałaby zupełna cisza.

Senna atmosfera Luganville udzieliła się wszystkim. Nikt z napotkanych przechodniów nie zadał sobie trudu, by wydusić z siebie pełną nazwę miasta, nie wspominając już o pełnej nazwie wyspy. Obydwie ściągnęły się w znużone chrząknięcie. Santo.

Wałęsałem się po jedynej brukowanej ulicy Santo, szerokiej i pustej jak preria. Po zniszczonej kostce co rusz przejeżdżał z hukiem rozklekotany mikrobus. Żaden się nie zatrzymał. Horyzont ograniczały na wpół zrujnowane pamiątki po chińskiej diasporze: Wong Store, Shing Yau Store, Ah Juen & Company. W witrynach wisiały spłowiałe staniki z poliestru i podkoszulki z wizerunkiem Boba Marleya.

Zamknąłem oczy, by ochronić je przed przeszywającym blaskiem słońca. Kiedy je otworzyłem, spostrzegłem po drugiej stronie ulicy obrazek z przedmieść Las Vegas w 1955 roku. Rząd rzeźbionych kolumn z betonu wspierał elegancką, dwupiętrową konstrukcję – istny kolaż stylów powojennego modernizmu, dziwnie nie na miejscu w sąsiedztwie więdnących palm. Całkiem porządny hotel. Przeszedłem przez jezdnię, zrzuciłem bagaż w błogim cieniu i popatrzyłem na grupkę ekspatów obserwujących mnie zza kontuaru w barze. Australijczycy. Nie miałem co do tego żadnych wątpliwości, bo na śniadanie sączyli piwo. Wyglądali, jakby ktoś żywcem przeniósł ich z pustyni: skórzane buty, pomarszczone twarze, wyblakłe od słońca koszule robocze, kapelusze z szerokim rondem i mocne dłonie.

Była między nimi kobieta rasy mieszanej: wysoka, w średnim wieku, ubrana w biały, dopasowany kombinezon, ze złotymi kolczykami w uszach i w okularach à la Liz Taylor na nosie. Uniosła wysmukłą dłoń i skinęła upierścienionym palcem, żebym podszedł bliżej. Przedstawiła się jako Mary Jane Dinh. Prowadziła hotel Santo od dziesięcioleci. Widziała, jak francuscy plantatorzy zwijają manatki z niepodległej wyspy i ustępują pola australijskim ranczerom. Mary Jane była twarda. Znała życie. Umiała też rozpoznać malarię i rozpoznała ją na mojej twarzy.

– No pewnie, że malaria go wziena – ryknął jeden z ranczerów. – Paczcie tylko! Chłopak ledwo na nogach stoi. Raz-dwa! Czeba mu piwa nalać.

Diagnoza podniosła mnie na duchu: wiedziałem, czego mi naprawdę trzeba. Chciałem, żeby Mary zawiozła mnie do szpitala własnym samochodem, potrzymała za rączkę i całą drogę szeptała mi do ucha słowa pociechy. Chciałem od niej filiżankę gorącej czekolady. Chciałem, żeby mi matkowała. A ona nie chciała.

– Nie ma co histeryzować – powiedziała, ciągnąc mnie do taksówki. – Łatwiej tu złapać malarię niż grypę.

Rząd Vanuatu finansuje niewielką grupkę pielęgniarek, których obowiązki polegają wyłącznie na obserwowaniu próbek krwi pod mikroskopem i szukaniu w nich cienkich, nitkowatych zarodźców malarii, umiejętnie wstrzykiwanych ludziom pod skórę przez samice komarów. Jedna z takich pielęgniarek orzekła, że pasożyt zniszczył mi pięć procent czerwonych krwinek. Gdybym był Melanezyjczykiem – powiedział lekarz – uodporniłbym się na to schorzenie i nie musiałbym się martwić, że umrę z gorączki albo w następstwie obrzęku mózgu, wywoływanego przez najbardziej zjadliwy gatunek pierwotniaka. Byłem jednak białasem, pozbawionym naturalnej odporności wymoczkiem. Lekarz nalegał, żebym został w szpitalu. Rozejrzałem się wokół: zobaczyłem odrapane ściany, betonową podłogę pokrytą plwociną, chrzęszczące karaluchy, wyświechtane moskitiery, obwieszone glutami nosy i migoczące świetlówki. Podziękowałam grzecznie, zgarnąłem torebkę pełną lekarstw i wróciłem do hotelu Santo.

Zbliżał się wieczór. Mary Jane przebrała się w suknię w kwiaty i założyła perły. Piła herbatkę z ranczerami. Ulica, żywopłoty, miasto, ranczerzy – wszystko rozmywało mi się przed oczami. Wszystko z wyjątkiem Mary Jane. Kojarzyła mi się z hotelem: oaza ładu pośrodku malarycznej zgnilizny. Chciałem się zwinąć w kłębek u jej stóp. Nie jestem pewien, czy jej tego nie powiedziałem.

– Do łóżka! – zakomenderowała i na powrót zajęła się herbatą.

Poczłapałem do pokoju, rozżalony obcesowym podejściem Mary Jane do mojej potencjalnie śmiertelnej choroby – mimo to czułem się trochę jak bohater, że udało mi się ją złapać. Przecież malaria przez tysiąclecia rzuciła na kolana niejedno mocarstwo, przetrzebiła konkwistadorów i wytrąciła broń z ręki setkom uzdrawiaczy! Przecież wpędziła do grobu połowę mieszkańców naszej planety!

Nie ulega wątpliwości, że znacznie więcej misjonarzy i kupców padło ofiarą malarii niż maczug i zatrutych strzał Melanezyjczyków. Malaria odebrała życie Europejczykowi, który odkrył ten archipelag. W 1595 roku Hiszpan Alvaro de Mendaña próbował założyć chrześcijańską kolonię na wyspie Santa Cruz nieopodal Nukapu, gorączka zmogła go jednak w kilka tygodni. Pozostali przy życiu koloniści spakowali manatki i wrócili do Peru. Jak na ironię, pół wieku później peruwiańscy Indianie zdradzili Hiszpanom sekret przyrządzania leku na gorączkę tropikalną. Jego podstawowym składnikiem była kora drzewa rosnącego wysoko w Andach, zwanego przez Indian *quina--quina*. W latach czterdziestych XIX wieku wyeksportowano do Europy korę wartości miliona funtów. Gdyby nie kora, później zaś wyizolowana z niej substancja aktywna – alkaloid chinina – imperium brytyjskie nie zdołałoby zyskać posiadłości w Indiach i w Afryce. Pod koniec stulecia armia brytyjska zużywała rocznie siedemset pięćdziesiąt ton kory w samych tylko koloniach indyjskich. Nic dziwnego, że zaprawiony chininą tonik – oczywiście z dżinem – stał się wkrótce narodowym napojem Brytyjczyków.

W 1906 roku, kiedy pisarz Jack London zahaczył o Melanezję podczas nieudanej próby rejsu dookoła świata, załoga jego pięćdziesięciopięciostopowego kecza nie mogła się zdecydować, czy zażyć kapsułki z chininą – nawet gdy marynarzy zmogły już gorączka, dreszcze i biegunka. „Wszyscy mieli gorączkę, wszyscy mieli biegunkę, wszyscy mieli wszystko. Śmierć była na porządku dziennym" – napisał wkrótce po rezygnacji z dalszej podróży. London nie stronił od hiperboli, zażył jednak chininę.

Połknąłem cztery tabletki chlorochiny (syntetycznej pochodnej chininy), włączyłem wiatrak pod sufitem i poszedłem do łóżka. Nie miałem do czytania nic poza Biblią króla Jakuba, którą kuzynka mormonka wepchnęła mi przed wyjazdem do plecaka. („Dzięki niej zrozumiesz swojego pradziada" – wyjaśniła. Choć zdawałem sobie sprawę, że kuzynka działa z pobudek ewangelizacyjnych, wziąłem Biblię z obowiązku, z poczucia winy albo z obydwu powodów, nie mając najmniejszego zamiaru jej czytać).

Mniej więcej po godzinie chlorochina zaczęła działać. Poczułem, jakby złączyła swe siły z malarią, zamiast ją zwalczać. Pozbawiła mnie zmysłu równowagi. Zamieniła mi palce w kłębki waty, a zakończenia nerwowe w igły. Wsączyła się do mózgu jak żółtawa mgła, po czym otuliła mi szczelnie gałki oczne, ograniczając widoczność do kilku metrów.

Kolejne cztery dni upłynęły pod znakiem potężnych halucynacji przerywanych jedynie szczękaniem zębów i od czasu do czasu wypadami do toalety. Otworzyłem w końcu tę Biblię. Przewracałem strony zdrętwiałymi palcami. Stary Testament roztoczył przede mną fantasmagoryczne obrazy marzeń sennych, majaków i bezkształtnych widziadeł świdrujących czaszkę w rytm posykiwań i stukotów pokojowego wiatraka.

Ujrzałem, jak Bóg czyni dwa światła: większe, by rządziło dniem, mniejsze, by rządziło nocą. Bóg wziął garść prochu i ulepił z niego ciało z rękami i nogami. Potem tchnął w nie ducha i nazwał je człowiekiem. Bujałem nad rajskim ogrodem, obserwując węża o tłusto połyskujących łuskach oraz haniebne wygnanie mężczyzny i kobiety.

Zobaczyłem miecz ognisty, którym anioł wywijał na wszystkie strony, pędząc wygnańców z raju. W oślepiającym blasku z okna ujrzałem twarz Mary Jane, widzenie żywcem wzięte z cocktail party u prezydenta Kennedy'ego, migotliwe jak anioł nakręcony kamerą Super 8. Gdzieś w oddali skrzeczał głośnik, rozbrzmiewając wezwaniem do modlitwy.

Księga Rodzaju. Księga Wyjścia. Reggae w barze na drugim końcu miasta. Nóż Abrahama wzniesiony nad delikatnym gardłem syna. Nic nie jadłem. Dryfowałem nad Synajem, gdzie Bóg uczynił dziurę w ziemi, żeby pochłonęła tych, którzy wątpią w Jego słowo. Bóg przyszedł do Mojżesza w gęstym obłoku, a potem w burzy. Zagrzmiał mu do ucha: „Strach przede mną puszczę naprzód przed tobą".

To był bóg wojny. Kazał swoim wyznawcom zabijać wszystkich, którzy staną im na drodze, a kiedy okazywali się nie dość mocni albo zbyt litościwi, Bóg posługiwał się swą niewidzialną dłonią, by zetrzeć w proch armie nieprzyjaciół, zesłać im straszliwe wrzody na genitalia bądź spalić ich żywym ogniem. Pokój osunął się w otchłań zabijania. Wiatrak kręcił się nad moją głową, za każdym obrotem odliczał kolejny rok w dziejach. Rzeki krwi. Prochy zmarłych na wietrze. Krew lała się strumieniami. Tak było przez wieki. Fala przemocy odwróciła się dopiero w czterdziestym drugim pokoleniu od zwierzchnictwa Abrahama, w pierwszej księdze Nowego Testamentu, w pierwszym wersie Ewangelii według świętego Mateusza, o świcie czwartego ranka mojej choroby, w apogeum gorączki.

Cuda złagodniały. Pojawił się Bóg człowiek, który uspokoił morze. Który przemienił wodę w wino. Przemawiał cicho, ale jego głos niósł się na wietrze. „Miłujcie się nawzajem" – powiedział i to przykazanie okazało się bodaj największym z opisanych cudów. Jakby bóg zemsty, kumoterstwa i gromów ustąpił miejsca innemu.

Świt przyszedł w słabej poświacie sączącej się przez zasłony. Potem oślepiający blask dnia. Po południu – jak co dzień – bębnienie deszczu o dach i zapach wilgoci. Potem znów ciemność i kolejne sny pełne cudów, pyłu i krwi. Rozpoznałem w nich Boga mojej rodziny, który pomógł nam zgnieść nieprzyjaciół, ale podobno kochał bliźniego i wybaczał mu nawet wówczas, kiedy wypędził go na pustynię. Boga o dwóch twarzach. Mój pradziad zawsze twierdził, że prowadzi nas Bóg Miłości, ale z rodzinnych opowieści wysnułem wniosek, że wciąż nas judził Bóg Wojny. Dziękowaliśmy mu za każde zwycięstwo naszego klanu i za każdą szkodę, jaką udało nam się wyrządzić w czasach pokoju. Przekuliśmy naszą pewność siebie w historię równie krwawą jak Stary Testament.

Moi przodkowie czcili niegdyś słońce i księżyc, czcili też ogień. Mieliśmy szaroniebieskie oczy, zimne jak fiordy ich ojczystej Skandynawii. Blisko tysiąc lat po ukrzyżowaniu Jezusa ruszyliśmy na południe i dotarliśmy do Francji, gdzie poznano nas z Bogiem miłości i wojny, którego uznaliśmy za swojego.

Zrzekliśmy się naszych pogańskich imion i zastąpiliśmy je lepiej brzmiącymi w uszach chrześcijan. Wojownik-wędrowiec Bjorn Dansk – Duński Niedźwiedź – stał się Bernardem Danusem i rządził ogromnymi połaciami Normandii z warownego zamku na Mons Gomerici. Klan Montgomerych uczcił nowego Boga, fundując kościół w Troarn i łożąc na utrzymanie dwunastu mnichów – czemu zawdzięczaliśmy nasz dobrobyt w epoce przemocy i konfliktów feudalnych.

W 1066 roku patriarcha rodu Roger de Montgomery sforsował kanał La Manche u boku Wilhelma Zdobywcy, płynąc pod banderą wyświęconą przez samego papieża. Roger uczestniczył w bitwie pod Hastings na prawym skrzydle armii Wilhelma. W rozstrzygającym momencie bitwy pewien rosły Anglik poprowadził stu żołnierzy przeciwko nadciągającym Normanom. Angielski rycerz był mocny i rączy jak jeleń. Wymachiwał w biegu ogromnym toporem o stopowym ostrzu i siekł nim Normanów, torując drużynie drogę wśród trupów. Normanowie chcieli już podać tyły, kiedy pojawił się Roger na spienionym koniu i przeszył Anglika włócznią niczym Dawid Goliata. Potem wykrzyknął: „Do boju, Francuzi, ten dzień będzie nasz!". Wojska angielskie zostały upokorzone, ich król poszedł do piekła, a Normanowie wbili swoją świętą chorągiew w ziemię splamioną krwią. Tym oto sposobem Bóg przekazał Anglię w ręce Wilhelma Zdobywcy oraz naszego klanu.

Sześćset lat później, kiedy Henryk VIII doprowadził Kościół w Anglii do rozłamu z Rzymem, wywalczyliśmy sobie miejsce w Irlandii, gdzie żołnierzom wojsk protestanckich rozdawano ogromne włości za lojalność wobec Korony i Kościoła anglikańskiego. Wikariusz James Montgomery walczył z irlandzkimi katolikami, dzierżąc w jednej dłoni miecz, a w drugiej Biblię – i wygrał, bo taka była wola boska. Wznieśliśmy wspaniałą posiadłość na półwyspie Inishowen, gdzie do dziś jeden z Montgomerych ściąga czynsz od katolików.

Kiedy imperium brytyjskie ruszyło na podbój Indii, podążyliśmy za nim, niosąc z sobą naszego Boga. Komisarz Lahore Robert Montgomery zbudował sobie w Pendżabie pokraczną willę z kamienia. Służyli u niego muzułmanie i hinduiści. Z przedstawicieli obydwu wyznań rekrutowały się zarówno oddziały Montgomery'ego, jak i wojska nieprzyjaciół. W 1857 roku, kiedy zbuntowani Hindusi z armii bengalskiej wkroczyli do Delhi, Robert podstępem skłonił dziesiątki tysięcy własnych żołnierzy do złożenia broni, po czym rozkazał białym oficerom rzucić się w pościg za zdrajcami i wybić ich co do nogi. Powstańców z Delhi wyłapano i ukarano stryczkiem, garnizony białych ocalały, Pendżab stał się bazą wypadową wojsk brytyjskich przed powtórnym zawłaszczeniem północnych Indii.

„To nie zabiegom politycznym ani żołnierzom bądź oficerom zawdzięczamy ocalenie Imperium Indyjskiego dla Anglii oraz ocalenie Anglii dla Indii – napisał Robert. – To On, nasz Pan Bóg, stanął na czele naszych wojsk i zapewnił nam triumf nad wrogami, którym o mało co nie ulegliśmy. To Jemu, który dzierży w dłoni ster wszystkich wydarzeń i tak cudownym sposobem poprowadził nas do zwycięstwa, to Jego chwale pragnę zadedykować płynącą z głębi serca wdzięczność w imieniu własnym i wszystkich reprezentowanych przeze mnie osób".

Zupełnie jak w Starym Testamencie. Nasz bóg nie stronił od polityki. Występował w obronie Anglii, ona zaś broniła jego.

Wiatrak klekotał, tnąc gęste powietrze. Noc. Grające cykady. Scenka: ocieniony szeregiem kamiennych kolumn salon willi w Pendżabie. W rogu stoi palma, na ścianach wiszą pięknie oprawione portrety przodków. Z głębi korytarza dobiega głos Mary Jane Dinh, ale w salonie jest cicho i uroczyście jak w kościele. Na ręcznie tkanym dywanie klęczy mój prapradziad Robert w towarzystwie ośmioletniego syna Henry'ego. Modlą się żarliwie w ciężkim zaduchu pokoju. Robert prosi Boga, żeby czuwał nad bezpieczeństwem Henry'ego. Podnoszą się z kolan. Chłopiec opuszcza willę wraz z muzułmańskim służącym i nigdy już nie wraca.

Henry poszedł do prywatnej szkoły panny Baker w Brighton. Właścicielka ściśle przestrzegała wszelkich zasad ewangelicznych i z zapałem krzewiła wśród uczniów naukę o objawieniu. Przyszły biskup Tasmanii odnotował w swoich zapiskach: „Wykarmiłem się na najczystszym ogniu piekielnym. W ogólnym rozrachunku dieta panny Baker okazała się zbawienna, zostawiła mnie bowiem w bogobojnym poczuciu Najświętszej Woli Pana. Żaden chrześcijanin nie powinien zapomnieć o gromach na górze Synaj".

Jeśli Henry Montgomery poznał bożą moc ze Starego Testamentu, a z Nowego nauczył się bożej miłości, życie w epoce wiktoriańskiej wpoiło mu przeświadczenie, że Anglicy są nowym narodem wybranym. Bóg najwyraźniej przedkładał imperium brytyjskie nad wszystkie pozostałe, skoro dał królowej Wiktorii panowanie nad lądami, morzami i ludami od Afryki przez obydwie Ameryki aż po Australię. Żeby odwdzięczyć się za taką przysługę, trzeba było prowadzić wojnę duchową z co najmniej równym zaangażowaniem, z jakim Anglia podjęła ekspansję handlową. „Duchowni są oficerami armii imperium – napisał pradziad. – Zaprawdę, prawdziwym językiem naszej armii jest język wszystkich wielkich postaci Starego Testamentu". W 1901 roku, kiedy Henry wrócił do Anglii z mórz południowych, mianowano go sekretarzem Towarzystwa Szerzenia Ewangelii w Obcych Krajach. W ten sposób stał się de facto ministrem spraw zagranicznych arcybiskupa Canterbury, a co za tym idzie, najbardziej wpływowym misjonarzem anglikańskim na świecie. Przez lata walczył o formalne zjednoczenie imperium z Kościołem we wspólnej misji ewangelizacyjnej. Przegrał – w każdym razie nie udało mu się stworzyć chrześcijańskiej teokracji – ale Kościół anglikański rozszerzył swoją działalność na wszystkie kontynenty. Henry dobrze służył swojemu Bogu, a jego historia nie byłaby kompletna, gdyby w tamten wielkanocny poranek nie doczekał się uznania i pochwał od Pana oraz przodków, którzy zaszczycili go swą obecnością tyle lat po tym, jak wrócił z wysp Południowego Pacyfiku.

W dusznym pokoju wiatrak obracał się coraz wolniej i wreszcie stanął. Dzieje wypełniły się w zupełnej ciszy. Punkt kulminacyjny historii pradziada nie objawił mi się w postaci tekstu, lecz obrazu – tak wyrazistego, jakbym wydobył go z własnej pamięci. Świt przejrzysty jak irlandzki kryształ, ogród z widokiem na lśniące wody zatoki Lough Foyle, procesja przychylnych duchów, zasnuwający wszystko opar, a potem głos, który przedarł się przez mgłę jak cichy grzmot: „Miłujesz mnie?". Henry był człowiekiem wierzącym – zrozumiał, że Bóg Miłości i Bóg Wojny stanowią jedność, że Pan ukazuje się tym, którzy są gotowi, i że ów dar widzenia zostanie przekazany któremuś z jego potomnych.

7
Słowo i jego znaczenie

Co dzień, co tydzień, co miesiąc i co kwartał najpoczytniejsze czasopisma zdają się wprost prześcigać w głoszeniu tezy, jakoby czas religii minął, jakoby wiara była tylko złudzeniem albo chorobą wieku dziecięcego, jakoby bogów wreszcie udało się odkryć i obalić.

Friedrich Max Müller, *Lectures on the Origin and Growth of Religion*, 1878

Ponieważ to opowieść o micie, byłoby błędem ciągnąć ją bez wyjaśnienia, jak rozumiem znaczenie tego słowa. Niektórzy nazywają mitem fałsz i czcze wymysły. Ja nie, zaczynam bowiem rozumieć, jak trudno dokonać rozgraniczenia między historią, propagandą, marzeniem i dziedziną cudów. Poza tym potęga mitu wynika przede wszystkim z jego funkcji, nie zaś z uwarunkowań historycznych.

Oto moja definicja.

Mit: opowieść, często będąca wyrazem sił nadprzyrodzonych, która objaśnia relację wiernych wobec świata.

Definicja ta nie kłóci się z poglądami antropologów, mitoznawców czy mistyków, unika bowiem rozstrzygnięcia kwestii, która dręczy ludzi od czasu, kiedy po raz pierwszy zebrali się przy ognisku, by słuchać opowieści: które z mitów odnoszą się do wydarzeń historycznych?

Kiedy mój pradziad żeglował po Południowym Pacyfiku, jego rodacy wyciągali wnioski z lektury *Złotej gałęzi* sir Jamesa G. Frazera, w której wykładowca antropologii z Cambridge zredukował magię, mity i religię do równie prymitywnych, jak bezowocnych prób przejęcia kontroli nad światem. Podstawami dziewiętnastowiecznej myśli chrześcijańskiej w Wielkiej Brytanii wstrząsnął już traktat *O powstawaniu gatunków* Karola Darwina. Teraz przyszła kolej na Frazera, który poważył się na krok dość radykalny, kiedy wziął pod lupę źródła chrześcijańskie na równi z przekazami religii „prymitywnych". Zapewnił swoich czytelników, że nauka i postęp techniczny z pewnością wykorzenią przesądy stanowiące sedno każdej mitologii.

Większość badaczy, którzy zajmowali się później mitami, jednomyślnie zakładając ich fałszywość, skupiła się przede wszystkim na funkcji i strukturze. Freud potępił mity w czambuł. Upierał się, że są tylko „publicznymi snami" – zbiorowym odzwierciedleniem obsesyjnych nerwic. Bagażem psychicznym.

Pierwszy argument przeciwko tej teorii przyszedł z Melanezji. Polski antropolog Bronisław Malinowski, który spędził pierwszą wojnę światową na Wyspach Trobriandzkich, doszedł do wniosku, że w badanych przez niego wspólnotach mit jest podstawowym narzędziem formułowania wartości i przestrzegania zasad moralnych. Mity nie muszą zawierać odniesień do wydarzeń historycznych, są jednak nieodłącznym elementem każdej kultury.

Być może tym należy tłumaczyć, że mity z najrozmaitszych zakątków mają w gruncie rzeczy podobną strukturę. Dobrym przykładem są historie o stworzeniu świata. Według Księgi Rodzaju Jahwe ulepił człowieka z prochu. Zgodnie z opowieściami *kastom* z Wysp Banksa przodek Qat wyrzeźbił człowieka z kawałka drewna. Wąż w ogrodzie Edenu nakłonił Adama i Ewę do skosztowania zakazanego owocu. To samo uczynił wąż z legend zachodnioafrykańskiego plemienia Bassari. Najbardziej uniwersalny jest mit o potopie: o katastrofalnej powodzi, która zmieniła oblicze ziemi, opowiadali nie tylko Grecy i Rzymianie, ale także rodowici mieszkańcy zachodniego wybrzeża Kanady. Potop uczynił też Qat. Woda trysnęła z wulkanu na wyspie Santa Maria i zabrała Qata na zawsze.

Carl Gustav Jung przeniósł te opowieści w dziedzinę psychologii społecznej. Twierdził, że mity odzwierciedlają gromadzoną przez tysiąclecia mądrość rodzaju ludzkiego. Są źródłem istotnych prawd niesionych od pokoleń w „zbiorowej nieświadomości", nienaruszalnych przez naukę. Część z nich nie wzbudza wątpliwości: nie zabijaj. Czcij ojca swego i matkę swoją. Nie żeń się z własną siostrą. Inne są bardziej abstrakcyjne: traktują o naturze duszy i jej związkach z wszechświatem. Zdaniem Josepha Campbella, zwolennika koncepcji Junga, ogród Edenu był nie tyle żyznym zakątkiem Mezopotamii, ile opisem geografii ludzkiego serca. Krainą niewinności, która tkwi w każdym z nas, miejscem, do którego nie mamy powrotu, poznaliśmy bowiem smak dobra i zła.

Jeśli uznać słuszność tych teorii, chrześcijańska wiara w Boga Wszechmogącego nie jest ani mniej, ani bardziej uprawniona niż tradycyjne wierzenia melanezyjskie z całym ich sztafażem duchów, kamieni i czarowników. Jeśli bóg-przodek Qat jest postacią z mitu, z mitu są Jezus, Bernard Danus, John Frum i John Coleridge Patteson, którzy niezależnie od losu, jaki zgotowała im historia, wciąż żyją w opowieściach i pełnią w nich konkretne funkcje mityczne. Odzwierciedlają ideały. Dodają otuchy. Pomagają swoim wyznawcom zgłębić naturę wszechrzeczy.

Podobne teorie niosą jednak mitom śmierć: oddając im honor, pozbawiają je mocy przez dekonstrukcję. Mit bez wyznawców staje się baśnią. Fantazją, odartą ze świętości fikcją. Czystą rozrywką. Traci coś, czego być może nie da się ogarnąć rozumem.

Weźmy przykład Edwarda Evana Evansa-Pritcharda: w latach sześćdziesiątych XX wieku, po wielu dekadach badań nad ludami południowego Sudanu, pionier antropologii społecznej wrócił do Oksfordu i oświadczył, że osoby niewierzące nie dotrą tak blisko sedna religii i mitu jak ludzie wierzący. Ateiści próbują interpretować religię jako złudzenie, wykorzystując w tym celu teorie społeczne, psychologiczne, egzystencjalne i biologiczne. (To samo czyni od lat większość antropologów, mimo że z braku dowodów historycznych nie sposób wykluczyć istnienia bytów duchowych czczonych przez wyznawców religii pierwotnych). Tymczasem osoby wierzące objaśniają religię przez pryzmat jej związku z daną wspólnotą i konkretną rzeczywistością. Zdaniem Evansa-Pritcharda wśród pogan nawet misjonarz może się okazać lepszym antropologiem niż ateista. Niewierzący podpiera się jungowskimi alegoriami i systemami życia codziennego, wierzący doświadcza objawień swoistych dla odrośli z jakiejś bożej łodygi. Zacząłem się o tym przekonywać w Melanezji. Odseparowując się od mitu, oddzielając go od wiary, rozpatrując jego funkcję w oderwaniu od źródła, upodabniamy się do antropologów, do ślęczącego w starożytnych tekstach Frazera. Mit może nas bawić i fascynować, nie zobaczymy jednak ducha, nie doświadczymy magii ani działania ręki bożej, opuściliśmy bowiem dziedzinę wiary. Ludzie mawiają, że wiara zaślepia fanatyków religijnych. Evans-Pritchard twierdził, że zaślepiać może też racjonalizm. Zanim dotrzesz do tajemnicy, musisz zrobić dla niej miejsce.

Mój pobyt w hotelu Santo powinien był się skończyć objawieniem pradziada powalonego wizją swojego Boga w oślepiającym obłoku – słyszącego, wiedzącego, utwierdzonego w pewności. Stało się jednak inaczej. Wspomnienie tego ogrodu wryło mi się zbyt głęboko w pamięć. Zagnało mnie do Irlandii długo przed podróżą na wyspy Południowego Pacyfiku. Przejechałem półwysep Inishowen wzdłuż brzegów spowitej w chmurach zatoki Lough Foyle, mijając po drodze wioski Muff, Carrowkeel, Drung i Moville. Przekonałem się, co zostało z ogrodu, który Henry Montgomery założył na nadmorskim wzgórzu.

Naszą rodzinną posiadłość otoczyły ze wszystkich stron „stylowe" domki letniskowe. Ogród przedstawiał sobą obraz nędzy i rozpaczy. Po różach nie zostało ani śladu. Przedzierałem się przez gęste zarośla bluszczu w miejscu, gdzie nasi przodkowie objawili się Henry'emu pod postacią duchów. Z trudem otworzyłem drzwi zrujnowanego kamiennego kościoła, w którym Bóg zajaśniał w obłoku i spytał Henry'ego: „Miłujesz mnie?". Teraz w środku było zimno i pusto. Przesiedziałem całe popołudnie pod granitowym krzyżem stojącym na grobie mojego pradziada, próbując nakłonić starca, żeby się pojawił, żeby przemówił, dał mi jakiś znak, cokolwiek. Modliłem się. Obiecałem, że otworzę się na Boga. Czekałem długie godziny, aż ukaże się przede mną pradziad. Właśnie wtedy byłem gotów ujrzeć jego ducha. Nadszedł tylko przenikliwy wiatr, który zatrząsł gałęziami dębów i zdarł łupkowe płytki z dachu kościoła. Nad wrzosowiskiem przetoczyła się burza. Przez wody zatoki przemknął pojedynczy promień światła i zgasł.

Chyba rozsądnie domagać się dowodu, skoro cuda mają wkroczyć w sferę twoich marzeń i powodować twoim życiem. Czy tak? To dowód powinien tobą pokierować. Teraz jednak w nieostro zarysowanych konturach gorączki pewność i niewzruszoność wspomnień zlały się w jedno z dziedziną ułudy. Przewracałem się na łóżku zlany potem, na przemian tracąc i odzyskując przytomność, na przemian stawiając czoło i poddając się świetlistym widzeniom, dreszczom wywołanym bliskością czegoś nieznanego, niewyobrażalnej tęsknocie za lśniącym obłokiem, który powinien na mnie zstąpić i wyjaśnić moje wątpliwości, kiedy dotrę do mitycznej wyspy Nukapu.

Piątego ranka obudziłem się w suchej pościeli. Gorączka ustąpiła.

8
Wyspa magii i strachu

Rzekł [mu Jahwe]:
– Wyjdź i stań na górze przed Jahwe.
Oto przechodził Jahwe. Wielki, silny wicher, rozrywający góry
i łamiący skały, [szedł] przed Jahwe, ale Jahwe nie był w wichrze.
Po wichrze [przyszło] trzęsienie ziemi, ale Jahwe nie był w trzęsieniu ziemi.
Po trzęsieniu ziemi [pojawił się] ogień, ale Jahwe nie był w ogniu.
Po tym ogniu [dał się słyszeć] szmer delikatnego powiewu.

Pierwsza Księga Królów 19, 11–12 (Biblia Poznańska)

Znalazłem Mary Jane na werandzie, gdzie popijała kawę w towarzystwie pomarszczonych Australijczyków. Miała na sobie długi jedwabny szlafrok.

– Potrzebuję statku – oświadczyłem.

Obudziłem się z jasną głową, pełen wigoru i gotów do dalszej podróży na północ, w stronę Wysp Banksa i Torresa – ostoi anglikanizmu w czasach mojego pradziada – potem zaś ku Wyspom Salomona. Z mojej mapy wynikało, że rejs z najdalej wysuniętych Wysp Torresa na Nukapu powinien zająć nie więcej niż kilka dni. Najwyższy czas zyskać potwierdzenie całej tej gadaniny o magii.

– Kochany, nie ma żadnych statków – odpowiedziała Mary Jane.

– Żadnych statków – przytaknęli rancerzy.

Kto zawracałby sobie głowę rejsem na północne wyspy? Co tam można zawieźć poza lichą koprą, czyli suszonym w piecu miąższem orzechów kokosowych, który niegdyś napędzał gospodarkę w rejonie Północnego Pacyfiku. Raz na tydzień kursował tam jednak samolot pocztowy z Santo, leciał na północ od jednego do drugiego trawiastego pasa startowego.

W Pekoa, ostatnim lotnisku z zachowanych od czasów drugiej wojny światowej w Santo, załadowałem się na pokład odrapanej maszyny marki De Havilland Twin Otter z tuzinem innych pasażerów, belą zrolowanych mat z trawy i dwudziestoma workami ryżu. Poderwaliśmy się z wysypanego tłuczniem pasa – cień samolotu zatańczył nad schludnie utrzymanymi rzędami palm kokosowych, stadem bydła, zapyloną drogą i błękitną niczym ultramaryna wodą zatoki. Minęliśmy rozpostartą wzdłuż wybrzeża jak różowa plama rafę koralową i zardzewiałe wraki statków. Znaleźliśmy się nad otwartym morzem pokrytym zmarszczkami fal, pustym i wielce obiecującym.

Pierwsze międzylądowanie miało się odbyć na wyspie Maewo – wypiętrzonej z morza rafie koralowej długości ponad czterdziestu kilometrów, usytuowanej w pobliżu południowego krańca Archipelagu Banksa. Zapewniono mnie, że magia z Maewo ma jeszcze większą moc niż magia z Ambrym. Na wyspie nie ma wprawdzie wulkanów, ale na zboczach tutejszych gór zatrzymują się ulewne deszcze ze wszystkich sztormów przewalających się nad Vanuatu. Setki rwących strumieni spływa w doliny i uwalnia potęgę czarowników z Maewo. Na wyspie nie rządzi magia ognista, lecz wodna. Wszyscy wiedzą, że magia wodna jest silniejsza niż ognista. Dowiedziałem się już w Port Vila, że jeśli kiedykolwiek padnę ofiarą magii z Ambrym, powinienem ruszyć czym prędzej na wyspę Maewo i poszukać odtrutki u *kastom* lekarza, zwanego tutaj *kleva*.

Coś jeszcze. Mój pradziad zaznał *mana* Maewo. Do 1892 roku, kiedy dotarł na wyspę, misja zdążyła już wybudować siedem szkół na północnym brzegu. Kapitan „Southern Cross" zarządził postój, żeby napełnić zbiorniki wodą z nadbrzeżnego wodospadu. Henry Montgomery zwrócił uwagę, że tutejszą ludność, niegdyś „dziką i skłonną do kanibalizmu", udało się w znacznej mierze ucywilizować, niemniej siły nadprzyrodzone zaczęły się objawiać w nowej, zaskakującej postaci. „Dwie kobiety poszły do kościoła po zmierzchu, żeby się pomodlić.

Mimo że w świątyni nie było lampy, ujrzały jasne światło nad ołtarzem Pana, które zgasło dopiero wówczas, kiedy skończyły modły i powstały z klęczek. To samo zjawisko zaobserwowano w szkole. Nie ma żadnych powodów, by wątpić w cokolwiek, co towarzyszy prostej, żarliwej wierze tych ludzi". Identyczne światło pojawiło się kilkadziesiąt lat później w ogrodzie Henry'ego, stając się niezbitym dowodem katalitycznej potęgi wiary. Uznałem, że nie znajdę lepszego miejsca niż Maewo, jeśli chcę poddać próbie rzekomych posiadaczy nadprzyrodzonej mocy i świadków ich poczynań.

Po półgodzinie zniżyliśmy się nad Maewo, która wyglądała jak gruzłowaty grzbiet czatującego pod powierzchnią wody krokodyla. Mój sąsiad – prostolinijny chudzielec – spojrzał mi przez ramię. Przedstawił się jako Alfred i dodał, że jest bratem Jego Wielebności Hugh Blessinga Boego, anglikańskiego biskupa Vanuatu. Powiedział, że jest dumny ze swego sławnego brata, ale jeszcze większą dumą napawa go inny brat o imieniu Dudley. Mało tego, że ma ciężarówkę – jedną z czterech na wyspie Maewo – to jeszcze jest *kleva*. Kiedy były premier Wysp Salomona miał kłopoty z sercem, uleczył go Dudley. Alfred zapewnił, że Dudley umie sprawić, żeby ocean zalał ziemię. Potrafi zwabić węże morskie do gajów kokosowych.

– Czy Dudley żyje w zgodzie z biskupem?
– Tak, a bo co?
– Oczywiście chodzi mi o magię.

Poznałem biskupa Boego w Santo. Okazał się równie miły, jak wygadany. Spytałem go o szanse przetrwania tradycyjnej magii na Vanuatu. Biskup odpowiedział (jak wówczas sądziłem, z przyganą w głosie), że wielu Melanezyjczyków wciąż uznaje religię za swoiste rzemiosło. Kiedy ktoś na przykład zachoruje, idzie po poradę do lekarza, ale prosi też pastora, żeby się za niego pomodlił. Jeśli to nie zadziała, odwołuje się do magii lub składa ofiarę któremuś z duchów. Czasem robi wszystko naraz. Czasem – oznajmił biskup z westchnieniem – Melanezyjczycy miewają kłopot z odróżnieniem Boga od nie-Boga.

Teraz – próbując przekrzyczeć łoskot śmigieł – Alfred powiedział mi coś, o czym biskup Boe nie raczył mnie poinformować. Otóż sam biskup zasugerował premierowi Wysp Salomona, by poradził się jego brata *kleva* w sprawie kłopotów sercowych.

– Magia Dudleya nie stoi w sprzeczności z nauką Kościoła – wyjaśnił Alfred. – To dar od Boga. To jego praca. Dzięki niej miał czym zapłacić za ciężarówkę.

Pilot skierował dziób twin ottera pod ostrym kątem w dół. Usiedliśmy na pasie startowym porośniętym trawą wysoką i gęstą jak pszenica. Czekał na nas Dudley. Nie wyglądał na cherlawego mistyka. Prawdę powiedziawszy, robił zbyt jowialne wrażenie nawet jak na znachora. Miał solidną powierzchowność dekarza albo listonosza. Pewnie koło czterdziestki. Spod obwisłych wąsów wystawał mu nieodłączny papieros marki Peter Jackson.

Wdrapaliśmy się z Alfredem do szoferki Dudleyowego mitsubishi. Dudley prowadził. Pojechaliśmy szosą na południe, wzdłuż zawietrznej krawędzi Maewo. Pejzaż kojarzył mi się z cieplarnią Królewskich Ogrodów Botanicznych w Kew, tyle że roślinność była jeszcze bujniejsza i bardziej dziwaczna: spomiędzy wielkich tarasów wypiętrzonej rafy koralowej strzelały w niebo szerokolistne taro, rozmaite kwiaty i krzewy manioku. Zielone, upstrzone szkarłatem papugi krążyły niestrudzenie wśród palm i lśniących koron drzew chlebowych. Z gałęzi zwieszały się białe storczyki. Prosiaki ryły w zagrodach okolonych skałami porośniętymi mchem. Nad prowizorycznymi szałasami, w których w zardzewiałych metalowych beczkach podtrzymywano ogień, unosił się dym. Na skleconych nad beczkami rusztach rozrzucano zawartość worków z łupinami orzechów kokosowych. Trafiłem na czas zbioru kopry. W powietrzu wisiał słodki zapach suszących się kokosów.

Czysta woda tryskała zewsząd: ciekła ze szczelin w szarych głazach, bulgotała w kanałach nawadniających, spadała kaskadą z obrośniętych stalaktytami klifów, płynęła w poprzek jezdni do morza. W ciągu godziny przeprawiliśmy się przez trzydzieści strumieni.

– Woda, woda – powiedział Alfred – wszyscy boją się ludzi z Maewo i naszej wodnej magii. Ta wyspa aż kipi od trucizn. A mnie się nie ima żadna magia, bo codziennie się kąpię w wodzie *tabu*. Gdybyś był zazdrośnikiem i próbował na mnie rzucić śmiercionośną klątwę, i tak by ci się nie udało. Twoja trucizna odbiłaby się ode mnie i zabiła ciebie. Chciałbyś się zabezpieczyć od zła? Chciałbyś jakiś urok? Dudley może ci to załatwić.

Oczywiście, że chciałem jakiś urok. Chciałem magii miłosnej. Chciałem zobaczyć deszcz z bezchmurnego nieba. Chciałem zobaczyć, jak Dudley zmienia się w sowę. Chciałem czegokolwiek.

Zważywszy na te wszystkie nadprzyrodzone źródła dochodu, Maewo powinna być najszczęśliwszą i najspokojniejszą wyspą w całym archipelagu. Na pierwszy rzut oka wydała mi się miejscem sielankowym i zamożnym, zwłaszcza w porównaniu z Tanną. Stały tu domy z betonowych pustaków, kryte blaszanymi dachami. Z początku nie zwróciłem uwagi na ogrodzenia z drucianej siatki ciągnące się metrami wokół posiadłości najbogatszych mieszkańców. Nic sobie nie robiłem z ponurych fizjonomii tubylców oraz ich podejrzliwych spojrzeń, którymi obrzucali ciężarówkę Dudleya.

Zatrzymaliśmy się przy dużym kościele polowym. Dudley nie zgasił silnika. Urządził postój tylko na chwilę, żeby się pożegnać. Byliśmy w Betararze, gdzie znajdowało się jedyne schronisko turystyczne na wyspie.

– Wódz – oznajmił Alfred na widok jakiegoś niechlujnego faceta. – *Yumi* możemy się spotkać jutro po kościele.

Odjechali, ledwie wyskoczyłem z szoferki. Dziwne.

Wódz podrapał się po brzuchu przez dziurę w podkoszulku i uśmiechnął się niepewnie. Wręczyłem mu list polecający z Ośrodka Informacji Turystycznej Vanuatu. Pracownik biura informował ewentualnych czytelników, że przyjechałem tu krzewić turystykę i należy mi pomóc. Wódz zerknął na list, zmarszczył gęste brwi i demonstracyjnie zignorował jakiegoś młodziana, który dyszał i wił się w podrygach za jego plecami. Chłopak przewrócił oczami, zachichotał, podskoczył z wrzaskiem, po czym uciekł, skamląc jak zwierzę.

– Mój syn – mruknął niechętnie wódz. Odwróciłem się, żeby ktoś mógł przekręcić kartkę, chcąc oszczędzić wodzowi jeszcze większego zakłopotania.

Schronisko mieściło się w jednym z narożników wiejskiego kościoła. Przypominało do złudzenia więzienie o średnio zaostrzonym rygorze. Zaskoczyło mnie wysokie ogrodzenie z siatki drucianej – przecież mieszkańcy Vanuatu nie kradną.

Na obiad przyrządziłem sobie makaron błyskawiczny z keczupem. Czuwałem na leżąco w ciemnościach, wsłuchując się w dobiegające z oddali jęki i postękiwania wodzowskiego syna. Dźwięki zaczęły się zbliżać. Najpierw chrzęst ostrożnych kroków po żwirze, potem odgłos, który przejął mnie dreszczem: ledwie słyszalne chrobotanie, jakby coś suwało palcami albo łapami po drucianej siatce. Po chwili szmer ucichł i uznałem go za wytwór wyobraźni.

Alfred nie odwiedził mnie następnego ranka, poszedłem więc na południe do jego wioski, która kojarzyła się raczej z rodzinnym obejściem: ujrzałem kilka betonowych domów ustawionych w krąg na rozległym trawniku.

Alfred i Dudley mieli siostrę. Faith Mary była tęgą kobietą o groźnym spojrzeniu i głosie jak silnik Diesla. Ubrana w podkoszulek Zjednoczenia Matek Anglikańskich, bez przerwy gmerała w przewieszonej przez szyję skórzanej torbie pokrytej grubą warstwą kurzu. Kiedy zjawiłem się w wiosce, rozkładała na trawniku liście bananowca wypełnione zapiekanką z kłączy taro i mięsa krabów kokosowych. Do posiłku zasiedli Alfred, Dudley i kilkanaście innych osób. Faith Mary oświadczyła, że Maewo jest bardzo nowoczesnym miejscem. Wystarczy spojrzeć na Alfreda i Dudleya. Jeśli im kazać, sami ugotują i pozmywają po sobie naczynia. Alfred wybuchnął śmiechem. Dudley puścił kółko z dymu i zagapił się w niebo. Faith Mary z uśmiechem podsunęła mi dokładkę. Potem zmrużyła oczy.

– Dobra – powiedziała. – Czego od nas chcesz?

– No cóż, o ile mi wiadomo, wszyscy boją się magii z Maewo – wyjaśniłem najoględniej, jak tylko się dało. – Chcę zobaczyć tę magię. Żadne tam opowieści szaleńców. Żadne czarodziejskie sztuczki. Dowód.

– Wiesz, dlaczego ludzie boją się Maewo? Z tego samego powodu, co wszyscy: boją się śmierci! Jak rozgniewasz człowieka z Maewo, od razu cię zabije swoją trucizną! – rzekła Faith Mary i uderzyła dłonią w ziemię. – A najpotężniejszym czarownikiem jest Dudley. Powiedz mu, co potrafisz, Dudley.

Dudley nie podzielał jej entuzjazmu.

– *Mi mekem kastom meresin.*

– Powiedz mu, jakie lekarstwa, Dudley!

– *Wanfala drink blong curem cancer.*

– I...

– *Wanfala drink blong bringim daon blad presa.*

– Powiedz mu więcej, Dudley. – Najwyraźniej w tej rodzinie spodnie nosiła Faith Mary.

Dudley westchnął i spróbował wysłowić się po angielsku.

– Okej, powiedzmy, że *yu garem wan nogud* diabeł mieszkający w środku. Biorę białe ubranie *blong yu* i w nim śpię. Teraz wchodzę ci do środka, żeby zobaczyć ten *nogud* diabeł, a potem myślę, jak go od ciebie przegonić. Okej? Albo powiedzmy, że *yu ded* na nie wiadomo co. Kładę kamień na grób *blong yu*, żebyś wstał i powiedział, co *killim yu i ded*. Okej? Albo powiedzmy, że wiesz, kiedy umrzesz, i chcesz mieć pewność, że twoja żona nie wyjdzie za *narafalla*, to daję ci specjalny napój, który *killim hem i ded* pięć dni po tobie.

– Ale Dudley nie uprawia złej magii, tylko dobrą – wtrąciła Faith Mary.

– A które z twoich no, tych tam lekarstw cieszy się największą popularnością? – spytałem.

– Powiedzmy, że chcesz, żeby dziewczyna cię pokochała, to mogę ci zrobić liść, żebyś go wieczorem zjadł. Potem masz wstać wcześnie *tumas long morning* i powiedzieć imię tej dziewczyny, jak tylko słońce na ciebie zaświeci. Ty powolutku *stap* w jej sny. Przyjdzie cię szukać.

– Aha, słodkie usta – powiedziałem. Tym samym lekarstwem chwalił się Graeme na pokładzie „Brisk". – Może byś mi pokazał którąś z tych sztuczek?

Dudley odwrócił wzrok. Alfred się wzdrygnął. Faith Mary chrząknęła z zakłopotaniem i oznajmiła, że dzielenie się ze mną *kastom* byłoby wbrew regułom tutejszej wspólnoty. Miejscowa rada uznała, że białym ludziom nie można ufać.

– Kiedy biały człowiek widzi magię, uczy się jej, a potem ją zabija. My wiemy, że biali ludzie mają *savve*. Kilka lat temu przyjechał tu jeden Australijczyk. Rzucił puszkę na ziemię i zmienił ją w węża. Powiedział, że magia białego człowieka ma większą moc niż nasza.

Faith Mary zapewniła mnie o swojej sympatii. Powiedziała, że nie powinienem nocować w Betararze, bo tam mnie z pewnością otrują – tacy już oni są. Lepiej, żebym zatrzymał się w Navenevene, gdzie Dudley mnie obroni. Dudley odniósł się do tego pomysłu z nieszczególnym zapałem, poza tym zapłaciłem już z góry za tygodniowy pobyt w schronisku, podziękowałem więc i poszedłem.

Po chwili dopadł mnie Dudley. Opuścił okno swojego mitsubishi i usłużnie zaproponował podwózkę.

– Mam nogi, poradzę sobie – odparłem.

– *Hem i tru*. Ale możesz wdepnąć w *wanfala* czarna magia na szosie, *wanfala* liść, który robi straszne rzeczy *long penis blong yu*. Żwir nagle zaczął mnie parzyć przez podeszwy sandałów.
– Z moim członkiem?
– Ludzie ciągle wchodzą tu sobie w drogę. Zostawiają truciznę *albaot*. Najgorsza trucizna, od której penis się kurczy – podkreślił swoje słowa wymownym gestem kciuka i palca wskazującego – i wciąga się do środka. Cały czas leczę ludzi z *disfala* urok.
Nic dziwnego, że mieszkańcy Maewo odgradzają się drutem kolczastym. Wsiadłem do ciężarówki. Msza się skończyła i tubylcy z wszystkich mijanych po drodze wiosek mogli zobaczyć, jak podróżuję w towarzystwie mojego przyjaciela znachora. Nie przypuszczałem wówczas, że robię coś niestosownego. Dudley wysadził mnie w Betararze i obiecał spotkać się ze mną nazajutrz.

Większość wspólnot na Vanuatu ma swojego wodza *kastom*, który nie sprawuje władzy politycznej, a zajmuje się jedynie podtrzymywaniem i upowszechnianiem tradycyjnych metod. Wodzem *kastom* na wyspie Maewo był Geoffrey Uli. Mieszkał w szałasie nieopodal Betarary. Uznałem, że jego mandat na władzę obejmuje też public relations i wyciągnąłem logiczny wniosek, że wódz mi pomoże.
Przez cztery dni Uli skutecznie mnie unikał. Pewnego popołudnia dopadłem go wreszcie w obejściu, tuż przed obrzędem picia *kava-kava*. Był stary. Chodził bez koszuli i wyglądał jak szkielet obciągnięty pomarszczoną skórą. Miał ptasie oczy: bystre i zdradliwe. Rzucał spojrzenia po całym ogrodzie, jakby szukał ucieczki. W końcu skupił wzrok na mnie.
Uli powiedział, że mieszkańcy Maewo mieli Boga na długo przed pojawieniem się misjonarzy. Ich *kastom* opowieści pokrywały się z przesłaniem zawartym w Biblii. Różniły się tylko imiona. Według tutejszej wersji Ewa powstała nie z żebra, tylko z obojczyka Adama.

Nadeszła wielka powódź, którą Tagaro przetrwał w swoim czółnie, jak Noe. Kiedy Uli ze mną rozmawiał, jego żona turlała się w pyle ze śmiechu.

– Ta zła kobieta ochrzciła mnie zaraz po ślubie – oznajmił. – Teraz muszę się modlić dwa razy dziennie. Najpierw urządzam modły *kastom*, potem modlę się do Boga z kościoła.

Uli nie wspomniał, do kogo kieruje swoje modły *kastom*. W każdym razie nie do Tagaro. Podkreślił jednak, że dawni bogowie nie mieli nic przeciwko magii, więc nowemu pewnie też to nie przeszkadza.

– Jesteś pewien, że chrześcijański Bóg nie potępia magii *kastom*? – spytałem.

– Misjonarze anglikańscy nie widzieli nic złego w naszym *kastom*. Dopiero ich uczniowie, chłopcy z Maewo, którzy potłukli nasze kamienie *tabu*. Poszli do *nakamal*, zniszczyli narzędzia do miażdżenia kłączy i czarki do picia *kava-kava*. Myśleli, że pójdą za to do nieba. Myśmy już zmądrzeli. Odzyskaliśmy naszą *kava-kava*. I udało się ocalić mnóstwo *kastom* magii na Maewo.

– Nie wierzę. Nie wierzę w moc waszego ludu – powiedziałem w nadziei, że go zawstydzę i zmuszę do zademonstrowania magicznych umiejętności.

– Sir, nie masz racji – oświadczył Uli. – Mamy kamienie, które sprowadzają deszcz, wiatr i słońce.

Spojrzałem w niebo. Na wyspie Maewo codziennie padał deszcz, wiał wiatr i świeciło słońce.

– A jak tam z grzmotami?

– Człowiek od grzmotów mieszka daleko, daleko w buszu. Nigdy go nie znajdziesz.

– Ale musi być jakiś dowód...

Z cienia dobiegł mnie głos żony Ulego.

– *Sipos hem wantem looklook long kastom magic, hemi mas findem tufala ston blong etkwek* – podsunęła kobieta.

Uli zmierzył ją wściekłym wzrokiem. Zlekceważyła go i zwróciła się wprost do mnie. Uniosła obie ręce, potrząsając wyimaginowanym kamieniem. Potem upadła na bok, rzucając się w drgawkach. Zrozumiałem.

– Tak, wiem, kamienie od trzęsienia ziemi. Cudownie – powiedziałem. – Kiedy możemy do niego pójść?

– Nie pomogę ci – rzekł Uli.

– Dlaczego?

– Bo nie mam czasu. Sir, nie spuszczałem z ciebie oka. Wiem, że jesteś na wyspie już od czterech dni. Gdybyś od razu do mnie przyszedł, mógłbym ci pomóc. Ale wiem, co tu wyprawiałeś. Włóczyłeś się z Dudleyem, prawda? Nie okazałeś mi szacunku. Zmarnowałeś swoją szansę.

Próbowałem go przekonać, że jest w błędzie, że Dudley od kilku dni mnie unika. Uli nie zamierzał się wdawać w dyskusję. Powiedział mi wystarczająco dużo, żebym pojął, że to on jest prawdziwym specjalistą od *kastom* na wyspie Maewo. Popędził żonę do szałasu, dogadując jej, rozdając szturchańce i trzęsąc głową jak ptak. Skąd mogłem wiedzieć, że Uli i Dudley tak zajadle ze sobą rywalizowali? Teraz tylko popatrywałem na wschód, w stronę postrzępionego łańcucha górskiego, rozważając, gdzie też mogą być te kamienie od trzęsienia ziemi. Chciałem je odnaleźć.

Spotkałem Faith Mary na nadbrzeżnej szosie.

– Dudley mnie unika – powiedziałem.

– Wolałeś ludzi z Betarary i Geoffreya Ulego.

– Nieprawda...

– Prawda – ucięła. – Nie będziemy się wtrącać, ale odtąd przestaniemy cię chronić.

Gorączka wróciła. Większość czasu spędziłem w łóżku. Kiedy mieszkańcy Betarary przekonali się, że Dudley mną wzgardził, postanowili wykorzystać mnie do własnych celów. Przynosili mi krakersy. Gotowali wodę na herbatę i makaron błyskawiczny. Siedzieli i wpatrywali się we mnie godzinami. Z początku tylko wódz z żoną. Mamrotali coś pod nosem, żeby mnie ukoić. Pewnego wieczoru wpadł młody przystojny katecheta, by poczytać mi fragmenty Nowego Testamentu. Potem zjawiła się pani od magicznego dotyku. Schyliła się nade mną, a jej obfite piersi dosłownie się wylały z przepastnego dekoltu wzorzystej sukienki. Opukała mój brzuch, wydała głęboki pomruk na znak, że postawiła diagnozę, po czym ugniatała mi narządy wewnętrzne przez godzinę, szepcząc: „Boże, *plis mekem alraet disfala* chłopak".

Ludzie z Betarary opowiadali mi historie – wszystkie bez wyjątku przepełnione magią i lękiem. Na przykład tę o pelikanach, które pojawiły się niedawno na plaży opodal lotniska. Pelikany nie gnieździły się na wyspie. Wszyscy się ich bali.

– Jak dotąd nas nie zaatakowały, ale są ogromne. Jesteśmy prawie pewni, że to robota białego człowieka – oznajmił jeden z gości, pijany w sztok *kava-kava*.

Zaświtała jednak nadzieja. Pewien chłopak zestrzelił pelikana z procy. Rodzina ugotowała i zjadła ptaka. Zostały już tylko cztery.

Wieśniacy odnosili się podejrzliwie do cudzoziemców. Pewnego razu biały żeglarz zacumował swój jacht w pobliżu wioski i przez godzinę kopał na plaży. Kiedy odpłynął, miejscowe dzieci odkryły, że zagrzebał w piasku jaja ludożerczych krokodyli. Innym razem stanął tu na kotwicy statek rosyjski. Tubylcy utrzymywali, że jeden z członków załogi zszedł na brzeg i wypuścił jadowitego węża. Gad wpełzł na drzewo i odtąd wszyscy boją się chodzić po gajach kokosowych. Wcale nie jest wykluczone – szeptali wieśniacy – że przy okazji wypuścił tygrysa. Na wyspie Maewo było mnóstwo powodów do strachu.

Za nieustanną zmorę uchodziły klątwy. Najgorszych trucizn Maewo nie dosypywano bynajmniej do jedzenia ani nie zostawiano na drodze, żeby ktoś w nie wdepnął. Aplikowano je już po fakcie. Innymi słowy, czarownik mógł się posłużyć twoim odciskiem stopy lub porzuconą skórką banana i zesłać na ciebie chorobę. Jeśli chcesz zachować zdrowie na Maewo, powinieneś zakopywać resztki z obiadu i zacierać po sobie ślady. Najważniejsze, by nie robić sobie wrogów, bo wielu czarowników utrzymuje swą moc w tajemnicy. Nie zapomnij zaryglować drzwi na noc – przestrzegali wieśniacy.

Mieszkańcy Betarary bali się rzeczy widzialnych i niewidzialnych. O niektórych w ogóle nie chcieli rozmawiać. Na przykład o kamieniach od trzęsienia ziemi, których działanie przedstawiła w swojej pantomimie żona Geoffreya Ulego i które bardzo chciałem zobaczyć. Niedobrze, powiedzieli. Bardzo niebezpieczne. Koniec świata.

Co wieczór, kiedy gasiłem lampę naftową po odejściu wieśniaków, rozpoczynały się hałasy za oknem. Skrobanie w siatkę. Szelesty. Gdakanie. Poświsty. Ryglowałem drzwi i dokładałem wszelkich starań, by w spokoju rozważyć tradycję racjonalistyczną.

Którejś nocy zjawił się w moich progach biały człowiek. Wes był Teksańczykiem, świeżo upieczonym absolwentem szkoły średniej. Korpus Pokoju wysłał go na Maewo w charakterze nauczyciela angielskiego. Wes miał ufną fizjonomię szczeniaka i szkliste oczy wielbiciela *kava-kava*. Wytłumaczył mi, dlaczego syn wodza Betarary cały czas wyje i szczeka jak pies. Chłopak był kiedyś całkiem bystry i poszedł do liceum anglikańskiego na Santo. Wtedy się zakochał. Jego namiętność pozostała nieodwzajemniona, postanowił więc szukać pomocy w *kastom*. Wypróbował na swojej wybrance któryś z wariantów magii miłosnej „słodkie usta", ale modlitwy i liście zawiodły – dziewczyna dalej go nie chciała. Magia zwróciła się przeciw niemu. Chłopak zwariował na amen. Wszystkie egzorcyzmy poszły na marne.

To Wes pomógł mi odnaleźć kamienie od trzęsienia ziemi. Jego zdaniem nie było żadną tajemnicą, że kamienie przechowuje się w wiosce Kwatcawol, przycupniętej na zalesionym zboczu wzniesienia ciągnącego się wzdłuż wyspy Maewo. Byłem jeszcze za słaby, żeby pójść tam na piechotę, ale w górę wiódł świeżo przetarty szlak z Betarary. Przysywany brat Wesa miał ciężarówkę.

Ruszyliśmy o zmierzchu, wypatrując czerwonej szramy nowo wybudowanej drogi przez dżunglę. Pierwsze wieczorne świetliki igrały w półmroku jak zielone iskierki. W koronach figowców czaiły się nietoperze, które znienacka wypadały z zasadzki w pościgu za owadami. Dotarliśmy na plac w środku wioski. Tłum otoczył ciężarówkę. Wyszedłem z szoferki i przedstawiłem cel naszej misji. Wieśniacy zaczęli szeptać między sobą. Wes tłumaczył. Oświadczył, że nie mogliśmy lepiej trafić. Dotychczasowy strażnik kamieni od trzęsienia ziemi nie dopuszczał żadnych obserwatorów z zewnątrz. Starzec zmarł jednak rok temu, a jego siedmiu synów – bez wyjątku wyznania chrześcijańskiego – nie bardzo wie, co czynić dalej z tym pogańskim dziedzictwem. Wybuchła wrzawa. Ludzie potrząsali głowami. Wreszcie w oku jednego z dyskutantów rozbłysła iskierka: być może gość powinien wręczyć im jakiś prezent. No tak, prezent. Żadną tam łapówkę ani bilet wstępu, tylko wyraz hołdu dla melanezyjskiego *kastom*. Zgodnie z tradycją wszelkie związki na Melanezji podtrzymywano symboliczną wymianą darów. Morderca mógł uniknąć stryczka w zamian za wystarczającą liczbę świń.

Kiedy wręczyłem mieszkańcom torebkę ryżu i puszkę mielonki, ruszyliśmy w uroczystym pochodzie w kierunku najsolidniejszej chaty w całej wsi. Zbudowano ją w tradycyjnym stylu: przestronne, jednoizbowe pomieszczenie wsparte na czarnych pniach paproci drzewiastych, przykryte ogromnymi liśćmi palmowymi, których końce nurzały się w błocie. Każdą z belek stropowych wzmocniono dodatkowymi przyporami rozmieszczonymi w kilkucentymetrowych odstępach. Melanezyjska wersja schronu zabezpieczającego przed skutkami trzęsienia ziemi.

Wewnątrz panowały ciemności, tłok i ogólny bałagan. W końcu ktoś zapalił lampę naftową, w której świetle zamajaczyło coś, co wyglądało jak dwie zawieszone na ścianie w głębi chaty torby ze śmieciami. Kamienie od trzęsienia ziemi. Podszedłem bliżej. Powstrzymały mnie wyciągnięte z mroku ręce: nikt mnie nie dotknął, ale czujni wieśniacy byli gotowi w każdej chwili wkroczyć do akcji. Kamienie były z grubsza wielkości ziemniaków, może odrobinę większe. Trudno ocenić na oko. Każdy z osobna owinięto w brudne płótno, zabezpieczono drutem kolczastym i podwieszono u pułapu na konopnym sznurze. Wyglądały niezbyt czcigodnie.

Nowi strażnicy kamieni sprawiali wrażenie pary małżeńskiej: on z gołym, wytatuowanym torsem, popatrujący na nas spode łba; ona pulchna i promieniejąca ciepłem w blasku lampy naftowej. Z początku nikt się nie odzywał. Potem z cienia wyłonił się jakiś starzec. Miał głowę owiniętą turbanem z ręcznika i mętne źrenice. Spojrzał mi prosto w twarz. Oto tłumaczenie wygłoszonego przezeń monologu:

– Wiele lat temu, w epoce przodków, ludzie znaleźli w lesie trzy kamienie – powiedział, a raczej zagrzmiał w ciszy. Złożył pomarszczone dłonie w geście sugerującym pokaźny ciężar znaleziska. – Kamienie wisiały w powietrzu i się trzęsły. Znieruchomiały, kiedy jeden z wieśniaków ich dotknął. Zaczął się nimi bawić. Położył kamień na ziemi i wywołał trzęsienie w sąsiedniej wiosce. O tak, mężczyzna zrozumiał, jak wielką moc kryją w sobie. Bawił się nimi w najlepsze i spowodował tyle wstrząsów, że jeden z kamieni stoczył się do oceanu i przepadł na zawsze. Z pozostałymi dwoma obchodzimy się odtąd bardzo ostrożnie.

– Mogę ich dotknąć?

Starzec wydał gulgoczący dźwięk, jakby się czymś zadławił. Strażnik wypuścił powietrze przez nos niczym rozjuszony byk, ale żona zmitygowała go wzrokiem i skinęła zachęcająco w moją stronę. Sięgnąłem po większe zawiniątko, zważyłem je w dłoni i zacząłem obracać, usiłując zapuścić żurawia w zwój z drutu kolczastego. Kokon był iście pancerny.

Poczułem, że ktoś trąca mnie w łokieć. Obcym nie wolno ufać. To prawda. Byłem gotów na wszystko, żeby się przekonać o magicznym działaniu kamieni.

– Mogę go rozpakować? Położyć go tylko na chwilkę, żeby sprawdzić, czy wciąż działa?
– Oczywiście, że nie! – zaskrzeczał starzec i stracił oddech. – Jeśli to zrobisz, wywołasz potężne trzęsienie ziemi.
– Ale jakbyśmy się pośpieszyli, powiedzmy, że tylko nim dotknęli podłogi w chacie, to ziemia zatrzęsłaby się dosłownie na kilka sekund. Byłaby niezła zabawa, prawda?

Wiedziałem, że przyciskając go do muru, zachowuję się niegrzecznie. Ale kamienie nie promieniowały żadną mocą, nie niosły bagażu historii, nie wysyłały najmniejszych sygnałów o zagrożeniu. Wyglądały jak zwykłe brukowce. Chciałem dać im szansę udowodnienia, że są czymś więcej albo zgoła niczym.

– *Yu no same!* Ostatnim człowiekiem, który spróbował to zrobić przed tobą, był dziad tego chłopca – powiedział starzec, wskazując palcem na strażnika z obnażonym torsem. – Sprowadził na Maewo ośmiodniowe trzęsienie ziemi. Ośmiodniowe! Coś strasznego. Ale *olfala* przynajmniej wiedział, jak zatrzymać wstrząsy, miał do tego specjalny liść. Nikomu jednak nie zdradził sekretu. Zabrał go ze sobą do grobu. Dlatego musimy tak dbać o te kamienie. Są bardzo wrażliwe. Kiedy nadchodzi wichura, ktoś musi zostać w chacie i pilnować kamieni, nawet gdyby dach miał się na niego zawalić. Nie wolno też wpuścić do środka szczura ani świni. Ziemia by się zatrzęsła, bo kamienie nie lubią tych zwierząt. Trzeba wciąż się mieć na baczności!

Wcale mi się to nie podobało. Chciałem dowodu. Coś we mnie kazało mi wyciągnąć nóż, przeciąć sznur i położyć ten kamień na gołej ziemi – nawet gdyby ludzie rzucili się na mnie z wrzaskiem i zbili do nieprzytomności – bo w takich chwilach można dowiedzieć się prawdy. Czułem, że mięśnie mi grają. Półnagi strażnik wziął głęboki oddech i oznajmił rozkazującym barytonem:

– *Yumi go long drink kava nao.*
– Mhm – bąknąłem.

— *Nao ia* — powtórzył i ruszył w moją stronę jak byk. — *Yumi go raet nao.*

Spojrzałem błagalnie na Wesa. Ale ten zdążył już odwrócić się do drzwi.

— *Kava-kava* — zamruczał Wes do mężczyzny, który przywarł do niego jak pluszowy miś. — *Mi likem kava.*

Nocą padłem na łóżko, po trzech czarkach błotnistej *kava-kava* i powrotnej jeździe zakosami. Wsłuchiwałem się po raz ostatni w dobiegające z oddali krzyki wodzowskiego syna i bębniące w blaszany dach krople deszczu, które próbowały mnie ukołysać do snu. Raptem usłyszałem przenikliwy dźwięk: to samo rytmiczne kołatanie i głuchy odgłos, jakie towarzyszyły mi od początku na Maewo. Zdałem sobie sprawę, że coś łomocze na zewnątrz w ogrodzenie z drucianej siatki. Sturlałem się z łóżka po cichu i podpełzłem do okna, wstrzymując oddech. Deszcz przestał padać. Na podwórku żywej duszy. Niebo było bezgwiezdne i zachmurzone. Na krawędzi ogrodzenia tańczył jakiś cień. Zanim zdążyłem mu się przyjrzeć, usłyszałem nagły łopot potężnych skrzydeł — stworzenie uniosło się w powietrze i wylądowało na moim parapecie. Kątem oka dostrzegłem rozłożysty pióropusz ogona i błysk w wąskich ślepiach. Kogut. Zaczerpnąłem powietrza. Powinno mi ulżyć. Nie ulżyło.

— Wynocha! — wrzasnąłem.

Kogut nie zleciał z parapetu. Odwrócił tylko łeb i spojrzał na mnie znajomym, świdrującym wzrokiem. Zasłoniłem okno ręcznikiem i zaryglowałem drzwi. Kiedy udało mi się zasnąć, śniłem o wodzu *kastom*, Geoffreyu Ulim. Ujrzałem go na polanie w lesie, z nożem w jednej ręce i kamienną czarką w drugiej. Miał czarne pióra u ramion. U jego stóp leżała świnia ze związanymi nogami. Zobaczyłem, że Uli się schyla. Spostrzegłem, jak podrzyna zwierzęciu gardło, jak krew tryska jasnym strumieniem do kamiennej czarki, przepełnia ją i spływa między jego szponiastymi palcami. Przekonałem się, że mruży powieki w rozkosznym poczuciu tajemnej wiedzy. Przypomniałem sobie, co mi powiedział: „Nie spuszczałem z ciebie oka".

Niewykluczone, że wszyscy mieszkańcy Vanuatu boją się ludzi z Maewo. Ale na wyspie magii wodnej wszyscy się bali wszystkiego. Drżeli na samą myśl o niewidzialnych klątwach i urokach, o straszliwej mocy dwóch małych otoczaków. Podejrzewali o niecne zamiary gości, sąsiadów i samą przyrodę. Magia uczyniła z nich nadwrażliwców. Zawsze tak było. Mój pradziad pisał o spotkaniu białego misjonarza z mordercą z pobliskiej wyspy Ambae. Misjonarz zmierzył go tylko karcącym wzrokiem, na co mężczyzna salwował się ucieczką. Morderca wrócił do rodzinnej wioski, oznajmił: „Człowiek na mnie spojrzał!" i padł martwy. Podejrzewam, że umarł pod wpływem wstrząsu, ze strachu albo wskutek jakiejś śmiercionośnej choroby, którą jego zdaniem sprowadził na niego biały człowiek. Pradziad był zaskoczony nie tyle działaniem melanezyjskiej magii, ile delikatnością Melanezyjczyków. „Są jak brzoskwinie dojrzałe w pełnym słońcu: najmniejszy wstrząs zaburza ich równowagę i powoduje śmierć" – napisał.

Złe zamiary – nie wspominając już o otwartej wrogości – mogą okazać się fatalne w skutkach. Na Maewo przekonałem się o tym na własnej skórze. Nie mogłem odpędzić od siebie myśli, że kogut, który grzebał na podwórku noc w noc, przez cały tydzień, miał coś wspólnego z moją nawracającą gorączką i Geoffreyem Ulim. Owszem, z perspektywy wygodnego fotela w którymś z mieszkań w Londynie, Toronto albo Los Angeles brzmi to dość idiotycznie. Kiedy jednak oddychasz powietrzem pełnym czarów i strachu, trudno przy tym nie łyknąć ludowej mądrości. Jeśli mit jest kształtem, w jaki próbujemy przyoblec nasze wyobrażenie o wszechświecie i Bogu, od czasu do czasu musi być też naczyniem, w którym gromadzimy nasze lęki. Uciekłem z wyspy z pustymi rękami, nie uzyskawszy dowodu na nic, a mimo to w dojmującym poczuciu, że im dalej od Maewo, tym lepiej dla mnie.

9
Przekleństwo Gaua

Pewnego dnia, dawno temu, mężczyzna łowił ryby koło rafy i zobaczył coś daleko na morzu. Wyglądało jak wyspa, ale się poruszało. Mężczyzna wybiegł na brzeg z krzykiem „Wyspa do nas płynie!". Ludzie zebrali się w mig na plaży, żeby popatrzeć, jak statek się zbliża, po czym kotwiczy przy rafie. Mieszkańcy wyszli na brzeg i świat naszej wyspy przestał istnieć.

Caspar Luna, *Buka! Retrospective*

Kiedy „Southern Cross" przybił po raz pierwszy do Wysp Banksa, tubylcy doszli do wniosku, że nie jest z tego świata, bo nikt na świecie nie umie zrobić tak wielkiego czółna. Doszli też do wniosku, że stworzenia na pokładzie nie mogą być ludźmi: przecież ludzie są czarni, a nie biali. Ilekroć więc biskup Patteson zszedł na ląd, stawał się przedmiotem burzliwej debaty. Część starszych uważała go za ducha zmarłego. Większość była jednak zgodna, że Patteson nie jest duchem, tylko Qatem, mitycznym bohaterem wszystkich Wysp Banksa, który postanowił wrócić po tysiącach lat.

Qat przyszedł na świat na wyspie Vanua Lava. Nie zrodził się z kobiety, tylko z pękniętego kamienia. Podobnie jak Jezus nie miał ziemskiego ojca, nie był jednak bogiem ani nawet synem bożym. Był *vui*, duchem. Nie stworzył świata, ale dla zabawy zrobił sobie ludzi, świnie, skały i drzewa. Nie uczynił dnia, ale popłynął czółnem na kraniec świata i powrócił ze skrawkiem ciemności, żeby jego bracia mieli noc do spania.

Chciałem dowiedzieć się więcej o Qacie. Marzyłem, by usiąść przy ogniu i słuchać przez całą noc jakiegoś *olfala*, który będzie snuł opowieści o cudach przebiegłego przodka. Trudno w tym celu o lepsze miejsce niż wyspa Santa Maria, najbardziej wysunięta na południe w Archipelagu Banksa. Historia Qata jest wpisana w jej niezwykłe warunki geograficzne. Mogłem to wszystko zobaczyć przez luk samolotu pocztowego. Santa Maria wyglądała jak zielony pączek zanurzony w bulgoczącym tłuszczu morza. Wyspa musiała być kiedyś stożkiem wulkanicznym, wyższym nawet niż Lopevi, ale w pewnej chwili stożek wybuchł albo się zapadł, tworząc dziurę średnicy sześciu kilometrów. Wgłębienie w pączku wypełniło jezioro. Z maleńkiego stożka, utworzonego z popiołu i pomarańczowego błota nad brzegiem jeziora, buchała falami para.

Wyspa sprawiała dziwne i tajemnicze wrażenie i tak być powinno, jak można wnosić z opowieści o Qacie zanotowanych przez Codringtona w książce *Melanezyjczycy*.

W dawnych czasach kaldera była prawie sucha. Służyła Qatowi za plac zabaw. Bohater spędził pierwsze lata życia na igraszkach ze swoim towarzyszem, pająkiem Marawą. Oto, jak powstało jezioro: kiedy Qat znudził się światem, wystrugał sobie wielkie czółno z drzewa znalezionego w kalderze. Umieścił w nim swoją żonę, jedenastu braci i wszystkie żywe stworzenia, nawet najdrobniejsze mrówki, po czym przykrył czółno dachem. Wtedy nadszedł sztorm na skalę iście biblijną. Woda wypełniła kalderę i wystąpiła z jej brzegów. Qat wyprowadził czółno za krawędź kaldery, torując sobie szlak przez otaczające wzniesienia i kopiąc rów prowadzący aż do morza. Potem odpłynął daleko za horyzont i nigdy nie powrócił.

Lot nad wyspą Santa Maria przypominał podróż nad krainą Oz. Było magiczne jezioro. Była ziejąca rana w zboczu kaldery, był wodospad, była też rzeka znacząca przebieg ucieczki Qata. Zobaczyłem to wszystko, kiedy twin otter wychynął z chmur i skierował się w stronę trawiastej połaci ziemi na Gaua, wschodnim wybrzeżu Santa Maria.

Gdy wylądowaliśmy i wygaszono silniki, wybrałem się na poszukiwanie śladów Qata. Jakaś rodzina zbudowała obok pasa startowego bungalow dla turystów. Nakarmili mnie. Byłem ich drugim gościem w ciągu ostatnich pięciu miesięcy. Spytałem pana domu, czy zna dawne opowieści. Nie chciał rozmawiać o Qacie. Ruszyłem drogą dla ciężarówek, jedynym traktem na wyspie. Siadywałem z ludźmi w pyle. Nikt nie zawracał sobie głowy Qatem. Można by pomyśleć, że wyspiarze nigdy nie zapomną o Qacie. Można by pomyśleć – zważywszy na historię wpisaną w pejzaż – że tubylcy całymi dniami rozmyślają o *vui*. Tymczasem mieszkańcy Santa Maria zajmują się dziś czymś zupełnie innym. Paul Wudgor, naczelny wódz Gaua – bosonogi, skłonny do refleksji mężczyzna koło trzydziestki – zabrał mnie wreszcie na spacer do lasu przy drodze i wyjaśnił przyczynę takiego stanu rzeczy.

Nadbrzeżną równinę zajmowały ruiny: setki kamiennych tarasów, strzaskanych ścian, sterczących aż po piersi fundamentów, układanych bez użycia zaprawy, trochę jak pałace Inków w Peru, tyle że mniej monumentalne. Gruzy leżały w ogrodach, wyzierały między kępami traw w gajach kokosowych, kryły się w mroku przecinek okolonych plątaniną korzeni figowców. Na ocienionych zboczach gór porastały mchem, szepcząc po cichu, że kiedyś, dawno temu, na wybrzeżu Gaua była „metropolia".

Z pewnością takie samo wrażenie odniósł pierwszy Europejczyk, który zjawił się na wyspie. Podróżujący w imieniu króla Hiszpanii żeglarz portugalski Pedro Fernandez de Quirós – to on nazwał wyspę Santa Maria – zanotował w dzienniku z 1606 roku, że zamieszkują ją „niezliczeni tubylcy" o trzech kolorach skóry: żółtej, czarnej i prawie białej. Inni obieżyświaci z tej epoki szacowali liczbę ludności na dwadzieścia, a nawet trzydzieści tysięcy.

Teraz na wybrzeżu Gaua zostało ich niewielu. Mieszkali w rozrzuconych tu i ówdzie wioskach, w prymitywnych, krytych strzechą domach na palach – bez blaszanych dachów, bez śladów niegdysiejszego mistrzostwa w sztuce ciesielskiej i murarskiej. Nie zobaczyłem na drodze ani jednego samochodu, żadnej ciężarówki, ludzi spotykałem tylko sporadycznie. Co się stało z metropolią i wszystkimi jej mieszkańcami?

Zdaniem Codringtona spadek poziomu zaludnienia w XIX wieku wiązał się z handlem siłą roboczą. Dziesiątki tysięcy Melanezyjczyków wywieziono wówczas do pracy na plantacjach trzciny cukrowej w Queensland i na Fidżi. Większość robotników wywiązywała się jednak ze swoich „kontraktów" i po kilku latach wracała do domu. Przyczyna musiała zatem tkwić gdzieś indziej.

Henry Montgomery, którego pewien młody człowiek eskortował na wyspę w 1892 roku, upatrywał winę w żądnych krwi wyspiarzach. Prowadzenie wojen na Santa Maria – pisał mój pradziad – dorównywało regularnością i systematycznością organizowaniu rozgrywek krykieta, włącznie z wyznaczeniem pola bitwy i precyzyjnym ustaleniem czasu jej rozpoczęcia: „Co jeszcze dziwniejsze, kiedy wieści o planowanej potyczce dotrą do sąsiedniej wioski, całkiem niezaangażowani w spór młodzieńcy chwytają łuki i strzały, by wesprzeć uczestników konfliktu. Co zaś najdziwniejsze, takie zgromadzenie urządzone z czystej miłości do walki dzieli się zwykle na dwie strony, które ścierają się potem nawzajem".

Ten swoisty sport pociągnął za sobą falę mordów i następujących po nich odwetów, która według pradziada przybrała jeszcze na sile, kiedy robotnicy wrócili z Queensland uzbrojeni w strzelby.

Ale to wyjaśnienie też nie trzymało się kupy. Ofiarą krwawej rozrywki padały zwykle pojedyncze osoby, tymczasem ludność Santa Maria i większości innych wysp Melanezji została dosłownie zdziesiątkowana. Z każdym rokiem coraz mniej czółen wypływało na spotkanie kupców i misjonarzy. Wysłannik misji na Wango w archipelagu Wysp Salomona ujrzał pozostałości po czterdziestu sześciu kwitnących niegdyś wioskach, z których ocalały zaledwie trzy. Liczba mieszkańców Erromango, leżącej na północ od wyspy Tanna, spadła w XIX wieku z ponad trzech tysięcy do niespełna czterystu. Zgodnie z szacunkami niektórych historyków pod koniec XIX stulecia zaludnienie Nowych Hebrydów zmniejszyło się o dziewięćdziesiąt procent. Co zatem niosło śmierć tubylcom? Mój nowy znajomy – wódz Paul – miał na ten temat własną teorię. Skądinąd łatwą do przewidzenia. Twierdził, że to magia *kastom* przetrzebiła mieszkańców wyspy, a na ratunek przyszedł w końcu sam Pan Bóg. Santa Maria była kiedyś jak Maewo: ostoją czarowników tak zdradliwych i niebezpiecznych, że ci, których nie udało im się otruć lub zamordować, po prostu wsiedli do czółen i uciekli.

– Przed laty wyspa liczyła dwadzieścia tysięcy mieszkańców – powiedział mi wódz naczelny, kiedy siedzieliśmy w jego chacie, żując w skupieniu gotowaną rybę. – Ale potem nadeszły czasy strasznej magii. Czarownicy rzucali uroki, korzystając z wyrzuconych przez ludzi odpadków, z ich kup, z czegokolwiek. Wieśniacy musieli ciskać resztki z obiadu do morza – w przeciwnym razie ryzykowali, że czarownicy użyją ich, by sprowadzić na nich klątwę. Źli ludzie znali moc tajemnych liści i potrafili zabić nasze *pikinini*, zanim się urodziły. Przeklinali nas dymem z ognia. Setki ludzi od tego umarło.

W latach sześćdziesiątych XX wieku – poinformował wódz – na wybrzeżu Gaua zostało tylko siedem kobiet. Do akcji postanowił wkroczyć Kościół. Esuva Din, anglikański pastor z wyspy Vanua Lava, ruszył na południe, by stawić czoło złym mocom – dając tym samym dowód odwagi i zuchwałości na miarę postaci ze Starego Testamentu. Wprzągł Ducha Świętego w dzieło zwrócenia klątwy przeciwko złoczyńcom: czarna magia miała odtąd zabić każdego, kto próbował się nią posłużyć. Po kilku dniach dziesiątki znanych czarowników padło trupem. Jeden postanowił się zmierzyć z pastorem i powiedział: „To nieprawda; nie wierzę, że potrafisz rzucić klątwę na wszystkich, którzy uprawiają czarną magię". Esuva Din nie znosił sprzeciwu. „Zły człowieku – odparł – poczekaj, a sam się przekonasz". Czarownik stracił przytomność i nazajutrz zmarł.

Niemal wszyscy ludzie, których spotkałem na wyspie Santa Maria, przychylali się do wodzowskiej wersji wyjaśnienia przyczyn i rozwiązania kryzysu. Podejrzewam, że każdy zapamiętuje wydarzenia w sposób, jaki najbardziej mu odpowiada. Tymczasem Kościół nie zażegnał plagi, która nawiedziła wyspy – wręcz przeciwnie, przyczynił się do niej. Świadczą o tym zapiski pierwszych misjonarzy. Prawda w końcu dotarła do członków bractw anglikańskich, tyle że poniewczasie.

W 1861 roku, po wizycie w jednej z wiosek na Vanua Lava, biskup Patteson skarżył się, że tubylcy go unikają, czyniąc przy tym dość grubiańskie uwagi na temat „niezwykłej choroby", która miała się wiązać z jego nauczaniem. W sierpniu 1863 roku Patteson znalazł mieszkańców wyspy Mota w dobrym zdrowiu: zanim zdążył tam wrócić dwa tygodnie później, wyspę dosięgła straszliwa plaga czerwonki i grypy. Zmarło już pięćdziesiąt osób. W ostatnim dziesięcioleciu XIX wieku śmiertelność wśród ochrzczonych Melanezyjczyków sięgnęła czterdziestu procent. Misjonarze potrzebowali dużo czasu, by zrozumieć albo przyznać, jak wielką rolę odegrali w tej melanezyjskiej apokalipsie. Wielebny W.J. Durrad uświadomił sobie ze zgrozą, że jego przybycie na odciętą od świata wysepkę Tikopia pociągnęło za sobą epidemię zapalenia płuc i śmierć dziesiątków ludzi. Incydent przekonał wreszcie Durrada, że najgroźniejszym czynnikiem chorobotwórczym był „Southern Cross", który aż kipiał od nowozelandzkich zarazków. Śmiercionośne dziedzictwo statku przetrwało aż po wiek XX. „Dwa tygodnie po tym, jak dobił do brzegu, wszyscy zachorowali", napisał Durrad w 1917 roku. Jeszcze w roku 1931 postój na Malaicie wywołał epidemię, która kosztowała życie tysiąca stu mieszkańców wyspy.

Mimo że Europejczycy zdali sobie wreszcie sprawę, że są siewcami zarazy, choroby wciąż zbierały swe żniwo, żerując na braku odporności Melanezyjczyków. Jak to ujął Durrad: „Ich światopogląd cechuje pewien fatalizm, który wpływa na reakcję fizyczną organizmu".

Złożeni niemocą Melanezyjczycy najczęściej się poddawali i czekali na śmierć, zamiast walczyć z chorobą. Podobnie było z czarami: ktokolwiek uważał się za ofiarę czarnej magii, umierał po kilku godzinach albo dniach. Szkoda, że nie ulepiono ich z twardszej gliny! Cecil Wilson, trzeci biskup Melanezji, doszedł do wniosku, że jedyne, co można uczynić dla członków tej „wymierającej rasy", to zapewnić im chrześcijański pochówek.

Nie wziąłem ze sobą książek historycznych. Chciałem jednak dać wodzowi do zrozumienia, że jest mi wstyd za niewiedzę mojego przodka, że czuję się współwinny śmiertelnego pochodu zapalenia płuc, czerwonki i grypy, które zdziesiątkowały ludność wyspy. Tylko się roześmiał.

– Nic nie rozumiesz – powiedział. – Jesteśmy uratowani. Ocalił nas Esuva Din.

Kiedy udało się oczyścić wybrzeże ze złych mocy, z okolicznych wysp przybyły tu setki rodzin, żeby tchnąć nowe życie w starożytne ogrody Santa Maria. Fala imigracji przypadła na lata siedemdziesiąte i osiemdziesiąte XX wieku. Teraz liczba mieszkańców zbliża się do czterech tysięcy dwustu.

Mimo to wybrzeże Gaua wciąż sprawiało wrażenie uporczywie wyludnionego, podobnie jak większość takich miejsc – wyżyny Peru, Ajutthaja na tajlandzkiej równinie, pozostałości kultury egejskiej w Turcji – których czas minął, a przybysze muszą płacić za wstęp do ruin niegdyś wspaniałych miast. Tylko że tu nie było żadnych turystów. Żadnych duchów ani *vui*.

Kogo prześladowały pradawne duchy Gaua? Większość potomnych *vui* już nie żyła, a coraz gęściej utkany kobierzec pnączy dławił szczątki ich starożytnego miasta. Pospacerowałem wśród ruin i opustoszałych lasów, kupiłem w wiejskiej kantynie ostatnią puszkę tuńczyka, przeczekałem burzę i rozłożyłem się w wysokiej trawie w oczekiwaniu na samolot pocztowy. Otoczyła mnie zgraja rozchichotanych dzieciaków. Skoro wszyscy na wyspie zapomnieli o Qacie, postanowiłem im opowiedzieć jedną z historii przeczytanych u Codringtona. Zanim w kalderze powstało jezioro, Qat bawił się tam ze swoim towarzyszem, pająkiem Marawą. Pewnego razu poświęcił sześć dni na wystruganie z drewna figurek mężczyzn i kobiet. Kiedy zatańczył swoim kukiełkom, leciutko zadrżały. Kiedy uderzył w bęben, zaczęły ruszać się jeszcze żwawiej. Tańczył więc i bił w bęben tak długo, aż ożywił je wszystkie. Qat był zadowolony, stworzył bowiem pierwszych ludzi. Stworzył życie. Marawa próbował naśladować Qata, ale pająk tak się spłoszył widokiem podrygujących kukiełek, że zagrzebał je w pyle. Kiedy minęło sześć dni i Marawa zeskrobał z nich warstwę ziemi, okazało się, że figurki zgniły i zaczęły cuchnąć. Marawa był przerażony. Stworzył śmierć.

10
Raj parafian

Ostrzeżenie: Nie okazuj pogardy dla religii, zwłaszcza chrześcijaństwa, nawet jeśli jesteś niewierzący. Wyspiarze reagują gwałtowną niechęcią na przeciwników chrześcijaństwa.

Z przewodnika Lonely Planet, *Solomon Islands*

W dzieciństwie wbiłem sobie do głowy, że raj jest wyspą. Są na niej góry przypominające rozmyte w deszczu zamki z piasku. Wokół szczytów snują się chmury jak z różowej pianki, ale nad plażami i mieniącymi się niczym w kalejdoskopie rafami, które chronią laguny przed falą posztormową, niebo jest zawsze czyste. Do raju można dolecieć samolotem, fruwając nad wierzchołkami i zataczając kręgi nad ujściami rzek, żeby podziwiać cienie na piasku rzucane przez liście palm. Po lądowaniu przywita cię odziany w biały garnitur Mefistofeles i powie: „Witamy na Wyspie Marzeń". Wtedy sobie uświadomisz, że każdy ma własną wizję raju.

Lot twin otterem z Gaua na północ Vanua Lava trwa dwadzieścia minut. Wulkany, plaże, rozmigotana delta rzeki – gdy zanurzyłem się w bujną, jaskrawą zieleń lądowiska, wpadłem nie tyle w sam środek egzotycznych marzeń, ile w ramiona Kościoła. Sekretarz biskupa Wysp Banksa i Torresa okazał się zwalistym, jowialnym facetem i oczywiście Melanezyjczykiem – jak prawie wszyscy członkowie tutejszego duchowieństwa anglikańskiego. Czekał przy pasie startowym w jedynej ciężarówce, jaką mogła się poszczycić wioska Sola.

Wskoczyłem na tylne siedzenie i wkrótce znalazłem się w nadmorskim schronisku turystycznym, będącym własnością jednego z pastorów anglikańskich. Pomodliliśmy się przed obiadem, potem znów przed kolacją i jeszcze raz przed śniadaniem.

– Chcę dotrzeć na wyspę Mota – powiedziałem żonie pastora.
– Jutro jest niedziela – odparła. – Pójdziesz do kościoła.
– O tak, oczywiście, że pójdę – zapewniłem, w pełni świadom, że nie mam innego wyjścia.

Mota, maleńka wysepka w sąsiedztwie Vanua Lava, znalazła się w epicentrum wybuchu anglikanizmu, który w XIX wieku wstrząsnął całą Melanezją. Dziś Kościół określa codzienność na obydwu wyspach. Kiedy poprosiłem mieszkańców Sola, żeby opowiedzieli mi jakąś historię *kastom* dotyczącą wydarzeń z przeszłości, nie usłyszałem gawędy o Qacie. Bez wahania podzielili się ze mną opowieścią o swoim ulubionym bohaterze, chłopcu, który przyszedł na świat w Czasach Ciemnoty. Miał na imię Sarawia i był bardzo ciekawski, dzięki czemu przeżył przygodę dziwniejszą niż w najśmielszych snach, przygodę, która na zawsze związała Vanua Lava i Motę z nową mitologią chrześcijańską. Kiedy Sarawia się zestarzał, spisał swoją historię na wieczną rzeczy pamiątkę. Sekretarz biskupa wręczył mi egzemplarz. Oto, czego się dowiedziałem:

W czasach, kiedy ludzie wciąż się zwracali o pomoc do przodków i duchów, Sarawia mieszkał w lesie nad rozległą zatoką, nad którą teraz leży Sola. Pewnego wieczoru, kiedy wiosłował po osłoniętych od oceanu wodach w czółnie wydłubanym z pnia drzewa, ujrzał coś, co wyglądało jak dryfująca na horyzoncie wioska. Ni stąd, ni zowąd wioska wpłynęła do zatoki i znieruchomiała, mimo silnej fali. Na pokładzie krzątały się stworzenia o zaskakująco białych twarzach. Ktokolwiek je zobaczył, nie miał wątpliwości, że przybywają z krańca niebios, bo miały na sobie szaty w barwach zachodzącego słońca.

Sarawia podpłynął bliżej, żeby im się przyjrzeć. Dwa stworzenia były ubrane na czarno. Skinęły na niego, ale Sarawia postanowił zostać w czółnie, pomny na przestrogi ojca, że jeśli nie będzie uważał, duchy mogą go zabić i zjeść. Ciekawość zwyciężyła jednak strach i Sarawia dał się skusić pokazywanymi z oddali haczykami na ryby oraz ciasteczkami. Jeden z mężczyzn wołał go tak łagodnym głosem, że Sarawia wprost nie mógł się oprzeć: chwycił wyciągniętą dłoń i wdrapał się na pokład. Ujrzał, że jego gospodarze mają stopy obute w skórę, i wpadł w panikę: „Pomyślałem sobie, że mam przed sobą pół ludzi, pół małże i strach mnie obleciał". Ale biskup George Selwyn i jego młody protegowany John Coleridge Patteson nie zrobili krzywdy Sarawii. Kazali mu usiąść, po czym zaczęli go wypytywać o imiona ludzi i nazwy rzeczy na wyspie Vanua Lava. Kiedy chłopak odpowiadał, Selwyn kreślił symbole w czymś, co przybysze nazywali książką.

W następnym roku „Southern Cross" powrócił do Nawono. Sarawia wciąż nie był pewien, czy ugościli go ludzie, czy duchy, miał też wątpliwości, czy nie grozi mu żadne niebezpieczeństwo z ich strony – a jednak, niczym Ulisses, Sindbad albo Skywalker, postanowił się zdać na łut szczęścia i pragnienie przygody. „Chciałem się przekonać, z czym mam naprawdę do czynienia, chciałem też dostać na własność siekierę i nóż, haczyki na ryby, perkal i mnóstwo innych rzeczy. Pomyślałem sobie, że mam to wszystko na wyciągnięcie ręki – wystarczy sięgnąć, a będzie moje" – wspominał.

Sarawia wszedł na pokład i odpłynął. Selwyn zabrał go aż za krawędź świata i po co najmniej stu nocach odstawił z powrotem do domu na Vanua Lava, ofiarowawszy mu w prezencie ogromny topór, z czego rodzina chłopca była bardzo dumna. Kiedy „Southern Cross" zniknął za horyzontem, Sarawia wziął udział w kilku potyczkach z mieszkańcami sąsiednich wiosek.

Rok później Selwyn wziął Sarawię i dwudziestu innych chłopców do swojej szkoły pod Auckland, gdzie uczyli zarówno Codrington, jak i Patteson. Pewnego dnia Patteson spytał Sarawię, jaki duch stworzył niebo, słońce, księżyc, gwiazdy, świat i ludzi. Sarawia odpowiedział, że oczywiście Qat. Nie, zaprzeczył Patteson. To Bóg Jedyny stworzył wszystko. Sarawia nie przejął się zbytnio teoriami biskupa:

„Pomyślałem sobie, że chodzi o jakiegoś innego ducha, którego czczą biali ludzie, podczas gdy my oddajemy hołd Qatowi".

Kiedy Patteson został wyświęcony na biskupa Melanezji, Sarawia towarzyszył mu w drodze na Espiritu Santo, Gaua, Ambae i Ambrym. Siadał w szalupie i za każdym razem popatrywał z lękiem, jak Patteson płynie do brzegu, by zasiąść z bandą obcych ludzi uzbrojonych w łuki, strzały, włócznie i maczugi. Obcy nie mieli zamiaru go zabić, przynajmniej do czasu, kiedy biskup zdąży im rozdać prezenty i odpłynąć do szalupy. Sarawii nie było na pokładzie, kiedy Patteson salwował się ucieczką przed żądnym krwi tłumem na wyspie Santa Cruz. Znał jednak dwóch chłopców rasy mieszanej, których dosięgły strzały z kościanymi grotami, kiedy z Pattesonem w szalupie wiosłowali do statku. Jednego z nich, Fishera Younga, pochowano nieopodal plaży w Port Patteson.

Patteson nauczył Sarawię czytać Biblię, która zrobiła na chłopcu piorunujące wrażenie. Zawarte w niej opowieści przechodziły ludzką wyobraźnię: jeśli były prawdziwe, Bóg Pattesona był z pewnością potężniejszy niż Qat i wszyscy inni *vui* razem wzięci. Patteson ochrzcił swojego podopiecznego i dał mu chrześcijańskie imię George, na cześć biskupa Selwyna.

Po czterech latach nauki Sarawia doszedł do wniosku, że jego rasa i pobratymcy są więźniami Szatana. Postanowił przekazać te niepokojące wieści mieszkańcom Vanua Lava. Oznajmił wyspiarzom, że Qat nie jest duchem prawdziwym, tylko kłamliwym, że istnieje tylko jeden Bóg i jest nim Bóg Pattesona. „On jedyny jest stwórcą wszechrzeczy na niebie i ziemi – tylko Pan Bóg lituje się nad wszelkim stworzeniem, kocha je i ma w Swojej pieczy: ludzi i zwierzęta, ptaki, ryby i rośliny, cały wszechświat. On tylko o niego dba, albowiem go miłuje".

W 1868 roku Sarawia został pierwszym rodowitym Melanezyjczykiem ordynowanym na diakona i wspólnie z Pattesonem założył modelową wioskę chrześcijańską na Mocie, co uczyniło z tej maleńkiej wysepki prawdziwą ostoję anglikanizmu. Mieszkańcy Moty zajęli się ewangelizacją całego archipelagu. Sarawia nie ugiął się nawet po zabójstwie Pattesona, którego tubylcy Nukapu zgładzili trzy lata później. Po upływie kolejnych dwudziestu lat, kiedy Henry Montgomery przypłynął na Motę, żeby poprowadzić masowe nabożeństwo konfirmacyjne, Sarawia był już żywą legendą. Mój pradziad oświadczył, że „drogi George" zdążył powieść całą wyspę ku jej chrześcijańskiemu przeznaczeniu. Ludzie wyzbyli się strachu przed duchami i sobą nawzajem – nie wzdragali się już przed wyprawą z wioski do wioski. Pradziad snuł poetyckie wizje nowej, chrześcijańskiej ery w dziejach wyspy: hymny, tańce roześmianych dzieci, zebrania modlitewne (dwa razy dziennie!) oraz kongregacje z członkami pokorniejszymi i bardziej dobrodusznymi niż parafianie któregokolwiek z wiejskich kościółków w Anglii. „Żaden zakątek Misji nie trzyma się ściślej reguł żywota chrześcijańskiego" – entuzjazmował się Henry. Biskup istotnie odkrył swoją Wyspę Marzeń.

Zanim wybrałem się w podróż, kilku specjalistów od Południowego Pacyfiku udzieliło mi dobrej rady: jeśli zależy mi na czymkolwiek, jeśli chcę, by drzwi Melanezyjczyków stanęły przede mną otworem, jeśli pragnę wniknąć w atmosferę tego miejsca, powinienem zadbać o dobre stosunki z Kościołem. Kościół ma ciężarówki, łodzie, wpływy i wielu przyjaciół. Myślę, że dlatego postanowiłem towarzyszyć wieśniakom z Sola w ich niedzielnej Eucharystii.

Nabożeństwo w szopie krytej blaszanym dachem prowadził miejscowy rektor – człowiek miły, aczkolwiek niemiłosiernie gadatliwy. Rozłożyliśmy się na matach z trawy, tymczasem ojciec Saul ględził bite trzy godziny, przedstawiając cud chodzenia po wodzie w wersji rozszerzonej. Rektor bił się w owłosioną pierś, dzielił się swoimi przemyśleniami na temat Słowa Bożego, zanosił mody, które rozbrzmiewały ongiś przez cały dzień przed tysiącami ołtarzy dawnego imperium. Modliłem się ze wszystkimi – „Albowiem Twoje jest Królestwo, i moc, i chwała na wieki wieków" – i zanim zdążyłem się zorientować, pokornie przyjąłem krew i ciało Chrystusa z rąk rektora. Spojrzałem w górę i dostrzegłem wyraz niepomiernego zatroskania na jego skurczonej twarzy. Domyślił się, że jestem niewierzący.

Zwiałem zaraz po nabożeństwie, zanim zdążył o cokolwiek mnie spytać. Poszedłem w stronę plaży, byle dalej od wioski, tak rozdrażniony, że nie czułem zmęczenia. Nad wierzchołkami kłębiły się chmury. Chłopcy maszerowali za mną w śnieżnobiałych, niedzielnych ubrankach i z Biblią w dłoni. Nie było ucieczki od reguł żywota chrześcijańskiego, o których z takim entuzjazmem pisał Henry Montgomery. Weźmy na przykład wzgórze nad wioską przypominające kształtem pełznącą żmiję. W Czasach Ciemnoty mieszkał tam zły duch pod postacią węża. Już nie mieszka. Anglikanie zawłaszczyli wzgórze, wyegzorcyzmowali ducha i zbudowali na grzbiecie rezydencję biskupa. Przebili głowę węża długim białym krzyżem i tajemnica znikła na zawsze.

Sekretarz biskupa przydybał mnie na skraju wioski.

– *Yu go wea?* – wrzasnął z ciężarówki.

– Dokądkolwiek – warknąłem.

Uparł się, że poprowadzi mnie kucharka ze schroniska. To dobra chrześcijańska dziewczyna, zapewnił. Świetnie. Ruszyłem wzdłuż szerokiego zakola laguny, ścigając po drodze orzechy kokosowe wyrzucane na brzeg przez łamiące się fale. Dziewczyna szła za mną krok w krok. Miałem obezwładniające wrażenie, że chce ze mną porozmawiać o nabożeństwie prowadzonym przez rektora. Próbowałem nie zwracać na nią uwagi. Gapiłem się na otwarte morze, w pieniste grzywy na grzbietach fal ścierających się w płytkiej zatoce, w którą na horyzoncie wcinała się Mota – jak chiński kapelusz słomkowy.

Zacząłem gardzić moim pradziadem. Był to ten rodzaj pogardy, która udziela się większości podróżników z Zachodu, kiedy zdadzą sobie sprawę, że misjonarze trafili do raju i przeistoczyli go na długo przed tym, nim turyści wzięli się do pakowania plecaków. Przypomina rozdrażnienie, jakie odczuwamy na widok restauracji McDonalda wśród palm. Melanezja nie miała wyglądać znajomo, miała być egzotyczna i prymitywna. Miała być i n n a.

Nie mogłem się z tym uporać, choć przecież wiedziałem, że idea tropikalnego raju jest czystym wymysłem. Wziąłem ze sobą egzemplarz książki Edwarda Saida *Orientalizm* – jako przestrogę przed pokusą myślenia romantycznego. Said przekonuje, że Orient nigdy nie istniał w rzeczywistości. Był mrzonką, zbiorem egzotycznych miejsc zaludnionych przez przedstawicieli ras malowniczych, ale niższych, konstrukcją stworzoną, by usprawiedliwić kolonialne zapędy Anglii na Wschodzie. Teoria Saida pasuje jak ulał do Misji Melanezyjskiej: Henry Montgomery nie krył się ze swą ojcowską pobłażliwością dla porywczych i dziecinnych „małych Melanezyjczyków". Tylu ciemnoskórych wymagało poprawy. Podobno dzisiejsi podróżnicy są inni. Zarzekamy się, że nie chcemy nic zmieniać w tym raju. Zastana wersja często nam jednak nie odpowiada.

Amerykański pisarz Paul Theroux dał wyraz swojemu niezadowoleniu w książce *The Happy Isles of Oceania* (Szczęśliwe wyspy Oceanii), opisując swe podróże po Południowym Pacyfiku. Złościł się, że na każdej zamieszkanej wyspie napotyka kościoły, dostawał szału na sam dźwięk dzwonów, który mu uświadamiał, że niedziela jest tu dniem świętszym niż w jego rodzinnych stronach w Nowej Anglii. Uciekał na coraz bardziej oddalone od cywilizacji wybrzeża, tymczasem okazało się, że jedynymi miejscami, które pozostały wolne od wpływów kultury zachodniej, są bezludne wyspy.

Wiem już, jak się czuł Theroux. Przeczytałem *Wyspę skarbów*. Studiowałem zapiski awanturników pokroju Petera Dillona – Irlandczyka, który rzekomo przepędził armię kanibali ze szczytu Fidżi, podczas gdy tubylcy w dolinie gotowali piersi i udka jego towarzyszy. Oglądałem *Bunt na Bounty* z Melem Gibsonem, na którego rzuciła urok pewna piękność z Oceanii. Gapiłem się z otwartą gębą na zdjęcia tubylców z Wysp Trobriandzkich wykonane przez Bronisława Malinowskiego, który nie zdawał sobie sprawy, że misjonarze dotarli tam kilkadziesiąt lat przed nim. Myślę, że mimo zapewnień pradziada o sukcesach jego misji, spodziewałem się czegoś bardziej autentycznego, dzikszego, podobniejszego do Południowego Pacyfiku z odkryć innych podróżników. Romantyczny poszukiwacz pierwotnej Oceanii jest z góry skazany na rozczarowanie. Potrząsający włóczniami łowcy głów, Piętaszkowie i dziewczęta z Bali Hai – o ile kiedykolwiek istnieli – odeszli dużo wcześniej, nim Robert Louis Stevenson i spółka zaczęli ich sposobić na użytek odbiorcy z Północy. Teraz tej pustki nie wypełni nawet możliwość robienia zdjęć w Domu Kanibali w Port Vila. Żadnej z wysp nie ominął wir kultur zapoczątkowany blisko dwieście lat temu.

Nie oznacza to jednak, że historia skończyła się w momencie chrztu Melanezji. Podczas pobytu na wyspie Tanna zdałem sobie sprawę, że to, co skażone przez chrześcijaństwo, stanowi najbardziej fascynujący element tutejszej kultury. Sedno i n n o ś c i nie tkwi w stereotypie romantycznym, lecz w hybrydyzacji mitów, magii i ducha pod postacią ośmionożnego, fosforyzującego w ciemnościach bękarta spłodzonego ze związku Kościoła z *kastom*.

Wzdragałem się na samą myśl o uczestniczeniu w kolejnych modłach, byłem jednak świadom, że Kościół otwiera mi drogę do duszy Wysp Banksa, przechodzącej ciągłą metamorfozę. Na wyspie Mota, gdzie krynica wiary wystąpiła z brzegów i zalała cały archipelag, Kościół opierał się na fundamentach związanych zaprawą, w których mimo wszystko rysowało się jakieś niewytłumaczalne pęknięcie.

Oto, czego nie napisał mój pradziad i czego nie potwierdzą wyspiarze w rozmowach o pierwszym rdzennym kapłanie Vanua Lava: do największych sukcesów ewangelizacyjnych George'a Sarawii nie przyczynił się bynajmniej urząd pastora, lecz szacunek, jakim cieszył się w pewnym tajnym stowarzyszeniu, którego członkowie używali trucizn i czarnej magii, co w swoim czasie sprowadziło na Motę istną apokalipsę.

Pierwsi misjonarze nie potępiali dziwacznych stowarzyszeń *suqe* i *tamate*, do których należeli bodaj wszyscy mężczyźni z wysp Vanua Lava i Mota. Na pierwszy rzut oka *suqe* było kółkiem towarzyskim. W każdej wsi działał swoisty klub męski – wyposażony w rząd palenisk – w którym wszystko odbywało się według ściśle ustalonej hierarchii. Mężczyźni zyskiwali pozycję, składając ofiary ze świń, urządzając uczty i opłacając się długimi sznurkami muszelek wyżej postawionym członkom. Z początku anglikanie nie dopatrzyli się w tym żadnego świętokradztwa.

Trudniej było zaakceptować *tamate*. Była to sieć tajnych stowarzyszeń, których członkowie gromadzili się w leśnej głuszy, żeby nawiązać kontakt z *tamate* – duchami zmarłych. Miejsce takich spotkań, czyli *salagoro*, było *tabu* i nie dopuszczano do niego ani kobiet, ani mężczyzn przed inicjacją. Nocami do misjonarzy stacjonujących na Mocie dochodził straszliwy zgiełk z *salagoro*. Bywało, że „duchy" – w maskach i przepaskach z liści – wyłaniały się z lasu, by splądrować sąsiednią wioskę, napadając każdego, kto im się nawinął. Czasami członkowie *tamate* wychodzili z ukrycia w pełnym świetle dnia i urządzali tańce w kapeluszach z kory przyozdobionych czerwonymi i białymi piórami. Na ten widok anglikanie miękli jak wosk, mieli bowiem słabość do pogaństwa. Zdarzało im się zapomnieć o dźwiękach dzwonów i kadzidlanym zapachu obrzędów Wysokiego Kościoła (niektórzy w wolnym czasie uczyli nawróconych tubylców melodii z operetek Gilberta i Sullivana). Codrington zachwycał się przepychem *tamate* i groźnym pięknem zamaskowanych, dzierżących rozłożyste liście tancerzy, którzy budzili w nim skojarzenia z wizerunkami Chrystusa Męczennika w Niedzielę Palmową.

Pewnego razu Codrington usłyszał mrożący krew w żyłach wrzask wielkiego zgromadzenia dobiegający z drugiego końca Moty. Życie na wyspie zamarło: wszystko podporządkowało się *tamate* i jego członkom. Przyczyną gniewu wielkiego *tamate* był najwyraźniej pewien mężczyzna, który sprzeciwił się naukom biskupa Pattesona i wymierzył z łuku do swego pobratymca. „Zamieszanie" trwało dopóty, dopóki napastnik nie złożył stowarzyszeniu opłaty ze świni. W zasadzie nic w tym złego, podsumował Codrington, uznawszy *tamate* i *suqe* za narzędzia sprawowania władzy politycznej. Nie miał żadnych wątpliwości, że zachęceni przykładem tubylcy przestaną łączyć działalność swoich stowarzyszeń z obrzędami na cześć duchów. Choć Patteson uważał obydwa towarzystwa za „obrzydliwe", rozstrzygnięcie kwestii, czy odprawiane przez nie rytuały są w zgodzie z bożymi regułami, pozostawił sumieniu świeżo nawróconych na wiarę chrześcijańską. Tubylcy istotnie poszli za głosem sumienia: przez dziesiątki lat odkładano obrzędy *suqe* i *tamate* do czasu, kiedy misjonarze po corocznej wizycie odpływali na wyspę Norfolk.

Prawda o stowarzyszeniach wyszła na jaw dopiero w 1900 roku, kiedy pewien biały misjonarz osiadł na Mocie na stałe. H.V. Adams doniósł swoim przełożonym, że szkoła kościelna George'a Sarawii świeci często pustkami, tymczasem *tamate* i *suqe* trzymają się mocno, a ich ceremonie mają zaskakująco religijny charakter. Sarawia zyskał pozycję przewodniczącego *suqe*. Nie było wątpliwości, że ludzie słuchają Sarawii dlatego, że odprawia najwięcej obrzędów, zna najwięcej tajemnic i dysponuje największą *mana* na wyspie. Pewien tubylczy diakon ubolewał na łożu śmierci, że *suqe* stało się najpotężniejszym wrogiem Kościoła. Zwrócił uwagę, że awans w hierarchii *suqe* wymaga bogactwa. Żeby je osiągnąć, trzeba było składać ofiary dawnym pogańskim duchom. „Wszystko – deszcz, wiatr, słońce, zdrowie i chorobę – kupowano od tych, którzy mieli nad nimi władzę", wyznał ze łzami w oczach wielebny Robert Pantutun i umarł.

Cecil Wilson, trzeci biskup Melanezji, ogłosił w 1910 roku, że *suqe* jest *nalinan Satan* – złem wcielonym – a jego nieustępliwi członkowie powinni zostać ekskomunikowani. George Sarawia nie miał już żadnych powodów do obaw: zmarł dziewięć lat wcześniej. Odtrąbiono koniec epoki *suqe* i *tamate*.

Cóż jednak z tego, skoro każde pokolenie inaczej interpretuje wolę swoich bogów. Podsłuchałem właśnie rozmowę o nowym tańcu na wodzie, z którego wszyscy mieszkańcy Moty – nie wyłączając duchowieństwa – byli bardzo dumni. Czy Kościół zdołał w końcu usunąć pogańskie żądło z *kastom*? Pomaszerowaliśmy z powrotem do Sola, obserwując kłębiące się nad wierzchołkami obłoki. Na plażę spadł skąpy deszcz. Niebo przybrało różowozłoty odcień, podobnie jak kwiaty hibiskusa zdmuchnięte przez wiatr na ceglastoczerwony piasek. Pozbyłem się mojej przewodniczki i odnalazłem sekretarza biskupa w ogólnodostępnej pijalni *kava-kava*, u stóp wężowego wzgórza. Wnętrze rozświetlała tylko jedna, zawieszona u pułapu lampa. Sekretarz miał już nieźle w czubie. Uśmiechnął się, ale mówienie przychodziło mu z trudem.

– Diecezja ma statek – wyszeptał. – Możesz się zabrać. Jutro popłyniesz na Motę. Balanga na całego.

W pijalni był też ojciec Saul, rektor, który udzielił mi komunii. Jego siwa broda łyskała w półmroku jak zdradziecki obłoczek dymu. Postąpił naprzód i tupnął w brudną podłogę. „Musimy pogadać" – wymamrotał pod nosem, niezdolny do dalszej rozmowy. Zapadła osobliwa cisza towarzysząca zwykle piciu *kava-kava*.

11
Śmierć i wesele na Mocie

Częściowo za sprawą imperium kultury uwikłały się w siebie nawzajem; żadna nie jest czysta ani jednorodna, wszystkie są hybrydyczne, heterogeniczne, niesłychanie zróżnicowane i nie stanowią monolitu.

Edward Said, *Kultura i imperializm* (przeł. Monika Wyrwas-Wiśniewska)

Statek flagowy diecezji Wysp Banksa i Torresa okazał się drewnianą łupinką rozmiarów samochodu kombi. Prawdę powiedziawszy, nie wierzyłem, że toto w ogóle wyjdzie w morze, dopóki na pokładzie nie upchnięto dziesięciorga pasażerów oraz rzeczy niezbędnych do urządzenia tygodniowych uroczystości na Mocie. Wypłynęliśmy z Sola na fali lekkiego odpływu, przy wtórze warkotu silnika, mijając rząd postrzępionych klifów wzdłuż południowego wybrzeża zatoki. Było spokojnie. Ucieszyłem się, że nie ma z nami na pokładzie groźnego rektora z Sola. Promienie słońca odbijały się w wodzie, oświetlając wysmagane wiatrem oblicze naszego skipera Alfreda. Nastoletni syn towarzyszył mu dumnie przy sterze. Jocelyn, żona Alfreda, skuliła się z ponurą miną w maleńkiej kabinie, otoczona chmarą rozwrzeszczanych dzieciaków. Nie byłem do końca pewien, po co ci ludzie płyną na Motę. Doszły mnie słuchy o jakimś weselu, ale nikt z pasażerów nie wyglądał zbyt radośnie – poza jednym mężczyzną, któremu uśmiech nie schodził z twarzy. Nie należał do rodziny.

Alfred miał potarganą brodę i zmęczony, zbolały wzrok. Skierował łódź w stronę Kwakei, porośniętej palmami piaszczystej łachy nieopodal Vanua Lava, po czym dobił prosto do plaży. Czekał na nas wół – to znaczy zarżnięty wół. Zwierzę było oskórowane i poćwiartowane. Umięśnione łopatki lśniły w słońcu. Kiedy taszczyliśmy tylną ćwiartkę na pokład, szynka spłynęła krwią. Spomiędzy zębów wołu wystawała kępka nadgryzionej trawy, a w jego oczach zastygło śmiertelne przerażenie.

Podróż na Motę trudno było nazwać sielanką. Mała łódź nie potrafi ciąć fal. Trzeba ujeździć każdą po kolei, niczym wielką pomarszczoną bestię. Fala wznosi się nad tobą, przez chwilę grozi załamaniem, bierze cię na grzbiet, odsłaniając przepastną czerń dzielącą ją od następnej, która napiera tuż za nią, nabiera kształtów i wali się z hukiem. Wtedy opadasz.

Zacząłem naprawdę nienawidzić morza. Skoro tylko opuściliśmy ustronną przystań w Kwakei, chwyciłem się kurczowo nadburcia. Wół spoglądał na mnie oskarżycielsko. Pogodny mężczyzna przystawił mi dłonie do ucha i powiedział, dlaczego Alfred ma takie smutne oczy. Kiedy odbywał rejs na tej samej trasie, poprzednia łódź diecezji wzięła na siebie wyjątkowo zdradziecką falę. Morze upomniało się o statek. Wraz z nim poszła na dno sześcioletnia córeczka Alfreda. Obserwowałem, jak skiper mocuje się z czterdziestokonnym silnikiem, który jęczał przy każdym skoku na falę i jazgotał, kiedy łódź ześlizgiwała się w dół. Alfred trzymał ster i patrzył na morze w milczeniu, z twarzą wykrzywioną uśmiechem przypominającym grymas. Im bliżej Moty, tym żałośniej wyglądał. A myślałem, że płyniemy na balangę.

Majacząca w oddali wysepka skojarzyła mi się z cyckiem wystającym z oceanu. Potem z serwowaną na grubym półmisku płetwą rekina. Płetwa okazała się nieczynnym wulkanem, półmisek – wypiętrzoną z morza płaską rafą koralową szerokości ponad dwóch kilometrów, otoczoną ze wszystkich stron czarnymi klifami, z których pełzły w dół pnącza o fioletowych kwiatach, sięgające pędami aż po wzburzony ocean. Żadnych plaż, tylko wysmagane falami szelfy ze skały koralowej, wiszące nad skrajem błękitnej jak neon głębiny.

Alfred zacumował przy zalanym wodą szelfie po zawietrznej stronie Moty. Wyszliśmy na brzeg, dźwigając na ramionach krwawiącego wołu, żeby po chwili zagłębić się w pełną komarów dolinę. W spękanej skale zbocza odcisnęły się muszelki. Mariu, wioska Alfreda, leżała na trawiastej polanie tuż przy krawędzi płaskowyżu. Kilkadziesiąt zwykłych, krytych strzechą chat. Obok nich kościół na betonowych fundamentach – jedyna w okolicy budowla z blaszanym dachem. Rozbiłem namiot pod drzewkiem grejpfrutowym. Tego wieczoru mężczyźni rozpalili wielkie ognisko w dole przy domu Alfreda. Sędziwa kobieta wrzucała do ognia kamienie, żeby podtrzymać żar do późnej nocy. Mogłem obserwować jej zgarbioną sylwetkę przez siatkę w namiocie – rozgrzebywała zwęglone drewno i pukała w rozżarzone kamienie, gdy płomienie już przestały je lizać, a wioska dawno spała. Kobieta nie zwracała uwagi na dobiegające z lasu gromadne pohukiwania, kwilenia i pochrząkiwania. Ja zwracałem, przede wszystkim dlatego, że prócz okazjonalnych spotkań z gekonem lub nietoperzem nie trafiłem dotąd na żaden ślad dzikich zwierząt na wyspach i doszedłem do wniosku, że myśliwi wybili wszystkie do nogi. W lesie powinno być cicho.

Następnego dnia o świcie obudził mnie dźwięk dzwonu kościelnego, a właściwie starego pojemnika po propanie, w który ktoś walił jak opętany stalowym prętem. Potem usłyszałem lament. Zawodzenie niosło się od ogniska. Rozpoznałem głos kobiety. Najpierw zaintonowała coś w rodzaju pieśni, rozbrzmiewającej łagodnie w chłodnej ciszy poranka, z czasem jednak coraz uporczywszej i coraz mniej melodyjnej. Krzyk narastał, aż w końcu przeistoczył się w skowyt udręki. Wskoczyłem w sandały i okrążyłem kościół na czworakach. Na zimnym powietrzu parowały resztki ogniska. Staruszka trzymała w rękach miotłę ze słomy i z furią zamiatała ziemię wokół dołu. Alfred gapił się w milczeniu na dogasający żar. Była z nim jego żona Jocelyn, która nie odezwała się ani słowem, odkąd wyruszyliśmy z Sola. Kiwała się na klęczkach i ściskała pięści tak mocno, że aż jej kłykcie zbielały. Łzy lały jej się po twarzy

152

strumieniami. Kobieta dosłownie wyła, dzieląc się swym cierpieniem z pyłem, ogniem i pustym niebem.

Poprosiłem później Alfreda, żeby pokazał mi grób George'a Sarawii. Kiedy szliśmy przez dżunglę, spytałem go, czy to prawda, że jego córka utonęła. Przywołał na twarz ten sam dziwny, nieśmiały uśmiech, który podpatrzyłem u niego podczas rejsu na Motę, i opowiedział mi swoją historię, jakby to była baśń.

Do tragedii doszło osiem lat temu. Fala uderzyła, kiedy byli w połowie drogi na wyspę. Łódź zatonęła w kilka sekund. Alfred dał się porwać bałwanom z córeczką uwieszoną na szyi. Chciał dopłynąć do Moty, ale wyspa oddalała się coraz bardziej. Chciał popłynąć na zachód w stronę Sola, ale prąd był zbyt silny. Alfred z córką dryfowali na północ od rana do wieczora. Słońce zaszło za góry na Vanua Lava. Dziewczynka osłabła. Nałykała się za dużo słonej wody. Alfred też stracił siły: wiosłował nogami, próbując pokonać idącą wzdłuż rafy falę posztormową, która oddzielała go od plaży w Port Patteson. Poczuł, jak ciało córki wiotczeje. Poczuł, że jej palce ześlizgują się z szyi. Trzymał ją, póki mógł. Kilkaset metrów od brzegu poczuł, że odrywa mu się od grzbietu i osuwa w błękitną toń.

– Oddałem moją córkę Bogu. Pozwoliłem jej odejść. Pochowałem ją w morzu. A potem powiedziałem Bogu: „Zabrałeś mi córkę. Czy byłbyś tak dobry i pozwolił mi żyć?".

Na polanie tuż za wioską Alfred pokazał mi grób swojej córki. Przestałem cokolwiek rozumieć.

– Myślałem, że twoja mała się utopiła. Że zabrało ją morze – powiedziałem.

Owszem, tak było. To grób innej córki, kilkunastolatki, która zmarła dokładnie rok temu. Zabrał ją rak. Jutro Alfred wyprawi ucztę w rocznicę jej śmierci. Obydwoje z Jocelyn podzielą się mięsem wołu, żeby druga dziewczynka też mogła odejść w spokoju, podobnie jak pierwsza. Alfred zetnie po roku brodę, a Jocelyn przestanie płakać – dopóki Bóg albo los nie zepchną ich w mroczną otchłań kolejnej tragedii.

Staruszka podtrzymująca ogień czekała z miotłą przy moim namiocie. Dowiedziałem się, że jest *romoterr*, ostatnią z wielkich kobiet na Mocie. Przy okazji była też matką Alfreda. Miała na imię Lengas. Twarz pooraną zmarszczkami jak orzech włoski. Czarne kwiaty – a może gwiazdy? – wytatuowane na obydwu policzkach. Powiedziała mi, że tatuaże świadczą o jej wysokiej pozycji w czasach *suqe*. Jej ojciec zarżnął dużo świń i opłacił się długimi sznurami muszelek, czemu Lengas zawdzięcza swój status.

– Czyli *suqe* honorowało nie tylko mężczyzn, ale też kobiety – powiedziałem.

– Tak, ale to już się nie liczy, bo *suqe* umarło – odrzekła w bislama.

– Owszem, sto lat temu zabił je Kościół – potaknąłem.

Lengas zachichotała. Skądże, to nie Kościół zabił *suqe*. Mało tego, po śmierci George'a Sarawii *suqe* urosło w siłę dzięki patronatowi innego potężnego kapłana anglikańskiego. I tak się składa, że był to świętej pamięci mąż Lengas, *mama* Lindsay Wotlimaru (w języku używanym na Mocie *mama* znaczy „ojciec"). Ale przyszły kłopoty. W latach czterdziestych XX wieku członkowie *suqe* zaczęli rywalizować między sobą. Rosnąca zawiść doprowadziła do walk i odrodzenia czarnej magii. Czarownicy chwytali się wszelkich znanych sposobów: trucicielstwa, rzucania klątw, stosowania liści wywołujących poronienie. Do 1949 roku liczba ludności na wyspie spadła do stu. Mota podzieliła los Santa Maria i wszyscy wiedzieli, że przyczyna tkwi w czarach, nie w żadnej chorobie. Wtedy *mama* Lindsay wezwał do swej wioski wszystkich mieszkańców wyspy – mężczyzn, kobiety i dzieci – po czym kazał każdemu z osobna położyć rękę na krzyżu i przysiąc, że już nigdy nie posłużą się trucizną ani magią. Ci, którzy skłamią albo stawią opór, natychmiast doświadczą gniewu bożego. Podziałało, stwierdziła Lengas. Garstka czarowników padła trupem. Pozostali tak się przelękli klątwy *mama*, że porzucili wszelką magię *kastom*. Zapomnieli też o dobrych zaklęciach. Teraz na wyspie Mota mieszka znów prawie osiemset osób, ale nikt nie ma pojęcia, jak przekonać duchy, żeby zesłały ludziom słońce, deszcz albo dorodniejsze pataty.

– Ale dlaczego *suqe* też musiało zginąć?

– Bo teraz nasi mężczyźni pracują za papierowe pieniądze, za pieniądze białego człowieka. Żeby piąć się w górę w *suqe*, trzeba mieć pieniądze z muszelek.

Lengas wyciągnęła z kieszeni spódnicy plastikową torebkę i wydobyła z niej długi sznur nanizanych czerwono-brązowych krążków. Były brudne i połamane. Wyglądało to jak jeden z naszyjników, które można kupić na plaży w Cancún.

– Pieniądze z muszelek. Potrzeba wielu dni, żeby zrobić taki sznur: oszlifować muszle i zrobić w nich dziurki. Mmmm... – zamruczała Lengas, czule pieszcząc muszelki. Potem oczy się jej zwęziły. Zmarszczyła brwi i machnęła ręką w stronę wioski, gdzie mężczyźni przygotowywali pierwszą tego dnia kolejkę *kava-kava*. – Spójrz tylko na nich. Nie mają *savve*. Chcieliby zyskać pozycję, stanąć wyżej w hierarchii *suqe*, ale do tego potrzeba pieniędzy z muszelek, a oni nie potrafią już ich wyrabiać. To nasz ostatni sznur – powiedziała i potrząsnęła muszlami. Kilka cienkich krążków oderwało się od sznurka i spadło na ziemię.

– Dlaczego ich nie nauczysz?

– *Mi no savve!* – jęknęła. – To robota mężczyzn. Tylko mężczyzna może zrobić pieniądze z muszelek. A szlifierzy muszli już nie ma. Kiedy ja umrę, umrze też *suqe*.

Kobiety z wioski krzątały się przy ognisku aż do wieczora. Zawijały taro, maniok i papkę z kłączy w liście bananowca, żeby zagrzebać je pod rozżarzonymi kamieniami i przykryć warstwą zwilżonych liści. Mężczyźni rozsiedli się wokół na trawie i przygotowywali *kava-kava*. Nie zapędzili synów do przeżuwania kłączy, jak nakazuje *kastom* na wyspie Tanna. Upychali je do kawałka plastikowej rury wodociągowej, zatykali jeden koniec i rozgniatali *kava-kava* na miazgę drewnianym tłuczkiem. Potem brali plastikowe wiadro i odsączali papkę przez ręcznik, czekając, aż płyn rozpuści się w wodzie.

– Napijesz się dziś trochę *kava-kava*? – odezwałem się do Alfreda.

– Dużo *kava-kava* – mruknął.

– I jutro też – podpowiedział ktoś inny.

– I pojutrze na weselu – oznajmił kolejny mężczyzna. Rozpoznałem ojca Saula, rektora, który udzielił mi komunii w Sola. Był miękki i puszysty jak koala; na twarzy miał uśmiech nastolatka, który dobrał się przed chwilą do barku rodziców. Przestał się uśmiechać, kiedy na mnie spojrzał. – Musimy pogadać – powiedział już drugi raz w tym tygodniu. Mimo że był nieśmiały, zabrzmiało to jak rozkaz.

– Dobrze – skinąłem głową. Ale nie pogadaliśmy. Położył się na trawie i zamknął oczy.

Uczta żałobna skojarzyła mi się z niedzielnym spotkaniem przy grillu w rodzinnych stronach. Kobiety zrobiły, co do nich należało. Mężczyźni się upili i padli na trawę. Zjedliśmy wołowinę z warzywami. Brat Alfreda pokazał mi słownik języka mieszkańców Moty, autorstwa samego Codringtona. Powiedział, że wyspiarze są dumni z dwóch rzeczy. Po pierwsze z tego, że Mota jest ostoją anglikanizmu. Po drugie z tańców: wyspa wciąż słynie z najlepszych tancerzy *tamate* w Archipelagu Banksa. *Tamate* żyje, zapewnił mnie brat Alfreda. Prawdę powiedziawszy, połowa mężczyzn z wioski jest właśnie w głębi lasu i ćwiczy tańce w *salagoro*. Spytałem, czy mogę popatrzeć. Oczywiście, że nie. Duchy mi nie pozwolą. *Salagoro* jest święte.

– Ale zaczekaj – powiedział. – Usłyszysz *tamate*, jak przyjdą. – Przetarł oczy i rozłożył się z powrotem na macie. *Kava-kava* zrobiła swoje.

Po drugiej stronie Moty mieszkała kobieta, której obowiązkiem było zapamiętywanie dawnych opowieści. Żeby się z nią zobaczyć, okrążyłem wyspę czerwoną, zapyloną drogą, trzymając się wskazówek

wodza Mariu, który doradził, żeby przed wejściem na terytorium każdej kolejnej wioski koniecznie poprosić wodza o pozwolenie. Wyprawa stała się przez to niezwykle uciążliwa. Wodzowie częstowali mnie *laplap*, wokół gromadziły się tłumy wieśniaków i obserwowały, jak zlizuję z palców papkę z mleczkiem kokosowym. W każdej wiosce, po każdym posiłku, po wymianie setek uścisków dłoni zalegała grobowa cisza i padało pytanie. Zawsze to samo.
– On nie żyje? – pytali wodzowie.
– Kto nie żyje?
– Bin Laden. Nie żyje?
Ludzie na Mocie mieli radia. Głęboko przeżywali dramaty tego świata. Słyszeli o samolotach, które się wbiły w jakieś bardzo wysokie budynki.
– Na pewno nie żyje – próbowałem uspokoić któregoś z wodzów.
– Tego w radiu nie mówią – odpowiedział. – Mówią, że Biblia przewidziała potęgę bin Ladena. I mówią, że świat się skończy, jak bin Laden umrze. Wtedy nadejdzie apokalipsa. Więc mi nie mów, że on nie żyje.

Znalazłem opowiadaczkę historii. Wielką, tłustą królową mrówek, która wyglądała, jakby miała za chwilę zapaść się w ziemię przy swym maleńkim palniku. Nazywała się Hansen Ronung. Policzki miała wytatuowane we wzór z czarnych punkcików. Niskim, dudniącym głosem opowiedziała mi o Qacie, który spędził chyba najszczęśliwsze dni na wyspie Mota. Historia przypominała zapis z *Melanezyjczyków* Codringtona – poza jednym wątkiem. Pewnego razu, kiedy bracia ukradli Qatowi żonę i czółno, Qat zmalał do takich rozmiarów, żeby wypłynąć na ocean w wydrążonym pędzie bambusa. W ten sposób dogonił braci. „Qat jest blisko, czuję jego zapach" – powiedział najsprytniejszy z nich, ale reszta mu nie uwierzyła. W końcu któryś dostrzegł bambusową łódeczkę Qata i wyjął ją z wody. Według Hansen Qat postanowił odstraszyć brata tajną bronią. O tak, Qat puścił *wan bigfala* bąka. Smród był tak straszny, że brat wypuścił z rąk pęd bambusa, zanim zdążył zajrzeć do środka. Dzięki temu Qat uciekł. Ten szczegół najprawdopodobniej obrażał poczucie estetyki Codringtona; w swojej wersji nie napomknął ani słowem o pierdzeniu.

Spytałem Hansen, gdzie się nauczyła dawnych opowieści. Odpowiedziała, że część zna od ojca. Pozostałe przekazał jej pewien norweski antropolog, który odwiedził wyspę sześć lat temu. Ponieważ w jego pismach nie doczytałem się żadnych sprośności, podejrzewam, że Norweg przywiózł ze sobą *Melanezyjczyków* i posługiwał się książką Codringtona, by wskrzesić pamięć o dawnych mitach w ich niegdysiejszej ojczyźnie.

Norweski antropolog nazywał się Thorgeir Storesund Kolshus. Tutejszy wódz *kastom* wręczył mi wyświechtany egzemplarz doktoratu, który Kolshus obronił na uniwersytecie w Oslo. Wziąłem pracę ze sobą do namiotu. Antropolog przebywał na Mocie w latach 1996– 1997 i doszedł do wniosku, że chrześcijaństwo bynajmniej nie osłabiło potencjału miejscowej religii: wręcz przeciwnie, spowiło ją jeszcze gęstszą mgłą tajemnicy. *Suqe* upadło, ale *tamate* i czczone przez nie duchy zyskały tylko na potędze i szacunku, by wzbudzać lęk bodaj większy niż w czasach, kiedy na Motę przypłynęli pierwsi misjonarze. Po roku spędzonym na wyspie Kolshus został częściowo wprowadzony w obrzędy *tamate* i nauczył się któregoś z najprostszych tańców. Przekonał się ze zdumieniem, że cześć, jaką tancerze z Moty otaczają wyrabiane na sekretnych polanach kapelusze, przewyższa nawet cześć dla kielicha, w którym podaje się krew Chrystusa podczas niedzielnej mszy. Te nakrycia głowy są czymś więcej niż ozdobą: są siedliskiem potężnych, żywych duchów *tamate*. Obraza bądź zlekceważenie *tamate* mogą rozsierdzić ducha i sprowadzić na człowieka chorobę lub śmierć. Kolshusowi pozwolono wreszcie zatańczyć publicznie, ale w pewnej chwili tłum wpadł w panikę, bo Norweg o mało nie zgubił kapelusza *tamate*. Gdyby kapelusz dotknął ziemi, trzeba byłoby ewakuować całą wioskę do czasu wchłonięcia i rozproszenia energii płynącej z *tamate*.

Kapelusze *tamate* uświęciły się na wzór chrześcijańskich obiektów kultu, tymczasem Kościół na Mocie przejął melanezyjską koncepcję *mana* – zwraca uwagę Kolshus. Pastorzy mieli moc czynienia cudów, sprowadzania deszczu, a nawet zsyłania chorób na grzeszników (choć przyciśnięci do muru twierdzili bez wyjątku, że źródłem ich mocy jest Bóg). Dlatego właśnie klątwa antymagiczna *mamy* Lindsaya okazała się tak skuteczna.

Jak wyspiarze zdołali pogodzić wykluczające się światopoglądy? Kolshus stwierdził, że mieszkańcy Moty mają dwie dusze: z jedną się rodzą, drugą otrzymują wraz z chrztem. Kiedy Motańczyk umiera, jego pierwsza dusza – dusza ziemska – staje się duchem i błądzi po wyspie jako *tamate*, podczas gdy druga – niebiańska – po trzech dniach wstaje z grobu i ulatuje na spotkanie Boga. Spodobał mi się ten pomysł.

Zapadłem w drzemkę, nie do końca pewien, czy ciche wycia i inne odgłosy dobiegają z lasu za kościołem, czy też są wytworem mojej wyobraźni, która poniosła mnie w dal od krytej blachą świątyni, poprzez knieje, aż do miejsca, gdzie odkrywa się tajemnice. Dwie dusze.

Rankiem zebraliśmy się w kościele na chrześcijańską część ceremonii ślubnej. Zaczęło się od kolejnego niemiłosiernie długiego kazania – tym razem pastor ględził po angielsku prawie dwie godziny. Potem nastąpiły śpiewy i gorliwe machanie kadzielnicą. Nabożeństwo było równie sztywne i usypiające, jak liturgia Eucharystii w opactwie westminsterskim. Okazało się, że usiedliśmy w jednej ławce z rektorem z Sola, który gapił się tępo w sufit i od czasu do czasu ziewał. W żyłach wciąż pulsowała mu *kava-kava*. Uświadomiłem sobie z niejakim rozdrażnieniem, że jesteśmy w niewielkiej grupce osób, które zjawiły się na tyle wcześnie, by uczestniczyć w całym nabożeństwie. Większość wśliznęła się tylko po to, by paść na kolana, przyjmując ciało i krew Chrystusa. Nie poszedłem za ich przykładem. Rektor zwrócił na to uwagę, człapiąc spod ołtarza. Usiadł przy mnie, pochylił się i powtórzył swoje irytujące życzenie:

– Musimy pogadać.

W kościele były dwie pary nowożeńców. Jedna panna młoda przyszła boso, druga założyła nowe tenisówki. Obydwie miały na sobie białe sukienki. Ich afro było posypane białym pudrem. Panowie młodzi zatknęli sobie za uszy kwiaty hibiskusa.

Potem nowożeńcy usiedli na plastikowych krzesłach przed kościołem. Podchodziliśmy do nich po kolei, ściskaliśmy im ręce i kładliśmy u stóp podarunki z ryżu i cukru. Wtedy panny młode zaczęły zawodzić. Spuściły welony, żeby ukryć łzy lejące się strumieniami po twarzach. Panowie młodzi wpatrywali się uporczywie w swe kolana. Zza pleców gości dobiegły pierwsze dźwięki zespołu weselnego: trzech grajków z gitarą i jednego z washtub bassem. Wśród opętańczych zgrzytów i łomotów muzycy zaintonowali pieśń:

Kava! Kava! Mi likem kava,
Kava, oh kava hem i numbawan.

Teraz rozszlochali się także panowie młodzi.

Kiedy atmosfera zrobiła się nie do zniesienia, nowożeńcy wstali i poszli każde w swoją stronę, jakby w ogóle nie było ślubu. Tłum się rozproszył i wioska ucichła. Chrześcijańska dusza Moty dostała swoje pięć minut.

Rektor przyczłapał i spojrzał mi w oczy po raz pierwszy, odkąd przyjąłem od niego komunię w Sola.

– Hm. No tak. Musimy pogadać – rzekł znów i wskazał głową las. Ruszyłem za nim z ociąganiem. Podał mi garść *gnali*, orzechów przypominających migdały. Przyjąłem poczęstunek.

– Udzieliłem ci komunii w moim kościele – powiedział.

– Tak – potwierdziłem i przypomniałem sobie, jak nasze spojrzenia skrzyżowały się na chwilę, kiedy zlizywałem wino z ust.

– Twój pradziadek był anglikaninem – upewnił się.

– Tak.
– Dobrze. Tak, tak, dobrze – rzekł z wyraźnym skrępowaniem. – Ty też jesteś anglikaninem.

Rektor tylko czekał, aż potwierdzę jego słowa i dam mu pewność, że nie podzielił się krwią i ciałem Chrystusa z jakimś oszustem. Nie chciałem mu opowiadać o sobie z obawy, że zaszkodzi to moim stosunkom z Kościołem. Poczułem, że się rumienię.

– Jesteś anglikaninem – powtórzył z nadzieją. – Chrześcijaninem.
– Kiedy miałem dwanaście lat, zostałem konfirmowany w Kościele anglikańskim – odpowiedziałem. W zasadzie nie skłamałem.
– No jasne! Dobrze! Tak! Wspaniale!

Rektorowi kamień spadł z serca, co natychmiast odbiło się na jego zachowaniu. Dał mi jeszcze więcej orzeszków i poprowadził mnie przez las do sąsiedniej wioski, gdzie zebrała się rodzina jednego z panów młodych. Ludzie promieniowali dziwną, niepokojącą energią: odniosłem wrażenie, że mam przed sobą wojsko szykujące się na wojnę.

Starzy się kłócili. Młodzi przestępowali z nogi na nogę, kręcili się w kółko, pokrzykiwali. Dziewczęta wplatały sobie we włosy czerwone kwiaty. Potem wszyscy ruszyli w uroczystym pochodzie. Wieśniaków była co najmniej setka – pod wodzą dostojnego starca ubranego w *lavalava* i białą, wykrochmaloną koszulę. Starzec niósł przed sobą nierozwinięty pęd yamu – znak pokoju, jak wyjaśnił rektor. Reszta dźwigała worki z ryżem, cukrem i warzywami. Jedna z bulw yamu była tak ogromna, że trzeba ją było przywiązać do tyczki i nieść w dwie osoby. Mężczyźni taszczyli wiadra z *kava-kava*. Kiedy członkowie pochodu wkroczyli na leśną drogę do Mariu, podniosły się wrzaski i jęki. Na czele procesji ni stąd, ni zowąd zjawili się muzykanci, skaczący i podrygujący z takim entuzjazmem, jakby wiedli za sobą długi wąż tancerzy konga. Przy wejściu do Mariu gitarzyści zaczęli grać w jeszcze szybszym tempie i tłum rzucił się naprzód biegiem. Wszyscy pędzili na trawiasty plac w środku wioski. Nie zatrzymali się, kiedy dołączył do nich Alfred z grupą sąsiadów – zaczęli biegać w kółko, podskakując, hycając, robiąc przysiudy, wrzeszcząc, śmiejąc się jak opętani, wznosząc bulwy yamu i chlapiące wiadra z *kava-kava* wysoko w górę, aż w końcu stracili dech i zamknęli krąg.

Rozpoczęła się uroczystość weselna *kastom*. Na trawie rozpostarto liście bananowców. Ojciec jednego z panów młodych urządził wspaniały pokaz targowania się o narzeczoną. Najpierw wyciągnął cienki sznurek pieniędzy z muszelek, który czasy świetności miał już dawno za sobą. Potem ułożył w stos gotówkę: imponującą sumę czterdziestu dwóch tysięcy vatu, czyli około trzystu czterdziestu dolarów. Ojciec panny młodej zgromadził oddzielną kopkę darów, ale bez pieniędzy. Zapadła krępująca cisza, po czym rozległy się szepty. Mężczyzna w dresie brazylijskiej drużyny piłkarskiej wystąpił naprzód, wyrzucił w górę pięść i zaczął wrzeszczeć na ojca pana młodego. Coś było nie tak, i to bardzo. Nie chodzi o pieniądze, wyjaśnił rektor. Ktoś o czymś zapomniał, ktoś postąpił niezgodnie z rytuałem. Uczestnicy ceremonii naruszyli *kastom*.

– Sss! – syknął ktoś z oburzeniem.

Zawtórowało mu trzech albo czterech mężczyzn:

– Sss! Sss!

Ojciec pana młodego wskazał palcem na niezadowolonego z przebiegu uroczystości i uderzył w krzyk. Nowożeńcy stali z wzrokiem utkwionym w ziemię, a starcy debatowali zajadle nad szczegółami etykiety obowiązującej przy składaniu opłaty za narzeczoną. Jak powiedziała mi Lengas, doszło do nieporozumienia, jakie zdarzają się teraz nagminnie, zabrakło bowiem *suqe* pielęgnujących reguły *kastom*. Mężczyźni nie znają tradycji. Nie przestrzegają pewnych zasad.

– Sss! – zasyczał tłum.

Muzykanci znów zaczęli grać, młodzi mężczyźni zawtórowali im w piosence o *kava-kava*, głosy niezadowolenia w końcu przycichły. Rozdawano porcje mięsa. *Kava-kava* lała się strumieniami. Usiadłem obok rektora, który znów się urżnął i był bardzo zadowolony. Zostaliśmy przyjaciółmi. Próbowałem go sprowokować cytatem z pracy doktorskiej norweskiego antropologa. Kolshus pisze, że duchy na Mocie są tak silne i wszechobecne, że można je namówić do zabaw z ludźmi. Ich ulubioną grą jest *ravve-tamate*, czyli przeciąganie ducha. Wystarczy pójść do lasu i wdać się w zapasy z duchem zmarłego. Trudno o większą herezję, nieprawdaż?

– O tak, wiem coś o *ravve-tamate* – rzekł rektor, po czym przerwał, żeby zetrzeć z brody resztki *kava-kava*. – Opowiedzieli mi o tej grze, kiedy przybyłem na Motę z Wysp Salomona. Wtedy ich wyśmiałem. Powiedziałem: „Jestem pasterzem Kościoła i oczywiście nie wierzę w wasze duchy". No cóż, pewnej nocy mi pokazali, na czym to polega. Wypełnili kosz ulubionym jedzeniem jakiegoś umarlaka. O ile pamiętam, taro. Uwiązali koszyk na końcu długiej tyczki i wzięli mnie ze sobą do lasu. Poszliśmy tam w kilkadziesiąt osób, mężczyźni i chłopcy. Nagle wszyscy zaczęli wrzeszczeć na tego ducha. Próbowali go obrazić. Dokuczali mu i mówili, że jest słaby. Słowo daję, w pewnej chwili im się odgryzł.

Rektor zamilkł, zerknął w las i przechylił głowę, jakby czegoś nasłuchiwał. Następnie podjął wątek.

– Poszliśmy za głosem, a jeden z mężczyzn wciąż wykrzykiwał: „Hej, ty, diabeł, skoro jesteś tak silny, dlaczego nie chcesz tego udowodnić? Dlaczego nie wyrwiesz nam tego jedzenia?". Trzymaliśmy wszyscy za tyczkę, kiedy coś chwyciło za koszyk i zaczęło go ciągnąć. Słowo daję, silne to było. Powlokło nas w głąb lasu.

– Nie bałeś się?

– Pewnie, że się bałem! Ten diabeł był okropny. Ciągnął nas po krzakach i kamieniach. Pokaleczyłem się! Krew mi leciała! Tylko dziwna rzecz: nie czułem żadnego bólu.

Nie wiedziałem, co powiedzieć. Rektor zupełnie się nie wstydził swoich konszachtów z lichem. Demony najwyraźniej go rajcowały.

Siadłem i pomyślałem o dwóch duszach Moty – Kościele i *salagoro*. Wciąż miałem w pamięci poranne nabożeństwo i tłum, który wpadł tylko po to, żeby przyjąć najświętszą komunię. Kolshus pisze, że mieszkańcy wyspy przystępują do tego sakramentu przy każdej nadarzającej się sposobności. Spożywają krew i ciało Chrystusa nie tylko na pamiątkę ofiary Mesjasza, lecz także z przyczyn czysto praktycznych. Zdaniem Norwega Motańczycy wierzą, że hostia i wino komunijne dadzą im siłę zarówno fizyczną, jak i psychiczną. Za pośrednictwem komunii można w siebie wsączyć *mana* Jezusa. Przestały mnie dziwić obawy rektora, że udzielił mi sakramentu na marne.

Na wieczornym niebie zaczęły się gromadzić burzowe chmury. Zerwał się wiatr. Rozejrzałem się w tłumie w poszukiwaniu Alfreda, który powinien szykować nasz statek w drogę powrotną do Sola. Kiedy go wreszcie spostrzegłem, jego twarz ledwie majaczyła zza odwróconej do góry dnem czarki do *kava-kava*.

Rektor znów zerknął w las i chwycił mnie za ramię.

– Idą – powiedział. – Cofnij się!

Dobiegł mnie znajomy dźwięk pohukującej gdzieś w oddali sowy. Niósł się echem po lesie. Ten sam odgłos słyszałem tutaj noc w noc – przekonany, że jest wytworem mojej wyobraźni albo sennym rojeniem. Teraz był jednak głośniejszy i bez wątpienia prawdziwy. Huuup. Huuusz. Kuuu. Potem cisza. Rozwrzeszczane dzieciaki przybiegły z ogrodu na skraju wioski. Wśród błyszczących liści przykucnęły cienie. Zatrzęsły pióropuszami, po czym dostały rąk i nóg. Diabły wyszły na światło dzienne. Było ich z pół tuzina. Na głowach miały korony z cierni, pędów bambusa i piór, podobne do monstrualnej wielkości gniazd z czułkami – czyli wystającymi ze środka cielskami węży. Skrzyżowanie Meduzy z *Czasem apokalipsy*. Oczy zupełnie zasłonięte liśćmi. Skórzane przepaski wokół genitaliów. Nogi, ramiona i chude pośladki uczernione błotem zmieszanym z węglem drzewnym i pomalowane w białe pasy papką z kredy. Przygarbione stwory szły ze zgiętymi kolanami, szurając stopami po ziemi. Wyskakiwały w górę. Zerkały do domów przez drzwi i wygrażały wieśniakom długimi białymi prętami.

Bracia Alfreda chwycili kije i zaczęli nimi tłuc w stojący przed kościołem bęben ze sklejki. Reszta się wycofała, żeby obserwować widowisko ze skraju polany. Rodzice trzymali dzieci przy sobie. Tancerze okrążyli bębniarzy, przeskakując z nogi na nogę, przykucając i wyciągając szyje jak węże. To taniec *mai*, ku czci jadowitego węża morskiego w czarne i białe pasy, wyjaśnił rektor. Pochrząkiwał przy tym i gdakał na znak aprobaty. Tancerze ćwiczyli w *salagoro* przez cały tydzień – musiałem przecież słyszeć w nocy ich krzyki? – bo chcieli mi zrobić prezent. Byłem zbyt zajęty swoim aparatem fotograficznym, żeby mu odpowiedzieć albo przynajmniej spytać: „Co z ciebie za pastor, do cholery? Powinieneś się wkurzyć!". Na czworakach polazłem w sam środek tego piekła. Pragnąłem czymś wypełnić ramy moich wspomnień. Tłum za mną wyraźnie się wzburzył. Obejrzałem się i spostrzegłem wymachującego rękami rektora, który rozpaczliwie próbował mnie powstrzymać.

– Nie wolno się zbliżać do tancerzy – wyjaśnił, kiedy znów stanąłem u jego boku. – Ziemia jest gorąca. Jakbyś podszedł za blisko, mogłaby się zapaść i trzeba by było czekać dniami, a nawet tygodniami, aż się z powrotem zasklepi. Wszyscy musieliby opuścić wioskę.

Wyszło na jaw, że wtargnięcie w przestrzeń zarezerwowaną dla tancerzy jest nie tylko wykroczeniem przeciwko etykiecie. Taniec jest czymś więcej niż tańcem. Mimo to nikt nie potrafił mi objaśnić źródła tej potęgi, tej gwałtowności, ani w ogóle niczego, co w jakikolwiek sposób wiązałoby się z *tamate*. Za sprawą energii wyzwolonej przez tancerzy ziemia otwiera się jak na wiosnę i potrzebuje czasu, żeby się zagoić. Tylko tyle udało mi się dowiedzieć.

Zdumiała mnie topografia tego widowiska. Węże paradowały i przykucały pod okapem dachu kościoła, zupełnie lekceważąc powagę domu bożego. Kościół i *salagoro* były miejscem spotkań tej samej wspólnoty, sąsiadowały ze sobą drzwi w drzwi. Teraz w bożym ogrodzie tańczył wąż i nie było w tym żadnego współzawodnictwa, żadnego konfliktu, bo nikt nie uznawał niczyjej wyższości. Co najdziwniejsze, człowiek, który podał mi krew Chrystusa, został też moim przewodnikiem po świecie pogańskich duchów. Ta wyspa miała naprawdę dwie dusze.

Wężowi tancerze wycofali się do lasu. Wiatr wiał coraz silniej. Niebo pociemniało. Nadciągała burza. Alfred wlał w siebie ostatnią czarkę *kava-kava* i ruszył chwiejnym krokiem w dolinę prowadzącą nad brzeg oceanu. Poszedłem za nim. Bałwany pojawiły się nawet po zawietrznej stronie wyspy. Wysokie, skłębione fale uderzały z furią w półkę skalną, która posłużyła nam za przystań. Dwaj pozostali przy życiu synowie Alfreda odmówili wejścia na pokład statku, który kołysał się złowróżbnie tuż przy skałach. Alfred nie próbował ich do niczego przymuszać. Tylko się smutno uśmiechnął, po czym zostawił chłopców pod opieką stryjów i rozpromienionego rektora, stojących po kolana w spienionej toni. Pożegnał się z nimi czule, odpalił wywieszony za burtę silnik i skierował dziób statku w stronę sinego, ciągnącego się aż po horyzont łańcucha bałwanów. Alfred miał dość paliwa na drogę powrotną na Vanua Lava: w nogach postawił sobie dwulitrową butlę z *kava-kava*.

12
Tajemnica zachodniego wybrzeża Vanua Lava

Później sobie uświadomiłam, że zachowuję się jak kolonista: chcę wejść w ich życie, ale tylko po to, żeby je podglądać.

Deborah Elliston, *The Dynamics of Difficult Conversations: Talking Sex in Tahiti*

Historia Melanezji była przez długi czas własnością obcych, bo słowo pisane zawsze przebija tradycję ustną. Opowieści wyspiarzy zostały zebrane przez białych, którzy próbowali przecież zniszczyć *kastom*. Słowa pierwszych misjonarzy, kupców i zarządców kolonii kształtowały pamięć zbiorową za pośrednictwem kazań i podręczników. Współcześni Melanezyjczycy nazywają czasem epokę sprzed kontaktu z białymi *taem blong darkness*, sprowadzając tysiące lat handlu, rolnictwa, rybołówstwa i opowiadania historii do poziomu mrocznej cywilizacji strachu, przemocy oraz cierpienia. Pamięć zbiorowa opiera się na zapiskach obcokrajowców, bez względu na ich wiarygodność.

Uświadomiłem sobie na Mocie, że największym poważaniem cieszą się opisy tutejszego *kastom* sporządzone przez Europejczyków. Wersję Hansen Ronung – kobiety, której praca polega na opiewaniu historii Moty na własną modłę – można zatem poprawić i zdyskredytować kilkoma anegdotami z *Melanezyjczyków* Codringtona, a gdy Motańczycy wdadzą się w spór na temat współczesnych rytuałów i kultury, rozstrzygnie go każdy, kto weźmie do ręki wyświechtany egzemplarz doktoratu, który Thorgeir Kolshus obronił na uniwersytecie w Oslo. Czy Kolshus był ekspertem od kultury Moty? Tak najwyraźniej sądzili wyspiarze. Ilekroć Alfred z braćmi pili *kava-kava*, któryś z nich odmawiał krótką modlitwę i strząsał kroplę napoju na ziemię. Przyznali jednak, że nie nauczyli się modlitwy od przodków, tylko od Kolshusa. On z kolei znalazł tę perłę w książce antropologa Williama Halse'a Riversa *The History of Melanesian Society* (Historia społeczeństwa melanezyjskiego), wydanej w 1914 roku. Brat Alfreda podzielił się ze mną refleksją, że ambitna teza Kolshusa o dwóch duszach mieszkańców Moty to jeden wielki stek bzdur. Jego słowa rozpłynęły się w oparach *kava-kava*, zagłuszył je zgiełk rozmów i zagrywek gitarowych; za rok zabrzmią inaczej, podobnie jak inaczej potoczą się konwersacje. Tymczasem *kastom* w ujęciu Kolshusa przetrwa w niezmienionej postaci.

Książka *Melanezyjczycy* Codringtona ukazała się w 1891 roku i zyskała opinię pierwszego wnikliwego studium kultury „pierwotnej". Odtąd antropolodzy ciągnęli chmarą na wyspy Południowego Pacyfiku w poszukiwaniu tego, co zostało po prymitywnym Innym, co można by spenetrować, uromantycznić i poddać naukowym analizom. Wychwalano cudzoziemskich autorów opracowań, że stoją na straży prawdy i tradycji we współczesnej Melanezji. Niektóre wspólnoty aż się paliły, żeby stać się przedmiotem ich badań. Podnosiło to ich status i zwracało na nie uwagę. Tymczasem antropolodzy, podobnie jak wcześniej misjonarze i kupcy – nie wspominając już o autorach książek podróżniczych – nie zawsze byli rzetelni. Wystarczy się odwołać do Margaret Mead, matki chrzestnej nowoczesnej antropologii. W pracy *Dojrzewanie na Samoa: Psychologiczne studium młodzieży w społeczeństwie pierwotnym napisane na użytek cywilizacji zachodniej* Mead przedstawiła „dowód" na to, że najistotniejszym czynnikiem determinującym ludzkie zachowania nie są bynajmniej uwarunkowania biologiczne, lecz kulturowe: przykładem trójka polinezyjskich dziewcząt rzekomo wolnych od wszelkiego wstydu i uprzedzeń seksualnych typowych dla nastolatek amerykańskich. Na tej podstawie Mead wysnuła wniosek, że Polinezyjki są równie beztroskie, jak promiskuitywne. Z zapałem dowodząc swojej teorii „natura kontra wychowanie", uwierzyła dziewczętom na słowo. Książka ukazała się w roku 1928 i przysporzyła autorce ogromnej sławy, ale pół wieku później jedna z rozmówczyń uczonej wyznała, że wszystkie trzy dziewczęta czuły się skrępowane pytaniami Mead i po prostu jej nabujały.

Spędziłem na archipelagu blisko dwa miesiące, a mimo to nie zdołałem się przebić przez grubą skórę melanezyjskiego Innego. Sądziłem, że jakiś antropolog uzbroi mnie w odpowiednie narzędzia.

Zanim wyjechałem z Kanady, doszły mnie wieści o pewnej uczonej z Niemiec, która zamieszkała w Vureas Bay na zachodnim brzegu Vanua Lava, by zebrać materiał do pracy doktorskiej. Badaczka odebrała mój e-mail na poczcie w Port Vila, dokąd wpadała mniej więcej raz na kwartał. Proszę do mnie zajrzeć, odpowiedziała. Nic prostszego.

Miałem przy sobie mapę z wyraźnie zaznaczoną czerwoną linią biegnącą przez całą zachodnią połać Vanua Lava aż do Vureas Bay. Mieszkańcy Sola zapewnili mnie jednogłośnie, że chodzi o drogę. Warto jednak pamiętać, że mówiąc „droga", Melanezyjczycy nie mają na myśli szosy ani nawet zwykłego duktu dla ciężarówek. Droga to po prostu szlak. Owszem, być może ktoś kiedyś szedł w tamtą stronę.

Załadowałem do plecaka kilka torebek ryżu, mielonkę wołową i kruche ciasteczka Webstera, po czym ruszyłem wysypaną żwirem drogą przez grzbiet wężowego wzgórza ku dolinie obsadzonej rzędami palm kokosowych. Ścieżka zmieniła się w dwie bruzdy przecinające wysoką trawę. Wiatr hulał w wierzchołkach palm, nie docierał jednak niżej, gdzie powietrze stało jak łyżka w gęstej zupie. Mój cień zaczął się kurczyć. Muchy obsiadły mi szyję, żeby zlizywać gromadzące się na niej kropelki potu. W południe plantacje palm kokosowych ustąpiły miejsca dżungli z jej zbawiennym półmrokiem, ale droga znikła wśród skał, przepysznie lśniących liści i wybujałych pnączy. Zdezorientowany, wróciłem po własnych śladach, szukając przegapionego rozwidlenia. Próbowałem je wymacać między korzeniami olbrzymiego figowca. Nic. Wypiłem resztkę wody. Droga miała przecież prowadzić na zachód, no to poszedłem na zachód. Przedzierając się przez skalne występy, zwróciłem uwagę na rozdeptane przez kogoś mchy i porosty. Skierowałem się niepewnym szlakiem wśród gołych kamieni i w końcu dotarłem do jakiejś ścieżki. Prowadziła na drugą stronę grzbietu, przez bagno pełne komarów, a potem nad brzegiem rozległej zatoki, gdzie morze toczyło bałwany wysokie jak dom i rozbijało je o postrzępione urwiska w dole. Nie spotkałem żywej duszy.

Ścieżka znikała i pojawiała się na przemian. Po południu zaczęła się łączyć z innymi szlakami. Zupełnie jak rzeka, która z każdym nowym dopływem rwie coraz mocniejszym i pewniejszym nurtem. Zatrzymałem się przy potoku i rozpakowałem paczkę ciasteczek. Wsłuchiwałem się we własny oddech i ryk odległej fali posztormowej. Samotność jest darem, ale nie trwa wiecznie. Melanezyjczycy nie wierzą w samotność. Uratują cię przed nią przy pierwszej nadarzającej się sposobności.

Wczesnym popołudniem z lasu wychynął mężczyzna o przekrwionych oczach. Miał wielką maczetę, którą rozpłatał orzech kokosowy, żeby mnie napoić. Owszem, zna moją uczoną z Niemiec, pannę Sabinę. To dobra kobieta, ale ma smutne życie: *Hem i no gat famili. Ino gat husban. No gat brotha. No gat pikinini. I sad tumas.*

Mężczyzna nie dał się przekonać, że nie potrzebuję jego pomocy w drodze do Vureas Bay. Jest kłopot z wielką wodą, oznajmił. Wziął mój plecak i pomaszerował naprzód, bardzo z siebie zadowolony. Poszedłem za nim, kipiąc ze złości. W cieniu palm schroniły się krowy. Były tak zmożone upałem, że musieliśmy spychać je z drogi. Zagłębiliśmy się w wąwóz o czarnych, kamienistych zboczach i przeprawiliśmy w bród przez rzekę, skacząc po zanurzonych głazach. Krystaliczny nurt mało nie zwalił mnie z nóg.

– Woda potrafi tu porwać człowieka – powiedział mężczyzna. – Wczoraj była tak wysoka, że byśmy nie przeszli. Lepiej się pomódl o słoneczną pogodę: w przeciwnym razie utkniesz w Vureas Bay na bardzo, bardzo długo.

Jak za dotknięciem czarodziejskiej różdżki słońce schowało się w skłębionej masie deszczowych chmur.

Brnęliśmy z chlupotem przez podtopione ogrody pełne wielkolistnych taro, nawadniane dziesiątkami wąskich, naturalnych kanałów irygacyjnych. Tuż przed zmierzchem dotarliśmy na obrzeża Vetuboso. Miało to być największe miasto na Wyspach Banksa, nie dostrzegłem jednak żadnych ulic ani słupów elektrycznych, tylko setki chat rozrzuconych po lesie, połączonych siecią dróg wydeptanych przez stulecia gołymi stopami. W środku miasta, pod okapem strzechy kryjącej bungalow, znalazłem swoją antropolożkę.

W porównaniu z umięśnionymi sąsiadami Sabina wyglądała jak wróbelek. Była śliczna, ale urodą cokolwiek wyschłą i pobrużdżoną. Na mój widok przygładziła dłonią jasne, związane w schludny kok włosy i głęboko westchnęła. Uściskała mnie jak starego przyjaciela i odniosłem wrażenie, że jej ulżyło. Sąsiedzi nie posiadali się z oburzenia i wcale im się nie dziwię. Otaczała mnie aura czekolady, książek, teledysków, rozmów w kawiarniach i świńskich dowcipów: rzeczy najzwyklejszych pod słońcem w Heidelbergu, Houston i moich rodzinnych stronach, absolutnie nie do pomyślenia na Vanua Lava.

Sabina przedstawiła mnie tutejszemu wodzowi *kastom*, Elemu Fieldowi. Nie nosił koszuli ani butów, za to na jego przegubie lśnił srebrny zegarek. Wódz był zwalisty jak byk i miał roziskrzone oczy gawędziarza.

– *Bi yumi dringim wanfala kava tonaet!* – oznajmił Eli, miażdżąc mi rękę w uścisku.

– *Kava, hem i numbawam* – odpowiedziałem.

Sabina przewróciła oczami i zaprowadziła mnie do kuchni. Wychudzony pies powłóczył zadem po brudnej podłodze.

– Już tylko miesiąc – westchnęła. – Tylko miesiąc i daję stąd nogę.

Postawiła czajnik na ogniu i zrobiła mi herbatę. Przyjechała do Vureas Bay, bo tutejsze władze poszukiwały antropologa do pracy w państwowym ośrodku kultury. Od czasów Codringtona nie było tu żadnego absolwenta studiów etnograficznych.

– Ich dawna wiedza uległa rozproszeniu i powoli zanika. Wodzowie mieli nadzieję, że ją spiszę i pomogę im zrekonstruować obraz ocalałego *kastom*. Ale... – Machnęła tylko szczupłą ręką.

– Tak? – spytałem.

– Ale to wcale nie jest takie łatwe. Oficjalnie zależy im na podtrzymaniu tradycji, a w praktyce nie chcą się nią z nikim dzielić. Są okropnie zazdrośni.

Wokół chaty Sabiny zebrał się tłum. Każdy próbował wcisnąć głowę przez okno, a właściwie postrzępioną wyrwę w ścianie z plecionych liści pandanu. Mężczyźni i chłopcy chcieli nas podsłuchać za wszelką cenę. Sabina uśmiechnęła się słabo.

– Mam też inne kłopoty. Trudno się tu mieszka samotnej kobiecie. Dla mężczyzn jestem pokusą. Dla kobiet zagrożeniem. Mam swoich informatorów, ale kiedy uda mi się z nimi zaprzyjaźnić, żony robią się zazdrosne. Plotkują. Niektórym mężczyznom nie wolno nawet napić się ze mną herbaty. Poza tym są jeszcze pełzacze...

Roześmiałem się. Słyszałem o pełzaczach. W czasach pogańskich wszelkie kontakty fizyczne między kobietami i mężczyznami były wzbronione aż do ślubu. Zakaz dotyczył praktycznie całego archipelagu. Ale chłopcy są w końcu tylko chłopcami. Mężczyźni, którzy nie umieli zapanować nad swoim libido, dosłownie pełzali nocami po wiosce, stukając cicho w okna ewentualnych kochanek. Dla niektórych było to coś w rodzaju sportu, potrafię sobie jednak wyobrazić, że pełzacz może wystraszyć śpiącą samotnie kobietę. Chyba że jest niesłychanie odważna.

Mieszkańcy Vetuboso mieli generator prądu i telewizję. Ktoś przywiózł z Port Vila kasety z filmami porno. Mężczyźni wyciągnęli z nich wniosek, że białe kobiety są nienasycone i skłonne do łamania wszelkich *tabu*, zwłaszcza jeśli chodzi o seks oralny. Trudno więc się dziwić, że pod oknem Sabiny wciąż ustawiały się kolejki. Powiedziała, że nie boi się pełzaczy, ale ma ich już po dziurki w nosie. Był tylko jeden sposób: wrzeszczeć co sił w płucach, wrzeszczeć tak długo, aż zrobi im się wstyd i uciekną.

Pomyślałem sobie, że to skuteczna metoda odstraszania ludzi. A gdyby Sabina nie chciała ich odstraszyć? Gdyby czuła się naprawdę samotnie? Gdyby była ciekawa? Co wtedy?

– Ja bym od czasu do czasu zostawił drzwi otwarte – powiedziałem.

– Bo jesteś mężczyzną – odparła.

A zarazem naiwniakiem. Od czasów wiktoriańskich antropolodzy trzymali się prostej zasady, wprawdzie niepisanej, ale równie kategorycznej jak melanezyjskie *tabu*. Wykładowca Oksfordu Edward Evan Evans-Pritchard przedstawił ją swoim studentom zwięźle: nie pieprzyć się z tubylcami. Studiować Innego. Wtrącać się w jego życie. Zaprzyjaźnić się z nim. Tańczyć jego tańce. Jeść jego jedzenie. Poznawać jego tajemnice. Zdobyć jego zaufanie. Nawet go pokochać. Ale pod żadnym pozorem nie przekraczać granic. Antropolodzy są mniej elokwentni, kiedy próbują objaśnić cel trzymania się na dystans, *tabu* seksualne nie wynika jednak z wysokich standardów moralnych środowiska naukowego.

W 1929 roku Bronisław Malinowski zyskał sławę, odsłoniwszy miłosne sekrety Melanezyjczyków w książce *Życie seksualne dzikich*. Jego fantazje erotyczne z pobytu na jednej z Wysp Trobriandzkich wyszły jednak na jaw dopiero w opublikowanym pośmiertnie dzienniku. Malinowski ciężko wzdychał po spotkaniu z miejscową kobietą: „Obserwowałem jej umięśnione plecy, jej figurę, jej nogi, fascynowało mnie niedostępne dla białych piękno jej ciała. (...) Żałowałem, że nie jestem dzikusem i nie mogę posiąść tej ślicznej dziewczyny". Dlaczego wzdragał się przed zagarnięciem egzotycznych łupów? Krytycy postkolonialni są zdania, że intymność seksualna zniszczyłaby ostatnią barierę między antropologiem a Innym, *tabu* utwierdzało Malinowskiego w poczuciu wyższości; dopóki zachowuje czystość, nie wchodzi w struktury melanezyjskie, tylko stoi ponad nimi. Tylko Malinowskiemu wolno było zadawać pytania – w przeciwieństwie do „dzikich" nie miał zamiaru zdradzać nikomu swoich sekretów.

Większość spadkobierców intelektualnych Malinowskiego łamała *tabu* seksualne, mało kto jednak się kwapił do upowszechniania swoich przygód drukiem. Tego rodzaju wyznania postawiłyby ich w jednym rzędzie z osobnikami, którzy dopuszczali się nadużyć w tej sferze od co najmniej trzystu lat, albo – co gorsza – ujawniłyby ich słabość, delikatność, by nie rzec nadwrażliwość. Tak czy inaczej, zrujnowałyby im reputację. Społeczność antropologów ma strukturę hierarchiczną – wytłumaczył mi pewien badacz w Port Vila. Żeby stanąć na szczycie, trzeba bronić swej pozycji i hołubić sekrety z taką samą pieczołowitością jak członkowie stowarzyszeń *suqe*.

Po zmierzchu Sabina zaprowadziła mnie do osiedla, które Eli zbudował dla swojej rodziny w lesie z dala od osady. Eli postanowił, że zatrzymam się w chacie tuż za jego domem. W środku walało się mnóstwo zakurzonych kaset magnetofonowych i archiwalnych numerów „National Geographic" – pozostałości po pewnej specjalistce językoznawstwa, która przybyła na wyspę, żeby opracować słownik miejscowego dialektu, po czym wróciła do Australii w towarzystwie melanezyjskiego chłopca.

Zjawiliśmy się w sam raz na wieczorną rundkę *kava-kava*. Najstarszy syn Elego stał na werandzie i upychał kawałki kłączy w żeliwnej maszynce do mięsa. Jego roziskrzone oczy i nagi tors lśniły w srebrzystym świetle latarki czołowej Sabiny. Cali skończył osiemnaście lat. Miał żonę i dziecko. W uchu kolczyk w kształcie różowej gwiazdki.

Eli przykręcił knot w lampie naftowej i uderzył w lament.

Jego pradziad był najpotężniejszym wodzem *kastom* w Vureas Bay. No i pojawił się „Southern Cross". Misjonarze nawrócili pradziada i prapradziada. Zbudowali szkołę i założyli plantację orzechów kokosowych. Dzieci uczyły się angielskiego, a przy okazji zasad nowej religii. Esuva Din – ten sam okręgowy pastor, który przeklął czarowników na Gaua – przybył do Vureas Bay, żeby wykorzenić *kastom*. W ciągu tygodnia zmarło dziesięciu czarowników. Zniszczono magiczne kamienie. *Suqe* i jego sekrety przepadły.

Eli dorastał wśród starych ludzi szepczących o *kastom* – o potędze i tajemnicach zakazanych przez Kościół. Młodego człowieka olśniło, że jego rodzina wyznaje jakąś obcą religię. Miał tego dość.

– Obserwowałem świat i zyskiwałem coraz większą pewność, że nie ma jedynej prawdziwej religii. Dowiedziałem się o istnieniu buddystów, muzułmanów i hinduistów. Na świecie było mnóstwo wyznań. Uznałem, że religią mojego kraju jest *kastom*, i postanowiłem trzymać się odtąd jej zasad. Proszę mi nie mówić, że *kastom* to ciemnota!

Im bardziej Eli się denerwował, tym częściej wtrącał słowa z języka bislama. Trudno było za nim nadążyć, zwłaszcza po drugiej kolejce *kava-kava*. Dotarło do mnie, że Eli uprawia zioła *kastom* i zbudował sobie dom na ruinach dawnej szkoły misyjnej. Założył ośrodek kultury, by zachęcić starszyznę do dzielenia się zapomnianą wiedzą. Przestał uczęszczać na niedzielne nabożeństwa. Starsi Kościoła nazwali go poganinem i wiarołomcą.

Kava-kava była mocna. Noc była ciemna. Siedziałem na drewnianej ławce, kiedy Eli wzniósł nad głowę plastikowy kubek z napojem. Cali dał mi znak, żebym przycupnął na podłodze. *Taem kastom chief i drink, yu mas stap daon nomo* – wyszeptał. Eli wychylił swój kubek, wyszedł na zewnątrz, splunął na wiatr i wychrypiał jakieś skomplikowane zaklęcie. Wyglądało to jak karykatura rytuałów *tamahava*, podpatrzonych wcześniej na wyspie Tanna. Dość odległe naśladownictwo uświęconego niegdyś obrzędu.

– A co z magią? – spytałem Elego. – Musiała zginąć dawno temu? Sabina jęknęła głucho. Zupełnie o niej zapomniałem. To nie Tanna, gdzie żadna kobieta bez względu na kolor skóry nie ma prawa uczestniczyć w obrzędzie picia *kava-kava*.

– Nie zginęła – odpowiedział Eli. – Paru starszych gości schowało magiczne kamienie przed Esuvą Dinem i teraz uczymy się od nowa, jak z nich korzystać.

– A ty potrafisz, Eli?

– Sabina wie, że potrafię. Udowodniłem jej. Jak tu była poprzednia badaczka, Catriona, to ja się przez nią *cross tumas*. Przez dwa tygodnie kazała mi z sobą rozmawiać, robić to i tamto, urządzać jej *walkabaot* po całej okolicy. A potem wręczyła mi w podzięce pudełko zapałek. Wyobrażasz sobie? Pudełko zapałek! Nic jej nie powiedziałem. Ani razu się nie poskarżyłem. Ale gdy pojechała na lotnisko w Sola, wysłałem za nią mojego chłopca, żeby przekazał jej wiadomość. Kazałem mu powiedzieć, żeby poszukała sobie w Sola jakiegoś miejsca do spania, bo utknie tam na dwa tygodnie. No i zrobiłem deszcz. *Hem nao!* Zrobiłem deszcz tak straszny, że zalało pas startowy i zrobiła się powódź. Prawda, Sabina?

– Owszem, akurat padało i Catriona rzeczywiście utknęła, ale...

– Zaraz – przerwałem. – Na każdej wyspie się dowiaduję, że ludzie potrafią korzystać z magii *kastom*, ale nikt nie chce mi jej pokazać. Mam już dość tego *toktok* o magii. Chcę zobaczyć, jak to działa.

– *Disfala* deszczowa magia zabiera dużo czasu. Zaklinacz deszczu musi złożyć ofiary. Żadnego seksu. Żadnych rozmów. Przez trzy, cztery dni trzeba pościć.

– Dobra. Zostanę pięć dni, aż do środy.

– Grozisz mu? – spytała Sabina.

– Pewnie, że tak.

– Ty uważaj – odparł Eli ze złośliwym uśmieszkiem. – Jak sprowadzimy deszcz, to nie przejdziesz przez wielką wodę.

– W porządku, to wstrzymaj się z tym deszczem do środy po południu.

Rozmawialiśmy dużo więcej tego wieczoru, ale wypiłem trzy kubki. Wkrótce po ostatnim splunięciu głos Elego utonął mi w zgęstniałym sosie bełkotliwych spostrzeżeń, pojedynczych rozbłysków lamp i wycia psów w oddali. Pamiętam srebrnoniebieską poświatę błyskającej po ogrodzie latarki Sabiny. Narastający odruch wymiotny. Walkę z moskitierą. Wilgotny materac. Deszcz kapiący przez dach.

Następnego ranka znów byłem w wiosce i siedziałem właśnie u Sabiny, kiedy zjawiło się kilku bywalców ośrodka kultury Elego. Sabina wycofała się do kuchni. Jeden z mężczyzn miał wygłodniałe oczy pełzacza. Usiadł i oznajmił, że ośrodek ma zamiar wskrzesić praktyki *suqe*. Nie będzie łatwo pozbyć się tylu świń i spędzić tylu miesięcy na pustelniczych rozmyślaniach.

– Skoro jest tyle kłopotów z *suqe*, to po co je wskrzeszać? – spytałem.

– Dla władzy! – odpowiedział. – Nasi dziadowie poszli do *salagoro*, modlili się i urządzili *walkabaot* w środek ziemi, głęboko, głęboko, aż do miejsca pod dnem oceanu. Tam spotkali węża morskiego, który podzielił się z nimi tajemną wiedzą, jak zdobyć bogactwo.

Na tym nie koniec. Mówił coś jeszcze o zjadaniu ognia *tabu*, żeby uśmiercić kogoś znienacka i na odległość. Jego wywody brzmiały jak zwariowana mieszanka *suqe*, *tamate* i *Władcy pierścieni*.

– No to kiedy zaczniecie zabijać świnie?

– Dopiero za parę lat. Trzeba przekonać do sprawy więcej mężczyzn. Teraz prawie każdy chrześcijanin boi się tego rodzaju *kastom*. Nazywają to czczeniem Szatana. Spotykamy się więc co tydzień po kryjomu, żeby uporządkować dawną wiedzę i odbudować *kastom*.

– Ilu was jest?

– Hmmm, no, tego, chyba sześciu – mężczyzna ściszył głos. Podrapał się po brodzie i zerknął nad moim ramieniem. Obróciłem głowę za jego wzrokiem. Sabina ślęczała nad kuchnią, odsłoniwszy skrawek miękkiej jak brzoskwinia skóry na plecach.

Vetuboso leży na zalesionym płaskowyżu górującym nad Vureas Bay. Tego popołudnia Sabina sprowadziła mnie ścieżką do morza. Góry spowiła girlanda nisko zawieszonych chmur. Wiała ciepła i lepka bryza. Fale uderzały o plażę pokrytą czarnym piaskiem. Sabina pływała w ubraniu – odsłanianie kobiecych ud jest obłożone *tabu*. Była wściekła po mojej rozmowie z członkami bandy Elego.

– Wiesz co? Nigdy nie słyszałam tych historyjek – powiedziała. – *Salagoro*, *suqe*, duchy-węże, mężczyźni nie mają zamiaru ze mną o tym gadać.

Jeden z informatorów opowiedział jej kiedyś historię *tabu* – przesycony erotyzmem mit o bogu taro i jego członku wielkim jak drzewo. Kiedy Elego doszły wieści o niedyskrecji informatora, wpadł w furię. Oznajmił, że tej historii nie wolno opowiadać obcym, zwłaszcza kobietom. Rozeźlił się jeszcze bardziej, kiedy Sabina stanęła w obronie starca, po czym oznajmił, że nie chce z nią więcej mieć do czynienia. Zmiękł dopiero po kilku tygodniach.

– Dlaczego Eli rzuca ci kłody pod nogi? Przecież po to tu jesteś, żeby mu pomóc, żeby ratować *kastom*.

Sabina starła z oczu wodę morską i podpłynęła bliżej.

– Musisz zrozumieć, że ich zdaniem kobiety zagrażają władzy mężczyzn. Nie mam na myśli władzy politycznej, mężczyźni naprawdę wierzą, że kobiety wysysają z nich energię. Dlatego ich unikają w trakcie obrzędów tanecznych. Kiedy wybierają się na połów, kobiety nie mogą ich odprowadzić na plażę. Niektóre ryby po prostu nie dadzą się złapać, jeśli w pobliżu znajdą się przedstawicielki płci żeńskiej. Mężczyznom zdarza się nawet rezygnować z uprawiania seksu z własnymi żonami, w obawie przed utratą męskiej energii.

Sabina przybyła do Vetuboso, żeby pisać o tożsamości tutejszego ludu. Jak myślicie, kim jesteście? – pytała swoich rozmówców. Dlaczego postępujecie tak, a nie inaczej? Otrzymywała jedynie wykrętne odpowiedzi. Najczęściej słyszała: *Mi no savve*. Nie mogę powiedzieć. Nie wiem. Tak po prostu jest. Im dłużej mieszkała w wiosce, tym ciaśniej krępowała ją niewidzialna sieć reguł i związków *kastom*. Tuż po przyjeździe do Vetuboso została przybraną córką Elego i członkinią jego plemienia. Jej „krewni" w linii żeńskiej – których miała teraz dziesiątki – odnosili się do niej jak bracia i siostry. Z dnia na dzień zdała sobie sprawę, że połowa nieżonatych mężczyzn w wiosce może uderzyć do niej w konkury.

Poczuła się w tej strukturze jak saper na polu zaminowanym według ściśle ustalonych reguł – w pejzażu pełnym wujków, ciotek, braci, sióstr, przyjaciół i zaocznych nieprzyjaciół, bez wyjątku zobowiązanych przez *kastom*, żeby zwracać się do niej w określony sposób albo nie rozmawiać z nią w ogóle. Sabina nie mogła wypowiadać imienia swojej „szwagierki", żony Calego. Nie wolno jej było nawet używać słów o podobnym brzmieniu. Przekomarzania i żarty z Elim bądź z którymkolwiek ze „wujów" były absolutnie wykluczone. Wyrysowała sobie tabelki, żeby nie zapomnieć, z kim może rozmawiać.

Taka jest prawdziwa historia Vetuboso, powiedziała Sabina. Reguły obowiązują wszędzie. Kiedy mężczyzna wpuścił do swojego ogrodu niewłaściwą osobę – dajmy na to, niezamężną kobietę – natychmiast zaczynały się plotki. Potem starszyzna zarządzała grzywnę. Albo jeszcze gorzej: wysyłała ekipę z poleceniem zniszczenia ogrodu winowajcy, a czasem także ogrodów należących do jego krewnych. Najwięcej szkody wyrządzały jednak plotki.

– Wierz mi – oświadczyła Sabina z całą powagą osoby doświadczonej przez los – nie warto naruszać reguł obowiązujących w Vureas Bay.

Badaczka zrezygnowała z odkrywania tajemnic *kastom*, zostawiła na pastwę losu sekrety *suqe* i *salagoro*: skupiła się na analizie skomplikowanej struktury zasad, których sama musiała przestrzegać. Na nich opiera się wszystko. Piszesz, co wiesz.

Przekonałem się o tym w Vureas Bay: reguły dopadły Sabinę, osaczyły ją i próbowały udusić. Polubiłem Sabinę. W wielu sprawach byliśmy zgodni, na przykład co do tego, że moralność jest rzeczą względną, co stawiało nas na przeciwległym biegunie wobec wiernych kodom pokrewieństwa mieszkańców Vetuboso. Wiedziałem aż za dobrze, że Sabina kryje swój własny sekret. Popełniła jeden jedyny błąd, naruszyła jedną tylko regułę. Wiarołomcy zdradzili ją w przerwie przed kolejną rundą *kava-kava*. Pełzacze szeptali o tym po nocach, krążąc jak rekiny w mrokach jej ogrodu. Wiemy, kim jesteś – syczeli przez zęby. Wiemy, że nie jesteś tak silna, za jaką chciałabyś uchodzić. Kiedyś zostawiłaś drzwi otwarte. Poczekamy, aż znów je otworzysz.

Sabina nie odkryła swej tajemnicy w doktoracie na temat reguł pokrewieństwa, ja zaś obiecałem, że nie ujawnię jej w mojej książce. Myślę, że próbujemy urobić historię Vureas Bay po swojemu, odrzucając szczegóły, które nam do niej nie pasują – zupełnie jak misjonarze kształtujący mit o śmierci Pattesona i nawróceniu Nukapu. Teraz już wiem, że sekret Sabiny krąży od ogniska do ogniska, od wioski do wioski po całej wyspie Vanua Lava. Wdrapał się na pokład samolotu pocztowego i wyskoczył w Vila. Okrążył świat. Przeniknął do e-maili. Pojawia się jak gość skandalista na przyjęciach uniwersyteckich, gdzie nad wyraz opanowani akademicy kwitują go drwiącym uśmiechem i przechodzą do dyskusji o mechanizmach uwikłania, nie potrafią sobie jednak wyobrazić samotnych nocy na Vanua Lava, stukania do drzwi, piekła zazdrości i rzucających blade światło latarni.

Wszędobylskość i uporczywość sekretu Sabiny utwierdziły mnie w pewności, że sąd nad historią nie jest wyłączną domeną ludzi piszących. W Vureas Bay przekonałem się, że tajemnice *kastom* tkwią znacznie głębiej i są znacznie trudniejsze do ujawnienia niż plotka. Im bardziej istotne, tym większa niechęć do rozmów na ich temat. Eli Field dał mi lekcję okrężną drogą.

Zrobił się nieuchwytny, co zaczęło już wchodzić w krew wszystkim, których prosiłem o dowód skuteczności ich magii. Spędzał całe dnie z dala od domu. Cali wyjaśnił, że ojciec jest zajęty Bardzo Ważnymi Sprawami Związanymi z Kulturą. Dopadłem go po zmierzchu, czwartego dnia pobytu w wiosce. Nie chciał ze mną gadać, dopóki nie wychyliłem z nim kubka *kava-kava*.

– Sabina przyjechała, żeby wam pomóc, a ty i twoi przyjaciele nie chcecie się z nią podzielić opowieściami *kastom* – powiedziałem.

Eli podrapał się po brzuchu i obdarzył mnie szerokim uśmiechem.

– Żaden problem. Niech o to poprosi tutejsze kobiety.

– Przecież kobiety nie znają męskiego *kastom*, prawda? Nic nie wiedzą o *suqe* i *salagoro*. Sabina musi przedstawić wyniki wyczerpujących badań.

Eli wychylił kolejny kubek *kava-kava*, podszedł do drzwi i splunął w ciemnościach. Ściszył głos i przeszedł uroczyście na angielski.

– Pozwól, że ci wyjaśnię, czym się różnią Ni-Vanuatu od białych ludzi. Wy dzielicie się bez skrupułów całą waszą wiedzą, ale nie lubicie się dzielić pieniędzmi. Rozumujecie na opak. Mieszkańcy Vanuatu nie są zbyt zamożni, ale jak będziesz chciał jeść, to ci coś ugotują. Jeśli zechcesz naszych pieniędzy, dostaniesz. Pod tym względem jesteśmy hojni. Ale wiedza jest źródłem naszej potęgi i są pewne rzeczy, o których powinni wiedzieć tylko mężczyźni. Jeśli wykradniesz sekrety naszych mężczyzn, spiszesz je i pokażesz kobietom, odbierzesz nam naszą moc. A wtedy nic już nam nie zostanie. Sabina się wściekła, jak jej to powiedziałem. Płakała całymi tygodniami. Ale takie jest nasze *kastom* i ona musi je uszanować.

– Ale mężczyźni ujawniają mi najróżniejsze sekrety i ja potem wszystko spisuję – wtrąciłem.

– Hmmm, ale nikt ci nie zdradzi tego, co najważniejsze.

– Przecież mówiłeś, że dasz mi dowód potęgi waszego *kastom* i waszej magii. Nie pamiętasz, jak obiecywałeś na środę wielką burzę?

– Hmmm, no tak, *yumi garem wanfala* kłopot. W tym roku tyle padało, że mango zaczęły gnić na drzewach. Gdybym teraz zrobił deszcz, zachowałbym się bardzo nieodpowiedzialnie.

Prawdę mówiąc, deszcz siąpił nieprzerwanie od pierwszego dnia mojej wizyty w Vetuboso. W tej sytuacji mało kto uznałby burzę za cud.

– No dobra, co byś powiedział na słońce? – zasugerowałem. – Zamówmy sobie trochę słońca na środę.

Eli zaczął się wiercić na ławce, wyraźnie zmieszany. Po chwili odezwał się znacznie mniej autorytatywnym tonem.

– *I gat wan narafala* kłopot.

– Znowu? Co tym razem?

– Próbowałem ci pomóc. Naprawdę. Ale strażnicy *kastom* kamieni się przestraszyli. Poszedłem dziś na spotkanie z mężczyzną *blong* kamień rekina, żeby sprawdzić, czy może ci sprowadzić rekina do zatoki. Odmówił. Powiedziałem mu, że napiszesz o nim *bigfala* historię...

– Żeby udowodnić, że wasze *kastom* wciąż żyje – wtrąciłem.

– Ale on się bał *tumas*. Powiedział, że jeśli zacznie się bawić kamieniem, *tasiu* go zabije.

Eli ściszył głos. *Tasiu* to potężny człowiek boży. Mieszka wraz z uczniami na wzgórzu nieopodal Vureas Bay. Ma magiczną laskę. Ilekroć Eli próbował upowszechnić *kastom*, *tasiu* obracał je w perzynę. Nawet teraz, podczas naszej rozmowy, *tasiu* przetrząsa wyspę w poszukiwaniu kamieni *kastom*, żeby wyegzorcyzmować z nich duchy i unicestwić ich moc. *Tasiu* staje twarzą w twarz ze strażnikami kamieni: każe im splatać dłonie wokół swojej magicznej laski i spowiadać się z grzechów pod groźbą straszliwej kary bożej.

– Mówię ci – westchnął Eli – niełatwo być teraz wodzem *kastom*.

W rzeczywistości było jeszcze gorzej. Wszyscy wiedzieli, że w Vetuboso uprawia się czarną magię. Ostatnio jej ofiarą padł pewien chłopiec: zapadł na tajemniczą chorobę, od której noga spuchła mu tak, że wyglądała jak olbrzymi ślimak morski. Zanim chłopak zmarł, doktor *kastom* powiedział rodzicom, że ktoś rzucił klątwę na ich syna. „Trzeba sprawdzić w ziemi pod domem" – zalecił doktor. Rodzice poszli za jego radą i znaleźli kilka dziwnych paczuszek – jak się okazało, z popiołem zawiniętym w korę palmy kokosowej – tuż pod legowiskiem chłopca. *Tasiu* zstąpił ze wzgórza, żeby przeprowadzić śledztwo. Oznajmił, że zawiniątka są siedliskiem złych uroków. Skropił podejrzanych czarowników świętym olejkiem, żeby tym łatwiej wydusić z nich zeznania. Jeden z nich się zarzekał, że za rzucenie klątwy zapłacił mu Eli Field. Na Vanuatu plotki są równie skutecznym orężem, jak czarna magia – w każdym razie wioskowa starszyzna uznała je za wystarczający argument, by na kilka miesięcy pozbawić Elego godności wodza *kastom*.

Znałem słowo *tasiu*. W języku mieszkańców Moty oznacza „brata" i jest używane wyłącznie w odniesieniu do członków Bractwa Melanezyjskiego – tubylczego zakonu anglikańskiego. Opowiadano mi o nich od tygodni. Niektórzy twierdzili, że bracia wchodzą w skład czegoś w rodzaju wyspecjalizowanych jednostek policji duchowej, używanych przez Kościół do tłumienia w zarodku wszelkich przejawów pogaństwa i wiarołomstwa. Na targu w Sola zaobserwowałem kobietę, która próbowała doprowadzić do porządku rozwrzeszczanego bachora: „Bądź grzeczny, bo przyjdzie *tasiu* i cię zabierze".

Przekazałem wiadomość w góry i czekałem na wieści od *tasiu*. Tymczasem wciąż mżyło i moje ubrania zaczęły gnić. Któregoś popołudnia znajomy Elego imieniem Ben przyprowadził magika. Spotkaliśmy się przed kuchnią Sabiny. Magik miał długą, upartą twarz muła. Wręczył Benowi swoją laskę. Uklękliśmy z Benem w pyle i chwyciliśmy ją obaj za cieńszy koniec. Celem gry było utrzymanie laski w pionie.

– Nie będzie to łatwe – oznajmił magik – bo zaraz przyjdzie duch i zacznie się mocować.

Podobne do *ravve-tamate* z Moty, tylko w wersji mini.

– Dlaczego nie mogę grać razem z Chuckiem? – spytała Sabina.

– Bo nie znasz specjalnej modlitwy – odburknął jej lekceważąco Ben, po czym dodał: „dziewczyno".

– *Yufala mas sarem eye blong yu* – odezwał się magik i zamknął oczy, żeby pokazać, o co mu chodzi. – *Sipos yu openem eye blong yu, devil hem i runaway hao.*

Mieliśmy już kilkunastu kibiców, wśród nich Elego. Zamknąłem oczy. Ben wygłosił krótkie zaklęcie, żeby sprowokować ducha zmarłego. Kijek odrobinę się wychylił. Dołożyłem wszelkich starań, żeby utrzymać go prosto. Poczułem, jak Ben wzmacnia uścisk. Najwyraźniej próbował rozkołysać laskę. Coś mnie kusiło, żeby pójść w jego ślady, rozhuśtać kijek, zobaczyć, jak odbija się od podłogi i podskakuje – widziałem tę scenę oczyma duszy – ale się powstrzymałem. Trzymałem laskę z całych sił, więc tylko lekko zadrżała. Po kilku minutach Ben się poddał.

– Otwórz oczy – powiedział.

– Nie mam pojęcia, dlaczego nie wyszło – zafrasował się Eli. Sabina stała w drzwiach z założonymi rękoma i krzywym uśmiechem na twarzy: jak matka, której nastoletni syn znów wrócił do domu pijany.

Magik nie dał się zniechęcić. Zaprowadził nas do lasu na drugą rundę. Przedzieraliśmy się przez kolczaste zarośla i gęstwę bambusów, niszcząc porozwieszane jak pranie pajęcze sieci. Ziemia była zryta przez świnie. W koronach drzew rajcowały ptaki. Nad połaciami błota wirowały stada komarów. Magik torował nam drogę maczetą. Zbudował przegrodę z liści pandanu, po czym skinął na Elego, Sabinę i mnie, żebyśmy stanęli po drugiej stronie.

Podniósł z ziemi orzech kokosowy, wywiercił w nim dziurę i obrócił go, żebyśmy mogli popatrzeć, jak wycieka mleczko. Potem otworzył i odwrócił w ten sam sposób drugi orzech. Tym razem mleko nie pociekło. Mimo to Ben, który klęczał kilka metrów dalej, podniósł twarz ku niebu i zagulgotał radośnie. Ruszał ustami jak ryba, a jabłko Adama chodziło mu w górę i w dół. Chodziło o to, że Ben spija niewidzialny strumień mleczka kokosowego, które magik tajemnym sposobem wlał mu prosto do gardła.

– *Bigfala sapraes, no?* – upewnił się magik, wpierw powtórzywszy sztuczkę kilkakrotnie.

Poczułem na sobie palące, pełne wzgardy spojrzenie Sabiny.

– *Yu lookim power blong devil. Yu bilif, no?* – spytał z nadzieją.

– No cóż – zacząłem, popatrując gorączkowo to na Sabinę, to na magika – mogłeś przecież przyjść tu z samego rana i opróżnić trzy orzechy, prawda? – Nagle ogarnęło mnie poczucie winy, a może raczej politowanie. – O cholera, pewnie, że wierzę. *Hem tru bigfala savve.*

Sabina była rozczarowana pokazem. Szczerze mówiąc, zawiodła się na mnie. Kiedy wróciliśmy do kuchni, podała mi kromkę chleba z resztką masła orzechowego.

– Cóż za przedstawienie! Ale cud! No i zobaczyłeś swoją magię *kastom*. Jeszcze ci mało?

Żułem kanapkę w ponurym milczeniu.

– Spędziłaś z tymi ludźmi rok – powiedziałem. – Słuchałaś ich rozmów o magii i duchach. Zamiast się z tym pogodzić, próbujesz ich lekceważyć. Nie chcesz się przynajmniej dowiedzieć, co tkwi u źródła ich wierzeń?

– Co tkwi u źródła? Strach. Zazdrość. Przesądy. Wszystko to mam u siebie w Niemczech. Nie interesują mnie czyjeś mrzonki. Piszę o tym, co widzę. A ty próbujesz uromantycznić tych ludzi. Rozejrzyj się tylko. Przypatrz się tej niezwykłej wspólnocie, wzniesionej przez nią skomplikowanej strukturze społecznej. Nie rozumiem, dlaczego ci to nie wystarcza. Dlaczego chcesz czegoś więcej niż świat, który cię otacza. Dlaczego masz obsesję na punkcie magii, skoro ludzkość jest dostatecznie cudowna.

Cóż jej mogłem odpowiedzieć? Nie ruszyłem w podróż z zamiarem oglądania magii. Myślałem, że potrafię zachować dystans, spisywać zasłyszane historie i podążać śladem dawnych misjonarzy z obojętnością właściwą dziennikarzom i etnografom. Zrozumiałem jednak, że takie podejście jest z gruntu nieuczciwe. Współcześni antropolodzy urządzają tubylcom desant, węszą w poszukiwaniu ludzkich tajemnic i mitów, słuchają z kamienną twarzą, patrzą z szeroko otwartymi oczami, jakby we wszystko wierzyli, w kwestiach duchowych udają bezstronnych – albo co gorsza nawróconych na miejscowy sposób myślenia – a w istocie nie mają żadnych wątpliwości co do natury wszechświata. Potrafią analizować początki i praktyczne walory religii badanych społeczności, a mimo to oceniają je według innych standardów niż własne.

Antropologia terenowa to z reguły oszustwo niewierzących. Thorgeir Kolshus okazał się tak przekonujący, że mężczyźni z Moty ugościli go we własnym *salagoro*. Nauczyli go tańczyć. Pozwolili mu nawet urządzać podrygi w równie świętym, jak niebezpiecznym *tamate* na głowie. Ciekawi mnie jednak, czy Kolshus przyznał podczas obrony swojego doktoratu na uniwersytecie w Oslo, że w jego kapeluszu istotnie był duch? Nie sądzę, chyba że postanowił zrezygnować z kariery naukowej.

Wiktoriańscy misjonarze przynajmniej nie kryli się ze swą stronniczością. Z uporem przekonywali wyspiarzy, że ich duchy to jedna wielka bujda. (Muszę oddać sprawiedliwość Sabinie, która równie uczciwie wątpiła w magię i przechwałki zaklinaczy deszczu z Vanua Lava). A jednak mój pradziad – mimo pogardy dla miejscowej kultury – z zachwytem wspominał o melanezyjskiej duchowości, ofiarowanej w darze Anglikom. Choć Melanezyjczycy potrzebowali dobrego zarządcy i wskazówek moralnych, Henry miał poczucie, że Anglicy potrzebują pomocy tubylców, by wreszcie dostrzec to, co niewidzialne.

„Nie słyszałem dotąd o rasie żyjącej w tropikach – cywilizowanej bądź niecywilizowanej – która nie uznawałaby ciągłej obecności świata niewidzialnego za rzecz bezsporną. Źródłem tego poczucia może być lęk, niemniej wiara istnieje – pisał w jednym z esejów o wierze. – Wszystko to jest cudowne i wypływa stąd tylko jeden wniosek: że wszystkie rasy na świecie potrzebują się nawzajem, by nadrabiać swoje niedostatki. Człowiek tropików mówi nam: «Chętnie uwierzę w Boga, przybądź mi na pomoc, żeby moja religia stworzyła spójną całość z moim życiem». Człowiek strefy umiarkowanej mówi: «Nie powinienem mieć żadnych kłopotów z podporządkowaniem się nakazom Pana, o ile najpierw Go ujrzę i uwierzę w Jego istnienie. Przybądź mi na pomoc, żebym zobaczył Boga, o nic więcej nie proszę»".

To skrajnie rasistowska koncepcja, której założeń nie należy chronić przed buldożerem postkolonializmu. Teraz jednak zrozumiałem, że tkwi w niej ziarno prawdy. Czy skłonność do żarliwszej wiary jest wpisana w naturę Melanezyjczyków? Czy mają ją w genach? Nie sądzę, podobnie jak nie uważam, że w ich naturze leżał nakaz podporządkowania się Anglikom. Jest jednak coś w tej bliskości nieba, w przepychu lasów i raf koralowych, w pionowych cieniach, które trzeba postrzegać w zupełnie inny sposób, jakby świat fizyczny był czymś w rodzaju układanki, której poszczególne elementy stanowią zapowiedź zupełnie innego obrazu. Jak można temu nie ulec? Jak można się oprzeć pokusie zerknięcia w szczelinę prowadzącą do świata cieni? Dzięki Melanezji Henry Montgomery utwierdził się w swoich poglądach mistycznych. Melanezyjczycy traktowali je z równą powagą: świat nie jest dziełem przypadku. Kosmos nie jest pusty. Ludzie nie są sami.

Napotkani przeze mnie wyspiarze różnili się w opiniach, którym bogom należy dochować wierności, nie wątpili jednak w istnienie żadnego z nich. Byłem równie zdezorientowany, jak zauroczony bezpośrednimi konsekwencjami ich niespójnego światopoglądu: skoro kosmologia daje wgląd w tajemnice bytu, czemu nie wykorzystać w tym celu wszystkich kosmologii naraz? Skoro wyspy umieją czynić magię, skoro się okazało, że jakiś odprysk religii Oceanii tkwi w czymś, czego mogę dotknąć i doświadczyć, to przechowywany w mojej rodzinie od pokoleń mit chrześcijański też może być czymś więcej niż tylko przenośnią.

Oto przemyślenia, którymi nie ośmieliłem się podzielić z Sabiną. Wbrew wszystkiemu, co z pewnością wiedziałem o przesądach, zmyśleniach i nauce, pozwoliłem maleńkiej cząstce siebie snuć marzenia o rzeczach niemożliwych: że w powietrzu unosi się *mana*, że przodkowie i bogowie potrafią sprowadzać deszcz, że ludzie mogą zmieniać się w sowy, rekiny i *tamate*. Dobrze czasem puścić wodze fantazji. Zazdrościłem wierzącym, nie wyłączając mojego pradziada. Pociągała mnie myśl, że być może są na dobrej drodze, gdy żywią głębokie przekonanie, iż świat jest czymś więcej niż zbiorem przygodnie powiązanych atomów i wirujących elektronów; czymś więcej niż ciągiem przypadków, kolizji, wybuchów i dyfuzji kłębiących się nieustannie w jakimś nieistotnym zakątku pustego poza tym kosmosu.

13
Mój pierwszy *tasiu*

Dzień Pana nadejdzie jak złodziej, pod osłoną nocy,
a kiedy ludzie ogłoszą Pokój i wszystko będzie bezpieczne,
wtedy znienacka przyjdzie na nich zagłada – tak jak smutek
nachodzi kobietę w bólach porodu – i nie będzie dla nich ucieczki.

Nabożeństwo pokutne na pierwszy dzień Wielkiego Postu,
Modlitewnik powszechny Kościoła irlandzkiego

Wbrew moim oczekiwaniom Sabina nie zbliżyła mnie do świata magii. Zrezygnowała z odsłaniania sekretów. Tak samo się zawiodłem na Elim Fieldzie, którego misja wskrzeszenia pogaństwa tylko osłabiła, ściągając nań wrogość Kościoła i wabiąc go w sieć tajemniczego *tasiu*. Jeśli w Vureas Bay rządziły moce nadprzyrodzone, ani Eli, ani jego przyjaciele nie mieli na nie żadnego wpływu. Najlepszym dowodem sztuczka z orzechem kokosowym. Wszyscy wiedzieli, że siedliskiem prawdziwej władzy jest wzgórze nad wioską, gdzie mieszkał *tasiu* wraz ze swoimi uczniami. Najnowsze wiadomości z frontu *tasiu*? Rzucił klątwę, która zabiła rywalizującego z nim teologa. Robi wrażenie!

Nazajutrz rano przybiegł do mnie długonogi posłaniec z wieściami ze wzgórza: *tasiu* mnie oczekuje. Deszcz lał od dwóch dni – nawiasem mówiąc, od chwili, kiedy Eli odwołał przyrzeczenie otwarcia niebios. Licząc się z ryzykiem utknięcia w Vureas Bay, wybrałem się do *tasiu*. Ben, magiczny degustator mleczka kokosowego, uparł się, że będzie moim przewodnikiem. Kiedy ruszaliśmy w drogę, w kościele w Vetuboso rozbrzmiewał dźwięk hymnów. W tym dniu przypadała sto pierwsza rocznica śmierci George'a Sarawii. Nabożeństwo trwało od samego rana. Ben bał się panicznie, że pastor wypatrzy go znad polowego ołtarza, postanowiliśmy więc okrążyć wioskę chyłkiem, wpadając z jednej chaty do drugiej jak partyzanci.

– *Yu wanfala backslider!* – szepnąłem konspiracyjnie do Bena. Przytaknął, po czym dodał ściszonym głosem:

– Nie wolno ci mówić w ten sposób przy *tasiu*.

Poszliśmy ścieżką przez las, pnąc się powoli na grzbiet wzniesienia, mijając kilkanaście niewielkich przecinek obsadzonych młodymi bananowcami, wokół których wiły się bujne pnącza. Ziemia miała barwę gotowanego manioku. Ben rozmawiał ze mną szeptem. Powiedział, że nie powinienem uciekać, nawet jak się przestraszę. Kiedy wspięliśmy się nieco wyżej, wiatr uderzył w korony drzew. Drżące konary zaczęły skrzypieć. W lesie rozległ się potworny wrzask. Z chaszczy wyskoczyło dwóch chłopców i stanęło tuż przede mną. Mieli na sobie przepaski biodrowe, twarze i pośladki wysmarowali błotem. Wymierzyli we mnie włócznie. Wkrótce pojawili się dwaj następni. Chłopcy pochrząkiwali i pokrzykiwali z zapałem, ale ich głosy przechodziły mutację i wkrótce zaczęły się łamać. Zasadzka wprawiła mnie w niejakie zakłopotanie, bynajmniej nie przestraszyła. Wiedziałem, że to tylko przedstawienie. Ben mrugnął na mnie. Młokosi urządzili mi pokaz groźnych podskoków i zaczęli mnie delikatnie chłostać liną splecioną z pnączy, którą potem spętali mi nadgarstki. Skrzywiłem się, ale pozwoliłem im się dotykać, szturchać i popychać podczas drogi przez las.

Wspięliśmy się na wzniesienie – połać nagiego, wypalonego żywym ogniem stepu. Przedzieraliśmy się przez połamane gałęzie i stosy węgla drzewnego, aż w końcu stanęliśmy pod białym krzyżem i kaplicą z widokiem na całe to spustoszenie. *Tasiu* powitał nas w drzwiach kaplicy. Imponujący mężczyzna miał posturę i czerstwą twarz napastnika rugby oraz głęboko osadzone oczy mistyka. Nosił czarny podkoszulek i czarne szorty ściągnięte szarfą w biało-czarne prążki. Do naszyjnika z korali przymocował miedziany medalion. Skinął na mnie bez słowa, żebym wszedł do kaplicy.

Moi fałszywi dzicy zaprowadzili mnie do ławki. *Tasiu* i jego uczniowie stanęli rzędem przy ołtarzu. Po chwili chórek zaintonował pieśń. Chłopcy reagowali na każde skinienie *tasiu*, zupełnie jak dzieci na szkolnej akademii prowadzonej przez nauczyciela.

"Opuściłeś dom rodzinny i przewędrowałeś długą drogę przez morze. Witamy, witamy, witamy ciebie" – śpiewali chłopcy po angielsku. Z policzków opadały im białe płatki zeschniętego błota. Jakie to słodkie. Byłem szczerze wzruszony.

Tasiu objaśnił mi przy posiłku złożonym z mleczka kokosowego i kruchych ciasteczek, że gości z Europy wita się tradycyjnie zasadzką – żebyśmy zdali sobie sprawę, co czuli zakapturzeni robotnicy w czasach łowców „czarnych ptaszków".

– Sądzę, że jestem wam winien podziękowania – odrzekłem. Byłem tu pierwszym cudzoziemskim gościem od miesięcy.

Tasiu nazywał się Ken Brown. Miał dwadzieścia dziewięć lat. Kiedy był o połowę młodszy, do jego wioski nieopodal Vureas Bay przybyli wysłannicy Bractwa Melanezyjskiego. Kena zauroczyły opowieści o przygodach braci w krainie pogan. Postanowił im towarzyszyć w drodze powrotnej do bazy na wyspie Ambae, gdzie pobierał nauki, modlił się i po trzech latach został pełnoprawnym członkiem bractwa.

– Co robisz w takim razie w Vureas Bay? – spytałem. *Tasiu* mówił słabo po angielsku, rozmawialiśmy więc w bislama. Ben wziął na siebie rolę tłumacza.

– Wiele rzeczy. Prowadzimy rokowania, żeby położyć kres kłótniom o ziemię. Pomagamy w rozwiązywaniu kłopotów małżeńskich. Chrzcimy ponownie odstępców...

– Tych od magii?

– Owszem, mamy to na względzie. Zorganizowaliśmy też chór młodzieżowy...

Ni stąd, ni zowąd poczułem, że znów zaczynam się niecierpliwić. Miałem wprawdzie zamiar zgrywać etnografa, ale guzik mnie obchodziły chóry młodzieżowe i powtórne chrzty, nie zdołałem się zatem powstrzymać i wszedłem mu w słowo:

– Wróćmy do magii – powiedziałem. – Co robicie z tym fantem?

– No cóż, jeśli w okolicy grasuje jakiś zły duch i krzywdzi ludzi, staramy się go powstrzymać. Na przykład: widziałeś ten czarny kamień na plaży w Vureas Bay? Ten diabelski głaz sprowadza na ludzi choroby, wzięliśmy więc trochę świętego olejku, odprawiliśmy krótkie nabożeństwo, po czym wysmagaliśmy kamień rózgami, żeby wypędzić z niego diabła – w imię Wielkiego Człowieka.

– Przepraszam, kogo?

– Wielkiego Człowieka, Pana Niebios.

Ben postanowił się wtrącić. *Tasiu* Ken był w Vureas Bay kimś w rodzaju policjanta. Gdybyś komuś coś ukradł i to schował, wystarczy, że *tasiu* się pomodli i rzecz wyjdzie na jaw. Gdybyś był złym człowiekiem i wykorzystał przeciw komuś czarną magię, rzuciłby na ciebie klątwę.

– *Yu mas look-look woking stik blong mi* – oznajmił Ken. Opuścił nas na chwilę, po czym wrócił ze swoją laską. Była czarna. W stronę rączki wił się rzeźbiony wąż o lśniących oczach wysadzanych macicą perłową z ucha morskiego. Księga Wyjścia: Bóg przemienił laskę Mojżesza w węża, żeby udowodnić swą moc Egipcjanom. Ken wyrzeźbił laskę własnoręcznie. Pobłogosławił ją biskup Wysp Banksa i Torresa. Była to pierwsza z kilkudziesięciu wężowych lasek, jakie miałem jeszcze zobaczyć przed końcem podróży.

– Słyszałem, że ludzie boją się twojej laski – powiedziałem.

– To potężne narzędzie – odrzekł Ken, przeciągając umięśnioną dłonią po rzeźbionym drewnie. – Wyobraźmy sobie na przykład, że idę do pogańskiej wioski i chcę ludziom pokazać moc Boga. Zawsze biorę ze sobą laskę. Unoszę ją wysoko i zawieszam w powietrzu. Jak to ludzie zobaczą, będą wiedzieli, że trzeba naśladować Wielkiego Człowieka.

– Nie potrafię sobie nawet tego wyobrazić.

– *Hem ia nao!* Potrzeba dużej i długiej modlitwy, żeby laska zaczęła latać. Przed wizytą u pogan musimy się modlić i pościć przez dwa tygodnie. Dzięki temu możemy ściśle współpracować z Wielkim Człowiekiem.

Chciałem go spytać o mężczyznę, którego przeklął, wydało mi się to jednak niestosowne w sytuacji, kiedy przyjął nas tak gościnnie i poczęstował kruchymi ciastkami. Zastanawiałem się, jak do tego nawiązać. Na szczęście ktoś mnie wyręczył.

– Zabiłeś swojego rywala, prawda, *tasiu*? – upewnił się Ben. – Opowiedz o Jimie Bribolu.

Ken spuścił głowę i odezwał się cichym głosem. Kłopoty zaczęły się w 1997 roku, w czasie zamętu wywołanego denominacją. Kiedy Ken wybrał się na wyspę Ambae, Adwentyści Dnia Siódmego zdobyli przyczółek w Vetuboso. Nawet brat Elego Fielda przystąpił do nowego Kościoła. Adwentyści nie zadowolili się jednak kradzieżą anglikańskich owieczek; zarzucili *tasiu*, że jest fałszywym prorokiem.

Tasiu zażądał spotkania z całą wspólnotą adwentystów w ich własnym kościele. Tylko pastor odważył się przyjść. Ken położył laskę na ziemi i wyzwał go na niecodzienny pojedynek. Zaproponował, by wycelowali w siebie nawzajem Biblię i sprawdzili, kto wytrzyma w tej pozycji pełne trzy dni. Pastor odmówił udziału w próbie.

Uznawszy, że wygrał walkowerem, Ken postanowił wrócić na Ambae. I właśnie wtedy sprawy przybrały paskudny obrót. Jim Bribol, kuzyn Kena, zmienił Kościół. Pewnego dnia doszedł do wniosku, że Biblia króla Jakuba jest symbolem anglikańskiej hegemonii, i po prostu ją spalił. To był jego pierwszy błąd. Gdyby na nim poprzestał, uszedłby z życiem. Ale Jim Bribol oznajmił mieszkańcom wioski, że wybiera się w góry, żeby złamać na pół laskę *tasiu*. Ken zareagował natychmiast i bez żadnych ceregieli. Posłał kuzynowi wiadomość: umrzesz, kiedy opuszczę Vanua Lava.

Kilka dni po odprawieniu *tasiu* w podróż na Ambae Jim Bribol wypłynął w czółnie na morze. Jakaś dziwna ryba – najprawdopodobniej miecznik – dopadła go na mieliźnie i zadrasnęła w łydkę. Wdała się infekcja. Stan zdrowia Bribola pogorszył się dramatycznie. Rodzina czym prędzej zawiozła chorego do szpitala w Santo. Lekarze nie zdołali opanować gorączki, nie powstrzymali też postępującej gangreny. Posłali po *kleva*, znachora *kastom*, który oznajmił krewnym, że nie ma lekarstwa na niemoc Bribola, ponieważ został przeklęty. Rodzina nawiązała kontakt z Ambae przez radiotelefon, by błagać Szanownego *Tasiu* Kena o przebaczenie.

– I nie pomogłeś mu? – spytałem.
– Nie – odrzekł z godnością Ken.
– Tak po prostu, pozwoliłeś mu umrzeć? Jak mogłeś?
– Słuchaj: mamy nasze *kastom* i musimy go przestrzegać. Mamy jeden Kościół i jednego Boga. Wszyscy urodziliśmy się anglikanami i powinniśmy się tego trzymać. Gdyby Jim Bribol przeżył, ludzie zapomnieliby o potędze prawdziwego Boga.

Albo *tasiu* wykorzystał zbieg okoliczności i przypisał sobie czyjąś śmierć, żeby utwierdzić się w swej mitycznej pozycji, albo był winny czynu niewątpliwie wzbudzającego postrach, ale z gruntu niechrześcijańskiego. Nie byłoby grzecznie wytykać mu to w tej chwili. Obydwaj z Benem schodziliśmy z góry w milczeniu. Dęby przestały skrzypieć. Mgła uniosła się znad oceanu. Mżawka ogarnęła nas niczym smutek.

Tropikalny południowo-wschodni wiatr zelżał po raz pierwszy od wielu tygodni. Mimo to deszcz padał przez całą noc. Szlaki wokół Vetuboso rozmiękły jak *laplap*. Moje sandały nadawały się tylko do wyrzucenia. Opuściłem Sola na bosaka, nurzając stopy w błocie pomieszanym z krowim gównem i gnijącymi resztkami mango. Zamiast cudu sprowadzającego słońce, Eli zesłał na mnie swego syna Calego, który miał mi pomóc w przejściu przez wielką wodę. Rzeka wezbrała. Rwący nurt sięgał mi do pasa. Podczas przeprawy Cali trzymał mnie mocno za rękę. Czułem się jak stara baba.

Dalej poszedłem sam, moknąc w ciepłej mżawce. W południe niespodziankę zrobił mi sam Ken Brown: stał i przecierał oczy, wychynąwszy przed chwilą z jakiejś szopy przy drodze do Sola. Teraz wyglądał bardziej na Kena niż *tasiu*. Był ubrany po cywilnemu: w porozciągane, wzorzyste szorty i podkoszulek bez rękawów, upodabniające go do surfingowca z Santa Monica. Przekroczył rzekę poprzedniego wieczoru w nadziei, że mnie dogoni. Chciał ponieść mój plecak do Sola. Nie udało mi się go niczym zniechęcić.

Szliśmy całe popołudnie. Deszcz przestał padać, nad trawą kłębiła się para, żar lał się z zaciągniętego chmurami nieba. Ken milczał.

Ścieżka znów rozszerzyła się w drogę. Minąwszy zarośniętą palmami równinę, zaczęliśmy się wspinać na wzgórze ponad Sola. Ken zatrzymał się na krawędzi grzbietu i zrzucił mój plecak na ziemię. Dalej nie chciał mi towarzyszyć. Wyjaśnił, że nie wypada pojawić się w Sola w nieodpowiednim stroju: biskup mógłby go zobaczyć. Nie miałem zamiaru się już rozstawać. Nie potrafiłem wymazać z pamięci obrazu Jima Bribola rozkładającego się za życia w jakiejś ponurej chatynce.

– Wciąż jesteś zadowolony, że przekląłeś tego człowieka? – spytałem. – Myślisz, że postąpiłeś słusznie?

Na czoło Kena wystąpiły tysiące kropelek potu. Spojrzał w niebo, kopnął butem żwir na drodze. Tutaj, bez świadków, nie był już tak skory do wzięcia pełnej odpowiedzialności za nieszczęście Bribola.

– Może i rzuciłem klątwę na Jima Bribola – wyznał z ociąganiem – ale go nie zabiłem. Poprosiłem tylko Wielkiego Człowieka, żeby zadecydował o jego losie. Modliłem się godzinami. Powiedziałem: „Boże, wybór należy do Ciebie. Daruj Jimowi życie albo *kilim hem i ded*". Tak naprawdę to Wielki Człowiek zakończył żywot Jima Bribola.

– Czyli twój bóg jest skłonny do gniewu.

– Mój bóg *blong* miłość. Ale masz rację, czasem też bóg *blong* zemsta. Kto nie okaże skruchy, będzie ukarany.

No pewnie. Mój pradziad czcił to samo rozdarte wewnętrznie bóstwo, ducha trwającego w nieustannym konflikcie między miłością i gniewem, wojną i potęgą. Ten bóg zachowywał się prawie tak samo jak dawne melanezyjskie duchy przodków. Potem się dowiedziałem, że za aferę z Jimem Bribolem Ken dostał tęgą burę od biskupa Wysp Banksa i Torresa. Wygląda na to, że działalność członków Bractwa Melanezyjskiego nie polega bynajmniej na podkreślaniu karzącego aspektu mocy bożej. Nie jestem zwolennikiem rzucania klątw. Byłem jednak zachwycony, że udało mi się uchylić rąbka tajemnicy – tak obcej, a zarazem tak znajomej. Ruszyłem na północ z twardym zamiarem odszukania kolejnych przedstawicieli tego dziwnego zakonu.

14
Guadalcanal, Wyspa Nieszczęśliwa

A to wiedz, że w ostatecznych czasach nastaną trudne chwile. Ludzie bowiem będą samolubni, chciwi, chełpliwi, zarozumiali, bluźniący, nieszanujący rodziców, niewdzięczni, niezbożni, bez serca, zawzięci, oszczerczy, gwałtowni, okrutni, nienawidzący dobra.

Drugi List do Tymoteusza 2, 1–3 (Biblia Poznańska)

Zastępcę burmistrza Honiary, stolicy Wysp Salomona, poznałem w stratosferze, podczas lotu z Fidżi na Guadalcanal. Zająłem miejsce przy oknie. Przywarł mi do ramienia, spoglądał w błękit nieba i dyszał mi prosto w twarz. Gnijące marchewki. Sfermentowana ściółka. Kompost. Burmistrz nie życzył mi przyjemnego pobytu na Wyspach Salomona, nie polecił też swojej ulubionej restauracji. Podwinął za to nogawkę spodni, żeby pokazać mi ślad po kuli na łydce. Blizna była długości kciuka i przypominała w dotyku sparciałą gumę.

– Zabiję człowieka, który to zrobił – oświadczył. – Po prostu go, kurwa, zabiję.

Nie odpowiedziałem. Gapiłem się tylko w jego usta, które przedstawiały sobą niespotykany widok. Zęby miał w kolorze zgniłego drewna cedrowego, językiem obracał jakąś różową, włóknistą masę zatrważającej objętości. Kropla czerwonego soku zaschła mu w koniuszkach ust, upodobniając go do zjawy z koszmarnego snu o Transylwanii. Miałem przed sobą człowieka, który nałogowo żuł betel.

Nie chciałem oddychać powietrzem zużytym przez zastępcę burmistrza. Chciałem płynąć na północ w stronę Nukapu na pokładzie hałaśliwej jednostki handlowej lub statku misyjnego, jachtem bądź czółnem, pruć ocean śladem Henry'ego Montgomery'ego, smagany słonym wiatrem, sterany żeglarskim rzemiosłem. Zorganizowanie rejsu z Vanua Lava na Wyspy Salomona pozornie jest łatwe: Sola to ostatnia przystań dla statków płynących z Vanuatu na północ. Teoretycznie mieszkańców wysp dzieli zaledwie dzień podróży drogą morską. Odległość od Hiu, wysuniętej najdalej na północ wyspy Archipelagów Banksa i Torresa, do Vanikoro, południowego przyczółka Wysp Santa Cruz, nieopodal którego leży Nukapu, wynosi niespełna dziewięćdziesiąt trzy mile.

Ilekroć jednak udawało mi się dobudzić celnika w Sola – a robiłem to każdego popołudnia przez prawie dwa tygodnie – zapewniał mnie, że żadna jednostka handlowa nie wybiera się w najbliższym czasie na Wyspy Salomona. W końcu stracił cierpliwość. Dlaczego się uparłem, żeby popłynąć na północ statkiem handlowym? Na miłość boską, cóż taki statek miałby przewozić? Czy tak trudno zrozumieć, że mieszkańcy Wysp Salomona nie mają pieniędzy na opłacenie frachtu?

Po morzu pływały jednak jachty: prawie codziennie widziałem ich żagle na horyzoncie. Vanua Lava leży akurat na szlaku tropikalnego wiatru, który pędzi żeglarzy z Nowej Zelandii i Polinezji do bazy zimowej w Zatoce Tajlandzkiej. Kolejną porządną przystań można znaleźć właśnie na Wyspach Salomona. Za każdym razem czekałem, aż załoga zwinie żagle, zarzuci kotwicę i przypłynie szalupą do brzegu. Goliłem się, zakładałem czystą koszulę i dopadałem na plaży ogorzałych od słońca wodniaków, żeby opowiedzieć im o biskupie Pattesonie i mojej tajemniczej wyspie Nukapu. Zapewniałem ich, że dotrzemy tam w cztery dni. Wyrzuciliby mnie na rafie i popłynęli dalej w stronę Cieśniny Torresa albo Papui-Nowej Gwinei. Żeglarze nie kryli przerażenia. Czyżbym nie słyszał o strzelaninach? O krwawych zamieszkach? O piratach? O obrzydliwym chińskim żarciu? „Masz nas, cholera, za idiotów, kolego. Wyspy Salomona to nie miejsce dla dzieci" – skwitował moją propozycję kapitan pewnego jachtu.

Był wrzesień. Podróżowałem już od dwóch miesięcy, wydałem połowę moich oszczędności, a sezon sztormowy nadciągał nieubłaganie. Jachty jeden po drugim brały kurs na zachód w kierunku Cairns. Obserwując, jak ostatni żagiel znika za horyzontem, zdałem sobie wreszcie sprawę, że utknąłem w martwym punkcie. Żeby się dostać na Wyspy Salomona, musiałem zawrócić: wskoczyć na pokład samolotu pocztowego kursującego przez Santa Maria, Espiritu Santo i Malekula do Port Vila, tam się załapać na cotygodniowy rejs na wschód na Fidżi i znów zatoczyć pętlę w kierunku północno-zachodnim, lecąc trzy godziny boeingiem 737 do Honiary na wyspie Guadalcanal. Nadkładając dwa tysiące dwieście mil drogi i rezygnując z niepewnych, skłębionych przestworzy oceanu na rzecz neutralnej, przejrzystej jak kryształ stratosfery, mógłbym dotrzeć na Nukapu od północy.

Tak właśnie poznałem zastępcę burmistrza Honiary, który rozpoczął swój pobyt w ojczyźnie na Wyspach Salomona od splunięcia szkarłatnym śluzem na płytę międzynarodowego portu lotniczego Henderson Field. Plucie sokiem z betelu musi sprawiać niebywałą frajdę – stąd szokujący obraz lotniska zbryzganego krwistą czerwienią. Hala przylotów wyglądała jak miejsce masowego mordu. Podobnie reszta miasta.

Z lotniska odebrał mnie Morris Namoga, kierownik miejscowego biura turystycznego. Morris okazał się jowialnym mężczyzną z wąsami à la Rhett Butler i posturą gracza rugby. Wysłałem mu z Port Vila faks z prośbą o pomoc, w zamian zaś obiecałem wesołe historyjki o Wyspach Salomona. Na widok jego szczerego uśmiechu poczułem ukłucie winy.

Przez całą drogę do miasta Morris stukał palcami w kierownicę i mruczał pod nosem kanadyjski hymn narodowy, próbując odciągnąć moją uwagę od wirujących wokół odpadków i pyłu, od plastikowych torebek sunących po jezdni jak pustynne zielsko, od stosów śmieci dymiących jak zamki po oblężeniu. I od napisu wymalowanego sprayem na porzuconym budynku: „Witamy w piekle".

– Eee, tego... Przepraszam za ten bałagan – powiedział Morris po angielsku. – Służby miejskie są niedoinwestowane, eee, no... i nie mają już pieniędzy na sprzątanie.

W Honiarze jest całkowicie bezpiecznie, zapewnił Morris, zanim zdążyłem go o to spytać.

– Tak przy okazji: nie wierz w te plotki o zastępczyni wysokiego komisarza Nowej Zelandii. Wcale jej nie zatłukli na śmierć. Nadziała się na nóż kuchenny.

Upał był nie do wytrzymania. Morrisowi najwyraźniej się nie śpieszyło, zaproponowałem więc, żeby wyjechać z miasta i wykąpać się w morzu.

– Eee, tego... Chyba nie. Nie, wolałbym nie. Ty oczywiście możesz sobie popływać, ale ja nie mogę ci towarzyszyć. Nie, zdecydowanie nie. W tych sprawach nastawienie mieszkańców Guadalcanal jest wciąż – jak by to ująć? – dogmatyczne.

Morris pochodził z wyspy Malaita. Jego rodacy trzymali władzę w Honiarze, woleli jednak nie opuszczać miasta w obawie przed atakiem zamachowców.

Minęliśmy katedrę polową. W nabożeństwie uczestniczyły setki ludzi.

– Pogrzeb! – wyjaśnił Morris. – Ministra sportu. Ajajaj. Bardzo smutna historia. Zamordowali go dwa tygodnie temu. Ojciec Geve – tak, tak, przy okazji był księdzem katolickim – pojawił się w swoim okręgu wyborczym, żeby porozmawiać z Haroldem. To był głupi pomysł. Zakładam, że słyszałeś o Haroldzie Kekem?

Nazwisko Harolda Kekego obiło mi się o uszy już kilka tygodni temu. Harold przywódca powstańców. Harold nacjonalista z Guadalcanal, Harold watażka, Harold szaleniec. Keke był wszystkim po trochu. Ukrywał się w nękanym sztormami regionie Weather Coast od 2000 roku, kiedy to odmówił podpisania traktatu pokojowego. Ostatnio komuś udało się przekonać jedenastoosobową bandę wyrostków z Malaity, żeby wyruszyć na poszukiwanie Kekego. Chłopcy dostali broń i łódź, w której patrolowali wybrzeże dopóty, dopóki nie odnaleźli Kekego. A raczej dopóki Keke ich nie odnalazł. Zabił wszystkich. Do zdarzenia doszło na trzy miesiące przed moim przybyciem. Ludzie już mieli nadzieję, że Harold się uspokoił, kiedy znów dał o sobie znać, tym razem śląc kulkę ojcu Geve'emu.

– Harold myśli, że wojna wciąż trwa, a to nieprawda – powiedział Morris, ścierając pot z szyi. – Wszystko to razem nie sprzyja turystyce. Eee... przepraszam za bałagan.

Morris zostawił mnie w motelu Quality, fortecy z widokiem na port, otoczonej siatką i drutem kolczastym. Spędziłem wieczór w towarzystwie strażników – pięciu surowych, wyposażonych w pałki młodzieńców o rozłożystych barach. Obserwowaliśmy starcia uliczne w pomarańczowym świetle latarni i słuchaliśmy radia. Wiadomości nadawano po angielsku, czyli w oficjalnym języku Wysp Salomona, oraz w tutejszym pidżynie grzęznącym gdzieś w pół drogi między angielszczyzną a bislama. W wiadomościach Harold Keke, który przekazał z Weather Coast oświadczenie, że ojciec Geve zmarł wskutek „zatrucia ołowiem". Zatrucia ołowiem! Wszyscy pojęli aluzję. Inne wiadomości: cztery osoby zginęły, sześć zostało rannych w strzelaninie na plantacji palm olejowych na wschód od lotniska. Zdaniem policji w wymianie ognia uczestniczyli sąsiedzi. (Skąd oni to wiedzą? Przecież Królewska Policja Wysp Salomona od miesięcy boi się wytknąć nos poza obręb miasta). Komunikat z ostatniej chwili: policja zwraca się do obywateli z oficjalną prośbą o zaprzestanie kradzieży ciężarówek i furgonetek rządowych.

Awaria sieci elektrycznej niespodziewanie położyła kres bójce na ulicy pod motelem. Honiara pogrążyła się w ciemnościach, rozświetlanych jedynie przez palące się śmieci wyrzucające w niebo iskry niczym chmary świetlików. Do późna w noc dochodził mnie z oddali jakiś bezcielesny głos. Wśród jęków i zawodzeń rozpoznałem słowa: „Idź do domu. Do domu, błagam, idź wreszcie do domu".

Mieszkańcy Honiary nie lubią nazywać tego zamętu wojną domową. Nie chcą określać go mianem chaosu ani nawet konfliktu. Wolą używać terminu „napięcia etniczne", jakby wydarzenia ostatnich czterech lat były czymś w rodzaju migreny – dolegliwości, z którą nic się nie da zrobić i do której nikt się nie przyczynił. Moim zdaniem była to jednak wojna.

Kłopoty zaczęły się od nienawiści, broni i pieniędzy. W latach dziewięćdziesiątych mieszkańcy Guadalcanal stracili cierpliwość do osadników z innych wysp, którzy zasiedlali Honiarę i żyzne równiny wokół stolicy. Najbardziej zaszły im za skórę tysiące Malaitańczyków, którzy przybyli na wyspę i żyli dostatnio od 1978 roku, kiedy Guadalcanal uniezależniła się od Wielkiej Brytanii. Osadnicy z Malaity potraktowali Honiarę jak własność. Zakładali przedsiębiorstwa, zajmowali stanowiska w rządzie, budowali solidne, kryte blachą domy, kupowali anteny satelitarne i pozwalali swojej młodzieży rozrabiać po nocach. Tubylcy obciążyli Malaitańczyków odpowiedzialnością za falę morderstw, w tym masakrę maczetami na obrzeżach miasta. Ich zdaniem przybysze z Malaity byli chciwi, okrutni i agresywni. Malaitańskie *kastom* okazało się złym *kastom*.

Rodowici mieszkańcy Guadalcanal postanowili się zbroić. Jedni pożyczali rusznice myśliwskie. Inni sięgnęli po stare karabiny z okresu drugiej wojny światowej – wyczyszczone, naoliwione i załadowane trzymaną w zapasach amunicją. Jeszcze inni sklecili sobie własne strzelby z rur wodociągowych i części do samochodów. Kolekcjonerzy broni kierowali się tyleż ulotną, co żarliwą ideą „odzyskania wyspy" – mimo że większość z nich, nie wyłączając Harolda Kekego, wychowała się w regionie Weather Coast, z dala od Honiary. Bojowników bardziej interesowały pieniądze niż sprawiedliwość. Zażądali dwudziestu tysięcy dolarów za każde morderstwo przypisane Malaitańczykom od czasu uzyskania niepodległości. Premier zdecydował o wypłacie rekompensaty za doznane krzywdy, jego czek okazał się jednak bez pokrycia. Chaos się pogłębiał. Keke i jego *wantoks*, wyposażeni w strzelby domowej roboty, topory i włócznie, przemaszerowali przez wyspę i wszczęli zamęt na północnym wybrzeżu, rugując malaitańskich osadników i puszczając z dymem ich posiadłości. Trzydzieści tysięcy uchodźców – jedna trzecia ludności Guadalcanal – postanowiło szukać schronienia w samym sercu stolicy albo tłoczyć się na pokładach przeżartych rdzą statków pasażerskich kursujących na inne wyspy. Większość pochodziła z Malaity. Do czerwca 1999 roku bojówkarze zdołali zniszczyć i spalić niemal wszystkie osady na przedmieściach Honiary.

Nie trzeba było długo czekać na odwet Malaitańczyków. W poprzednim dziesięcioleciu przywódcy kraju zdradzali coraz większe zaniepokojenie wojną na wyspie Bougainville, w prowincji Papui-Nowej Gwinei, odległej o zaledwie godzinę podróży morskiej od najbardziej wysuniętych na zachód Wysp Salomona. Starcia rozprzestrzeniły się z czasem na strefę przygraniczną, rząd wysp wyasygnował więc dziesięć milionów dolarów na zakup broni automatycznej ze Stanów Zjednoczonych, rzekomo z obawy przed inwazją. Karabiny składowano w arsenale Królewskiej Policji Wysp Salomona. Ponieważ tak się złożyło, że większość policjantów urodziła się na Malaicie, nowo utworzona Malaitańska Armia Orła (MEF) postanowiła skorzystać z okazji i wyprowadzić z arsenału dwa tysiące sztuk broni maszynowej. MEF zmusiła premiera do złożenia rezygnacji i przekształciła Honiarę w twierdzę Malaitańczyków. Żołnierze zdjęli wielkolufowy karabin maszynowy z dziobu policyjnej łodzi patrolowej, zamontowali go na buldożerze i tak powstał pierwszy czołg na wyspie.

Ich wrogowie z Guadalcanal, nie chcąc zostawać w tyle, obrabowali kopalnię złota i uprowadzili śmieciarkę, którą z pomocą kilku pomysłowych majsterkowiczów przerobiono na drugi czołg w kraju. Obydwie strony konfliktu zaczęły wysadzać mosty i stacje benzynowe. Puszczać z dymem hotele, kościoły i wioski. Bombardować stacje misyjne, przypuszczać atak na szpitale i kliniki, żeby wykończyć rannych. Wzdłuż głównej drogi pojawiły się zatknięte na palach głowy. Okaleczone zwłoki odkrywano w stosach ananasów na targu w centrum miasta. Nikt nie potwierdzał doniesień o liczbie ofiar, ale w pierwszej połowie 2000 roku zginęło co najmniej dwieście osób.

Bojówkarze zajęli w końcu pozycje nad rzeką Alligator Creek, na wschód od międzynarodowego portu lotniczego. W brunatnej wodzie pojawiły się smugi krwi. Rozmiary konfliktu dowiodły, że to jednak wojna. Starcia ustały dopiero wówczas, kiedy na most wkroczyła grupka mężczyzn ubranych w czarne szorty i czarne koszule przewiązane w pasie białą szarfą, z miedzianymi medalionami na szyi. Członkowie Bractwa Melanezyjskiego chcieli położyć kres zabijaniu. Wznieśli w górę laski: słońce odbijało się w ornamentach inkrustowanych macicą perłową, wężowe oczy lśniły bielą. *Tasiu* modlili się o pokój. Trafiło się paru idiotów, którzy próbowali do nich strzelać, ale świadkowie są zgodni, że kule odbiły się od magicznych lasek.

Kiedy w 2000 roku ogłoszono rozejm, mieszkańcy Wysp Salomona zdołali wybrać rząd. Zewsząd napływała pomoc międzynarodowa. Życie w Honiarze powinno było zmienić się na lepsze. Niestety. Państwo funkcjonowało z miesiąca na miesiąc coraz gorzej, szerzyła się anarchia, lała się krew.

Gospodarka poszła w diabły. Zagraniczni przedsiębiorcy zwinęli manatki. Rząd chylił się ku upadkowi. Wieśniacy sprawujący kontrolę nad ujęciami wody dla stolicy co wieczór zakręcali kurki, żeby ukarać władze. Po wioskach handlowano bronią maszynową. Sąsiedzi urządzali zawody w strzelaniu do sąsiadów. Szkoły zamknięto. W szpitalach kończyły się lekarstwa. Wróciła malaria. Pieniądze przestały płynąć. Telefony przestały dzwonić. Przestały kursować statki i samoloty.

Ziejąca jak otwarta rana Honiara – pełna lejów po pociskach, uszkodzonych wodociągów, pyłu, ogrodzeń z drucianej siatki i połamanych drzew – przypominała najpodlejsze przedmieścia Meksyku.

204

Surowa estetyka miasta kojarzyła się z halą maszyn, a panująca w nim ciężka atmosfera pasowała raczej do obozu uchodźców. Chodniki obstawiono setkami skleconych naprędce straganów z papierosami i betelem – dwiema ulubionymi używkami mieszkańców stolicy. Ziemia przybrała trwały odcień czerwieni, niczym dłonie Lady Makbet. Szedłem ulicą Mendaña, jedyną promenadą w mieście, mijając po drodze katedrę anglikańską z tablicą ku czci biskupa Pattesona, jachtklub bez jachtów, napędzane silnikami Diesla generatory dostarczające prąd do urządzeń klimatyzujących w trzech tutejszych biurowcach, wypożyczalnię wideo, w której na ekranie wielkiego telewizora Chuck Norris spuszczał łomot żołnierzom Wietkongu, oplute ściany i zapuszczone ogrody Muzeum Narodowego oraz budynek Ministerstwa Finansów przycupnięty za monstrualną spiralą z drutu kolczastego. Zatrzymałem się w biurze Solomon Airlines, ozdobionym mapą reliefową lotniska na Nendo w archipelagu Wysp Santa Cruz. Nendo leży trzy dni żeglugi na wschód od Honiary – stamtąd już tylko czterdzieści mil morskich do Nukapu, mojego Świętego Graala, ośrodka kultu biskupa Pattesona. Proszę mnie wpisać na listę pasażerów. Co nagle, to po diable, oświadczył agent. Wyspy Santa Cruz są jak Hotel California z piosenki The Eagles: nawet jeśli samolot doleci, wcale nie jest powiedziane, że wróci. Na Nendo już od miesięcy brakuje paliwa. Można się tam dostać wyłącznie statkiem.

Skierowałem się więc do portu. Do Wysp Santa Cruz kursowały dwa statki. Obydwa przycumowano do tego samego pirsu z obtłuczonego betonu. Pierwszy, „Eastern Trader", wyglądał jak przedsionek piekła: wysmarowana olejem sterta złomu, z której odpadały wielkie płaty rdzy, obwieszona łopoczącym na wietrze praniem, ale za to z mnóstwem baryłek paliwa na pokładzie.

– Kiedy możemy odpłynąć? – zagadnąłem skipera.
– Czekamy – odpowiedział.
– Na co? – spytałem.

– Na ropę – rzekł skiper.
– Przecież masz mnóstwo paliwa na statku – zaoponowałem.
– To jest paliwo lotnicze. Potrzebujemy oleju napędowego, a na razie nie mamy pieniędzy, żeby za niego zapłacić.
– A kiedy będziecie mieli pieniądze?
– Jak pasażerowie nam zapłacą.
– Długo już czekacie?
– Niedługo. Może z miesiąc.

Podobną informację otrzymałem po drugiej stronie doku, na statku motorowym „Temotu", który z wyglądu wzbudzał odrobinę większe zaufanie, poza tym napisy w języku chińskim świadczyły o jego długiej przeszłości w delcie Rzeki Perłowej.

Podczas wojny domowej kursowały przynajmniej statki. Wtedy były na to pieniądze. Teraz stanęło wszystko, a ja utknąłem na amen.

Włóczyłem się więc, gdzie popadnie, nawiązując znajomości z nieszczęsnymi mieszkańcami Honiary, którzy w niczym nie przypominali wyszorowanych do czysta, świeżo pobłogosławionych Vanuatańczyków. Zupełnie jakby ktoś wyssał z nich całą subtelność i pogodę ducha. Mężczyźni dzielili się ze mną przemyśleniami w rodzaju „nasz kraj ma przesrane". Namolne kobiety chciały mi przedstawiać swoje córki. Wszyscy się bali: byłych partyzantów, rabusiów i lichwiarzy, ale także policji. Nic dziwnego – po zawieszeniu broni aż dwa tysiące bojówkarzy zaciągnęło się do Królewskiej Policji Wysp Salomona w charakterze „specjalnych stróżów porządku". Miejsce na liście płac funkcjonariuszy rządowych z pewnością nie skłoniło partyzantów do zwrotu kradzionej broni, nie odmieniło też ludzi odpowiedzialnych za tortury, gwałty, zastraszanie i mordy, które w czasie wojny były na porządku dziennym. Ludzie bali się Harolda Kekego – bali się, że ostatni z bojowników Weather Coast znów wpadnie w szał, poprowadzi wojska na drugą stronę gór przecinających Guadalcanal i przypuści szturm na stolicę. Najbardziej jednak obawiali się wrogów Kekego, ludzi pokroju Jimmy'ego Rasty, jednego z rzekomo zreformowanych dowódców Malaitańskiej Armii Orła.

Jimmy'emu wojna się przysłużyła. Przed wybuchem zamieszek był nikim, teraz dowodził prywatną armią niegdysiejszych bojowników. Każdy w Honiarze miał coś do powiedzenia na jego temat. Niektórzy byli pod wrażeniem hojności Jimmy'ego, który na ulicach potrafił rozdawać dolary garściami. Większość miała na ten temat inne zdanie. Słuchałem opowieści o chłopcach Rasty, którzy wyłudzali tysiące dolarów od sklepikarzy, tłukli kijami demonstrantów i mieli na sumieniu zabójstwo co najmniej dwóch funkcjonariuszy policji. Członków bandy można było wynająć i zlecić im napad albo porwanie dowolnej osoby.

Doszedłszy do wniosku, że nie ma ucieczki od ciemnych stron Honiary, postanowiłem stawić im czoło. Rasta prowadził sklep z alkoholem przy szosie do lotniska. Wybrałem się tam i poprosiłem spoglądającego tępo przed siebie sprzedawcę, żeby przekazał właścicielowi liścik. Byłem ciekaw, czy Jimmy uzna, że otwiera się przed nim piekło. Tego mu nie napisałem w liściku. Zaznaczyłem natomiast, że jestem w dobrych układach z najbardziej wpływowymi osobami na Wyspach Salomona.

Musiałem zajrzeć do sklepu jeszcze trzy razy. Rasta przyturlał się wreszcie w zdezelowanej toyocie SR-5, z muzyką reggae puszczaną na cały regulator, aż drzwi klekotały. Miał pewnie koło trzydziestki. Wyglądał jak Bob Marley, który zszedł na złą drogę: gęste dredy, workowate dżinsy i dyskretny złoty zegarek. Wręczył mi puszkę ciepłego piwa SolBrew i wyszliśmy na zewnątrz. Usiedliśmy na skrzynkach po piwie przy kałuży przepalonego oleju.

Rasta – który naprawdę nazywał się Lusibaea – powiedział mi, że przed nastaniem waśni etnicznych był całkiem spokojnym gościem. Ale pewnej nocy w 1999 roku pojawili się chłopcy Harolda Kekego i splądrowali wioskę Rasty. Jego dziadek tak się przestraszył, że serce przestało mu bić. Przez wiele miesięcy odnajdywano zwłoki *wantoks* w ogrodach i strumieniach. Policja nie kiwnęła nawet palcem, Rasta z przyjaciółmi postanowili więc obrabować jej arsenał i wziąć odwet. Ale to wszystko już przeszłość, zapewnił mnie z dumą. Kiedy zamieszki się skończyły, założył prywatną agencję ochrony i dał zatrudnienie ponad trzydziestu chłopakom. Nie, nie używają broni palnej. Jakżeby mogli? Chłopcy zwrócili karabiny policji: wszystkie SR-88, M-16 i LMG, co do jednego. Dawno temu.

Chciałem powiedzieć: „Jimmy, nie kłam. Przecież wszyscy wiedzą, że twoi chłopcy strzelają do ludzi", ale strach zwyciężył. Siedziałem i piłem piwo, słuchając, jak Rasta opowiada ze swadą o swoich wrogach, do których zaliczał także członków Bractwa Melanezyjskiego.

– *Tasiu* to fałszywi prorocy. Nie *garem* magiczna moc. Pewnego dnia stanęli przed moją kwaterą i próbowali narobić nam kłopotu, ale moi chłopcy potrzaskali im dwie laski. I co? Stało nam się od tej pory coś złego? Nie. Nic. *Mi no fraet long olgeta tasiu.*

Z reguły przekazywano tę historię w nieco innej wersji. Słyszałem, że chłopak, który połamał laski, został kaleką. Ręce mu uschły.

– Niektórzy sądzą, że powinieneś siedzieć w więzieniu – bąknąłem.

– Co? – obruszył się Rasta.

Stchórzyłem. Postanowiłem zmienić temat.

– Kiedy nastanie pokój w twoim kraju? – spytałem.

– Pokój? My *garem* pokój. Spójrz, sklep jest otwarty. Interes kwitnie.

Mrugnął do mnie, rozpromienił się i klepnął mnie w kolano.

– Słuchaj, jestem chrześcijaninem. Kościół Ewangelicki Mórz Południowych. Jesteś chrześcijaninem?

– Eee...

– Jak jesteś, to wiesz, że wszystko dzieje się zgodnie z planem bożym. Bóg wie już w dniu naszych narodzin, co nam się kiedyś przytrafi. Ma dla nas plan. Przyjacielu, wszystko będzie dobrze. Wszystko będzie *gud tumas*.

Ale w Honiarze najwyraźniej nie było dobrze. Setki uchodźców wróciło na wyspę i domagało się odszkodowań za utratę gruntów i posiadłości oraz za śmierć krewnych, którzy ich zdaniem padli ofiarą konfliktu. Nazywano to „rekompensatą". Cena za zabicie człowieka? W Czasach Ciemnoty obowiązywała zasada życie za życie. System prawny świata zachodniego przewiduje w takich sytuacjach karę więzienia. Teraz opłatę przyjmowano w gotówce. Jeśli masz karabin, nie musisz udowadniać swego prawa do rekompensaty. Wystarczy znaleźć ministra finansów i zażądać od niego wypisania czeku. Dlatego właśnie ministerstwo otoczono zasiekami z drutu kolczastego.

Napięcie rosło i opadało, jak fale przypływu. Można było wyczuć, kiedy rośnie. Ciężkie i gęste, zasnuwało wszystko mroczną, lepką błoną, podobną do plwociny żującego betel. Zaczynałeś wtedy ważyć każdy krok. Patrzeć ludziom w oczy niezbyt uporczywie, ale na tyle długo, żeby przejrzeć ich zamiary. Na ulicach roiło się od szukających zaczepki młodocianych Rambo oraz znudzonych mieszańców o wargach poplamionych betelem i połamanych, ostrych jak brzytwa, przegniłych zębach, którzy włóczyli się stadami wśród dymiących stert śmieci, siedzieli w kucki na ziemi, pluli czerwoną śliną, palili, zastygli w oczekiwaniu. Tuż po powrocie ze sklepu Rasty zwróciłem uwagę na bystrookiego chłopaka. „Pilnuj się!" – krzyknął radośnie z drugiej strony ulicy.

I nagle:

Dobiegające z oddali dźwięki strzelaniny.

Ta-ta-ta – seria z broni maszynowej.

Wszyscy rozbiegli się w popłochu, rozpaczliwie szukając kryjówki. Schowałem się za jakimś kontenerem. Natknąłem się na rozchichotanego chłopca, który przed chwilą mnie ostrzegł.

– Co się stało? Co się dzieje? – spytałem bez tchu, zerkając na opustoszałą ulicę.

– Mi *no savve* – odpowiedział, łuskając betel. – Ale *long Honiara, taem olgeta pipol run, yu run olsem.*

Chrześcijaństwo miało ocalić Wyspy Salomona przed chaosem i przemocą. Kiedy pytałem mieszkańców Honiary, dlaczego ich przodkowie zmienili wiarę, odpowiadali zwykle jednym słowem: pokój. Chrześcijanie nie pustoszyli sąsiednich wiosek z rozkazu duchów przodków. Nie prześladowali się i nie zjadali nawzajem. Nie żyli w strachu. Oto, co niósł z sobą w darze bóg z importu. Zdaniem niektórych chrześcijaństwo ocaliło wyspiarzy przed dziką częścią ich natury.

Rzecz jasna, Europejczycy podtrzymywali tę wersję historii. Angielscy kronikarze od dawna zwracali uwagę, że tubylcy z Wysp Salomona rozpaczliwie potrzebują przywództwa – zarówno w wymiarze duchowym, jak i praktycznym. „Misja Melanezyjska w samą porę dotarła na Wyspy Salomona" – pisał Austin Coates w *Wyspach Zachodniego Pacyfiku*, wydanym w 1970 roku na zlecenie Ministerstwa Kolonii podsumowaniu rządów brytyjskich w regionie. „Tutejsza społeczność znajdowała się w stanie szybko postępującej dezintegracji, związanej przede wszystkim z tyleż niedawnym, co przerażającym rozwojem kanibalizmu, czarnej magii oraz praktyk łowców głów. Brutalizacja życia osiągnęła takie rozmiary, że uznano ją po prostu za normę".

Ten histeryczny w tonie komentarz jest głęboko zakorzeniony w tradycji pierwszych kronikarzy, którzy najwyraźniej gustowali w budzących grozę opisach brutalności tubylców. Należy do nich Alan K. Tippett, wędrowny historyk misji, u którego czytamy, że w okolicach stacji na Choiseul z gałęzi figowców zwisały ludzkie czaszki – porozwieszane tak gęsto, że wyglądały jak bombki na choince. Osiadły na wyspach kupiec, niejaki John C. MacDonald, w 1883 roku był świadkiem ceremonii wodowania nowego czółna w lagunie Nono. Uczestnicy trzymali ponoć młodego niewolnika pod wodą dopóty, dopóki nie przestał oddychać, po czym odcięli mu głowę. MacDonald opisuje z niezdrową fascynacją, jak wieśniacy obnosili zwłoki chłopca wokół warsztatu szkutniczego, a kiedy z szyi przestała chlustać krew, ugotowali je w jednym kotle ze świnią. Podróżnicy rzucali się łapczywie na wszelkie doniesienia o demoralizacji wyspiarzy, często dając im wiarę na słowo. Mój pradziad podrzucił czytelnikom *Światłości Melanezji* kilka smakowitych kąsków z wyspy Makira, leżącej na wschód od Guadalcanal:

„Nieraz się zdarza, że mieszkający nieopodal wódz wstaje tuż przed świtem i o brzasku zaskakuje śpiących, morduje wszystkich, zabiera ich czaszki do domu lub nowego czółna, po czym unosi w drogę powrotną tyle ludzkiego mięsa, ile wieśniacy zdołają spotrzebować. Niedaleko Wango, gdzie mieści się jedna z naszych szkół, pokazano mi wioskę wyludnioną w ten sposób zaledwie kilka lat temu. Czterdzieści złupionych podówczas czaszek najpewniej wciąż znajduje zastosowanie, ale okoliczni mieszkańcy nie zwykli się przechwalać podobnymi wyczynami ani wystawiać swych łupów na widok powszechny".

Aż się prosi, żeby w tym miejscu przerwać lekturę i przez chwilę się zastanowić: skoro mój pradziad nie usłyszał tej historii od wyspiarzy, to w takim razie od kogo i komu miałoby to właściwie służyć? Można też machnąć ręką i przejść do następnych plotek, na przykład takiej:

„Zabójstwa niemowląt są na porządku dziennym, a ich sprawczyniami są stare kobiety, które z lubością uśmiercają nowo narodzone dzieci, żeby nie odrywać młodych matek od pracy w polu, co mogłoby odbić się niekorzystnie na sytuacji osób starszych i bezdzietnych. Spytałem rzecz jasna, jak w takim razie zapobiega się spadkowi liczebności wspólnoty. Powiedziano mi, że we wszystkich nadmorskich wioskach obowiązuje zwyczaj kupowania sześcio-, ośmioletnich chłopców i dziewczynek od ludzi z buszu, którzy najwyraźniej nie dopuszczają się zbrodni dzieciobójstwa".

Odnoszę się do tych informacji z rezerwą, można je bowiem znaleźć wyłącznie w zapiskach przybyszów z Europy, którzy czerpali wymierne korzyści z przedstawiania Melanezyjczyków jako zdegenerowanych dzikusów. Nawet jeśli zawarte w tych relacjach szczegóły nie są prawdziwe, współcześni mieszkańcy Melanezji i tak wysnuli z nich własną wersję historii. Czasy Ciemnoty to era przemocy, niewolnictwa, wyuzdania i rozlewu krwi.

Bystrzejszy obserwator dostrzeże, że Europejczycy przynieśli wraz z Biblią kajdany, miecze i proch strzelniczy. Weźmy na przykład ich pierwsze spotkanie z mieszkańcami Wysp Salomona. W roku 1567 hiszpański wicekról Peru wysłał na Południowy Pacyfik swojego siostrzeńca Alvara de Mendaña. Hiszpanie byli przekonani, że Inkowie pokonali kiedyś ocean na tratwach i dotarli na wyspy zamieszkane przez bajecznie bogatych czarnoskórych. Snuli fantazje o biblijnej krainie Ofir, skąd król Salomon czerpał złoto do budowy świątyń w Jerozolimie. Konkwistadorzy pragnęli złota, Mendaña postawił sobie dodatkowy cel: poddać nowo odkrytą rasę pod panowanie Kościoła katolickiego.

Mendaña strawił blisko rok na poszukiwaniach wyspy, której rozmiary choć w przybliżeniu pokrywałyby się z obszarem wyimaginowanego królestwa. Nazwał ją Santa Isabel i oddał cały archipelag we władanie swojego króla i boga, ale tubylcy nie mieli zamiaru dzielić się maniokiem z wygłodzoną załogą Hiszpana. Kryzys nastąpił, kiedy dziesięciu ludzi Alvara przybiło do brzegów Guadalcanal po wodę pitną. Przeżył tylko jeden. „Zwłoki pocięto na kawałki – zanotował ochmistrz Gomez Catoira. – Niektóre pozbawiono rąk i nóg, innym odcięto głowę, wszystkim obcięto koniec języka i wyłupiono oczy. Trupom, którym nie odjęto głów, rozpłatano czaszki, żeby wyjeść z nich mózg". Mendaña z pewnością nie nadstawił drugiego policzka. Jego żołnierze puścili z dymem setki domów i zabili co najmniej dwudziestu mężczyzn. Ciała ofiar wywlekli z chat, poćwiartowali i zostawili w miejscu, gdzie zginęli członkowie załogi. Po powrocie do kraju Mendaña zdał raport o odkryciu bajecznych wysp króla Salomona, oświadczył jednak, że nie udało mu się odnaleźć złota, srebra i korzeni ani tym bardziej nawrócić pogan.

Pierwsi brytyjscy awanturnicy nie próbowali udawać, że ich misja ma cokolwiek wspólnego z Bogiem. Przybyli najpierw po drewno, potem po robotników, wreszcie po same wyspy. Kupcy byli często zdeklarowanymi wrogami Kościoła. Uzbroili tubylców w strzelby i zdaniem Henry'ego Montgomery'ego przyczynili się pośrednio do krwawych zamachów na anglikańskie szkoły misyjne. „Największą przeszkodą w dziele misjonarzy są biali bezbożnicy – ptaki, co własne gniazdo kalają, dopuszczają się najgorszych okrucieństw" – rozpaczał mój pradziad, przekonawszy się, że Guadalcanal jest wciąż ostoją pogaństwa.

W 1893 roku Wielka Brytania ustanowiła swój protektorat nad Wyspami Salomona. Pierwszy komisarz, sir Charles Woodford, domagał się zaprowadzenia „twardych ojcowskich" rządów nad niesfornymi tubylcami. Głównym winowajcą niepokojów na wyspach był jednak sam Woodford, który wydzierał ziemię z rąk autochtonów, żeby ją sprzedać lub wydzierżawić białym plantatorom. Dlaczego Woodford czynił to z takim zapałem? Twarde ojcowskie rządy wymagały stałych dochodów. Paragraf 22 z opóźnionym zapłonem.

Część plantatorów kupowała ziemię od rodowitych właścicieli: pewien okręg sprzedano za dwadzieścia funtów, dwa tysiące zębów morświna, dwieście zębów psich, skrzynkę tytoniu, pudełko fajek, pudełko zapałek, belę perkalu, dwa noże i dwa topory. Z reguły jednak Woodford po prostu zagarniał tysiące akrów rzekomo „bezpańskich gruntów", których w większości na oczy przedtem nie widział, po czym przydzielał je plantatorom. Ilekroć tubylcy próbowali się przeciwstawić aktom grabieży, Woodford i jego sojusznicy bezwzględnie tłumili ich bunt. Wysiłki Woodforda, by „oczyścić" Wyspy Salomona, przypominały czasem tradycyjne krwawe rozprawy między Melanezyjczykami.

Na przykład w 1909 roku rząd zlecił zabójstwo żony i dzieci wodza Sito na wyspie Vella Lavella. W ramach odwetu Sito kazał swoim ludziom zabić żonę i dzieci jednego z białych kupców. Żeby nie pozostać mu dłużnym, Woodford wysłał ekspedycję karną z udziałem przedstawicieli władz „owładniętych żądzą zemsty kupców" oraz bojówki Malaitańczyków, którzy runęli na Vella Lavella jak burza, siejąc śmierć i spustoszenie, gdzie tylko popadło.

Misjonarze nieraz zbierali żniwo brutalności rządu. Strzępki historii skleconej przez mojego pradziada ujawniają podwójnie niszczycielską moc zapału ewangelizacyjnego w połączeniu z potęgą morską najeźdźców.

Do 1880 roku misja zdołała pozyskać garstkę wyznawców na wyspach Florida na wschód od Guadalcanal, większość tubylców pozostała jednak wrogo nastawiona wobec Kościoła. W tym samym roku do brzegów wysp zawinął brytyjski slup wojenny HMS „Sandfly". Dowódca okrętu, niejaki porucznik Bower, wsiadł do szalupy obsadzonej czterema wioślarzami i dobił do wysepki Mandoleana, którą uznał za bezludną. Miał rację, tyle że wieść o jego desancie dotarła do Kalekony, wodza pobliskiej wyspy Nggela. Kalekona miał już wcześniej na pieńku z białymi i najwyraźniej potrzebował jeszcze jednej głowy, żeby nadać sprawom właściwy obrót. Takie było *kastom*. Postanowił urządzić żeglarzom zasadzkę i wysłał w tym celu grupkę wojowników pod wodzą swojego syna. Tubylcy zarąbali toporami trzech mężczyzn, po czym strącili samego Bowera z kryjówki na szczycie figowca. Cztery głowy. Marynarka wojenna zbombardowała w odwecie kilka wiosek, oszczędziła jednak – co znamienne – osadę zamieszkaną przez chrześcijan. Co istotniejsze, rok później na wyspę zawinął okręt HMS „Cormorant" wiozący na pokładzie biskupa Johna Richardsona Selwyna (syna pierwszego biskupa misji i następcę Pattesona). Selwyn zerwał sojusz z Kalekoną. „Przywódca wichrzycieli" zawisł na tym samym figowcu, na którym wcześniej próbował się ukryć Bower. Resztę jego ludzi przywiązano do pnia i rozstrzelano. Kalekona wraz z synem uszli z życiem dzięki odnowieniu przymierza z Kościołem.

Egzekucja wywarła cudowny wpływ na działalność misji. Mieszkańcy wysp Florida zniszczyli swoje miejsca kultu i obiecali porzucić dawnych bogów. Tysiące ludzi przyjęło chrzest jeszcze przed przybyciem mojego pradziada. Rozbrojeni wyspiarze zdali sobie sprawę, że ich bezpieczeństwo zależy od stacji misyjnych. Wspólnoty rosły w liczbę. Kościoły i szkoły misyjne pojawiały się w dżungli jak grzyby po deszczu – od Nowej Georgii po Santa Cruz. Praktyki łowców głów i nieustanne wojny międzyplemienne stopniowo odchodziły w przeszłość. Plantacje orzechów kokosowych prosperowały w najlepsze. Pokój – przerwany na krótko przez drugą wojnę światową – trwał całe stulecie. Mimo że towarzyszył ekspansji chrześcijaństwa, w równej mierze był skutkiem modlitw, jak przeważającej siły militarnej. Mieszkańcy Wysp Salomona przyjęli religię chrześcijańską w odruchu samoobrony, ze względów politycznych i na znak poddaństwa – bynajmniej nie względem Księcia Pokoju, lecz boga wojny, potężniejszego niż ich dawne bóstwa.

Nie dałem się przekonać argumentom krążącym po ulicach Honiary, jakoby obecny kryzys wynikał z przeniewierstwa wobec Wszechmocnego i powrotu do dzikiego pogaństwa z Czasów Ciemnoty. Przecież wszyscy kombatanci byli chrześcijanami. Nawet osoby sprawujące najwyższe rządowe funkcje nie zdołały się oprzeć pokusie ujmowania konfliktu w kategoriach mitu.

Kiedy wróciłem do motelu Quality, żeby przeczekać nieznośny skwar południa, na mojej werandzie pojawił się minister pokoju i pojednania. Usadowił swoje potężne cielsko na krześle i odłożył torbę z plecionej trawy. Nathaniel Waena postanowił mi wyjaśnić, na czym polegają kłopoty jego kraju. Mówił nienaganną angielszczyzną. W jego głosie pobrzmiewał ogromny autorytet. Mimo to nie zdołał mi naświetlić przyczyn kryzysu ani jego ewentualnych konsekwencji. Może to wszystko wina Malaitańczyków. A może Brytyjczyków, którzy próbowali poszywać ten kraj z nieprzystających do siebie skrawków, którzy ściągnęli tu mieszkańców innych wysp, mamiąc ich złudnymi obietnicami bogactw Honiary. A może – powiedział Waena, przeczesując palcami gąbczaste afro i mrużąc oczy jak w nagłym ataku migreny – rozwiązanie konfliktu powierzył ludziom sam Pan Bóg.

– Nigdy nie będziemy pojedynczym krajem ani narodem. Będziemy się zawsze identyfikować z naszymi wyspami, gdzie Stwórca kazał nam żyć i przetrwać – zagrzmiał i wyrzucił ramiona w górę. – Ale pozwól, że cię spytam: dlaczego Bóg stworzył Wyspy Salomona takimi, jakimi są? Dlaczego nas związał, a zarazem rozdzielił przez morze? Dlaczego sprawił, że tak się między sobą różnimy? Co chce nam przez to uzmysłowić?

Waena uderzył pięścią w stół i wychylił szklankę soku z limonki. Po lewej soczewce jego mocnych okularów spłynęła gruba kropla potu. Ściszył głos.

– Postępowaliśmy niewłaściwie. Mamy tyle bogactw. Gdzie one się wszystkie podziały? Co się z nami dzieje? Czego Bóg od nas oczekuje? Jak mamy przejrzeć Jego zamiary?

Po tygodniu, kiedy zdążyłem już poznać wyspiarzy i ich zgryzoty, zacząłem sobie wreszcie uświadamiać duchowy aspekt konfliktu. Źródło kryzysu tkwiło nie w polityce czy logistyce, tylko w *kastom*, prawdziwej duszy narodu. Nie działo się dobrze z *kastom* na Wyspach Salomona. Przez cały wiek misjonarze prowadzili szkoły z internatem, wyrywając dzieci z rodzinnych wiosek zupełnie jak na Vanuatu. Ale w przeciwieństwie do Vanuatu tutejszych wodzów pozbawiono władzy i prestiżu. Obydwa czynniki przyczyniły się do stopniowej utraty łączności z opowieściami i naukami protoplastów. Ludzie puszczają mimo uszu szeptania przodków – zapomnieli, jak ich słuchać. Pamiętają o męczeństwie biskupa Pattesona na Nukapu, zapomnieli jednak, że nawoływał do pokoju. Więź tubylców z rządzącą niegdyś ich życiem tradycją ustną na tyle odbiegła od korzeni, na tyle się rozluźniła pod wpływem nieustannych zmian i zawiści, że w końcu przestała istnieć.

Tylko jedna opowieść dawała im nadzieję. Krążyła w rozmaitych wersjach, wzbogacana o coraz to nowe wątki, wciąż jednak dotyczyła tych samych bohaterów i zawsze kończyła się cudem. Jedną z jej odsłon poznałem dzięki mojemu nowemu kumplowi, który nazywał się Robert Iroga i pracował jako reporter gazety „Solomon Star".

Zaprzyjaźniłem się z Irogą w wytwornym niegdyś hotelu Mendaña, gdzie politycy siedzą teraz ramię w ramię z niedawnymi bojówkarzami, racząc się nad basenem szklaneczką johnny'ego walkera. Bojówkarze noszą kwieciste szorty. Politycy noszą kapelusze przeciwsłoneczne, żeby zakryć twarz. W suficie recepcji dostrzegłem świeże ślady po kulach. Nic takiego, wyjaśnił portier. Kilku specjalnych stróżów porządku urządziło w weekend przyjęcie. Byli uzbrojeni w karabiny maszynowe.

Miałem nadzieję, że Iroga – uchodzący w redakcji za głównego specjalistę od spraw konfliktów etnicznych – przedstawi mi wnikliwą analizę kryzysu i pełną galerię współwinnych obecnej sytuacji. Tymczasem się okazało, że nawet poważny dziennikarz przedkłada mit nad nagłówki w prasie. Kupiłem skrzynkę piwa, żeby rozwiązać mu język. Poprosiłem go, żeby mi wytłumaczył, o co w tym wszystkim chodzi. Czyja to wina? Potężnie zbudowany młodzieniec zachowywał się dziwnie nerwowo. Rozglądał się gorączkowo wokół, co pewien czas kiwał głową i patrzył mi w oczy z poważną miną. Zapewnił mnie, że sprawcami zamieszek nie są półanalfabeci pokroju Jimmy'ego Rasty albo Harolda Kekego. Bynajmniej. Sprawa nie wyszła z dołu. Rozwinęła się z góry, w sferach wykształconych „elit", w środowiskach prawników, parlamentarzystów i przedsiębiorców. Iroga nie podał mi jednak żadnych nazwisk. Jedyne, czego naprawdę nie wolno robić na Wyspach Salomona, to rzucać oskarżeń. Słowa są niebezpieczniejsze niż karabiny.

– Poczytaj naszą gazetę – rzekł. – Czasem jesteśmy tak ostrożni, że nie podajemy żadnych wiadomości. Weźmy tych malaitańskich chłopców, którzy zamierzali pojmać Harolda Kekego w regionie Weather Coast: wiem, że zginęli, wiem, że zabił ich Harold, wiem też, że pochował ich *tasiu* – członkowie bractwa wysłali mi nawet faks z potwierdzeniem! Ale nie mogliśmy tego opublikować. Gdybyśmy się na to zdecydowali, przywódcy Malaitańczyków zażądaliby od nas odszkodowania za naruszenie dóbr osobistych ofiar.

Nic w Honiarze nie działało. Nikomu nie można było ufać. Z wyjątkiem Kościoła, rzecz jasna. Z wyjątkiem Bractwa Melanezyjskiego. Kraj już dawno rozpadłby się na kawałki, gdyby nie *tasiu*, którzy wkraczali między wojska, którzy próbowali teraz rozbroić dawnych bojówkarzy i którzy – z bożą pomocą – wyprowadzą kiedyś wyspiarzy na światło dnia.

Iroga zgodził się ze mną spotkać, bo zamierzał studiować dziennikarstwo w Kanadzie. Wyszedłem więc z założenia, że spróbuje mnie ująć obiektywizmem i fachowym dystansem. Być może właśnie to zrobił, tylko na swój sposób, po melanezyjsku: kiedy pociągnął tęgi haust piwa i przeszedł do historii, którą naprawdę chciał opowiedzieć.

Pewnego razu, w trakcie służbowego pobytu w południowej części Malaity, Iroga wybrał się do buszu w towarzystwie trzech członków Bractwa Melanezyjskiego. Po drodze wędrowcy trafili na rzekę – zbyt głęboką, żeby pokonać ją w bród, płynącą zbyt szybkim nurtem, żeby ją przepłynąć. Próbowali zdobyć jakieś czółno, ale na próżno. Postanowili zbudować tratwę, ale nie mieli pod dostatkiem drewna. Trzej *tasiu* zebrali się więc na modły w intencji Bożej pomocy. Ledwie zdążyli powiedzieć „amen", kiedy z mroku wyłonił się krokodyl. Był ogromny: długi i szeroki jak czółno. Jak zauważył jeden z *tasiu*, wprost idealny, żeby przeprawić się na jego grzbiecie. Odpowiedzią na ich modlitwy okazał się właśnie krokodyl. Wędrowcy wdrapywali się po kolei na gada, który ostrożnie przeprawiał ich na drugi brzeg. Kiedy już wszyscy czterej znaleźli się bezpiecznie po przeciwnej stronie rzeki, któryś z braci wyciągnął z torby miedziany medalion. *Tasiu* nosił na szyi inny. Ten odłożył z myślą o ludziach wielkodusznych i pobożnych, którzy przysięgli nieść braciom pomoc w ich dziele. Medalion zawisł na szyi krokodyla, którego mianowano Towarzyszem Bractwa. Roześmiałem się.

Iroga z namaszczeniem sączył swoje piwo.

– Zapiszę to. Pływałeś na grzbiecie magicznego krokodyla – oznajmiłem, czekając, aż Iroga zacznie się śmiać, walnie mnie w plecy, mrugnie szelmowsko okiem i wszystko odwoła.

– Trzeba wielkiej wiary, żeby czynić cuda – odpowiedział i zmarszczył brwi. Uświadomiłem sobie, że wcale nie żartuje.

Co innego dzielić się zmyślonymi historyjkami przy ognisku na skraju dżungli. Co innego uwierzyć w tysiącletnią przypowieść lub przyjąć, że przybyszowi z dalekich stron przytrafił się cud. Co innego przypisywać własne klęski i sukcesy działaniu *mana* bądź interwencji z niebios, jak czynił *tasiu* Ken w Vureas Bay. Teraz jednak nie byliśmy w dżungli, nie rozmawialiśmy o Starym Testamencie, nie roztrząsaliśmy dziwnych zbiegów okoliczności ani nie próbowaliśmy ująć życia w metaforę. Trudniliśmy się obydwaj dziennikarstwem. Zawód wykonywany przez Irogę w Melanezji był najbliższym odpowiednikiem tego, co robiłem u siebie w domu. No i masz: facet pławi się w mitach, rozpamiętuje zdarzenia, których nie mógł doświadczyć pięcioma zmysłami.

Coś we mnie nakazywało, by zerwać się na równe nogi, chwycić tego faceta za kołnierz, wytrącić go ze snu i obrugać: „Dziennikarzom nie wolno wygadywać takich bzdur!". Ale druga, coraz mocniej dająca o sobie znać część mojej osoby, chciała znaleźć się w jego skórze, a przynajmniej się nauczyć, jak zapamiętywać zdarzenia w sposób, w jaki to czynił Iroga. Wszyscy mieszkańcy Honiary, nie wyłączając Irogi, oddawali wojnę, swoje męki, swój ból i wizję odkupienia we władanie magii, której macki sięgały dosłownie wszędzie. Wszyscy mówili, wierzyli i dawali słowo honoru, że udało im się d o ś w i a d c z y ć równie niebywałych epizodów z udziałem *tasiu*. Wszyscy dzielili niewzruszoną pewność, że cud *tasiu* wybawi ich kraj. Wiedziałem, że te opowieści są kluczem do zrozumienia mieszkańców Wysp Salomona oraz ich sposobu życia, niemniej wciąż postrzegałem je nieostro i jakby z oddali. Chciałem spojrzeć na świat oczyma wyspiarzy, uświadomiłem sobie jednak, że muszę przedtem zamknąć własne, a nie umiałem tego zrobić.

Musiałem zrozumieć, że tę samą historię można ujrzeć, odczuć i przeżyć na kilka sposobów. Musiałem sam się wybrać w podróż z członkami Bractwa Melanezyjskiego.

15
Biskup Malaity

Samotność jest fundamentem kondycji ludzkiej. Człowiek jest jedynym stworzeniem, które czuje samotność, i jedynym, które szuka innego.

Octavio Paz, *Labirynt samotności* (przeł. Jan Zych)

Spędzałem całe dnie w porcie Honiary, czekając na kurs w stronę wysp Santa Cruz i stamtąd dalej na Nukapu. Wciąż słyszałem, że „Eastern Trader" ma lada chwila wypłynąć. Podobnie jego rywal „Temotu". Żaden nie ruszył się jednak.

Obserwowałem statki z werandy motelu Quality, zapadłem w drzemkę i przegapiłem, jak dość solidnie wyglądająca łajba bierze na pokład pasażerów, świnie i ryż, po czym rusza na morze w kłębach czarnego dymu. Wpadłem w furię, kiedy się dowiedziałem, że „Endeavor" wziął kurs na Santa Cruz. Trochę mi przeszło, kiedy mi doniesiono o dalszych losach statku. Ktoś zwędził cały zapas smaru – kiedy w połowie drogi na Nendo tryby zaczęły zgrzytać, inżynier pokładowy zalał je olejem kokosowym i unieruchomił przekładnię na amen. „Endeavor" wpadł w dryf i zaczęło go znosić na zachód, w stronę Morza Koralowego, gdzie dopadła go tak wysoka fala, że świnie zaczęły się ślizgać po pokładzie. Ładunek ryżu był dobrze umocowany w przeciwieństwie do świń. Ilekroć prosię wypadało za burtę, rekiny ruszały do ataku spod kadłuba i rwały zwierzę na strzępy. Wszystko na oczach struchlałych pasażerów. Minęło półtora tygodnia, zanim ktoś w Honiarze urządził zrzutkę na paliwo do łodzi patrolowej Królewskiej Policji Wysp Salomona, żeby ruszyła rozbitkom na odsiecz.

Nukapu musiała zaczekać. Dobra. Zależało mi na poganach i magii, a na Malaicie, drugiej co do gęstości zaludnienia wyspie archipelagu, mogłem się spodziewać i jednego, i drugiego.

Malaitańczycy są gwałtowni. Są wojowniczy. Są skryci. Co do tego zgadzali się wszyscy mieszkańcy Wysp Salomona, zwłaszcza samej Malaity. To Malaitańczycy podporządkowali sobie policję, to oni przechytrzyli i upokorzyli bojowników z Guadalcanal, to oni trzymali rząd w garści. To Malaitańczycy wciąż składali krwawe ofiary buszującym w lagunach rekinom i ośmiornicom. To Malaitańczycy – a w każdym razie kilka tysięcy wieśniaków z górzystego regionu Kwaio – niezmiennie stawiali opór poczynaniom Kościoła i rządu.

Najbardziej chciałem poznać górski lud Kwaio. To plemię w niczym nie przypominało tubylców z Tanny, swoistych pogan z odzysku. Kwaio nie dali się zauroczyć misjonarzom. Nigdy nie porzucili swojego *kastom*. Nie urządzali tańców dla turystów. Słynęli z wrogości wobec przybyszów. Kiedy Malaitańczycy z wybrzeża wdali się w krwawe rozgrywki i akty anarchii w Honiarze, górale Kwaio dalej uprawiali swoje ogrody i składali ofiary przodkom – zupełnie jak przed tysiącami lat. Byłem ciekaw historii przekazywanych z ust do ust przez ostatnich pogan na Wyspach Salomona: opowieści o ułomnym świecie poza obrębem ich górskiej ojczyzny.

Malaitę i Guadalcanal dzieli niespełna pięćdziesiąt mil morskich. Na mapie wyspy przypominają dwa ślimaki pełznące na północny zachód na tyle blisko siebie, że między nimi zmieścił się tylko bezkształtny archipelag Florida. Do niedawna statki z Honiary na Malaitę kursowały codziennie.

Kłopoty zaczęły się w tym miesiącu. Łódź z włókna szklanego wypłynęła w rejs z północnego krańca Malaity z ośmioma osobami na pokładzie, po czym zaginęła. Odnaleziono ją podtopioną u wybrzeży wysp Florida. Ktoś wyciągnął zatyczkę z zęzy. Pasażerowie przepadli. Mieszkańcy północnej Malaity podejrzewali, że ich *wantoks* wpadli w zasadzkę i zginęli z rąk zwaśnionego plemienia z laguny Langa Langa, usytuowanej nieco dalej na południe. Ponieważ statki kursujące między Honiarą i Auki pochodziły z warsztatów szkutniczych ludzi z Langa Langa i były przez nich obsługiwane, rywale potraktowali je jak zwierzynę łowną. Sam Jimmy Rasta, pochodzący właśnie z północnej części Malaity, urządził piracki napad na łódź „Sa'Alia" i uprowadził ją do swojej bazy na wschód od Honiary. Załoga pozostałych jednostek bała się odtąd wyruszyć w morze.

Włóczyłem się więc po portowych dokach, zniewolony urokiem ogromnych, srebrzystych cystern na ropę, wszechobecnego brudu, przeżartych rdzą magazynów, rozsypujących się pirsów z betonu, przewalających się tłumów ludzi, niewykorzystanych możliwości i brzydoty tego miejsca. Port nie odznaczał się subtelnym wdziękiem. Nie kotwiczyły w nim lśniące jachty, zawijające gromadnie do przystani w Port Vila, tylko jednostki handlowe: przybrzeżne frachtowce, żelazne barki przycumowane na zawietrznej hulki, podrasowane dżonki i promy z drugiej ręki – wszystkie czarne od dymu, przerdzewiałe, podziurawione kulami, roniące paliwo z nieszczelnych zbiorników.

Port leży na skrzyżowaniu najważniejszych szlaków morskich w rejonie zachodniego Pacyfiku. Polinezyjczycy o jasnej karnacji i prostych włosach przechadzali się wśród baryłkowatych pigmejów, karłów z wytatuowanymi na policzkach ornamentami w kształcie spirali, kruchych Malajów i rybaków z Indonezji, czarnych jak smoła rudzielców i równie czarnych mężczyzn ze spłowiałymi od słońca afro oraz kościstych kobiet o skórze w odcieniu lukrecji i wodnistych oczach. Marynarze z Malaity mieli najbardziej intrygujący wygląd i byli najprzystojniejsi. Ich cynamonowobrązowe ciała były całe porośnięte drobnymi, jasnymi włoskami. Na policzkach widniały blizny po rytualnych nacięciach: wpisane na zawsze w miękką skórę spirale i stylizowane słońca, dzięki którym malaitańscy *wantoks* mogą rozpoznać swych krajan na pierwszy rzut oka.

Wieczorami zdarzało mi się wyjść poza oświetlone płomieniami świec stragany z betelem, żeby popatrzeć, jak „Eastern Trader" pręży cumy, a jego załoga wyleguje się na relingu niczym koty albo drzemie w hamakach ze zwieszonymi w dół rękoma, szurając paznokciami po brudnym pokładzie. Marynarze byli znudzeni. Układali sobie kędziory w dredy podpatrzone w telewizji lub na kasecie wideo, którą zdążyli pożyczyć, zanim skończyły im się pieniądze. Chodzili boso; podeszwy stóp mieli pokryte chorobliwie stwardniałym naskórkiem. Ich zęby przybrały szkarłatny odcień soku z betelu, uśmiechali się jednak szeroko i szczerze. Przesiadywałem w ich towarzystwie godzinami. Pytałem o Nukapu. Wszyscy wiedzieli, że historia ich więzi z Kościołem zaczęła się właśnie tam. Znali szczegóły męczeństwa biskupa Pattesona na brzegu uświęconym jego krwią, pamiętali, że uśmiech nie zszedł mu z twarzy nawet wówczas, kiedy tubylcy roztrzaskali mu czaszkę. Żaden z nich jednak nie był na Nukapu. Marynarze wymieniali ze mną po kolei miażdżące uściski dłoni, a po skończonej rozmowie nie chcieli mnie puścić do domu. Prosili, żebym postawił im piwo. Opowiadali, że ich przodkowie przybyli z Afryki, jak Bob Marley. Nie byli pewni, ile mają lat. Palili słodki czarny tytoń zawinięty w kartkę z notesu. Mogłem ich słuchać i wdychać zapach ich ciężkiej pracy, podawać im rękę – z początku nieśmiało, potem coraz mocniej odwzajemniając uścisk – patrzeć im prosto w oczy jak kochanek, który spodziewa się czegoś więcej, odpędzać od siebie coś, co przypominało samotność, pozwalać temu rozpłynąć się w dźwiękach naszej rozmowy i ulecieć w roziskrzoną pełnię nocnego nieba.

W ferworze wojny domowej tylko jednostki należące do Kościoła Melanezyjskiego mogły bez lęku pruć wody wokół Guadalcanal. Bojownicy nie odważyliby się przypuścić ataku na statek anglikański. Podobnie było teraz. W końcu przeprawiłem się przez morze dzięki uprzejmości kilku świętoszek. Zjednoczenie Matek Anglikańskich zaplanowało kongres na wyspie Malaita na długo przed tym, zanim banda Rasty sparaliżowała ruch morski, i w ogóle nie brało pod uwagę, że ktokolwiek może je napaść. Poza tym kobiety zdążyły już wynająć statek misyjny.

Matki – w liczbie kilkudziesięciu – zjawiły się w porcie ubrane w podkoszulki i spódnice. Trajkotały, przeklinały i zrzucały worki z patatami do ładowni uroczej drewnianej łajby, ochrzczonej imieniem „Kopuria" – na cześć założyciela Bractwa Melanezyjskiego. Pomalowany na miodowy kolor statek miał niespełna dwadzieścia metrów długości. Wlókł się jak żółw, spokojnie tnąc fale i płosząc stada ryb latających, których tęczowe płetwy furkotały niczym skrzydła kolibrów, zostawiając za sobą zmarszczki na wodzie.

Dopłynęliśmy do Malaity o zmierzchu. Nie pomyślałem zawczasu, gdzie spędzę noc. Ktoś inny zrobił to za mnie. Wyglądało na to, że mam się zatrzymać u biskupa Malaity. Po pierwsze, biskup urodził się na tej samej wyspie co ja, czyli w Kanadzie, po drugie, mówiliśmy tym samym językiem. Był więc moim *wantok* i zgodnie z *kastom* musiał się mną zaopiekować. Prawdę powiedziawszy, biskup traktował wszystkich jak *wantoks*. W jego domu aż się roiło od *wantoks*.

Tego wieczoru zebraliśmy się u biskupa w ogrodzie. Matki gruchały przymilnie i krzątały się wokół gospodarza. Biskup zmówił modlitwę dziękczynną w pidżynie i zapewnił matki, że nie mają się czego bać, nawet na Malaicie. Potem zajął się kopiastą porcją purée z manioku ze smalcem, nabierał jedzenie palcami. Kobiety nie kryły zadowolenia.

– Nic na to nie poradzę – powiedział biskup i oblizał palce. – Kobiety nie tkną jedzenia, dopóki nie zacznę.

Z początku nie wierzyłem biskupowi. Założyłem niejako z góry, że będę miał do czynienia z jakimś osobliwym wyrzutkiem, który spełnia swe kolonialne marzenia. Sama jego obecność na Malaicie wydała mi się podejrzana: przecież jednym z celów jego misji było zniszczenie najoporniejszej enklawy pogaństwa w całej Melanezji. Po co tu przybył, jeśli nie miał zamiaru dzierżyć pochodni kulturowego imperializmu?

Obserwowałem go uważnie, doszukiwałem się w jego słowach anachronizmów wiktoriańskich, ukrytego paternalizmu, cienia mojego

225

pradziada. Tymczasem Terry Brown okazał się kimś zupełnie innym. Miłym, odrobinę zdziwaczałym, nienawykłym do rozmów mężczyzną, który snuł się po domu w wyleniałym podkoszulku z napisem „Nie ma obawy". Przy każdym kroku ciężko uderzał w podłogę słupowatymi nogami. Odniosłem wrażenie, że wciąż grzebie w papierach, próbuje z nich wyłuskać zaświadczenia dotyczące kolejnych niecierpiących zwłoki spraw administracyjnych, patrzy w sufit zza mocnych szkieł okularów i nieustannie coś rozważa. Czasem na jego twarzy gościł wyraz lekkiego zaskoczenia – niczym pierwszy dreszcz zwiastujący nadejście zapierającego dech w piersi objawienia.

Nad biurkiem biskupa wisiała poplamiona mapa Malaity. Gospodarz oznaczył kolorowymi pineskami miejsca, dokąd Kościół zdołał dotrzeć ze swą misją. Wspólnoty tłoczyły się wzdłuż linii brzegowej, w ujściach rzek i po obu stronach drogi łączącej Auki z zachodnim wybrzeżem. Kilka oddzielnych pinesek utkwiło po drugiej stronie łańcucha górskiego w północnej części wyspy. Ale w samym środku, w gęstej plątaninie strumieni, wierzchołków i poziomic, mapa pozostała pusta i dziewicza: ziemie Kwaio.

– Muszę tam dotrzeć – oświadczyłem.

Biskup chrząknął z namysłem.

– Możemy cię odprowadzić na skraj buszu Kwaio; dalej kończą się nasze wpływy – odrzekł. – Nie wolno się zapuszczać w krainę Kwaio bez zaproszenia.

– Nie starasz się tam dotrzeć z misją ewangelizacyjną?

– No cóż, z pewnością próbowało to uczynić Bractwo Melanezyjskie. Tylko że Kwaio nie są zainteresowani Dobrą Nowiną. Przychodzą do braci tylko z prośbą o lekarstwa albo o pomoc w szukaniu zbłąkanych świń. Prawdę mówiąc, bracia mają już tego dość.

– Dlaczego nie pójdziesz ich nawracać?

Biskup spojrzał na mnie znad szkieł okularów. Wiedział, że go podpuszczam.

– Bo oni nie chcą się nawracać. Jeśli mam być szczery, nasi chrześcijanie mogliby się od nich tego i owego nauczyć. Kwaio są pokorni. Są wielkoduszni. Żyją w trwałych wspólnotach. Wspierają się nawzajem. Zrozum: Adwentyści Dnia Siódmego próbują ich ewangelizować już od stu lat, ale Kwaio z buszu i tak wolą zabijać świnie dla przodków. Jeśli którykolwiek zechce w to wejść i odebrać chrzest, w porządku – przyjmiemy go. Osobiście jednak trzymam się zasady „żyj i pozwól żyć innym".

– Przecież jeśli umrą bez chrztu, będą skazani na piekło.

– Ach! My, chrześcijanie, roztrząsamy tę kwestię od wieków. Niektórzy wyznają pogląd, że kultury pierwotne są demoniczne i trzeba je zniszczyć. Spytaj dowolnego adwentystę. Na przeciwległym krańcu znajdują się ludzie, których zdaniem zbawienie, eee... tego... nie wymaga żadnej znajomości Chrystusa. Na Zachodzie dość popularne. Nazywają to uniwersalizmem. Innymi słowy, dobrzy muzułmanie, dobrzy buddyści, no i... tego... nawet czciciele przodków też mogą pójść do nieba. Więc nie trzeba ich tak gorliwie ewangelizować.

W każdym razie biskup nie zawracał sobie głowy poganami. Miał pełne ręce roboty przy własnych owieczkach. To chrześcijanie latali w kółko z karabinami, kradli łodzie i ciężarówki, rabowali sklepy konkurencji, puszczali z dymem domy sąsiadów. Biskup miał wpierw do pogadania z Jimmym Rastą, i to na poważnie. Najwięcej kłopotów przysparzały mu jednak kwestie teologiczne. Malaitańczycy wciąż kierowali się wiarą w *mana*. Ufali, że posiada ją wódz *kastom*. Mieli ją także bogaci. Przede wszystkim zaś depozytariuszem *mana* jest duchowieństwo. Ludzie prosili biskupa, żeby błogosławił korę drzew, olejki, napary i inne leki *kastom*. Domagali się od pastorów wody święconej, żeby wlewać ją do chłodnic popsutych samochodów. Gwizdnęli biskupowi leksykon aniołów: w głębokim przekonaniu, że gdy poznają ich „tajemne" imiona, przejmą nad nimi władzę i wykorzystają ich moc, by się wzbogacić albo zgładzić swoich nieprzyjaciół – podobnie jak

Kwaio, którzy odwołują się do *mana* swoich przodków. Byli pewni, że moc bożą da się nagiąć, skoncentrować, wydestylować, po czym użyć do własnych celów.

– No i do tego jeszcze Bractwo Melanezyjskie, które ma w sobie najwięcej *mana* – westchnął biskup.

Przeprowadziwszy egzorcyzmy w wiosce nieopodal Auki, grupka *tasiu* wzniosła przy drodze niewielki kopiec z kamieni, żeby „chronił" osadę. Niedługo potem jakiś mężczyzna wracał do domu po pijanemu i zatrzymał się przy kopcu, by opróżnić pęcherz.

– Ludzie później gadali, że facet nie zdążył przejść nawet stu metrów – i łubudu! – walnął w niego piorun, niewidzialna kula: nieważne, cokolwiek. W każdym razie umarł. Nie mam żadnych dowodów na potwierdzenie tej historii, ale morał z niej taki, żeby nie wchodzić braciom w paradę. Z punktu widzenia teologii chrześcijańskiej to wszystko nie trzyma się kupy. Jestem tym szczerze zmartwiony.

– Nie wierzysz w cuda?

– Oczywiście, że wierzę. Powinniśmy jednak wchodzić w bezpośrednie relacje z Bogiem. Tymczasem ludzie próbują wykorzystywać anioły na podobnej zasadzie jak niegdyś duchy przodków. Chcą gromadzić i ukierunkowywać *mana* na wzór praktyk swoich ojców. To nie ma prawie nic wspólnego z Chrystusem. W chrześcijaństwie nie chodzi o sprawowanie władzy. Nie chodzi o niczyją charyzmę. Nie chodzi o *mana*. Chodzi natomiast o pokorę. Jezus wyrzekł się swojej mocy, żeby umrzeć na krzyżu słaby i bezbronny. Przecież w listach do Koryntian powtarza się na okrągło, że moc doskonali się w słabości!

Biskup zachęcał swoich pastorów, żeby skupili się na Nowym Testamencie, na Jezusie i zmartwychwstaniu przez miłość, ale Malaitańczykom zdecydowanie bardziej odpowiadały bitwy i stronniczy Bóg ze Starego Testamentu. Prawdę powiedziawszy, starotestamentowe przypowieści o cudach przypadły im do gustu właśnie dlatego, że mogli je wyrwać z kontekstu, przenieść przez wieki i oceany i dostosować do realiów swojej wyspy. Niektórzy Malaitańczycy święcie wierzą, że są potomkami jednego z zaginionych plemion Izraela, powiedział biskup. Kilkaset pokoleń temu syn hebrajskiego plemienia Lewitów przedryfował rzekomo na drugi koniec świata, po czym zaczął wszystko od nowa, kiedy morze wyrzuciło go na brzeg na południe od Auki. Teoria dziwnie trzymała się kupy: tradycyjne malaitańskie *kastom* przypominało do złudzenia *kastom* Izraelitów, ofiarowane Mojżeszowi i spisane w Księdze Kapłańskiej. Nieczystość kobiety w okresie miesiączki, świętość miejsc kultu, szczegóły ofiary z krwi... Malaitańczycy przestrzegali tych praw na długo przed przybyciem Europejczyków. Tylko gdzieś po drodze zamienili Jahwe na przodków. Jedyny szkopuł w ofierze z krwi: Izraelici składali swemu bogu jagnięta. Na Melanezji nie było owiec, zaginione plemię musiało więc zrezygnować z koszeru i przerzucić się na świnie.

Teoria zaginionego plemienia miała swoje pięć minut w czasie wojny domowej, kiedy dowódcy Malaitańskiej Armii Orła puścili w obieg dzieło, którego autor posłużył się cytatami z ksiąg Rodzaju i Powtórzonego Prawa, by „udowodnić", że Malaitańczycy odziedziczyli dumę i waleczność po synach Jakuba. Mieszkańców Malaity, którzy nigdy nie żyli ze sobą w zgodzie, nagle pojednał mit: różnili się od dzikusów zza wody. Zjednoczyła ich historia i wspólne poczucie wyższości. Są zaginionym plemieniem! Działało to aż do podpisania układu o zawieszeniu broni w 2000 roku. Potem Malaitańczycy znów skierowali strzelby i maczety przeciw sobie nawzajem.

Wszystko to bardzo smuciło biskupa. Chrześcijaństwo miało uwolnić Malaitańczyków od strachu i surowych reguł *kastom*, tymczasem wynaturzona wersja *kastom* przeżywała swoisty renesans. Rozmaite sekty chrześcijańskie wskrzeszały dawne *tabu*, zwłaszcza w odniesieniu do kobiet. Zabraniano im nosić szorty. Zmuszano miesiączkujące kobiety, żeby trzymały się z dala od mężczyzn. Opłaty za narzeczoną poszły w górę i uwzględniały nie tylko tradycyjną walutę z muszelek, ale też twardą gotówkę. Pewien zbuntowany pastor miał widzenie, z którego wywnioskował, że kobiety nie powinny wplatać wstążek we włosy.

Najgorzej się stało z odwiecznym *kastom* regulującym kwestię wzajemności, powiedział biskup. Wyspiarze urządzali niegdyś wielkie uczty oraz rytualne wymiany świń, płacideł z muszelek i przysług, żeby zacieśnić więzi między poszczególnymi klanami albo zażegnać spór. Gospodarka gotówkowa sprowadziła zasadę wzajemności do wymiaru karykatury. Malaitańczycy żądali teraz stosów gotówki za narzeczoną, w ramach odszkodowania za straty wojenne oraz prawdziwe bądź urojone zniewagi. Rozkręcająca się spirala zależności pozwalała się bogacić ludziom pokroju Jimmy'ego Rasty. Rzekome *kastom* przekształciło się w regularną lichwę. Oto przykład: chłopak z prowadzonego przez biskupa chóru młodzieżowego dotknął dziewczynę w ramię. Jej bracia zażądali od niego czterystu dolarów za naruszenie obyczajności.

Zatrzymałem się u biskupa w jednym z nieużywanych pokoi krytego blachą bungalowu. Obserwowałem mojego gospodarza, jego obejście i to, co mylnie uznałem za miejsce zesłania. W 1996 roku, kiedy Kościół Melanezyjski ogłosił, że potrzebuje nowego biskupa Malaity, Terry Brown mieszkał w Toronto. Nauczał już kilka lat na wyspach, nie miał więc nic przeciwko temu, żeby awansować w hierarchii. Komisja duchowieństwa jednogłośnie poparła jego kandydaturę. Przybył do Melanezji sam, co się mieszkańcom nie spodobało. Wszyscy jego poprzednicy zajmowali oficjalną rezydencję wraz z liczną rodziną, tymczasem Terry Brown nie miał rodziny. Nieważne. Rezydencja nie zniosła tej pustki. Obdarzyła go rodziną.

Zamieszkał z nim kilkunastoletni George, jasnooki Polinezyjczyk, który pokochał biskupa jak własnego ojca. Jego obowiązki zdawały się ograniczać do skakania po domu niczym Piotruś Pan i trzymania gości za rękę. Podpatrzył kiedyś wiernych tańczących w kościele i zagustował w makijażu farbą brokatową. W dzień mojego przyjazdu wymalował nią brwi.

Zamieszkał z nimi ponury Derrick z twarzą całą w bliznach. Któregoś popołudnia chciał ode mnie pożyczyć dezodorant w sztyfcie, który odkrył, buszując w moim plecaku. Zgodziłem się. Wtarł go sobie w brodę. Derrick uchodził niegdyś w Auki za prawdziwego casanowę, ale zakochał się w niewłaściwej dziewczynie. Jej rodzina zażądała w ramach opłaty za narzeczoną piętnastu sznurów zwykłych muszelek, dwóch jardów czerwonych muszelek, dwóch tysięcy zębów delfina i zatrważającej sumy sześciu tysięcy dolarów. Derrick harował na to wszystko od lat. Biskup zatrudnił go jako kierowcę swojej ciężarówki.

Był też jowialny Thomas, który przychodził każdego ranka, żeby usiąść z biskupem na werandzie, napić się z nim herbaty i zjeść tost. Dzień w dzień około południa zjawiała się jego żona, kończąc na tym poszukiwania niesfornego męża. Thomas był mistrzem wyścigów samochodowych, w które grał na nowym komputerze biskupa.

Był wreszcie poczciwy Tony, który opiekował się biskupem i zadręczał wszystkich niemymi prośbami, by mógł po nich pozmywać. Cała czwórka okazała się niezmiernie sympatyczna.

– Społeczeństwo melanezyjskie stanowi monolit – wyjaśnił biskup pewnego wieczoru, przyrządzając swoim domownikom duszone kiełbaski. – Tu nie ma indywidualności. Albo jesteś członkiem wspólnoty, albo tracisz prawo do miana istoty ludzkiej. Nigdy nie jestem sam, nie wolno mi być samemu.

Rezydencja biskupa przypominała dom zakonny. W zlewie piętrzyły się brudne naczynia. Ściany były upstrzone plamami z sosu pomidorowego. Ludzie wchodzili bez pukania i wychodzili bez pożegnania. Obcy wkradali się do kuchni, zaglądali do lodówki i zastygali bez ruchu, zorientowawszy się, że ich obserwuję przez moskitierę w drzwiach. Przy wejściu do sypialni biskupa widniała kartka z napisem: „Proszę nie grzebać w szufladach i nie zabierać cudzych rzeczy".

Mieszkający w domu chłopcy nie usługiwali swojemu gospodarzowi. Przeważnie gotował biskup. Chłopcy pożyczali od niego kapcie i swetry. Brali od niego pieniądze i szli na targ po maniok, po czym wracali z kieszeniami pełnymi betelu. Do późna w noc grali na jego komputerze. Podpuszczali go. Rzadko kiedy nazywali biskupem. Darli się na niego z werandy. „Wielki Bi! – krzyczeli na całe gardło. – Chodź tu, Wielki Bi!" A biskup tylko kręcił głową i chichotał pod nosem.

Przez pewien czas sądziłem, że biskup pozwala się wykorzystywać. Jeśli nawet tak było, w niczym się pod tym względem nie różnił od innych wielkich ludzi z Wysp Salomona. W tym tkwi sedno tutejszego systemu *wantok*: jeśli jesteś szychą, musisz się dzielić swoim bogactwem. Jeśli masz dużo jedzenia, przyjdą twoi *wantoks* i się pożywią. Jeśli masz pieniądze, każą ci je oddać. Jeśli otworzysz kantynę, wymiotą półki do czysta, zanim zdążysz cokolwiek sprzedać. Wciąż będą od ciebie pożyczać ubrania. Jeśli zostaniesz ministrem w rządzie i przeprowadzisz się do Honiary, *wantoks* zwalą ci się na głowę i będą ci się naprzykrzać, dopóki nie pozwolisz im skorzystać z dobrodziejstw swojej funkcji.

Biskup zwierzył mi się kiedyś, że z początku nie mógł się oswoić z ciągłym dotykaniem, spoufalaniem się, brakiem przestrzeni osobistej i nieodpartą towarzyskością Melanezyjczyków. Teraz kwitował to wszystko uśmiechem. Chciał nawet napisać książkę i przekonać mieszczuchów z Toronto, że tak się dużo łatwiej żyje. Trudno się było z nim nie zgodzić. Osobliwy dom biskupa był jednym z najprzytulniejszych i najbardziej gościnnych miejsc, w jakich bywałem w ostatnich latach.

Byczyłem się całymi dniami, tymczasem chłopcy planowali moją inwazję na busz Kwaio. Pewnego popołudnia, kiedy raczyliśmy się na werandzie herbatą i ciasteczkami, podekscytowany George chwycił mnie za rękę: możemy przeprawić się przez góry i zaskoczyć Kwaio! Nie, ostudził jego zapał biskup. Zbyt ryzykowne. Lepiej wyruszyć z misji Adwentystów Dnia Siódmego na wschodnim wybrzeżu. Na północ od Auki jest droga, która prowadzi nad ocean; można tam złapać czółno i popłynąć w dół do misji. Nawierzchni nie remontowano wprawdzie od początku wojny, ale Derrick był pewien, że ciężarówka jakoś tamtędy przejedzie – pod warunkiem że on ją poprowadzi. Tak, wiem, że w Melanezji słowo „droga" nie zawsze oznacza drogę.

W niedzielę poszliśmy z chłopakami do krytej blachą katedry, gdzie wreszcie ujrzałem biskupa w jego wiktoriańskim wcieleniu. Olbrzym w kremowej, przyozdobionej lśniącymi ornamentami szacie górował nad całą wspólnotą. Na głowie miał miodowozłotą mitrę, w dłoni dzierżył wielki pastorał. Wymachiwał na prawo i lewo srebrną kadzielnicą, odprawiając modły w kłębach wonnego dymu. Biskupie dostojeństwo przeniosło mnie pamięcią w czasy dzieciństwa, do dnia, w którym umarł mój ojciec, do biskupa Tasmanii świdrującego mnie wzrokiem z portretu – godnego, prawego, żyjącego w zgodzie z Bogiem. Katedra rozbrzmiała dźwiękiem bębnów z rur wodociągowych. Pojawili się dwaj tancerze: nastolatki z obnażonymi, lśniącymi od potu ramionami i klekoczącymi na piersi krążkami z kamienia. Chłopcy tupali i potrząsali grzechotkami. Betonowa posadzka dudniła pod ich stopami, kiedy sunęli w tańcu w stronę biskupa. Ich śladem podążały dwie dziewczyny o piersiach spowitych sznurami muszelek, uginając się pod ciężarem drewnianej tablicy. Na przyozdobionej kwiatami desce leżała otwarta Biblia. Dziewczęta zaniosły księgę biskupowi, który złożył na niej pocałunek.

Bynajmniej nie wtedy odkryłem prawdziwą naturę biskupa. To nie on narzucił wyspiarzom cały ten anglikańsko-katolicki obrządek. To oni przechowali rytuał od czasów wiktoriańskich, ukryli go tylko pod warstwą tromtadrackiego *kastom*. To im biskup zawdzięczał przepych swoich szat, to oni na nim wymogli, żeby przynajmniej część liturgii odprawiał po angielsku, a nie w pidżynie Wysp Salomona. Biskup odsłonił się przede mną w całej okazałości dopiero po nabożeństwie.

Krople deszczu tłukły w blaszany dach, a mimo to wierni wyszli z kościoła na trawę. Do perkusistów dołączyli piszczałkarze dmący w wydrążone pędy bambusa. Bębniści w skocznym rytmie walili klapkami w rury z PCV. Wierni utworzyli krąg i zaczęli tańczyć pod kwitnącymi drzewami. Otoczyli biskupa, który zdążył się przebrać w koszulę i szorty. Wzięli go za ręce i wciągnęli między siebie, pokrzykując radośnie na widok jego podrygów, wygibasów i oczu wzniesionych do nieba w ekstazie. „Patrzcie na Bi! Patrzcie, tańczy jak żaba" – wrzasnął George. Deszcz padał na biskupa, błoto pryskało mu spod nóg prosto w rozłożysty zadek, z drzew leciały płatki kwiatów, a wielki człowiek chichotał z zamkniętymi oczami jak dziecko, które ma łaskotki.

Poczułem dziwną radość i wmieszałem się między tańczących przy wtórze wiatru ze wschodu, który przyginał do ziemi źdźbła trawy. I doznałem olśnienia:

Biskup nie przybył na Malaitę, by rządzić. Nie kochał Malaitańczyków za to, że go poważali, że mu przytakiwali, ofiarowali swoje usługi bądź posłuszeństwo – nie mieli najmniejszego zamiaru tego robić. Biskup ich kochał, bo nim pomiatali. Rugali go i karcili. Wrzeszczeli na niego.

Nachodzili go w domu, domagając się przysług i pieniędzy. Nie bali się go dotykać, nie bali się klepać go po ramieniu, kiedy był zajęty gotowaniem, nie bali się miażdżyć mu ręki w uścisku bez skrępowania i zupełnie bez powodu. Kochał ich, bo zjadali mu gulasz, a kiedy skończyli, wystawiali tyłek i pierdzieli beztrosko na znak aprobaty. Bo spędził wiele lat w metropolii na północy, gdzie dobrzy ludzie żyli na pół gwizdka. Bo wiedział, jak to jest otrzeć się łokciem o tysiąc łokci przechodniów i wciąż nie móc się pozbyć dojmującego poczucia osamotnienia. Kochał Malaitańczyków, bo otaczali go jak woda, bo zdołali mu uświadomić, że nie jest sam, dając tym samym dowód istnienia boga, w którego wierzył: Boga Miłości.

16
Krótka wycieczka do East Kwaio

W każdej większej wiosce albo osadzie jest przynajmniej jeden człowiek, który ma władzę nad pogodą i falami, przynajmniej jeden, który umie leczyć choroby, przynajmniej jeden, który potrafi wyrządzić zło rzucaniem najrozmaitszych uroków.

Robert Henry Codrington, *The Melanesians*

Niełatwo było dotrzeć do pogan w East Kwaio. Droga przez malaitańskie góry przypominała raczej tor do krosu rowerowego. Zjeżdżało się nieźle. Gorzej było pod górę. U stóp każdego wzgórza ciężarówka biskupa grzęzła w czerwonej glinie jak hipopotam. Trzeba było wtedy wysiadać i pchać samochód razem z Tonym, Thomasem oraz kilkunastoma zabranymi po drodze autostopowiczami. Derrick dociskał pedał gazu, spod opon leciały nam prosto w twarz wielkie pecyny ciastowatego błota, ciężarówka chybotała się między koleinami, z każdym pchnięciem rzężąc coraz wymowniej. W końcu odmówiła posłuszeństwa na dobre.

Chłopcy nie posiadali się z oburzenia i wstydu, że dalej trzeba będzie puścić mnie samego. Ulżyło im jednak, kiedy zdołali przekabacić jednego z autostopowiczów, żeby zaprowadził mnie na wybrzeże i poniósł zbiornik z paliwem.

(Wziąłem ze sobą pięć galonów benzyny, bo po wschodniej stronie Malaity skończyły się wszystkie zapasy. W przeciwnym razie musielibyśmy wiosłować przez całą drogę do misji adwentystów w Atoifi).

– *No, yu no kari petrol blong mi* – pisnąłem cichutko do łebka, po czym wręczyłem mu kanister.

Zgromił mnie spojrzeniem i ruszył rączo naprzód. Próbowałem dotrzymać mu kroku. Godzinę później cisnął zbiornik na drogę, przyjął napiwek w wysokości miesięcznej pensji i zniknął w bocznej ścieżce. Zostałem sam. Poszedłem dalej, balansując ciałem, żeby utrzymać kanister na szczycie plecaka. Wieczorna poświata powoli gasła na zachmurzonym niebie. Błoto przywierało do podeszew sandałów, które w końcu zrobiły się ciężkie jak buty narciarskie. Ślizgałem się, kląłem, zdejmowałem sandały i brnąłem przed siebie. Środkiem szlaku aż po horyzont ciągnął się żywopłot z wysokiej trawy. Zapadł już zmierzch. Za każdym zakrętem wyglądałem świateł, nie było jednak żadnych i nie dochodziły mnie żadne dźwięki poza szumem lasu. Założyłem latarkę czołową i ruszyłem dalej w mrok. Przeklinałem drogę, autostopowicza, który zostawił mnie na pastwę losu, i wszystkich wyspiarzy razem wziętych, że bawią się w wojnę, zamiast zadbać o nawierzchnię. Przeklinałem siebie samego, że nie chciało mi się odczekać kolejnego tygodnia i polecieć do misji w Atoifi samolotem dostawczym.

W końcu dostrzegłem w lesie jakąś słabą poświatę i poszedłem w jej stronę. Blask padał od lampy stojącej w oknie szopy ze sklejki. Na tablicy przed wejściem widniał napis: „Rada Monitorowania Pokoju". W porządku. Organizację powołano, żeby skłonić bojówkarzy do złożenia broni. Kiedy zapukałem, w drzwiach stanęły trzy osoby: dziadek, korpulentna kobieta i nerwowy młodzieniec. Było zbyt ciemno, żeby ujrzeć ich twarze, wiedziałem jednak, że mam do czynienia z dobrymi ludźmi, bo dali mi kubek gorącej herbaty i zaproponowali nocleg w łóżku z moskitierą. Co za zbieg okoliczności, wykrzyknęli na wieść o celu mojej podróży: nad ranem mieli zabrać się czółnem do misji w Atoifi.

Młody człowiek miał na imię Patrick. Oznajmił, że chce mi opowiedzieć zabawną anegdotę z czasów napięć etnicznych. Patrick i jego najlepszy przyjaciel Chris pracowali kiedyś na stacji benzynowej Shella w Honiarze. Na początku zamieszek Patrick zaciągnął się do Malaitańskiej Armii Orła, ale Chris wziął niestety stronę mieszkańców Guadalcanal i przystał do IFM, czyli Ruchu Wolności Isatabu. Nic, tylko pęknąć ze śmiechu, bo Orły dostały karabiny maszynowe, tymczasem biedni chłopcy z IFM musieli się zadowolić maczetami i domowej roboty strzelbami z rur wodociągowych. Podobno Patrick i jego towarzysze broni zabili co najmniej sześćdziesięciu ośmiu chłopaków Guale w Marau, trzydziestu ośmiu w Kakabona i jeszcze dwudziestu pięciu w Kombule. Przyjaciele spotkali się znów po zakończeniu walk.

– Chris mnie spytał, czy gdybym go wypatrzył podczas bitwy nad Alligator Creek, tobym go zastrzelił. Oczywiście, że tak. I to bez trudu, bo ja miałem swój karabin SR-88, a on mógł polegać tylko na modlitwach i strzelbie z rury! Ha!

– Modlitwach?

– Tak, wszyscy po tamtej stronie błagali swoich przodków o ochronę przed nami. Nic nie pomogło. Przecież magia nie wygra z karabinem maszynowym.

– Czyli wy nie próbowaliście uciekać się do magii?

– Część Orłów owszem. Kiedyś zjawił się w naszym bunkrze starzec z potężnym czarnym kamieniem z Choiseul. Powiedział, że może nim powstrzymać ogień IFM. Nie udało się, postanowiliśmy więc zanieść modły do Boga. Modliliśmy się co rano, przed każdą bitwą.

– Przecież Bóg nie pomaga w zabijaniu ludzi!

– Wiem, wiem – przytaknął Patrick, ledwie tłumiąc śmiech. – Nie prosiliśmy Go, żeby pomógł nam wygrać. Powiedzieliśmy tylko: „Boże, wiemy, że nie pochwalasz tego, co tu robimy, ale czy byłbyś tak łaskaw obmyć nas krwią Jezusa Chrystusa? Mógłbyś nas oczyścić?".

– Prosiliście o wybaczenie, zanim popełniliście grzech? – upewniłem się. – Toż to zwykłe oszustwo.

– Zupełne wariactwo, no nie? *Funi tumas!*

Nadszedł poranek, a przynajmniej coś w rodzaju poranka. Z brzucha zachmurzonego nieba wypełzła siwa poświata. Było zbyt ciemno, by wypatrzyć cokolwiek w przydrożnym lesie albo przeniknąć wzrokiem smolistą czerń skalnej niszy, do której dotarliśmy po godzinie marszu. Słońce nigdy nie gościło w East Kwaio. Kiedy sięgam pamięcią wstecz i próbuję sobie przypomnieć sceny z tamtych dni: góry, ludzi, misję, maczety... wszystko do mnie wraca w mglistej pomroce węgla drzewnego, gnijącego mahoniu i snujących się cieni. Przypominało to podróż przez Atlantydę, przez świat, w którym czas się zatrzymał, odgrodzony od rzeczywistości setkami metrów ponurej, malachitowej zieleni.

Monitorujący pokój wynajęli kanu, które okazało się skiffem z włókna szklanego. Sunęliśmy na południe przez zarośla namorzynów, tnąc nieruchomą toń po wewnętrznej stronie długiej rafy barierowej. Na wschód od wału nie było nic; płynęliśmy wzdłuż krawędzi świata. Burza wzdęła się jak żagiel pod sinym sklepieniem nieba, po czym w nas uderzyła. Na powierzchni morza rozpryskiwały się krople deszczu. Schowałem się pod kurtką i obserwowałem brzeg. Im dalej na południe, tym góry robiły się wyższe i wdzierały się coraz częściej w nadbrzeżną równinę, aż w końcu wystrzeliły prosto z gęstwy namorzynów. Zbocza nie były dziewicze: nosząca ślady wycinki dżungla wyglądała jak skóra na głowie zaatakowana przez roztocze – mozaika pól uprawnych, pogorzelisk i gołej, czerwonej ziemi.

Mój pradziad zachwycił się tymi górami w 1892 roku, kiedy żeglował wzdłuż wybrzeży Malaity. „Udało mi się dostrzec słupy dymu, wznoszące się tu i ówdzie z zacisznych dolin. Wyobrażałem sobie rzeki płynące w dół pofałdowanych zboczy, zastanawiałem się, jak musi być chłodno tam w górze, nad spaloną słońcem równiną przy brzegu. Miałem wspaniałą świadomość, że biały człowiek nie dotarł jeszcze do tych ustroni".

Być może miejsce istotnie odznaczało się jakimś surowym pięknem, przede wszystkim jednak doznałem poczucia niesłychanej wrogości, jakby sam busz zabronił mi bliżej podchodzić. Nie byłem pewny, skąd się to bierze – z atmosfery chwili czy z historii znanej z lektury, bo pierwsi biali ludzie, którym udało się zapuścić między te wzgórza, zostawili po sobie dziedzictwo gorsze niż śmierć.

Wersja Kwaio poszłaby w zapomnienie poza granicą buszu, gdyby pozostali przy życiu tubylcy nie zdradzili jej szczegółów Rogerowi Keesingowi. Antropolog przebywał wśród nich w latach sześćdziesiątych XX wieku. Zmarł w 1993 roku, przedtem jednak nawiązał współpracę z historykiem Peterem Corrisem, która zaowocowała rekonstrukcją ostatniego powstania przeciwko imperium na wyspie Malaita. Wziąłem tę książkę ze sobą. *Błyskawica uderza w wiatr z Zachodu* zawiera opis konfliktu, który zdeterminował kulturę Kwaio na całe stulecie.

W dawnych czasach – pisał Keesing – władzy na wzgórzach Kwaio nie sprawowali bynajmniej wodzowie, lecz *ramo*, przywódcy wojowników czerpiący moc i bogactwo z uczestnictwa w mokrej robocie. *Ramo* byli często zabójcami, którzy zadawali śmierć bez wahania: w akcie zemsty na złoczyńcach, żeby wymusić przestrzeganie surowych zasad życia we wspólnocie Kwaio albo po prostu zagarnąć łup. Hojną ręką łożyli na organizację uczt i obrzędów ofiarnych ku czci przodków, zaskarbiając sobie w ten sposób przychylność duchów. Najpotężniejszym ze wszystkich *ramo* był niejaki Basiana, jowialny i stateczny ojciec rodziny, który przy okazji wykonywał wyroki na całym mnóstwie ludzi. Zabijał cudzołożników i złodziei. Zabijał, kiedy ktoś go obraził. Zabił własnego kuzyna, który naruszył regułę spożywania świni ofiarnej. Basiana był dumny, uparty, bezwzględny i otaczał się wojownikami uzbrojonymi w karabiny marki Snider. Przodkowie go uwielbiali.

Kwaio wiedli niespecjalnie pokojowy żywot pod rządami *ramo*, byli jednak w dobrych stosunkach z przodkami, co dawało im poczucie pewności i zadowolenia. Wszystko zaczęło się zmieniać w latach dwudziestych XX wieku, kiedy rząd kolonialny postanowił co roku ściągać pogłówne – rzecz jasna, w funtach szterlingach – od wszystkich sprawnych fizycznie mężczyzn. Ponieważ obiegową walutą wyspiarzy wciąż były muszelki i świnie, nowy podatek zmusił Kwaio do pracy na plantacjach białych – i o to właśnie chodziło pomysłodawcom. *Ramo* uznali to za bezpośrednie zagrożenie ich władzy.

Osobą odpowiedzialną za ściąganie pogłównego został William Bell, naczelnik okręgu brytyjskiego, zimny drań z gorącym temperamentem. Bell strawił lata na próbach spacyfikowania malaitańskich watażków. Tych, którzy nie chcieli się wyrzec swego okrutnego rzemiosła, więziono i karano stryczkiem. Bell był dumny, uparty i bezwzględny – zupełnie jak Basiana. Tak samo jak on otaczał się ludźmi uzbrojonymi po zęby, tyle że w jego przypadku była to milicja nawróconych chrześcijan. I tak jak Basiana miał opinię człowieka opływającego w *mana*. Bell i Basiana słyszeli o sobie nawzajem. Starcie twarzą w twarz było im przeznaczone.

Basiana patrzył, jak sąsiedzi z północy i zachodu idą w jarzmo niewoli. Obserwował, jak wyrzekają się swoich przodków na korzyść boga białego człowieka. Bell rósł w siłę i miał coraz gorszą reputację, tymczasem chrześcijanie z wybrzeża zaczęli się naigrawać z *ramo* Kwaio. *Missa Bello* zrobi z was wszystkich baby!

W 1927 roku na wybrzeżu gruchnęła wieść, że Bell płynie do portu w Sinalagu, żeby domagać się nie tylko pogłównego, lecz także wszystkich strzelb z Kwaio. Tego już było za wiele. Nie dość, że strzelby były święte (Basiana poświęcił swoje duchowi przodka wojownika), to jeszcze Bell uzbroił lojalnych wobec niego ludzi z wybrzeża. Utrata strzelb pozbawiłaby *ramo* wszelkiej mocy i oznaczałaby kres ich władzy. Basiana zwołał naradę *ramo* i przedstawił argumenty za napaścią na Bella. Ci, którzy zdążyli już poznać krainę białego człowieka, błagali, żeby tego nie robił. „Biali są inni niż kiedyś", ostrzegał mężczyzna, który trafił przed laty do więzienia kolonialnego. „Jeśli ich zabijemy, zgubimy nasz kraj. Nie oszczędzą nawet dzieci i kobiet. Zniszczą wszystko". Basiana ani myślał ustąpić z ostatniego przyczółka. Przypomniał *ramo* o sile ich protoplastów. Zgromadzono broń, a kapłani zarżnęli dziesiątki świń, by zyskać wsparcie przodków.

Pogłoska o zbliżającym się ataku zeszła w doliny. Kiedy Bell dotarł do Sinalagu, sojusznicy z wybrzeża kazali mu zostać na statku.

Malaitańska milicja zasugerowała, aby strzelać do ludzi buszu po kolei. Bell puścił to mimo uszu, zszedł na brzeg, kazał swoim ludziom obstawić i okrążyć budynek, w którym ściągano pogłówne, sam usiadł przy stole na zewnątrz i otworzył księgi. W dół zbocza szli gęsiego wojownicy uzbrojeni w strzelby, maczugi, włócznie, łuki i strzały. Basiana miał pod sobą co najmniej dwustu ludzi. Próbowali zastraszyć wroga groźnymi okrzykami, ale i tak wszyscy wiedzieli, że mają przy sobie tylko dwie, góra trzy strzelby gotowe do strzału, podczas gdy milicja Bella dysponowała nowoczesnym arsenałem złożonym z dwóch tuzinów strzelb i dwóch rewolwerów.

Wojownicy ustawili się w szeregu przed stołem Bella. Basiana ukrył strzelbę pod pachą. Rzucił się naprzód, otoczony przez swoich współplemieńców. Ledwie Bell podniósł wzrok znad księgi, Basiana wzniósł lufę oburącz i wyrżnął nią w głowę poborcy, jakby rąbał drwa. Czaszka naczelnika okręgu rozprysła się na kawałki, ciało zwiotczało. Wojownicy Kwaio uderzyli chmarą, zasypując ludzi Bella gradem ciosów włóczni, noży i toporów. W kilka minut położyli trupem asystenta i trzynastu wiernych żołnierzy milicji. Krew, wnętrzności i posiekane ludzkie szczątki pokryły całą polanę. Zginęło zaledwie dwóch napastników. Basiana odniósł wspaniałe, a zarazem ostatnie zwycięstwo.

Nieprzyjaciele – zarówno biali, jak i czarni – aż się oblizywali na myśl o zemście na Kwaio. Setki Malaitańczyków zgłosiło się na ochotnika, żeby wziąć odwet za śmierć Bella i członków jego milicji. Dołączyły do nich dziesiątki białych plantatorów i kupców. Po dwóch tygodniach do portu w Sinalagu zawinął australijski okręt wojenny. Ekspedycja w składzie 50 marynarzy, 50 lokalnych policjantów, 25 białych ochotników i 120 miejscowych tragarzy ruszyła na wzgórza Kwaio. Wioski puszczono z dymem. Świnie wystrzelano. Ogrody warzywne spryskano defoliantem chemicznym. Po sześciu tygodniach marynarze floty australijskiej wycofali się do Sydney, a na miejscu zostali tubylczy stróżowie porządku – w większości członkowie plemienia Kwara, najzagorzalsi wrogowie Kwaio. Zaczęła się prawdziwa apokalipsa.

Miejscowa policja wykorzystała nowo nabyte uprawnienia i przewagę militarną, żeby pomścić zadawnione od pokoleń zniewagi. Zastrzelono dziesiątki Kwaio. Kobiety z rodzin zabójców Bella padały ofiarą zbiorowych gwałtów. Niektórzy policjanci odcinali trupom ręce i nogi, rzucali je na stos ciał, po czym wzywali szyderczo przodków ofiar. Bezcześcili kamienie ofiarne. Niszczyli i palili bębny oraz relikwie. Wykradali czaszki z miejsc kultu i podrzucali je w domach miesiączkujących kobiet. Nie mogli dopuścić się gorszej zbrodni niż upokorzenie przodków Kwaio. Wszyscy wiedzieli, że rozwścieczone duchy karzą wyłącznie swoich pobratymców.

Osaczony Basiana zawisł na stryczku wraz z pięcioma sojusznikami. Ponad sześćdziesięciu Kwaio rozstrzelano lub rozsiekano maczetami, trzydziestu zmarło w więzieniu na czerwonkę. Pół wieku później informatorzy Rogera Keesinga liczyli jednak ofiary w setkach, bo po zniszczeniu miejsc kultu przodkowie opuścili Kwaio na całe pokolenia. Ofiary przestały skutkować. Ludzie chorowali. Taro przestały dawać plony. Setki ludzi głodowało.

Apokalipsa dokonała się w wymiarze zarówno fizycznym, jak i metafizycznym. Góry wciąż ziały smutkiem i wrogością. Nic dziwnego, że zza kurtyny ciepłego deszczu zstąpiło na mnie jakieś nieokreślone uczucie, podobne do gniewu.

Misja Adwentystów Dnia Siódmego wyłoniła się na szczycie klifu wznoszącego się nad oceanem. Blaszane dachy lśniły w przymglonym świetle jak potłuczone szkło. Zacumowaliśmy do pirsu z kawałka skały koralowej i ruszyliśmy pod górę do misji i prowadzonego przez nią szpitala. Irytująco schludnie utrzymane biura adwentystów, z werandami, poprzedzielane żywopłotami, wyglądały zupełnie nie na miejscu w sąsiedztwie zapuszczonych ogrodów obrośniętych pnączami.

Gdzieś w oddali mruczał generator. Gromadka dzieci w białych koszulach wymaszerowała rządkiem z betonowego kościoła. Siatkowe drzwi bungalowu otworzyły się na oścież i stanęła w nich biała kobieta w białej sukni z wzdymającą się wokół kostek spódnicą. „Chodźcie, chodźcie! Obiad gotowy!" – krzyknęła gromkim głosem. Wszedłem posłusznie i drzwi zatrzasnęły się za mną z hukiem. Adwentyści już na nas czekali: skontaktowałem się z nimi przez radiotelefon jeszcze przed wyjazdem z Auki, mając nadzieję odszukać pewnego przybysza z Australii, który podobno miał świetne układy z Kwaio. Nie chodziło jednak o gospodynię. Geri Gaines była żoną jednego z wolontariuszy – lekarza zatrudnionego w szpitalu misyjnym. Zrobiła na mnie piorunujące wrażenie. Jej twarz pałała od gorąca. Nie wiem, co mi bardziej zaimponowało: postura Geri czy jej dobre chęci. Złożyliśmy ręce, Geri zmówiła modlitwę. Obiad przypominał sen na jawie, wprost z telewizji porannej. Pośrodku blatu stały ogromne butle z keczupem i serem topionym. Geri wniosła na stół olbrzymią porcję makaronu Kraft Dinner. Pokój wypełnił się jaskrawopomarańczową poświatą. Po chwili wjechał półmisek kruchych ciasteczek z kawałkami czekolady. Byłem w niebie.

– Jesteśmy tu od trzech miesięcy; chyba nie sądzisz, że odżywiamy się wyłącznie maniokiem? – zaśmiała się Geri, wyciskając na talerz lśniącą jak ślimak smugę topionego sera. – Sprowadziłam dla nas jedzenie z samego El Aye!

Powiedziałem Geri, że mam zamiar się wybrać do buszu Kwaio. Chwyciła mnie za nadgarstek i smutno pokiwała głową.

– Poganie – rzekła. – Co za wstyd. Ci biedacy mieszkają tak blisko misji, a nie chcą żadnych zmian. Odrzucają postęp. A wiesz dlaczego? Boją się jak ognia swoich *devil-devils*, ot co.

Poza tym nie czas teraz na wizyty u pogan, powiedziała Geri. Lepiej zostać w misji. Jutro sobota i będzie ośmiogodzinne nabożeństwo.

– Dlaczego nie czas na wizyty u pogan? – spytałem.

– Boziu kochana, od czego by tu zacząć? – zafrasowała się Geri. – Po pierwsze, mają urwanie głowy po śmierci tego szatańskiego kapłana. No i to całe zamieszanie z Włochami...

– Z jakimi Włochami?

– Banda idiotów, przynajmniej moim zdaniem. Sami sobie winni. Ale, ale, zobaczcie tylko, kto przyszedł: nasz David!

David MacLaren sprawiał wrażenie, jakby go żywcem przeniesiono z jakiejś fermy bydła w Queenslandzie: miał potarganą brodę, szponiaste paznokcie i przenikliwe niebieskie oczy. Co chwila otrząsał się jak pies dingo. Spojrzał na nasze porcje Kraft Dinner i mrugnął do mnie szelmowsko. Potem zamknął oczy i zmówił szeptem modlitwę.

David okazał się moim łącznikiem. Chodził w tę i we w tę po East Kwaio już od dziesięciu lat, najpierw jako główny patolog szpitala, potem jako członek wędrownego zespołu wykonującego operacje na otwartym sercu, teraz w ramach zbierania materiałów do pracy magisterskiej z dziedziny zdrowia publicznego.

Jak wyjaśnił David, adwentyści prowadzą jedyny porządny szpital na całej Malaicie, nie mogą się wszakże uporać z jednym. Oferują wprawdzie usługi medyczne w cenie dwóch dolarów obowiązujących na Wyspach Salomona (równowartość dwóch orzechów kokosowych), ale Kwaio z buszu wciąż nie chcą postawić nogi w ich przybytku. Dlaczego? Wszystko – począwszy od architektury szpitala, poprzez stosowane w nim metody, na personelu i wystroju toalet skończywszy – narusza *kastom* Kwaio.

Oto przykłady: szpital ma dwie kondygnacje, tymczasem przodkowie wzbraniają mężczyznom Kwaio stąpać po tym, po czym przechodzą kobiety. Tak się złożyło, że oddział męski znajduje się na tym samym piętrze co oddział położniczy; absolutny skandal, bo mężczyźnie Kwaio nie wolno wejść do domu rodzącej kobiety. Toalety szpitalne lśnią wprawdzie czystością, ale nie są wydzielone z reszty budynku; równie dobrze można by zaproponować Kwaio, żeby przespał się w wychodku. No i jeszcze kwestia płynów ustrojowych: Kwaio wiedzieli, że ścieki z zawartością ludzkiej śliny mieszają się gdzieś w rurach kanalizacyjnych z wodą do spłukiwania toalet. Płyn z ust nie może się łączyć z *shit-shit*. W żadnym wypadku. Gdyby Kwaio wszedł do tego przybytku świętokradztwa, tak bardzo obraziłby przodków, że straciłby ich magiczną ochronę: ogrody przestałyby rodzić plony, szczęście odwróciłoby się od całej wioski, mieszkańców dosięgłyby najrozmaitsze choroby. Żeby przebłagać zmarłych, trzeba by było złożyć im w ofierze co najmniej tuzin świń. Koszt pojedynczej wizyty w szpitalu przekroczyłby zatem równowartość bogactw gromadzonych przez dziesięć lat, nie wspominając już o przyszłych zobowiązaniach.

David głowił się przez ostatnie trzy lata nad projektem oddziału, z którego mogliby korzystać także czciciele przodków. Zdobył zaufanie i przyjaźń pogańskich wodzów. Dlatego właśnie nie pozwoli mi tak po prostu pójść w góry. Nie teraz.

– Chodzi o tego szatańskiego kapłana – wyjaśniła Geri.

David uśmiechnął się jak nastolatek, który wstydzi się własnej matki.

– Umarł wódz *kastom* – powiedział. – Będą teraz zarzynać świnie na ucztę pogrzebową. Wszyscy moi znajomi są w żałobie. Nikomu nie wolno tamtędy chodzić. Trzeba okazać tym ludziom szacunek. To jedno.

– A drugie?

– No cóż, żeby wędrować po krainie Kwaio, musisz mieć pozwolenie od wodza.

– Tak jak Włosi – wtrąciła Geri.

– Kto to są ci Włosi?

David westchnął. Miesiąc temu dotarła tu grupka białych na pokładzie samolotu pocztowego. Powiedzieli, że są lekarzami i że chcą pomóc. Znaleźli przewodnika i ruszyli w góry. Wszystko poszło nie tak. Nikogo nie wyleczyli, złamali za to wszystkie rodzaje *tabu*. Najgorsze, że wzięli ze sobą do wiosek papier toaletowy. Oczywiście nie mieli zamiaru go używać, papier budził jednak skojarzenia z nieczystościami i już przez to był ciężkim kamieniem obrazy dla przodków. Nieokrzesani Włosi zdołali się jakoś przedostać do Atoifi, ale tłum rozwścieczonych pogan odciął im drogę na lotnisko. Kwaio zażądali odszkodowania. Włosi próbowali z nimi negocjować. Poważny błąd. Poszły w ruch maczety. Jeden z lekarzy naprawdę paskudnie oberwał – o mały włos nie stracił ręki. W końcu goście ulegli i załatwili sprawę po myśli Kwaio. Urządzili ceremonię zadośćuczynienia i zabrali się następnym samolotem.

– Musisz zrozumieć, że poganie są niewiarygodnie podejrzliwi wobec obcych. Wciąż mają w pamięci masakrę z tysiąc dziewięćset dwudziestego siódmego roku.

– No to co mam zrobić? – spytałem poirytowany, zarazem jednak owładnięty niejasnym poczuciem ulgi.

– Cóż, następny samolot przyleci dopiero za cztery dni. Możesz zostać i porozmawiać z naszymi pacjentami – zaproponował David.

– Jutro mamy nabożeństwo – przypomniała Geri z nadzieją.

David spostrzegł, że mina mi zrzedła.

– Możesz też wyjść poza granice okręgu. Ominąć strefę żałoby i trzymać się z dala od miejsc, gdzie pojawili się Włosi. W Sinalagu jest wódz chrześcijanin, który mógłby ci pomóc. Peter Laetebo. Współpracował z Rogerem Keesingiem jeszcze w latach sześćdziesiątych.

– Sinalagu! – zaszczebiotała Geri. – Jutro przyjdzie stamtąd grupka młodzieży, żeby uczestniczyć w nabożeństwie. Możesz się z nimi zabrać, zwłaszcza jeśli zapłacisz im za benzynę.

Gdyby samoloty kursowały codziennie, uciekłbym z powrotem do Honiary choćby nazajutrz. Czułem się przygnieciony ciężkim od wilgoci niebem, sponiewierany przez góry, które sprawiały wrażenie, jakby miały zamiar zepchnąć całą tę misję do morza. Nic mi się tu nie podobało: ani samo miejsce, ani to, że tu przybyłem. Ale klamka zapadła. Mam pójść za duchem Williama Bella do portu w Sinalagu, znaleźć tam swoich pogan i wynieść się stąd w diabły.

Opuściłem Atoifi o świcie, w łodzi motorowej z aluminium wiozącej na pokładzie dziesięciu wymytych chrześcijan oraz jedno przenośne urządzenie do karaoke. Przedostaliśmy się na drugą stronę rafy barierowej i wzięliśmy kurs na południe. Zmarszczki na wodzie wygładziły się pod ciężarem obwisłego nieba. W oddali baraszkowało sześć czarnych delfinów. Płynęliśmy wzdłuż zniszczonych przez fale wapiennych klifów, które w końcu zapadły się w głąb oceanu i odsłoniły przesmyk do rozległej laguny w kształcie rombu. Kapitan łodzi wysadził młodych adwentystów na północnym krańcu, gdzie korale wystawały z płycizny niczym olbrzymie sterty gnijących kalafiorów. Potem ruszyliśmy w stronę południowego zakątka przystani otoczonego wyższymi górami o bardziej stromych zboczach. Kapitan pokazał mi jakąś skałę. „Pan Bell – oznajmił. – Tu go zabili".

Zgasił silnik i wyciągnął go z wody. Wyszliśmy z płycizny na pagajach i dobiliśmy po chwili do skupiska chat na palach. Gounabusu. Wyskoczyłem z łodzi i ugrzązłem po kolana w szlamie. Kapitan poszedł do domu. Wieśniacy nie zwracali na mnie najmniejszej uwagi, dopóki nie odnalazłem wodza Petera Laetebo. Facet był stary i sprawiał wrażenie lekko upośledzonego na umyśle. Znad brudnej żółtej ścierki owiniętej wokół bioder jak sarong zwisało sflaczałe jak przekłuty balon brzuszysko. Wódz wziął mnie do czyjejś chaty, gdzie usiedliśmy na drewnianej ławie, ja zaś próbowałem wyłuszczyć cel mojej wizyty przed coraz to szerszym gremium. Mężczyźni z wioski schodzili się jeden po drugim, żeby obejrzeć moją wizytówkę, na której widniała informacja „dziennikarz". Wódz uśmiechnął się i skinął głową ze zrozumieniem. Po jego prawicy zasiadł potężny młodzian w koszulce zespołu Pearl Jam, przyozdobiony grubym sznurem muszelek. Miał włosy ufarbowane na blond. Pearl Jam milczał, ale ze sposobu, w jaki przytakiwał, wywnioskowałem, że mogę na niego liczyć. Wszystko szło dobrze do chwili, kiedy pojawił się jednooki.

Z początku nie odzywał się ani słowem. Po prostu gapił się na mnie wściekle jednym okiem, a ropa sączyła się wolno z drugiego oczodołu. Był ubrany w kurtkę wojskową z demobilu, na głowie miał bandanę. Klepał się po udzie maczetą. Wyglądała na ostrą. Wciąż przygładzał włosy na piersi.

– Biali ludzie to milionerzy – oznajmił w pidżynie.

– Słucham?

– Chcę wiedzieć, czemu ty tu *stap*.

Wszyscy zamilkli. Przedstawiłem się ponownie i zacząłem gadkę o promocji turystyki albo czymś równie pożytecznym. Spostrzegłem, że jednooki coraz mocniej zaciska palce na rękojeści maczety.

– To moja ziemia. Te ogrody na wzgórzu należą do *mifala*. Nie chcemy, żeby biali przychodzili tu kraść historie *blong mifala*. Nie chcemy, żeby następny Keesing wzbogacił się na naszej kulturze.

Keesing? Dziwne – pomyślałem, poczułem jednak, że się rumienię. Antropolog przez dwadzieścia lat taplał się w błocie razem z poganami z buszu. Wcale się nie wzbogacił i nigdy nie zdradzał szczególnego zainteresowania chrześcijanami z wybrzeża. Na wszelki wypadek postanowiłem się nie odzywać.

Jednooki wziął oburącz moją wizytówkę, po czym ją przedarł. Patrzyliśmy, jak skrawki papieru opadają na podłogę. Przypomniałem sobie o Williamie Bellu, który siedział przy stole i ściągał podatki. Zerwałem się na równe nogi – być może odrobinę roztrzęsiony. To była wioska misji chrześcijańskiej. To nie chrześcijanie poszatkowali gości na kawałki.

– Eee... bardzo mi przykro – powiedziałem. – Eeee... pewnie doszło do nieporozumienia. Musiałem coś źle wytłumaczyć.

– Tak! Tobie przykro! Powinieneś spytać, zanim tu przyszedłeś. Ty nie pytasz. *Yu mas stap insaed long kanu blong yu and go nao.*

Doszedłem do wniosku, że nie powinienem patrzeć na jednookiego, bo nie mogę się powstrzymać i wlepiam wzrok w jego prawy oczodół, gdzie od czasu do czasu pojawia się nabiegły krwią fragment gałki ocznej. Gapiłem się więc w podłogę i zachodziłem w głowę, dlaczego wódz i reszta nie chcą mi pomóc. Odniosłem wrażenie, że minęły długie godziny, zanim jednooki pokuśtykał wreszcie po schodkach w dół i ruszył dalej przez błoto.

– Wszystko w porządku, stary – powiedział mój sprzymierzeniec z tlenioną fryzurą. Mówił po angielsku z wyraźnym australijskim akcentem. – Jutro wezmę cię w góry. A teraz chodź do mnie. I to już.

Wódz uroczyście przytaknął.

Sojusznik przedstawił się jako Roni Butala. Jego dom okazał się szopą sklecioną z desek i blachy po drugiej stronie wioski, za siedzibą Kościoła Ewangelickiego Mórz Południowych. Skuliłem się na werandzie i podziękowałem matce Roniego za kubek herbaty. Roni zawołał kilku kuzynów, po czym zniknął. Kuzyni zostali. Dwaj mieli przy sobie długie noże. Jeden był uzbrojony w łuk i strzały.

– Może byś *stap* do środka – spytała nerwowo matka Roniego.

Godzinę później Roni wrócił w towarzystwie jednookiego, który postanowił się zachowywać bardziej dyplomatycznie.

– Wszystko w porządku – zapewnił Roni.

– Jesteś tu mile widziany – powiedział jednooki, który miał na imię Samuel. – *Yu same walkabaot.*

Podziękowałem.

Samuel podał mi rękę.

– Wejdź do środka – powtórzyła matka Roniego, tym razem wyraźnie ponaglającym tonem.

Przyjąłem uścisk Samuela. Miał ręce lepkie jak mokry tytoń. Gorliwie potrząsnął moją dłonią. Uśmiechnął się krzywo i poszedł w swoją stronę.

– Będziemy musieli dać mu trochę pieniędzy, zanim wyjedziesz – powiedział Roni.

– Roni! – wrzasnęła matka z werandy. – Roni! Dlaczego pozwoliłeś *fren blong yu* ściskać rękę Samuela? Niedobrze. Oj, niedobrze *tumas*.

– O czym ona mówi? – spytałem Roniego. Przewrócił tylko oczami. Zdałem sobie jednak sprawę, że uścisk Samuela oznacza coś więcej. Wciąż nie mogłem się pozbyć towarzyszącego mu uczucia chłodu.

Ten wieczór spędziliśmy wspólnie z Peterem Laetebo, który przyłączył się do nas na werandzie. Wódz założył elegancką koszulę z odpinanym kołnierzykiem. W świetle lampy majaczyły tatuaże ukryte pod siwym zarostem. Przypominały zapis niedokończonej partyjki w kółko i krzyżyk. Wódz chciał *storian*. Oznajmił, że w latach sześćdziesiątych, zanim poznał antropologa Keesinga, był pogańskim kapłanem.

– Ale teraz jesteś chrześcijaninem – upewniłem się.

– *Hem i tru tumas ia* – odpowiedział wódz i na znak dumy klepnął się w kolano. – Kiedy byłem poganinem, życie było dobre, ale bardzo drogie. Ile razy moje *pikinini* chore, musiałem oddawać pieniądze i świnie diabłom...

– Przodkom – szepnął półgębkiem Roni.

– Pewnego dnia *soniboy blong mi* zachorował – rzekł Peter. – Gorączka, sraczka. Miałem już dość składania ofiar, więc zabrałem go do misji. Pastor położył ręce na *soniboy* i się modlił: niedługo, może dwie, trzy godziny, *nomo*. Chłopak się zbudził i zaczął płakać. Powiedziałem, *Disfala God, hem i tru wan!*

Peter sprowadził rodzinę do Gounabusu i nauczył się przestrzegać nowych *tabu*. Kościół Ewangelicki Mórz Południowych zabronił używać alkoholu, tytoniu i orzeszków betelowych. Pod żadnym pozorem nie wolno oddawać czci przodkom. Kobiety muszą zakrywać piersi. Trochę z tym było kłopotu. Ale chrześcijański model życia pozwolił wodzowi zaoszczędzić sporo pieniędzy: mógł sobie zatrzymać wszystkie świnie i nie musiał spędzać długich tygodni w odosobnieniu, jak nakazywał obyczaj po złożeniu ofiary. Pogański kapłan Peter został więc starszym Kościoła.

Peter nie mógł długo z nami rozmawiać. Teraz drugi syn poważnie zachorował, a pastor nie umiał mu pomóc. Ojciec musiał przez całą noc siedzieć przy chłopcu.

– A ty, Roni? Jesteś chrześcijaninem? – spytałem po wyjściu Petera.

Roni spojrzał na matkę i chwilę wahał się z odpowiedzią.

– Kościół jest rano, stary. Potem wezmę cię w góry.

Poszedłem do łóżka – czyli na matę z trawy – mając cichą nadzieję, że Roni się rozmyśli. Chciałem już wyjechać z East Kwaio. To miejsce dosłownie nasiąkło wrogością, odstręczało nie tylko lepkim upałem, nieustanną mżawką, wszechobecną zgnilizną i gniewem jednookiego Samuela. Czułem, jak nienawiść przenika mi do stawów niczym śmiercionośny jad. Czułem ją w wilgotnym powietrzu, leżąc na podłodze domu Roniego. Czułem ją przez całą bezsenną noc, zwielokrotnioną jeszcze dźwiękiem kościelnych dzwonów rozkołysanych na długo przed świtem.

Przestałem już liczyć zadrapania, których się nabawiłem podczas marszu przez wyspę. Niewinne skaleczenia przeistoczyły się nagle w opuchnięte wrzody. Całe nogi miałem w sinych bąblach żyłkowanych jak marmur drobniutkimi wykwitami ropy. Na małym palcu stopy nie wiadomo skąd pojawił się pęcherz w każdej chwili grożący pęknięciem. W głowie mi pulsowało. Czego ja właściwie chciałem od tych pogan? Nie pamiętam. Cóż oni mogą mieć do powiedzenia na temat kryzysu duchowego na Wyspach Salomona? Nie mam bladego pojęcia.

Matka Roniego przywitała się ze mną na werandzie.

– O nie! – jęknęła na mój widok. – Roni! *Mi tellem yu finis forno lettem Samuel for touchim disfala fren blong yu!*

Roni położył mi dłoń na czole.

- Gorączka - oznajmił. - Teraz to już musisz pójść ze mną na górę. Trzeba wziąć lek *kastom*, żeby odwrócić tę klątwę.

Chciałem powiedzieć Roniemu, że nie zachorowałem od wymiany uścisków z Samuelem. Zachorowałem od złego powietrza, niemytych rąk, komarów, rojącego się od zarazków szlamu w porcie, od ciężkiej, obezwładniającej atmosfery tego miejsca. Dopadły mnie klimat i biologia, które od stuleci dziesiątkowały Europejczyków. Ofiarą tego samego padli też australijscy marynarze, którzy w 1927 roku przypuścili szturm na busz Kwaio, żeby ukarać morderców Bella. Wielu odtransportowano z powrotem na noszach - całą skórę mieli w ropiejących wrzodach, trzęśli się w febrze i popuszczali pod siebie w ataku czerwonki.

Na złość Samuelowi ubraliśmy się w czyste koszule i poszliśmy na niedzielne nabożeństwo, które okazało się pokazem najczystszej ewangelicznej anarchii. Ludzie machali rękami. Przewracali oczami. Utwierdzali swego boga w poczuciu wartości. Wrzeszczeli, że jest największy i najpotężniejszy. Zawodzili raz po raz „alleluja".

Wymknęliśmy się z Ronim w połowie. Poszliśmy ścieżką, która wiodła w góry zygzakiem przez uprawy manioku, rumowiska wapieni i ugory porośnięte krzakami. Zbocze było bardziej strome niż blaszany dach kościoła. Powietrze stało nieruchomo. Panował niemiłosierny upał. Ubranie mogłem dosłownie wyżymać.

- Głośno dziś śpiewałeś w kościele - zagadnąłem Roniego. - Czyli jednak jesteś chrześcijaninem.

- Wlazłeś między wrony, krakaj jak i one - odburknął, gapiąc się w las.

- Daj spokój, Roni, po czyjej jesteś stronie?
- Po stronie moich przodków. I tyle.

Roni wychował się w Gounabusu. Był zdolnym dzieckiem. Dostał stypendium na Uniwersytecie Masseya i spędził cztery lata w Nowej Zelandii. Dlatego tak dobrze mówił po angielsku. Roni był ulubieńcem Nowozelandek, nie mógł się jednak oswoić z ich *kastom*. Pewna biała dziewczyna zaprosiła go do domu swoich rodziców na przedmieściu. Kiedy objęła go za szyję i oznajmiła ojcu „to mój chłopak", Roni uciekł z wrzaskiem. Dopiero później się dowiedział, że znajomość z ojcem dziewczyny uchodzi w Nowej Zelandii za zaszczyt. Roni wytłumaczył swojej sympatii, że gdyby była córką Kwaio, ojciec natychmiast chwyciłby za nóż i go zarżnął.

Roni studiował uprawę roślin i obracał się w środowisku miejscowych hippisów. Powrócił na Malaitę jako działacz na rzecz ochrony środowiska. Zrewidowawszy dotychczasowe poczucie inności Kwaio, zaczął wędrować po górach i urządzać wycieczki w przeszłość. Palił i gawędził w towarzystwie patriarchów i pogańskich kapłanów. Zapuścił dredy – nie sfilcowane, jak u Boba Marleya, tylko plecione na wzór niegdysiejszych fryzur przodków. (Roni musiał w końcu pozbyć się dredów. Matka kazała mu je obciąć. Bała się, że przodkowie rozpoznają w nim swojego i spróbują go przekabacić). Teraz pomagał przy odbudowie tradycyjnej szkoły założonej przez Keesinga w górach, w które poganie uczyli się pisać imiona swoich przodków, przestrzegać *kastom* i na wszelki wypadek liczyć – żeby nie dać się oszukać chrześcijanom.

– Ty naprawdę jesteś poganinem – skonstatowałem.

– Chodziłem do chrześcijańskiej szkoły. Wierzę w Boga. Wiem, że jest potężny. Ale gdybym musiał wybierać, wybrałbym przodków – odrzekł Roni.

– Nie rozumiem. Skoro wierzysz w Boga chrześcijan, musisz także wierzyć w Jego wszechpotęgę. Tego naucza Kościół.

– Spójrz tam w górę – powiedział Roni, wskazując na pobliskie pasmo. Większość drzew wycięto, na szczycie grzbietu zachowała się jednak niewielka kępa. – Te lasy są *tabu*. Tam ludzie trzymają swoich przodków. A teraz sobie wyobraź, że tu mieszkasz. Kiedy umrzesz, twoje dzieci zaniosą twoją czaszkę do chaty *kastom*, żeby twoje wnuki mogły składać ofiary, dzięki którym pozostaniesz tutaj na zawsze. To nasze *kastom*. Na tym mi właśnie zależy.

Brnęliśmy dalej, pnąc się wśród cieni lasu deszczowego. Z potężnych pni wyrastały palczaste korzenie. Nad naszymi głowami wiły się pnącza. Skroplona para wodna ściekała z liści paproci. Brodziliśmy z chlupotem w górę strumienia, mijając po drodze niewielkie przecinki obsadzone gęsto papają i taro. Wokół snuła się powoli mgła. Wtuliliśmy się w jej miękki brzuch. Tu było chłodniej. Zapomniałem o bólu głowy i złowrogich górach, przestałem się mieć na baczności przed każdym tubylcem, którego twarz zamajaczyła mi wśród liści, żeby po chwili zniknąć przy wtórze cichego sapnięcia.

Skręciliśmy wprost w epokę żelaza. Weszliśmy na polanę pełną sczerniałych kikutów palm, potrzaskanych wapieni i świeżo zrytego błota, w którym dziarsko uwijały się świnie i kobiety o nagich, rozkołysanych piersiach. Na widok przybyszów kobiety przycupnęły w drzwiach chat krytych strzechą i popatrywały na nas z ukrycia. Widziałem tylko tlący się w nabitych fifkach żar. Z mgły na końcu polany wyłonił się nastolatek w szortach do gry w piłkę nożną, dzierżył maczetę niewiele mniejszą niż on sam. Za nim, na białym kamieniu, siedział w kucki przyjaciel Roniego – Diakake Doaka, pykając fajkę i szczerząc się jak krasnal ogrodowy. Został mi przedstawiony jako wódz, choć prędzej już był kapłanem. Poprosił, żeby zwracać się do niego per Jack. Na głowie miał wyświechtany kapelusz wędkarski – wypisz wymaluj jak Henry Fonda w filmie *Nad złotym stawem*. Niewykluczone, że Jack był wybitnym mówcą w języku Kwaio, ale pidżynem Wysp Salomona władał jeszcze gorzej niż ja. Większość poniższej relacji zawdzięczam Roniemu, który tłumaczył naszą rozmowę.

Jack się ucieszył z wizyty Roniego. Szczególnie jednak ulżyło mu na mój widok. Powiedział, że w nocy śnił o mnie.

– Usłyszałem od przodków, że źle cię przyjęto w Gounabusu. Nie wolno ci tam więcej nocować. Chrześcijanie mogą cię otruć.

Bardzo się uradował na wieść, że zachorowałem i że Roni obiecał mnie zaprowadzić do znachora *kastom*.

– Niedługo – powiedział Jack, nie kryjąc uśmiechu zadowolenia. – *Lamo* jest w drodze.

Keesing pisał w *Religii Kwaio*, że światopogląd Kwaio znajduje odzwierciedlenie w topografii społecznej ich osiedli. Mężczyźni są dosłownie na szczycie. Wioska Jacka pasowała jak ulał do opisu Keesinga. W najwyższym miejscu stała chata kapłana, w której przechowywano święte przedmioty. (W środku były też czaszki, ale nie udało mi się ich zobaczyć. Zbrukany pobytem w Gounabusu, mogłem tylko zerknąć do środka przez drzwi). Jedyny we wsi domek z ogrodem, otoczony żywopłotem z bambusa, wyglądał naprawdę uroczo. Nieco niżej zbudowano klub dla nieżonatych mężczyzn. Prawdziwe cudo: forteca zamocowana na palach dwa metry nad ziemią, jak domek do zabawy obstalowany dla dzieci jakiegoś bankiera inwestycyjnego. Miała elegancki, spadzisty dach i podłogę z drewna, po której walały się części radia (nie zdałoby się na nic nawet po naprawie, bo od początku zamieszek ceny baterii wzrosły trzykrotnie).

W środku wsi stało kilka wspólnie używanych chat, gdzie kobiety gotowały, a dzieci tarzały się w błocie. Nad jedną ze strzech unosił się dym gęsty jak para z nagrzanego trawnika po deszczu. We wspólnych chatach wydzielono specjalne pomieszczenia dla świń. „Nasze *pik-piks* są ważne – powiedział Jack. – Kochamy je prawie jak własnych synów. Niedobrze, jakby ktoś je ukradł". Jeszcze niżej ulokowano wieloosobowe, skromnie wyposażone sypialnie dla kobiet. Na samym dole w rogu, dokąd spływało błoto wymieszane ze świńskimi szczynami, wypatrzyłem nędzną szopę niewiele większą od psiej budy. Ze środka zerkała nieśmiało jakaś dziewczyna. Nie chciałem się na nią gapić. W tym miejscu kobiety przeczekiwały krwawienia miesięczne.

David MacLaren objaśnił mi tę topografię, ale zastrzegł, żeby nie traktować jej dosłownie. Nie chodzi o to, że Kwaio uważają kobiety za nieczyste istoty niższego rzędu, mniej godne szacunku niż mężczyźni. Bynajmniej: świętość dotyczy obydwu płci. Chata menstruacyjna jest w pewnym sensie odzwierciedleniem na ziemi domu kapłana. Każdy jednak wie, że ścieki płyną w dół zbocza. W wiosce Jacka taplały się w nich kobiety.

Wioskę założono zaledwie trzy miesiące temu. Wyglądało na to, że cała wspólnota – stanowiąca w istocie dużą, mniej więcej dwudziestoosobową rodzinę – przeprowadziła się tu z obawy przed katastrofą duchową. W poprzednim miejscu zachorował jeden z mężczyzn. Był już bliski śmierci, kiedy Jacka nawiedził sen, w którym przodkowie ujawnili przyczynę choroby. Któraś kobieta musiała oddać mocz lub zacząć miesiączkę w chacie. Jack wiedział, że gniew przodków po takiej zniewadze można zażegnać tylko przeprowadzką i rozpoczęciem wszystkiego od zera. Wynieśli się zatem na nowe śmieci.

Żona Jacka – nikt mi nie zdradził jej imienia – tłukła kamieniem zebrane w lesie orzeszki gnali. Smakowały jak migdały. W wieczornym półmroku krążyły komary. Jack z żoną mało nie pękli ze śmiechu, kiedy spryskałem nogi środkiem odstraszającym owady. *Waet man weak tumas*, wyjaśniłem, co Jack potwierdził skinieniem głowy. Przedstawiałem sobą obraz nędzy i rozpaczy. Czułem się, jakby mnie ktoś złoił kijem do poganiania świń. Pęcherz pękł, nieprzystojnie odsłaniając wnętrze. Okleiłem go taśmą izolacyjną. Gdzie jest ten znachor, do jasnej cholery? Nie znaczy to, że się spodziewałem jakiegoś magicznego uzdrowienia. Chciałem się zobaczyć z doktorem *kastom* na podobnej zasadzie, na jakiej zdrożony himalaista chce ujrzeć wierzchołek Everestu. Przybycie znachora było dla mnie równoznaczne z opuszczeniem East Kwaio.

– Chyba dobrze się wam tu żyje – skłamałem Jackowi.

Przytaknął, po czym dodał, że życie w buszu Kwaio toczy się gładko, bo cała rodzina przestrzega zasad wpojonych przez wielkiego węża przodkowi Ofamie sto dwadzieścia pięć pokoleń temu. Czcij przodków i miejsca ich kultu. Nie kradnij świń ani kobiet. Nie zabijaj bez wyraźnego powodu. Pilnuj swojej ziemi, swoich świń i swoich upraw taro. Dbaj o porządek. Nie załatwiaj się w domu. Jak dotąd, brzmiało całkiem rozsądnie. Aha, mężczyznom nie wolno jeść z naczyń używanych przez kobiety. Mężczyźni powinni mieszkać i srać na górze, kobiety na dole. Kobiety i dotykane przez nie przedmioty pod żadnym pozorem nie mogą znaleźć się wyżej niż mężczyźni. Wodę z męskiej kąpieli trzeba wylać gdzie indziej, żeby się nie zmieszała niżej z żeńskimi nieczystościami. Kapłani powinni składać przodkom kosztowne ofiary całopalne ze świń. Tylko kapłanom wolno jeść mięso. I tak dalej.

Zaprzyjaźnione feministki kiwają głową ze zrozumieniem, kiedy opowiadam im tę historię. Twierdzą, że *kastom*, mit i *tabu* to narzędzia patriarchatu, używane przez potężnych mężczyzn, żeby stłamsić wszystko, co inne, zwłaszcza kobiety (zamykając je na przykład w chacie menstruacyjnej).

Może to i prawda, bardziej jednak interesują mnie mityczne źródła reguł niż ich uwarunkowania polityczne. Biskup Malaity zapoznał mnie z teorią francuskiego językoznawcy Maurice'a Leenhardta, który przebywał na Nowej Kaledonii w latach 1909–1926. Leenhardt doszedł do wniosku, że melanezyjska mitologia nie jest całkiem wyssana z palca i odzwierciedla doświadczenia życiowe tubylców. Miał chyba na myśli, że Melanezyjczycy – choć nie potrafią ujarzmić sił natury za pośrednictwem techniki – mogą się z nimi oswoić dzięki mitom. Przekonują się co dzień, że porządek świata zależy od standardów życia codziennego.

W East Kwaio teoria Leenhardta pod pewnymi względami się sprawdza. Dopóki ludzie czcili przodków i przestrzegali obowiązujących reguł, wszystko szło całkiem nieźle. Ilekroć naruszono zasady, ludzie zaczynali chorować, żniwa się nie udawały, a kobiety traciły płodność. Klęski naturalne przychodziły czasem bez ostrzeżenia, mimo to Kwaio zawsze potrafili czymś je wytłumaczyć (na przykład zakłóceniem spokoju miejsca kultu albo zanieczyszczeniem domu moczem), kojarząc nieszczęście z gniewem przodków. Był na to tylko jeden sposób: złożyć ofiary, żeby przeciągnąć siły nadprzyrodzone na swoją stronę lub przynajmniej je przebłagać.

Nie umiem rozstrzygnąć, czym tak naprawdę różnią się prawa melanezyjskich przodków od surowych reguł z Księgi Kapłańskiej przekazanych Izraelitom przez Mojżesza. Nie wiem też, dlaczego Adwentyści Dnia Siódmego wciąż przestrzegają dziwacznych zakazów – na przykład jedzenia ryb bez łusek. Ludzie nie potrafią się obejść bez konstrukcji myślowych, nie potrafią się obejść bez reguł. Ilekroć są nam potrzebne, dokonujemy ekstrapolacji; wyłuskujemy je z mitów. Podporządkuj się, bo dotknie cię zemsta bogów. Podporządkuj się, bo będziesz się smażył w piekle. Podporządkuj się, bo taro zgnije w ziemi.

Żeby Jack utwierdził się w wierze, wystarczyło, że obserwował świat poza obrębem wzgórz Kwaio. A ten zszedł na manowce. Jack nie miał wątpliwości, że źródłem wszelkiego zła na Wyspach Salomona jest chrześcijańska transgresja. Wojna? Dzieło chrześcijan sprowadzone do East Kwaio w 1927 roku przez rząd, czyli nic innego, jak świeckie ramię Kościoła. Choroby przenoszone drogą płciową? Przywleczone przez chrześcijan, którzy złamali dawne *tabu* seksualne. Bieda? Wynika z obrazy przodków, której chrześcijanie dopuszczali się nagminnie. Chrześcijanie są chciwi. Uganiają się za pieniędzmi. Zapomnieli, gdzie jest ich miejsce w świecie.

Nie dość, że chrześcijanie wyrzekli się swoich przodków na korzyść przodka z jakiejś odległej wyspy – co za idiotyzm! – to jeszcze sprowadzili na wybrzeże misjonarzy i przekazali im swoje rodzinne włości. Trudno o większą zbrodnię, powiedział Jack. Większość chrześcijan nie wie nawet, gdzie znajdowała się kiedyś ich ziemia. No i jak tu ma być pokój, kiedy ludzie nie mieszkają na swoim?

– Babcie mnie uprzedzały, że pewnego dnia ludzie powstaną i zaczną się nawzajem mordować po całym kraju – powiedział Jack. – Spójrz, co się stało z Malaitańczykami, którzy nie posłuchali, którzy zostawili swoją ziemię i przenieśli się na Guadalcanal. *Bigfala trouble nao!* Tutaj już nikt nie walczy, bo słuchamy babć i nie próbujemy od nich odchodzić. Trwamy na ziemi *blong mifala nomo.*

Widać jak na dłoni, że szczęście odwróciło się od chrześcijan. Całkiem wypadli z łask przodków i teraz muszą słono za to zapłacić. Stracili moc. Weźmy takiego Petera Laetebo, wodza z Gounabusu.

– Nie rozumiem – wtrąciłem. – Bóg ocalił mu syna. Przecież dlatego Peter został chrześcijaninem.

Jack uznał to za przedni dowcip. Pokładał się ze śmiechu i ścierał z policzków łzy, tymczasem Roni objaśniał mi przyczynę jego wesołości. Nie dalej jak wczoraj wódz Peter przekazał górę muszelek, żeby Jack złożył w ofierze świnię i uzdrowił mu drugiego syna. Chłopak zachorował, bo ściął drzewo w pobliżu pogańskiego cmentarza. Nic dziwnego, że przodkowie się wściekli.

– Przed laty Peter mógł sam składać ofiary – powiedział Jack. – Ale odkąd został chrześcijaninem, nie jest już czysty. Stracił całą moc. Musi przychodzić i prosić *mifala* o przysługę.

Na tym wyczerpaliśmy kwestię wierności duchowej. Roni uśmiechnął się z triumfem. Oznajmił, że Peter jest tak nieczysty, że nie wolno mu nawet wchodzić do pogańskich wiosek. A Roniemu wolno. Poganie wiedzą, że o n nie jest prawdziwym chrześcijaninem.

Jack zapewnił, że szanuje chrześcijan. Jezus jest z pewnością bardzo silnym przodkiem. Tyle tylko, że z innej wyspy; nic dziwnego, że na Malaicie jego moc osłabła. Jedyni chrześcijanie dysponujący mocą to *tasiu*. Tak, powiedział Jack. Członkowie Bractwa Melanezyjskiego. Oni mają *savve.*

Nie pamiętam twarzy doktora *kastom*. Na tym częściowo polega jego magiczna moc – wytłumaczył mi później Roni. Pamiętam wysokiego chudego mężczyznę, który wyłonił się z lasu, niosąc czarny parasol i plecioną torbę pełną wapna i orzeszków betelowych. Nie przedstawił się. Nikt się z nim nie przywitał. Przypominał mi kruka.

Usiadł w kucki na jakiejś kłodzie i patrzył na mnie bez słowa. Rozgryzł orzech betelowy. Wyciągnął bambusowy pojemnik, nabrał trochę wapna łyżeczką i włożył sobie do ust razem z betelem. Żuł dopóty, dopóki różowy sok nie zaczął mu ściekać po brodzie. W końcu westchnął ze znudzeniem, wstał i ruszył w moją stronę na długich, pokrytych łuszczącą się skórą nogach. Zatrzymał się tuż przy mnie, odrzucił głowę do tyłu i cicho zagruchał.

– Zdejmij koszulę – przetłumaczył Roni.

Rozebrawszy się, zdałem sobie sprawę, że cała wioska przyszła podziwiać przedstawienie. Nie zwracało na nas uwagi tylko dwóch nastolatków zajętych bez reszty wzajemnym iskaniem czupryn i miażdżeniem między zębami wszystkiego, co wpadło im w ręce.

Siedziałem w milczeniu. Znachor obchodził mnie dokoła jak sędzia na wystawie psów. Kiwał głową i pochrząkiwał ze znawstwem. Przeciągnął dłonią po moich łopatkach. Zadrżałem. Ucisnął mi skórę na karku i wzdłuż kręgosłupa.

To było nawet przyjemne. Potem poczułem oddech znachora na prawej łopatce. Wciąż nie widziałem jego twarzy, złapałem jednak w nozdrza spleśniałą woń orzeszków betelowych. Poczułem, jak kładzie mi na łopatce obydwie dłonie, zwija je w trąbkę i przystawia do nich usta. Usłyszałem świst powietrza zasysanego i tłoczonego na przemian. Znachor oddychał coraz szybciej i gwałtowniej – przekonałem się po chwili, że opluł mi skórę. Wysiłkom doktora towarzyszyły okropne gulgoty i pokasływania, rosnące w ambarasującym crescendo i zakończone głośnym pyknięciem.

Tłum wydał z siebie gremialne „aaaach".

– Co? Co takiego? – spytałem.

– Patrz tylko! – zawołał Roni, wskazując palcem na znachora, który cofnął się kilka metrów. Trzymał się za gardło, jakby miał za chwilę zwymiotować. Potem odkaszlnął siarczyście i coś wypluł. Skojarzył mi się natychmiast z kotem, który zwraca na dywan kulkę zbitej sierści.

Wygrzebał pocisk z błota i podsunął mi pod nos. Mały drewniany krążek. Czerwony, ale przyprószony wapnem.
– Od tego zachorowałeś – oznajmił cichym głosem. – *Wanfala* zły człowiek z Gounabusu wsadził ci to pod skórę. Spróbował nadgryźć krążek.
– Już. Zabiłem *swear**. Jutro poczujesz się lepiej.
Znachor odradził mi kolejny nocleg w Gounabusu. Jego magiczna moc nie ochroni mnie przed wrogami z chrześcijańskiej wioski. To rzekłszy, rozłożył parasol i zniknął w lesie.

Wreszcie nadeszła ulewa, a tuż po niej noc. Schroniliśmy się we wspólnej chacie z kobietami, które podały nam gotowane pędy bambusa faszerowane niedoprawionym taro. Jedliśmy rękami. Gawędziliśmy po cichu i wymienialiśmy się żartami. Ułożyłem się na drewnianej pryczy – wyżej niż kobiety – i obserwowałem, jak rozgrzebują żar w niewielkim ognisku rozpalonym prosto na ziemi. Za ścianą z plecionych liści pochrząkiwały świnie. Czułem się coraz lepiej. Wmawiałem sobie, że znachor nie ma z tym nic wspólnego. W żadnym wypadku. Obydwaj wiedzieliśmy, że wycharczany krążek pochodził z jego torby i nikt mi go nie wsadził pod skórę na plecach. Był przecież utytłany w wapnie. Nie o taki cud mi chodziło. Między ludźmi Jacka czułem się jednak dziwnie pewnie i bezpiecznie. Atmosfera była tu lżejsza niż na wybrzeżu. Góry– skoro już w nie dotarłem – przestały zionąć wrogością. Ogarnął mnie rzewny i błogi spokój, mimo panującego na

---

* W pidżynie Wysp Salomona *swear* oznacza klątwę, co dobitnie świadczy o przepaści kulturowej między Melanezyjczykami i Europejczykami. Skoro przeklinanie albo rzucanie klątwy na ludzi jest równoznaczne ze sprowadzaniem na nich choroby, nic dziwnego, że Melanezyjczycy uważają obydwa wyrażenia za synonimy. To również dowód ich niezachwianej wiary w moc nadprzyrodzoną. Na przykład: kupiec, który warknął na wyspiarza „a niech cię szlag trafi", nie miał wcale zamiaru go uśmiercić. Po prostu sobie zaklął. Melanezyjczycy traktują jednak przekleństwa dosłownie. Nie ma żadnej różnicy między klątwą a *swear*.

zewnątrz bałaganu, świń, błota i spalonego lasu. Okadzone dymem rany na łydkach zaczęły powoli przysychać. Ból złagodniał. Zdumiało mnie, że górscy Kwaio pędzą tak sielski żywot. Pogaństwo bez kłów.

– To już tylko odległe echo epoki krwawych waśni plemiennych i zabójców *ramo* – szepnąłem do Roniego. – Tak tu spokojnie.

Roni przetłumaczył moje słowa Jackowi.

– *Ramo*... – mruknął Jack. – *Ramo*... Aha, *lamo*!

Przypomniałem sobie, że Kwaio wymawiają „l" zamiast „r".

– *Ramo!* – wykrzyknął Roni, po czym obydwaj zaczęli się śmiać.

– Co w tym śmiesznego? – spytałem.

– Sądzisz, że *lamo* już nie ma? W każdej wiosce jest przynajmniej jeden! Ilekroć ktoś uwiedzie czyjąś córkę, ukradnie świnię albo kogoś zamorduje, Jack zbiera świnie i muszelki, żeby zlecić *lamo* zabójstwo i hojnie go wynagrodzić.

– Opowiedz mi coś jeszcze!

– Czemu nie spytałeś *lamo*, kiedy tu był? – zdumiał się Roni.

– Tu? Nie przedstawiliście mi żadnego *lamo*!

Roni przetłumaczył. Jack aż się popłakał ze śmiechu.

– *Lamo* był tu całe popołudnie, ale nie zwracałeś na niego uwagi, więc cię tylko uzdrowił i poszedł do domu – wyjaśnił Roni.

Znachor był *lamo*. Znachor był zabójcą.

Pół roku po moim wyjeździe z East Kwaio szpital adwentystów w Atoifi zatrudnił nowego administratora. Mężczyzna wybrał się do lasu w góry, żeby dokonać pomiarów gruntu. Nie wiedział, że ziemia była przedmiotem sporu o własność. *Lamo* zaskoczył administratora i odciął mu głowę. Kwaio zawsze byli przeczuleni na punkcie swoich włości. Głowę odnaleziono. Zabójcy nie.

17
Łowcy z laguny Nono

Zdefiniuję kanibalizm jako konstrukcję o charakterze kultowym, nawiązującą do Innego i jego nieposkromionej żądzy spożywania ludzkiego mięsa, które stanowi dlań prawdziwy przysmak.

Gananath Obeyesekere, *Cannibal Feasts in Nineteenth-Century Fiji*,
w: *Cannibalism and the Colonial World*

Wierzący nigdy nie zapomni swego pierwszego cudu. Mój własny mam wciąż przed oczami. Przytrafił mi się wysoko w górach, na zalesionym zboczu ponad grotami pełnymi czaszek, ponad głazami ofiarnymi i rozległą niecką laguny Marovo na wyspie Nowa Georgia. Tam właśnie wymówiłem posłuszeństwo wodzowi Mbarejo i odprawiłem swój obrzęd w martwej ciszy popołudnia. Uczyniłem, że drzewa się trzęsły, a ptaki wzlatywały w niebo. Przeistoczyłem duszną wilgoć w rozszalały wir wiatru, pojękujących pni drzew, kropli gorącego deszczu i rozprysków błota. Niech to będzie moja opowieść. Sprowadziłem deszcz, i to nie bez powodu.

Nie miałem zamiaru zapuszczać się w laguny Prowincji Zachodniej Wysp Salomona. W 1866 roku „Southern Cross" dotarł na zachód aż do Nowej Georgii, anglikanie nie mieli jednak odwagi zostawić tam swoich nauczycieli. „Nowa Georgia dała się poznać przede wszystkim jako wyspa zamieszkana przez krwiożerczych łowców głów i kanibali" – napisał mój pradziad, tłumacząc brak zapału misjonarzy.

Pognało mnie na zachód w zbawiennym porywie frustracji. Kilka dni po powrocie z Malaity do Honiary dowiedziałem się, że zarówno „Eastern Trader", jak i MV „Temotu" lada chwila wyjdą w morze, zataszczyłem więc plecak do portu, gotów do pięciodniowego rejsu na Santa Cruz i moją Nukapu.

– Kiedy odpływacie? – spytałem mata "Eastern Tradera".

– *Taem disfala Temotu hemi i go* – odpowiedział.

– Kiedy odpływacie? – spytałem inżyniera pokładowego z MV "Temotu".

– Może w przyszłym tygodniu – odpowiedział.

– Ty cholerny kłamco – wybuchłem. – Słyszę to od miesiąca.

Tylko się roześmiał.

Pirs omiotła kurtyna deszczu. Poderwała z ziemi łupiny po orzeszkach betelowych i inne śmieci, które wolno opłynęły moje stopy. Miałem już dość. Postanowiłem, że nie zostanę tu ani chwili dłużej. Ruszyłem do następnego pirsu.

– Kiedy odpływacie? – spytałem marynarza wylegującego się na relingu pierwszego lepszego statku, jaki wpadł mi w oko.

– *Mi go wea?* – odpowiedział pytaniem.

– Nie – odparłem. – Nie obchodzi mnie, dokąd płyniesz. Zabiorę się dokądkolwiek, byle dzisiaj.

– *Cranky waet man* – rzekł marynarz. – *Mifala go neva. Sip, hem bagarup.*

Spróbowałem więc szczęścia z "Compass Rose", którego stalowy pokład uginał się pod ciężarem baryłek z ropą i prętów zbrojeniowych.

– Kiedy odpływacie? – spytałem grubą kobietę siedzącą z dziećmi na pokładzie.

– Dobre pytanie – odpowiedziała.

Spróbowałem z "Isabellą". Miała wziąć kurs na Santa Isabel nazajutrz rano.

Potem "Baruku". Miał wziąć kurs gdzieś tam kiedyś tam.

Potem "Tomoko", elegancki niegdyś prom, który teraz wyglądał, jakby obrzucono go gradem kamieni. Maszyny statku pracowały na jałowym biegu. Z komina buchał dym z sadzą. Ludzie rzucali dzieci, worki z ryżem i maty z trawy prosto w ramiona tłumów zgromadzonych na długich pokładach pasażerskich. Ramiona były czarne jak pokrywy skrzydeł żuka – w odcieniu skóry wyspiarzy z Nowej Georgii. Santa Cruz leżą na wschód od Honiary, ale tego dnia miałem to w nosie.

– Kiedy odpływacie? Kiedy odpływacie? – darłem się jak opętany. Załoga zluzowała cumę.

– *Mifala go nao* – odkrzyknął ktoś z górnego pokładu i podał mi muskularne ramię. Chwyciłem je i znalazłem się w samym środku falującej ciżby.

– W pierwszej klasie! W pierwszej klasie! – wrzeszczałem. Właściciel ramienia, które wciągnęło mnie na pokład, poprowadził mnie przejściem dla pasażerów, cały pokład był pokryty śliską mazią ropy przemieszanej z plwociną, rozdeptanymi owadami i podejrzaną zawiesiną sączącą się z toalety, potem zaś, ku mojemu zdumieniu, przez drzwi z napisem: „Kabina VIP". Istny cud. Na jednej koi piętrzył się stos używanych komputerów. Druga była moja. Rozgniotłem sześć karaluchów, napompowałem materac, położyłem się i zdałem się na kurs statku.

Patrzyłem przez luk na morze i zapadającą na niebie noc. Firanki łopotały. Drzwi trzaskały. Karaluchy buszowały w fałdach mojego ubrania. Statek kołysał mnie łagodnie do snu.

Nie obudziły mnie blask świtu ani poranna krzątanina, obudziła mnie cisza. „Tomoko" zamarł w bezruchu. Klekot i pokasływanie silników przeszły w spokojne mruczenie. Zacząłem nasłuchiwać. Wreszcie dobiegł mnie z oddali jakiś krzyk, a po chwili wrzask z mostka. Potem plusk wody. Wyszedłem po omacku na pokład. W mrok uderzył snop światła szperacza. Odbił się w kilkunastu parach oczu, po czym odsłonił sylwetki mężczyzn w długich, wydrążonych z pni czółnach. Wiosłowali równolegle do burty, podając przez reling kosze z maniokiem i taro oraz buszlowe pojemniki pełne orzeszków betelowych. W dół spuszczano kartony konserw mięsnych i worki z mąką. Wymiana przebiegała wśród szeptów, dopóki maszyny „Tomoko" nie ruszyły znów pełną parą. Statek wyrwał się naprzód. Handlarze przez chwilę trzymali się burty, ciągnąc się za nami jak minogi żerujące na brzuchu wielkiego rekina. Potem zostali w tyle.

Kiedy gwiazdy przygasły, wokół zarysowały się kontury wysp. Po stronie lewej burty: wystrzępiona, porośnięta dżunglą linia brzegowa, na tle czerwonego blasku poranka pnące się ku obłokom łańcuchy górskie. Po stronie sterburty: wąskie pasmo cieni rozpościerające się wzdłuż horyzontu jak walący się w gruzy mur. Weszliśmy do Marovo, najdłuższej laguny wokół Nowej Georgii, sąsiadującej z mnóstwem mniejszych lagunek przypominających fosy, odgrodzonych od otwartego oceanu sześćdziesięciomilowym sznurem wysp barierowych.

Laguny interesowały mnie tym bardziej, że mój pradziad do nich n i e dotarł. W 1892 roku załoga „Southern Cross" uznała ten region za zbyt niebezpieczny. Pradziad wyrobił sobie opinię na temat Nowej Georgii po wizycie na Santa Isabel, odległej o pół dnia żeglugi na wschód, którą opisał jako „rewir polowań" tutejszych łowców. „To bodaj najgorsi z wszystkich kanibali i wielki sieją postrach wśród mieszkańców okolicznych wysp, a skutek ich poczynań jest taki, że z setki kilometrów długości, jakie liczy Isabel, osiemdziesiąt pozostaje prawie bezludnych. Tubylców bądź zgładzono i zjedzono, bądź też zmuszono do ucieczki w bezpieczniejsze regiony". Żyjące w ciągłym strachu niedobitki znalazły schronienie w domach wznoszonych na drzewach lub w górskich warowniach.

W 1892 roku wciąż pokutował mit „dzikusa" z Nowej Georgii, zakorzeniony w wyobraźni Europejczyków od XVIII wieku za sprawą wstrząsających opowieści żeglarzy, którym udało się wrócić z lagun. Współcześni teoretycy postkolonializmu nie mogą dojść do porozumienia, czy pierwsze doniesienia o łowcach głów i kanibalach z wysp Południowego Pacyfiku opierały się na faktach. Historyk William Arens, autor prowokacyjnej książki *Mit ludożercy*, wysunął teorię, że kanibale – kojarzeni od wieków z mieszkańcami obrzeży świata zachodniego – są w dużej mierze wytworem intelektualnych kalkulacji. Zdaniem Arensa odkrywcy, misjonarze i antropolodzy stworzyli kanibali na podstawie zasłyszanych historii złączonych spoiwem ich własnych, pierwotnych fantazji. Kanibal jest raczej projekcją psychoz Europejczyków niż prawdą historyczną. Antropolog Gananath Obeyesekere, wykładowca Uniwersytetu Princeton, przeprowadził później dekonstrukcję rzekomych naocznych świadectw wielkich uczt kanibali na Fidżi, chcąc dowieść, że te wyssane z palca historie miały w istocie zaspokoić powszechny głód doniesień o dzikusach z tropików.

Krytycy doby postkolonializmu nie negują istnienia praktyk ludożerców i łowców głów, ale są zdania, że opowieści o kanibalach w mniejszym stopniu ujawniają prawdę o tubylcach niż o ludziach, którzy brali te historie na wiarę. Europejczycy chcieli wierzyć w łowców głów, tak samo jak pragnęli wierzyć we własnych bohaterów. Obydwa przeświadczenia dostarczały im psychologicznej pożywki do budowy imperium.

Austin Coates, historyk doby kolonializmu, posłużył się argumentem zagrożenia przez łowców głów jako uzasadnieniem brytyjskiej interwencji na Wyspach Salomona: wyspiarze potrzebują rządów silnej ręki, inaczej nie przestaną się nawzajem mordować. Lektura wczesnych doniesień uzmysławia jednak dobitnie, że przybycie Europejczyków pociągnęło za sobą gwałtowną eskalację przemocy.

Analizując tę pozornie nieposkromioną rzeź, niektórzy historycy doszli do wniosku, że ciągłe waśnie, targi i polowania na głowy zapanowały na Nowej Georgii na długo przed przybyciem białego człowieka. Owszem, mieszkańcy wyspy byli przekonani, że większość *mana* skupia się w głowie i że wzniesienie warsztatu szkutniczego, zwodowanie wojennego czółna oraz obrzędy ku czci przodków wymagają złożenia ofiary z czaszek. Wypady organizowano jednak raz do roku, poprzedzając je starannymi przygotowaniami oraz mnóstwem czynności rytualnych, magicznych i prac z udziałem całej wspólnoty.

Ekspedycje szykowano tygodniami. Kilkugodzinna walka była tylko wielkim finałem całorocznych działań wstępnych, uczt, prac szkutniczych, uprawy roli i transakcji handlowych. Wyspiarze prowadzili ów zaskakujący, ale mimo wszystko niezgorszy tryb życia, dopóki biali kupcy nie zaczęli zbroić swych sojuszników w topory i strzelby. Choć w latach dziewięćdziesiątych XIX wieku rządy państw europejskich doszły do porozumienia w sprawie zakazu sprzedaży broni palnej tubylcom, w życie wprowadzili go wyłącznie Niemcy, administrujący wyspą Santa Isabel. Uzbrojone po zęby plemiona z Nowej Georgii zyskały nadludzką przewagę nad bezbronną zwierzyną z Santa Isabel, której nadrzewne kryjówki nie zapewniały schronienia przed kulami z ołowiu. To po pierwsze. Po drugie, Europejczycy zakłócili równowagę podaży czaszek i popytu na nie. Żołnierze Królewskiej Marynarki Wojennej ukarali niesubordynowanych mieszkańców laguny zniszczeniem gromadzonych od setek lat zbiorów. Wywołali w ten sposób kryzys *mana*. Ingava, wódz plemienia Roviana, uruchomił w odwecie największą machinę wojenną w dziejach regionu – setki wojowników, setki odtylcowych karabinów marki Snider oraz co najmniej dwie europejskie łodzie wielorybnicze – i poświęcił blisko dziesięć lat na uzupełnienie zapasów czaszek.

O dziwo, ludności w lagunie zaczęło na dobre ubywać dopiero p o t e m, kiedy Królewska Marynarka Wojenna położyła kres wypadom łowców głów. W.H.R. Rivers, jeden z pionierów antropologii, zanotował w pierwszym dwudziestoleciu XX wieku drastyczny spadek liczby narodzin we wspólnotach zasiedlających wyspy Vella Lavella i Eddystone. Ludzie przestali zawierać związki małżeńskie i płodzić dzieci. Rivers doszedł do wniosku, że przyczyną niechęci do rozmnażania się jest właśnie zakaz polowania na głowy, które stanowiło podstawę egzystencji religijnej i rację bytu wspólnoty. Pozbawieni dotychczasowego zajęcia wyspiarze stracili cel w życiu. Popadli w nudę i bezczynność. Wspólnoty nabrały *taedium vitae*. Zdaniem Riversa jedyną nadzieją dla Melanezyjczyków było przyjęcie chrześcijaństwa z taką samą pasją, z jaką odnosili się do tradycyjnych wierzeń. Rivers, który większość swojej podróży odbył na pokładzie „Southern Cross", opowiadał się najprawdopodobniej za kuracją Kościołem anglikańskim, ten jednak dawno już przegapił szansę zdobycia przyczółka na Nowej Georgii: metodyści i Adwentyści Dnia Siódmego uprzedzili anglikanów w 1902 roku, a ich charyzmatyczne obrzędy okazały się strzałem w dziesiątkę. Rivers nie mógł sobie wymarzyć lepszego lekarstwa na niedobory kanibalizmu.

Sto lat później nie było już wątpliwości, że Nowa Georgia wyszła na prostą. W wiosce Seghe, pierwszym porcie, do którego zawinął „Tomoko", dzieci było pod dostatkiem. Dobiliśmy do nabrzeża z rafy koralowej i zaczęło się piekło. Pasażerowie skakali przez reling i uciekali na czworakach, jakby na statku wybuchł pożar. Zresztą nic by się nie stało, gdyby wybuchł. Toaleta tryskała przez całą noc jak źródło, zmieniając przejścia dla pasażerów w spienione bagno żołądkowo-jelitowych okropności.

Kupiłem orzech kokosowy na targu, który wyrósł na skraju nabrzeża, usiadłem pod drzewem i sącząc słodkie mleczko, odprawiłem „Tomoko" w dalszą drogę beze mnie. Po chwili zniknął też targ, uniesiony na plecach kobiet o lśniącej skórze i kędzierzawych, dziwacznie spowiałych od słońca włosach. W Seghe zapadła cisza. Wziąłem plecak i ruszyłem ku palmom.

Minąłem po drodze rząd szałasów ze sklejki rozstawionych między nabrzeżem a szerokim pasem trawy parującej w porannych promieniach słońca. Trawnik okazał się pozostałością po lotnisku zbudowanym przez Amerykanów w czasie wojny. Po drugiej stronie stała czerwona szopa. W środku zastałem agenta lotniczego, który wrzeszczał coś w słuchawkę radiotelefonu. Dowiedziałem się, że jedyną rzeczą wartą obejrzenia w Seghe jest amerykański myśliwiec z drugiej wojny światowej leżący na dnie laguny przy końcu szosy. Lśni w głębinie jak wielka srebrzysta ryba.

– Możesz odlecieć z powrotem do Honiary – powiedział agent. – Samolot będzie po południu.

– A mógłbym poszukać czaszek? – spytałem.

– Możesz sobie wziąć dziewczynę. O tam, w pensjonacie we wsi.

– Albo krokodyli. Mógłbym poszukać krokodyli – nie ustępowałem.

Wzruszył ramionami i wskazał przez osłonięte drucianą siatką okno na kilku mężczyzn wylegujących się pod drzewem.

– Ten chłopak ci pomoże. Ma kanu. Hej! Zawołajcie Johna Palmera!

John Palmer był najwyższym Melanezyjczykiem, jakiego w życiu widziałem: razem z włosami mierzył prawie dwa metry. Głowę miał ogoloną na zero – z wyjątkiem kępki ufryzowanych dredów na samym czubku. Zebrał je wszystkie w kucyk, tak że rozczapierzone końcówki przypominały do złudzenia koronę palmy. Był ubrany w szorty z demobilu. Miał szerokie oczy dziecka, ale dodam dla jasności, że dawno przestał być dzieckiem. Oceniłem go na przynajmniej dwadzieścia pięć lat.

Agent lotniczy kazał Johnowi wybić sobie z głowy wszelkie bezeceństwa, jakich miał zamiar się dopuścić, bo trzeba się ze mną wybrać na czaszki i krokodyle. Za tydzień mogę wrócić do Seghe i załapać się na samolot.

John zaproponował, żebym zatrzymał się u niego na wyspie. Jeśli mam mocne nogi, może mi też pokazać Nonotongere.

– Nonotongere? – zaciekawiłem się.

Agent wpadł nam w słowo.

– Krokodyle w porządku. Czaszki mogą być – warknął, po czym dźgnął mnie palcem w pierś. – Ale nie wódź mi Johna Palmera na pokuszenie. Nie próbuj zgubić jego chrześcijańskiej duszy. Zostaw ten kamień w spokoju.

Postanowiłem zastanowić się nad tym później.

Nie podobał mi się ten John Palmer. Byłem ciekaw, czemu tak się pali do pomocy.

– Chcesz pieniędzy? – spytałem.

– *Yu savve pem petrol long kanu blong mi* – podsunął z nadzieją. Pieniądze na paliwo.

– I...

– Nic więcej.

John poszedł szukać benzyny i zostawił mnie ze swoimi chłopakami przy pasie startowym. Po południu usłyszeliśmy warkot lądującego twin ottera, który wysadził trzech Azjatów w kaloszach i garniturach z poliestru, po czym znów się wzbił w powietrze.

– Drwale wszystko niszczą – oznajmił jeden z gapiów, człowiek o bardzo nieszczęśliwym wyglądzie, przedstawił się jako Benjamin. Kiedyś mu się wydawało, że zrobi pieniądze na ekoturystyce – prawdę mówiąc, wielu ludzi z laguny wpadło na ten pomysł w latach dziewięćdziesiątych, dowiedziawszy się od pracowników Światowego Funduszu na rzecz Przyrody, w jak wspaniałym miejscu mieszkają. O mały włos UNESCO wpisałoby Marovo na *Listę światowego dziedzictwa*. Ludzie pobudowali bungalowy z centralnym ogrzewaniem i prawdziwymi łóżkami dla turystów. Benjamin otworzył własne schronisko na wyspie Yangunu. Potem wybuchły zamieszki, rząd wycofał się z obietnic, turyści zniknęli jak kamfora, pojawili się za to malajscy Chińczycy z walizkami pełnymi pieniędzy.

Wodzowie z laguny jeden po drugim odstępowali lasy za gotówkę, blachę dachową i silniki do łodzi. Na zboczach pojawiły się czerwone blizny, wnętrzności lasu spływały do laguny jak krew, koralowce dusiły się i bielały w zmętniałej wodzie, rybacy coraz częściej wyciągali z morza puste sieci.

Bywało, że ludzie chcieli powstrzymać wodzów przed sprzedażą lasów. Podpalali ciężarówki do przewozu drewna i kradli piły łańcuchowe. W latach dziewięćdziesiątych wyspiarze próbowali współpracować między innymi z organizacją Greenpeace, zakładali w wioskach przedsiębiorstwa ekoleśnicze, ale drwale z zagranicy mieli broń, ochroniarzy i wysoko postawionych znajomych. Co najmniej jeden aktywista przypłacił swoją działalność życiem. Ówczesny premier Bartholomew Ulufa'alu usiłował położyć kres korupcji i bezmyślnej wycince drzew, ale się rozmyślił, kiedy w progu jego domu stanęli żołnierze Malaitańskiej Armii Orła uzbrojeni w karabiny maszynowe. Sytuacja wróciła do normy.

– Teraz, kiedy w rządzie doszło do rozłamu, drwalom jest jeszcze łatwiej – powiedział Benjamin. – Przekupują agentów rządowych i wodzów, a potem tną, ile wlezie.

Skarb Nowej Georgii – jej *mana* – wysysano stopniowo, po czym dostarczano w stanie surowym do młynów papierniczych w Malezji i Japonii. Tymczasem ekologiczne schronisko świeciło pustkami, Benjamin otworzył więc kantynę przy pasie startowym, w której sprzedawał drwalom krakersy i ciepłe piwo.

Kobieta z wioski przyszła mnie ostrzec przed Johnem Palmerem. Powiedziała, że powinienem trzymać się od niego z daleka. To zły chłopak. Prowadza się z rebeliantami zza wody, z Bougainville. Żeby tylko.

– A co jeszcze? – spytałem.

– Nieważne – burknęła, wlepiając wzrok w ziemię, po czym oddaliła się bez słowa.

John wrócił po zmierzchu z dwoma ostatnimi kanistrami benzyny w całym Seghe. Wskoczyliśmy do kanu (czyli do kolejnej wysłużonej łódki z włókna szklanego) i wzięliśmy kurs na zachód, w stronę laguny Nono. Na niebie pojawiły się gwiazdy, ale ich blask przyćmiła aureola z fosforyzujących mikroorganizmów opływających dziób naszej łodzi. Kilwater jaśniał za nami jak ogon komety. Były też inne światła: żółte mgławice falujące i pulsujące pod powierzchnią laguny.

Nurkowie, wyjaśnił John. Zbierają *bêche-de-mer*.

Od czasu do czasu John przestawiał silnik na niższe obroty i świecił latarką w krystalicznie czystą wodę – wyglądało to, jakby ktoś rozpłatał lagunie brzuch, z którego wypłynęły wnętrzności podobne do olbrzymich bąbli i zatrzymały się tuż pod powierzchnią. Koralowce. Setki ton bladozielonych i fioletowych korali. Wypatrzyłem w ich fałdach *bêche-de-mer*, nakrapiane ślimaki morskie, rozkosz chińskiego podniebienia, które od dwustu lat wabią w te strony handlarzy. Niektóre były wielkie jak piłka futbolowa.

Wyspy znikały w oddali jak nakładające się cienie. Spoza zasłony palm wyłoniła się potężna konstelacja jaskrawopomarańczowych światełek. Był to statek zakotwiczony pośrodku laguny. Wyglądał na pięćdziesiąt razy większy od „Tomoko". Zamocowane na dwóch stalowych dźwigach jupitery oświetlały stos dłużyc na pokładzie. Dźwigi obracały się z zapamiętaniem, niczym wielkie metalowe ptaki budujące gniazdo z patyków.

Okrążyliśmy przylądek i kurtyna wysp znów się za nami zamknęła. Wzięliśmy kurs na pojedynczy świetlny punkt, który okazał się ciepłym blaskiem lampy naftowej zawieszonej na werandzie jakiejś chaty. Kiedy przycumowaliśmy łódź do sterty kamieni, wyszło nam na powitanie sześciu młodzieńców z obnażonymi torsami. Wszyscy mieli dredy i palili długie papierosy zwinięte z gazety. John przedstawił mi chłopców jako swoich *brothas*, co wyjaśniało niewiele, mogło bowiem oznaczać braci, kuzynów, wujów albo nawet dalszych krewnych. *Brothas* nosili imiona Sam, Laury, Oswold, Allen-Chide, Namokene i Ray. Wyspa nazywała się Mbatumbosi, ale John wolał na nią mówić Bad Boss, co jego zdaniem brzmiało dumniej. Z początku czułem się tam jak w kryjówce gangsterów. Bracia palili, urządzali sobie zapasy i wylegiwali się w hamakach. Ani śladu kobiet, sióstr czy gderających rodziców.

– Jesteśmy sami – powiedział Allen, krzątając się na werandzie, gdzie gotował na kolację ryż w garnku ustawionym na palniku gazowym.

– Jesteśmy wolni – powiedział Ray.
– Jesteśmy łowcami – dorzucił John.
– Łowcami? – spytałem z zachętą w głosie. – Jak wasi przodkowie?
– *No, mon. Raiders blong luv. Olsem Casanova!*
John objaśnił mi reguły współczesnej sztuki łowiectwa. Bracia biorą kanu i płyną do wiosek rozsianych na obrzeżach laguny, a potem szepczą pod oknami młodych kobiet: „Wyjdź do nas, to się zabawimy". Na co dziewczyny wyłażą przez okno i znikają wraz z braćmi w mrokach nocy. W metodystycznej wiosce Nazareth nie można liczyć na zbyt obfite łowy, za to dziewczyny z Mbarejo, zamieszkanej przez Adwentystów Dnia Siódmego, są zawsze chętne.
– Czyli jesteście pełzaczami – stwierdziłem, przypomniawszy sobie mężczyzn, którzy napastowali Sabinę na Vanua Lava.
– Tak! – potwierdził Allen.
– Nie! – zaprzeczył John. – To panienki do nas wychodzą. Mówią tatusiom, że idą łowić ryby na rafie. Po czym wiosłują prosto na Bad Boss.

Ray powiedział, że dziewczyny najbardziej lecą na sztuczkę z kulką. Chłopcy nauczyli się jej od japońskich rybaków. John ma jedną kulkę. Ray dwie. John wyjaśnił, że trzeba stłuc szklankę z uszkiem i tak długo polerować odłamek uszka, aż się zrobi gładki i zupełnie okrągły. Potem trzeba wziąć starą szczoteczkę do zębów i zaostrzyć ją na końcu. Potem jeden z braci musi ci odciągnąć kawałek skóry na członku, żebyś mógł ją przebić zaostrzonym końcem szczoteczki. Wtedy wprowadzasz kulkę pod skórę, znów posługując się szczoteczką. Kiedy kulka znajdzie się pod spodem, wyciągasz szczoteczkę, przemywasz skaleczenie środkiem antyseptycznym i proszę bardzo – twój członek zyskuje całkiem nową jakość. John rozpiął rozporek i pękając z dumy, pokazał mi wystarczająco dużo, żebym się przekonał, że nie kłamie. Istotnie, pod skórą widniało jakieś kuliste wybrzuszenie.

– *Lookim* – powiedział Ray, podczas gdy John nacisnął kulkę palcem. – *Hem roll all-abaot!*

Potem spuściliśmy głowy, a Ray zmówił modlitwę pod oprawionym w ramki portretem księżnej Diany, który należał do Johna. Nie wykluczam, że bracia byli łowcami. Nie wykluczam, że byli włóczęgami. Nie wykluczam, że były z nich niezłe świntuchy. Ich tryb życia na Bad Boss nie był jednak samotnością z wyboru. Rodzice Johna mieszkali w Honiarze – musiał się od nich wyprowadzić po wybuchu zamieszek.

Jak mi powiedział, problem tkwił w kolorze skóry. John był wysoki i przeraźliwie chudy, zupełnie jak jego pradziad, jeden z pierwszych białych kupców w lagunie. Tymczasem John nie był ani czarny, ani biały, nie miał nawet brązowej karnacji w odcieniu torfu charakterystycznej dla tubylców z Guadalcanal. Bojownicy wątpili więc w jego pokrewieństwo z rdzennymi mieszkańcami wyspy. Prześladowali go i bili. Kiedy Malaitańska Armia Orła wzięła odwet w Honiarze, John dostał kolejne baty. Dlatego postanowił się ukryć na Bad Boss. Nie dlatego, że ojciec przyłapał go w towarzystwie uchodźców z Bougainville. Nie dlatego, że napytał sobie biedy, kiedy załatwił swoim znajomym z Rewolucyjnej Armii Bougainville samochód z bagażnikiem pełnym karabinów maszynowych. O nie, John był uchodźcą. Od trzech lat nie wsiadł do auta ani nie miał w ustach czekolady.

Dni w lagunie płynęły leniwie. Wiosłowaliśmy po delcie rzeki Choe w poszukiwaniu krokodyli, ale bez skutku. Przenieśliśmy łódź Johna przez wyrwę w paśmie wysp barierowych, żeby zapolować z włóczniami na ryby. Wspinaliśmy się po klifach. Budulcem tutejszych skał są obumarłe koralowce i muszle olbrzymich małży, nie sposób więc chodzić po nich boso. Pod pękniętą półką skalną znaleźliśmy czaszkę. Wokół leżały połamane kości, wielkie jak obwarzanki pierścienie z rzeźbionego kamienia i fragmenty pokruszonej biżuterii z muszelek. Podniosłem czaszkę z ziemi. Była ciepła. Po żuchwie przemknął pająk. Przestraszyłem się i wypuściłem czaszkę z rąk. Upadła i straciła ząb.

– Nic nie szkodzi – uspokoił mnie John. – To nie jest mój przodek. To ktoś zabity przez moich przodków, pewnie jakiś słaby *fala* z Roviany.

Po powrocie na Bad Boss John zaprowadził mnie do trzech czaszek upchniętych w cienistej rozpadlinie na tyłach domu. Wydobył jedną i z czułością starł jej pleśń z czoła. Z pogruchotanych oczodołów wyzierało błaganie o łaskę. John powiedział, że to ktoś z rodziny jego prababki. To byli twardzi ludzie, ale najwyraźniej nie dość twardzi. Dotarli na zachód aż do Bad Boss, uciekając przed łowcami z laguny Roviana. No i znów ich dopadli.

– Czyli wywodzisz się z długiej linii uchodźców – sprowokowałem Johna przy kolacji.

Zapewnił mnie, że jego przodkowie zabili wielu ludzi. Napadali na wioski od Roviany aż po Isabel. Poza tym Tagitaki nie byli zwykłymi wrogami. Należeli do rasy olbrzymów, a ich maczugi były tak ciężkie, że czasem sześciu mężczyzn nie mogło ich podnieść z ziemi. Dlatego przodkowie uciekli. Tagitaki mieszkali niegdyś w górach, które ciągną się wzdłuż laguny od Mbarejo. Ten łańcuch górski jest teraz *tabu*, wyjaśnił John.

– Ze względu na duchy Tagitaki?
– Ha! Oczywiście, że nie.
– To w takim razie dlaczego?
– Ze względu na Nonotongere.

Słyszałem już wcześniej tę nazwę.

– Dawno, dawno temu – powiedział John – na długo przed tym, jak ludzie zaczęli polować na głowy, w lagunach grasował olbrzymi wąż. Był grubszy niż wieprz i długi jak pas startowy w Seghe. Pewnego dnia wąż stoczył walkę z wielką jaszczurką. Nie bardzo mu się powiodło. Jaszczurka rozszarpała go na kawałki. Strzępy cielska węża zaśmiecają teraz podnóże gór na Nowej Georgii, ale jego głowa spoczywa na szczycie pasma zamieszkiwanego niegdyś przez łowców głów z plemienia olbrzymów. To właśnie Nonotongere. Zachowało w sobie całą *mana* wielkiego węża. Jeśli poruszysz głową, krzykniesz albo choćby głośniej odetchniesz, siedzący w środku diabeł z pewnością ci się zrewanżuje, strojąc meteorologiczne fochy. Sprowadzi wiatr, deszcz i pioruny.

– Nonotongere! Czy agent lotniczy w Seghe nie kazał nam się przypadkiem trzymać od tego z daleka? – spytałem.

– Może – odparł John z przewrotnym uśmiechem. – Chcesz się przywitać z wężem?

Przestrzeganie zakazów nie było najmocniejszą stroną Johna. Oświadczył, że nie boi się diabelskiego kamienia. Od czasu do czasu wspinał się na szczyt grzbietu i chuchał na Nonotongere, ot tak, dla zabawy – żeby popatrzeć, jak krople deszczu tłuką w powierzchnię laguny. Wiedział przecież, że mżawka i chłodny wietrzyk mogą tylko rozochocić dziewczęta. Wyobrażał sobie te wszystkie mokre podkoszulki przylegające szczelnie do ich młodych piersi.

– Mmmm, tak, tak, Nonotongere, *hem gud tumas* – mruknął John, po czym zamknął oczy i zaciągnął się mocniej papierosem.

Kolejny magiczny kamień. Melanezyjczycy przypominali mojego pradziadka: napawali się aurą mistyczną *mana* zupełnie jak Henry Montgomery mistycznym wymiarem Ducha Świętego. Biada jednak temu, kto ośmielił się zażądać od nich dowodu. Nie chciałem zanudzać Johna prośbami o pokaz magicznej mocy Nonotongere. Miałem dość perswazji, prób i rozczarowań. A jednak tej nocy moskitiera przeistoczyła się w moim śnie w cudowny, jaśniejący obłok z irlandzkiego ogrodu pradziada. Znów pojawiły się duchy moich przodków, krążące między krzewami róż, które rozrosły się do rozmiarów palm i drzew plumerii. Pojawił się stary kościół z kamienia, światłość nawiedzenia i starzec, który padł przed nim na twarz, łkając z wdzięczności, tuląc się do posadzki z zielonych, nakrapianych płytek wyglądających jak łuski na grzbiecie wielkiego, pogrążonego we śnie węża.

John odsunął moskitierę i kazał mi wstać przed świtem. Szepnął mi do ucha: *Day blong Nonotongere!*

Niebo było zachmurzone. Wsiedliśmy do motorówki we trzech – John, Allen i ja – i popłynęliśmy do Mbarejo po Jimmy'ego: nerwowego, rozkojarzonego faceta głuchego na jedno ucho. Potrzebowaliśmy go, bo był w dobrych stosunkach z wodzem Mbarejo, właścicielem góry, na której czekało na nas Nonotongere. Urządziliśmy postój w kantynie nad brzegiem laguny i zrobiliśmy zapasy na drogę: trzy paczki tytoniu i wkład do notesu, żeby było w co zawijać. Potem wzięliśmy kurs na Nową Georgię.

Nad brzegiem zatoki naprzeciwko Mbarejo stał obóz drwali, ulokowany w samym środku obrzydliwej, czerwonobrunatnej mazi. Jakby zbocze nabawiło się jakiegoś martwiczego zapalenia, od którego skóra zgniła mu do żywego mięsa. Ciężarówki wyjeżdżały z lasu jedna po drugiej, ale błoto znad laguny było tak lepkie, że rozładunek dłużyc prowadzono na szczycie wzgórza. Buldożery pchały drewno do wysłanego korą pirsu, żłobiąc w gładkiej glinie coraz głębszą koleinę. W rowie ślizgała się banda dzieciaków, które witały okrzykami każdą kolejną dłużycę.

Przedsiębiorstwo z Malezji dostało pozwolenie na wyrąb lasu od wodza Mbarejo. John nie wiedział dokładnie za jaką opłatę, ale starzec przez cały ubiegły rok rozdawał swoim *wantoks* silniki do łodzi, piły łańcuchowe i inne dobra. John zdołał wywalczyć kawałek blachy dachowej. Powiedział, że czuł się trochę winny; zdawał sobie sprawę, że drwale niszczą lagunę, ale z drugiej strony fajnie mieć dom z blaszanym dachem. Poza tym i tak się na to nic nie poradzi. Dla nikogo nie jest tajemnicą, że Malezyjczycy przekupili rząd, i tak więc dostaną swoje dłużyce – bez względu na to, czy ludzie zechcą im cokolwiek sprzedać.

Zacumowaliśmy do skały przy pirsie, po czym znaleźliśmy wodza z tłustymi nogami utytłanymi po kostki w błocie. John prowadził negocjacje. Jimmy gapił się w gęsto zachmurzone, nieprzychylne niebo i coś tam do niego gruchał.

– Dobra, w porządku. Pozwalam wam zwiedzić nasze miejsca *kastom* – zagrzmiał wódz, próbując przekrzyczeć warkot buldożera. – Ale nie ruszajcie diabelskiego kamienia! Ani mi się ważcie!

– Obiecuję uszanować wasze *kastom* – zapewniłem wodza.

– *Kastom?* Ja jestem *wanfala* chrześcijanin, nie *wanfala* poganin – obruszył się. – Nie obchodzi mnie ten kamień. Ale spójrzcie na to błoto! Nie chcemy tu więcej deszczu. Ani kropli, rozumiesz? Ani mi się waż dotykać kamienia!

Wódz przedarł się przez błoto do Jimmy'ego i zaczął mu się drzeć prosto w zdrowe ucho. Jimmy zaskomlił jak zbity pies. Wódz wskazał palcem w górę i wrzasnął coś jeszcze. Jimmy dał susa i przypuścił szturm na zbocze. Poszliśmy za nim koleiną wyżłobioną przez dłużyce. Na skraju obozowiska przechwycił nas wystraszony Chińczyk w kaloszach.

– Ty nie z Greenpeace? Ty nie hippis? – spytał.

Potrząsnąłem przecząco głową.

– Ty nie robisz zdjęcia wycinki?

– Nie, oczywiście, że nie.

– Nasz ochroniarz, on z wami pojedzie.

Wpakowaliśmy się razem do zardzewiałej półciężarówki: John, jego brat Allen, Jimmy, ochroniarz i ja. Wszyscy się uparli, że mam siedzieć z przodu, więc usiadłem. Kierowca nazywał się Foo. Powiedział, że ma żonę w Kuala Lumpur. Co roku dostaje miesiąc urlopu i zabiera żonę do hotelu z kasynem na Teneryfie. Nie znosi Nowej Georgii. Popisałem się przed nim kantońskim powiedzonkiem, którego się nauczyłem w Hongkongu. Brzmiało to mniej więcej jak: *Lohk gau si* – leje jak skurwysyn. Uśmiał się.

Koła buksowały w błocie, gdy mijaliśmy po drodze brygadę młodych mężczyzn z piłami łańcuchowymi. Wyglądali żałośnie. Z szyi i nadgarstków zamiast sznurów muszelek zwisały im uszczelki do silników, zapasowe łańcuchy i zębatki.

Największe wrażenie zrobiły na mnie nie tyle wycięte drzewa, ile to, co po nich zostało. Czerwoną ziemię puszczono wolno, pozbawiwszy ją płaszcza ochronnego z korzeni i podszycia. Rozsypała się na grudki, zapadła w głąb, ślizgała wokół nas; już to sączyła się jak wrząca lawa, już to rozlewała się na drogę; wypełniała rozpadliny jak wilgotny cement, występowała z koryt strumieni, zostawiając górę wychudłą i spustoszoną – niczym ofiarę śmiercionośnej klątwy czarownika.

Nie minął kwadrans, kiedy Jimmy uderzył głową w podsufitkę, a Foo gwałtownie wcisnął hamulec. Spostrzegłem przez dziurę w podłodze tuż obok pedału, że koło się zablokowało i wpadło w poślizg. Przypomniałem sobie inne kantońskie porzekadło: *Sihk yah ng-jouh yah, jouh yah dah-laahn yah* – wszystko niszczysz, a sam nic nie zrobisz; czego się nie dotkniesz, zmienia się w gówno.

Foo znów się zaśmiał, ale tym razem smutno.

– Gówno – przytaknął. – Gówno w samej rzeczy. Nic dodać, nic ująć.

Koniec jazdy. Foo zawrócił, zabrał ze sobą ochroniarza.

Ruszyliśmy za Jimmym w górę przecinki – suchszej niż podpałka i pokrytej spękaną warstwą uprażonego w słońcu błota. Po jakimś czasie weszliśmy w chłodny, wilgotny las. Przedzieraliśmy się przez zarośla ku szczytowi wzniesienia. Chłopcy siekli podszycie maczetami. Pamiętam drzewa jak z kosmosu i ich rozłożyste korzenie. Pamiętam miękkie liście, które kleiły mi się do kostek. Niewiele więcej zostało mi w pamięci, bo próbowałem dotrzymać kroku Jimmy'emu, który pędził przez busz, lekceważąc nasze okrzyki, żeby trochę zwolnił. Pod sklepieniem dżungli rozbrzmiewały jego gdakania i pohukiwania. Zatrzymał się wreszcie przy olbrzymiej, spiralnie skręconej kłodzie z wymalowaną pomarańczowym sprayem literą T. Symbol oznaczał *tabu*. W tym miejscu drwale powinni przerwać wycinkę. Tuż pod znakiem znajdowało się niewielkie skupisko ruin: zwalona ściana, szczątki kamiennego tarasu i ulepionego z ziemi paleniska.

– Większość z tego to pozostałości miasta Tagitaki – rozległ się w ciszy gromki głos Jimmy'ego.

Wzdłuż grzbietu rysowała się ledwie widoczna ścieżka. Doprowadziła nas do kamiennej płyty z grubo ciosanego wapienia i siedmiobocznej kolumny wysokości podstawy kazalnicy. Ulubione ruiny Johna. Płyta miała specjalne przeznaczenie: Tagitaki korzystali z niej za każdym razem, kiedy udało im się pojmać w niewolę dziecko nieprzyjaciół. Ilekroć schwytali niemowlę, przez pewien czas przetrzymywali je u siebie, tucząc malucha taro i orzeszkami ngali. Po kilku miesiącach olbrzymy urządzały sobie zabawę, rzucając niemowlakiem jak piłką. To był ich sposób na skruszenie mięsa. Potem kładli dziecko na wapiennej płycie, rozcinali je wzdłuż i zjadali na surowo. Nikt nie umiał mi wytłumaczyć, do czego służyła kolumna.

W upodobaniu do historyjek o dzieciożercach moi znajomi z Nowej Georgii przewyższali nawet historyków doby kolonializmu. Każdy miał coś do powiedzenia na ten temat. Zacząłem się zastanawiać, czy ludzie wątpiący w mit kanibalizmu zadali sobie kiedykolwiek trud, by porozmawiać o tym z samymi Melanezyjczykami. Trudno odrzucać mit, skoro tubylcy z takim zapałem wierzą w okrucieństwo swoich przodków.

Dlaczego mieszkańcy Nowej Georgii odnoszą się z takim pietyzmem do legend o dzieciożerstwie? Z miejsca nasuwa się odpowiedź, że owe historyjki znaczą gawędziarzy swoistym znamieniem pierwotności. Dla Johna są napomnieniem, że jego przodkowie byli czaderskimi wojownikami i ulegli przewadze jednego tylko plemienia: olbrzymów dzieciojadów. Myślę jednak, że te straszliwe opowieści miały inną funkcję. Historie o kanibalach miały posłużyć białym za oręż moralny, podkreślić zasadność ich interwencji; tymczasem schrystianizowanych tubylców z Nowej Georgii miały utwierdzić w przekonaniu, że dokonali wyboru najlepszego z możliwych, że poszli lepszą ścieżką niż ich przodkowie. Miały przestrzec ludzi z laguny przed mrokiem czającym się w zakamarkach ich własnej duszy, mrokiem, przed którym wciąż trzeba się mieć na baczności. Jeśli kanibalizm jest mitem – innymi słowy, jeśli przede wszystkim daje wgląd w prawdę o ludzkiej naturze – kwestia jego zgodności z historią schodzi na dalszy plan. Klucz do prawdy mitycznej to wiara, nie kości ani ruiny.

Prawda historyczna i prawda mityczna toczą między sobą nieustanną walkę – to samo dotyczy narracji o okropnościach i magii. Opowieści, które mój pradziad przywiózł do Melanezji – świetliste obrazy cudów i zmartwychwstania Jezusa, wszechmocy Boga, ognia piekielnego i chwały żywota wiecznego – skłoniły tubylców do porzucenia własnych przodków, tak jak niegdyś zniechęciły naszych protoplastów do bogów nordyckich.

Siła opowieści tkwi w wierze, nie zaś w ich prawdopodobieństwie. Natchnione mocą historie oddają część swej potęgi wiernym, niezależnie od tego, czy w grę wchodzi jedynie siła przekonywania, jasność duchowa, czy może coś więcej. Mieszkańcy Honiary zapewnili mnie, że nie muszę się obawiać czarnej magii – nawet gdyby czarownik rzucił mi prosto w twarz garść pełnych *mana* pajęczyn – bo moja niewiara przewyższa moc magii *kastom*. Jeśli jednak ulegniesz pokusie myślenia magicznego, jeśli nie przestaniesz skrobać szorstkiej powierzchni mitu, zaatakuje cię jak wirus i odmieni cały twój świat. Będzie niebezpieczniej, ale otworzą się nowe możliwości. Zdarzenia ujawnią się w wymiarze symbolicznym. Zamiast polegać na zbiegach okoliczności, otoczą się aurą magii, a wszystko, co im towarzyszy, zyska cel i kierunek.

Wiara jest zatem decyzją, aczkolwiek w pewnych warunkach łatwiej ją podjąć. Załóżmy, że ktoś zasugeruje nam współzależność między mitycznym wężem, stosem kamieni a burzą. Istotny będzie kontekst: na przykład walka dobrej przyrody z wycinką na skalę przemysłową. Odzwierciedlenie tej walki można znaleźć w pejzażu: zniszczonym lub odżywającym za sprawą ulotnej mocy natury. Atmosfera wydarzenia może nabrać szczególnych cech, dajmy na to, stać się brzemienna w skutki. Może zapanować upiorna cisza. Potraktuj to jako czynności wstępne.

Niewykluczone, że wprawią cię w stan gotowości, jaki odczułem, pnąc się za głuchym na jedno ucho Jimmym w górę wzniesienia przez dżunglę, mijając po drodze ruiny warowni olbrzymów, coraz bliżej ołowianego nieba.

Przystanąwszy, by wyżąć pot z podkoszulka, zdałem sobie sprawę, że pochrząkiwania i pohukiwania Jimmy'ego ustały. Nagle zrobiło się cicho. Cisza nie była jednak zupełna: z oddali dobiegały jęki pił łańcuchowych, w koronach drzew od czasu do czasu skrzeczały nektarojady. Nie drgnął nawet liść. Od szarego nieba biła poświata. Las z nadzieją na coś czekał. Trwał w napięciu. Gotów.

Znalazłem Jimmy'ego, Johna i Allena na polanie przy wierzchołku grzbietu. Czołgali się obok stosu ciosanych kamieni. „Nonotongere" – powiedział John, wskazując głową na poczerniały wapienny głaz wystający z gęstego runa.

Myślałem, że okryty złą sławą wężowy kamień będzie wielki jak dom. Nie był. Nie przekraczał rozmiarem piłki lekarskiej. Obserwowany pod pewnym kątem istotnie przypominał głowę węża – z wydatną, kanciastą żuchwą, groźnymi skroniami i tępo zakończonym pyskiem. Na wskroś policzków ktoś przewiercił dziurę średnicy kija od szczotki. Obydwa końce otworu mogły uchodzić za oczy. Przeciągnąłem palcami po szczęce węża. Głaz był ciepły.

– Ostrożnie! Uważaj! – syknął Jimmy.

Przeprosiłem i podniosłem się.

John spojrzał na mnie i mrugnął okiem. *Bae-bae yumi checkem olgeta skull* – powiedział Jimmy'emu do zdrowego ucha. Wycofaliśmy się na przeciwległy kraniec przecinki, gdzie ktoś ułożył kamienie w piramidę. Konstrukcję wieńczyło kilka cienkich płytek obsypanych drobno pokruszonymi muszlami. Jimmy dał susa w krzaki za piramidą. John znów poszukał mnie wzrokiem i znowu mrugnął. Dotarło.

– Zrobię obiad – zapowiedziałem.

Ruszyłem z powrotem do głowy węża, nie spuszczając oka z Jimmy'ego i jego maczety. Przycupnąłem. Nie spodziewałem się wywołać trzęsienia ziemi. Nikomu nic się nie stanie. Złożyłem usta w ciup, dmuchnąłem wężowi prosto w pysk i poderwałem się na równe nogi.

Dobiegł mnie wrzask z drugiej strony przecinki.

– Co się stało? – krzyknąłem.

– Bawiliśmy się tylko kośćmi. Jimmy się zdenerwował – wyjaśnił John.

Chyba tylko ja zwróciłem uwagę na dziwne poruszenie w koronach drzew, na delikatny szelest liści i leciutki wietrzyk, który przeleciał przez polanę i rozpłynął się w ciszy popołudnia.

Zjedliśmy obiad między korzeniami drzewa przypominającymi macki jakiegoś kosmity. Allen pokroił w cząstki kilka papai. Ja otworzyłem puszkę spaghetti i paczkę sucharków przywiezionych z Honiary. Jimmy nazbierał orzeszków ngali i tłukł je kamieniem. John ściął trochę liści i rozłożył na nich jedzenie. Nabieraliśmy spaghetti sucharkami.

– Dlaczego wódz tak się trzęsie o Nonotongere, skoro jest chrześcijaninem? – spytałem Johna.

– Bo wódz pracuje dla Chińczyków – wyjaśnił. – Moglibyśmy przecież sprowadzić deszcz: wtedy drwale musieliby zwinąć interes i wódz nie dostałby ani grosza.

– Nie! *Hem i becos chief hem i no likem for yumi sick from olgeta devil* – zaoponował podenerwowany Jimmy, który znów zaczął się wiercić i wyciągać zdrowe ucho w stronę piramidy, jakby ktoś na niego stamtąd wołał. – *Nogud yumi tochim olgeta bones. Yumi mas go out from disfala place!*

Z miejsca, w którym siedział Jimmy, nie było widać Nonotongere. Drzewo zasłoniło kamień. Powiedziałem, że muszę się wysiusiać. Skłamałem. Schowałem się za drzewem i ukląkłem przy głowie węża. Złożyłem delikatnie ręce w trąbkę na ciepłym kamieniu, po czym wziąłem głęboki oddech i wytchnąłem cały zapas powietrza przesiąkniętego zapachem spaghetti w wężowy oczodół. Znów zrobiłem wdech i tym razem dmuchnąłem mocniej. Dąłem, dopóki nie zakręciło mi się w głowie. Gdy poczułem, że stoję pewnie na nogach, wróciłem do naszego pikniku. John uśmiechnął się do mnie szelmowsko. Jimmy obcinał sobie paznokcie maczetą. Sięgnąłem po sucharek. Zawahałem się. Skrzyżowałem wzrok z Johnem. Byliśmy gotowi.

Zmiana przyszła niespodziewanie. Przetoczyła się przez polanę ogromną falą. Zagrzmiała w koronach drzew i zatrzęsła krzakami. Liście zawirowały w powietrzu jak jaskółki, po czym opadły jak płatki śniegu. Pnie drzew trzeszczały. Wiatr zdmuchnął nektarojady z najwyższych gałęzi niczym płytki z dachu i rzucił je daleko w dolinę. Dojrzałem niebo przez lukę w targanym wichurą sklepieniu dżungli. Chmury nie były już płaskie. Wisiały tuż nad nami. Poświata znikła. Tylko ciężkie fioletowe obłoki. Niebo zapadło się w głąb, najpierw w strumieniach pary lecących z góry na dół, potem w przeźroczystych zasłonach chmur, jeszcze później w brudnoszarych stalaktytach, w płynnych włóczniach gwałtownie spadającego ciśnienia. Runęło pod ciężarem radości i ulgi.

Jimmy zerwał się na równe nogi, zaczął krzyczeć i jęczeć, po czym rzucił się w stronę kamiennej piramidy.

– Co on wyprawia? – spytałem.

– Mówi przodkom, że mu *sori tumas* – powiedział John. – Jimmy myśli, że sprowadził deszcz. Ale to nie Jimmy. To ty!

John uśmiechnął się od ucha do ucha. Uśmiechem młodocianego kieszonkowca, casanowy z laguny, początkującego złodzieja samochodów.

– *Yumi go nao!* – zawył Jimmy, kiedy pierwsze krople deszczu rozbiły mu się na czole.

– Dobra, idziemy! – odkrzyknął John. – Bo diabły nas znajdą i pójdą za nami do domu!

– Idziemy! – wrzasnął Allen.

– Idziemy! – wrzasnąłem.

Spadł gruby, ciężki deszcz. Najpierw wybuchł w koronach drzew tysiącami petard, potem rozlał się tysiącami maleńkich rzeczułek. Powietrze aż się trzęsło. Woda spływała kaskadą z szerokich liści, z pni drzew, z kamiennych ścian. Zderzała się sama ze sobą, gromadziła w pysznych strumieniach, chlustała w dół ścieżką.

Przemoczeni do szczętu, schodziliśmy pędem ze zbocza, brnęliśmy z chlupotem przez rwący nurt, przeskakując wyrwy, święte kamienie i spanikowane oddziały czarnych mrówek. Wypadliśmy z lasu wprost na miejsce wycinki. Droga przestała być drogą. Zmieniła się w rzekę. Bulgotała jak wrząca czekolada. Wzdłuż stały porzucone ciężarówki. Młodzi mężczyźni ciągnęli gęsiego w stronę majaczącej w oddali chaty. Na ramionach dźwigali piły łańcuchowe o długich ostrzach, znacząc za sobą szlak tęczowymi plamami z rozpryskującej się w kałużach benzyny.

Deszcz lał mi się po twarzy strumieniami, a ja wciąż nie mogłem spędzić z niej uśmiechu. Wiedziałem, że rechoczę jak głupi do sera, bo John zerkał na mnie i sam co chwilę wybuchał chichotem. Nie wiedział jednak, czemu mi tak wesoło. Nie dlatego, że zachowaliśmy się jak banda łobuzów i okazaliśmy nieposłuszeństwo wodzowi. Nie dlatego, że przechytrzyliśmy Jimmy'ego. Nie dlatego, że wywołałem nawałnicę z oka Nonotongere. (Prawdziwą burzę! Sprowadziłem deszcz! Proszę mi nie zaprzeczać!) Nie dlatego, że po raz pierwszy od tygodni wyswobodziłem się z zabójczych objęć upału i otulającej mnie jak mgła bezczynności, że mogłem znów biegać, oddychać, poczuć się na powrót we własnej skórze. Dlatego, że w tamtej chwili pozwoliłem sobie pofantazjować: że imperium nie wykradło całej *mana* z Nowej Georgii, że magia może powstrzymać niszczycielskie maszyny na kilka godzin albo dni, niechby i na kilka sekund. Ciężarówki utknęły. Zrywkarze i kierowcy skryli się pod dachem, palili papierosy i snuli plany, żeby powiosłować do domu. Foo marzył o Teneryfie. Wódz Mbarejo brodził w kółko w błocie, klnąc na czym świat stoi. A ja miałem glinę między palcami u stóp.

Jeśli zamówiłeś burzę, twój zew został wzmocniony ideą mocy kamienia, boga lub ducha, po czym burza istotnie na ciebie spadła, powinieneś uczcić tę chwilę ufnością i nie rzucać jej w otchłań sceptycyzmu. Oczywiście, lepiej ją owinąć w prawdę mityczną, niż próbować objaśnić. Nonotongere sprowadził z nieba nawałnicę. Niech to będzie moja opowieść. Przyjemnie w nią wierzyć, dużo przyjemniej niż w utyskiwania Johna, który się skarżył, że nad Nową Georgią deszcz leje dzień w dzień. Przystałem więc na nią i przygotowałem się na więcej.

18
Pod wodą laguny Langa Langa

*Moc nadprzyrodzona tkwiąca w silnym żywym człowieku
zostaje po śmierci w jego duszy – jeszcze potężniejsza
i obdarzona większą swobodą ruchu.*

Robert Henry Codrington, *The Melanesians*

Wieść szybko rozprzestrzeniła się po lagunie. Nim zeszliśmy na brzeg w Seghe, agent lotniczy już wiedział, że wdrapaliśmy się z Johnem na górski grzbiet za terytorium Mbarejo. Doszły go też słuchy o naszej zabawie zakazanym Nonotongere. Ostatecznie powódź wyłączyła pas startowy z eksploatacji na większość dnia. Agent potraktował mnie opryskliwie, sprzedał mi jednak bilet i odleciałem z powrotem do Honiary samolotem pełnym drwali oraz ich ochroniarzy.

Mknęliśmy przez chmury, które wyglądały teraz zupełnie inaczej. Wszystko się zmieniło po mojej burzy: mgła, kamienie i drzewa zyskały osobowość, siłę woli, energię do działania. Świat wibrował *mana*, a ja to czułem – niemal widziałem, jak płynie w powietrzu. Panicznie się bałem, że utracę nowo nabytą zdolność postrzegania. Postanowiłem ją czymś podtrzymać.

Obietnica magii kryła się w każdym zakątku stolicy.

Główna kwatera Bractwa Melanezyjskiego mieściła się na zachodnich obrzeżach Honiary, *tasiu* byli więc wszędzie. Widywałem ich za każdym powrotem do miasta. Niektórzy ubierali się w taki sam skromny, czarno-biały strój, jaki ujrzałem po raz pierwszy u Kena Browna w Vureas Bay. Inni nowicjusze nosili jaskrawoniebieskie koszule przepasane czerwonymi szarfami. Chodzili boso lub w klapkach. Ich mosiężne medaliony lśniły w słońcu. Trzymali się za ręce i chichotali jak uczniaki. Wzbudzali we mnie podziw, ale nie potrafiłem jeszcze stawić im czoła. Chyba się obawiałem, że ich magia nie sprosta mojemu wyzwaniu. Chciałem zyskać pewność. Dlatego patrzyłem na ocean.

Tubylcy wzięci na pokład „Southern Cross" zapewniali misjonarzy, że siedliskiem najpotężniejszej magii jest świat odległy od brzegów ich wysp. Stworzenia żyjące w słonej wodzie zawsze miały najwięcej *mana*. Aligatory, węże morskie, tuńczyki i fregaty: w każdym z tych zwierząt mógł mieszkać *tindalo*, duch zmarłego. Najświętszym ze wszystkich morskich stworzeń był rekin. Niektórzy ludzie zapowiadali przed śmiercią, że wrócą morzem – kiedy ich *wantoks* wypatrzyli rekina niezwykłych rozmiarów lub dziwnie ubarwionego, nie mieli wątpliwości, że zmarły zmierza do domu. Uczniowie ze szkoły misyjnej powiedzieli Codringtonowi, że wódz z wyspy Savo, leżącej w pobliżu Guadalcanal, regularnie wyrusza w morze, żeby złożyć ofiarę rekinowi, który wypływa mu na spotkanie i łaskawie przyjmuje od niego karmę. Wszyscy kochali i szanowali swoje duchy-rekiny, ale największą miłością darzyli je ludzie słonej wody z malaitańskiej laguny Langa Langa. Dawnymi czasy zaklinacz z Langa Langa mógł poprosić swojego ulubionego rekina, żeby zatopił czółna nieprzyjaciół. Rekin wywlekał ofiary na brzeg, żeby można było poćwiartować zwłoki. Kapłani z Langa Langa często przywoływali rekiny do swojej wyspy. W zamian za kawałki wieprzowiny przodkowie w rekinim ciele pozwalali chłopcom wdrapywać się na grzbiet i pływać po całej lagunie.

Ludzie wciąż dzielili się historiami o zaklinaczach rekinów. Facet, którego poznałem w barze hotelu Mendaña, powiedział mi, że wybrał się kiedyś łowić na otwartym morzu w towarzystwie człowieka z Langa Langa. Zepsuł im się silnik. Byłoby już po nich, gdyby rybak z Langa Langa nie wziął sprawy we własne ręce. Wskoczył do oceanu i wykonał dziwny podwodny taniec. Potem kazał mojemu znajomemu iść spać pod pokład.

– Nie zasnąłem – wyznał. – Leżałem i nasłuchiwałem. Wkrótce poczułem, jak fale uderzają o burtę. Pruliśmy przez ocean, jakby łódź napędzał jakiś silnik. Po godzinie wstałem i rozejrzałem się wokół. Byliśmy z powrotem w porcie! Po chwili do brzegu dopłynął człowiek z Langa Langa, nazbierał trochę orzechów kokosowych, zaniósł je do łodzi, rozłupał i wyrzucił w morze. Wtedy się domyśliłem, że dopchał nas do domu jego pradziadek rekin.

To wyglądało na strzał w dziesiątkę. Poszedłem do mojego kumpla Morrisa, pracownika dogorywającego biura turystycznego, i oznajmiłem, że powinniśmy się zająć promocją wycieczek do świętych rekinów. On może załatwić kapłanów, którzy będą rzucać do wody świńskie wnętrzności i za godziwą zapłatę namawiać przodków, żeby dostarczali klientom rozrywki. Mogę być pierwszy. Morris stwierdził kategorycznie, że chrześcijaństwo położyło kres kultowi rekina już w latach siedemdziesiątych XX wieku. Potomkowie zaklinaczy rekinów – zamiast zarzynać świnie i ciskać flaki do morza – piją teraz krew Chrystusa, nic więc dziwnego, że morskie duchy porzuciły ich na pastwę losu.

– Ale się nie martw – powiedział Morris. – MV „Temotu" jest w porcie, hip, hip, hurra! W przyszłym tygodniu popłyniesz na Santa Cruz.

Morris chyba miał rację z tym „Temotu". Oficer finansowy zgodził się nawet sprzedać bilet na Nendo. Obiecał, że ruszymy za pięć dni.

Byłem jednak pewny, że Morris myli się co do zaklinaczy rekinów. Znalazłem łączniczkę. Nazywała się Veronica Kwalafa i prowadziła klinikę leczenia wiarą obok motelu Quality. (Bóg zesłał moc na Veronicę we śnie w 1987 roku. Ukazał się pod postacią świetlistej gwiazdy – zupełnie jak w widzeniu proroka Freda przed powrotem na wyspę Tanna. Za cztery dolary Veronica mogła potrzymać mnie za rękę albo rozmasować mi plecy. Miała w głowie coś w rodzaju telewizora; po obejrzeniu kłopotów swoich klientów radziła im, jak je rozwiązać).

Poznałem Veronicę kilka tygodni wcześniej. Zapewniła mnie, że w lagunie Langa Langa ostał się jeden zaklinacz rekinów. Oczywiście chodzi o jej brata, który jest szefem podwodnego świata. Potrafi rozmawiać z rekinami. Umie je zwabić na mieliznę. Łaszą się do niego jak psy. Rekiny używają swojej magii, żeby zaklinacz mógł godzinami wędrować po dnie oceanu. Obiecała zaprowadzić mnie do niego, jeśli rozgłoszę całemu światu, że świadczy usługi również pocztą i że osoby cierpiące na jakiekolwiek dolegliwości mogą się z nią skontaktować za pośrednictwem Mary Manisi, PO Box 93, Honiara.

Dałem słowo. Ilekroć jednak stawałem w progu kliniki leczenia wiarą, żeby przypieczętować umowę z Veronicą, drzwi zastawałem zamknięte na kłódkę. Tak samo było po moim powrocie z Nowej Georgii. Skakałem jak opętany, waliłem dłonią w rozgrzaną farbę na drzwiach, wszystko na nic: w Honiarze niecierpliwość nie popłaca. Zrobiłem więc to, co robią w stolicy wszyscy, którym przeszkadza nadmiar gotówki i wolnego czasu: poszedłem się uchlać w barze przy basenie hotelu Mendaña.

Tam właśnie spotkałem ludzi słonej wody. Byli urżnięci jak szpadel i dokładali wszelkich starań, żeby nie usnąć z głową na kontuarze. Domyśliłem się, że pochodzą z malaitańskich lagun, kiedy unieśli twarze znad blatu: policzki mieli pocięte w geometryczne wzory.

Spytali mnie, czy byłbym tak łaskaw i poprosił barmana, żeby zrobił głośniej muzykę. Białego człowieka posłucha. Muzyka i tak grała na cały regulator. Z głośnika płynął nowogwinejski przebój *Mi Dae Long Yu* – „Umieram z miłości do ciebie". Wszyscy Malaitańczycy śpiewali:

O daling, mi misim yu,
O daling, mi luvim yu,
O daling, mi dae long yu.

Przysunąłem stołek bliżej i powiedziałem ludziom słonej wody o zaklinaczu rekinów z laguny Langa Langa. Odparli, że są z laguny Lau na północno-wschodnim krańcu Malaity.

– Kościół wygonił wszystkie święte ryby z Langa Langa i z naszej laguny też – wyjaśnił najtrzeźwiejszy z trójki. Szramy na jego twarzy skojarzyły mi się z rysunkami z Nazca. Linie rozchodziły się od dwóch koncentrycznych kół jak promienie słońca. – Próby rozmawiania z rekinami są *tabu*. Niebezpieczne dla duszy. Teraz jesteśmy chrześcijanami.

– Aha, więc nie macie nic przeciwko temu, że poczęstuję was zupą z płetwy rekina?

– Ani słowa więcej! Rekiny to nasi przodkowie.

Mężczyzna z bliznami zmierzył mnie groźnym wzrokiem.

– *Yu blong wea?* – spytał.

– Z Kanady.

Usłyszałem chóralny pomruk dezaprobaty.

– Mieliśmy kiedyś mocne *kastom* w naszej lagunie Lau – rzekł bliznowaty. – Ośmiornicę. Opiekowała się naszymi przodkami. Kiedy się zgubili na morzu, odprowadzała ich do domu. Pilnowała, żeby nikt się nie utopił.

– Jak się nazywała ta ośmiornica? – spytałem.

– Nie wolno nam zdradzić jej imienia. To tajemnica. Tak czy inaczej, nie ma już ośmiornicy. Nie ma i już! I to twój *wantok* ją ukradł, jeden Kanada-człowiek.

Wszyscy trzej natychmiast wytrzeźwieli.

– Maranda – oznajmili chórem.

– Maranda, ten złodziej, pokazuje teraz naszą ośmiornicę turystom w Kanadzie – powiedział drugi człowiek z laguny.

– Zarabia mnóstwo *sellen* na naszym przodku – wtrącił trzeci, podtykając mi palce pod nos i czyniąc nimi wymowny gest.

– Jak to? Udało mu się wnieść ośmiornicę do samolotu? – spytałem.

Chyba nie mogłem zadać głupszego pytania. Mężczyźni wybuchli śmiechem. Postawiłem im jeszcze jedną kolejkę piwa. Zaczęli opowiadać.

W świętej ośmiornicy mieszkał przodek wieśniaków ze sztucznej wyspy Foueda, usypanej ze szczątków koralowców wokół rafy Lau. Ośmiornica naprawdę pomagała ludziom, w zamian żądała jednak ofiar. Czasem potrafiła wynurzyć się z morza tuż przed czółnem i przypomnieć rybakowi, że coś jej się od niego należy. Od czasu do czasu wypełzała na ląd. Jeśli wystawiłeś za drzwi kosz z jedzeniem, ośmiornica okrywała go własnym ciałem, by pochłonąć *kai-kai*. Na znak zadowolenia zmieniała kolor z czerwonego na czarny. Wolała świńskie flaki od owoców. Żeby porozumieć się z ośmiornicą albo złożyć ofiarę, trzeba było znać jej tajemnice. Tę świętą wiedzę – przekazywaną od wieków z pokolenia na pokolenie – mieli wyłącznie tutejsi kapłani *kastom*.

Kłopoty z ośmiornicą zaczęły się po przybyciu chrześcijan. Misjonarze nazwali ją diabłem. Młodzi nawróceni nie chcieli zgłębiać świętej wiedzy *kastom*. Kapłani nie mieli komu przekazać reguł obrzędów ofiarnych. Ostatni kapłani byli już starzy, kiedy na brzeg Fouedy zszedł biały człowiek imieniem Maranda. Odmówili mu wstępu do sanktuarium przodków, ale Maranda ich przechytrzył. Przywiązał magnetofon do tyczki i przerzucił ją przez mur sanktuarium, kiedy kapłani składali ofiary. W ten sposób wykradł im wszystkie sekretne zaklęcia. Nic dziwnego, że kiedy wsiadł do łodzi i odpłynął z powrotem do Kanady, ośmiornica ruszyła w ślad za nim. Ludzie z Fouedy stracili swoją ośmiornicę i nikt ich już nie obroni przed czyhającymi na morzu niebezpieczeństwami.

– A kapłani *kastom*? Czemu nie zdołali powstrzymać ośmiornicy? – spytałem.

– Nie żyją – odpowiedział bliznowaty. – Wszyscy umarli.

– I nie znalazł się nikt na ich miejsce?

– Bez świętej wiedzy nie ma kapłana.

– Czyli nie ma już kapłanów.

– Nie rozumiesz? – wrzasnął. – Jedynym kapłanem ośmiornicy jest teraz Maranda!

– Ale Maranda wcale nie jest taki mądry – wtrącił drugi. – Spartaczył obrzędy ofiarne. Rozzłościł ośmiornicę, więc zesłała na niego chorobę. I zabiła mu żonę.

Z czasem udało mi się dotrzeć do rzekomego złodzieja ośmiornic, którym okazał się Pierre Maranda, słynny antropolog kultury, emerytowany profesor antropologii na Uniwersytecie Laval w mieście Quebec. Maranda z żoną i s t o t n i e mieszkali wśród ludzi z laguny Lau – w latach 1966–1968 – i sporządzili dokumentację ich świętej wiedzy. Wysłałem do Marandy e-mail, w którym opisałem przebieg swej rozmowy z ludźmi słonej wody. Odpowiedział, że po zakończeniu pierwszej fazy badań terenowych zapadł na śmiertelnie niebezpieczną chorobę. Wyspiarze złożyli wówczas ofiarę w jego intencji i „bardzo się ucieszyli", kiedy wyzdrowiał. Maranda był pewny, że nie padł ofiarą klątwy, tylko zmógł go atak malarii. Co do jego żony, zmarła przeszło dziesięć lat po zniknięciu ośmiornicy. Próbował przekonać mieszkańców Lau, że nie trzyma ich ośmiornicy w basenie, ale na próżno.

Maranda chyba nie zasłużył na miano oszukańczego łotra, z którym ludzie z Lau utożsamili go w swojej mitologii. Wyświadczył im raczej nieocenioną przysługę. Dał mi słowo, że kapłani *kastom* sami go zachęcili do nagrania tajemnych modłów, i to nie bez przyczyny. W 1975 roku, kiedy Maranda powrócił na Fouedę, jeden z dwóch najwyższych kapłanów, niejaki Laakwai, poskarżył mu się, że dawne *kastom* „przepadło". Synowie kapłana odmówili przejęcia obowiązków po śmierci ojca. Złapali chrześcijańskiego bakcyla. Drugi kapłan, Kunua, miał w domu podobne kłopoty. Dziesięć lat później obydwaj stracili nadzieję. Laakwai zanurkował pod czółnem kobiety, w pełni świadom, że dopuszcza się fatalnego w skutkach odwrócenia porządku energii wysokiej i niskiej. Kunua rozmyślnie sfuszerował obrzęd. Obaj mężczyźni zmarli po kilku tygodniach. Popełnili samobójstwo przez transgresję metafizyczną. Maranda – jedyny depozytariusz świętej wiedzy Fouedy – został więc zaocznie kapłanem *kastom*, którą to godność piastuje do dziś w swoim biurze na drugim końcu świata. Podejrzewam, że związek Marandy z mitem ma charakter nie tylko akademicki. Kiedy spytałem go o imię świętej ośmiornicy, okazał się równie mało rozmowny jak ludzie słonej wody z baru w hotelu Mendaña. Oświadczył, że to tajemnica, którą może ujawnić tylko swemu następcy z Lau po uprzednim zobowiązaniu go do przestrzegania dawnego *kastom*. Poszukiwania spadkobiercy trwają.

Spotkanie z ludźmi słonej wody skłoniło mnie do tym większego pośpiechu. Z oddechem cuchnącym piwem i głową pełną morskich duchów ruszyłem chwiejnym krokiem z powrotem – w nadziei, że tym razem odnajdę Veronicę Kwalafę, uzdrowicielkę wiarą.

Drzwi kliniki stały otworem. Wszedłem do środka – żarówki nie świeciły, a wiatrak pod sufitem jak na złość się nie obracał. Odcięli prąd. Zza zasłony na tyłach biura dobiegł mnie cichy głos Veroniki. Pokazała mi swoje narzędzia pracy (kryształową kulę, Biblię i linijkę z wizerunkiem Hello Kitty).

Philip, mąż Veroniki, spał jak zabity przy drewnianym biurku w recepcji. Chrząknąłem. Nawet nie drgnął.

– Obiecałaś mnie zabrać do szefa rekinów, a potem gdzieś wsiąkłaś – powiedziałem.

Philip uniósł głowę. Chwilę potrwało, nim zerwała się nitka śliny łącząca blat z jego obwisłą dolną wargą. Weszła Veronica. Podobała mi się. Była pulchna. Jej siwe włosy przypominały watę cukrową. Nie podobał mi się Philip. Gnuśny ślimak w ludzkiej skórze. Veronica leczyła. Philip pilnował jej kasetki z pieniędzmi. Veronica mogła bez trudu przygnieść go swoim ciężarem, ale mówiła na niego Tatuś.

– Mamy kupę roboty. Nie możemy cię zaprowadzić do Langa Langa.

Pot spłynął mi po plecach. Ujrzałem oczyma duszy, jak biorę krzesło i rozwalam je Philipowi na głowie. Wszystko przez ten upał. Zignorowałem Philipa.

– Chcę ci pomóc – powiedziałem do Veroniki. – Chcę pokazać światu, że twój brat wciąż nie stracił swej mocy.

– Bo nie stracił! Kto mówi, że stracił?

Nie miałem czasu – „Temotu" za pięć dni odpływał na Santa Cruz – miałem jednak plan. Solomon Airlines reklamowały codzienne przeloty twin otterem do Auki. Malaitańczyków stać na samolot: muszą przecież na coś wydać te pieniądze z odszkodowania. Mnie też stać: mam kartę kredytową. Tym skuszę Veronicę, która najwyraźniej była zbyt uczciwa, żeby wystąpić o odszkodowanie po wojnie domowej.

– Chciałabyś zobaczyć się z bratem? – spytałem.

– Bardzo – odpowiedziała.

– Dziś wieczorem polecimy razem do Auki. Zapłacę. Rano poszukamy twojego brata. Jest tylko jedno ale: za cztery dni musimy wrócić.

Jak mogłaby się oprzeć?

– Co myślisz, Tatuś? – spytała cichutko. – Mam lecieć?

Philip nie odezwał się ani słowem. Bazgrał coś na skrawku papieru i ssał dolną wargę jak rozkapryszone dziecko. Był zazdrosny o Veronicę.

– Tatuś?

Zacząłem nim gardzić.

Wreszcie na mnie spojrzał.

– Powiadasz, że mam z tobą lecieć do Langa Langa? Dobra. Polecę.

Odjęło mi mowę. Veronica wlepiła wzrok w podłogę. Philip zapewnił, że cztery dni to aż nadto, żeby szef rekinów wywołał swojego rekina.

Nasz samolot nie odleciał tego wieczoru. Pilot gdzieś się zawieruszył. Nazajutrz rano wróciłem z Philipem na lotnisko. Twin otter stał na pasie, ale pilota wciąż nie było. Złapaliśmy taksówkę i pojechaliśmy do pilota, żeby go zbudzić, ale w tym czasie na lotnisku zjawił się inny pilot i odleciał naszym twin otterem na Nową Georgię. Czułem, że godziny – moje rekinie godziny – pędzą jak szalone. Słońce pełzło po niebie. Upał już nie był upałem. Przypominał raczej spuszczony z góry ciężar cisnący człowieka, dopóki zmęczenie i pot nie wyciekną z niego jak miód z gąbki. Skóra zaczęła mnie swędzieć. Czułem, że wczorajsze piwo wychodzi ze mnie wszystkimi porami. Zbluzgałem kilka osób w hali odlotów. Philip też. Powiedział wszystkim agentom lotniczym, że lecimy z ważną misją. Potem poprosił mnie o kieszonkowe, żeby kupić karton papierosów dla rodziny szwagra w Langa Langa. Wypalił je, kiedy siedzieliśmy w oplutym betelem terminalu.

– Zostały mi tylko trzy dni i kończą mi się pieniądze. Może Bóg nie chce, żebym leciał do Langa Langa – powiedziałem.

Philip poklepał mnie po ramieniu i zaśmiał się flegmatycznie.

– Gdybyśmy się zabrali na statek, bylibyśmy już na Malaicie – oświadczył.

Po południu – dziwnym zrządzeniem losu – pojawił się zarówno pilot, jak i samolot. Maszyna marki Islander plasowała się o oczko niżej niż zwykły twin otter: przypominała gokart ze skrzydłami. Wewnątrz było miejsce dla sześciu osób. Usiadłem w pierwszym rzędzie i zerkałem przez ramię pilota na deskę kokpitu, która kojarzyła mi się z tablicą rozdzielczą samochodu mojego brata – volkswagena garbusa rocznik 1968. Też trzymała się w kupie tylko dlatego, że ktoś okleił ją pieczołowicie taśmą izolacyjną. Leciało się jednak całkiem nieźle. Pół godziny później wylądowaliśmy na trawiastym przyczółku Malaity, po kolejnej półgodzinie Philip prowadził mnie przez targ do Auki Harbor, gdzie dotarłem trzy tygodnie wcześniej na pokładzie „Kopurii". Szliśmy w stronę zrujnowanego pirsu, przy którym ludzie słonej wody cumowali swoje łodzie. Wytargowaliśmy trochę miejsca w kanu z włókna szklanego – pospołu z dziesięciorgiem innych pasażerów wiozących towary na sprzedaż. Ruszyliśmy w dół wybrzeża w iście spacerowym tempie, napędzani silnikiem o mocy dwudziestu pięciu koni mechanicznych, który rzęził na znak protestu.

Laguna Langa Langa zaczyna się na południu tuż za Auki i ciągnie się dwadzieścia mil morskich wzdłuż łańcucha górskiego na zachodnim wybrzeżu Malaity. Ma absolutnie gładką powierzchnię – przed wiatrem z cieśniny chroni ją pasmo raf. Splątane masy naniesionych przez sztorm koralowców sterczą z morza jak popsute zęby. Na mieliznach rosną namorzyny, rozpościerają nad wodą korzenie podobne do nóg starych kobiet – gołych nóg tysięcy staruszek, które zakasały spódniczki z liści nad gruzłowate kolana.

Ludzie słonej wody musieli rozpaczliwie pragnąć życia z dala od Malaity. Z braku naturalnych wysp zbudowali sobie własne – ze skał bagrowanych z dna morza. Sztucznych wysp były dziesiątki. W jednym miejscu cokół, na którym ledwie mieścił się szałas. Gdzie indziej nieoczekiwany płaskowyż wielkości boiska do gry w baseball, wznoszący się kilkadziesiąt centymetrów nad linią przypływu, obrzeżony szeregiem palm i bungalowów. Tu doki i długie pirsy. Ówdzie boisko piłkarskie! Z grubsza Wenecja sklecona z kości rafy.

Dlaczego ludzie słonej wody zadają sobie tyle trudu, skoro ląd leży w odległości półgodzinnej przeprawy łodzią wiosłową? Niektórzy twierdzą, że powodem ich ucieczki ze wzgórz była przewaga watażków z Kwaio. Inni podają równie przekonujące wyjaśnienie: w lagunie nie ma komarów.

Płynęliśmy zygzakiem od jednej do drugiej kupy skał, żeby pasażerowie mogli dać susa w mrok i doskoczyć do swojej wioski. Niemal na każdej wyspie stała szopa rozmiarów katedry, w której widniała konstrukcja niedokończonego statku. Ludzie słonej wody stanowili większość szkutników z Wysp Salomona: połowa drewnianych promów kursujących na trasie do Honiary powstała na brzegach Langa Langa. Ale teraz, kiedy okolicę sterroryzowali chłopcy Jimmy'ego Rasty, nikt się nie śpieszył z wykańczaniem łodzi – zapomniane jednostki przypominały szkielety wyrzuconych na plażę wielorybów. Po latach próżnego oczekiwania ich potężne więzadła i ożebrowanie zbielały na słońcu jak kości.

Dzień chylił się ku końcowi. Dobiliśmy do błotnistej plaży. Między namorzynami wypatrzyłem kilka chat, całą osadę trudno było jednak nazwać wyspą. Większość chat stała na palach, obwiedzionych błoniastym pierścieniem pozostałości po ostatnim przypływie. Niedokończone mury, fundamenty i chodniki sterczały wprost z piasku i błota. Philip przeprowadził mnie przez wyspę, rozdając po drodze papierosy. Kraby pierzchały nam spod nóg jak szczury i znikały w piaszczystych norach.

Rozpoznałem szefa rekinów, siedział w cieniu kuchni polowej. Wiedziałem, że to on, zanim zdążyłem spojrzeć mu w oczy. Nie tylko dlatego, że miał takie same siwopłowe kędziory jak Veronica. Bił od niego blask. Jego pomarszczona skóra była przeźroczysta, jakby ostatnie promienie wieczoru prześwitywały przez siatkę tatuaży pokrywających twarz. Uśmiechał się od ucha do ucha. Pamiętam, że miał niebieskie oczy, zupełnie jak moi przodkowie. (Przecież oczy Melanezyjczyków są w kolorze palonych migdałów – jakim cudem on miał niebieskie?) Otaczała go gromadka dzieci. Tuż obok na ławce leżało drewniane korytko z setkami porowatych czerwonych krążków. Polerował muszelki.

– Wiedziałem, że przyjedziesz – powiedział szef rekinów, który miał na imię Selastine. – Poprzedniej nocy ujrzałem cię w snach.

Od razu poczułem się lepiej.

– Tak, widziałem, jak śpisz w Auki – ciągnął.

– Wczoraj spaliśmy w Honiarze – uściśliłem.

Puścił to mimo uszu.

– Wiem, po co tu jesteś, i pomogę. Ile tygodni zamierzasz zostać? – spytał.

– Tygodni?

– Przyjechałeś na rekina, prawda?

– Owszem. Na rekina. Ale za trzy dni muszę wyjechać.

Selastine spojrzał na Philipa i zaczął się śmiać.

– Trzeba wielu dni i wielu świń, żeby przywołać rekina do brzegu – wyjaśnił. – Musisz kupić świnie. Musimy odprawić obrzędy ofiarne. Musisz zostać kilka tygodni. A może miesięcy.

– Ale Philip powiedział...

Przerwałem. Philip zdążył się rzucić na przyrządzoną przez Selastine'a rybę z taro i schylił się nisko nad potrawą, żeby uniknąć mojego wściekłego wzroku. Ten skurwiel mnie oszukał. Jego zapewnienie, że cztery dni wystarczą, by uchylić rąbka rekiniej magii, okazało się jednym wielkim kłamstwem. Po prostu chciał się przelecieć samolotem. Chciał sobie zrobić wakacje. Chciał pożyć na koszt rodziny szwagra. Po to tu przyjechaliśmy. Ujrzałem oczyma duszy, jak rekiny wżerają się w jego opasły brzuch.

– Za trzy dni muszę wyjechać – powtórzyłem cicho, po czym dodałem jakieś żałosne brednie o biskupie Pattesonie, Nukapu i o tym, że powinienem zdążyć na statek w stronę Santa Cruz.

– Nic nie szkodzi. Zawsze możemy *storian* – powiedział Selastine i spojrzał na mnie z sympatią.

Nie posiadałem się ze złości i rozczarowania. Miałem ochotę zamordować Philipa, a przynajmniej poniżyć go na oczach rodziny szwagra. Najbardziej jednak chciało mi się płakać. Doznałem uczucia bezbrzeżnej frustracji. Chodziło o coś więcej niż kłamstwo Philipa i sztuczki z rekinami. Rozgoryczenie pulsowało we mnie jak krew – owszem, napędzane gotowością, jaką zyskałem podczas burzy na Nowej Georgii, ale i tego mało. Sięgało dalej niż oceany, rozpościerało się na przestrzeni wieków i pokoleń. Tęsknota za czymś, co jest tuż-tuż, a czego nie można dotknąć. Opowieść domagająca się zakończenia.

– Chyba lepiej, żebym wyjechał. I to od razu – powiedziałem.

– *No kanu long naet* – wymamrotał Philip z ustami pełnymi tłuczonego taro.

– Zostań – odrzekł miękko Selastine. – Możemy łowić ryby na rafie. Możemy nurkować.

Nad laguną i wioską zapadł zmierzch. Spomiędzy namorzynów wpełzł na niebo półksiężyc. Wydostałem prowiant z plecaka i ułożyłem go na ławce. Makaron błyskawiczny, chleb, masło orzechowe i torebka cukierków. Selastine rozdał cukierki wnukom, których miał dziesiątki. Jego córka zagrzała na ogniu garnek wody. Podała nam makaron z masłem orzechowym.

Nie odzywałem się. Selastine zaczął swoją opowieść. Spisałem ją dopiero później, kiedy zdałem sobie sprawę, że to część mojego prezentu. Prawda mitu nie tkwi jednak w szczegółach.

Dawno, dawno temu pewna młoda kobieta z Lalana Point zrobiła się *bubbly*, czyli zaszła w ciążę. Była niewątpliwie *bubbly*, choć nie miała pojęcia, kto mógłby być ojcem. Płonąc ze wstydu, opuściła wioskę i ruszyła w wędrówkę dookoła laguny. Kiedy nadszedł wreszcie czas rozwiązania, zatrzymała się w Binafafo, gdzie urodziła bliźnięta. Pierwsze z nich nie było chłopcem, lecz rekinem, kobieta wzięła więc muszlę olbrzymiego małża, napełniła ją wodą i wpuściła do niej rekiniątko. Drugi bliźniak okazał się zwykłym chłopcem.

Kiedy bracia podrośli, kobieta pozwoliła im bawić się razem na mieliznach laguny. Rzucała do wody patyki, a chłopcy się o nie bili. Chłopiec-rekin rósł jak na drożdżach. Chłopiec-człowiek też. Tak samo patyki, które rzucała im matka. Pewnego dnia, kiedy bracia siłowali się o patyk, chłopiec-rekin odgryzł chłopcu-człowiekowi prawą dłoń. Chłopiec dopłynął do brzegu i wykrwawił się na śmierć. Matka była wściekła i zrozpaczona. Powiedziała chłopcu-rekinowi, który miał na imię Bolai, że jest tylko jeden sposób, żeby zmazać winę za ten okropny uczynek: odpłynąć na wygnanie do Guadalcanal.

Bolai wypełnił polecenie matki. Ruszył przez cieśninę na zachód, a kiedy dotarł do Guadalcanal, natychmiast połknął trzech chłopców. Stało się to przy ujściu rzeki Bobosa. Ludzie znad Bobosa wpadli rzecz jasna w furię, Bolai popłynął więc w górę wybrzeża do Logu. Tam też pożarł kilka osób, ludzie z Logu przysięgli więc, że go zabiją. Bolai uciekł przed nimi do Simui, gdzie znów zjadł kilkoro dzieci. Ludzie z Simui zbudowali zaporę z drzew i patyków, żeby uwięzić Bolaia w swojej lagunie. Kiedy próbował ją sforsować, poharatał sobie skórę o zaostrzone patyki. Ludzie złapali Bolaia i pokroili go na kawałki. Teraz on miał być zjedzony. Głowę dostała pewna staruszka, która postanowiła uwędzić ją nad ogniskiem. Ledwie jednak ogień zaczął strzelać, kobieta spostrzegła, że z rekinich oczu płyną łzy. Ulitowała się nad głową biedaka, tym bardziej że rekin opowiedział jej swą smutną historię.

„Nie płacz nade mną, staruszko – powiedział Bolai. – Idź i pozbieraj w wiosce resztę moich kości. Przynieś je do mnie. Potem skryj się w buszu: jutro rano zobaczysz, co się dalej stanie". Kobieta przystała na jego prośbę. Nazajutrz rano przyszła wielka fala i pochłonęła wioskę Simui. Bolai poskładał kości do kupy i odrodził się w nowym ciele. Był teraz potężny i czarny jak węgiel. Popłynął z powrotem do Langa Langa i powiedział matce, że zmazał z siebie winę za zabójstwo brata. Ucieszyła się. Kazała Bolaiowi zostać w lagunie na zawsze, więcej już nie psocić i nie robić krzywdy swoim ludziom.

– I od tej pory – zakończył Selastine – żaden z mieszkańców Langa Langa nie padł ofiarą rekina. Dlatego, że Bolai pilnuje całej laguny.

– A Selastine jest jego przyjacielem. Szefem rekinów – dobiegł mnie głos z ciemności. Uświadomiłem sobie, że gawęda zwabiła wszystkich mieszkańców wioski.

– Tak – potwierdził Selastine. – Moc rekina zatrzymała się we mnie. Umiem z niej korzystać. Wołam go, żeby pomógł mi nurkować w słonej wodzie. Potrafię zejść na trzydzieści metrów. Rekin daje mi powietrze. Mogę wytrzymać pod słoną wodą dziesięć minut!

Selastine zagracił cały pokój przerdzewiałymi skarbami, które wydobył z wraków zatopionych przy rafie z dala od brzegu. Tylko on mógł się do nich dostać, bo statków strzegły rekiny.

– Nie boisz się?

– Gdzie tam. Bolai mnie obroni. Płynie tuż obok i służy mi za przewodnika. Lubi ocierać się o mnie brzuchem. Jest większy niż inne rekiny. Dłuższy niż ten dom.

Szałas był długi jak limuzyna.

– Dlaczego wybrał ciebie? – spytałem Selastine'a.

– Bo mama rekina była moim przodkiem. Tylko ja znam sekrety Bolaia. Tylko ja wiem, jak mu składać ofiary. I oczywiście się do niego modlę.

– Gdzie? – spytałem w nadziei, że zobaczę miejsce kultu.

– Jak to gdzie? W katedrze. W kościele katolickim.

– Myślę, że ksiądz nie jest tym zachwycony.

– Nic mu to nie przeszkadza. Przecież wie, że rekin nie jest diabłem. Wie, że to mój przodek, któremu zawdzięczam dobrą moc.

Kobiety gdzieś znikły. Sylwetki starców rozpłynęły się w szaroniebieskiej poświacie naszej lampy naftowej. Żar z ich papierosów migotał jak gwiazdy nad horyzontem. Philip dawno już spał, z opadniętą na pierś potężną szczęką. Złość mi trochę odeszła.

W pobliżu wciąż pałętało się kilku nastolatków. Przewiesili się przez osłonę kuchni polowej i zaczęli szeptać. Selastine odwrócił się do mnie i spytał łagodnym głosem świętego męża:

– *Yu savve swim long solwota?*

Wzięliśmy do pomocy chłopaków i zepchnęliśmy czółno Selastine'a na wody laguny. Łódź miała już swoje lata: zbudowano ją z trzech potężnych, złączonych kołkami desek. Między stosem sieci a chlupoczącą kałużą wody wymieszanej z rybimi flakami mieściło się dwadzieścia osób.

Spokój laguny zakłócały tylko miarowe uderzenia wioseł. Półksiężyc świecił zza cienkiej zasłony chmur rozpostartej na całym nieboskłonie. Wzgórza Malaity przybrały barwę lukrecji. Laguna rozbłyskiwała bezkształtnymi plamami refleksów na wodzie: czasem lśniących mętną poświatą, czasem niespokojnie rozedrganych. Za każdym pluśnięciem wioseł wzbijały się w górę snopy białych iskier.

Zatrzymaliśmy łódź. Woda upodobniła się do nieba. Wśród nocnej ciszy dobiegły nas z oddali dźwięki perkusji. Zaczęło się od głuchych postukiwań, jak głos pardwy, którą można usłyszeć w kanadyjskich zaroślach. Stukot jednak narastał – po chwili dołączyły kolejne łomoty i dudnienia. Ułożyły się w melodię, przybierając na sile, tworząc nowe współbrzmienia, niosąc się po wodzie z jakiejś odległej wioski. Rozpoznałem popisy bębnistów grających na rurach oraz chłopców walących w kawałki bambusa podeszwami gumowych klapków – zupełnie jak po nabożeństwie w katedrze odprawionym przez biskupa Malaity.

Selastine rozebrał się do bielizny i założył gogle – identyczne można kupić za parę dolarów u Chińczyków w Homarze. Siwe włosy jaśniały mu nad głową jak aureola.

– Zaraz, zaraz: dlaczego Bolai musiał pożreć tych wszystkich ludzi z Guadalcanal? – spytałem.

Chłopcy zachichotali.

– Bo matka mu kazała – odpowiedział Selastine.

– A po jaką cholerę?

– Żeby naprawić śmierć swojego brata.

– Nie rozumiem. Dlaczego akurat w ten sposób?

– To malaitańskie *kastom* – wyjaśnił. – Jeśli chcesz pomścić czyjąś śmierć, nie możesz po prostu pójść i zabić kogoś innego w swojej wiosce. Musisz to zrobić gdzie indziej.

– Ale to chłopiec-rekin dopuścił się pierwszy zabójstwa!

– Nieważne, kto zabił. W *kastom* obowiązuje zasada życie za życie. Gdybyś na przykład zabił mojego brata, nie musiałbym w odwecie zabijać ciebie. Wystarczy czyjekolwiek życie. I wcale nie musiałbym robić tego sam. Zapłaciłbym komuś innemu.

– Chodzi o *ramo*?

– Otóż to. Bolai był naszym pierwszym *ramo*. Takie jest *kastom*.

Nie dostrzegłem większej różnicy między dawnym obyczajem a spiralą odwetu, która zaczęła się rozkręcać w trakcie zamieszek i wciąż zataczała kręgi na równinach wokół Honiary. Odwet był tu przejawem tradycji. Był *kastom*.

Selastine chwycił podwodną kuszę i skierował latarkę na powierzchnię wody. Nic nie było widać. Spojrzał na mnie.

– Idziesz teraz! – krzyknął i skoczył do wody. Po chwili zniknął w chmarze bąbelków i fosforyzujących punkcików.

– Ty, *garem glass-blong-diver. Yu swim. Hem fun!* – powiedział jeden z chłopców.

Włożyłem maskę i przeczołgałem się przez burtę. Woda była ciepła. Wetknąłem głowę pod powierzchnię i wlepiłem wzrok w głębinę, w której nic nie było. Podpłynąłem do czółna pełen najgorszych przeczuć.

Znienacka w ciszy rozległ się chlupot. Z wody wyskoczyło coś dużego.

– Długa ryba. Poluje – wyjaśnił chłopak. – Idź, idź!

Ujrzałem w myślach siebie samego od spodu: miękki ochłap gołego mięsa. Przypadłem do burty i oplotłem nogami kadłub. Całe to gadanie o nieposkromionej fali odwetu za zabójstwo przyprawiło mnie o mdlące poczucie bezbronności.

Kolejny plusk, tym razem tuż przy dziobie czółna. Selastine. Wyglądał jak wynurzający się z wody wieloryb. Chwytał powietrze ze świstem.

– *Gudfala* księżyc! *Gudfala* noc! Chodź teraz. Za moim światłem – powiedział. Po czym wziął głęboki wdech i znów zanurkował, zostawiając po sobie srebrzyste, koncentryczne zmarszczki na wodzie. Snop światła biegł najpierw wzdłuż kadłuba łodzi, potem zwrócił się w głębinę i oddalał coraz bardziej, aż zniknął w tumanie piasku.

Jeden z chłopców próbował zepchnąć mnie pod wodę piórem wiosła. Walił mnie po knykciach, żeby mi uprzykrzyć asekuracyjną pozycję przy kadłubie. Chłopcy myśleli, że się boję. Oczywiście, że się bałem! Pływałem z panem rekinów, do jasnej cholery. Upokorzenie kazało mi jednak zanurkować.

Wziąłem oddech, odepchnąłem się od czółna i chwyciłem oburącz pustkę. Niesamowite wrażenie. Każdy ruch dłonią pociągał za sobą nagły rozbłysk niebieskozielonego światła – zupełnie jakbym rzucał garściami świetliki. Krążyłem wokół łodzi, która z wystawionymi na zewnątrz wiosłami wyglądała jak zatrzymana w locie wielka czarna ważka. Trzepotałem rękami nad głową, dopóki nie wciągnął mnie wir gwiezdnego pyłu. To ja, uczeń czarnoksiężnika z *Fantazji* Disneya! Wynurzyłem się na powierzchnię ze śmiechem. Chłopcy też się śmiali – wiedzieli, co zobaczyłem.

I tu mógłbym przerwać. W zasadzie wystarczy. Tylko że ta opowieść domaga się czegoś więcej.

Pamiętam, że było coś więcej.

Uświadomiłem sobie, że Selastine jest wciąż pod wodą. Ile to już? Minuta? Pięć?

– Gdzie Selastine? – spytałem.

Odpowiedział mi kolejny wybuch śmiechu.

– *Hem go walkabaot. Hem fising.*

Spojrzałem w dół, ale nic nie zobaczyłem. Wziąłem potężny haust powietrza i zanurkowałem, kopiąc w niebo, dłońmi wiosłując w głębinę, próbując przeszyć wzrokiem ciemność.

Kiedy nurek zbyt długo wstrzymuje oddech, nadchodzi panika. Całkiem naturalny strach, że zabraknie tlenu i woda wedrze mu się do płuc. Ujrzałem pod sobą jakąś słabą poświatę, zamglony krąg światła: rozpaczliwie walczyłem z wypornością, ale w panice obróciłem się przez głowę. Zacząłem przebierać nogami, żeby jak najszybciej dotrzeć do powierzchni, i wynurzyłem się z dala od łodzi. Chłopcy wzięli wiosła i podpłynęli do mnie. Chwyciłem się burty, wziąłem dziesięć głębokich wdechów i znów zanurkowałem. Tym razem powoli wydychałem powietrze. Nie zwracałem uwagi na fosforyzujące punkciki, które przelewały mi się między palcami. Widziałem światło i twardo wiosłowałem nogami, żeby się do niego zbliżyć. Urosło w żółtawy tuman pyłu i wodorostów. Może tam były skały koralowe. Nie jestem pewien. Przez lagunę przewalało się coś w rodzaju podwodnej burzy piaskowej – potężnej i mocno ograniczającej widoczność. Przebierałem nogami i spostrzegłem, że źródłem światła jest człowiek, a ściśle Selastine. Siedział w kucki na dnie oceanu bez ruchu, po prostu siedział. Od czasu do czasu puszczał z ust bańkę powietrza, która ulatywała ku stalowej poświacie nocnego nieba niczym nerwowa meduza. Panika wróciła, zaciemniając mi wzrok, wrzeszcząc, żebym się wynurzył, mimo że rozpaczliwie próbowałem nadać sens tej scenie – zarazem słusznej i pomylonej, wewnętrznie sprzecznej, bo się nie bałem, choć zdawałem sobie sprawę, że powinienem się bać. Selastine nie był sam. Między aureolą ze światła latarki a niezbadaną pustką, w szarawym półmroku dzielącym pewność od wyobraźni, ujrzałem wielki, dryfujący cień. Gładki, długi jak samochód i czarny jak węgiel. Krążył wokół szefa rekinów, powoli, powoli – gdybym potrafił zejść odrobinę niżej, mógłbym nadać mu kształt, tymczasem gapiąc się na to zjawisko, zacząłem się z wolna wynurzać na powierzchnię. Sylwetka szefa rekinów się zamazała, snop światła się skurczył, wielki cień wtopił się w półmrok.

Z początku nie byłem pewny, co właściwie zobaczyłem. Nie rozmawiałem o tym z Selastine'em. Kiedy wyprysnął nad wodę tuż po mnie, tylko się uśmiechnął i powtórzył: „*Gudfala* księżyc! *Gudfala* noc!", a ja mu przytaknąłem. Powiosłowaliśmy na płyciznę i trochę się popluskaliśmy przy gasnącym w oddali wtóre bębnów z rur, dudniących gdzieś w namorzynach. Wróciliśmy do ogniska i przyrządziliśmy sobie gorące mleko z proszku.

Selastine prosił, żebym został choć tydzień – moglibyśmy wybrać się na ryby i ponurkować na rafie. Powiedziałem, że nie mogę. Powiedziałem, że muszę się wywiązać ze swoich obowiązków na wyspach Santa Cruz i rozejrzeć się za duchem biskupa Pattesona na Nukapu. Zrozumiał. Spytał mnie jeszcze, czy mogę mu podarować swoją maskę do nurkowania. Podarowałem.

Tuż po powrocie do Honiary nie myślałem o zataczającym kręgi cieniu, nawet kiedy mój kumpel Morris zagadnął mnie o Langa Langa. Czy widziałem ducha rekina? Czy wycieczka się udała? Nie, odparłem. Nie, zapewniłem wszystkich znajomych, choć za każdym razem, kiedy snułem swoją opowieść, wydawała mi się coraz bardziej kompletna. Aż wreszcie pewnego wieczoru, kiedy znów wysiadły światła i po mieście zaczęli grasować rabusie, kiedy ucichły rozmowy kilkunastu zgromadzonych przy mnie mężczyzn i zostały tylko szum palm i dzwonienie cykad, kiedy pot spłynął mi po plecach, a krąg słuchaczy się zacieśnił, pozwoliłem sobie powiedzieć „tak". Tak, widziałem cień w głębinie. Tak, był wielki, czarny jak węgiel i za każdym uderzeniem płetwy ogonowej wzbijał tuman pyłu z dna laguny. Tak, cień krążył powoli wokół mojego przyjaciela, szefa rekinów, który siedział w kucki na łożu z połamanych korali. Moja opowieść się wypełniła i z każdym kolejnym powtórzeniem zyskiwałem coraz większą pewność. Teraz nie ma już wątpliwości. Tak, to był rekin. Tak, to był Bolai. Tak, wciąż można wywołać przodka z mroku. Będę w to wierzył i to będzie prawda, bo uwierzyłem.

Mit to decyzja, podobnie jak miłość. Odpowiada na tęsknotę. Domaga się wiary. Otwiera możliwości.

19
Bracia i ich cuda

Wtedy Jahwe zapytał go:
– Co to [masz] w ręce?
On odpowiedział:
– Laskę.
A [Jahwe] rzekł:
– Rzuć ją na ziemię!
Rzucił ją więc na ziemię, a ona zmieniła się w węża,
przed którym Mojżesz uciekał.

Księga Wyjścia 4, 2–3 (Biblia Poznańska)

Kiedy wróciłem z Langa Langa i nie znalazłem w porcie ani „Temotu", ani „Eastern Tradera", nie byłem tym ani zdziwiony, ani szczególnie zatroskany. Poszedłem wprost do Chester Rest House, hostelu prowadzonego przez Bractwo Melanezyjskie. W schronisku nie było strażników, nie było też zasieków z drutu kolczastego, które otaczały motel Quality. Trudno jednak o bezpieczniejszy nocleg w Honiarze. Żaden łotr nie chciałby ściągnąć na siebie gniewu bożego, wchodząc w paradę *tasiu*. Nie szukałem w Chester ochrony – chciałem zawrzeć bliższą znajomość z braćmi i ich magią. Byłem gotów na jedno i drugie.

Schronisko mieściło się w gaju kwitnących drzew na wzgórzu z widokiem na port. W ogrodzie rosły papaje, ziemia była usłana kwiatami plumerii. Bracia leniuchowali, palili papierosy, żuli betel i pokładali się ze śmiechu na betonowej werandzie przed budynkiem. W niczym nie przypominali *tasiu* Kena, stoickiego szafarza klątw, którego poznałem na Vanua Lava. Podczas drzemki wtulali się w siebie jak dzieci. Rozbawieni skrzeczeli jak ptaki. Uwielbiali dokuczać Siostrom Melanezyjskim, które mieszkały niżej na tym samym wzgórzu. Schronisko Chester stało się moim domem, z braćmi się zaprzyjaźniłem.

Kilkunastu *tasiu* zajmowało wspólną kwaterę w sąsiedztwie Chester. Siedem razy dziennie rozlegał się dźwięk dzwonu i bracia znikali w domowej kaplicy, żeby się pomodlić. Stąd bierze się ich potęga – mawiali ludzie. Z całej tej modlitwy. Kaplicę pokazał mi braciszek Albert Wasimae, z którym zaznajomiłem się w pierwszej kolejności. Była wielkości sypialni. Na ołtarzu stał mały drewniany krzyż i obraz przedstawiający bladego Jezusa w koronie cierniowej. Ponadto:

Dwie kurze łapy związane razem i oblepione zaschłą krwią. Oddane przez człowieka z Malaity, który używał ich do rzucania śmiertelnych uroków.

Plastikowa fiolka z mielonym koralem. Zdmuchując ten proszek na kogoś, można go było zabić, a przynajmniej sprowadzić na niego bezsenność.

Pomarszczony skrawek korzenia imbiru zawinięty w zwiędły liść. Doskonały sposób, żeby pozbawić kogoś rozumu.

Nabój, który wiadomo, do czego służył.

Brat Albert powiedział, że wszystkie te okropności straciły moc dzięki modlitwie i skrapianiu wodą święconą przechowywaną w szklanych pojemnikach na podłodze. Zebrano te przedmioty w ramach braterskiej Misji Oczyszczenia.

Słyszałem o tej misji. Nie była równoznaczna z pracą ewangelizacyjną, traktowano ją jako kampanię skierowaną wprost przeciwko czarnej magii. *Tasiu* ruszali w teren, by składać niespodziewane wizyty w wioskach, których mieszkańcy skarżyli się na klątwy i czarownictwo. Tuż po przybyciu bracia zarządzali zbiórkę całej wspólnoty w kościele. Każdy z osobna musiał opleść dłońmi laskę *tasiu* i wyznać prawdę o swoich praktykach magicznych. Ludzie wiedzieli, że zaklęcia *kastom* nie mogą się równać z potęgą lasek – magowie egipscy też nie mieli szans w starciu z laską Mojżesza. Zrzekali się wszelkich uroków. Kłamca po prostu nie mógł odejść od laski, dopóki nie powiedział prawdy. Poddani próbie najgorsi zaprzańcy padali na ziemię w drgawkach. Czasami – powiedział brat Albert – kiedy dochodziło do starcia z diabłem *kastom*, konflikt bywał tak zajadły, że laska pękała na dwoje. Dlatego *tasiu* mieli zawsze kilka w zapasie.

Na drzwiach kaplicy wisiała tablica korkowa. Ludzie przytwierdzili do niej dziesiątki karteczek z prośbami o pomoc braci – a raczej pomoc Boga, którego *tasiu* zdołają być może przekonać do ich spraw. Prosili o modlitwę w intencji swojej kariery, małżeństwa, powodzenia dzieci na egzaminach w szkole. Do niektórych kartek dołączono pieniądze. Żona polityka ubolewała, że jej mąż poświęca zbyt dużo czasu na kampanię wyborczą: czy *tasiu* mógłby się pomodlić, żeby mąż wrócił do domu albo przynajmniej podesłał jej trochę gotówki? Ktoś rozpaczał, że jego córka zaszła w niechcianą ciążę – najprawdopodobniej w wyniku klątwy rzuconej w gniewie przez krewnych jej chłopaka. Ktoś inny błagał, żeby bracia ustrzegli go przed „obdarzonym szatańską mocą zielonym liściem".

Mieszkańcy Wysp Salomona oczekiwali od *tasiu* cudów i szukali u nich nadziei od blisko osiemdziesięciu lat. Wędrówkę braci zapoczątkowały widzenie i przesłanie od Boga – zupełnie jak kiedyś wędrówkę Abrahama.

Był rok 1924. Ini Kopuria, młody i rosły kapral Tubylczej Milicji Zbrojnej, został ranny podczas próby ujęcia złoczyńcy. Miał otwartą ranę w nodze, może nawet doznał złamania. Nikt nie pamiętał szczegółów. Liczyło się tylko przesłanie. Kiedy Kopuria leżał w szpitalu, odwiedził go Jezus. „Ini – powiedział – nie robisz tego, o co cię proszę". Kopuria uświadomił sobie dopiero po kilku miesiącach, że Jezus prosił go o zorganizowanie bractwa tubylczych misjonarzy, którzy zaniosą Dobrą Nowinę tam, gdzie ludzie wciąż hołdują praktykom pogańskim.

Żeby Kopuria mógł pozyskać ochotników, biskup Melanezji John Steward obwoził go po wyspach na pokładzie „Southern Cross". Do końca roku uzbierało się sześciu. Ochotnicy wrócili z Kopurią do jego gospodarstwa w Tabalii na północnym krańcu Guadalcanal.

Wykarczowali dżunglę i zbudowali dom z przeznaczeniem na główną kwaterę bractwa. Mówili na siebie *tasiu*. Złożyli śluby czystości, ubóstwa i posłuszeństwa wobec Kościoła. Wybrali sobie strój zakonny: prostą czarną przepaskę biodrową i białą szarfę umocowaną czarnym pasem. Tak narodziło się Bractwo Melanezyjskie.

Bracia wędrowali parami i docierali boso do najodleglejszych wiosek na Wyspach Salomona. Nie zachowywali się jak inni misjonarze. Byli pokorni. Pomagali ludziom w uprawie roli, spali w ich domach i głosili Słowo Boże bez przemocy. Mieli laski używane do egzorcyzmowania złych sił z istot żywych i z miejsc. Tubylcy od początku zdawali sobie sprawę, że *tasiu* dysponują niezwykłą *mana*. Chodziły słuchy, że potrafią uzdrawiać chorych i czynić cuda. Nie bali się diabłów czy duchów przodków. Ich *mana* przypominała moc kapłanów *kastom*, nie pochodziła jednak od czczonych z dawien dawna duchów ani protoplastów. Pochodziła od Boga. Świętość *tasiu* brała się z ich modlitwy, z wyrzeczeń, ślubów ubóstwa, rozbratu ze światem materialnym. Ludzie szanowali duchownych. Tymczasem *tasiu* otaczali czcią. Wszyscy wiedzieli, że Bóg działa za pośrednictwem *tasiu*, że wejść w drogę braciom to jak wejść w drogę Bogu.

Wszyscy też wiedzieli, że gdy w Honiarze zapanowały ciemności, kiedy miasto ogarnęły chaos, strach i ślepa przemoc, jedyną nadzieję na powrót do światła dało ludziom Bractwo Melanezyjskie – nie policja, nie rząd, nie pomoc międzynarodowa. W 2000 roku, kiedy kule świstały po obydwu stronach barykad wokół Honiary, bracia przez cztery miesiące obozowali na ziemi niczyjej dzielącej przyczółki bojowników z Malaity i Guadalcanal. *Tasiu* prowadzili rokowania w sprawie uwolnienia zakładników, zapobiegali samosądom, dawali schronienie uciekinierom. Transportowali ciała zabitych do rodzinnych wiosek. Ekshumowali ledwie przysypane ziemią zwłoki, żeby zidentyfikować ofiary mordów. Wkraczali do obozów wojskowych z apelem o pokój.

„Zaklinamy was w imię Jezusa Chrystusa: przestańcie zabijać, porzućcie nienawiść i żądzę odwetu – czytamy w ich oficjalnym liście. – Ludzie, których zabijacie i nienawidzicie, to wasi bracia z Wysp Salomona. Rozlew krwi prowadzi do jeszcze większego rozlewu krwi, nienawiść do jeszcze straszniejszej nienawiści – wkrótce wszyscy staniemy się zakładnikami wyrządzanego przez nas zła".

Ich proroctwa się spełniły. Po tym, jak setki osób poniosło śmierć od kul, maczet bądź tortur, kolejne setki odniosło rany, a dziesiątki tysięcy musiało zmienić miejsce zamieszkania, nikt nie miał już wątpliwości, że kraj został zakładnikiem nienawiści. Szał zabijania nie ustał, dopóki *tasiu* nie urządzili słynnej demonstracji na moście przez Alligator Creek. Wszyscy znali tę historię: jak *tasiu* weszli z laskami wprost na betonową platformę mostu; jak wznieśli żywą barykadę między armiami nieokrzesańców, chronieni przed ogniem jedynie swoją świętością. Żołnierze przekonali się na własne oczy, że kule nie imają się *tasiu*. Zobaczyli, że Bóg nie pochwala przemocy. To był początek końca tej wojny.

Kiedy zawarto pokój, członkowie Bractwa Melanezyjskiego wprowadzili do Honiary konwoje kradzionych ciężarówek z niedawnymi bojownikami, po czym zorganizowali uroczystości z okazji zakończenia konfliktu. Mimo ciągłego przebywania w strefie ostrzału ani jeden *tasiu* nie zginął. Większość uznała to za dowód ich szczególnej łączności z Bogiem.

Teraz, gdy mieszkańcy Honiary woleli już nie rozpamiętywać smutnych wydarzeń i zamknąć mroczną kartę w dziejach wyspy, zaczęli opowiadać o Bractwie Melanezyjskim. *Tasiu* wypędził demona z duszy takiego to a takiego. *Tasiu* stuknął laską, posmarował czyjś nadgarstek świętym olejem i wyciągnął kamień sprowadzający chorobę. *Tasiu* ocalili zmasakrowaną ofiarę chłopców Harolda Kekego, zabrali rannego do kwatery w Tabalii, gdzie Bóg przywrócił mu siły, po czym zesłał z nieba błyskawicę, by rozświetlić twarze wybawicieli.

Wszyscy najbardziej lubili historię o *tasiu* i karabinie zmieniającym się w węża: Rada Monitorowania Pokoju od przeszło roku próbowała odzyskać broń od eksbojówkarzy. Tymczasem chłopcy lubili swoje karabiny i nie chcieli się z nimi rozstawać. Funkcjonariusze Królewskiej Policji Wysp Salomona niewiele mogli zdziałać, przede wszystkim dlatego, że sami okradli arsenał, po czym skwapliwie uzbroili swoich *wantoks*. Sytuacja wyglądała beznadziejnie. Kilka miesięcy przed moim przyjazdem rząd zwrócił się do Bractwa Melanezyjskiego z prośbą o przejęcie kontroli nad rozbrojeniem. Specjalny oddział *tasiu* miał pójść w teren i w imię Boże odzyskać karabiny.

Komitet rozbrojeniowy zdążył już zebrać kilkaset sztuk broni, kiedy gruchnęła wieść o strzelaninie na obrzeżach Honiary. Śledztwo powierzono *tasiu*, nie policjantom. Bracia pojechali do domu mężczyzny odpowiedzialnego za incydent. Wszystkiego się wyparł. Naczelny *tasiu* oznajmił: „Wiemy, że strzelałeś do swoich sąsiadów. Skoro nie masz zamiaru oddać nam karabinu, usiądziemy i poczekamy, aż zmienisz zdanie". Tak też zrobili. Było gorąco, ale mężczyzna pocił się przede wszystkim z nerwów. Minęło kilka minut, może nawet godzin. W końcu na brudnej podłodze pojawił się cień i popełzł w stronę światła słonecznego. Synek gospodarza krzyknął: „Tato! Popatrz, tato, wąż!". Mężczyzna udawał, że nic nie widzi, dopóki cień nie zaczął się wić tuż u jego stóp. Jeden z *tasiu* ostrzegł: „Nie dotykaj go". Wyciągnął rękę i chwycił węża za głowę. Gad przestał się ruszać. Zrobił się sztywny jak metal. *Tasiu* podniósł węża, który zmienił się z powrotem w karabin maszynowy. Takie oto historie opowiada się teraz na Wyspach Salomona.

Fascynował mnie sposób, w jaki bracia zaszczepili tradycyjną koncepcję *mana* na gruncie chrześcijańskim. *Tasiu* – podobnie jak dawnym kapłanom *kastom* – przypisywano umiejętność kierowania siłami nadprzyrodzonymi, źródłem ich mocy był jednak ten sam Bóg, o którym uczyłem się w szkółce niedzielnej. Wpojono mi, że cuda biblijne należy traktować jako przenośnie służące określonym celom wychowawczym. Tymczasem bracia wzięli się z anglikańskim Bogiem za bary i ściągnęli go z powrotem na ziemię, gdzie zaczął się zachowywać prawie jak melanezyjski duch przodków, prawie jak Bóg moich własnych protoplastów. Oto i On: który pozwala kierować swą mocą za pośrednictwem zaklęć i lasek. Oto i On: zaangażowany i stronniczy, zupełnie jak w Starym Testamencie.

Coś mnie ciągnęło do *tasiu*, choć przez wiele tygodni nie byłem gotów wejść z nimi w bliższe kontakty; z pewnością wyczuliby mój sceptycyzm i nieszczerość zadawanych pytań. Zmieniłem się jednak po pobycie w lagunach. Teraz już nic nie stało na przeszkodzie. Chciałem uczestniczyć w misjach oczyszczenia i rozbrojenia jako naoczny świadek. Chciałem zobaczyć, jak czarownicy pełzają u stóp braci w kościele. Chciałem ujrzeć, jak *tasiu* zmieniają karabiny w węże, a przynajmniej sieją ziarno bogobojności w sercach ludzi pokroju Jimmy'ego Rasty. Ale bracia w Honiarze nie mieli pojęcia, które stacje na rubieżach organizują akcje oczyszczenia. O ich zwycięstwach dowiadywaliśmy się już po fakcie (tu zabrali komuś imbir, tam poniżyli jakiegoś czarownika). Łatwiej było dopaść komitet rozbrojeniowy, który stacjonował w dawnej siedzibie biskupa Melanezji. Kiedy tam poszedłem, bracia oglądali na wideo stare amerykańskie seriale policyjne. „Żeby rozwinąć umiejętności śledcze" – wyjaśnili.

Jeden z członków zespołu obiecał wziąć mnie ze sobą na akcję. Brat Clement Leonard był wielki jak niedźwiedź, miał potężne łapska i poplamione czerwienią wargi.

– Trzymaj się blisko – powiedział. Napchał sobie tyle betelu pod policzek, że ledwie można go było zrozumieć. – Jestem twój łącznik. Twój informator. Pomogę ci.

– Sprawa jest pilna – podkreśliłem. I była to prawda. Brakowało mi czasu i pieniędzy. Ale nie tylko to skłaniało mnie wówczas do pośpiechu. Nie chciałem, by moje wspomnienia o magii w lagunie straciły świeżość. Bałem się, że stracę nowo nabytą zdolność widzenia.

– Rozumiem – odrzekł brat Clement. Najwyraźniej jednak nie rozumiał, bo przepadł na wiele dni.

Wciąż nie mogłem dotrzeć do sedna sprawy. Prawdziwa przygoda zawsze była wczoraj. Coś się działo zawsze gdzieś hen daleko stąd. Prawdę mówiąc, otrzymywanie jakichkolwiek wieści z Wysp Salomona przypominało obserwację nocnego nieba: wiesz, że gwiazda kiedyś istniała, bo dociera do ciebie jej światło, masz jednak świadomość, że błyszcząca na niebie iskierka pochodzi sprzed tysięcy lat i nie jest wykluczone, że sama gwiazda dawno już zgasła.

Pewnego dnia, kiedy przeczekiwałem najgorszy skwar w barze Amy's Snack przy Mendaña Avenue, spostrzegłem na ulicy wysokiego mężczyznę o jasnej karnacji. Zwróciłem uwagę na białego w Honiarze, bo jak wszyscy tutaj rozglądałem się za swoimi *wantoks*. (Po kilku miesiącach spędzonych w samotności zaczęło do mnie docierać, o co chodzi z tymi *wantoks*. Nikt nie zrozumie cię tak dobrze jak krajan z twojej wyspy, a ściśle ktoś, z kim będziesz mógł swobodnie pogadać bez uciekania się do pidżynu, który tak naprawdę nie jest niczyim językiem ojczystym).

Biały mężczyzna nosił okulary i miał na głowie istną burzę zmierzwionych jasnobrązowych włosów. Palił papierosa. Nic szczególnego. Zaskoczył mnie natomiast strojem: był ubrany w czarną koszulę i czarne szorty przepasane czarno-białą szarfą. Nie przyszło mi na myśl, żeby spytać *tasiu*, czy do zakonu należą też biali. Jakoś nie mogłem sobie wyobrazić człowieka Zachodu oddającego się bez reszty dziedzinie cudów. Wyskoczyłem na ulicę, żeby go dogonić.

– Witam? – powiedział ostrożnie, kiedy go złapałem. Jego akcent, na moje niewprawne ucho, sugerował którąś z dzielnic południowego Londynu, prawdziwą sól ziemi, choć maniery wskazywałyby raczej na absolwenta Eton.

Wiedziałem, że członkowie bractwa składają śluby ubóstwa, i podpatrywałem ich, jak jedzą korzonki z mamałygą, pomyślałem więc, że biały *tasiu* z radością przyjmie moje zaproszenie na obiad w Hong Kong Palace, gdzie sajgonki podawano wprawdzie z keczupem, ale za to piwo było zimne.

– Bracie, wytłumacz mi, do cholery, co robisz w tym stroju – poprosiłem, gdy zdążyliśmy już obalić kilka browarów.

Roześmiał się.

– Czasem się budzę i sobie myślę, że mam nierówno pod sufitem – powiedział i rzucił się łapczywie na resztki chop suey. – Mam czterdzieści dwa lata, żadnego majątku, żadnego mieszkania, pieniędzy, samochodu ani niczego, co świadczyłoby o moim statusie materialnym...

– Jesteś ascetą – wtrąciłem.

– Prawdę mówiąc, tak.

Richard Carter urodził się w Guildford, mieście katedralnym na południe od Londynu. Jego ojciec był pastorem anglikańskim. Richard studiował anglistykę i teatrologię. Zawsze był chrześcijaninem, przynajmniej w postmodernistycznym tego słowa znaczeniu. Uważał, że Bóg to całkiem niezły pomysł, a Jezus był bardzo dobrym nauczycielem. Chrześcijaństwo wydawało się pożyteczną religią.

Światopogląd młodego Cartera zmienił się po wyjeździe do Indonezji, skąd w 1987 roku trafił na Wyspy Salomona. Dostał posadę nauczyciela w Selwyn College prowadzonym przez Kościół Melanezyjski. Poznał rzeczy, z jakimi nie miał do czynienia w Anglii. Rzeczy, które go przekonały – podobnie jak wiktoriańskich misjonarzy – że walka dobra ze złem może być widzialna i namacalna. W 1992 roku Carter został ordynowany na pastora. Od samego początku skłaniał się w stronę *tasiu*, zresztą z pełną wzajemnością. Zauroczyły go ich sposób życia, pokora, szlachetna łagodność ich wspólnoty, świętość, jaką upatrywał w ich ubóstwie. Bracia musieli dostrzec podobne cechy w Carterze: poprosili go, żeby wstąpił do ich zakonu – i tak został bratem Richardem. Wkrótce zaczął przerabiać chrześcijańskie przypowieści na melanezyjskie sztuki teatralne, wystawiane na wyspach przez wędrowną trupę złożoną z członków bractwa.

– A co z cudami? – spytałem. Byłem ciekaw, czy wierzy w cudowną „manaizację" bractwa, w cały ten przepływ bożej mocy przez laski i wodę święconą. Byłem ciekaw, czy wyspiarze zdołali wypędzić sceptycyzm z jego angielskiej duszy. Miałem nadzieję usłyszeć gromkie i radosne t a k.

Posłał mi w zamian tajemniczy uśmiech.

– Stałem się bardziej podatny na tajemnice wiary, na rzeczy, których nie da się prosto wyjaśnić...

– Że kule się was nie imają?

– Nie, w to akurat nie wierzę. Ale w tej wspólnocie naprawdę jest coś niezwykłego; ci młodzi ludzie umieją robić rzeczy, których inni Melanezyjczycy nie potrafią. I wszystko to dzięki łasce bożej. Bracia nie bez powodu modlą się po trzy, cztery godziny dziennie. Pozwól, że coś ci opowiem:

W okresie nowicjatu podróżowałem z braćmi na pokładzie „Southern Cross". Wzięliśmy kurs na Wyspy Barierowe w prowincji Temotu. Usłyszeliśmy przez radio, że pewnego mężczyznę z Taroaniary – gdzie statek miał swoją bazę – opętały złe moce. Nieszczęśnik toczył pianę z ust, takie tam różne, i w końcu zmarł. W każdym razie jakimś cudownym zrządzeniem losu w pierwszej kolejności zawinęliśmy do rodzinnej wioski tego faceta. Zeszliśmy na brzeg. Dowiedzieliśmy się od starszyzny, że zmarły został niedawno wodzem wspólnoty. Ale nie to było najważniejsze: podobno każdy nowo wybrany wódz padał ofiarą śmiercionośnej klątwy – zdarzały się opętania, choroby, podejrzane wypadki, co tylko chcesz. Ciągle to samo, jakby w tej wiosce zapanowały ciemności. Stanęliśmy twarzą w twarz z potężną klątwą przodków, która spowiła to miejsce zasłoną mroku. Bracia zwołali więc naradę i postanowili spełnić obrzęd oczyszczenia.

Nazajutrz rano odprawiliśmy wspaniałe nabożeństwo w intencji zwycięstwa światłości nad mrokiem. Przypomnieliśmy ludziom, że w obecności Boga zło przestaje istnieć. Ruszyliśmy w procesji przez wieś, niosąc wielkie naczynia z wodą święconą. Chodziliśmy od domu do domu, modląc się i wypędzając licho, podczas gdy bracia rysowali na piasku krzyże. Dużą rolę w tym „wypędzaniu" odgrywają symbole pierwotne: no wiesz, woda, ogień, znaki na piasku, które mają odzwierciedlić prawdę duchową. Tak czy inaczej, było to niewiarygodnie silne doświadczenie. Coraz więcej osób dołączało do naszej procesji. Wieśniacy ciągnęli chmarą za bractwem. Zaczęli śpiewać hymny w rytm pieśni *kastom*. Po ceremonii wszyscy ci szarzy, smutni, tępo patrzący przed siebie ludzie nagle się rozpromienili, odzyskali chęć do życia i uśmiech na twarzy. Wyglądali, jakby ktoś zdjął im z ramion cały ciężar zgryzot. Dosłownie się czuło, jak ciemności znikają. Ja też odniosłem wrażenie, że mrok ustąpił. I wiesz co? Od tej pory klątwa przestała ciążyć nad wioską.

– I to ma być twój cud?

– Owszem. Prawdopodobnie wytłumaczyłbym to inaczej niż Melanezyjczycy. Ale ich strach był prawdziwy. Ogarnęły ich ciemności, których nie można było rozproszyć ot tak, po prostu. Mrok zabijał tych ludzi, a bracia położyli temu kres. Bez wahania przyjmuję cudowny charakter tamtych wydarzeń.

Żadnych błyskawic. Żadnych oślepiających obłoków. Żadnych duchów. Relacja Cartera zupełnie nie pasowała do znanych mi opowieści o cudach. Nie dowodziła niczego poza mocnym oddziaływaniem psychologii tłumu. Chciałem go spytać, na czym polegają cuda, jak wyglądają demony, co sądzi o współzależności między atomami i cząsteczkami a dobrem i złem, o wpływie tej korelacji na świat materialny. A co z karabinami, które miękną i zmieniają się w węże, co z chętnymi do pomocy krokodylami, z wiszącymi w powietrzu laskami? Czy coś takiego naprawdę mogło się zdarzyć?

– Czemu nie zostawisz tych historii w spokoju? – spytał.
– Bo chcę wiedzieć, czy są prawdziwe.
– Aha – odparł. – Chcesz dowodu.
– Sprowadziłem deszcz, dmuchając w kamień *kastom* – pochwaliłem się, mając nadzieję przekonać go do swojej wiary. Dostrzegł we mnie tylko głód sensacji i dziecinną niecierpliwość.
Westchnął.
– Słuchaj, nasza znajomość prawdy, prawdy o tym, co życiodajne i wieczne, wykracza poza granice racjonalnego myślenia. Wiara nas do niej zbliża, ale i tak nie zdołamy jej opisać. Po prostu nie ma na to słów. Pod koniec dnia musimy się ograniczyć do rozmów o tajemnicy. Tyle ci mogę powiedzieć.
– A karabiny, które zmieniają się w węże...
– Czy Jezus naprawdę chodził po wodzie? Moim zdaniem tak, we wspomnieniach swoich uczniów. Chodził po wodzie w ich doświadczeniu wiary. Nie można tego zarejestrować na taśmie wideo ani poddać naukowej analizie, ale z punktu widzenia naocznych świadków jest to najprawdziwsza prawda.

Biały *tasiu* nie dał się wciągnąć w dyskusję o magii. Lawirował między przenośnią a nieokreślonym mistycyzmem. Trzeba było wielogodzinnych rozmów, miesięcy refleksji i śmierci przyjaciół, żebym wreszcie zrozumiał jego przesłanie. Teraz interpretuję jego słowa jako sugestię, że opowieści kryją w sobie prawdy duchowe. Carter chciał mi uzmysłowić, że wiara apostołów w cuda pozwoliła im przezwyciężyć strach, uporządkować chaos i wznieść fundamenty pod budowę Kościoła. Wiara czyniła cud prawdziwym. Gdzie w takim razie dokonuje się cud? W rzeczywistości czy w wyobraźni, a może gdzieś pomiędzy?

Kanadyjski uczony Northrop Frye twierdził, że bibliści popełniają błąd, próbując ubóstwić granicę dzielącą prawdę historyczną od mitycznej. Zdaniem Frye'a – pastora Zjednoczonego Kościoła Kanady – aby zrozumieć Biblię, należy ją interpretować wyłącznie w kategoriach przenośni literackiej. Niektóre fragmenty Nowego Testamentu mogą być zgodne z prawdą historyczną, ale tylko przez przypadek. Autorzy Biblii – a żaden nie zetknął się z Jezusem osobiście – nie mieli ambicji kronikarskich. Ich cel był znacznie bardziej doniosły: nadać całości rangę wielkiej metafory. Tą metaforą był żywot ich Mesjasza, czyli *słowa*, które stało się ciałem.

„Jezus nie jest przedstawiany jako postać historyczna – pisał Frye – tylko jako postać, która zstępuje w dziedzinę historii z innego wymiaru rzeczywistości, uzmysławiając tym samym ograniczenia perspektywy czysto historycznej". Jego zdaniem Biblia jest p r a w d z i w s z a przez swoją „przeciwhistoryczność".

Teoria Frye'a mogłaby równie dobrze odnosić się do Melanezji. Skoro ludzie traktowali mit jako wyraz prawd duchowych, nic dziwnego, że przypisywali *tasiu* moc czynienia cudów. W końcu bracia byli ucieleśnieniem wszystkich cech uważanych przez Melanezyjczyków za święte. Ludzie wyczuwali ich dobroć, rozpoznawali bijący od nich blask. Punktem wyjścia opowieści o *tasiu* były relacje naocznych świadków – Frye jednak nie omieszkałby wtrącić, że ich siła przekazu nie zawsze dorównywała subiektywnemu odczuciu świętości. Gawędziarze wzbogacali więc swoje wspomnienia stosowną symboliką. Uderzeniem pioruna. Usłużnym krokodylem. Czymkolwiek. Czynili to samo, co wszyscy gawędziarze od zarania dziejów: koloryzowali, by przydać rangi bezkształtnym prawdom i umiejscowić swoje opowieści w dziedzinie mitu.

Żeby znaleźć Boga – stwierdził Frye – trzeba mieć wyobraźnię.

Poglądy Frye'a oburzyłyby mojego pradziada. Biskup trwał na stanowisku, że człowiek, który kwestionuje „nagie fakty z przekazu ewangelicznego", nie powinien się parać nauczaniem religii. Wiara w cuda biblijne musi być twarda jak opoka. Wcielenie i zmartwychwstanie Jezusa są poza wszelką dyskusją. Ale skąd Henry Montgomery to wszystko wiedział? Skąd brała się jego pewność? Szukając odpowiedzi w pismach pradziada, znalazłem irytujący komentarz człowieka głęboko przeświadczonego o własnej wyższości: „Sednem naszej wiary jest objawienie z niebios. Bóg do nas przemówił, my zaś usłyszeliśmy Jego głos i utwierdziliśmy się w przekonaniu, że to głos samego Boga" – pisał biskup w zbiorze szkiców *Life's Journey* (Podróż życia), wydanym w 1916 roku. Innymi słowy, Bóg był prawdziwy d l a t e g o, że Henry w niego wierzył, że miał łaskę wiary. W jednym ze szkiców upersonifikował Wiarę w postaci żeńskiego ducha. Obdarzył ją głosem. Ganiła sceptyków i użalała się nad nimi, napominając, że jej istnienie nie wymaga dowodu, aczkolwiek „tym pewniej trwam w waszych sercach, że postrzegają mnie oczy lepsze niż oczy ciała. Wasze dusze też potrafią widzieć. Właśnie w ten sposób można mnie ujrzeć i otrzymać przesłanie od Boga".

Takie uwagi irytują, a poza tym są niesprawiedliwe. Henry Montgomery dostał swój dowód. Dostał swój cud w irlandzkim ogrójcu – osobistą wizytę Ducha Świętego w poranek wielkanocny. Ja też chciałem dostać coś podobnego. Chciałem zobaczyć, jak *tasiu* wieszają laski w powietrzu. Chciałem ujrzeć, jak zaklinają krokodyle. Nie pogodziłem się jeszcze z ewentualnością, że mój pradziad był opowiadaczem mitów. Nie pogodziłem się jeszcze z przypuszczeniem, że nasze cudowne wizje mogły być wyrazem odmiennego postrzegania przez duszę. Nie byłem jeszcze gotów przyjąć opinii, którą biały *tasiu* zdawał się dzielić z Frye'em: że miarą prawdziwości cudu nie jest zgodność z faktami, lecz jakość związanej z nim wiary.

Brat Richard powiedział, że magię można uznać za cud tylko pod warunkiem, że prowadzi do Boga. Dlatego się martwił o Bractwo Melanezyjskie. Wiara w potęgę *tasiu* i moc ich lasek graniczyła z bałwochwalstwem. Ludzie zapominali, że laska jest tylko symbolem. Niektórzy członkowie bractwa sami zaczęli wierzyć, że mają wpływ na siły nadprzyrodzone. Całe to gadanie o karabinach zmieniających się w węże utwierdzało ich w poczuciu niewrażliwości na ciosy i duchowej pysze. Ulegli złudzeniu, które mogło jedynie wzmóc lęk i przesądy. Zdaniem białego *tasiu* wyspiarze potrzebowali teraz innej opowieści – takiej, która potrafiłaby ich zbliżyć do transcendentnej wizji Nowego Testamentu.

Nie zobaczyłem, jak *tasiu* odpierają kule i wypędzają demony. Nie zobaczyłem, jak zmieniają karabiny maszynowe w węże. Dostrzegłem jednak w ich potędze coś, o czym miałem zupełnie inne wyobrażenie. Ujrzałem początek historii, która miała ich powieść przez wielki mrok i wyprowadzić z powrotem na światło historii, w której bractwo porzuci swą *mana*, żeby się w pełni odrodzić. Opowieści o cierpieniu i powstaniu z martwych: jak w Nowym Testamencie, jak w micie o biskupie Pattesonie.

Pewnego ranka, kiedy siedziałem na werandzie Chester Rest House, MV „Temotu" pojawił się w porcie niczym wielkie, grubymi nićmi szyte kłamstwo. Patrzyłem, jak statek cumuje do jednego z betonowych pirsów. Po chwili nadpłynął „Eastern Trader", sunąc w ślad za poprzednikiem jak wierny kundel. Zbiegłem na dół, żeby zbluzgać załogi obydwu. Gdzie się podziewali, do jasnej cholery? Padła odpowiedź, że na zachodzie. Kiedy odpływają na Santa Cruz?

– Jutro – odparł ze śmiechem jeden z marynarzy.
– Jutro kiedyś tam czy jutro nazajutrz?
– Jutro, oczywiście, że jutro.

Już miałem wracać, kiedy spostrzegłem, że przez reling gramoli się jakiś zwalisty *tasiu*; rozpoznałem Clementa, braciszka od karabinów, który obiecał, że będzie moim informatorem. Człapał w stronę toyoty hilux z białą flagą zatkniętą na dachu. Wewnątrz siedziało kilku innych *tasiu*. No tak, oddział rozbrojeniowy.

– Dokąd się wybieracie? – spytałem groźnie.
– Do CDC-1 – odpowiedział brat Clement. – Działalność kryminalna. Jedziemy z misją.

Kryptonim CDC-1 oznaczał skrawek wielkiego areału plantacji na wschód od Honiary zarządzanych niegdyś przez Agencję Rozwoju Wspólnoty Narodów (CDC). W czasie zamieszek wszelki słuch o agencji zaginął, a jej malaitańscy pracownicy musieli uciekać z wyspy. Potem rozgorzał spór między ludźmi, którzy rościli sobie prawo do miana prawowitych właścicieli gruntów.

– Jadę z wami – oświadczyłem.

– No pewnie, że jedziesz! – potwierdził brat Clement, jakby planował to już od dawna.

Zatrzymaliśmy się przy sklepie Sweetie Kwan, żeby kupić dla wszystkich chleb, masło orzechowe i tytoń w prymkach. Ruszyliśmy w drogę przy akompaniamencie łomotu z głośników stereo, w ulatniających się przez okno oparach dymu tytoniowego i wśród strzyknięć śliny zmieszanej z betelem.

Kierowca, który nie zdradził mi swego imienia, włączył kasetę z nowokaledońskim reggae.

– Będziemy na niego wołać Kierowca X! – powiedział Clement, który ulokował się na przednim siedzeniu i żuł betel, bawiąc się medalionem nanizanym na żyłkę z kilkuset zębami delfina. Usiadłem z tyłu, wciśnięty między braci Floyda i Nicolasa, którzy śpiewali, rechotali i próbowali mnie łaskotać, dopóki nie dałem im po łapach. Jeszcze jeden braciszek upchnął się jakoś w bagażniku. Rozpoznałem w nim Francisa, najlepszego przyjaciela białego *tasiu*. Francis miał delikatną skórę i proste włosy, z czego wywnioskowałem, że pochodzi raczej z Polinezji niż z Melanezji. Urodził się daleko stąd, na wyspie Tikopia. Zasłonił oczy szczelnie dopasowanymi okularami przeciwsłonecznymi. Przez całą drogę milczał. Pomyślałem, że się nie liczy w tym towarzystwie.

Szkoda, że nie wiedziałem, jaki los spotka brata Francisa na Weather Coast. Szkoda, że nie wiedziałem, że od niego rozpocznie się nowa historia, która położy kres mojej.

Kierowca X włączył kasetę z Bobem Marleyem i zrobił głośniej. Wypadliśmy z miasta, minąwszy po drodze zardzewiałe pozostałości baraków z drugiej wojny światowej, góry śmieci, setki straganów z orzeszkami betelowymi, sklep monopolowy Jimmy'ego Rasty i lotnisko. Sforsowaliśmy most przez Alligator Creek, który zdążył już zapomnieć o bitwie, jaka się na nim rozegrała. W szczelinach betonu zaczęła kiełkować trawa.

Darliśmy się jak małolaty. Śpiewaliśmy przy wtórze *Let's get together and feel alright*. Niewinni jak aniołki pchaliśmy się w paszczę lwa. Wybraliśmy się na przejażdżkę. Równie dobrze moglibyśmy ożłopać się wódy z pokruszonym lodem i sokiem owocowym, po czym rzucać puszkami w znaki drogowe. Żaden z *tasiu* nie przekroczył trzydziestki.

Za Alligator Creek skończyły się korki, napotkaliśmy jednak kilku pieszych niosących na głowie kanistry z benzyną i plastikowe koszyki. Kierowca X zwolnił, chcąc ich podrzucić, ale powstrzymał go brat Clement.

– Nie! Sprawa służbowa! Bardzo ważna! Bardzo niebezpieczna! – grzmiał.

– Oddział komandosów! Siły uderzeniowe! Bruce Willis! – wrzeszczał Floyd.

– Wojsko! Wojsko! – zawodził Nicolas, szturchając mnie pod żebro i salutując. – *Yumi stap insaed long army!* Zaciągnęliśmy się do wojska.

Brat Francis tylko się uśmiechał i machał do przechodniów. Nie zabraliśmy nikogo.

Krajobraz wkrótce się zmienił. Szosa opustoszała, gładki asfalt ustąpił miejsca spękanej nawierzchni, w którą z obydwu stron wrastały kępy traw, mchów i krzaczastych zarośli. Minęliśmy pooraną kulami skorupę stacji benzynowej i porzucony ośrodek zdrowia. Atmosfera pikniku jakby przygasła.

Przez następny most można było przejechać tylko pojazdem z napędem na cztery koła. Most zbombardowano, żeby powstrzymać marsz Malaitańskiej Armii Orła z Honiary, ale jakby bez przekonania. Ocalał, tyle że się zapadł w koryto rzeki. Powietrze zgęstniało w skwarze południa. Zaczęło ociekać wspomnieniami złych chwil i jakąś mglistą, bezkształtną nienawiścią. Bracia przestali śpiewać.

Podjechaliśmy do czegoś, co wyglądało jak budka z lemoniadą. Jej lokator miał na głowie kapelusz moro. Wstał, przetarł oczy i ruszył w naszą stronę, żeby zatrzymać samochód. Clement mruknął coś pod nosem. Strażnik machnął ręką i nas przepuścił.

– Z kim on trzyma? – spytałem.

– W tym tygodniu z Gold Ridge – odpowiedział Clement.

Na skrzyżowaniu kolejna budka strażnicza. Mężczyźni stali oparci o coś w rodzaju gigantycznego wychodka wzniesionego na samym środku szosy. Jego ściany były solidne i pozbawione okien, jeśli nie liczyć poziomej szczeliny, z której wystawała lufa karabinu. Szopa puściła obłok dymu i podpełzła bliżej. To nie był wychodek. To był czołg domowej roboty. Ktoś podniósł lufę i celował w nasz samochód, dopóki nie odjechaliśmy.

Jeśli chodzi o plantację, sprawy przybrały dość skomplikowany obrót, wyjaśnił Clement. Zdarzało się, że mieszkańcy tutejszych wiosek wszczynali między sobą walki. Czasem dochodziło do starć z frakcją, która miała siedzibę w Gold Ridge, na wzgórzach nieopodal porzuconej kopalni. Poprzedniego dnia bojownicy z Gold Ridge porwali chłopca z Matepona, wioski przylegającej do obszaru CDC-1. Policja wciąż nie miała odwagi zapuszczać się na drugi brzeg Alligator Creek, misję odbicia chłopca z rąk porywaczy powierzono więc *tasiu*.

Zatrzymaliśmy się przy skupisku krytych blachą bungalowów, w samym środku chmary rozbrykanych dzieci i gdaczącego drobiu. Mieliśmy stamtąd wziąć ojca chłopaka. Okazał się cherlawym mężczyzną o siwych włosach i szklistych oczach. Nazywał się Johnson.

– Gdzie jest Junior? Gdzie jest mój syn? – spytał cokolwiek retorycznie, bo jak dotąd udało nam się ustalić, że chłopcy z Gold Ridge spuścili Johnsonowi juniorowi niezły wpierdol, po czym zabrali go do swojej kwatery. Dlaczego go porwali? Johnson nie ma pojęcia. W jego rodzinie są sami porządni chrześcijanie. Clement zaczął nerwowo przytupywać.

Johnson, jego żona i brat zapakowali się na tył samochodu razem z bratem Francisem, który posłał im uśmiech, ale nie odezwał się ani słowem. Ruszyliśmy na wschód, minęliśmy po drodze kolejną blokadę, potem zaś niezliczone rzędy zaniedbanych palm olejowych, których rozczochrane korony rzucały plamiste cienie na atakującą z flanki, rozrastającą się niepowstrzymanie dżunglę. W górę palm pełzły bujne pnącza układające się nad ich liśćmi w podniebne sklepienie. Ktoś kiedyś porównał Wyspy Salomona do zielonej pustyni. Teraz zrozumiałem. Dżungla wdzierała się wszędzie jak ruchome piaski – dławiąc wszystko, co słabsze, grzebiąc wytwory ludzkich rąk w dusznych zwałach roślinności, zmieniając pejzaż w nieprzebyte jaskrawozielone uroczysko kipiące własnym życiem.

Dotarliśmy do jakiejś polany. Stała na niej tabliczka z napisem: „Posterunek Policji w Tetere". Policji jednak nie było. Trawnika dawno już nikt nie kosił. Gromada mężczyzn siedziała bezczynnie w cieniu dębu.

– Chłopcy z Gold Ridge – wyjaśnił brat Clement.

Spodziewali się naszego przyjazdu. Domyśliliśmy się od razu, bo partyzanci z Gold Ridge schowali broń. (Ludzie mieli się na baczności przed bractwem. Gdyby *tasiu* wypatrzył karabin, trzeba by go było oddać).

Zdenerwowani bojownicy zerwali się na równe nogi, łypiąc na Johnsona jak wilki, które próbują ocenić swoje szanse w starciu z rannym jeleniem. Przewodził im tłusty mężczyzna w srebrnych okularach lotniczych.

– Zaraz się wszystko wyjaśni – szepnął do mnie Clement.

– Witamy, *tasiu*, witamy – rzekł dowódca. – To tylko rodzinne nieporozumienie. Przykro nam, że musieliście się fatygować.

– Tak – przytaknął Johnson, wycofawszy się pokornie za Clementa – takie małe nieporozumienie. Chcę tylko dostać z powrotem Juniora.

– A my chcemy z powrotem nasz karabin maszynowy – warknął dowódca.

– I żebyście przestali nas bombardować – dodał żylasty młodzieniec zza pleców dowódcy, po czym przerwał, by splunąć rzęsiście betelem na porośnięty trawą pas ziemi niczyjej.

Karabin maszynowy? Bombardowanie?

Trudno było cokolwiek pojąć z późniejszej wymiany zdań. Bojownicy byli wściekli, a Johnson najwyraźniej coś kręcił. W końcu zaczęło do mnie docierać, że Johnson i jego syn to niewiniątka tylko z pozoru.

Wyszło na jaw, że banda z CDC-1 zablokowała szosę między Gold Ridge a Honiarą – blokady uchodziły za najlepszy sposób na wymuszanie papierosów i benzyny od podróżnych. Było to miesiąc temu. Banda z Gold Ridge wpadła we wściekłość, mimo że wcześniej robiła to samo, i to niejeden raz. Partyzanci podjęli akcję odwetową na plantacjach: pobili iluś tam osadników, ukradli ileś tam świń. Kiedy jednak przypuścili atak na gospodarstwo Johnsonów, ojciec rodziny i Junior dali im stanowczy odpór – wyrwali jednemu z napastników karabin szturmowy SR-88 i zmusili bandę z Gold Ridge do ucieczki. Potem Johnson junior zdobył trochę materiałów wybuchowych i zbombardował most na szosie do Gold Ridge. Dlatego chłopcy go dopadli i dlatego się teraz wykrwawia w szopie za posterunkiem policji.

Nikt nie krzyczał. Johnson łkał. Z początku bojownicy przemawiali ściszonym, usłużnym tonem. Clement próbował negocjować, ale partyzanci – mimo że grali na zwłokę („Dziękujemy ci, *tasiu*, tak, *tasiu*, przepraszamy, *tasiu*") – zaczęli tracić cierpliwość i podsunęli się bliżej. Syczeli jak węże, trzęsąc się z tłumionej wściekłości. Bojownicy przestali żuć betel. Clement żuł coraz szybciej. W kąciku ust pojawił mu się strzępek czerwonej piany. Na twarze wystąpiły nam kropelki potu. Napięcie przyprawiało o mdłości. Zacząłem żałować, że tu przyjechałem.

I wtedy wystąpił z szeregu brat Francis. Przywdział nieśmiały półuśmiech. Zdjął szczelnie dopasowane okulary przeciwsłoneczne, które zasłaniały oczy marzyciela. Nawet nie spojrzał na Johnsona ani na partyzantów. Utkwił wzrok w zdeptanej ziemi, jakby chciał ją przewiercić na wskroś, potem zapatrzył się w ciemnozielone, pofałdowane wzgórza, potem w niebo i na koniec pochylił głowę. Bojownicy śledzili każdy jego ruch jak zaklinane węże. Kłótnie ustały. Brat Francis przemówił cichym głosem podobnym do bryzy szumiącej w ogrodzie, szeleszczącej w zeschniętej trawie, łagodzącej brzemię wilgotnego popołudnia. Ledwie go było słychać. Najpierw pomyślałem, że próbuje przemówić partyzantom do rozumu. Jego mruczenie brzmiało jednak zbyt melodyjnie. Dopiero kiedy ujrzałem las schylonych w pokłonie głów, uświadomiłem sobie, że się modli. Bojownicy rozluźnili pięści. Ich dowódca zdjął okulary lotnicze. Zapanował niewiarygodny spokój.

I o to chodziło. Kilka minut i po kłopocie.

Pojechaliśmy z powrotem do domu Johnsona, gdzie jego żona i siostra podały nam wielkie porcje taro z mleczkiem kokosowym. Johnson promieniał.

– Słuchajcie, mój chłopak nie wysadził tego mostu – oznajmił wesoło. – Zrobił tylko mały wybuch, żeby wystraszyć tamtych z Gold Ridge.

– *Hem stret brotha* – powiedział Clement. – Ale oddaj karabin.

– Karabin? – Johnson uśmiechnął się słabo.

– Karabin – potwierdził Clement, obracając w ustach świeżą prymkę betelu.

Johnson chrząkał i pokasływał. Wtórowali mu brat i żona. Postanowili jednak nie przeciągać struny. Ktoś wreszcie wydobył ze schowka wysłużony karabin szturmowy SR-88. Amunicji nie było. Wzięliśmy broń ze sobą. Na posterunku policji w Tetere zawarto umowę, że wymiana odbędzie się nazajutrz. *Tasiu* przyniosą karabin Johnsona. Banda z Gold Ridge odda Johnsona juniora żywego. Po uczciwej wymianie odbędzie się wspólny piknik. Prawdę mówiąc, następnego dnia bracia odebrali Johnsona juniora, ale oznajmili chłopcom z Gold Ridge, że zatrzymują SR-88 i zamierzają go zniszczyć w imię Boże. Któż mógłby im się sprzeciwić? W każdym razie nie partyzanci.

Śpiewaliśmy przez całą drogę do domu i zatrzymaliśmy się na środku mostu na Alligator Creek, żebym mógł zrobić braciom zdjęcie. Chciałem, żeby mi pozowali z uniesionymi nad głową karabinami. Odmówili, wyjęli za to swoje laski. Powiesiłem tę fotografię w swoim pokoju. Jest na niej Kierowca X biegnący wzdłuż balustradki. Jest rozpromieniony brat Nicolas i bosonogi brat Floyd. Jest brat Clement z laską i w białych tenisówkach. A za nimi z oczyma przymrużonymi przed słońcem i ustami ściągniętymi w nieśmiały półuśmiech brat Francis, którego imię i twarz na zawsze zapadły mi w pamięć.

Skąd mogłem wiedzieć, że powinienem był zachować znacznie więcej wspomnień o bracie Francisie?

Skąd mogłem wiedzieć, że Francis ma stawić czoło najgorszym ciemnościom, jakie kiedykolwiek spadły na jego kraj? Czy powinienem był go ostrzec? A gdybym to zrobił, czy i tak popłynąłby na Weather Coast?

Nie zdawałem sobie sprawy z powagi tamtej chwili. Jeszcze nie wiedziałem, że po tych wszystkich opowieściach o cudach i magii brat Francis da mi odpowiedź, która przyćmi całą resztę. Jeszcze nie wiedziałem, jakie jest miejsce brata Francisa w tej historii – w mojej historii. Miałem się o tym dowiedzieć dopiero za kilka miesięcy, ale wtedy brat Francis już nie żył.

Kiedy go widziałem po raz ostatni, zapisał w moim notesie: Uwierz.

20
Nukapu i znaczenie opowieści

*Oto oznajmiam wam tajemnicę – nie wszyscy umrzemy,
ale wszyscy będziemy przemienieni. W jednym momencie,
w okamgnieniu, kiedy zabrzmi trąba zwiastująca koniec,
umarli powstaną w niezniszczalnej postaci,
a my będziemy w tę postać przemienieni.*
Pierwszy List do Koryntian 15, 51–52 (Biblia Poznańska)

Opowieść, na której oparły się życie i śmierć brata Francisa, wskazuje Melanezyjczykom drogę od przeszło stu lat. Przywiodła na archipelag mojego pradziada, a później mnie, kiedy odkryłem w Oksfordzie zawiniątko z piaskiem. W bibliotekach Oksfordu, Londynu, Sydney i Canberry znalazłem ją w kilkunastu przekazach. Część z nich to nabazgrane ręcznie relacje żeglarzy. Część została spisana po latach przez misjonarzy pasjonujących się historią. Część to niezbyt wiarygodne rekonstrukcje. Opowieść fascynująca, przysporzyła mi jednak sporo kłopotów, bo najwcześniejsze wersje powstały i weszły w obieg, zanim następcy Johna Coleridge'a Pattesona zdążyli się dowiedzieć, jak i dlaczego pierwszy biskup Melanezji poniósł śmierć z rąk tubylców Nukapu. Ale historia męczeństwa Pattesona nie potrzebowała faktów, by przetrwać. Żyła własnym życiem. Przewyższała fakty. Dlatego nazywam ją mitem.

Mój pradziad przedstawił własną wersję w *Światłości Melanezji*. Oto, co Henry Montgomery uznał za godne upamiętnienia:

Patteson był zawsze posłuszny swemu bogu. W dzieciństwie Coley marzył o wypowiedzeniu formuły absolucji w kościele, widział bowiem, ile szczęścia daje to innym ludziom.

Otrzymał królewskie błogosławieństwo. Jako uczeń Eton cudem uniknął śmierci, kiedy wyszedł wprost pod koła pędzącego powozu królewskiego. Ocaliła go młoda królowa Wiktoria, odepchnąwszy Coleya ręką – „To szczęśliwe zrządzenie losu zaważyło na całym jego późniejszym życiu!".

Patteson był prawowitym następcą Selwyna, założyciela Misji Melanezyjskiej. W swoich przygodach na wyspach Południowego Pacyfiku wykazał się niecodzienną odwagą, a zarazem łagodnością obyczajów. Jak pisał mój pradziad, Patteson nieraz stawiał czoło tubylcom z łukiem gotowym do strzału. „Mierz z dala ode mnie! – wołał w takich sytuacjach. – Wszystko w porządku". Jego uśmiech i pewność siebie potrafiły rozbroić każdego wroga.

W innych relacjach czytamy, że Patteson – aczkolwiek zdołał się kilka razy wyratować od niechybnej śmierci – nie zawsze umiał ocalić swoich uczniów. W 1864 roku uciekał z brzegów wyspy Santa Cruz przed tłumem trzystu rozwścieczonych tubylców. Dopadł swojego welbota i posłużył się drewnianym sterem, żeby osłonić załogę przed gradem strzał. Ciała wioślarzy najeżyły się jednak po chwili jak poduszeczki do igieł. Jeden dostał kościanym grotem w pierś, drugiemu strzała przebiła na wylot policzek. Fisher Young i Edwin Nobbs – dwaj chłopcy, którzy popłynęli z biskupem na północ ze swej rodzinnej wioski na wyspie Norfolk – odnieśli ciężkie rany, ale nie przestali wiosłować, dopóki nie odstawili mistrza bezpiecznie na „Southern Cross".

Patteson próbował ich leczyć, choć wiedział, że tężec zabierze obydwu. Napisał potem w liście do kuzyna: „Na czwarty dzień mój kochany Fisher powiedział: «Nie wiem, dlaczego sztywnieje mi szczęka». Uzmysłowiłem sobie, że wszelka nadzieja na wyzdrowienie przepadła". Young został pochowany na Vanua Lava. Ciało Nobbsa spuszczono w głębinę.

Podobno biskup – który traktował chłopców jak synów – nigdy nie doszedł do siebie po tym wydarzeniu. Jakby się spodziewał, co go spotka w przyszłości na Nukapu.

Przyjaciele namawiali Pattesona, żeby wrócił do Anglii, lecz on postanowił skruszyć skorupę pogaństwa na wyspach Santa Cruz. Próbował tam wylądować przez dziewięć lat, a tubylcy przez dziewięć lat udaremniali te wysiłki. Jego działalność ściągała nań coraz więcej niebezpieczeństw – z uwagi na obecność łowców siły roboczej. Wyspiarze nie dostrzegali różnicy między „Southern Cross", który zabierał ich dzieci do szkoły misyjnej, a statkami łowców „czarnych ptaszków", które zabierały silnych młodych mężczyzn do pracy na plantacjach.

„Wzburzenie tubylców jest doprawdy ogromne – pisał Patteson. – Porwania stają się plagą. Wybuchło wiele buntów; tubylcy odpłacają pięknym za nadobne; a jak się domyślasz, nie zawsze potrafią odróżnić białych przyjaciół od białych nieprzyjaciół".

W 1871 roku biskup płynął na Santa Cruz w przeczuciu nadciągającej klęski. „Southern Cross" właśnie zatoczył pętlę na północ przez Wyspy Salomona, żeby zabrać pozostawionych tam dwa miesiące wcześniej nauczycieli Ewangelii. Misjonarze przekazali alarmujące wieści. Tubylcy wyrżnęli w pień załogi co najmniej dwóch jednostek łowców siły roboczej. Na wyspie San Cristobal (obecnie Makira) kapitan statku „Emma Bell" pływającego pod banderą Fidżi chełpił się przed misjonarzem Josephem Atkinem, że w następnej kolejności urządzi łowy na Santa Cruz.

Złe nowiny przytłoczyły Pattesona, który spodziewał się, że umrze na wyspach, nie chciał jednak ciągnąć za sobą do grobu wychowanków. „Southern Cross" pruł fale, zmierzając ku wybrzeżom Santa Cruz, ale wkrótce unieruchomiła go cisza morska nieopodal wystającego z morza wulkanu Tinakula, którego stożek dymił i błyskał jak ognie na górze Synaj. Biskup pogrążył się w zadumie. Załoga myślała, że modli się za biedne dusze trwające w mrokach niewiedzy. Mój pradziad przytoczył odnoszący się do tego wieczoru fragment dziennika Pattesona: „W poniedziałek płyniemy na Nukapu. Jestem w pełni świadom, że mogło się tam wydarzyć coś okropnego. Kapitan, z którym rozmawiał

333

Atkin, wcale się nie krył z zamiarem uprowadzenia z tej bądź innej wyspy tylu mężczyzn i chłopców, ilu tylko uda mu się skłonić do wejścia na pokład. Zdaję sobie sprawę, że wystawiamy się z tego tytułu na poważne niebezpieczeństwo. Ufam, że wszystko będzie dobrze, a jeśli z woli bożej popadniemy w jakieś tarapaty, mam nadzieję, że Joseph Atkin, jedyny syn swoich rodziców, wyjdzie z nich cało".

Ostatnie życzenie biskupa nie miało się spełnić.

Wiatr wreszcie powiał: w południe 20 września „Southern Cross" przybił do rafy barierowej Nukapu. Nikt nie wypłynął czółnem na powitanie statku, Patteson postanowił więc przezwyciężyć strach i stanąć na brzegu wyspy. Załoga opuściła welbot – Patteson wyruszył w towarzystwie czterech wioślarzy: Josepha Atkina, Stephena Taroaniary z Baury i dwóch młodzieńców z Moty. Przy rafie welbot przejęło kilka czółen z wyspy. Mieszkańcy Nukapu zachowywali się przyjaźnie, odpływ morza uniemożliwił jednak wioślarzom sforsowanie rafy, biskup zgodził się więc dopłynąć do brzegu w czółnie. Reszta łodzi została na straży welbota i jego załogi.

Rozmowy przybyszów niosły się po wodzie. Misjonarze i mieszkańcy Nukapu obserwowali, jak biskup ląduje na wyspie, po czym znika w chacie. Wówczas jeden z Nukapuańczyków stanął w czółnie i uniósł w górę łuk.

– Macie coś takiego? – spytał.

Co za dziwne pytanie. Przecież misjonarze nie noszą broni.

Wtedy wypuścił pierwszą strzałę.

– Ta za Nową Zelandię! – krzyknął drugi wojownik.

– A ta za Motę! – krzyknął następny.

– A ta za Baurę – krzyknął jeszcze jeden.

I tak dalej, aż w powietrzu zrobiło się gęsto od strzał.

Misjonarze rzucili się w popłochu do ucieczki, ale Atkin zdążył już dostać w lewe ramię, jeden z chłopców z Moty oberwał w prawe, komuś innemu strzała przebiła na wylot kapelusz słomkowy. Strzały były ciężkie, długie na metr i zakończone grotami z ludzkich kości, które rozpryskiwały się w ranie, powodując zakażenie. Taroaniara został trafiony sześć razy: jedna ze strzał złamała mu szczękę, inna ugodziła go w pierś. Na widok pierzchających misjonarzy tubylcy uderzyli w śmiech i w krzyk, ale nikt ich nie ścigał.

Kiedy welbot dobił do „Southern Cross", z ciała Taroaniary wyciągnięto pięć grotów – szósty tak głęboko utkwił w piersi, że nie udało się go wydobyć.

Natychmiast po opatrzeniu rany Atkin wsiadł z powrotem do łodzi, wziął ze sobą czterech członków załogi i ruszył na poszukiwanie biskupa. Kiedy nadszedł przypływ, mężczyźni przekroczyli rafę i zaczęli obserwować brzeg przez lunetę. Wypatrzyli dwa czółna, które właśnie odbiły od Nukapu. Pośrodku laguny jeden z wioślarzy zarzucił kamienną kotwicę. Tubylcy zeszli na brzeg, zostawiwszy zakotwiczone czółno. Atkin i jego towarzysze podpłynęli ostrożnie i zajrzeli do środka. Na dnie leżał jakiś tobół zawinięty w misternie plecioną matę. Z jednego końca wystawały stopy w pasiastych skarpetkach. Mężczyźni odpakowali tobół i znaleźli wewnątrz zwłoki biskupa – nie licząc skarpet, zupełnie nagie. Ktoś zmiażdżył mu prawą stronę głowy. Na ciele widniały drobne zadraśnięcia, przyczyną śmierci był jednak bez wątpienia cios w czaszkę.

Poza tym: tuż nad piersią biskupa Nukapuańczycy przytwierdzili do maty pierzasty liść palmy. Na pięciu pojedynczych listkach zadzierzgnęli węzły. Pięć ran. Pięć węzłów. To musiało coś znaczyć.

Poza tym: twarz martwego biskupa zastygła w łagodnym uśmiechu, co zdaniem większości także niosło jakieś przesłanie.

Kiedy ciało Pattesona znalazło się w welbocie, setka tubylców wyległa na plażę, zanosząc się przeciągłym wrzaskiem. Misjonarze czym prędzej dopadli „Southern Cross" i postawili żagle.

Nazajutrz rano zwłoki biskupa Pattesona zrzucono w głębinę nieopodal brzegów Nukapu. Po sześciu dniach tężec zaatakował układ nerwowy Josepha Atkina. Taroaniara zmarł dwa dni później. Obydwu pochowano w morzu, zanim statek dopłynął do Moty.

Codrington, de facto nowy przywódca misji, błagał rząd o zrezygnowanie z odwetu. Na próżno: HMS „Rosario" natychmiast wziął kurs na Nukapu, żeby zbombardować wyspę i puścić wioski z dymem. Zgodnie z raportem dowódcy okrętu wypad pociągnął za sobą „liczne ofiary śmiertelne".

Anglikanie na całym świecie okryli się żałobą, mieli też jednak powody do radości. Kościół episkopalny mógł się wreszcie pochwalić biskupem męczennikiem, wspaniałym archetypem anglikańskiego poświęcenia. Historia Pattesona stała się inspiracją dla witrażystów, wyryto ją złotymi zgłoskami na ambonie katedry w Exeter, upamiętniano w książeczkach dla dzieci, nazwach geograficznych i niedzielnych kazaniach.

Minęły lata, nim misjonarze wrócili na wyspę i poznali szczegóły śmierci Pattesona, wciąż jednak próbowali uwikłać jego tragedię w symbolikę i opatrzyć ją bieżącym komentarzem politycznym. Przyczyną napaści nie był spontaniczny wybuch emocji. Mieszkańcy Nukapu – zwracali uwagę misjonarze – nie obcięli biskupowi głowy ani go nie zjedli, co przytrafiło się wielebnym Williamsowi i Gordonowi na wyspie Erromango. Tubylcy wiedzieli, że biskup cieszy się ogromnym podziwem ze strony Europejczyków. Uszanowali jego zwłoki, o czym świadczy owinięcie ich w plecioną matę. Dlaczego więc go zabili? Morderstwo było przesłaniem, i to oczywistym, przynajmniej z punktu widzenia misjonarzy. Pięć węzłów zadzierzgniętych na liściach palmy. Pięć ran. Pięciu wyspiarzy musiało niedawno zginąć lub wpaść w ręce łowców siły roboczej. To było coś więcej niż zemsta: to było żądanie zaprzestania porwań przez białych.

„Nie ma prawie żadnych wątpliwości, że do ataku przyczynił się handel niewolnikami, który sieje prawdziwe spustoszenie na tych wyspach – oznajmił Codrington. – Biskup Patteson uchodził wśród mieszkańców archipelagu za przyjaciela, a mimo to został zabity w odwecie za okropności, jakich dopuszczają się jego pobratymcy. Wina z pewnością nie leży po stronie dzikich, którzy wykonali wyrok, lecz po stronie handlarzy, którzy ich do tego sprowokowali".

Misjonarze, od dawna rywalizujący o względy tubylców z handlarzami siły roboczej, lobbowali teraz w Anglii i Australii za ograniczeniem praw łowców „czarnych ptaszków". Do protestu przyłączyły się kościoły i gazety w całym imperium. Swój sprzeciw wyraziła też królowa Wiktoria. Na początku 1872 roku brytyjski parlament uchwalił wreszcie ustawę regulującą zasady handlu ludźmi – zanim ktokolwiek zdołał wyjaśnić, co się naprawdę wydarzyło na Nukapu.

Kiedy „Southern Cross" dotarł na wyspę trzynaście lat później, część Nukapuańczyków powiedziała misjonarzom to, co chcieli usłyszeć.

„Spróbujmy odtworzyć ostatnie chwile biskupa – proponuje swoją wersję mój pradziad. – Widzimy go po raz ostatni, jak przekracza rafę w czółnie wodza i wreszcie ląduje na plaży. Wygląda na to, że wszedł do domu, o którym już wspominałem, położył się na plecach, umościł głowę na ziemi Santa Cruz i zamknął oczy. Wewnątrz było mnóstwo ludzi. Przy Pattesonie zasiadł mężczyzna z drewnianą maczugą w dłoni. Uderzył biskupa w wierzch głowy. Śmierć przyszła natychmiast. Podobno nawet nie otworzył oczu".

Tak w ogólnych zarysach wyglądają wszystkie opowieści o Pattesonie. Opowieści jednak jest wiele, a szczegółów jeszcze więcej.

Tymczasem nikt nigdy nie zdołał dociec, dlaczego i w jaki sposób zgładzono biskupa. Wersja przyjęta przez misję zakłada, że morderca był krewnym jednego z pięciu porwanych mężczyzn, których statek handlarzy wywiózł potem na Fidżi. Zabójcę ukarano wygnaniem z Nukapu. Tułał się od wyspy do wyspy jak Kain, dopóki nie dosięgła go strzała któregoś z wodzów na Santa Cruz. A ci, których porwano? Jeden zmarł na Fidżi, pozostałej czwórce udało się jednak skraść łódź i popłynąć z gwiazdami na zachód, z powrotem na Nukapu. Rzecz jasna, misjonarze poznali wszystkie szczegóły za pośrednictwem tłumaczy, a tubylcy, wciąż w szoku, nie mieli najmniejszego zamiaru zaprzeczać historii, która cieszyła się tak wielką popularnością wśród białych. Poza tym w wersji przyjętej przez misję pojawił się kozioł ofiarny, na którego obydwie strony mogły zrzucić odpowiedzialność za zbrodnię. Australijski historyk David Hilliard zwrócił uwagę dopiero niedawno, że tradycyjna rekonstrukcja wydarzeń nie tłumaczy dokonanego z wyraźną premedytacją ataku na załogę welbota „Southern Cross". Prawdę mówiąc, podważył tę wersję także pierwszy misjonarz, który zamieszkał na Nukapu i znakomicie władał miejscowym językiem. Actaeon E.C. Forrest dowiedział się od tubylców, że Patteson zginął ni mniej, ni więcej, tylko przez uchybienie wyspiarskiej etykiecie. Dał prezent niewłaściwemu wodzowi i w niewłaściwym czasie. W porównaniu z wcześniejszym mitem wersji Forresta nie zbywa na symbolice i sile wyrazu. Prawdopodobnie dlatego nie uwzględniono jej w oficjalnym wariancie historii Pattesona. Nieważne: dzięki niej moja Nukapu zajaśniała jeszcze bardziej tajemniczym blaskiem.

Nie mogłem się wyzbyć poczucia, że na tej wyspie skrzyżowały się drogi historii i mitu. Gdybym tylko zdołał przekroczyć tę rafę i dobrnąć do brzegu, gdybym się wreszcie przekonał o istnieniu Nukapu, mógłbym oczyma duszy ujrzeć przestrzeń, którą dzielą wszystkie opowieści sprzed lat, a w tej przestrzeni odnaleźć prawdę o bogu niesionym przez moich przodków po całym świecie. Pragnąłem odpowiedzi, która wydałaby mi się równie rzeczywista i dobitna w wyrazie, jak cuda *kastom* z Nono i Langa Langa.

Z moich map wynikało, że Nukapu istnieje naprawdę. O tu: ta mała plamka na zewnętrznej krawędzi archipelagu Santa Cruz, schwytana w siatkę kartograficzną 166 stopni na wschód od Greenwich, 10 stopni na południe od równika, 430 mil morskich na wschód od Honiary, za pustą połacią morza i ciemnobłękitnym kanionem Rowu

Torresa. Wszyscy w Melanezji słyszeli o Nukapu, gdzie doszło to aktu przemocy, który wyznaczył granicę między erą przodków a epoką nowego boga. Wiedzieli, że tam znajduje się epicentrum mitu, który związał ich z Kościołem. Ale chyba nikt nigdy tam nie był. Zacząłem postrzegać tę wyspę w kategoriach abstrakcji, nie zaś rzeczywistego miejsca. Minęły tygodnie, odkąd kapitanowie „Eastern Tradera" i MV „Temotu" obiecali mi po raz pierwszy, że wkrótce wypłyną na archipelag Santa Cruz. Nie spodziewałem się więc niczego, kiedy nazajutrz po powrocie z CDC-1 po raz enty spakowałem nadmuchiwany materac, zaopatrzyłem się w ciastka w sklepie Sweetie Kwan i powlokłem się noga za nogą do portu. Nie ożywiłem się nawet na widok dymu, który buchał z kominów obydwu moich statków, oraz kłębowiska ludzkich ciał na dzielącym je pirsie.

Od tłumu odpadł agresywny, upaprany betelem pijak i zatoczył się w moją stronę.

– *Yu go wea? Fren! Fren! Yu go wea?*

Ten wzrok! Ten oddech! Te zęby! Facet przedstawiał sobą obraz nędzy i rozpaczy. Zbyłem go zwyczajowym *jes walkabaot*.

Zanim zdążyłem uskoczyć, złapał mnie za rękę.

– *Yu no rememba mi?*

Istotnie, było coś znajomego w tej twarzy, w tych połamanych zębach, w tej pianie wokół ust. Oczywiście! Człowiek, którego napastowałem od kilku tygodni. Kapitan „Eastern Tradera".

– Przyjacielu, paliwa mamy potąd. – Kapitan splunął siarczyście. – *By yumi go long Santa Cruz! Olgeta cabins booked-up nao. Sori! Sori! But yu savve slip insaed cabin blong mi!*

Strach mnie obleciał na samą myśl o dzieleniu kabiny z kapitanem. Wiedziałem, że sterany „Eastern Trader" ruszy w morze pod warunkiem, że wypłynie z nim także MV „Temotu" – gdyby staruszek zaczął tonąć, mógł dzięki temu liczyć na szybką pomoc. Ciekawe tylko, czy kapitan chlał, żeby coś uczcić, czy ze strachu? Wyrwałem się z jego objęć i zgubiłem go wśród setek tubylców z Santa Cruz i kościstych Polinezyjczyków, którzy tłoczyli się na pirsie. W powietrzu dało się wyczuć atmosferę rozpaczliwego podniecenia. Wszyscy mieli mnóstwo pieniędzy z odszkodowań. Gramolili się przez reling „Temotu", rzucając na pokład worki z ryżem, zwoje drutu kolczastego i kanistry z benzyną. Dołączyłem do nich.

Zawyła syrena i „Eastern Trader" dzielnie odbił od nabrzeża. Wszyscy byli pewni, że „Temotu" popłynie za nim, palili więc i pluli w najlepsze, dopóki nie odezwał się głośnik, dając o sobie znać sykiem i trzaskiem. „*Wantoks*, mówi wasz kapitan – zagrzmiało w głośniku. – Powinniśmy wypłynąć teraz. Jesteśmy gotowi wypłynąć teraz. Ale nie możemy wypłynąć teraz. *Mi sori tumas*, ale życie ludzkie jest zbyt cenne, żeby nim ryzykować. Spróbujemy jutro o dziesiątej rano".

Oto, co się wydarzyło. Policja wreszcie zdobyła się na odwagę, żeby stawić czoło chłopcom Jimmy'ego Rasty po ich napadzie na statek „Sa'Alia" z Langa Langa. Na plaży na wschód od Honiary doszło do strzelaniny. Policja wygrała.

Pięciu piratów ujęto i osadzono w areszcie, sam Rasta wrócił jednak do siebie na drinka, a wszyscy wiedzieli, że jak Rasta da sobie w szyję, to się wścieknie, a kiedy Rasta się wścieknie, to ma zwyczaj kraść statki i walić ludzi po głowie kolbą karabinu. Kiedy Rasta będzie miał kaca, na morzu zrobi się znacznie bezpieczniej.

Głośnik zatrzeszczał znowu: „Chciałbym ostrzec wszystkich, którzy mają zamiar cokolwiek ukraść ze statku – zwłaszcza tego, co już wcześniej gwizdnął perkal – że my, *tasiu*, jesteśmy tutaj, by świadczyć przed Bogiem. Zastanówcie się dobrze. Jeśli wam życie miłe, nie ważcie się kraść na tym statku. Bóg was pokarze". To był brat Clement.

Kiedy wróciłem nazajutrz do portu, głos kapitana „Temotu" odbijał się echem od ścian magazynów.

– Skoro się spóźniacie, *wantoks*, jak mamy ruszyć o czasie? Ja nie żartuję! Płyniemy do domu! Bracia i siostry, płyniemy do domu!

Wdrapałem się na pokład. Pastor odczytał modlitwę i zakończył ją błagalnym „Panie Boże, *olgeta laef blong mifala stap insaed long hand blong yu*". Boże, nasze życie w Twoje ręce. Nie powiem, żebym po tej modlitwie nabrał większego zaufania do statku. Cumy zluzowano i rzucono na pokład. Maszyny ruszyły z hukiem. Poszedłem sprawdzić koję. Tak długo wojowałem z agentem statku, aż w końcu wyznaczył mi miejsce w pierwszej klasie. Jak się okazało, zarezerwowałem sobie miejscówkę w postaci wymalowanego na podłodze prostokąta – z grubsza wielkości mojego nadmuchiwanego materaca – w kabinie dzielonej z sześćdziesięcioma innymi pasażerami. Żeby trafić z powrotem, położyłem na nim koc. Wkrótce koc zginął pod stosem worków z ryżem, paczek z chińskim makaronem, mat z trawy i plastikowych koszyków.

Wcisnąłem się między dwie rodziny: po jednej stronie miałem polinezyjską matronę, której dzieci pełzały po piersiach jak mrówki po mrówczej królowej, po drugiej – niewczesną ofiarę choroby morskiej ze stadkiem nastolatków ścierających wymiociny z jej podbródka.

Pojawił się brat Clement, a ja sobie przypomniałem o jego ślubach ubóstwa. Zaprosiłem go na swój wymalowany prostokąt, gdzie urządziliśmy sobie piknik z krakersami posmarowanymi masłem orzechowym. Brat zasnął na moim nadmuchiwanym materacu i został tam cały dzień. Zwinąłem się w kłębek na linoleum, razem z Polinezyjczykami.

Do tej pory skarżyłem się na moje przeprawy przez ocean, wolałbym więc napisać, że ten rejs przebiegał zupełnie inaczej – że siedziałem z nogami przewieszonymi przez burtę, ciesząc się towarzystwem marynarzy i radosną atmosferą morskiej podróży. Niestety, nic z tych rzeczy. Koszmar narastał zgodnie z krzywą wykładniczą.

Gdy wyszliśmy z cieśniny między Guadalcanal a Malaitą, przywitały nas sine chmury nadciągającego sztormu. Jak zwykle rozlał się przepełniony wychodek. Jak zwykle zerwał się wicher. Fale jak

341

zwykle rosły za naszymi plecami, traciły kształt i zmieniały się w kłębowisko monstrualnych wybrzuszeń przywodzących na myśl zapasy olbrzymów pod kocem.

„Eastern Trader" zawrócił przy Santa Ana, ostatniej z wysepek, które ciągną się sznurem od wschodniego krańca Makiry. Na horyzoncie nie było widać choćby skrawka lądu – po raz pierwszy, odkąd wyruszyłem w morze. Znikł cały nasz optymizm. Spiętrzony ładunek rozsypał się po pokładzie, niemowlęta zaczęły wyć. Kabina pasażerska przeistoczyła się w żłobek z piekła rodem, pełen rozwrzeszczanych bachorów oraz ich matek o szklistych oczach i wezbranych piersiach, wymiotujących czystą żółcią.

Od czasu do czasu „Temotu" wpadał w wir, ciskając po kabinie towary, niemowlaki i wiadra z rzygowinami, dobywając z piersi pasażerów chóralny okrzyk: *O, Jisas Krais! O, Jisas Krais!* Wrzaski brzmiały jak oskarżenia, jakbyśmy się srodze zawiedli na Bogu. *Tasiu!* – krzyknęli ludzie po jakimś wyjątkowo paskudnym bujnięciu, ufając, że tylko brat Clement potrafi ukoić sztorm. Ten jednak chrapał w najlepsze aż do rana na moim materacu.

Tłukliśmy się przez cały następny dzień, aż do wieczora. Nie mogłem spać. Około północy wdrapałem się na górny pokład, żeby popatrzeć, jak jakiś majtek wylewa zawartość kolejnych wiader przez reling.

– Nie wolno nam zabrać tych śmieci do raju – krzyknął – trzeba więc nimi nakarmić morze, przyjacielu. Ha, ha! Morze to wszystko pochłonie!

Obserwowałem znikające w mroku nieczystości. Sztorm wreszcie się zmęczył. Na horyzoncie, wprost przed dziobem, pojawiła się słaba, fioletowa poświata. Kiedy podpłynęliśmy bliżej, okazało się, że to ogień, tyle że w płynnej postaci – wycelowany w podbrzusze chmur jak czerwony szperacz. Na ten widok serce podskoczyło mi do gardła. To musiał być wulkan Tinakula, a wokół niego wyspy Santa

Cruz, rozproszone niczym pozostałości po zamierzchłym wybuchu. Tinakula! Wulkan, o którym marzyłem od lat.

Tinakula od blisko pół tysiąclecia prowadził do zguby odkrywców i misjonarzy. Takich jak nieszczęsny Alvaro de Mendaña, który odkrył wulkan, nazwał go, po czym w 1595 roku wypocił się na śmierć w nietrafnie ochrzczonej zatoce Graciosa Bay. Albo tajemniczy hrabia La Pérouse, francuski nawigator, który sprawnie przeprowadził wyprawę badawczą w rejony Północnego i Południowego Pacyfiku, Europejczycy widzieli go jednak po raz ostatni w 1788 roku, kiedy wyruszył z Zatoki Botanicznej na wybrzeżu Australii. Szczątki dwóch statków La Pérouse'a odnaleziono prawie czterdzieści lat później na Vanikoro, wyspie odległej o dzień rejsu na południowy wschód od Tinakula. Tubylcy zeznali, że ich przodkowie wybili załogę La Pérouse'a niemalże co do nogi i złożyli czaszki w miejscowym domu duchów.

Potem przyszła kolej na misjonarzy. Najpierw zginęli Nobbs i Young, ukochani wychowankowie Pattesona. Dziesięć lat później James Goodenough – komandor floty brytyjskiej i protektor Misji Melanezyjskiej – pożeglował aż za Tinakula i zszedł na ląd w zatoce Carlisle Bay na Santa Cruz. Wędrował od wioski do wioski, wzbudzając coraz większe zamieszanie wśród zwaśnionych tubylców, którzy nie mogli się zorientować, z kim trzyma. Dopiero gdy przypuścili na niego atak, Goodenough zdał sobie sprawę, że popełnił dyplomatyczną gafę. Nie pozwolił swoim ludziom zbombardować ani spalić wioski, po czym umarł od ran.

„Stanąć na brzegu Santa Cruz! Nocować wśród członków plemienia, które słynie z popełnianych w afekcie okrucieństw! Na samą myśl o tym odczułem przypływ natchnienia" – entuzjazmował się mój pradziad, wylądowawszy na wyspie w 1892 roku. Snułem podobne refleksje, kiedy poświata bijąca od Tinakula przesuwała się z wolna ku rufie „Temotu". Robiliśmy zwrot za długim cieniem, który wyrósł z morza od strony sterburty. Wyspa Nendo nazwana przez Mendañę

343

Santa Cruz. Spokojne wody, na których wkrótce znieruchomiał nasz statek, okazały się zatoką Graciosa Bay, gdzie przygody Hiszpana dobiegły kresu. Ruszyliśmy w stronę rozmigotanej konstelacji świateł z latarek. Na pirsie usypanym z gruzu oczekiwała nas setka ludzi. Nikt nie miał ochoty prowadzić rozładunku w deszczu, spędziliśmy więc dwie noce w Graciosa Bay. Zatrzymałem się w schronisku we wsi, podobnie jak kapitan i załoga „Temotu" – na miejscu był palnik gazowy oraz mieszkała kobieta, która okazała się kuzynką jednego z marynarzy, mogła więc nam gotować.

Jadłem w towarzystwie załogi. Znaleźliśmy ciepłe piwo. Marynarze pili, żeby się upić. Ja piłem, żeby świat przestał mi się kołysać pod nogami. Miałem wrażenie, że wciąż jesteśmy na morzu.

– Płyniesz na Nukapu? Jestem półkrwi Nukapuańczykiem! – oznajmił chudzielec o wydatnych ustach. Był chyba inżynierem okrętowym. – I powiem ci, że jestem z tego dumny. Krew z krwi, kość z kości: moi przodkowie zabili biskupa Pattesona.

– Może powinieneś się tego wstydzić.

– Aha! Nie masz racji. Posłuchaj: biskup przeczuwał, że umrze na którejś z naszych wysp. I powiedział, że umrze za nas. Dzięki nam odnalazł swoje przeznaczenie. Zrobiliśmy z niego męczennika.

– Potężniejszy w śmierci... – wtrąciłem.

– Tak, o wiele potężniejszy w śmierci!

– Zupełnie jak Obi-Wan Kenobi – powiedziałem.

– Tak! Zupełnie jak... *hao*?

Streściłem załodze wspaniałą opowieść o Obi-Wanie Kenobim, mistrzu Jedi z *Gwiezdnych wojen*. Lubię ten film, bo jest jednoznaczny. Kenobi odgrywa w tej historii rolę bohatera pozytywnego i strażnika świętej wiedzy – podobnie jak Patteson. Opowiedziałem marynarzom, jak Kenobi stoczył pojedynek z Darthem Vaderem, uosobieniem ciemności. Kenobi wygrał, ale nie dlatego, że zabił przeciwnika. Bynajmniej. Ostrzegł Mrocznego Lorda: „Jeśli mnie pokonasz, stanę się potężniejszy, niż możesz to sobie wyobrazić", po czym uniósł nad głowę swój świetlny miecz i pozwolił Vaderowi rozpłatać się na dwoje. Krew jednak nie popłynęła. Ciało Obi-Wana Kenobiego po prostu zniknęło. Duch męczennika żył dalej, żeby inspirować i prowadzić siły dobra. Zrobiłem też krótki wykład o Mocy, porównując ją do *mana*.

– To rzeczywiście bardzo przypomina naszą opowieść – przyznał inżynier. – Patteson jest teraz potężniejszy niż kiedykolwiek. Wiesz, jak nazywamy miejsce, gdzie go zabito? Kliniką. Kiedy ktoś jest chory, wystarczy, że się pomodli pod krzyżem biskupa, i od razu wyzdrowieje. Ha! A w tysiąc dziewięćset osiemdziesiątym szóstym roku huragan Namu zatopił całą Nukapu z wyjątkiem Kliniki. Wszyscy tam poszli, żeby się schronić przed falami.

Mieszkańcy Nukapu są teraz tak dumni z roli, jaką odegrali w historii, że rok w rok wyprawiają ucztę 20 września, w rocznicę mordu na biskupie. Najbliższe uroczystości przypadają za cztery dni. Gdybym zdołał dotrzeć do Wysp Barierowych i znalazł czółno, mógłbym trafić na Nukapu akurat w święto męczennika – zasugerował inżynier.

– A pan Forrest? Wiesz coś o nim? – spytałem. Przeczuwałem, że odpowie n i e, i miałem rację.

Żeby snuć dalej moją opowieść, muszę przedstawić rysę na świetlanym obrazie mitu, czyli Actaeona E.C. Forresta. To właśnie on ujawnił, że zabójstwo Pattesona nie musiało być przesłaniem dla królowej Wiktorii, żeby ukrócić praktyki łowców „czarnych ptaszków". To Forrest doniósł, że jedynym motywem zabójstwa była odrobinę przesadzona reakcja na biskupie faux pas. Zgodnie ze *Światłością Melanezji* to Forrest – nie Patteson – ocalił Nukapu. Ale historię i nazwisko Forresta zwinięto w kulkę jak śmieć i wyrzucono do kosza dziejów misji.

Muszę wam opowiedzieć o czarnej owcy, o kimś, czyje życie nie pasowało do wzorca misjonarza. Actaeon Forrest był człowiekiem wierzącym i zapalonym krzewicielem swojej religii, który przybył na wyspy Santa Cruz szesnaście lat po śmierci Pattesona. Mój pradziad szczerze go podziwiał. Pisał, jak bohaterski Forrest uchodził cało z zasadzek i zamachów na swoje życie. Jak krążył nieustępliwie między zwaśnionymi tubylcami, czyniąc wszystko, by powstrzymać świszczące strzały i zaprowadzić pokój. Jak nieustraszenie wypływał czółnem w morze, żeby stłumić konflikt na Wyspach Barierowych – mimo że pewnego razu stanął oko w oko z rogatym potworem morskim, który wywrócił mu łódź i rzucił się za nim w pościg. Jak ratował się z opresji sprytem i pomysłowością, jak zbudował szkołę na Santa Cruz i wreszcie zjednał sobie tubylców kąpanych w gorącej wodzie. „Ten chwacki mężczyzna – pisał Henry – działający bez niczyjej pomocy, toczy za nas boje wśród niebezpieczeństw niesionych przez wodę, niesionych przez strzały, niesionych przez gorączkę. I to w zupełnej samotności". To Forrest sam jeden rozpoczął chrześcijański podbój Santa Cruz.

Jedna z fotografii w *Światłości Melanezji* przedstawia Forresta w otoczeniu tubylców. Mężczyźni są nadzy, jeśli pominąć coś, co zakrywa im genitalia, a wygląda jak pleciona torebka balowa. Oczywiście mają też na sobie wspaniałą biżuterię z muszelek: kolczyki w uszach i zawieszone na szyi krążki wielkie jak księżyc w pełni. Wyglądają groźnie i są pięknie umięśnieni. Forrest w białych pumpach i w koszuli z zakasanymi rękawami sprawia przy nich wrażenie nieśmiałego mola książkowego. Uczniaka, który ma rozpaczliwą nadzieję, że wybiorą go do drużyny krykieta.

Nazwisko Forresta nie zostało wymazane z kart *Światłości Melanezji* tylko dlatego, że pradziad wydał swoją książkę jeszcze przed upadkiem misjonarza. Reszta jego historii zachowała się w strzępach. Część odnalazłem w Lambeth Palace, w prywatnej korespondencji zarządców kolonii i hierarchów kościelnych. W 1896 roku trzeci biskup Melanezji zaalarmował arcybiskupa Canterbury, że Forrest i jeszcze jeden nauczyciel popadli w ciężki grzech. „Obydwu uznano za winnych nieprzystojnych zachowań wobec młodocianych tubylców" – napisał biskup. Gdzie indziej ubolewał nad wołającą o pomstę do nieba odmową okazania skruchy przez Forresta: „Twierdzi, że [tubylcy] nie chowają do niego urazy; jeśli to prawda, wszystko, co tu zdziałał przez dziewięć lat pobytu, niewarte jest funta kłaków". Jak doniósł Charles Woodford, komisarz Wysp Salomona, opowieści o „sodomii" Forresta są ulubionym tematem rozmów wśród załóg parowców.

Forrest został usunięty z misji, odmówił jednak opuszczenia wyspy i zajął się handlem. Misjonarz-zdobywca Santa Cruz przeistoczył się wkrótce w najzagorzalszego wroga misji. Woodford pisał w 1899 roku, że Forrest – który miał większe wpływy wśród tubylców niż jakikolwiek inny biały – chlubił się ograniczeniem liczby szkół misyjnych na Santa Cruz z sześciu do zaledwie jednej.

Biskup Melanezji martwił się skandalem. Chciał się pozbyć Forresta ze swojej diecezji. Ten jednak zdobył tak wielką popularność, że przekonanie choćby kilku tubylców, by złożyli obciążające go świadectwa, zajęło Woodfordowi aż pięć lat. W końcu Woodford pozyskał grupkę mężczyzn z Ulawa, którzy zeznali pod przysięgą, że Forrest kilka lat temu zwabił ich do łóżka. Woodford spisał ich zeznania, po czym oświadczył, że Forrest „stanowi zagrożenie dla pokoju i porządku publicznego", i wydał nakaz jego aresztowania.

Forrest został ujęty przez kapitana przygodnego statku, ale zbiegł spod nadzoru natychmiast po wylądowaniu w Sydney. Wykorzystał swój kuter „Kia", by założyć bazę handlową na Wyspach Torresa, na południe od Santa Cruz – tuż za zasięgiem jurysdykcji Woodforda. Osiedlił się i adoptował pewnego młodzieńca, którego tubylcy bez żadnych wrogich podtekstów uznali za jego „żonę". Żył we względnym spokoju przez blisko dziesięć lat. Były to jednak czasy królowej Wiktorii. Wstydliwa orientacja seksualna stała się Forrestowi kulą u nogi i prędzej czy później musiała go zgubić. Tym bardziej że Forrest ostrzegał wyspiarzy, by nie dali się zwabić na pokład któregoś ze statków z transportem siły roboczej. Ilekroć łowcy zanosili skargę do rządu, nie omieszkali podkreślić, że żona Forresta z pewnością nie jest kobietą.

Forrest miał już tylko jednego przyjaciela w misji, wielebnego W.J. Durrada, który podobnie jak on mieszkał na Wyspach Torresa. Kiedy jeden ze służących poskarżył się Durradowi, że Forrest próbował go nakłonić do współudziału w „nieprzystojnym akcie", Durrad postanowił złożyć doniesienie w tej sprawie i poinformował o tym samego zainteresowanego. Teraz było już pewne, że Forrest musi coś przedsięwziąć, jeśli nie chce spędzić reszty życia za kratkami. Napisał list z przeprosinami, że przysporzył kłopotów komisarzowi Nowych Hebrydów. Zostawił polecenie, żeby sprzedać kuter i z uzyskanych pieniędzy spłacić jego długi. Zostawił upominki dla swoich ludzi. Zostawił ziemię i rzeczy osobiste „adoptowanemu synowi", Barnabasowi Ditwii z wyspy Loh. Potem wypił truciznę. Śledztwo w sprawie obrazy moralności i nieporozumień w stosunkach z Misją Melanezyjską zostało umorzone. Postać Forresta zaczęła ginąć w pomroce dziejów.

W micie Nukapu nie było dlań miejsca, bo mit ewangeliczny nie cierpi odchyleń od normy ani zagadnień związanych z płcią. Żeby opowieść z Nukapu mogła uświęcić misję i wyposażyć melanezyjskich chrześcijan w archetyp męczennika, musiała zostać niepokalana, aseksualna i niekompletna.

Płeć, zdaniem pewnego historyka Anglii, była potężnym kołem zamachowym procesu budowy imperium, zwłaszcza w represyjnej epoce wiktoriańskiej. Ronald Hyam, autor książki *Imperium i seksualność*, którą zabrałem w chlebaku na Santa Cruz, stoi na stanowisku, że ekspansja imperialna dotyczyła w równej mierze chrześcijaństwa i handlu, jak kopulacji i konkubinatu. Owszem, poddani królowej Wiktorii eksportowali pruderię obyczajową na cały świat (na przykład zakazali poligamii w Melanezji), Hyam zwraca jednak uwagę, że pochodnię imperium nieśli najczęściej uciekinierzy przed panującą w kraju tyranią psychoseksualną.

Melanezja aż się roiła od pokus, którym misjonarze nie zawsze umieli się oprzeć. Dlatego zwolniono Charlesa Brooke'a – pod zarzutem bliżej nieokreślonego występku na tle seksualnym, zaledwie trzy lata po tym, jak odprowadzał wzrokiem Pattesona płynącego czółnem na pewną śmierć. Arthur Brittain i C.D.G. Browne wylecieli z misji w latach dziewięćdziesiątych XIX wieku za nieumiejętność kontrolowania własnego popędu. Stosunki płciowe między nieletnimi były „plagą" w szkole misyjnej na wyspie Norfolk: tylko w 1899 roku zawieszono w prawach uczniów trzynastu Melanezyjczyków oskarżonych o rozpasanie seksualne.

Z początku Forrest przytaczał na swą obronę, że tubylcy nie czują się urażeni jego zachowaniem. Prawdopodobnie miał rację. Pionierzy antropologii powoływali się na doniesienia o praktykach homoseksualnych w całej Melanezji, zwłaszcza na Malaicie i na wyspie Malekula w archipelagu Nowych Hebrydów – mimo że Kościół ogłosił je wkrótce *tabu*.

Nic na to nie poradzę, że mam słabość do Forresta, którego postanowiłem wspominać przez mgłę historii nie jako grzesznika, lecz niezłomnego poszukiwacza gejowskich przygód. Niewykluczone, że imponowała mi jego wola przetrwania po tym, jak opuścili go towarzysze i koledzy po fachu – wszyscy, z którymi łączył go kolor skóry. Bardziej prawdopodobne, że po tylu miesiącach spędzonych na wyspach, po tylu dłużących się w nieskończoność nocach, wśród smętnego poszumu wiatru i fal, pośród mężczyzn, którzy siedzieli tuż przy mnie, godzinami trzymali moją dłoń w swoim mocnym uścisku i patrzyli mi w oczy bez skrępowania, nie żywiąc wobec mnie jakichkolwiek niecnych zamiarów, zrozumiałem aż za dobrze, co musiał czuć Forrest. Osamotnienie. Tęsknotę. Dotarło do mnie, że Forrest – próbując dotknąć nieskończoności – uległ pokusie sięgnięcia po coś bliższego, po coś, co było do niego podobne, a zarazem niepodobne. Pokusie w jego czasach nagannej. Jeszcze bardziej nagannej teraz, kiedy Melanezja przekształciła się w dwudziestowieczną ostoję wiktoriańskich obyczajów. Pokusa jednak wciąż istniała, co odczułem dobitnie na własnej skórze. Samotność, która domaga się czegoś więcej niż mocnego uścisku dłoni. Tęsknota, która nie pasuje do chrześcijańskiego mitu i z punktu widzenia Melanezyjczyków jest czymś obrzydliwym. Tak więc duch Forresta podążył za mną na Santa Cruz i towarzyszył mi równie blisko jak duchy Pattesona, Codringtona i mojego pradziada. Miałem się jednak na baczności i nie zdradziłem się przed nikim z moją romantyczną tęsknotą. Oszczędziłem też historii Forresta członkom załogi „Temotu".

Ruszyliśmy z Graciosa Bay o świcie. Wszystko się zmieniło. Statek był niemal pusty. Ładunek znikł. Podobnie brat Clement i wszyscy rzygacze. Płynęliśmy wzdłuż wybrzeża Nendo, potem wzięliśmy kurs na północ, prawie równolegle do fal przyboju, które znów odzyskały swój kształt.

Stałem przy relingu na dziobie, kiedy podszedł do mnie John – majtek pełniący na statku funkcję śmieciarza – chwycił mnie za ramię, wskazał na północ i aż pisnął z radości.

– Patrz, Charlie! – wysapał. – To raj, Charlie! Widzisz?

Poza białym, spienionym pasmem na horyzoncie nie było nic do oglądania. Jakbym jechał na zachód przez prerię i zobaczył majaczącą w oddali sylwetkę Gór Skalistych: postrzępiony obrys oddzielający rozświetlone szczyty od skłębionych chmur. Gapiłem się i gapiłem, nie dostrzegając nic prócz złudzenia śniegu. Po południu na tle oślepiającej bieli zaczęła się rysować blada, zamazana linia. Z czasem zgrubiała w sąsiadujące ze sobą skupiska palm. Śnieg okazał się grzywami bałwanów. Mur z piany, tysiące bukietów białych rozprysków rozbijających się o rafę, która rozpościerała się na zachód jak okiem sięgnąć.

John podskakiwał jak dziecko. Na dziób wyległo kilkunastu innych mężczyzn, którzy też zaczęli skakać i wywijać hołubce na pochyłym pokładzie. Mieszkańcy Wysp Barierowych wracali do domu.

Mielizny zlewały się w jedno ze spłachciami lądu. Jakby ktoś rozsypał olbrzymie puzzle z koralowców i zostawił na środku kilka kawałków spiętrzonych w stos. Niektóre wyspy, porośnięte palmami, drzewami chlebowymi i zaroślami papai, przypominały kosze kwiatów na cokołach z czarnego kamienia. Reszta kojarzyła się z wielkimi kępami mchu. Żadna nie wznosiła się wyżej niż wodna mgiełka z załamujących się fal przyboju.

Słońce zaszło. Palmy zajaśniały złotą poświatą. Laguna i niebo złączyły się w paletę odcieni szkarłatu. John pociągnął za drążek: kotwica z miarowym stukotem pogrążyła się w morzu. Czółna zmierzały w naszą stronę ze wszystkich kierunków, jak przyciągane przez magnes opiłki żelaza. Złapałem łódkę na Pigeon Island, ostatni z czynnych punktów przeładunkowych kopry. Handlarze wynajmowali pokój gościnny urządzony sprzętami w starannie dobranych odcieniach. Zieleń awokado, rocznik 1969. Mieli też generator prądu, który napędzał *Symfonię nr 29 A-dur KV 201* Mozarta.

Na mojej mapie Wyspy Barierowe przypominały płynącą na wschód meduzę. Pofałdowana jak mózg głowa z wysepek, za którą wlokły się długie parzydła. Niektóre z nich zaczynały się stałym lądem, który rozwidlał się w sieć jasnobłękitnych wstążek i czułków – pojawiających się i znikających na przemian raf koralowych sunących przez morze zygzakiem, którego koniec plątał się przeszło dwadzieścia mil morskich dalej na zachód. Nukapu nie wchodzi w skład grupy i leży w sporej odległości od ostatniej mielizny. Niełatwo tam dotrzeć. Na szczęście większość podróżujących na Nukapu wpadała wpierw do przystani handlowej po paliwo. Czekałem dwa dni i się doczekałem: trzej mężczyźni przypłynęli w łodzi załadowanej moskitierami. Pracownicy służby zdrowia prowadzący kampanię przeciwko malarii. Oni też słyszeli o zbliżających się uroczystościach na Nukapu i nie mieli nic przeciwko temu, żeby się załapać na darmową wyżerkę. Zgodzili się mnie zabrać, o ile zapłacę za paliwo.

Wyruszyliśmy o świcie. Łódź okazała się szeroką platformą z aluminium wyposażoną w czterdziestokonny silnik zewnętrzny. Laguna rozpościerała się tak szeroko, że ledwie było widać jej zachodni brzeg. Było jednak ciepło i spokojnie jak w wannie. Tafla wody zdawała się czasem tak płaska i czysta, że nasz rejs przypominał bardziej lot nad surrealistyczną błękitną pustynią lśniącą niczym niebo. Czasem wyrastały przed nami kolonie koralowców – jak monstrualne babeczki, obłoki albo zamki, gdzie między wieżyczkami bastionów krążyły papugoryby jak stada egzotycznych ptaków. Czasem na powierzchni laguny było widać krzywiznę Ziemi. Mijane wyspy nie robiły się coraz mniejsze, tylko zapadały za gładki jak lód horyzont. Czasem na tym wodnym horyzoncie udało mi się wypatrzyć ludzi zarzucających sieci z dala od czółen i wysp niczym znani z opowieści mesjasze-rybacy. Kiedy podpływaliśmy bliżej, okazywało się, że stoją w wodzie zaledwie po kostki, balansując na krawędzi zanurzonych tuż pod powierzchnią płaskowzgórzy z korali. Czasem woda była tak płytka, że musieliśmy wyciągać silnik, wysiadać z łodzi i pchać ją przez rafę – miniaturowy las rozczapierzonych palców, białych gałązek i kamiennych mózgów. Pomarańczowe czułki ukwiałów falowały jak czarodziejski dywan. Korale siekły mnie po kostkach do krwi, wabiąc ławice maleńkich rybek w kolorze płomienia z palnika bunsenowskiego.

Dotarliśmy do północnego ujścia laguny i znów zapuściliśmy silnik. Mężczyźni chwycili za pagaje, żeby przepchnąć łódź przez coś, co wyglądało jak pole zatopionych poroży reniferów. Po chwili dno laguny rozpadło się na dwoje i odsłoniło głęboką szczelinę. Popłynęliśmy wzdłuż bruzdy, która wkrótce urosła do rozmiarów wąwozu, potem doliny, by przeistoczyć się wreszcie w ciemnobłękitną, bezkresną czeluść. Słońce i nieruchome powietrze wygładziły falę posztormową z południowego wschodu w łagodnie zmarszczoną taflę.

Minęliśmy Pileni, gdzie Henry Montgomery zszedł na ląd razem z Forrestem. Pojedynczy obłok rozpostarł się nad wyspą jak biały parasol. Kilka mil za Pileni pojawiła się wyspa na końcu świata – takie przynajmniej odniosłem wrażenie na widok tej białej, bezludnej wydmy pozbawionej zupełnie roślinności, jeśli nie liczyć niskiego grzebienia krzewów i samotnego dębu. Fale przyboju załamywały się w długich łukach wokół otaczającej ją rafy. Płynęliśmy wzdłuż skał, postanowiłem więc wypatrywać znaków życia na wyspie.

– Nikt *stap long disfala aelan* – odezwał się któryś ze specjalistów od komarów. Aż się rozmarzyłem. Wyspa bezludna. Od czterech miesięcy nie udało mi się spędzić choćby jednej nocy samotnie.

Uzupełniliśmy paliwo w baku i popłynęliśmy dalej na północny zachód. Do południa z horyzontu znikło wszystko poza wulkanem Tinakula, którego i tak nie można było dojrzeć, dopóki nie stanęło się w łodzi na baczność. Podróż zaczęła przypominać sen na jawie. Świat zrobił się kruchy i zwiewny. Przeszedł w inny stan skupienia. Kołysaliśmy się łagodnie na błękitnych wzgórzach.

Oto nasze drogowskazy:

Wygrzewający się w słońcu żółw.

Wyskakujący z wody morświn.

Stado czarnych mew.

Na zachodnim niebie pojawił się samotny obłok. Ruszyliśmy w jego stronę. Po godzinie z fal przyboju wyłoniły się palmy. Nukapu.

Tak właśnie ją sobie wyobrażałem – jak z litografii w raporcie Misji Melanezyjskiej z 1878 roku. Jak skrawek dywanu. Jak Wyspa Gilligana z amerykańskiego sitcomu.

Wszystko upiornie znajome: rafa, którą sforsowaliśmy na pagajach, a za nią laguna. Piaszczysta plaża. Chaty kryte strzechą i dym, który snuł się nad kuchennymi paleniskami od co najmniej tysiąclecia. Na podwyższonym tarasie krzyż na pamiątkę Pattesona – z pomalowanego na biało żelaza, udekorowany liśćmi palmy. Za krzyżem – w domniemanym miejscu śmierci biskupa – chylący się ku upadkowi kościół z palmową strzechą; wypisz, wymaluj bar przy basenie w którymś z ośrodków Club Med. Miałem wrażenie, że wciąż kołyszę się na falach, że magia tylko czekała na swoje pięć minut.

Trafiliśmy do domu wodza – schludnej, wielopoziomowej chaty krytej liśćmi. Cały parter wyłożono matami z trawy. Nad ziemią, mniej więcej na wysokości mojego pasa, zawisła na palach sypialnia. Wodza nie było w domu. Przedstawił się nam mężczyzna, który uważał się za wodza, choć w rzeczywistości był tylko jego zastępcą. Nazywał się Silas Loa. Miał potężne szczęki i małe oczka.

– Jesteście teraz na Nukapu – oznajmił i dumnie wypiął pierś obleczoną w kwiecistą koszulę. – Dziś wieczorem będziecie się modlić. Zanim wejdziecie do kościoła, padniecie na kolana przed krzyżem biskupa.

– Oczywiście. Ma się rozumieć – odpowiedziałem.

– Uważaj na niego – szepnął jeden z moich nowych znajomych, kiedy Silas odwrócił się do nas plecami.

W wiosce zebrały się tłumy. Ludzie przybywali w czółnach wydłubanych z pnia drzewa i w długich łodziach z włókna szklanego. Zwróciłem uwagę na chóry kościelne w jednakowych podkoszulkach i patrzących na wszystkich z góry handlarzy *bêche-de-mer*.

O zmierzchu odprawiono nabożeństwo ku czci zmarłego biskupa. Chór z Pileni zachwycił niezwykłą spójnością brzmienia. Ludzie ubrali się w najlepsze podkoszulki. Niektórzy mieli nawet buty. Jakiś chłopak założył tenisówki z diodami w podeszwach. Rozbłyskiwały przy każdym kroku. Pastor – który przypłynął czółnem z Nendo – przypomniał historię śmierci Pattesona.

– Dlatego wszyscy jesteśmy teraz chrześcijanami – powiedział w pidżynie Wysp Salomona. – Bo ktoś oddał za nas życie.

Później, kiedy półksiężyc wypełzł na niebo spomiędzy koron palm, wzięliśmy lampy naftowe i poszliśmy na polanę z krzyżem biskupa. Dzieci dały przedstawienie. Ministrant z dredami wystąpił w roli Pattesona. Starzy ludzie otoczyli mnie kołem i dzielili się ze mną szeptem własnymi wersjami opowieści o zabójstwie biskupa. Morderca był wodzem Nukapu, przekonywał jakiś zgrzybiały dziwak. Nie, morderca był z Materny, syknęła jego żona. I tak dalej. Nikt nie umiał wyjaśnić, dlaczego na zwłokach Pattesona leżał liść palmy z pięcioma zadzierzgniętymi węzłami.

– A pan Forrest? – spytałem.

Nikt o nim nigdy nie słyszał.

Wszyscy się za to zgadzali w kwestii nadprzyrodzonego dziedzictwa Pattesona. Dno oceanu, gdzie zwłoki biskupa spoczywają od dziesięcioleci, wciąż się rusza, piętrzy i wyrzuca kości na powierzchnię.

– Biskup chciał, żebyśmy zapamiętali miejsce jego pochówku, dlatego uczynił rafę – rzekł uroczyście Silas.

– Nazywamy ją Mielizną Pattesona – dodała jakaś staruszka.

No i jeszcze miejsce, w którym zamordowano biskupa. Co roku się podnosi. To najwyższy punkt wyspy. W żelaznym krzyżu ustawionym na wzgórku skupia się cała moc Pattesona.

– Był taki misjonarz, co nam powiedział, że jak ktoś zachoruje, to nie musi iść do szpitala. Wystarczy, że pójdzie pod krzyż biskupa Pattesona – odezwał się starszy mężczyzna.

– Nieważne, czy stary, czy chory, bierzemy go i...

– Na przykład – przerwał Silas – jeden katecheta miał dziesięcioro albo dwanaścioro dzieci i wszystkie mu zaczęły umierać, tydzień po tygodniu.

– Malaria? – spytałem.

– Nie. Choroba *kastom*, która przyszła, bo ten człowiek spierał się z kimś o ziemię. Kiedy został mu już tylko jeden syn, to on go wziął i przeciągnął pod krzyżem. I powiedział: „Wszystkie moje *pikinini* umarły, proszę, biskupie, zostaw mi chociaż jego. Jeśli chłopak przeżyje, będzie pracował dla Boga". No i chłopak ocalał! Teraz jest katechetą w kościele.

Duch biskupa był tu traktowany w ten sam sposób, w jaki Melanezyjczycy odnosili się do duchów swoich przodków. Rzeczywiście, stał się potężniejszy w śmierci. Krzyż Pattesona opływał w *mana*. Czemu nie? Nie spodobałoby się to biskupowi Malaity, który ubolewał nad „manaizacją" symboli chrześcijańskich, ale nie ma w tym przecież nic złego, że duch Pattesona jest źródłem dobroczynnej mocy. Zwłaszcza jeśli to działa.

Silas podsunął się bliżej.

– Rozumiesz? To Bóg postanowił, że biskup tu umrze. Nie my.

– Aha.

– No i widzisz, że ci pomogliśmy – rzekł. – Teraz ty musisz nam pomóc. Chcemy odnaleźć rodzinę biskupa Pattesona. Jego wnuki.

– Powiedz im, że jesteśmy chrześcijanami – błagała staruszka. – Powiedz, że już znamy Pana.

– Chcemy zbudować specjalny dom dla krzyża – oznajmił Silas. – I chcemy mieć tam komputer, żeby podłączyć się do Internetu.

– Dla turystów – wtrącił ktoś inny.

– Ale musicie sobie najpierw założyć elektryczność – powiedziałem – i linię telefoniczną...

Silas nie słuchał. Schylił się ku mnie i zniżył głos.

– I mnie też powinieneś pomóc. Człowiek od *bêche-de-mer* ma skrzynkę piwa w czółnie. Powinieneś mi kupić trochę piwa.

Piwo było rarytasem na obrzeżach archipelagu. Ilekroć ludziom udało się dorwać do trunku, pili, ile wlazło, i to możliwie najszybciej. Kupno skrzynki piwa oznaczało wieczór pełen łez i zamętu. Poza tym nie podobał mi się ten Silas. Nie podobały mi się jego wyłupiaste, podejrzliwe oczka, nie podobało mi się, że wciąż się wywyższał nad innych, ani to, że dyszał mi prosto w twarz.

Zapewniłem mieszkańców wioski, że zrobię wszystko, co w mojej mocy, po czym wróciłem do domu prawdziwego wodza. Silas poszedł za mną. Już miałem się zaszyć w chacie, kiedy poczułem jego dłoń na swoim ramieniu.

– Wiesz, że z krzyża biskupa strzela czasem snop światła? Prosto w niebo?

– Chciałbym to zobaczyć – powiedziałem, próbując się wyswobodzić z uścisku.

– Oczywiście trzeba się o to modlić przez wiele tygodni. – Silas jeszcze mocniej ścisnął mnie za ramię. Owionął mnie ciężki zapach betelu.

Czekałem.

– Burza idzie. Jesteś w niebezpieczeństwie – ostrzegł. – Ale mogę ci ułatwić podróż. Mogę cię ochronić. Jestem naprawdę potężny, bo nasz biskup, święty patron Nukapu, obdarzył mnie swoją mocą.

Nie miałem zamiaru tego słuchać. Nie tak miała się skończyć moja opowieść.

– Biskup Patteson nawiedził mnie kiedyś we śnie. Powiedział mi, żebym się nie bał. Powiedział, że roztoczy nade mną opiekę. Światłość biła mu z twarzy. I odtąd mogę korzystać z jego mocy.

– Jasne – przytaknąłem. – Uzdrawiasz ludzi.

– Nie tylko. – Silas zagrodził mi drogę do chaty. – Powiedzmy, że wdam się z kimś w konflikt. Ktoś mnie obraził albo wyrządził mi jakąś krzywdę. Zawsze go najpierw ostrzegam: mówię, żeby się miał na baczności, bo przytrafi mu się coś złego. Nie minie dzień albo dwa, a człowieka spotka nieszczęście: zatnie się nożem albo go rekin pogryzie. Taką mocą obdarzył mnie biskup.

– Nie brzmi to za bardzo po chrześcijańsku.

– Ha! Już ty się o to nie martw. Obiecałeś nam pomóc. Więc jutro pomodlę się pod krzyżem, żeby biskup wziął cię pod swoją opiekę. Jak to zrobię, biskup nawiedzi cię kiedyś we śnie, ale nie powiem dokładnie kiedy. Będzie cię chronił. Wszystko ci się uda.

– Dziękuję – odpowiedziałem, wciąż próbując mu się wywinąć.

– Ale nie zapomnij o swojej obietnicy. Musisz odnaleźć wnuki biskupa. Musisz ich poprosić o pieniądze. W przeciwnym razie przytrafi ci się coś bardzo złego. – Wzmocnił uścisk. – Coś bardzo, bardzo złego. Może się utopisz.

Księżyc w trzeciej kwadrze sięgnął zenitu i skąpał całą wioskę w srebrzystej poświacie. Kładły się za nami czarne, wyraziste cienie. Oczy Silasa pałały. Nienawidziłem go za to, co zrobił z mitem Pattesona. Sto lat po nawróceniu Nukapuańczycy zaczęli nawracać chrześcijaństwo: Patteson nie zdołał wypędzić *tindalo*, potężnych duchów przodków. Stał się jednym z nich. Jakby tego było mało, Silas mi groził, zaklinając się na duszę męczennika. Patteson musiał się przewracać w swoim podwodnym grobie. Wśliznąłem się do wnętrza chaty i odczekałem, aż ucichną kroki mojego prześladowcy. Na podłodze wiercił się jeden z moich znajomych.

– Nie przejmuj się, Charles – szepnął. – Ten facet łże jak pies.

Nie miałem co do tego żadnych wątpliwości. Wszystkie rozmowy tego wieczoru brzmiały fałszywie. Rozczarowałem się Nukapu.

W dniu uroczystości zrobił się piekielny upał. Starałem się unikać Silasa, ale na próżno. Był wszędzie. Anonsował występ grupy tanecznej organizacji Młodzież dla Chrystusa z Pileni (tancerze mieli spódniczki z trawy, wymachiwali rękami jak w hotelu Hilton na Waikiki i śpiewali „Tańczymy wśród bożej światłości"); rozdzielał porcje podczas uczty (zawinięte w liście i pieczone w glinianym palenisku kawałki wieprzowiny oraz pataty – wyglądało to jak pozostałości gwiazdkowych prezentów po pożarze w domu); wyznaczał biesiadnikom miejsca na matach z liści bananowca. Wciąż tylko warczał na ludzi. I wciąż popatrywał na mnie spode łba. Kazał mi wygłosić mowę, więc wstałem i oznajmiłem zebranym, że Nukapu to *wan gudfala Christian paradaes*.

Kiedy jednak spostrzegłem, że handlarz *bêche-de-mer* ładuje towar na czółno, spakowałem też swoje manatki i dorzuciłem je na wierzch.

W ferworze pożegnań odciągnęła mnie na bok jakaś starsza pani, która okazała się babcią Silasa. Kobieta miała skórę ogorzałą od słońca, a jej twarz i ramiona pokrywały tatuaże. Na jednej ręce, wśród wzorów z rybich ości i gwiazd, rozpoznałem napis „Steven". W długich, rozciągniętych płatkach uszu tkwiły ozdobne krążki. Wyciągnęła z ust fajkę i zasyczała coś w swoim ojczystym języku.

– Mówi, żebyś pamiętał, że nie jesteśmy poganami – przetłumaczyła stojąca obok dziewczyna. – Nie ma już pogan na wyspie. Tylko chrześcijanie. Nie masz się czego bać. Nie zabijamy już białych.

Kobieta wcisnęła mi w ręce plecioną torebkę i spojrzała na mnie błagalnym wzrokiem.

– Ja się nie boję – odpowiedziałem. – Nie dlatego wyjeżdżam.

Handlarz odepchnął czółno od plaży. Poszedłem w jego ślady. Silas rzucił się za mną w pościg.

– Przyjacielu! Nie złamiesz obietnicy, prawda? – upewnił się. – Bo jak złamiesz... Ha! Ha!

Walnął mnie w plecy. Rzuciłem mu spojrzenie spode łba i wskoczyłem do łodzi.

– *Mi funi nomo!* Tylko żartowałem! – wrzeszczał Silas, próbując przekrzyczeć warkot silnika. Ale bynajmniej się nie uśmiechał.

Poprosiłem handlarza *bêche-de-mer*, żeby wysadził mnie na bezludnej wyspie koło Pileni. Za dzień lub dwa, kiedy uroczystości dobiegną końca, będą tamtędy przepływać wszystkie łodzie powracające z Nukapu. Mógłbym się na którąś załapać, powiedziałem handlarzowi, wyobrażając sobie zawczasu, jak macham na morską taksówkę. To był głupi pomysł. Handlarz się zgodził, ale tylko dlatego, że wyspa wcale nie była bezludna.

Jakież było moje rozczarowanie, kiedy sforsowaliśmy rafę: na plaży stał rybak z rodziną. Dopłynęli tu z Pileni w czółnach wydłubanych z pni drzew. Przywieźli pojemniki z wodą, maniok, niemowlęta, przenośny zestaw stereo i pudełko po butach pełne kaset z muzyką gospel. Sklecili szałasy z patyków, liści palmowych i plastikowych torebek. Magnetofon grał na cały regulator, niemowlaki wrzeszczały, biały piasek zmienił się w pole zaminowane gównem. Mężczyźni byli zmęczeni. Przez dziesięć nocy z rzędu nurkowali w lagunie w poszukiwaniu *bêche-de-mer*. Teraz porozkładane na rusztach ślimaki suszyły się nad ogniskiem, którego doglądała żona rybaka. Wnętrzności sączyły się z nich jak ropa.

Rybak podał mi muszlę pełną zupy żółwiowej. Skryłem się razem z nim w cieniu, żeby zjeść posiłek, potem jednak poprosiłem, żeby zostawił mnie samego. Wyraźnie posmutniał, ale i tak zawołał dwójkę swoich synów, żeby wzięli mój plecak z obozu i pomogli mi go zanieść przez gaj młodych palm i dębów na południowy kraniec wyspy, którą nazywał Makalom.

Wyspa miała charakter tymczasowy – sterta piasku w kształcie łzy, która i tak zniknie z powierzchni ziemi, kiedy nadejdzie następny huragan. Silny mężczyzna mógł bez kłopotu rzucić kokosem na przeciwległy brzeg. Wziąłem ze sobą namiot. Rozbiłem go w miejscu z widokiem na fale załamujące się wzdłuż rafy, dym snujący się z wierzchołka Tinakula i rząd palm na Pileni majaczący na południowym horyzoncie jak zagon żółtych mleczy. Gdybym się wdrapał na drzewo, pewnie bym dojrzał Nukapu. Ale nie zrobiłem tego i próbowałem wymazać z pamięci obraz Silasa, który pewnie wciąż zlizywał z palców smalec i rozpowiadał wszystkim o magicznej mocy, jaką rzekomo odziedziczył po biskupie męczenniku.

Obserwowałem rodzinę z namiotu, dopóki niebo nie spłynęło czerwienią zachodu. Po zmierzchu rybak i jego synowie zepchnęli czółna z plaży i ruszyli bezszelestnie po tafli laguny. Nurkowali, burząc odbicie księżyca w wodzie. Ich latarki rozbłyskiwały, migały i nikły w głębinie, podświetlając powierzchnię laguny od spodu. Fala przyboju gorzała białym płomieniem na krawędzi rafy jak fosforyzujące ognie pożaru sunącego po mrocznej równinie stepu. W oddali srebrzyły się chmury burzowe. Po niebie ciągnęły mgliste opary, sięgając mackami na północ. Zbliżał się sztorm.

Czekałem godzinami, aż mężczyźni przypłyną z powrotem do obozu. Kiedy wreszcie docierali, wsłuchiwałem się w ich cichnące rozmowy, w dobiegające końca pieśni gospel, w milknący płacz niemowląt. Obserwowałem przez liście drzew, jak ognisko zaczyna sypać iskrami, płomienie dogasają i zostaje tylko żar, o który już nikt się nie troszczy. Wiedziałem, że rybak i członkowie jego rodziny zmówili modlitwę. Podziękowali Bogu, a najpewniej też swoim przodkom, poprosili ich o więcej ślimaków i powstrzymanie sztormu choćby tylko na tydzień.

Teraz – po raz pierwszy od czterech miesięcy – byłem sam i patrzyłem w morze. Bryza marszczyła wodę w lagunie.

Od chwili, kiedy wypatrzyłem Makalom, wyobrażałem sobie, że moja opowieść skończy się właśnie tutaj. Wyobrażałem sobie, że jestem sam i stoję po kolana w wodzie, w pełni świadom wagi opowieści o bogach i przodkach oraz zawartej w nich prawdy. Stało się jednak inaczej. Opowieść nie mogła się skończyć burzącymi taflę laguny groźbami Silasa. Przejmowałem się czymś innym niż potęgą zmarłego biskupa. Przejmowałem się tym, że Silas wykorzystuje duszę Pattesona jak kamień *kastom* do rzucania klątw, martwiłem się, że Boga można wywrócić na nice i sprowadzić do funkcji oręża. Nie. Nie tak to miało wyglądać.

Osią konfliktu w Melanezji nie było już starcie mitologii chrześcijańskiej i pogańskiej. Bóg chrześcijan w zasadzie wygrał tę bitwę. Pogaństwo ledwie trzymało się na nogach. Prastare duchy przetrwały tylko w kilku ogniskach oporu – niczym ciężko ranne niedobitki wojska pod koniec długiego oblężenia. Żołnierze chrześcijaństwa nawet na wzgórzach Kwaio atakowali bastiony tradycyjnych obrzędów. Ale dawny sposób myślenia w kategoriach *mana* przetrwał i kwitł w najlepsze w kościołach. Obecny konflikt sprowadzał się do przepychanki między *mana* i mistycyzmem; między tymi, którzy próbowali rościć sobie prawo do kierowania mocą nadprzyrodzoną, zachowując się przy tym jak dzieci obrzucające wrogów kamieniami, a tymi, którzy są pewni, że w micie chrześcijańskim najważniejsze są samopoświęcenie i boża miłość. Między myśleniem starotestamentowym – które idealnie współgra z koncepcją *kastom* w odniesieniu do *mana* i zyskuje coraz większą popularność wśród ruchów ewangelicznych – a myśleniem nowotestamentowym, które odrzuca czarownictwo i magię na rzecz swoiście transcendentnej podatności na atak. Kościół Melanezyjski zwrócił się dobitnie w stronę mistycyzmu spod znaku Nowego Testamentu. To bardzo ważne rozróżnienie. Istotą tej filozofii nie było przykazanie – nagroda bądź kara. Rzucanie gromów na nieprzyjaciół nie miało z tym nic wspólnego. Podobnie jak prorok Fred, który osuszył jezioro na wyspie Tanna. Ani tym bardziej Silas zaklinający ducha biskupa, żeby pozbawił mnie swej łaski albo sprowadził nieszczęście na sąsiadów. Nie chodziło o magię technologii ani czarodziejskich kamieni. Istotą tej filozofii – uchwytną nie tylko dla chrześcijanina – był Jezus bez cudów, idący z Jerozolimy z krzyżem na plecach ku śmierci i odrodzeniu. Chodziło o wyrzeczenie się władzy i spraw doczesnych. O miłość. Przede wszystkim jednak miała to być opowieść, której siła zasadzałaby się na wierze i jej siostrze wyobraźni. Nie pojął tego Silas, nie pojąłem i ja, kierując się głodem magii.

Czułem, jak z mojej podróży ulatuje cała magia, jak cuda z Nonotongere i Langa Langa stają się puste i banalne. Jałowe cuda z supermarketu. Nie mogłem się nimi nasycić, wciąż chciałem czegoś więcej. Ależ byłem głupi, kiedy uganiałem się za tandetnym blichtrem magii, domagałem się kolejnych dowodów *mana* od członków Bractwa Melanezyjskiego. Słowa białego *tasiu* wróciły do mnie jak krzyk niesiony po wodach laguny: miarą prawdy zawartej w cudzie jest jakość wynikłej zeń wiary. Dowód jest tej wiary przeciwieństwem.

Tutaj, na końcu świata, na opustoszałej krawędzi wszechrzeczy, doznałem poczucia nagłej, straszliwej jasności. Cud, którego mój pradziad oczekiwał tak długo, nie miał w sobie choćby najmniejszej cząstki *mana*. Bóg, który ukazał się biskupowi tyle lat po jego powrocie z Melanezji, nie przyniósł mu deszczu, gromów ani bogactwa. Tylko światłość, która pojawiła się w jego irlandzkim ogrodzie dosłownie na okamgnienie, i pytanie „Miłujesz mnie?" zadane najprawdopodobniej z wnętrza jestestwa samego biskupa. Światłość i głos nie były dowodem, tylko wytworem jego wiary, a mimo to pozwoliły mu się zbliżyć do Boga Miłości.

Teraz już to wiem, bo doczekałem się konkluzji mojej własnej opowieści.

Ostatnie fragmenty złożyły się w całość pół roku po powrocie z Nukapu. Siedziałem sobie w biurze po drugiej stronie Oceanu Spokojnego, rozpamiętując dzień, kiedy ruszyłem z *tasiu* w misję wyswobodzenia Johnsona juniora. Myślałem o bracie Francisie, który mruczał coś pod nosem, śmiał się cicho i zdawał się taki malutki, że nie zwracałem na niego najmniejszej uwagi, dopóki nie wyszedł naprzód, promieniując czymś tak dobrym i prawdziwym, że napięcie całego popołudnia opadło, a gniewni mężczyźni z karabinami spokornieli jak owieczki. I wtedy otrzymałem wieści, których się obawiałem od miesięcy.

W listopadzie 2002 roku, tuż po moim wyjeździe z Wysp Salomona, kraj zaczął się pogrążać w coraz głębszym mroku – mimo wszelkich inicjatyw pokojowych i rozbrojeniowych Bractwa Melanezyjskiego. Korupcja szalała, gospodarka upadła, zapanowało powszechne bezprawie. Wszystko to jednak blednie w porównaniu z falą przemocy, która ogarnęła Weather Coast na wyspie Guadalcanal, gdzie panoszył się okrutny watażka Harold Keke. Jedyny przywódca bojowników, który w 2000 roku nie podpisał traktatu pokojowego, doskonale zdawał sobie sprawę, że jego niegdysiejsi sojusznicy z Frontu Wyzwolenia Guadalcanal złączyli siły z policją i teraz chcą go pojmać żywego lub martwego. Gniew, zazdrość i paranoja – a być może też kula, która utkwiła mu w czaszce w 1999 roku – przeprowadziły go przez granicę szaleństwa. Keke widział zdrajcę w każdym. Równał wioski z powierzchnią ziemi, mordując po drodze dziesiątki ludzi, w tym również swoich sprzymierzeńców. Fala uchodźców z wybrzeża ciągnęła na północ, szerząc wieści o jego zbrodniach. Jak doniósł reporterowi pewien człowiek, który w ucieczce przez góry pokonał pieszo blisko pięćdziesiąt kilometrów, Keke puścił z dymem całą jego osadę, a porucznicy watażki zaprowadzili trzech mężczyzn na plażę, zmusili ich do paradowania nago i znęcali się nad nimi tak długo, aż połamali im wszystkie kości. Potem obcięli im głowy. Pozostałych uprowadzono i dostarczono do obozu Kekego w górach, gdzie watażka kazał ich związać, zabić kijami i poćwiartować zwłoki. Głowy, ręce i nogi lądowały w masowych grobach jak części połamanych manekinów.

Keke eskortował dawnych sojuszników do kościoła w swojej rodzinnej wiosce, gdzie ścinał im głowy, a przedtem zmuszał wspólnotę do oceny lojalności każdej ofiary z osobna. Krew płynęła strumieniem w nieustającym deszczu, w błocie sczerniałym od zgliszczy spalonych wiosek, przez najmroczniejsze z mrocznych wybrzeży, oddzielone od Honiary zaledwie jednym pasmem gór.

W kwietniu na Weather Coast wybrało się dwóch *tasiu* niosących dla Kekego przesłanie od przełożonego zakonu, arcybiskupa Melanezji. Wrócił tylko jeden. Drugi zmarł po trzech dniach tortur. Zbrodnia wstrząsnęła członkami Bractwa Melanezyjskiego, nie zdołała ich jednak odstraszyć. Żeby odzyskać ciało, brat Francis ruszył na wybrzeże wraz z pięcioma towarzyszami. Z misją wiązano ostatnią nadzieję spotkania twarzą w twarz z watażką i przekonania go, by wrócił na drogę światłości, zanim jego szaleństwo wystąpi z brzegów wyspy i rozleje się na resztę archipelagu. Sześciu braci zostawiło swoje czółno na plaży nieopodal wioski Babanakira i udało się na poszukiwania kwatery Kekego w ociekającej wilgocią dżungli.

Podobno Keke uwięził wszystkich sześciu *tasiu*. Podobno Francis i jego towarzysze ani na chwilę nie przestali się modlić za swego oprawcę. Na pewno tysiące anglikanów na całym świecie rozpoczęło modlitwę pod wodzą białego *tasiu* Richarda Cartera w intencji nie tylko uwolnienia pojmanych braci, lecz także powrotu Kekego i jego zwolenników na drogę światłości.

Ludzie byli pewni, że bractwo zatriumfuje jak zawsze dzięki ofiarowanej mu przez Boga *mana*. Mijały jednak tygodnie i miesiące. Keke uprowadził kolejnych pięciu braci i dwóch nowicjuszy. Porwania zraniły duszę i tak osłabłego narodu.

Rząd poddał się w lipcu. Skoro nawet Bractwo Melanezyjskie poniosło porażkę, nadszedł czas, by wojnie domowej na Wyspach Salomona położyli kres przybysze z zewnątrz. W Honiarze wylądowało ponad dwa tysiące policjantów i żołnierzy sił koalicyjnych pod wodzą Australii. Keke powitał cudzoziemców serdecznie i zaprosił na spotkanie nowego komisarza policji, obywatela australijskiego. Poinformował Australijczyka, że jego ludzie wykonali wyrok na bracie Robinie Lindsayu, drugim w hierarchii *tasiu*; na młodym bracie Pattesonie Gatu-Youngu, który kiedyś przywitał mnie w Tabalii z pieśnią na ustach; na spokojnym bracie Alfredzie Hillym, który ciemną nocą otworzył mi drzwi w Chester; na bracie Ini Ini Partabatu, który wymierzył sprawiedliwość funkcjonariuszom Królewskiej Policji Wysp Salomona za łapówkarstwo i akty przemocy; oraz na bracie Tonym Sirihim, który był sierotą.

Keke zgładził jeszcze jednego *tasiu*: mojego przyjaciela, brata Francisa Tofiego od półuśmiechu, od modlitwy szeptanej wśród partyzantów, od kojącej bryzy na posterunku policji w Tetere.

Odwróciłem wzrok od ekranu komputera na światło popołudnia, przekonałem się, że autobusy i wieżowce za oknem giną w słonej mgle, i nie wiedziałem, czy płaczę po zmarłych, z żalu nad sobą, czy z tęsknoty za czymś świetlistym i dobrym, co kiedyś mnie wezwało, ośmieliło mnie, bym uwierzył, po czym znów znikło. Opanowało mnie beznadziejne, rozpaczliwe poczucie, że już z a   p ó ź n o, że uganiałem się nie za tym, co trzeba, że dowiadywałem się nie tego, co trzeba, że opowiedziałem wszystko nie tak, jak trzeba. Że to było coś więcej niż opowieść, tylko że jakiś wybuch rozerwał to coś od środka.

Porozkładałem zdjęcia i notatki, zagłębiłem się w lekturze skreślonych naprędce uwag o *tasiu* i rozmów z braćmi, szperałem między wierszami, szukając wyjaśnienia palącej kwestii śmierci Francisa. Przeczytałem od nowa wszystkie relacje, dzienniki mojego pradziada, pisma Campbella, Junga i Frye'a, a nawet Biblię. Rzuciłem strzępy opowieści na wiatr, który wdarł się przez otwarte okno. Pozwoliłem im rozsypać się po podłodze.

Odpowiedź przyszła do mnie nieprędko – czekałem na nią całymi tygodniami. Strzępy zawirowały, wzbiły się w górę i zrujnowana wieża pamięci zaczęła odbudowywać się sama, jak na puszczonym wspak filmie o rozbiórce starego domu. Cegła po cegle, dachówka po dachówce, framuga po framudze – wszystko składało się na powrót z ruin, tylko że opowieść była już inna niż poprzednio. Pragnęła, żebym spojrzał na nią nowymi oczami. Domagała się nowego zakończenia. Chciała stać się opowieścią o przemienieniu.

Zaczęło się od kuszenia. Kilka miesięcy przed śmiercią brata Francisa rozmawiałem z biskupem Malaity, który powiedział, że się martwi o bractwo. *Tasiu* przerzucili pomost między dawną i nową religią. Odzwierciedlali tutejszą koncepcję świętości, byli też jednak uosobieniem wiary Melanezyjczyków w *mana*. Biskup był zaniepokojony, że wszystkie ich rzekome cuda – nie wspominając już o zgonach wśród osób, które ośmieliły im się sprzeciwić – skłaniały *tasiu* w stronę dawnego sposobu myślenia, światopoglądu szamanów i czarowników, odciągając ich zarazem od mistycznego związku z Bogiem.

Niezależnie od żałoby – bezkształtnej i krępującej – utwierdziłem się w wierze, że na tym poziomie śmierć *tasiu* nabrała cech swoistego triumfu. Bracia zdawali sobie sprawę, że Harold Keke jest szaleńcem. Wiedzieli, że zdążył już zabić kilkudziesięciu cywilów, jednego ministra i co najmniej jednego *tasiu*. A mimo to ruszyli w samotną podróż w najmroczniejszy zakątek swojego świata. Tam – z dala od domu, światła i miłości, w nieustającym deszczu, w błocie i brudzie, w obliczu niepiśmiennego psychopaty – złożyli ofiarę męczeństwa.

Ich śmierć miała się stać lustrzanym odbiciem śmierci ich bohaterów: biskupa Pattesona, Stephena Taroaniary, Edwina Nobbsa, Fishera Younga, innych poległych misjonarzy Melanezji oraz Jezusa. Jednym zuchwałym skokiem bracia przeszli od *mana* – czczonego w dawnej kosmologii zapasu mocy osobistej – do samopoświęcenia, transcendentalnej miłości i męczeństwa nowego modelu świata. Porzucili Boga Władzy dla Boga Miłości. I w swojej ofierze mieli się stać potężniejsi i bardziej oświeceni niż za życia. Oto zasada działania męczeństwa. Topografia wędrówki bohatera.

Richard Carter próbował nakreślić dla mnie mapę ich tajemnicy. Próbował wyjaśnić, że towarzyszące im opowieści były tylko odzwierciedleniem ludzkich wysiłków, by dotrzeć do prawdy o wszechrzeczy, prawdy tak głębokiej i nieuchwytnej, tak niewysłowionej, że gawędziarze musieli ją oddawać za pośrednictwem cudów.

W micie jest ziarno prawdy: nie tylko alegoria, ale też ślad boskości, której nie potrafimy nazwać – jestem pewny, że o to właśnie chodziło białemu *tasiu*. W takim razie wyobraźnia to nie tylko umiejętność tworzenia fikcji. To przestrzeń między faktem historycznym a prawdą duszy. Celem mitografii jest wykreślenie mapy nieznanych lądów dzielących sfery materii i ducha. W cudach tkwi ziarno prawdy, aczkolwiek – co próbował nam uzmysłowić Northrop Frye – jest to przede wszystkim prawda o związku duszy z wszechświatem. Opowieść staje się znakiem wspólnoty, bo opowieść jest podróżą.

Opowiadacze historii musieli dać świadectwo życia swoich bohaterów, ująć je w formę, ułażić i ozdobić w taki sposób, by zaczęło lśnić chłodnym światłem mitu – nie przeistoczyć go w baśń, lecz przydać blasku odzwierciedlanym przez niego ideałom. To właśnie uczynili misjonarze – mojego pradziada nie wyłączając – z biskupem Pattesonem: „Umarł z uśmiechem na twarzy", powtarzali ludzie, którzy nie byli świadkami ostatniego tchnienia męczennika. Do tego samego zabiegu uciekli się twórcy mitu Joanny d'Arc, to samo zrobił Steinbeck z Zapatą i cały naród amerykański z Johnem F. Kennedym, wymazawszy z pamięci przygody erotyczne prezydenta i wzmocniwszy wydźwięk jego przemówień. To samo czyni teraz świat z Dalajlamą, to samo uczynimy wkrótce z Nelsonem Mandelą. Czy nie powinienem zatem wyświadczyć przysługi bratu Francisowi? Trudno się temu oprzeć, zwłaszcza na fali bieżących wydarzeń.

Jestem o krok od zrozumienia, o co w tym wszystkim chodzi. Jestem o krok od zrozumienia, co miał na myśli mój pradziad, kiedy zaklinał, żebym zaufał oczom mej duszy. Tymi właśnie oczami postrzegamy część samych siebie, którą postanowiliśmy nazwać Bogiem.

W Melanezji doświadczyłem trzech cudów.

Nawałnica, która spadła z nieba na Nonotongere – to był dar.

Wizja szefa rekinów z krążącym wokół niego cieniem w Langa Langa – to była decyzja.

Żeby trzeci cud przetrwał, trzeba o nim opowiedzieć.

Chętnie oddałbym swoją burzę i zataczający kręgi cień za inny, jaśniejszy obraz brata Francisa. Wróćcie ze mną na posterunek policji w Tetere, w cień rozłożystego dębu, w atmosferę napięcia, które prężyło muskuły młodych bojowników. Wróćcie ze mną do chwili, kiedy brat Francis zrobił krok naprzód, zdjął szczelnie dopasowane okulary przeciwsłoneczne i zaczął się modlić. Nie będziecie mieli nic przeciwko temu, jeśli domaluję mu wokół głowy świetlistą aureolę? Będzie wyglądała jak halo otaczające księżyc w wilgotną noc, tak delikatne, że równie dobrze mogłoby go wcale nie być. A partyzanci? Powiedzmy, że oni też zdjęli okulary, żeby zetrzeć z oczu łzy wstydu.

Powiedzmy, że po raz pierwszy od miesięcy ucichło natarczywe dzwonienie cykad. Powiedzmy, że zerwał się wiatr, potargał źdźbła trawy i wzbił chmurę pyłu, która zaczęła wirować wokół brata Francisa. Powiedzmy, że jego szept niósł się wyraźniej na wietrze. Powiedzmy, że nas też poderwało z ziemi. Powiedzmy, że na okamgnienie zawiśliśmy wszyscy nad szumiącą trawą, pokorni i bezradni, a zarazem przepełnieni świętością. Nie będziecie mieli nic przeciwko takiej opowieści? Bo w ten sposób zbliżę się do sedna sprawy.

A czas cudów nie skończył się w tamto popołudnie.

Cztery dni po wyznaniu, że zgładził moich przyjaciół, Harold Keke uwolnił pozostałych zakładników, po czym się poddał. Jego poplecznicy złożyli broń. Wrogowie Kekego – rekrutujący się spośród oddziałów policji i najrozmaitszych ugrupowań partyzanckich – poszli za jego przykładem i zdali setki strzelb, pistoletów oraz karabinów SR-88 żołnierzom sił interwencyjnych pod wodzą Australii. Nawet Jimmy Rasta wyzbył się swego arsenału. Po kilku tygodniach kraj ogłoszono strefą wolną od broni. To oznaczało początek pokoju. Przechodnie tańczyli na Mendaña Avenue. W katedrze Świętego Barnaby, gdzie w szklanej gablocie przechowuje się zadzierzgnięte w węzły liście palmowe spod śmiertelnego całunu biskupa Pattesona, zebrały się tłumy mieszkańców wyspy, żeby opłakiwać poległych *tasiu* i modlić się za ich dusze.

Richard Carter, obecnie kapelan Bractwa Melanezyjskiego, powiedział zebranym, że *tasiu* odegrali istotną rolę w nowej fazie procesu pokojowego. Uwięzienie braci przyśpieszyło interwencję sił międzynarodowych. Starania drugiej grupy pojmanych *tasiu* zmiękczyły serce Kekego i skłoniły go, żeby się poddał. Przez śmierć męczenników spłynęła na nas łaska boża, powiedział biały *tasiu*. Bóg zdjął z narodu klątwę przemocy. Bractwo tymczasem wystawił na próbę, pod której wpływem uległo ono przemianie. Skazał *tasiu* na poniżenie i odarł ich z pychy. Dał braciom szansę wejrzenia w tajemnicę wszechrzeczy, w której kryje się obietnica wieczności.

Przez swoje poświęcenie męczennicy ofiarowali wyspie najcenniejszy dar. Położyli fundament pod nową opowieść, znacznie bardziej wymowną i głębszą niż powiastki o braciach, których się kule nie imały, i ich magicznych laskach. Opowieść, która uwierzytelnia prawdę głoszoną przez *tasiu* od blisko stu lat.

Szczegóły ostatnich dni męczenników są niejasne. Ludzie chcieli dowiedzieć się czegoś więcej. Tłum zgromadzony w katedrze potrzebował punktu wyjścia do budowy nowego mitu. Biały *tasiu* przedstawił mu więc legendę, która odzwierciedlała świętość zakonu. Opowieść przesłaną e-mailem przez pewnego podróżnika z Kanady. Był w niej opis pełnych napięcia rokowań z partyzantami przy posterunku policji na plantacjach na wschód od Honiary; historia o spokojnym *tasiu*, który z początku sprawiał wrażenie człowieka pozbawionego wszelkiej potęgi i charyzmy, potem jednak doprowadził do pojednania zwaśnionych stron szeptaną pod nosem modlitwą. „Promieniował czymś tak dobrym i prawdziwym, czymś tak ponadczasowym, że napięcie całego popołudnia opadło, a gniewni mężczyźni z karabinami spokornieli jak owieczki". A ludzie wysłuchali mowy żałobnej Cartera i zrozumieli, że *tasiu* powiódł ich z powrotem w ramiona Boga Miłości.

Kiedy odczytałem tekst mowy i rozpoznałem w niej swoje własne słowa, zyskałem pewność, że bez względu na to, co się naprawdę zdarzyło na posterunku policji w Tetere, mit brata Francisa rozpoczął już swoją podróż. Jeśli opowiedzieliśmy go jak należy, będzie teraz narastał przez dziesięciolecia, aż w swojej mocy przemienienia stanie się prawdą niepodważalną, lśniącą równie wspaniałym blaskiem jak *Światłość Melanezji*. Cudem będzie sama opowieść.

Epilog

Prowadźże czółno, by do lądu przybiło; przynaglij moje czółno, przodku, bym szybko dobił do brzegu, z którym mnie łączy więź. Oświećże czółno, Daula, by szybko dopadło lądu i stanęło przy brzegu.

Zaklęcie mieszkańców wysp Florida do *tindalo* fregaty,
Robert Henry Codrington, *The Melanesians*

Sztorm uderzył w Makalom tuż przed świtem. Karłowate dęby zajęczały na wietrze. Świst przebiegł w koronach palm. Powierzchnia laguny zmarszczyła się od kropel deszczu. Urosła ściana przyboju na krawędzi rafy, podobnie jak fala sztormowa na otwartym morzu. Ocean pochłonął spłacheć piasku po mojej stronie wyspy. Stałem po kolana w wodzie, wypatrując łodzi w sczerniałym odmęcie, ale świat zniknął.

Synowie rybaka zawołali mnie z brzegu.

– Nikt nie ruszy z Nukapu, dopóki trwa sztorm. Nikt cię stąd nie zabierze! – Przemoczeni chłopcy śmiali się od ucha do ucha.

– Zostaniesz na Makalom przez wiele, wiele dni, chyba że...! – darł się starszy z dwójki, próbując przekrzyczeć sztorm.

– Chyba że co? – odwrzasnąłem. Chciałem uciec od Nukapu gdzie pieprz rośnie.

– Chyba że *yumi padel long* Pileni – krzyknął młodszy. Na Pileni była wioska, skąd mogłem przeprawić się łodzią silnikową do portu przeładunkowego na Pigeon Island, a stamtąd na Santa Cruz.

– Ale jak trafimy na Pileni? – spytałem. – Ledwie widać krawędź rafy.

Chłopcy pochodzili po piasku, skonsultowali coś między sobą, popatrzyli w niebo i klasnęli w ręce.

– Fale nam powiedzą, dokąd płynąć!

Zepchnęliśmy dłubankę rybaka na płyciznę. Upchnąłem plecak na dziobie. Chłopcy wręczyli mi prymitywne, ręcznie strugane wiosło. Kiedy fala sztormowa owinęła się wokół Makalom, przestałem się czuć bezpiecznie nawet na zawietrznej. Każdy kolejny bałwan spłukiwał płaskowyż rafy niemal do czysta, dopiero potem się wznosił i załamywał na wystających z wody koralowcach. Zaczęliśmy odmierzać rytm fal.

Trzy fale z zawiniętym grzbietem, dwa grzywacze, siedem fal jedna po drugiej.

I cisza.

Ruszyliśmy, wiosłując ze wszystkich sił przez zasłonę z piany, tnąc na skos załamujące się grzbiety następnych bałwanów, balansując na nich wzdłuż zewnętrznej, spękanej krawędzi rafy; byle dalej ponad otchłanią, wznosząc się, opadając i znowu wznosząc na falach u brzegu Pacyfiku. Opuściliśmy niepewny azyl osłoniętej od wiatru przestrzeni wokół Makalom. Pierwszy poryw sztormu uderzył w nas z siłą wybuchu i przemienił ocean w istne pandemonium chłoszczących wichrów, spienionych grzywaczy i rozbryzgów wody.

– Wiosłuj, Charlie! – krzyczał starszy. – Wiosłuj!

Wiosłowałem, a razem ze mną starszy z chłopców, który dyszał przy tym jak rozjuszony byk. Młodszy – z szeroko otwartymi oczyma, półprzytomny z podniecenia – krzepko dzierżył wiosło i próbował nim sterować. Wicher wiał z południowego wschodu. Fale nadciągały ze wschodu. Przelewały się przez dziób i wypełniały czółno ciepłą wodą. Kadłub kołysał się z boku na bok, zdołaliśmy jednak uniknąć wywrotki.

Wiosłowaliśmy tak długo, aż zaczęły mnie boleć ramiona, aż dostałem bąbli na dłoniach i kolanach. Wiosłowaliśmy tak długo, aż została za nami tylko sylwetka Makalom, potem jej zjawa, wreszcie nic poza odciśniętym w wodnej mgle wspomnieniem. Niebo zapadło się w głąb. Horyzont zniknął nam z oczu. Wszechświat za zasłoną słonych oparów stał się bezkształtny i elastyczny jak ludzkie domysły. Rzeczywistość ograniczyła się do miarowych ruchów czółna, chlupotu wioseł i fali sztormowej, która istniała tylko po to, żeby nas prowadzić. Wiosłowaliśmy zakosami przez bałwany, ufając w przesłanie, które niosły nam z końca świata. Wiosłowaliśmy, bo wiedzieliśmy, że wiara wyczaruje nam wyspę z tajemnicy morza.

Uwagi o języku i pisowni

Większość rozmów przytoczonych w niniejszej książce odbyła się w bislama lub w pidżynie Wysp Salomona. Z reguły podałem je w tłumaczeniu, żeby uniknąć nieporozumień. W pracy nad przekładem korzystałem z pomocy Helen Tamtam z Uniwersytetu Południowego Pacyfiku oraz Richarda Cartera z Bractwa Melanezyjskiego, którzy skorygowali także pisownię i gramatykę cytatów w obydwu językach. W niektórych przypadkach odstąpiłem jednak od ich wskazówek i z pewnością nie udało mi się ustrzec kilku błędów.

W zasadzie stosuję najpopularniejszą (i najbliższą fonetycznej) współczesną pisownię bislama i pidżynu Wysp Salomona, czasem wszakże uciekam się do wcześniejszej ortografii, używanej przez kupców i podróżników. Piszę na przykład *rubbish*, a nie *rabis* lub *ravis* (w znaczeniu „obdarzony złym charakterem"), żeby odzwierciedlić przenośny źródłosłów tego przymiotnika. Wybrałem pisownię *savve* („wiedzieć/potrafić") kosztem popularniejszej, ale często mylącej ortografii *save*.

W przypadku wyrazów wspólnych dla obydwu języków postanowiłem być konsekwentny i zdecydowałem się wszędzie na ortografię bislama, zamiast przerzucić się na reguły pisowni pidżynu Wysp Salomona. Na przykład zaimek „ty/wy" pojawia się zawsze w formie *yu*, choć na Wyspach Salomona zapisuje się go w postaci *iu*.

Przepraszam wszystkich, którzy pracują nad ustaleniem standardów pisowni obydwu języków.

Podziękowania

Przede wszystkim dziękuję Frances Montgomery, mojej matce i ulubionej gawędziarce: za utrzymanie przy życiu dawnych mitów oraz mojej rodzinie i przyjaciołom: za zachętę, pobłażliwość i wsparcie podczas moich nieobecności – zarówno w wymiarze geograficznym, jak i emocjonalnym.

Wiele osób wpuściło mnie do swego domu i życia w Wielkiej Brytanii, na Fidżi, Vanuatu i Wyspach Salomona. Mam nadzieję, że uszanowałem ich punkt widzenia. Skoro już jesteśmy przy Wyspach Salomona, chciałbym gorąco podziękować członkom Bractwa Melanezyjskiego, a zwłaszcza braciom Harry'emu Gereniu, Albertowi Wasimae, Clementowi Leonardowi, Johnowi Blythe'owi oraz – za pomoc w nauce pidżynu i rozwikłaniu innych tajemnic – bratu Richardowi Carterowi. Na wdzięczność zasłużyli też biskup Terry Brown i jego domownicy, David MacLaren, Geri i Alvina Gainesowie, Roni Butala i jego *wantoks*, John Palmer, Grant i Jill Kelly, John Roughan, Ben Hepworth, Robert Iroga, Henry Isa z Muzeum Narodowego, Johnson Honimae, Morris Otto Namoga oraz Andrew Nihopara z Biura Turystycznego Wysp Salomona. W Vanuatu korzystałem z pomocy Diecezji Anglikańskiej Wysp Banksa i Torresa, Jirusa Karabaniego, Alfreda z wyspy Mota, Sabiny Hess, Dona Focklera, Rony Dini, Elego Fielda, Ralpha Regenvanu z Vanuatu Kaljoral Senta oraz Lindy Kalpoi i Natashy Motoutorua z Biura Turystycznego Vanuatu. Mądra, cierpliwa Helen Tamtam z Uniwersytetu Południowego Pacyfiku uczyła mnie bislama i tropiła błędy w moich przekładach. Laura Palmer i Alex Wolf dali mi schronienie na Fidżi. Alastair Macaulay ocalił mnie z rąk dzikich w północnym Londynie. Catherine Fitzpatrick i Paul Hatton zapewnili mi dach nad głową i lekcje surfingu w Sydney.

W poszukiwaniach materiałów źródłowych pomogli mi: promienna Catherine Wakeling, archiwistka Zjednoczonego Towarzystwa Szerzenia Ewangelii, John Pinfold z biblioteki Rhodes House, Richard Palmer z biblioteki Lambeth Palace, Allan Anderson z uniwersytetu w Birmingham, Fergus King, Ben Burt, David Hilliard, Robert Withycombe, Thorgeir Storesund Kolshus, wicehrabia David Montgomery, Tarcisius Tara Kabutaulaka, Manfred Ernst, Adele Plummer i Pierre Maranda.

Wiele drzwi otworzyło się przede mną dzięki wsparciu redaktorów naczelnych: Jima Sutherlanda z „Western Living", Matthew Mallona z „Vancouver Magazine", Chantal Tranchemontagne z „enRoute", Jamesa Little'a z „Explore", Anne Rose z „WestWorld", Iana Haningtona z „Georgia Straight" i Aryn Baker z „Time Asia". Mam też spore zobowiązania wobec Air Pacific, Solomon Airlines, Air Vanuatu i VanAir.

Wiele uwag krytycznych zawdzięczam znajomym, krewnym i kolegom po fachu, którzy czytali moje pierwsze wprawki i kilka rozdziałów książki. Podziękowania dla Michaela Scotta, Carol Toller, Daffyda Rodericka, Erika i Kathi Leesów, Andrew Mayera, Colina Thomasa, Michaela Prokopowa, Edwarda Bergmana, Kevina Griffina, Jeffa Hoovera, Deborah Campbell, Jamesa MacKinnona, Briana Paytona, Alisy Smith, a zwłaszcza dla Chrisa Tenove'a, który nie szczędził mi zjadliwych, choć zawsze uzasadnionych komentarzy. Federalna Komisja Łączności w Vancouver podtrzymywała we mnie twórczy zapał. Jorge Rivero-Vallado odkrył przede mną zupełnie nowy sposób myślenia o języku i opowiadaniu historii.

Jestem zobowiązany Scottowi McIntyre'owi, dzięki któremu mam z czego żyć. Współpracujący ze mną redaktorzy – najpierw Saeko

Usukawa z wydawnictwa Douglas & Mclntyre, później Christopher Potter, Courtney Hodell i Catherine Heaney z oficyny HarperCollins – znacznie podnieśli walory maszynopisu tej książki. Moja agentka Anne McDermid i jej asystentki na dwóch kontynentach – Rebecca Weinfeld, Jane Warren i Martha Magor – zdziałały dla mnie prawdziwe cuda. Podróż ruszyła z kopyta dzięki pomocy finansowej ofiarowanej przez Radę Kanady do spraw Sztuki oraz Radę Sztuk Pięknych Kolumbii Brytyjskiej, nigdy jednak bym się na nią nie zdecydował bez ciągłego wsparcia i uporczywej namowy Michaela Scotta, który uwierzył pierwszy.

Wybrana bibliografia

MATERIAŁY ŹRÓDŁOWE

Harold Turner Collection on New Religious Movements, University of Birmingham, Selly Oak; szkice i dokumenty poświęcone kultom w rejonie Pacyfiku, ruchom millenarystycznym, misjologii i synkretyzmowi religijnemu.

Lambeth Palace Library, London. Archbishops' Papers (Benson, Davidson, Tait, Frederick Tempie); „Church Times" 1895–1901; dokumenty różne.

Mitchell Library, Sydney. Western Pacific High Commission Archives, Patteson Memorial Endowment Fund of the Melanesian Mission, Papers, 1871–1906.

Rhodes House Library, Oxford. United Society for the Propagation of the Gospel Archives, Codrington Papers; Patteson Papers; relacje misjonarzy, listy Wilsona do Montgomery'ego, 1894–1906.

Viscount David Montgomery Private Collection. Zapiski i dzienniki biskupa H.H. Montgomery'ego.

PODRÓŻE NA WYSPY POŁUDNIOWEGO PACYFIKU

Amherst of Hackney, Lord; Thompson Basil (red.), *The Discovery of the Solomon Islands by Alvaro de Mendaña in 1568*, t. 2, Hakluyt Society, London 1901.

Coates Austin, *Western Pacific Islands*, Her Majesty's Stationery Office, London 1970.

Davidson James Wightman, *Peter Dillon of Vanikoro*, Oxford University Press, Melbourne 1975.

Edwards Philip (red.), *Journals of Captain Cook*, wyd. popr., Penguin, London 1999.

Jack-Hinton Colin, *The Search for the Islands of Solomon, 1567–1838*, Clarendon Press, Oxford 1969.

London Jack, *Cruise of the Snark*, Macmillan, New York 1919 (wyd. pol. *Żegluga na jachcie „Snark"*, przeł. J.B. Rychliński, Wydawnictwo Eugeniusza Kuthana, Warszawa–Kraków 1949).

Markam Clements, sir (przeł. i red.), *Voyages of Pedro Fernandez de Quirós, 1595 to 1606*, t. 2, Hakluyt Society, London 1904.

McAuley James, *Captain Quirós*, w: *Collected Poems*, Angus & Robertson, Sydney 1971.
Montgomery Henry Hutchinson, *The Light of Melanesia*, Society for Promoting Christian Knowledge, London 1896.
Shineberg Dorothy (red.), *The Trading Voyages of Andrew Cheyne, 1841–1844*, Australian National University, Canberra 1971.
Theroux Paul, *The Happy Isles of Oceania*, Ballantine, New York 1992.

HISTORIA MISJI MELANEZYJSKIEJ

Hilliard David, *God's Gentlemen: A History of the Melanesian Mission, 1849–1942*, University of Queensland Press, St. Lucia 1978.
Macdonald-Milne Brian, *The True Way of Service: The Pacific Story of the Melanesian Brotherhood, 1925–2000*, Christians Aware, Melanesian Brotherhood, Leicester 2003.
Sarawia George, *The Came to My Island*, St. Peter's College, Sioata 1996.
Whiteman Darrell, *Melanesians and Missionaries*, William Carey Library, Pasadena 1983.
Williams C.P.S., *From Eton to the South Seas*, Melanesian Mission, London [b.d.].

WYSPY SALOMONA

Bennett Judith, *The Wealth of the Solomons*, University of Hawaii Press, Honolulu 1987.
Honan Mark; Harcombe David, *Lonely Planet: Solomon Islands*, wyd. 3, Lonely Planet, Hawthorne 1997.
Hviding Edvard, *Guardians of Marovo Lagoon: Practice, Place, and Politics in Maritime Melanesia*, University of Hawaii Press, Honolulu 1996.
Kabutaulaka Tarcisius Tara, *Beyond Ethnicity: The Political Economy of the Guadalcanal Crisis in Solomon Islands*, Australian National University, Suva 2001.
Keesing Roger M.; Corris Peter, *Lightning Meets the West Wind*, Oxford University Press, Melbourne 1980.
Tippett Alan R., *Solomon Islands Christianity: A Study in Growth and Obstruction*, Lutterworth Press, London 1896.

VANUATU

Adams Ron, *In the Land of Strangers: A Century of European Contact with Tanna, 1774–1874*, Australian National University, Canberra 1984.

McClancy Jeremy, *To Kill a Bird with Two Stones: A Short History of Vanuatu*, Vanuatu Cultural Centre, Port Vila 1985.
Paton John G., *John G. Paton, Missionary to the New Hebrides: An Autobiography*, Hodder & Stoughton, London 1893.
Rice Edward, *John Frum He Come: A Polemic Work about a Black Tragedy*, Doubleday & Company, New York 1974.
Rush John, o. Anderson (współpraca), *The Man with the Bird on His Head: The Amazing Fulfillment of a Mysterious Island Prophesy*, YWAM Publishing, Seattle 1997.
Tryon Darrell, *Bislama: An Introduction to the National Language of Vanuatu*, Pacific Linguistics, Canberra 1987.

ANTROPOLOGIA, MITOLOGIA, TEOLOGIA

Arens William, *Rethinking Anthropophagy*, w: F. Barker, P. Hulme, M. Iversen (red.), *Cannibalism and the Colonial World*, Cambridge University Press, Cambridge 1998.
Bidney David, *Myth, Symbolism and Truth*, w: T. Sebeok (red.), *Myth: A Symposium*, Indiana University Press, Bloomington 1974.
Brunton Jon, *The Abandoned Narcotic: Kava and Cultural Instability in Melanesia*, Cambridge University Press, Cambridge 1996.
Campbell Joseph, *Myths to Live By*, Bantam, New York 1972.
Carter Richard, *Liturgy beyond Words: Symbolic Exchange with the Transcendent God*, University of Leeds, Leeds 2001.
Codrington Robert Henry, *The Melanesians: Studies in Their Anthropology and Folklore*, Clarendon Press, Oxford 1891.
Evans-Pritchard Edward Evan, *Theories of Primitive Religion*, Clarendon Press, Oxford 1965.
Frazer James, *The Golden Bough*, wyd. popr., Macmillan, New York 1940 (wyd. pol. *Złota gałąź*, przeł. M. Krzeczkowski, Aletheia, Warszawa 2001).
Frye Northrop, *The Double Vision: Language and Meaning in Religion*, University of Toronto Press, Toronto 1991.
Kulick Don, Willson Margaret (red.), *Taboo: Sex, Identity and Erotic Subjectivity in Anthropological Fieldwork*, Routledge, London 1995.
Leenhardt Maurice, *Do Kamo: Person and Myth in the Melanesian World*, University of Chicago Press, Chicago 1978.
Lévi-Strauss Claude, *The Structural Study of Myth*, w: T. Sebeok (red.), *Myth: A Symposium*, Indiana University Press, Bloomington 1974.

Loeliger Carl, Trompf Garry (red.), *New Religious Movements in Melanesia*, University of South Pacific, University of Papua New Guinea, Suva 1985.

Michaud Jean, *Ethnological Tourism in the Solomon Islands: An Experience in Applied Anthropology*, „Anthropologica" 1994, nr 1.

Obeyesekere Gananath, *The Apotheosis of Captain Cook: European Mythmaking in the Pacific*, Princeton University Press, Princeton 1992.

Obeyesekere Gananath, *Cannibal Feasts in Nineteenth-Century Fiji: Seamen's Yarns and the Ethnographic Imagination*, w: F. Barker, P. Hulme, M. Iversen (red.), *Cannibalism and the Colonial World*, Cambridge University Press, Cambridge 1998.

Rivers W.H.R. (red.), *Essays on the Depopulation of Melanesia*, Cambridge University Press, Cambridge 1922.

Sahlins Marshall, *Islands of History*, University of Chicago Press, Chicago 1985 (wyd. pol. *Wyspy historii*, przeł. Izabela Kołban, Kraków 2006).

Spong John Shelby, *Rescuing the Bible from Fundamentalism: A Bishop Rethinks the Meaning of Scripture*, HarperSanFrancisco, San Francisco 1991.

Worsley Peter, *The Trumpet Shall Sound: A Study of „Cargo" Cults in Melanesia*, Schocken, London 1968.

HENRY MONTGOMERY I JEGO RODZINA

Hamilton Nigel, *The Full Monty*, t. 1, *Montgomery of Alamein, 1887–1942*, Penguin, London 2001.

M.M., *Bishop Montgomery: A Memoir*, Society for the Propagation of the Gospel in Foreign Parts, Westminster 1933.

Montgomery Bo Gabriel de, *Origin and History of the Montgomerys*, William Blackwood and Sons, Edinburgh 1948.

Montgomery Brian, *A Field-Marshal in the Family*, Constable, London 1973.

Montgomery Henry Hutchinson, *Foreign Missions: Handbooks for the Clergy*, Longmans, Green, London 1904.

Montgomery Henry Hutchinson, *Mankind and the Church: Being an Attempt to Estimate the Contribution of the Great Races to the Fulness of the Church of God*, Longmans, Green, London 1907.

Montgomery Henry Hutchinson, *Visions*, Society for the Propagation of the Gospel in Foreign Parts, Westminster 1910.

Montgomery Henry Hutchinson, *Visions*, cz. 3, Society for the Propagation of the Gospel in Foreign Parts, Westminster 1915.

Montgomery Henry Hutchinson, *Life's Journey*, Longmans, Green, London 1916.

INNE

Conrad Joseph, *Heart of Darkness, with The Congo Diary*, Penguin, London 1995 (wyd. pol. *Jądro ciemności*, przeł. Ireneusz Socha, Zielona Sowa, Kraków 2005).

The Holy Bible, Authorized King James Verssion, Collins' Clear-Type Press, London 1928.

Honigsbaum Mark, *The Fever Trail: In Search of the Cure for Malaria*, Farrar, Straus & Giroux, New York 2002.

Hyam Ronald, *Empire and Sexuality*, Manchester University Press, New York 1990.

A Melanesian English Prayer Book with Hymns, Church of Melanesia, Honiara 1965.

Niutestamen: The New Testament in Solomon Islands Pijin, Bible Society of the South Pacific, Suva 1993.

Said Edward, *Culture and Imperialism*, Knopf, New York 1993 (wyd. pol. *Kultura i imperializm*, przeł. Monika Wyrwas-Wiśniewska, Kraków 2009).

Spis rzeczy

1. Zawiniątko z piaskiem 9
2. W Port Vila robi się interesy na Bogu 25
3. Tanna: konflikt przekonań 37
4. Prorok wznosi ręce ku niebu 68
5. Dziewięćdziesiąt godzin na statku motorowym „Brisk" 83
6. Księga Espiritu Santo 98
7. Słowo i jego znaczenie 108
8. Wyspa magii i strachu 113
9. Przekleństwo Gaua 131
10. Raj parafian 139
11. Śmierć i wesele na Mocie 150
12. Tajemnica zachodniego wybrzeża Vanua Lava 167
13. Mój pierwszy *tasiu* 189
14. Guadalcanal, Wyspa Nieszczęśliwa 197
15. Biskup Malaity 221
16. Krótka wycieczka do East Kwaio 235
17. Łowcy z laguny Nono 263
18. Pod wodą laguny Langa Langa 288
19. Bracia i ich cuda 309
20. Nukapu i znaczenie opowieści 331
    Epilog 371

    Uwagi o języku i pisowni 374
    Podziękowania 375
    Wybrana bibliografia 378

Przekład: Dorota Kozińska
Konsultacja: Jakub Urbański
Korekta: Katarzyna Pawłowska, Anna Jaroszuk

Projekt okładki i stron tytułowych na podstawie koncepcji
Przemka Dębowskiego: Krzysztof Rychter
Fotografie wykorzystane na I stronie okładki:
© Hulton Archive / Getty Images;
© Christopher Biggs / Moment / Getty Images

Skład i łamanie: Anna Hegman
Druk i oprawa: Interdruk, Warszawa

Grupa Wydawnicza Foksal Sp. z o.o.
00-391 Warszawa, al. 3 Maja 12
tel./faks (22) 646 05 10, 828 98 08
biuro@gwfoksal.pl
www.gwfoksal.pl

ISBN 978-83-280-2640-7